Shepard of Sins
Band 1

Shepard of Sins

Martin Gancarczyk

Urban Fantasy

Shepard of Sins
1. Auflage

Müllerskamp 6
27283 Verden
m.gancarczyk@icloud.com
www. martingancarczyk.net
Instagram: @martin.gancarczyk

Vertrieb: Nova MD

Umschlaggestaltung: Martin Gancarczyk, Verden
unter Verwendung von lizensiertem Bildmaterial von Adobe Stock
Innenillustrationen: Martin Gancarczyk
und lizensierte Bildmaterial von Adobe Stock
Lektorat: Sarah Nierwitzki
Korrektorat: Stephan Schicke
Buchsatz: Martin Gancarczyk
Druck: BookPress.eu - Olsztyn, Poland

ISBN (Print): 978-3-98595-092-8

Bibliografische Information der Deutschen Nationalbibliothek:
Die Deutsche Nationalbibliothek verzeichnet diese Publikation in der Deutschen Nationalbibliografie; detaillierte bibliografische Daten sind im Internet über http://dnb.d-nb.de abrufbar.

Für

Lena J., Katrin L., Silke R., Flavia Eva Z.,
Noemi L., Jill-Patrice L., Kathrin B.

und alle von euch, die nur allzu gerne von
dem Massenmarkt übersehen werden.

Ich sehe euch <3

Für Ana

Ganz viel Spaß
in Hamburg.

Vorwort und Triggerwarnung

Vorweg

Bevor ich zu den Triggern komme, möchte ich etwas zum Namen »Shepard of Sins« sagen.

Ja, ich weiß, dass das englische Wort für Schäfer, Shepherd und nicht Shepard ist.

Warum dann aber Shepard of Sins?

Weil Nicolas (der Protagonist) ursprünglich Shepard statt Schäfer mit Nachnamen hieß und der Titel somit einen Wortwitz beinhaltete. Na ja, nun heißt Nicolas aber mittlerweile Schäfer und der Wortwitz ist dahin. Da ich aber über Monate den Namen Shepard of Sins zu Werbezwecken genutzt habe, bleibt das nun einfach so – selbst auf die Gefahr hin, dass es so aussieht, als könnte ich nicht richtig Englisch. Außerdem wird Shepard of Sins ja noch ins Englische übersetzt und Nicolas in der Version wieder Shepard heißen – wenigstens funktioniert der Wortwitz dann dort. :D

Trigger

Ich bin mir darüber bewusst, dass es einige Leute, wenn nicht sogar die Vielzahl der Leser, gibt, die Triggerwarnungen für unnötig erachten.

Dennoch möchte ich eine kurze Übersicht geben - für alle, die wissen, dass es Sachen gibt, die bei ihnen unschöne Momente auslösen können.

1. Alter

Dieses Buch ist kein Jugendbuch. Es beinhaltet zwar auch witzige Momente, dennoch würde ich es ab 16 Jahren empfehlen.

2. Sprache

Meine Charaktere fluchen. Und nicht zu wenig. Sie reden nicht die ganze Zeit gewählt oder auf poetische Art. Sie sind Agenten, Ausgestoßene oder einfach eine raue Welt gewohnt. Filter haben sie nur begrenzt, aber sie sind dennoch liebenswert – manche jedenfalls.

3. Blut, Gewalt und Folter

In ein paar Szenen sind Blut bzw. Verletzungen ein zentraler Bestandteil. Ebenso gibt es ein Kapitel, in dem explizit die Folterung eines Charakters beschrieben wird. Darüber hinaus sind manche Charaktere und Wesen äußerst skrupellos, was Gewaltanwendung angeht.

4. Sich übergeben

Nach den Traumkapiteln erwacht Nicolas in unserer Welt und übergibt sich daraufhin wegen der starken Überbelastung seines Körpers. Diese Szenen sind nicht groß ausgeschrieben, dennoch passiert es zwei, drei Mal.

5. Tod von Familienmitgliedern

Ein paar meiner Protagonisten haben Familienmitglieder verloren und erinnern sich an manchen Stellen an den Verlust. Auch diese Szenen sind nicht allzu explizit, dennoch könnten sie die ein oder andere Person triggern.

City-Level, die
Substantiv

1. die Stadt Hamburg ist in Etagen unterteilt - je höher ein City-Level, umso wohlhabender gestaltet es sich

2. City-Level 0 ist das originale Hamburg vor dem Boom

3. Ein City-Level umfasst etwa zehn Etagen eines Hochhauses

Aus dem Archiv von Alexis,
der Bibliothek von Alexandria

Nicolas

Glaubt mir: Wenn ihr in einem Haufen Blut mit abgetrennten Körperteilen in einem Puff auf der Hamburger Reeperbahn sitzt, während euch drei Dobermänner freudestrahlend anwinseln, dann überdenkt ihr eure Berufswahl! Sollten diese drei Hunde zudem Wandler und ebenso eure äußerst territorialen Arbeitskollegen – Schrägstrich besten Freunde – sein, die gern mal Stöckchen, oder – wie in diesem Fall – Körperteile apportieren, bist du am Arsch.

Fuck my life.

»Agent Schäfer?«, fragte eine verunsicherte Frauenstimme, die einer menschlichen Polizistin gehörte.

Und ja, ich weiß. Drei Hundewandler als Kollegen und ich heiße Schäfer. Haha, Schenkelklopfer.

Die Dobermänner fuhren herum und knurrten die Frau an. Während sie einen Satz zurückmachte, sprang ich auf und stellte mich zwischen sie und meine Knallkopf-Kollegen-Bande.

»Aus! Macht Sitz!«

Sechs Kulleraugen schauten zu mir, als hätte ich den drei Wandlern in ebendiesem Moment gesagt, Gassigehen wäre für heute gestrichen. Kaum zu glauben, dass die drei Nervensägen *erwachsene* (Wobei ich dieses Wort hier vorsichtig nutzen möchte) Männer waren. Alle beinahe zwei Meter groß in Menschenform und durchaus in der Lage, jedem Türsteher auf dem Kiez das Fürchten zu lehren. Und doch winselten sie wie Welpen, während ich sie mit meinem strengen Blick maßregelte.

»Was gibt es?« Mit einem freundlichen Lächeln drehte ich mich zu der Polizistin.

»Wir bräuchten ihre Hilfe als Paracog.« Ihr Blick weilte weiterhin auf den Dobermännern, die mittlerweile verspielt um meine Beine wuselten und mich drohten, umzuschmeißen.

Die Vermutung lag nah, dass dieses Verhalten goldig anmutete. Zugegeben, auf eine völlig verschrobene Art und Weise war es das auch. Aber das Problem in genau jenem Moment war, dass diese drei Kerle Kindsköpfe darstellten, wie sie im Buch standen. Jedes, ausnahmslos jedes Mal, wenn jemand meine Berufsbezeichnung *Paracog* aussprach, freuten sie sich dermaßen, dass sie in Hundeform manchmal sogar pinkelten. Zum Glück blieb mir dieses Schauspiel wenigstens dieses Mal erspart.

Wie sich drei erwachsene Männer jedoch dermaßen überschwänglich über die Silbe -cog erfreuten, blieb mir schleierhaft. Dass in Europa in der Neuen Weltordnung Deutsch und Englisch die offiziellen Sprachen waren, und jeder Einwohner diese beherrschte, verstärkte das Problem.

Fünf Jahre hatte ich Parapsychologie, Physik und Psychokinese studiert, nur damit mein Beruf in der abgewandelten Form des Worts Schwanz zusammengefasst wurde. Und ausgerechnet von drei Dobermännern, die Freude daran hatten, ihren eigenen zu jagen.

»Es reicht. Zurückwandeln, aber sofort!« Ich griff zu der Tasche mit Kleidung für die drei Chaoten und hielt sie fordernd in ihre Richtung. Leises Winseln erklang als Antwort. »Ich sagte: So-fort!«

Dumpf hallte das Brechen von Knochen durch den Club, die Dobermänner knurrten kehlig und wenige Augenblicke später standen drei erwachsene Männer nackt vor mir.

»Das war das letzte Mal, dass ich das dämliche Teil mitschleppe.« Mit diesen Worten warf ich Garth die Tasche mit

Kleidung zu, und zwar mit voller Wucht in Richtung seines Gesichts. Dank seiner Wandlerreflexe und -stärke, fing er sie allerdings mit Leichtigkeit. Dann grinste er mich an und zwinkerte. »Ihr habt die MagiTech-Armbänder, die sich um euren Körper legen und magisch Kleidung simulieren.« Während ich sprach, packte Garth langsam die Tasche aus. »Ihr braucht im Einsatz keine stylischen Shirts oder – wer zur Hölle von euch hat Flipflops zu einem Mordanschlag eingepackt?«, setzte ich nach und stemmte die Hände in die Hüften, als das völlig ungeeignete Schuhwerk aus der Tasche fiel, die Garth durchwühlte. Ich bückte mich nach den Flipflops und wedelte kurz mit ihnen.

Er, Flynt sowie Brooks zuckten nur mit den Schultern, was leider die inoffizielle Bewegung für »Ist uns egal« war.

»Aber das MagiTech-Zeug ist hässlich«, antwortete Flynt grinsend und nahm mir die Flipflops aus der Hand, während sich Brooks schweigend anzog. Garth nickte zustimmend und streifte sich die kurze Hose über.

Ich hingegen starrte mit offenem Mund zu meinen besten Freunden. Was zur Hölle trugen sie da? Und vor allem warum?

»Hawaii-Hemden, Flipflops und Shorts? Zu einem Mordfall? Sagt mal, wer hat euch heute Morgen ins Hirn ge–«.

»Herr Schäfer?«, meldete sich die Polizistin zögerlich zu Wort. Die Augen geweitet, schaute sie zwischen der Strand-Boy-Band und mir hin und her.

»Moment.« Ich wendete mich von ihr ab und zeigte mit einem Finger auf Flynt. »Das ist zu hundert Prozent auf deinem Mist gewachsen. Erklärung. Jetzt!«

»Das *Tropical Sun* eröffnet heute und hat eine superangesagte Party. Bis zwei Uhr gibt es Shots zum halben Preis.«

Ungewollt entwich mir ein tiefes Stöhnen.

»Ich musste ja fragen.« Von der Situation genervt, wenn auch nicht verwundert, fuhr ich mir durch mein Haar.

Entspann dich, Nicolas. Sie sind zwar Mitte zwanzig, aber als Wandler bedeutet es, dass sie frisch aus der Pubertät heraus sind. Hab Geduld!

Doch diese verließ fröhlich winkend, mit einem Liedchen auf den Lippen, den Raum, als Flynt und Garth wilde Tanzbewegungen präsentierten. Umgeben von Blut. Und Leichenteilen. An. Einem. Tatort.

»Sie sind Hundewandler«, flüsterte ich wie ein Mantra in meinen Bart. »Sie können nichts dafür. Bring sie nicht mit deiner Magie um. Sei der Erwachsene.« Ich straffte meine Schultern. »Okay, Jungs. Zugehört!«

Drei Augenpaare starrten mich erwartungsvoll an und ein weiteres, nämlich das der Polizistin, sichtlich verwirrt.

»Wo sind wir hier?«

»In einem Club!«, antworteten Garth und Flynt zeitgleich, während Brooks nickend auf seine Brüder deutete.

»Nein! Also ja, aber nein! Was seht ihr auf dem Boden um euch herum?«

Die drei musterten die blutverschmierten Marmorfliesen, dann die Leiche in der Ecke sowie die abgetrennten Arme, die sie mir zuvor in Hundeform gebracht hatten. Für einen Moment verweilten ihre Augen auf dem potenziellen Täter – ein Wechselbalg –, den wir hatten schnappen können. Schließlich drehten meine Kollegen sich zu mir.

»Oh«, erklang es unisono von ihnen.

»Ganz genau«, sagte ich. *»Oh.«*

Mittlerweile war so viel Zeit nach der Rückwandlung verstrichen, dass der Hundespieltrieb verpufft war, und ihr menschliches Denken zum Glück wieder übernommen hatte.

»Tut uns leid«, sagten sie mit gesenkten Köpfen und brachten es nicht fertig, mir in die Augen zu schauen. Irgendwann während unserer Freundschaft, hatten sie mich als Anführer des Rudels akzeptiert und es war bei der Röte auf ihren Wangen mehr als sichtbar, dass sie sich schämten, mal wieder dem Spieltrieb verfallen zu sein.

»Schon gut.« Ich seufzte und versuchte, den Ton meiner Stimme abzumildern. »Versprecht mir einfach, dass ihr eure Meditationsübungen ernster nehmt. Die sorgen dafür, dass ihr zwischen den Wandlungen schneller klar im Kopf werdet.«

Eifriges Nicken folgte als Antwort. Dumm nur, dass sie es vermutlich spätestens in unserer gemeinsamen Wohnung wieder vergessen haben und darüber jammern würden, wie furchtbar langweilig meditieren wäre. Natürlich hatten sie damit recht. Allerdings war es ein notwendiges Übel – nicht nur für sie, sondern ebenso für mich. Aus völlig unterschiedlichen Gründen, da ich ein Mensch und kein Wandler war. Aber dennoch half mir die Meditation, mein Gehirn von unnötigen Einflüssen des Tages zu reinigen. Bevor im Schlaf meine Albträume jede Nacht aufs Neue ihren Lauf nahmen.

Ich drehte mich zu der Polizistin, deren Verwunderung ungeahnte Ausmaße angenommen hatte, wenn man sich ihr Gesicht mit dem offenen Mund und den geweiteten Augen anschaute.

»So, jetzt sollten wir so weit sein.« Ich warf den drei Chaoten einen Blick zu und lächelte danach die Menschenfrau an. »Worum geht es?«

»Im …« Ihre Stimme kratzte und kam quäkig hervor. Schnell räusperte sie sich. »Im VIP-Bereich haben die Sensoren ausgeschlagen. Starke Feenmagie, die etwas mit dem Glimmerzauber verschleiert, doch es ist niemand zum Enthüllen anwesend. Man munkelt, dass Sie dazu … in der Lage sind?«

Auf ihren Lippen wollte sich ein Lächeln ausbreiten, aber es blieb bei dem Versuch. Ich hörte ihren beschleunigten Puls und roch den Respekt – oder war es Furcht? – vor mir. An vielen Tagen verfluchte ich die Feensinne, die entgegen aller Regeln, mir als Mensch zuteilgeworden waren. Jedoch nicht in solchen Situationen. Verstärkte Sinne boten in vielen Fällen eine präzise Einschätzung des Gegenübers.

»Danke, ich kümmere mich darum.«

Hastig nickte sie, starrte mich einen Moment an und eilte dann zu ihren Kollegen, die sich am Eingang des Clubs gesammelt hatten. Offenbar hatte die Arme ein Strohhalmziehen verloren und deswegen mit mir reden müssen.

Menschen verhielten sich nach zwanzig Jahren des gemeinsamen Lebens Schattenwesen gegenüber mittlerweile weitestgehend normal. In Bezug auf Paracogs, also magisch begabte Menschen wie mich, schwang weiterhin Skepsis mit. Und was geschah, wenn man wider jeder Logik als einzig bekannter Mensch Feenmagie beherrschte? Bingo. Misstrauen bis hin zu Angst beschrieb nicht mal im Ansatz, was mir entgegengebracht wurde. Sowohl von Menschen als auch von Schattenwesen.

Jemand wie ich war ein Außenseiter, verstoßen von beiden Gruppen. Vermutlich hätten alle Einwohner Hamburgs mehr Angst vor mir, als vor schwer bewaffneten Aliens mit Killerzähnen und *Wir-sind-hier-um-euren-Planeten-zu-übernehmen-*Schildern. Und dabei wussten nur eine Handvoll Einwohner, dass noch etwas anderes in mir schlummerte. Etwas, das jedes Wesen auf der Stelle vor mir flüchten lassen würde, wenn es das denn sehen könnte.

Ich legte den Kopf in den Nacken und stöhnte laut. Aus den Augenwinkeln sah ich die Polizistin. Als sie mich hörte, beschleunigte sie ihre Schritte und verschwand daraufhin mit ihren Kollegen aus dem Club, als würde er in Flammen stehen. Weiterhin genervt bewegte ich mich die schwarzen Marmortreppen hinauf in den VIP-Bereich. Vermutlich handelte es sich bei dem Zauber nur um eine Rauschbereich-Verzauberung. Der neuste Schrei unter reichen Wesen des Feenvolks. In diesem verzauberten Bereich empfand man Freude, Ekstase und Glücksgefühle, als durchlebte man zehn Orgasmen zeitgleich – und das, solange man in ihm verweilte.

Ich lachte bitter. Zehn Orgasmen, so viele hatte ich in den letzten drei Jahren zusammen nicht genossen. Na ja, wenn ich ehrlich war, begrenzte sich die Anzahl auf gloriose null. Und der Oscar für null Orgasmen ging an: meinen Job und mein Leben. Die mich beide so sehr einspannten und paranoid werden ließen, dass ich für ein echtes Privatleben, geschweige denn Sex, keinerlei Zeit fand.

Oben angekommen beäugte ich den VIP-Balkon, der ins Innere der Etage erbaut worden war. Garth neben mir schwieg und schnüffelte in die Luft hinein. Erst konnte ich nichts ausmachen. Alles mutete gewöhnlich an. Sah man von dem Blut und den Leichen ab – immerhin hatte hier vor Kurzem erst ein Massaker stattgefunden. Dennoch war mit bloßem Auge keine Feenmagie zu erkennen. Ich hätte einen blöden Sensor mitnehmen sollen, um meine Fähigkeiten zu schonen, aber hatte ich daran gedacht? Natürlich nicht.

Es musste sich um besonders starke Feenmagie handeln, denn ihre gewöhnlichen Formen vermochte ich ohne Einsatz der Paracog-Kräfte zu erkennen. Hier aber spürte ich bloß, dass Magie im Spiel war, erkannte jedoch nicht ihre genaue Beschaffenheit. Wunderbar. Dieser Tag durfte langsam enden.

In dem Sinne streckte ich die Gedanken aus, tastete in meinem Gehirn nach dem Schattenareal, das es mir als Mensch ermöglichte, Magie zu nutzen, und aktivierte ein Muster zur Erkennung von Feenmagie. Es legte sich vor mein Gesicht und formte eine Art holografische Brille. Nur einen kurzen Augenblick später sah ich ein Wabern in der Luft, und zwar direkt um ein großes, breites Sofa. Drei Personen lagen hinter dem Schleier des Glimmerzaubers, der die Wirklichkeit vor Fremden versteckte. Ich kniff die Augen zusammen und erkannte, wer dort friedlich schlummerte. Schlagartig verkrampfte ich die Fäuste und mein Nacken spannte sich an.

»O nein, auf keinen Fall!«, entfuhr es mir lautstark.

Garth neben mir horchte auf und zog tief die Luft ein, dann schaute er mich fragend an. Offensichtlich hatte er keine Gefahr gewittert, was durchaus korrekt war, wenn man bedachte, dass die Person hinter dem Glimmer keine klassische Bedrohung war.

»Was ist los?«, hörte ich Flynt rufen. Gemeinsam mit dem stummen Wandler Brooks polterte er die Treppe hinauf, die Augen zusammengekniffen und bereit für einen Kampf.

»Keine Gefahr«, antworte Garth, während er lässig mit den Schultern zuckte.

»Seine Ader!« Flynt deutete auf meine Stirn und Brooks ging hinter Garth in Deckung, dessen Augen sich fast comicmäßig weiteten. »Nicht gut.«

»Das kannst du laut sagen.« Meine Stimme glich mehr einem

Knurren, als tatsächlichen Worten. Mit einer Handbewegung lichtete ich den Glimmerzauber und zum Vorschein kam Bréanainn O'Toole mit zwei Gespielen. Ein männlicher Faun und eine Menschenfrau. Alle drei nackt und friedlich schlafend – vermutlich eher sturzbetrunken und ohnmächtig.

Es wäre so leicht, Bren jetzt zu töten. Drück ihm einfach ein Kissen aufs Gesicht und keiner würde Fragen stellen.

»Das kannst du nicht machen! Jedenfalls nicht vor Zeugen.« Garth musterte mich schockiert.

Mist, offensichtlich hatte ich meinen kühnen Mordplan laut ausgesprochen.

»Hat er Glitzer auf seinen Flügeln?«, fragte Flynt leise und näherte sich dem Sofa.

In der Tat. Auf den ledrigen Schwingen des Fae klebte irisierendes Partyglitzer.

»Ich glaube ja. Außerdem ist da ein Aufkleber mit Mach's mit Gummi, oder?«, fügte Garth lachend hinzu.

Brooks schielte neugierig hinter seinem Bruder hervor und seine Mundwinkel wanderten in die Höhe.

Ich hingegen seufzte und versuchte, mich daran zu erinnern, was meine Psychologin mir beigebracht hatte: einatmen und dabei bis vier zählen. Zehn Sekunden anhalten und dann innerhalb von sieben Sekunden langsam ausatmen. Das wiederholte ich einige Mal.

Völlig umsonst jedoch. Ich war weiterhin in der Stimmung, das Flattervieh vor mir umzubringen. Bren und ich hatten … Na ja … eine Vorgeschichte.

Die königliche Familie O'Toole stellte die einzig vollständig erlaubte Fae-Blutlinie in Europa dar – alle anderen waren verbannt worden, getötet, eingesperrt oder unterlagen strikten Restriktionen. Anders als viele glaubten, waren Fae richtige Arschlöcher und Psychopathen. Nicht zu verwechseln mit dem gesamten Feenvolk, die deutlich netter waren – wenn auch ungemein sarkastisch. Aber immerhin versuchten sie nicht die Herrschaft an sich zu reißen.

Nicht genug, dass es nur eine vertrauenswürdige Fae-Blutlinie gab, saß der Fae-König im obersten Rat Deutschlands und residierte hier in Hamburg. Blankenese, wo auch sonst?

Ich war zu jener Zeit der Fae-Verfolgung und Vertreibung einer der Agenten, der zur Befragung abgestellt worden war. Quasi derjenige, der hatte herausfinden müssen, welche Fae-Blutlinien die Menschen zu versklaven und töten gedachte, und welche friedlich daherkamen. Es hatte sich herausgestellt, friedlich waren im Grunde nur die O'Toole.

Was jetzt so schlimm an Bren war?

Die kurze Antwort: Alles!

Die lange: Im Januar vor drei Jahren erlebte ich meinen dunkelsten Tag überhaupt. Völlig betrunken landete ich mit Bren im Bett. Was so weit nichts Aufsehenerregendes gewesen wäre, bedachte man, dass der verfluchte Kronprinz ein illustres Sexleben sein Eigen nannte. Dumm nur, dass Feenwesen Eier legten, statt wie Menschen zu gebären. Und legen ist hier eine nette Umschreibung für auswürgen. Ja, wie kotzende Hühner. Völlig absurd. Was das Ganze zusätzlich verschlimmerte: Sie taten es nur einmal im Leben. So richtig im Stile von verdammten Seelenpartnern. Der volle Hollywoodkitsch in einer bescheuerten, geflügelten Schattenwesenspezies.

Nun ratet, wer fünf Minuten nach dem Sex mit mir ein Ei zur Welt gebracht hat …

Richtig, Bren fucking O'Toole. Der Kronprinz der Fae, Vater meines Sohnes, der mich die letzten drei Jahre geghostet hat und den ich in diesem Moment das erste Mal wiedersah.

Schnaufend drehte ich auf dem Absatz um, hörte, wie sich meine drei Freunde wandelten, und verließ das Gebäude.

Nachdem ich die Zentrale der *Magical Intelligence Agency*, kurz MIA, verständigt hatte, schüttelte ich meine Schulter. Sie hatte sich vollständig verkrampft. Mein Kopf dröhnte vor Wut und vor Verwirrung. Langsam bewegte ich mich zu der Flugschneise, die mittig durch den Kiezblock führte. Auf City-Level 0 diente sie als gewöhnliche Straße, auf den höheren Levels als Flugstraße für die Skycars und -bikes. Vor meinen

Augen vermischten sich die Lichter der Fahrzeuge mit der blaupinken Neonbeleuchtung der Clubs. Träge erhob ich meinen Blick. Zwischen einigen Skycars und -bikes konnte ich nach über hundert Metern, vorbei an Level 3 und 4, den Himmel am oberen Ende der Schneise erkennen. Tief sog ich die kühle Morgenluft ein, die hier auf City-Level 2 deutlich wärmer war, als sie in der freien Natur gewesen war. Aber freie Natur, ohne von Beton und Glas umgeben zu sein, zählte in der Megacity Hamburg als Privileg, das nicht jedem vergönnt war. Platz war Mangelware und die Stadt war nach dem Zuwanderungsboom explosionsartig in die Höhe gewachsen.

Fünfzig Meter unter und etwa hundertfünfzig über mir umgab mich der Betonklotz des Kiezblocks. Ausschließlich die Schneise in der Mitte eröffnete den Blick auf den Boden, sowie nach oben hin in den dämmernden Morgenhimmel, während ich ansonsten auf den breiten Wegen der Ebenen über mir nur den Betonboden des nächsten Levels sah.

»Verdammter Bren O'Toole«, murmelte ich vor mich hin. Die Dobermänner schmiegten sich beruhigend an meine Beine, um mir zu verstehen zu geben, dass sie für mich da waren. »Drei Jahre ignoriert er uns und jetzt stolpere ich über ihn!«

Behäbig zog ich die Luft durch die Nase ein und ließ sie durch den Mund entweichen. Diesen Vorgang wiederholte ich mehrere Male und hoffte dabei, so abwegig es klang, auf meine Stimmungsschwankungen. Es dauerte eine Minute, dann setzte der erhoffte Effekt ein und meine Wut milderte sich deutlich ab – meine tobenden Gedanken besänftigten sich schlagartig. Seit drei Jahren wurde ich mittlerweile von ihnen geplagt. In der einen Sekunde tobte ich vor Wut, in der anderen war ich ausgeglichener als jeder Yogatrainer. Eine Erklärung, woher sie kamen, hatten weder der Psychologe des Geheimdienstes noch ich gefunden. Somit versuchte ich, mich mit ihnen zu arrangieren, und hoffte in Momenten wie diesen auf ihr spontanes Erscheinen.

Langsam drehte ich mich um und sah zurück zum Club, ließ den Blick die gläserne Fassade des Empires hinaufschweifen, das ich fluchtartig verlassen hatte. Zehn Stockwerke erstreckten sich vom Boden des City-Level 2 bis zur nächsten Decke und somit dem Fundament von City-Level 3. Auf den oberen Etagen des gesamten Empires befanden sich links und rechts Wohnungen mit verdunkelten Fenstern. Wie Wesen in diesem Teil des Kiezblocks direkt neben einem der angesagtesten Clubs wohnen konnten, war mir schleierhaft.

Kopfschüttelnd schaute ich erneut zu meiner anderen Seite. Abgesperrt durch ein Glasgeländer, reichte die Schneise neben mir fünfzig Meter in die Tiefe. Dort sah ich die neonpinken Lichter von City-Level 1 vage schimmern. Bei dem Anblick knurrte mir unmittelbar der Magen. Es war Zeit, die Ebene zu wechseln und bei Curry Joe etwas zu Essen zu bestellen.

Wie in jedem Block konnte man über großzügig verteilte Brücken aus trübem Glas problemlos auf die andere Seite der Flugschneise wechseln. Dort befanden sich ebenso die Aufzüge zwischen den City-Leveln. Im Grunde stellten die Böden, auf denen man auf den Ebenen lief, riesige Balkone an den Wolkenkratzern dar, die die hohen Häuser auf einer Seite miteinander verbanden, wie ein riesiger Gehweg.

Über die meisten originalen Viertel Hamburgs waren weitere Plattformen erbaut worden, um Wohnräume, Geschäfte und sonstige urbane Strukturen zu schaffen. Diese Ebenen trugen die offizielle Bezeichnung City-Level, wobei 0 das ursprüngliche Hamburg am Boden bezeichnete.

Ein jedes Level umfasste zehn Stockwerke, was fünfzig Metern entsprach und wurde von dem nächsten Level durch schwere Betondecken getrennt. Viele der alten Viertel waren in Blöcke unterteilt worden, und so gehörte die Reeperbahn zwar weiterhin zu St. Pauli, aber der Gebäudekomplex, der die gesamten 930 Meter der alten Freudenmeile überdeckte, bezeichnete den Kiezblock.

»Wir sollten etwas essen, bevor sie mich zu dem Verhör dazu bestellen«, sagte ich zu den drei Dobermannwandlern, die weiterhin aufgeregt um meine Beine wuselten. »Und ihr wandelt euch zum Essen zurück in eure menschliche Form.«

Garth knurrte, während Brooks winselte. Flynt hingegen wedelte fröhlich mit dem Schwanz. Im Gegensatz zu allen anderen Wandeltieren gestaltete es sich für Hundewandler ungemein schwierig, ihre animalischen Instinkte in der Tierform zu kontrollieren.

»Das war keine Bitte.« Mit diesen Worten bewegte ich mich zu der Glasbrücke Reeperbahn Mitte. Zu meiner Freude kam der Aufzug genau in diesem Augenblick vor mir zum Stehen und bot trotz der bereits vorhandenen Fahrgäste genügend Platz für uns vier. Ich drängte mich zwischen sie und zwanzig Sekunden später hatte der gläserne Aufzug uns die zehn Stockwerke in die Tiefe auf City-Level 1 gebracht.

Der Imbiss Curry Joe befand sich in der Mitte von Level 1, oberhalb der alten Reeperbahn. Vor gut zwanzig Jahren vereinte das Original, die ursprüngliche Reeperbahn, Partys, Sex und Bars zu einer bunten Mischung auf einer langen Straße.

Heute hingegen, mit den vier Leveln des Kiezblocks, teilte sich die nächtliche Unterhaltung auf. Während sich auf dem City-Level 0 der Reeperbahn hauptsächlich Drogen, harter Sex und oft illegale Machenschaften tummelten, fand man auf Level 1 von Stripshows über Bordelle bis hin zu Live-Sexunterhaltung alles, was das frivole Herz begehrte. Ebenso hatte eine Vielzahl von Imbissen und Restaurants hier ihr Zuhause. So auch unser liebster Zwischenstopp bei dem alten Möwenwandler Joe.

Auf den anderen drei Ebenen waren wir nie zum Essen. Level 2 war uns zu laut und wurde von viele nur Funpark genannt, da die Clubs und Bars dort rund um die Uhr geöffnet hatten. Level 3 und 4 hingegen waren für die edlen Casinos, Hotels und Restaurants reserviert, die sich nur wenige Bewohner des Kiezblocks überhaupt leisten konnten. Zwar verdiente ich als MIA-Agent deutlich besser als neunzig Prozent der Einwohner in diesem Block, aber für die überteuerten Preise der oberen Level war ich definitiv zu geizig. Und meine drei Freunde, ehrlich gesagt, nicht wohlerzogen genug.

»Zurückwandeln«, befahl ich, als wir an Joes Imbiss ankamen. Vor mir ragte eine offene, quadratische Glasbox aus dem Boden, die die Küche beherbergte und mit einer Vielzahl von Neonreklamen verziert war. An jeder Seite der Box standen zwei Tische, getrennt von Körbchen mit bunten Pflanzen.

Ich hörte Knochen brechen und wenige Augenblicke später ragten meine drei Schränke von Freunden an meiner Seite empor. Mit einem Meter achtzig gehörte ich nicht zu den kleinsten Menschen, doch neben den Drillingen wirkte ich mickrig. Zum Glück hatten sie endlich aufgegeben, mit mir bezüglich der Bekleidung aus dem MagiTech-Armband zu diskutieren. Nach der Rückwandlung erstreckte es sich über ihre Körper und hüllte sie in schlichte graue Kleidung ein. Vor der Erfindung dieser Technologie hatte immer jemand – leider ich – eine Tasche mit Hosen und Shirts für die Brüder mitschleppen müssen.

Wobei ich erwähnen sollte, dass Garth ihr Partyoutfit, samt Flipflops, von dem Tatort mit der Tragetasche in seinem Maul hierher geschleppt hatte. Offensichtlich war er schlau genug gewesen, mich in meiner vorherigen schlechten Laune nicht darum zu bitten. Äußerst kluge Entscheidung.

Da jeder von uns hungrig war, bestellten wir ohne unnötigen Small Talk das Essen, warteten einige Minuten schweigend und nahmen es dann dankbar mit zu einem der Tische.

Für ein paar weitere Augenblicke genoss ich die Ruhe. Dafür musste ich schlicht und einfach die vor Aufregung zitternden Körper meiner Freunde ignorieren. Gerade als ich mich fragte, wie lange sie es schaffen würden, zu schweigen, räusperte sich Garth.

»Wir könnten ihn töten«, sagte er betont beiläufig und biss in seinen üppig gefüllten Hotdog. Nachdem er kurz gekaut hatte, stöhnte er geräuschvoll. »Himmel, ich liebe Joes Essen.«

Schlürfend sah Brooks von seiner Suppe auf. Einige Nudeln hingen ihm aus dem Mund, die er grinsend einsaugte, bevor er nickte.

»Guter Plan. Ich könnte Bren verscharren«, mischte sich Flynt euphorisch ein. »Und wir schauen, ob Brooks riechen kann, wo ich ihn verstecke.«

»Guter Plan?« Mit einem Seufzen schob ich meine Currywurst von mir und fixierte Flynt.

Urmagie, bitte gib mir Kraft!

»Natürlich. Hundeartige Wandler haben den besten Geruchssinn und keiner kommt an Brooks ran. Wenn er Brens Leiche nicht riecht, dann findet ihn niemand.« Flynt strahlte mich an, als hätte er eine Epiphanie gehabt und nicht soeben den dümmsten Plan aller Zeiten lautstark in einem Imbiss auf dem Kiez hinausposaunt.

Das konnte echt nicht wahr sein. Womit hatte ich diese drei Knallköpfe als Freunde verdient?

»Wir können den Kronprinzen nicht einfach töten!«

Obwohl ich es im Club laut ausgesprochen hatte, stellte es keine realistische Option dar.

»Aber warum nicht? Du wolltest ihn vorhin mit einem Kissen ersticken. Sogar vor Zeugen«, merkte Garth schmatzend an.

»Weil man nicht jeden tötet, der einen nervt«, antworte ich, ignorierte seinen Einwand meines eigenen Fehlverhaltens und hob die Hand, als Flynt zu sprechen ansetzte. »Und weil wir für die MIA arbeiten. Wir sind die Gesetzeshüter.«

»Würde es sich leichter gestalten, die Beweise verschwinden zu lassen.«

Meinte Flynt das ernst?

»Wir töten niemanden!«

»Aber wehe der blöde Snob beansprucht dich. Du bist unser Mensch!«

Ich blinzelte. Einmal. Zweimal. Dann ein drittes Mal.

»Ich gehöre euch?«, fragte ich so leise, dass es einem Zischen glich.

»Was Flynt meinte«, setzte Garth an. »Ist …«

»Ich höre.«

»Ja, ist … Dass wir … Ähm … Deine besten, gleichberechtigtsten Freunde sind, die deine Eigenständigkeit inbrünstig schätzen. Und kein stinkender Fae darf sich dazwischen drängen.«

»Was Garth sagt«, stimmte Flynt mit einem Wink der Hand zu.

Ich schloss die Augen, atmete tief ein und aus und schaute sie dann eindringlich an.

»Sprecht mir nach: Menschen sind keine Haustiere und jedes Wesen gehört nur sich selbst!«

Betretene Gesichter schielten mir entgegen, bevor sie meine Worte murmelnd wiederholten und sich entschuldigten.

Dobermannwandler, so verspielt und gefährlich sie daherkamen, waren vor allem eins: territorial-besitzergreifend. Ich musste mir ständig ins Gedächtnis rufen, dass sie im Grunde pubertierende Teenager waren. Das hieß, ich versuchte, ihnen regelmäßig nahezubringen, was sich gehörte oder eben nicht.

Hawaii-Hemden und Flipflops an Tatorten? Definitiv unangebracht!

Tanzschritte am Ort eines Massakers aufführen? Nope!

Menschen als Eigentum betrachten? Großes Nein!

Kronprinzen töten? Ebenfalls Nein!

»Falls ihr einen geeigneten Ort für eine Leiche braucht, sagt Joe Bescheid. Er hilft euch«, rief Joe, der mal wieder in der dritten Person über sich selbst sprach, Garth zu. Das entlockte meinem Freund ein breites Grinsen, jedenfalls bis er meinen finsteren Blick bemerkte.

Herzlich willkommen in Hamburg, der Stadt der Sünde, in der man in der Öffentlichkeit bei einer Currywurst einen Mord planen kann.

Glimmer, der
Substantiv

1. gewöhnliche Feenmagie

2. Zauber, der das wahre Aussehen eines Wesens, Gegenstands oder Raums verhüllt und Fremde nur sehen lässt, was der Anwendende sie sehen lassen will

3. Macht nicht unsichtbar

Aus dem Archiv von Alexis,
der Bibliothek von Alexandria

2

Nicolas

Zum Glück hatten wir es noch geschafft, etwas zu essen, denn nicht einmal fünf Minuten nachdem wir fertig waren, hatte eine Nachricht auf meinem Smartphone über eine sichere Leitung aufgeblinkt und mir das Safehaus mitgeteilt, in dem das Verhör stattfinden würde. Über das Hive, die magische Version des Internets, die das World Wide Web verdrängt hatte, war es mir leichtgefallen, die Route zu finden.

Ich gehörte vermutlich zu den wenigen Wesen in Hamburg, die weiterhin so veraltete Technologie wie ein Smartphone mit Touchfunktion benutzten. Aber das Unwohlsein über ein Holoimplantat im Unterarm konnte ich nicht ignorieren. Nachdem ich meine Eltern durch einen Technikfehler eines Skycars verloren hatte, misstraute ich der magischen Technologie allgemein. Außerdem störte mich die Tatsache, dass ich jederzeit zu orten war, und Wesen auf das projizierte Hologramm schauen konnten und somit jegliche Nachrichten nicht mehr geheim waren. Dafür liebte ich meine Privatsphäre zu sehr und fand es zudem unheimlich, einen Datenkristall im Arm implantiert zu haben. Für mich gehörte Technologie nicht in den Körper, weswegen ich die beliebten Implantate kategorisch ablehnte.

Jedenfalls saß ich seit einer Stunde auf einem schrottreifen Sofa, und eine alte Feder stach mir in den Hintern.

Wieso Safehäuser nicht modern oder wenigstens komfortabel sein konnten, war mir schleierhaft. Als würden Verbrecher, Syndikate und Co. sich denken: *Oh, das ist eine Bruchbude, da wird die MIA keine grenzwertig illegalen Verhöre abhalten.*

Ich schaute aus dem verschmutzten Fenster und erkannte den Fischmarkt in den frühen Morgenstunden. Mittlerweile war ich beinahe zweiundzwanzig Stunden wach und merkte die Erschöpfung in meinen Muskeln. So müde ich war, graute es mir doch vor dem Schlaf. In wenigen Minuten würde ich wieder Sünden und Erinnerungen von einem Wesen stehlen, die mich dann im Traum heimsuchten.

Flynt und Garth lagen in Hundeform zu meinen Füßen und dösten. Vermutlich bereiteten sie sich auf die kommende Partynacht vor. Nur Brooks saß neben mir auf dem Sofa und schmiegte sich an mich. Sanft fuhr ich mit der Hand durch sein Fell und kraulte ihn hinter den hinabhängenden Ohren. Sein Blick fand den meinen. Für einen Moment sahen wir uns an, dann seufzte er und legte seinen Kopf auf meinen Schoß.

Kaum jemand verstand mich in dem Maße, wie Brooks es tat. Während seine beiden Brüder Frohnaturen par excellence waren, fiel dem stummen Wandler das Lächeln deutlich schwerer. Er war nicht von Geburt an in Schweigen gehüllt. Aus Erzählungen wusste ich, dass er sogar der fröhlichste und wildeste der drei gewesen war – bis … zu dem Vorfall.

Vor sechzehn Jahren, damals lebten sie in Chicago, war die Welt der drei auseinandergebrochen. Garth und Flynt befanden sich auf einem Schulausflug, während Brooks mit Fieber im Bett lag. Kurz nach Mitternacht stürmten Mitglieder eines Kartells ihre Wohnung. Die Eltern der Wandler waren ebenso im Dienst der MIA gewesen, und da ihre Mutter aus Kolumbien stammte, war sie dort verdeckt als Undercoveragentin eingesetzt worden.

Bis heute blieb unklar, wer sie verraten hatte, aber Brooks musste aus seinem Versteck mit ansehen, wie seine Eltern bei lebendigem Leib in Brand gesteckt worden waren. Nur mit allerletzter Kraft und einer schweren Rauchvergiftung hatte er es aus dem Haus geschafft. Seit diesem Tag schwieg Brooks – allen gegenüber, außer Flynt. Mit seinem fünfzehn Minuten älteren Bruder sprach er sporadisch und selbst dann nur flüsternd.

Da ich meine Familie genauso verloren hatte, verbanden uns der Schmerz und die Sehnsucht nach ihnen. Ebenso die Tatsache, dass man manche Bilder nie aus seinem Kopf bekam – egal, wie intensiv man es versuchte.

Die Kellertür öffnete sich mit einem lauten Quietschen. Brooks Kopf schnellte von meinem Schoß hoch, ehe er den im Rahmen stehenden Agenten anknurrte.

»Hey Kumpel, er gehört zu uns«, sagte ich leise.

Brooks knurrte weiterhin, fletschte die Zähne und ließ ein tiefes Bellen erklingen. Vorsichtig nahm ich sein Gesicht in die Hände und drehte es zu mir.

»Schon gut. Deswegen sind wir hier. Das ist mein Job.«

Dieses Mal bellte er leise und begann zu jaulen. Ich legte die Stirn an seine und atmete tief durch. Wärme umspielte mich, als sich ein Gedanke aus seinem Kopf löste, sich in Form von heller, goldener Tinte in meine Richtung bewegte und dann über meinen Nacken zu meinen Schultern wanderte. Ein kaum vernehmbares Zischen erklang, verbunden mit einem Kribbeln.

»Danke, mein Freund«, flüsterte ich und Brooks gab ein leises Bellen von sich.

Als ich die Augen wieder öffnete, starrte uns der Agent mit offenem Mund an. Ob aufgrund der Tatsache, dass er den Schäfer das erste Mal in Aktion gesehen hatte, oder weil es anders vonstattengegangen war, als er vermutet hatte, vermochte ich nicht zu sagen.

Sollte er bei dem Verhör zuschauen, würde er zu sehen bekommen, was meine Kräfte in Wahrheit darstellten. Warum sie gefürchtet und verteufelt wurden. Die innige Geste mit Brooks und die goldene Tinte, die von seinem Geist in meine Gedanken gewandert war, stellte etwas anderes dar. Freundschaft, Liebe, Familie. Brooks hatte mir einen Gedanken der Wärme geschenkt, wie er es jedes Mal tat, bevor ich meine dunkle Gabe nutzen würde. Damit ich mich nicht darin verlor. Mich ihr nicht völlig hingab. Einen Grund hatte, an etwas Gutem festzuhalten.

»Agent Schäfer?« Der junge Mann räusperte sich. »Wir bräuchten Sie dann unten zum Verhör.«

Langsam erhob ich mich, fuhr Brooks ein letztes Mal durch sein Fell und nickte knapp. Ohne ein weiteres Wort wandte ich mich zur Kellertreppe und begab mich die Stufen hinunter. Ein flackernder Leuchtkristall erhellte die verzogenen Holzstufen, die bei jedem Schritt ächzten.

Unten angekommen flackerte das Licht zwar nicht mehr, dennoch schienen auch hier die Kristalle nicht vollständig aufgeladen zu sein. Aber wer erwartete schon ein intakt gehaltenes Kellersystem unter einer solchen Bruchbude.

Vor der Tür aus beschlagenem, schwarzen Hexenstahl standen zwei bullige Wachen. Sie rochen nach Bärenwandler. Beide musterten mich abfällig. Vermutlich erschnüffelten sie lediglich einen Menschen und fragten sich, was ich hier zu suchen hatte. Ich widerstand dem Drang, mit den Augen zu rollen, und ärgerte mich, dass es nach all den Jahren der Neuen Weltordnung fortwährend schmerzte, wenn ich so abschätzig gemustert wurde.

Unvermittelt kitzelte etwas in meiner Nase. Ich zog tief die Luft ein, ließ den Geruch über meine Feensinne tanzen und dann schwenkte mein Blick in eine spärlich beleuchtete Nische neben der Tür. Die Luft waberte kaum merkbar auf, meine Mundwinkel wanderten anerkennend in die Höhe. Mit einem Wink der Hand wischte ich den Glimmer beiseite und enthüllte, was der Zauber verschleierte – oder besser gesagt wen.

Zwei aufgerissene Augen starrten mich an. Der zu einem stillen O geöffnete Mund saß in einem scharfkantigen Gesicht mit hohen Wangenknochen, das einer jungen Luftnymphe gehörte. In ein paar Jahren, mit weiterem Training, würde ich sie nicht mehr erspüren können. Bedachte man ihr geringes Alter, so war sie überdurchschnittlich gut ausgebildet worden.

»Wie? Das … ist unmöglich«, stammelte sie.

Mit einem leisen Lachen zwinkerte ich ihr zu. Dann wendete ich mich den beiden erstaunten Wandlern zu.

»Ich bin der Schäfer der Sünden und werde erwartet.«

Ein Pfiff durchschnitt den Gang, als die Luftnymphe scharf ausatmete. Auch die Bärenwandler zuckten merklich zusammen. Ihr zuvor einschüchterndes Verhalten, die Ablehnung, waren verschwunden und durch ein Gemisch aus Ehrfurcht und Angst ersetzt worden.

Ich war es so leid. So unfassbar müde. Auf den ersten Blick verurteilten mich alle als einen Menschen, der zum unteren Ende der Machtpyramide gehörte. Doch sobald sie erfuhren, wer ich in Wirklichkeit war, beugten die meisten Wesen ihr Haupt. Nicht aber aus Respekt, sondern aus Furcht.

»Ja, natürlich. Wir … Sie … Hier, bitte«, antwortete eine der Wachen stockend und öffnete mir die Tür.

Ohne sie eines weiteren Blickes zu würdigen, betrat ich den Verhörraum. Wenn sie mir als Mensch keinen Respekt entgegenbrachten, dann verdienten sie meine Aufmerksamkeit nicht.

Der Raum, in dem ich mich nun befand, stellte sich anders dar als erwartet. Die Wände waren aus grob verputztem, grauen Beton. Vereinzelte dunkelrote Spritzer bildeten ein groteskes Gemälde an ihnen. Vermutlich handelte es sich um das Blut des Gefangenen. Jedenfalls roch die klamme Luft hier danach, gemischt mit Schimmel und altem Gehölz. Dunkler Holzboden und ein Teppich erstreckten sich über die gesamte Fläche. An den Wänden standen zwei massive Holzregale mit Akten, Werkzeugen und Tränken. In der Raummitte befand sich ein Stuhl, an den der geschundene Wechselbalg gefesselt war. Davor ein gemütlicher Sessel, der wie ein Fremdkörper wirkte.

Fünf Leuchtkristalle schwebten neben dem Gefangenen und beleuchteten sein Gesicht in verschiedenen Orangetönen. Seine Züge wechselten im Sekundentakt von Mensch über Fae hin zu Reptil. Wechselbälger waren Mischwesen zwischen eben diesen Spezies und hervorragende Agenten, wenn man sie bei Feinden einschleusen wollte. Leider hatten sie die falsche Seite gewählt – die der vertriebenen und verbannten Fae-Familien. Immer wieder deckten wir einzelne Wechselbälger auf, die

Personen in einflussreichen Positionen ersetzt hatten, nachdem sie sie getötet und ihr Aussehen angenommen hatten.

Der Wechselbalg schaute stöhnend auf. Als er mich erblickte, zeigte er ein hämisches Grinsen voller spitzer Zähne.

»Ein Mensch?« Er lachte schallend. »Bist du mein Frühstück, Abschaum?«

»Ich leite ab jetzt dieses Verhör. Keine Sorge, wir werden nicht länger als ein paar Minuten brauchen, bis ich alle Informationen habe.«

Erneut lachte der Gefangene, und zwar so sehr, dass er sich verschluckte und zwischen Grunzen und Lachen wechselte.

»Du? Ein kümmerliches Haustier will mir Geheimnisse entlocken? Wie erbärmlich ist unsere Gesellschaft geworden, dass sie mit solchen wie dir zusammenarbeiten?« Er spuckte Blut auf den Boden, dann fuhr er sich mit der grünen Zunge über die messerscharfen Zähne. »Komm näher, Menschlein. Ich flüstere sie dir.«

Im Geiste tastete ich nach dem Glimmer, der mich umgab. Mit dem ich den Schäfer der Sünden vor allen verbarg, sogar vor mir selbst – jedenfalls solange, bis ich seine Kräfte benötigte. Meine Gedanken legten sich darüber und fühlten den Feenzauber, der sanft über meinen Körper strich. Wie weicher, dünner Stoff schmiegte er sich an mich, belegte mich mit einer Illusion, verdeckte, was sich darunter in Wahrheit verbarg. Mit einer Handbewegung streifte ich den Feenglimmer wie ein Hemd von mir und entblößte mein wahres Ich und den Körper, der aufgrund der Schäfer-Gabe kaum an einen Menschen erinnerte.

»Nein! Bitte … Bitte nicht. Du … Du bist doch nur eine Schauergeschichte. Ein Mythos. Eine … Dunkle Legende … Ich … Ich …«. Die Stimme des Wechselbalgs brach wimmernd. »Ich sage euch alles. Nur bringt *ihn* hier raus.«

Seine aufgerissenen Augen weilten auf mir. Beinahe hätte ich Mitleid mit ihm verspürt. Nicht, weil ich seine Straftaten verstand, nein. Das Mitgefühl bezog sich auf den Schrecken, mein wahres Äußeres zu sehen.

Der Glimmer ließ mich tagtäglich blond, jugendlich und mit leicht gebräunter, weißer Haut erscheinen. Freundlich, unschuldig und harmlos. Der Mensch namens Nicolas, den alle sahen. Der Nic, der ich schon lange nicht mehr war.

Als Schäfer der Sünden hatte ich hingegen rein gar nichts Unschuldiges an mir. Meine Haut war weiß wie Schnee, sodass das Licht sich strahlend auf ihr brach und mich leuchten ließ. Blendend hell. Als hätte man zu lange in die Sonne geschaut. Durchzogen von unzähligen glühenden, roten Tätowierungen, die nur für mich sichtbar waren. Eine schauriger als die nächste. Meine pupillenlosen Augen bestanden aus purer Schwärze und schluckten jegliches Licht. An meiner Stirn öffnete sich mein drittes Auge, und schwarze Flammen loderten aus ihm hervor. Wie zähflüssiges Öl floss formgewordene Finsternis mein Gesicht hinab, umspielte meinen Körper, bildete einen Teich der Dunkelheit zu meinen Füßen und vervollständigte die dunkle Legende, die ich war. Ein Monster im Schafspelz. Ein Schicksal, das ich nicht selbst gewählt hatte und über alle Maßen hasste.

»Nein«, flehte der Wechselbalg. Seine Augen glänzten feucht. »Du solltest auf unserer Seite kämpfen. Siehst du nicht, wie korrupt die Gesellschaft ist?«

»Was ich sehe, ist, dass unsere Gesellschaft sich immer noch findet und Wesen wie du den Frieden gefährden.«

Der Wechselbalg schüttelte verzweifelt den Kopf. Einzelne Tränen lösten sich aus seinen Augen und flogen mir entgegen. »Du bist geblendet. Die Wahrheit wird dir vorenthalten.«

»Der einzig Verblendete bist du«, sagte ich und setzte mich ihm gegenüber in den Ohrensessel. Der weiche Samt unter meinen Armen beruhigte meine Nerven ein wenig. »Mord, Unterdrückung und Krieg zwischen den Menschen und Schattenwesen haben uns überhaupt erst in diese Lage gebracht.«

Glaubte ich aus ehrlichem Herzen, dass alles rechtens war? Mitnichten. Natürlich war die Politik in Hamburg korrupt. Mächtige Menschen strebten immer nur nach einer Sache: mehr Macht. Einem Suchtgefühl ähnlich.

Von den Konzernen ganz zu schweigen, die ihre Seelen für Geld und Einfluss hergaben wie die Prostituierten im Kiezblock ihren Körper. Nur hatten die Sexarbeiterinnen Würde, Moral und Anstand, was man von den Konzernbossen nicht behaupten konnte.

Selbst die MIA-durchtränkten korrupten Mitarbeiter und Agenten, die mit den Syndikaten für billige Drogen oder den Konzernen für etwas Luxus zusammenarbeiteten. Und damit alles verrieten, wofür so viele kämpften: Frieden und ein gerechtes Miteinander.

Aber all das war in diesem Moment nicht meine Sorge. Ich war hier, um dem Gefangenen Informationen zu entziehen und zu verstehen, wozu der Anschlag auf das Empire gedient hatte. Als angesagtester Club und edelstes Bordell Hamburgs versammelten sich dort jede Nacht Wesen mit Rang und Namen auf den zehn Etagen. Jegliche Lust, alle Fetische, jedes Verlangen wurde im Empire gestillt – wenn man denn zu den Glücklichen gehörte, die eingelassen wurden. Aber auf wen oder was hatte es der Wechselbalg abgesehen? Arbeitete er allein?

Gleich würde ich es wissen.

Ich legte meine Hand an die Stirn des Gefangenen, der die Augen geweitet hatte. Trotz meines blendenden Lichts war sein Schrecken offenbar so groß, dass der Wechselbalg es nicht schaffte, sie zu schließen.

Ich holte tief Luft, schloss die Augen und streckte meine Gedanken in den Geist des Gefangenen aus. Nach wenigen Augenblicken fand ich, was ich suchte. Wild stoben seine Gedanken, Sünden und Erinnerungen umher. Wie leuchtende Autobahnen erstrahlten sie in verzweigten Linien. Ich zupfte daran und befahl ihnen, zu mir zu wandern. Mühelos gehorchten sie mir – wie jedes Mal.

Ich öffnete die Augen. Schwarzer Tinte gleich flossen seine Emotionen, schädlichen Gedanken und alle Erinnerung an begangene Straftaten aus den Poren des Wechselbalgs. Im Gegensatz zu schönen Erinnerungen, die in Gold erschienen, nahmen Sünden die Farbe schwarz an. Einzelne Tropfen versammelten sich, bildeten Rinnsale und bewegten sich träge zu meiner Hand an seiner Stirn.

Die Augen weiterhin vor Panik geweitet, starrte mich der Wechselbalg an. Sein Mund formte Worte, doch im Raum blieb es still. In wenigen Augenblicken würde er befreit sein, was ihn aber dennoch nicht vor seiner Strafe bewahren würde. Selbst seine Schuld in mich aufzunehmen, würde nichts daran ändern, dass er sich zweifellos wieder mit ihr beladen würde.

Bevor ich tiefer in diesen traurigen Gedanken versank, traf die schwarze Flüssigkeit meine Finger. Greller Schmerz explodierte hinter meiner Stirn. Der Raum drehte sich. Wände kamen näher. Stimmen brüllten. Ich roch Blut, Exkremente und verbrannte Haut. Wesen flehten um Gnade. Bettelten um ihr Leben. Die Pein in meinem Kopf wurde lauter, drohte, mich zu übermannen, doch so plötzlich sie gekommen war, verebbte sie. Sie würde erst wiederkommen, sobald ich schlief.

Der Wechselbalg fiel in sich zusammen, ausgelaugt von der Tortur. In einer Stunde würde er wieder erwachen, ohne die gestohlenen Gedanken und abzüglich der Erinnerungen an mich und somit der Identität des Schäfers.

Langsam erhob ich meinen müden Körper aus dem Sessel. Mein Kopf schmerzte dermaßen, als würde er jeden Augenblick zerbersten. Ungelenk reckte ich ihn zur Seite, bis mein Nacken knackte. Mittlerweile gehörten Kopfschmerzen zum Alltag. Nicht nur nach dem Einsatz meiner Schäfergabe, sondern ebenso als Paracog. Jeder von uns kannte diesen drückenden Schmerz.

Im Gegensatz zur Magie der meisten Schattenwesen und der Schäfergabe, die sich an einem unerschöpflichen Vorrat arkaner Energien bedienten, entstanden Paracog-Zauber im Schattenareal unseres Gehirns.

Dieser bei gewöhnlichen Menschen ungenutzte Teil ermöglichte es uns Paracogs, nach einem schwierigen Studium von drei Jahren an der Paranormalen Universität Hamburg, mentale Kräfte zu benutzen. Und je mehr wir sie ohne Pausen nutzten, oder je mächtiger die Gewebe waren, die wir erschufen, umso stärker offenbarten sich die Kopfschmerzen. Was ultimativ darin gipfelte, dass wir keine Zauber weben konnten, wenn diese Schmerzen zu groß wurden – und wir dann zu einer Zwangspause verdammt waren.

Jetzt jedenfalls stellte es kein Problem dar. Ich ließ meine Gedanken sich ausstrecken und aktivierte mein Schattenareal. Ein Knistern strich über meine Haut, als es mir antwortete und seinen Dienst aufnahm. Ich streckte meinen Geist weiter aus, wob ein paar wenige Energiefäden zusammen und ließ sie um mich herum pulsieren. Dann schickte ich sie nach oben in das Wohnzimmer, wo ich zuvor einen Spiegel gesehen hatte. Eine Minute später öffnete sich die Tür zum Verhörraum und ein erstaunter Bärenwandler betrachteten den Spiegel, der zu mir hereinschwebte. Mit Schweiß auf der Stirn und einem ungesunden Puls starrte ich in das verschmutzte Glas. Ich suchte meinen Körper ab, öffnete das Hemd und entblößte den Oberkörper.

Wo ist sie? Ah, da!

An meinem Schulterblatt pulsierte die neue Tätowierung in Schwarz und Rot. Filigrane Muster verwoben mit Worten. Die gestohlenen Erinnerungen eines jeden Wesens sahen anders aus, mein Körper ein wechselndes Gemälde. Erst wenn der Fall geklärt war, würde ich die Markierung loswerden. Einerseits würde ich dann die Albträume an die Taten nicht mehr ertragen müssen, andererseits barg jedes Entfernen eine Gefahr. Sobald eine Tätowierung ihren Dienst geleistet hatte, fiel die jeweilige Traumebene in sich zusammen und ließ ein Monster aus Schatten und Finsternis frei. Diese lebten dann dort und jagten mich bei weiteren Traumwandlungen. Erst wenn ich es im Schlaf tötete, verschwand mit ihm ebenso die Tätowierung.

Das Problem? Mit jedem getöteten Monster bestand die Gefahr, einen Teil meiner Emotionen und Erinnerungen zu verlieren. Demnach musste ich mich entscheiden, welches das kleinere Übel darstellte: Jede Nacht gejagt zu werden, oder Gefahr zu laufen, Erinnerungen einzubüßen.

Das gesunde Mittelmaß an Tätowierungen zu finden, stellte sich als ungemein diffizil dar – und von einer Lösung war ich selbst nach Jahren als Schäfer der Sünden weit entfernt.

Schäfer der Sünden, der
Substantiv

1. eine von der Urmagie verliehene Berufung und Gabe

2. es existiert immer nur ein Schäfer in der Welt

3. der erwählte Schäfer behält das volle Bewusstsein, Erinnerungen und alle Erfahrungen seines normalen Ichs, die er vor der Ernennung zum Schäfer der Sünden gemacht hat

Aus dem Archiv von Alexis,
der Bibliothek von Alexandria

3

Nicolas

Ich öffnete die Augen, wachte aber nicht auf. Der ruhige, traumlose Teil der Nacht war also vorbei. Vermutlich hatte ich vier oder fünf Stunden geschlafen, bis meine Gabe nun beschlossen hatte, unseren allnächtlichen Tanz zu beginnen.

Wie immer dauerte es einige Augenblicke, bis meine Sicht sich scharf stellte. Dunkle Schemen wirbelten umher und nahmen dann Formen an. Im Gegensatz zum Wachzustand sah ich beim Traumwandeln alles in gedämpften, nicht gesättigten Farben. Sie waren fast grau, nur ein vager Schimmer ihrer realen Farbigkeit klebte weiterhin an ihnen.

Vor mir erblickte ich eine nahezu schwarze Tür auf einer erhellten Ebene stehen. Sie stand einfach so da, keine Wände, kein abgegrenzter Raum, nichts. Bloß eine Tür. Schummriges Licht schlüpfte durch einen Spalt am unteren Ende hindurch. War das etwa Nebel? Rauch? Was auch immer es war, es suchte sich einen Weg hinaus aus dem Durchgang.

Ich schüttelte den Kopf und gab ein genervtes Stöhnen von mir, das durch die nicht endenden Ebenen hallte. Bei meinen ersten Traumwandlungen hatte ich versucht, herauszufinden, wie weit dieser unendlich wirkende Raum reichte - nur um jedes Mal nach wenigen Minuten wieder an meiner Startposition zu stehen. Es gab nur einen einzigen Weg, und der lag vor mir. Gezimmert aus dunklem Holz, vermutlich Nussbaum. Verziert mit goldenen Beschlägen wartete das Scheißding von Tür auf mich.

Augenrollend fuhr ich mir mit der Hand über das Gesicht. Wieso musste immer eine Tür, ein Tor oder ein Aufzug erscheinen? Das ergab absolut keinen Sinn. Ich hätte schlicht in der jeweiligen Szene erwachen können, aber nein, in meinen dämlichen Albträumen musste ich Türen zu den dahinter lauernden Grausamkeiten nehmen.

»Na, dann los. Ich wache eh erst auf, wenn ich gesehen habe, was ich sehen sollte.«

Je dichter ich der Tür kam, desto mehr schnürte sich meine Kehle zu. Obwohl das bei jedem Besuch der Fall war, schien heute etwas anders zu sein. Das neue Gefühl überwältigte mich deutlich stärker. Raubte mir beinahe den Atem. Der Raum um mich fühlte sich mit jedem Schritt kleiner an. Dunkelheit strömte unter der Tür hindurch auf die Ebene. Alles drehte sich um mich herum. Das verhieß nichts Gutes.

Nur ein einziges Mal hatte ich bisher bei meinen Besuchen eine solche Welle der Dunkelheit und Panik verspürt. Nach diesem Albtraum hatte ich zwei Tage mit Migräne in einem verdunkelten Zimmer gelegen, und die drei Dobermänner waren kurz davor gewesen, mich gegen meinen Willen in ein Krankenhaus zu schleppen.

»Scheiße!«, rief ich in die Unendlichkeit. »Was hat der Wechselbalg erlebt?«

Welche Erinnerungen und Sünden hatte ich ihm geraubt?

Es gibt nur einen Weg, das herauszufinden!

»Komm schon, Nic. Du kannst das«, flüsterte ich, während ich versuchte, gleichmäßig zu atmen. »Nur ein weiteres Mal. Vielleicht geht die Gabe nach diesem Albtraum an einen neuen Schäfer über.«

Ein schnaubendes Lachen verließ meine Kehle, denn das sagte ich mir jedes Mal. Und doch traf es nie ein. Die Urmagie erwählte den Schäfer der Sünden. Nach welchen Kriterien? Wusste keiner. Im Endeffekt hatte ohnehin niemand Kenntnis darüber, wie die Kraft, die alles Magische erschaffen hatte, funktionierte. Sie erwählte den Fae-König, den Schäfer, gab bestimmten Menschen die Möglichkeit, Paracog zu werden, mischte sich alle Nase lang in unsere Angelegenheiten ein, und dennoch wussten wir nichts über sie.

Zu den Erwählten zu gehören, stellte eine Ehre dar - jedenfalls sagten das alle, die selbst nicht diesen Kackjob erledigen mussten. Die meisten vergangenen Schäfer waren gestorben, während sie noch Träger der Gabe gewesen waren. Erst danach hatte sich die Urmagie einen neuen Handlanger gesucht, der diesen Job erledigen durfte. Aber einen Funken Hoffnung, dass ich nicht bis zum Lebensende Schäfer der Sünden bleiben musste, gab es dennoch. Immerhin hatte es schon zwei Wesen gegeben, die zu ihren Lebzeiten die Gabe weitergegeben hatten. Zwei. In mehr als viertausend Jahren.

»Jetzt hör auf, das Unvermeidliche hinauszuzögern.«

Ich rollte mit den Augen, atmete tief durch und griff nach der Klinke, die sich warm unter meinen Fingern anfühlte. Fast einladend, aber das war nur ein Trugschluss. Ein Trick, um mich in Sicherheit zu wiegen. Ich drückte sie nach unten, öffnete die Tür nach innen und trat in den formlosen Raum.

Zuerst herrschte Dunkelheit um mich herum, doch dann nahm die Traumebene ihre Form an und veränderte alles. Unter mir befand sich eine Gasse, schwach beleuchtet, mit dünnen Dunstschwaden durchzogen, die aus einer Lüftung wehten. Es roch muffig. Die Luft war stickig und von ranzigem Fett durchtränkt. Vermutlich war ich im Hinterhof eines Fast Food Restaurants.

Moment.

Ich schaute genauer hin, stellte den Blick scharf und merkte, wie sich meine Stirn kräuselte. Und plötzlich verstand ich. Verdammt. Unter mir.

Unter mir im Sinne von: Ich hing kopfüber von der Decke einer Brücke wie eine bescheuerte Fledermaus. Die Tatsache, dass ich es soeben realisiert hatte, stellte ein ganz anderes Problem dar.

Der Gedanke war kaum verklungen, da segelte ich schon Richtung Boden und schlug mit einem dumpfen »Hmpf« auf diesem auf.

»Verfluchte Scheiße! Ich hasse es, wenn das passiert.«

Die einzige Regel, die es in den Traumwelten gab, war folgende: Es gab keine beschissenen Regeln.

Alles war möglich!

Physik? Pah, wozu?

Logik? Ach Quatsch, brauchte keiner.

Solange ich nicht an logische, physikalische Gesetze dachte, existierten sie hier nicht. Sobald ich aber realisierte, dass etwas nicht möglich war, manifestierten sich Gesetzmäßigkeiten der echten Welt. Weswegen ich soeben einen Geier im Sturzflug inklusive Bruchlandung gemimt hatte.

Ganz genau deswegen hasste ich meine nächtlichen Ausflüge hierher über alle Maßen. Aber ich hatte keine Zeit zu jammern, denn ich wollte diesen Ausflug schnell hinter mich bringen, bevor die Schattenmonster mich fanden. Bisher spürte ich keines, doch das würde sich bald ändern. Sie fanden mich - immer. Und wieder einmal würde ich um mein Leben kämpfen müssen.

Ich schüttelte den Kopf.

»Fokus, Nicolas!«

Die Gasse umgab mich weiterhin ruhig und beinah friedlich. Dampfschwaden wehten um meine Füße und der Geruch nach abgestandenem Fett verstärkte sich hier unten deutlich. Ich schaute mich um. Hinter mir endete die Gasse an einer hohen Wand, also gab es nur den Weg vor mir, hinaus aus diesem Hinterhof. Langsam bewegte ich mich zu der Straße. Meine Muskeln so angespannt, dass ich befürchtete, sie würden jeden Augenblick verkrampfen.

Ich zog die stickige Luft tief in die Lunge und drängte mein Gehirn dazu, sich zu entspannen. Was sich bei dem Gestank deutlich schwieriger gestaltete als erwartet. Zu dem Geruch des Fetts mischten sich Schweiß, Exkremente und Blut. Über allem lag Angst, Schmerz und Verzweiflung, was ich dank der

Feensinne wahrnahm. Ich konnte es förmlich schmecken, so dicht erschien mir die Luft mit diesen Emotionen zu sein. Ein Gemisch, das mir Tränen des Ekels in die Augen trieb. Meine Kehle brannte, während ich die Magensäure zurückkämpfte, die sie langsam emporkroch.

Ich schloss die Lider, atmete mehrfach tief ein und aus und beruhigte meinen Puls. Wild hämmerte er durch meine Adern und ließ alle meine Sinne angespannt zurück. Ich zähmte die stürmischen Gedanken, die wie gefangene Tiere in meinem Hirn tobten. Der einzige Weg, hier lebend herauszukommen, war ein klarer Kopf. Immerhin waren nicht Muskeln die beste Waffe, die ich zur Verfügung hatte, sondern mein Schattenareal.

Ein Geräusch links von mir ließ mich aus meinen Gedanken schrecken. Zwei Personen, eine davon der Wechselbalg, standen vor einer Tür und stritten sich. Da es sich hierbei um eine sündige Erinnerung handelte und es im echten Leben schon längst geschehen war, war ich nur ein Gast und konnte von den beiden nicht gesehen werden. Ganz wie ein perverser Zuschauer, der sich die dunkelsten Gedanken fremder Wesen anschaute.

»Du hast mir 750 Euro für einen jugendlichen Faun versprochen«, zischte der Wechselbalg.

Nicht mal eine komplette Monatsmiete im Austausch gegen ein Wesen? Mehr ist ihnen ein Leben nicht wert?

»Es ist ein Halbblut, deswegen bekommst du nur 400 Euro. Sei froh, das ist mehr als die Hälfte«, antwortete der hochgewachsene Mann. Sein Gesicht wurde von einer Neonmaske verdeckt. Ein grinsender Totenkopf, durchzogen mit blass pinken und blauen Neonlichtern. Seine Stimme klang merkwürdig verzerrt. Vermutlich hatte er einen Stimmveränderungszauber angewandt.

»Du lügst!«, schrie der Wechselbalg. »Ich bin euer bester Lieferant. Apex findet keinen besseren als mich. Zeig es mir!«

Was oder wer zur Urmagie war Apex?

Für eine gefühlte Ewigkeit starrten sich die beiden voller Hass an. Obwohl der Unbekannte mehr als einen Kopf größer war und seine Schultern deutlich breiter als die des Wechselbalgs, gab er nicht nach. Fletschte sogar die Zähne und entblößte eine Reihe scharfer Hauer.

Wortlos drehte sich der Maskenmann um, gab auf einem Holopad einen Code ein - *94731689* - und öffnete die Tür. Er streckte den Arm aus, trat zur Seite und ließ den Wechselbalg eintreten. Bevor die Tür hinter den beiden zufiel, huschte ich hindurch.

Das Innere des Hauses war kaum beleuchtet, nicht dass es bei den blassen Farben in einer Traumwelt einen großen Unterschied gemacht hätte. Vor mir erstreckte sich ein Flur, von dem fünf Türen zu jeder Seite abgingen. Vermutlich lagen dahinter Büros oder Wohnungen. Wer wusste das schon. Da der Wechselbalg das Innere der Räume scheinbar nie gesehen hatte, würde sich für mich ohnehin keine der Türen öffnen lassen. Hier existierte nur, was dem ehemaligen Inhaber dieser Gedanken bekannt gewesen war.

Ich folgte den beiden, sah mich währenddessen um und versuchte so, Informationen aufzunehmen, die mir einen Hinweis gaben, wo ich mich befand. Die Wände waren in schlichtem Grau verputzt. Nicht neu, aber dennoch gepflegt. Das hier war definitiv keine alte Lagerhalle oder ein heruntergekommenes Gemeinschaftsheim. Nur vereinzelte Bilder hingegen an den Wänden. Jedes davon generisch: Eine Skyline, ein Strand, ein Wald. Landschaftsfotografie in all ihrer Monotonie.

Der Maskenmann öffnete eine Tür am Ende des Ganges, und Licht flutete aus dem Innenraum auf den Flur. Aufmerksam folgte ich den beiden Gestalten ins Zimmer und blieb abrupt stehen. Das konnte nicht wahr sein! Ich rieb mir die Augen. Blinzelte mehrfach und rieb sie mir erneut.

Der Raum erstreckte sich wie ein Schlauch mehr als zwanzig Meter vor mir. Flutlichtstrahler hingen von der Decke und badeten den Saal in ein helles, steriles Licht. Feinsäuberlich aufgestellt sah ich eine Vielzahl Metalltische aus gebürstetem Stahl in zwei Reihen. Auf ihnen lagen Werkzeuge, Skalpelle, magische Kristalle und unzählige Aktenordner in unterschiedlichen Farben.

Mein Blick wanderte zu den Seitenwänden aus tristem Beton. Im Gegensatz zum Flur wirkten sie nicht gepflegt. Dreck, Kratzspuren - und war das Blut? - überzogen den grauen Putz. Jedenfalls dort, wo ich die Wände sehen konnte, denn vor dem größten Teil standen Käfige. Immer drei übereinandergestapelt. Jeder von ihnen reichte mir gerade einmal bis zur Hüfte. Ich verengte die Augen und trat näher. Wegen der Helligkeit im Raum konnte ich nur ungenau erkennen, was darin gefangen gehalten wurde.

Wie aus dem Nichts schoss eine Hand zwischen den Stäben hervor und ich sprang mit einem Schrei zurück. Wie konnte das sein? Niemand konnte mich hier sehen. Ich spürte den Puls in meinen Ohren. Er dröhnte und pochte. Mein Herz raste. Das war neu - und definitiv eine unwillkommene Neuerung der Traumwanderungen. Aus den Augenwinkeln erkannte ich einen Mann, ebenfalls mit Totenkopfmaske sowie einem Laborkittel, sich dem Käfig nähern.

Mein Puls beruhigte sich. Das Tier im Inneren hatte nicht auf mich reagiert, sondern auf ihn. Zum Glück. Ich atmete einen Schwall Luft aus und entspannte die Schultern. Moment. Das war ein Arm mit einer Hand - kein Tier. Unmittelbar verkrampfte sich mein Nacken erneut und ich näherte mich dem Käfig. Auch der Wechselbalg und Maskenmann Nummer Eins gesellten sich dazu. Beide beäugten den Zwinger, der Wechselbalg skeptisch, der maskierte Kerl genervt. Seine Finger trommelten auf den Holzdeckel des obersten Gefängnisses, während eine Ader an seinem Handgelenk im Takt pulsierte.

Der Typ in dem Kittel öffnete das Schloss und zerrte kurz darauf einen jungen Faun, vielleicht sechzehn Jahre alt, heraus.

Verfluchte Scheiße! Die halten hier Wesen gefangen. Keine Tiere!

Mein Blick schnellte erneut zu den Tischen. Skalpelle, Elektroden, Sägen, Spritzen und Tabellen. Auf einem Ordner stand *Testlauf 26 fehlgeschlagen*.

Verdammt. Sie halten die Wesen nicht nur gefangen, sie führten auch Tests an ihnen durch, als seien sie Laborratten. Hatte der Wechselbalg sich vor der Tür nicht selbst als

Lieferanten bezeichnet? War das hier ein Menschen- und Schattenwesenhandel? Shit, shit, shit!

Die Tür zum Flur flog auf. Keiner der drei Anwesenden reagierte, ich hingegen machte einen Satz in die Luft. Diese Traumwandlung versetzte all meine Nerven in Alarmbereitschaft. Hatte mich das Schattenmonster schon gefunden? Lief meine Zeit im Traum schon aus? Mit hämmerndem Puls sah ich genauer hin und erkannte erleichtert eine leuchtend gelbe Motte. Im Kontrast zu allem in diesem Traum strahlte ihre Farbe satt und fröhlich.

Wie so oft handelte es sich dabei um Brooks Gedanken, manifestiert in einem kleinen Helfer. So wie die Dunkelheit in den Träumen Form annahm, taten es auch Brooks Geschenke der Freundschaft.

Die Motte eilte auf mich zu, umflog aufgeregt meinen Kopf und setzte sich dann in mein Gesicht. Einen Augenblick später verschmolz sie in einem blendenden Licht mit mir, das jedoch direkt wieder verebbte.

»Ein Monster kommt!«, vernahm ich die Stimme der Motte in meinem Geist, hell und verzerrt.

»Verdammt. Wer?«

»Die Spinne.«

In Frustration stöhnte ich laut auf, während sich die beiden Maskenmänner mit dem Wechselbalg zur Mitte des Raums bewegten - und von alldem nichts mitbekamen. Ich folgte ihnen, aber meine Gedanken tobten in verschiedene Richtungen. Wie lange würde ich hierbleiben müssen? Konnte ich das Monster meiden?

»Es kommt!«

Die Worte der Motte waren kaum verklungen, da flogen mir Teile der Wand entgegen. Ich duckte mich unter den Geschossen hindurch und spürte einen heftigen Windzug im Nacken. Das war knapp - zu knapp für mein Empfinden.

Dort, etwa zehn Meter von mir, lauerte eine drei Meter große Spinne, wie aus Finsternis erschaffen. Unzählige Augen musterten mich angriffslustig. Von den zwei spitzen Greifzähnen tropfte Dunkelheit zähflüssig hinab, wirbelte über den Boden und verschmolz erneut mit dem Monster.

Natürlich musste dieses Vieh ausgerechnet heute kommen. Ich hasste Spinnen. Oder besser gesagt, ich hatte eine irrationale Angst vor ihnen. Und hier im Traum konnte sie mich mein Leben kosten.

Kleine Spinnen lösten sich aus der großen Masse aus Finsternis, die das Muttertier bildete. Flink krabbelten sie zwischen den Beinen der großen Spinne hindurch und warteten auf den Angriffsbefehl.

»Du hörst dir an, was du hören sollst - ich kümmere mich um das Vieh«, sagte die Motte in meinem Kopf. In meinen Händen formten sich zwei Pistolen aus gleißendem Licht.

Mein Blick schwenkte zu den drei Gestalten in der Mitte des Raums, die an einem der Tische standen. Langsam bewegte ich mich zu ihnen.

»Töten oder nur schwächen?«, fragte die Motte.

»Schwächen und hinhalten.«

»Verstanden!«

Der Wechselbalg deutete auf eine aufgeschlagene Akte. Sein Gesicht hatte von Mensch zu Reptil gewechselt. Die lange Zunge hing aus seinem Maul und Speichel triefte auf den Tisch.

»Ihr wollt, dass ich den Kronprinzen töte?«, fragte er.

»Nein, du dummes Wesen. Du sollst ihn entführen und alle Zeugen beseitigen. Dafür bekommst du 250.000 Euro.«

Bren? Er war das eigentliche Ziel?

»Drei Uhr, zwei kleine Spinnen direkt hintereinander«, informierte mich die Motte. Meine Hand wanderte zu der Position und feuerte zwei Lichtkugeln. Aus den Augenwinkeln sah ich, wie die beiden kleinen Spinnen in Schatten zerfielen. Das Muttertier brüllte und entsandte weitere Spinnlinge. Alle etwa einen halben Meter groß.

»Was ist mit seinem Sohn? Haben wir da etwas?« Meine Augen weiteten sich.

Nein! Sie wissen von Aiden?

Für einen Moment vergaß ich die Lebensgefahr, in der ich durch die Spinne schwebte. Alle meine Gedanken drehten sich um Aiden. Was wollten sie von ihm? Ich spürte, wie meine Arme taub wurden und sich der Raum um mich drehte.

»Bisher keine Spur. Angeblich hat der Kronprinz seinen Sohn mit dem Schäfer der Sünden. Dieses Kind ist unbezahlbar. Finde Informanten in der MIA und der Regierung. Setz deine Geschwister darauf an, sie zu infiltrieren.«

Sie wussten über meine Verbindung zu Bren Bescheid? Die Angst um Aiden lähmte mich zunehmend. Meine Beine fühlten sich schwer an und mein Atem kam stockend.

»Ich habe mehrere von ihnen in beiden Organisationen. Schon seit Monaten.«

»Elf Uhr in 3 … 2 … 1 … Feuer!«

Ohne zu überlegen, schoss ich in die genannte Richtung und traf den Spinnling. Mein Kopf dröhnte weiterhin. Sie wollten Bren und Aiden! Dennoch musste ich mich endlich konzentrieren. Wenn ich hier im Traum starb, würde ich meinen Sohn nicht beschützen können.

»Gleich ducken. Moment. Warte, warte … Jetzt!«

Ich tat wie mir geheißen, ließ aber meinen angsterfüllten Blick auf der Akte mit einem Bild von Bren.

»Schuss auf fünf und ein Uhr.«

Mit zwei Plopps zerfielen die Spinnlinge zu Schatten, nachdem ich ohne hinzusehen gefeuert hatte.

»Lauf gleich an das hintere Ende des Raums, die Tür erscheint in Kürze. Aber warte - noch nicht.«

Mit angehaltenem Atem stand ich da. Verzweiflung, Wut und Panik um meinen Sohn kämpften um meine Aufmerksamkeit.

»Jetzt! Lauf!«

Zittrig ließ ich den Atem entweichen, rannte los, sprang über einen Tisch und lief weiter.

»Nach links ausweichen - jetzt!«

Reflexartig tat ich es und sah, wie ein Spinnling gegen einen Tisch krachte. Ein weiterer Schuss, und das Vieh zerplatze.

»Ducken, dann nach rechts und sprinten, Nic.«

Mein Körper handelte auf Autopilot. Kein klarer Gedanke festigte sich, außer der Gefahr, in der mein Sohn Aiden schwebte.

»Die Tür erscheint in 3 ... 2 ... 1 ... Öffne sie!«

Mit Tränen in den Augen riss ich sie auf und sprang hindurch.

Mein Traum wechselte zu seinem allnächtlichen Abschluss. Seit über tausend Nächten endete die Traumreise in diesem einen Labyrinth - dem *Garten der Ewigkeit*. Pure Feenmagie pulsierte von jeder Pflanze, durch die Luft und aus jedem Tier. Weich, anschmiegsam, aber ebenso mächtig und lauernd. Seelie und UnSeelie-Magie vereint in einem ewigen Kampf. Unzertrennlich.

Eine Schattengestalt stand zwischen den haushohen Rosensträuchern, die sich wie ein Tor vor ihm teilten. Hinter diesen verfestigte sich die Magie beinahe erdrückend. Wie jede Nacht blieb mir das Gesicht der Gestalt verborgen, aber es konnte nur Bren sein. Immerhin war er der Kronprinz und somit der nächste Fae, der den Ewigen Thron besteigen würde, auf dass dieser ihm aus seinem Blut die Ewige Krone erschaffen konnte.

Schatten-Brens Brustkorb hob und senkte sich. Seine Angst, Ehrfurcht und die unfassbare Bürde schrien förmlich nach mir. Mit unruhigen Schritten, einem Zittern gleich, bewegte sich der Schatten auf den Thron aus Rosenranken zu. Wie jede Nacht erinnerte mich der Ewige Thron an ein lauerndes Tier. Es kauerte in den Schatten, wartete auf seine Chance - die mit Dornen besetzten Ranken in unaufhörlicher Bewegung. Langsam, aber erbarmungslos. Ewig. Ein lebendiger Königsstuhl, mit einem eigenen Willen zwischen Ordnung und Chaos.

Schatten-Bren zögerte für einen Augenblick, dann nahm er seinen Platz ein. Die Stacheln bohrten sich in sein Fleisch und hinterließen dutzende Wunden. Ein Schmerzensschrei verließ seine Lippen. Goldenes und silbernes Blut lief von den Wunden über die Stacheln auf das lebendige Holz der Ranken. Es schimmerte auf, verschmolz daraufhin mit der Pflanze und ein leises Zischen wehte zu mir herüber. Wenige Sekunden später schossen acht Ranken auf Brens Kopf zu, verwoben sich, kämpften miteinander und bildeten die Ewige Krone. Mehr metallisch glänzendes Blut verließ seine Stirn. Weitere Schreie folgten. Dann erblühten zwei Rosen auf der Krone. Eine golden und warm - die Seelie-Blüte. Die andere silbern und kalt, mit der UnSeelie-Macht.

Eine Krone, die den angehenden König unterwarf.

Ein neuer Herrscher, der die beiden kämpfenden Magien vereinte und in seinem Körper im Zaum hielt.

Ein Schicksal, um das ich ihn nicht beneidete.

Und wie immer wachte ich schweißgebadet und mit Kopfschmerzen auf, nur um mich in den Mülleimer neben mir zu übergeben.

Feenwesen, die
Substantiv

1. beschreibt die Gesamtheit aller feenartigen Wesen wie Faune, Sirenen, Dryaden und vielen mehr

2. sie unterstehen dem Königshaus der Hamburger Fae-Familie

3. leben primär in Europa

Aus dem Archiv von Alexis,
der Bibliothek von Alexandria

4

Nicolas

Zu meiner großen Überraschung dröhnte mir zwar der Kopf, aber die erwartete Migräne blieb aus. Trotz der Tatsache, dass die letzte Traumwandlung zu den mental intensivsten gehört hatte, fühlte ich ausschließlich Erschöpfung und Müdigkeit. Ein Gefühl, das ich nach dem Aufstehen jedes Mal empfand, seit ich überraschend zum Schäfer geworden war. Für mich bedeutete Schlaf keine Erholung, sondern Stress und Kraftlosigkeit. Dagegen halfen nur Kaffee und magischverstärkte Energydrinks. In Massen statt in Maßen.

Auf Zehenspitzen näherte ich mich Aidens Bett in meinem Schlafzimmer und sah zu ihm hinab. Meine Augen wurden heiß und ich spürte, wie sich mein Hals zuschnürte. Behutsam führte ich meine Hand zu seinen rötlichen Locken und strich ihm über die blasse Stirn. Eines seiner spitzen Ohren zuckte leicht im Schlaf.

»Keiner wird dir etwas antun, eher setze ich ganz Hamburg in Brand«, flüsterte ich mit rauer Stimme in die Stille des Raums. Ich beugte mich zu ihm hinab und gab ihm einen sanften Kuss auf den Kopf. Dann drehte ich mich um und begab mich an den Tisch im Wohnzimmer, bevor die Tränen Kontrolle über mich erlangen konnten.

Flynt und Garth schnarchten lautstark in ihren Zimmern, einem Erdbeben gleich. Brooks hingegen saß in Hundeform neben mir am Küchenblock der offenen Küche unserer Penthousewohnung in den Tanzenden Türmen. Besorgt sah er mich an und legte den Kopf schief. Seine Augen voller Sorge.

»Alles gut, Kumpel«, presste ich hervor und rieb mir die Schläfen.

Ein leises Bellen kam als Antwort. Er glaubte mir kein Wort. Zurecht, denn nichts war in Ordnung. Im Gegenteil.

Mit geschwollenen Augen schaute ich durch die Glasfront aus deckenhohen Fenstern hinaus auf die Stadt. Die letzten Neonlichter der schwindenden Nacht brachen sich auf der ruhigen Oberfläche unseres Pools. Ein stetiger Strom an Skycars und -bikes flog zwischen den Häuserschluchten dahin und tauchte den dunklen Himmel in ein Farbenspiel. Oft erinnerten sie mich an Glühwürmchen, die durch die Nacht tanzten. Faszinierend, wenn man bedachte, dass Hamburg vor zwanzig Jahren gerade einmal knapp zwei Millionen, statt zwanzig Millionen Einwohner gehabt hatte und Autos zu jener Zeit auf Straßen gefahren waren.

Alles änderte sich so dermaßen rasant in der Neuen Weltordnung. Magie hatte sich zum Katalysator des Fortschritts aufgeschwungen und dieser fand in schwindelerregender Geschwindigkeit statt. Wer hätte zum Wechsel des Millenniums schon damit gerechnet, dass Amerika wie ein fragiles Kartenhaus in sich zusammenstürzen und Europa sich zu einem gemeinsamen Land zusammenschließen würde?

Nicht nur das Machtverhältnis zwischen den Spezies hatte sich verändert, sondern ebenso das der Supermächte. Allen voran thronte Europa und gab den Puls der Zeit an - mit Hamburg als Hauptstadt und Leuchtfeuer des Fortschritts.

Müde trottete ich zu dem weißen Schrank aus mattiertem Glas und Stahl, der sich über dem Kaffeevollautomaten befand. Leere lachte mir entgegen, nachdem ich ihn geöffnet hatte.

»Flynt!«, entfuhr es mir lauter als beabsichtigt. Einzig mit einer engen Boxershorts bekleidet, polterte er nur Sekunden später aus seinem Zimmer, schaute sich panisch um, während er seine Pistole auf Anschlag hielt.

»Was? Wo?«

»Kaffee!« Ich deutete auf das leere Fach. Meine Unterlippe zuckte.

»Was?« Flynts Stirn legte sich in Falten und er senkte die Waffe.

»Kein! Kaffee!«

»Upsi.«

»Upsi?« Mit polternden Schritten war ich bei ihm und pikste ihm gegen die Brust. »Upsi?« Ein weiterer Pikser.

»Autsch.« Er zog einen Schmollmund. Das übliche Spiel, wenn er den Unschuldigen mimte.

»O nein, das funktioniert nicht, mein Lieber. Hundeblick? Ehrlich? Du hast dir erst letztens ein Bein gebrochen, ohne die Miene zu verziehen. Also spar dir das Autsch.« Funkelnd stemmte ich die Hände in die Hüften und Wut stieg in mir hoch. »Du hattest eine verdammte Aufgabe. Eine einzige Aufgabe! Einzukaufen!«

Natürlich wusste ich, dass meine Wut eigentlich nicht ihm oder dem Kaffee galt, doch änderte es nichts an der Tatsache, dass ein Sturm in mir tobte, der verlangte, entlassen zu werden.

»Hab ich vergessen, sorry.« Das typisch schelmische Grinsen umspielte seine Lippen, während sich Lachfältchen um seine Augen bildeten.

»Ist für dich alles nur eine alberne Party? Hier stehen Leben auf dem Spiel! Willst du auch Upsi sagen, wenn erst Leute gestorben sind?«, explodierte es aus mir hervor. Tränen traten mir in die Augen. Unmittelbar spürte ich Brooks feuchte Nase an meiner Hand, was zu weiteren Tränen führte. Heiß benetzten sie meine Wangen.

»Wieso habe ich das Gefühl, dass es nicht mehr einfach nur um Kaffee geht?«, fragte Flynt leise, sichtlich verwirrt, die Stirn in Falten und die Nase gekräuselt. Sein dunkles, kurzes Haar stand zerwühlt in alle Richtungen. Eine Strähne umspielte die tiefbraunen Augen, die im Licht der Leuchtkristalle beinahe schwarz wirkten.

»Weil irgendwelche abartigen Arschlöcher Bren und Aiden entführen wollen, für ihre ekelhaften Experimente. Hab es heute in der Traumwandlung gesehen.« Meine Stimme klang wie ein gebrochenes Wehklagen, verzerrt durch ein Schluchzen. Ja, das *Alles gut, Kumpel* vorhin war definitiv eine Lüge gewesen. Tränen strömten mir weiterhin die Wangen hinab und sickerten in meinen Bart.

Flynt sah zu Brooks auf dem Boden. Ein leises Winseln kam als Antwort, dann musterten mich beide.

»Shit, Nic. Ich … Wir … Das wird nicht passieren! Das werden wir nicht zulassen.«

»Ganz richtig, die Säcke müssen erst an uns vorbei«, stimmte Garth aus dem Türrahmen seines Zimmers zu. Auch er trug nur eine Boxershorts. Neongelb setzte sie sich von seiner braunen Haut ab. In der Hand hielt er eine Schrotflinte, die lässig an seiner Seite baumelte.

»Wir brauchen stärkere Schutzzauber«, erwiderte Flynt und zog mich in eine Umarmung. Mein Körper zitterte unaufhörlich.

»Ein paar magische Fallen wären ebenfalls sinnvoll«, hörte ich Garth sagen.

»Ich gehe eh ins Nimbin, um die Reagenzien zu holen, bevor Yvi mich sehen will«, antwortete ich mit brüchiger Stimme. Langsam löste ich mich aus der Umarmung.

»So aufgelöst lassen wir dich nicht aus dem Haus!«, sagten Flynt und Garth unisono.

»Mir bleibt nichts anderes übrig. Befehl von oben.«

»Okay, gib mir deine Sorgen und Ängste.« Entschlossen trat Garth direkt vor mich und wischte mir ein paar meiner Tränen aus dem Gesicht.

»Nein!«

»Dann lassen wir dich nicht aus der Wohnung, Nic! Keinem ist geholfen, wenn dir etwas passiert, weil du zu aufgelöst bist, um deine Tarnung und deinen Schutz aufrechtzuerhalten.«

Damit hatte Garth leider recht. Und auf meine Stimmungsschwankungen konnte ich bei der Sorge um Aiden vermutlich nicht hoffen. Verdammt. Das gefiel mir kein Stück, doch blieb mir nichts anderes übrig. Ich streifte meinen Glimmer ab und ließ den Schäfer frei. Die Dunkelheit strich über den Holzboden unserer Wohnung und bildete ihren üblichen Pool zu meinen Füßen.

Ich führte einen Finger an meine Stirn und suchte in meinen Gedanken nach Angst und Sorge. Als ich beides fand, befahl ich ihnen, sich zu verflüssigen. Wenige Augenblicke später spürte ich die Tinte oberhalb meiner Augen. Vorsichtig nahm ich sie mit den Fingern auf und malte Garth damit ein Muster auf die Stirn. Für eine Sekunde geschah nichts, dann verfinsterten sich seine Pupillen, sein Kopf flog in den Nacken, er holte geräuschvoll Luft und ein Schmerzensschrei verließ seine Kehle. Einen weiteren Augenblick später sahen mich wieder seine tiefbraunen Augen an - voller Sorge und Angst.

Meiner Sorge und Angst.

Er hatte sie in sich aufgenommen. Bei dem Gedanken breitete sich schlagartig Übelkeit in meinem Magen aus.

»Nicht, Nic«, beruhigte mich Garth. »Keine Reue. Du musst los. Es wird nicht lange dauern, dann wirst du dich erneut sorgen.«

Wieder einmal hatte er recht. Mit etwas Glück würde ich die nächsten drei Stunden nur minimal besorgt sein, bevor sich das Gefühl erneut in mir aufbäumen würde. Eile war geboten.

»Danke.« Ich zog Garth und Flynt in eine Umarmung. »Yvi will euch übrigens ebenso sehen. Wartet bitte, bis das Kindermädchen da ist.« Ich kniete mich zu Brooks und küsste seine Stirn. Er winselte leise und rieb den Kopf gegen meine Wange.

»Natürlich. Nun geh!« Garth versuchte, zu lächeln, brachte es aber nicht fertig.

Ich nickte, erhob mich und eilte aus unserer Wohnung.

Fünf Minuten später verließ ich das Foyer der Tanzenden Türme auf Level 0, direkt gegenüber des Kiezblocks. Genervt sah ich hinauf auf die verhangene Wolkendecke am Himmel. Feine Regentropfen fanden träge ihren Weg durch vereinzelte Neonlichter der Stadt gen Boden, wurden von dem seichten Wind aufgefangen und zum Kiezblock geweht. Natürlich musste gerade jetzt Regen einsetzen - der Tag war ja ohnehin nicht verkorkst genug. Dabei hatte er nicht einmal gänzlich gestartet.

»Jetzt mach schon, bevor du zu spät zu Yvi und dem Gespräch mit Bren kommst. Blödes Fae Pack!«, murmelte ich vor mich hin.

Eine ältere Wandlerin warf mir einen misstrauischen Blick zu. Aller Wahrscheinlichkeit nach dachte sie, dass ich auf einem Trip oder schlicht betrunken war - wieso sonst würde ich mit mir selbst reden?

Wenn die wüsste …

Als Paracog waren bewusstseinsverändernde Substanzen ein absolutes Tabu, weil sie meine mentalen Fähigkeiten nachhaltig zerstörten. Wobei die alte Frau Drogen oder Alkohol als Wandlerin an mir riechen würde. Vielleicht missbilligte sie meinen Fluch über das Königshaus? Immerhin genoss es in Hamburg großen Respekt.

Flüchtig musterte ich sie und nickte ihr dann mit einem Lächeln zu. Sie roch nach katzenartiger Wandlerin oder in diesem Moment eher wie eine nasse Katze. Ohne mich eines weiteren Blickes zu würdigen, eilte sie ihres Weges.

Mit einem Brummen auf den Lippen aktivierte ich das Schattenareal meines Gehirns, verknüpfte ein paar Fäden, und ein simpler Antigravitationszauber legte sich um meinen Körper, der den Regen umlenkte und mich somit trocken hielt. Zugegeben, ein Taschenspielertrick, doch ein nützlicher.

Ich wechselte die Straßenseite auf City-Level 0 und lief die Außenfassade des Kiezblocks für zweihundert Meter die Reeperbahn hinab. Bunte Lichter, laute Musik und der Geruch nach Zigaretten gemischt mit Alkohol schlugen mir aus den schummrigen Bars entgegen. Vereinzelte Prostituierte standen an der Hauswand und zwinkerten mir zu. Ich senkte den Blick zu Boden, was ihnen mehr als deutlich mein Desinteresse signalisierte. Ein weiterer Grund war Mitleid.

Während die Sexarbeitenden auf City-Level 1 des Kiezblocks ausnahmslos freiwillig dem Gewerbe nachgingen und die Freudenhäuser dort großzügig ausgestattet waren, offenbarte sich die Realität hier unten auf Level 0 anders. Die Arbeiterinnen hatten eingefallene Haut, rote Augen, Einstichstellen an den Armen und leider allzu oft blaue Flecken. Das unterste Level des Kiezblocks verkam zunehmend in Dreck, Drogen und Zwangsarbeit. Sie befanden sich in so fester Hand unterschiedlicher Syndikate, dass selbst die MIA dem nichts entgegenzusetzen hatte. Deswegen wurden sie in Ruhe gelassen und dieser Teil der Stadt verfiel immer mehr zu einem Becken der finsteren Kriminalität.

Für einen Moment bereute ich die Entscheidung, die Tanzenden Türme nicht auf City-Level 1 verlassen und erst später hier herunter gewechselt zu haben. Doch jetzt war ich beinahe am Ziel. Doch würde ich es mir für den Rückweg merken. Zwar hatte Garth mir die Sorgen genommen, aber meine Konzentration litt dennoch. Immer wieder wanderten meine Gedanken zu dem Traum. Angst um Aiden spürte ich, dank des Zaubers mit Garth, nicht, Fragen hingegen hatte ich umso mehr.

Was genau erforschten die Maskenmänner? Welche Art von Experimenten führten sie durch? Wieso waren niemandem die verschwundenen Wesen und Menschen aufgefallen?

Und die größte Frage: Wo war das Labor?

Fast wäre ich an der Gasse vorbeigelaufen, die zum Nimbin führte. Ich stieß ein Stöhnen in die klare Nacht und sah meinen Atem in feinen Dunstschwaden entweichen. Jetzt war nicht die Zeit, mich in Gedanken zu verlieren, auf die ich eh keine Antworten finden würde. Also bog ich in die dunkle Gasse rechts von mir ein, um meinen Besuch schnell hinter mich zu bringen.

Einzig zwei Neonreklamen beleuchteten den Weg vor mir. Alle Läden waren verrammelt, der Pflasterboden brüchig und Mülltüten sowie Container stapelten sich, während Ratten unter ihnen hindurchhuschten. Ich hörte Stimmen und warf einen Blick zwischen die hohen Container.

Drei Gestalten standen dort. Zwei hochgewachsene Büffelwandler bedrohten eine junge Dryade, die an eine Wand gepresst kauerte und am ganzen Leibe zitterte. Tränen liefen ihre Wangen hinab.

»Zwei gegen eine?«, fragte ich genervt und ärgerte mich unmittelbar, dass ich nicht die Klappe gehalten hatte. Alle MIA-Agenten hatten strenge Befehle, sich nicht in die Belange der alten Reeperbahn auf dem untersten Level zu drängen. Zu spät. Außerdem war der Gerechtigkeitssinn in mir größer als mein Gehorsam. Ein ständiges Problem.

Einer der Wandler drehte sich zu mir, zog scharf die Luft ein und spuckte mir vor die Füße. Mit einem vor Abscheu triefendem Blick musterte er mich.

»Verpiss dich, dreckiger Mensch. Oder willst du aufs Maul?«

»Verblödet und menschenfeindlich, verstehe.« Wie nicht anders zu erwarten gewesen, konnte ich meine Klappe nicht halten.

»Wie hast du mich genannt?« Das Muskelpaket tätigte ein paar Schritte in meine Richtung, während sich sein Kumpel ebenfalls umdrehte. Den Moment nutzte die Dryade zu Flucht. Damit war eins der Probleme gelöst.

Das andere hingegen stellte sich komplizierter dar. Würde ich meine Paracog-Fähigkeiten einsetzen, wüssten sie, dass ich MIA-Agent war und das wiederum würde nur weitere Probleme mit sich bringen, sollten sie es ihrem Syndikatsanführer stecken.

»Ich nannte dich verblödet, aber wenn ich es mir so recht überlege, dann hättest du dafür erst einmal Intelligenz besitzen müssen, nicht wahr? Vermutlich warst du schon immer so dumm wie ein Fliegenschiss.« Beiläufig zuckte ich mit den Schultern und legte den Kopf schief.

Nun kam auch der andere Wandler auf mich zu. Beide thronten dreißig Zentimeter über mir. Vermutlich hätte mich das einschüchtern müssen, nur wirkte es nicht. Im Gegensatz zu ihnen wusste ich, dass sie nicht den Hauch einer Chance gegen mich besaßen.

»Außerdem stinkt ihr nach Scheiße. Ist es mangelnde

Hygiene oder hat euch eure Mutter in die Welt geschissen?«

Ich konnte in solchen Momenten meine Wurzeln nicht verleugnen. Aufgewachsen in Rotherbaum, dem neuen Armenviertel der Menschen, gehörten Pöbeln, Gossensprache und eine große Klappe damals schon zu meinen Überlebenswerkzeugen. Schüchtern und verängstigt ging man dort bis heute noch zugrunde. Nur weil ich jetzt in einem teuren Penthouse lebte, konnte ich die Vergangenheit nicht gänzlich abschütteln. Vor allem nicht, wenn zwei solch feige Arschgesichter vor mir standen, wie sie mein jugendliches Ich ständig schikaniert hatten. Damals hatte ich ein leichtes Opfer dargestellt. Heute nicht mehr.

Bevor die beiden Wandler mich erreichten, und da ich weder Zeit noch Lust auf Spielchen hatte, streifte ich den Glimmer ab, der mich vom Schäfer trennte. Schwärze pulsierte aus meinen Augen, spielte um meine Füße und ich sandte sie aus, damit sie die Gasse durchflutete. Das Licht der Neonreklamen verschluckt von der Aura, bildete meine strahlendweiße Haut die einzige Lichtquelle in der puren Finsternis, die die Gasse durchspülte.

Die beiden Kerle standen wie angewurzelt mit aufgerissenen Mündern auf der Stelle. Der Geruch von Urin wehte mir entgegen.

So viel zu harte Kerle.

»Es läuft nun wie folgt: Ich lasse euch leben, aber werde euch finden, wenn ihr jemals wieder eine Person bedroht, die euch nicht gewachsen ist. Die Alternative ist, von mir getötet und gefressen zu werden. Verstanden?«

Die beiden Dumpfbacken nickten zitternd. Dieser Aufzug funktionierte jedes Mal. Wieso immer alle dachten, der Schäfer der Sünden würde sie fressen, würde ich wohl nie verstehen. Immerhin aß ich kaum Fleisch. Und wenn überhaupt, dann verscharrte ich meine Leichen - na ja, oder besser gesagt übernahm einer der Dobermänner diesen Job. Also nicht, dass ich ständig Wesen umbrachte, das kam tatsächlich eher selten vor und dann nur aus Notwehr. Doch als Drohung funktionierte es, in Kombination mit dem Ruf des Schäfers, außerordentlich gut.

Mit wenigen Schritten eilte ich zu den zweien, legte die

Hände an ihre Stirn und entzogen ihnen die Erinnerung an mein Aussehen als Nicolas.

»Huuuuunger«, knurrte ich in meiner besten Imitation von Frankensteins Monster und konnte gar nicht so schnell sehen, wie die beiden aus der Gasse stürmten.

Mit einem zufriedenen Nicken und einem Grinsen auf den Lippen, streifte ich den Glimmer erneut über meinen Körper und bewegte mich in Richtung des Nimbins.

Bei Hausnummer 13 offenbarte sich mir eine verrammelte Tür zu einem baufälligen Gebäude. Ich führte meine Finger im Kreis darüber, strich dann durch diesen hindurch und formte zwei Flügel. Nur Augenblicke später verschwand das alte Haus vor mir und wurde durch das Nimbin ersetzt. Immer wieder faszinierte mich, dass das Nimbin überall und nirgendwo war. Es konnte in jeder Stadt, in der es gebraucht wurde, erscheinen und öffnete in diesem Moment seine Tür für mich.

»Ach, schau an«, begrüßte mich eine wohlbekannte Stimme im Inneren.

»Dick, lange nicht gesehen.« Grinsend nickte ich der Zahnfee mit ihren blauen Flügeln zu und bekam ein Schnaufen als Antwort. Spitze Zähne strahlten mir entgegen, während er mit den Augen rollte. Wie ein Wesen von der Größe eines Fußballs so dermaßen voller Sarkasmus und Attitüde sein konnte, war mir schleierhaft.

»Du warst erst vor drei Tagen hier.« Mit Schwung vollführte er eine Pirouette in der Luft und blauer Glitzer flog mir ins Gesicht. »Für jemanden im Zeugenschutzprogramm läufst du erstaunlich viel durch die Gegend - in der Stadt, in der du gejagt wirst. Sagen nicht alle, dass du so brillant und schlau bist?«

»Tja, Vater eines Fae zu sein, hat seine Vorteile, nicht wahr?« Ich zwinkerte und hob meinen linken Mundwinkel. »Und so ein richtiger Zeugenschutz ist es ja nun auch nicht. Viel mehr die Verschleierung, dass ich« – ich vergewisserte mich, dass keine Kunden anwesend waren –»der Schäfer der Sünden bin.«

»Ja, ja, reib noch Salz in die Wunden, du Sack.« Er rollte mit den Augen, dann breitete er dramatisch die Arme aus. »Oh, schaut alle her. Ich bin ein Paracog und kontrolliere ebenso Feenmagie. Was? Euer Glimmerzauber ist schwächer als meiner, obwohl ich ein Mensch bin und ihn gar nicht beherrschen sollte?«, äffte Dick mich nach, nur klang seine Stimme absolut nicht wie meine.

»Seien wir doch ehrlich, bis auf die Feensinne und den Glimmer verstehe ich keine Feenmagie. Es ist ein nettes Gimmick, mehr nicht.«

»Dick, hör auf die Kunden zu vergraulen!«, rief Gertrude, die australische Hippie-Hexe und Besitzerin des Nimbins, von weiter hinten im Laden.

»Was brauchst du heute, Nic?«, fragte Dick grinsend. So sehr er es genoss, mich zu triezen, waren wir doch Freunde. Immerhin hatte er mich die letzten drei Jahre in meiner unfreiwilligen Feenmagie unterrichtet, bevor ich unabsichtlich etwas in die Luft hätte jagen oder schlimmer: einen Feenhandel abschließen können.

»Schwarzes sowie gelbes Salz, Karmesintinte und einen Liter starken Lavendel-Nachtlichtrosen-Tee.«

Abrupt hielt Dick in seinen Bewegungen inne, sein fröhliches Grinsen wurde ersetzt durch eine ernste Miene.

»Sag mir, dass du damit einen Schutzzauber erstellen willst und keine Bombe!«

Ich rollte mit den Augen. Natürlich keine Bombe, wobei der Gedanke, eine solche in Brens Hintern zu stecken und ihn in die Luft zu jagen, durchaus verlockend erschien.

»Hey, ich muss fragen«, sagte Dick, während er mich skeptisch musterte. »Habe ich dir nicht vor drei Tagen erst Gorgonenblut und Feenstaub verkauft? Warte. Du hast nicht vor, einen Dämon zu beschwören, oder?«

Was zur Hölle ist falsch mit ihm?

»Nein, weder Bombe noch Dämon. Ich bin, wie du vorhin erwähntest, untergetaucht und möchte Vorkehrungen treffen.«

»Bist du dir sicher, dass *dieser* Schutzzauber nicht zu gefährlich ist?«

»Du weißt doch gar nicht, welchen ich erstellen will!«

»Ich arbeite seit 155 Jahren im Nimbin und kenne mehr Zauber als viele Lebenden vergessen werden. Außerdem nutze ich Feenmagie schon fast 200 Jahre länger als du mit deinen drei Jahren. Also doch, ich weiß genau, welchen Schutz du wirken wirst, und der ist scheiße gefährlich, Nic!«

Mühevoll verkniff ich mir ein genervtes Schnauben. Er hatte recht, doch das änderte nichts daran, dass ich alles geben würde, damit mein Sohn und ich in Sicherheit waren. Nach dem beängstigenden Traum und der kryptischen Erwähnung von Bren und Aiden, würde ich nichts dem Zufall überlassen.

»Ein Versteinerungs-Explosions-Schutzzauber ist hohe, dunkle Magie. Außerdem Kampfmagie der unumkehrbaren Sorte. Wenn jemand den Schutz auslöst, ist er tot. Was ist, wenn du damit deinen Sohn oder Freunde killst?«

»Dann muss der Schutzzauber einfach richtig gewirkt und alle eingetragen werden, die als freundlich zu betrachten sind.« Mit einem Schnauben verschränkte ich meine Arme vor der Brust. Für Belehrungen hatte ich den Umweg ins Nimbin vor dem Treffen in der MIA nicht auf mich genommen.

»Verstehe, dann sprichst du den Zauber also nicht, da er ja richtig ausgeführt werden soll?«

Arschgesicht!

»Was willst du mir damit sagen?«

»Vielleicht, dass du nur Grundzüge der Feenmagie beherrschst? Dass dein ausgewählter Schutzzauber UnSeelie-Magie ist und es in Hamburg, bis auf die Königsfamilie, nur noch Verbrecher und Unterwelt-Feen gibt, die den UnSeelie angehören?« Dick wedelte dramatisch mit den Armen in der Luft herum, während seine Flügel die eines Kolibris imitierten. »Dass ich dir nicht helfen kann, weil ich eine Seelie-Fee bin? Keine Ahnung, Nic. Was will ich dir wohl sagen, außer dass du dich wie ein sturer Holzkopf verhältst?«

Damit hatte er erneut recht. Das zuzugeben, war dennoch keine Option, also mahlte ich mit meinen Backenzähnen aufeinander und schwieg ihn mit zusammengekniffenen Augen an.

»Nic, echt jetzt! Ich weiß, dass du zu den begabtesten

Paracogs der Stadt gehörst, aber du bist eben ein Mensch. Diese Magie ist kein Scherz. Wenn du keine UnSeelie-Fee kennst, die den Zauber wirkt, wird dein Vorhaben sicher tödlich enden.« Klang Dick zuvor genervt, schwang jetzt ehrliche Sorge in seiner Stimme mit.

»Wer sagt, dass ich keine UnSeelie kenne?«

»Den einzigen, den du kenn-« Dick riss die Augen auf. »Nein! Wirklich? Bren? Erzähl!«

Verdammt, wieso kann ich nicht meine Klappe halten?

Ein Klugscheißer-Dick nervte schon ungemein, jedoch wurde dieser um Meilen von Klatschtante-verrate-mir-alles-Dick übertroffen. Und genau diese Version blinzelte mich gerade voller Schadenfreude und Neugierde an. Immerhin sprach ich hier von der königlichen Familie. Viele würden für den neusten Tratsch über sie alles geben.

»Ich denke, du hast ihn die letzten drei Jahre nicht gesehen?« Dick flog aufgeregt um mich herum.

»Stimmt. Bis gestern. Hab ihn ernsthaft am Tatort eines Mordes gefunden.«

»Wiiieee bitteeeee?« Beinah krachte Dick gegen ein Regal und seine Stimme überschlug sich. »Der Kronprinz ist tot?«

»Was zur Hölle? Quatsch, der Lutscher lag besoffen nach einem Dreier ohnmächtig im Bett. Hatte scheinbar noch genug Hirn übrig, einen starken Glimmer zu wirken.«

»Also lebt er?«, fragte die Zahnfee völlig außer Atem, das Gesicht deutlich blasser als vor wenigen Minuten. Ein schlechtes Gewissen breitete sich in mir aus, wegen der unvorsichtigen Formulierung. Alle Wesen des Feenvolks verehrten die königliche Fae-Familie abgöttisch - manche brachten ihnen sogar Geschenke, warteten vor dem Anwesen, um Fotos zu knipsen, und hatten Poster von der Bande in ihren Zimmern hängen. Im Endeffekt waren die O'Tooles die Popstars der Feenwelt. Und bei all den Fans, wer hatte es geschafft, einen Sohn von Prinz Arschgesicht zu bekommen? Das war ich - der einzige Nicht-Fan in ganz Hamburg.

Und mal ehrlich, hätte der Kronprinz wirklich das Zeitliche

gesegnet, wäre Dick der Letzte, dem ich es erzählt hätte. Diese Information würde seinetwegen schneller durch die gesamte Feengemeinde schießen, als ein Joghurt durch jemanden mit Laktoseintoleranz - und vermutlich die gleiche Sauerei anrichten.

Eine Nachricht ließ mein Smartphone vibrieren. Ich zog es rasch hervor. Genervt stellte ich fest, dass mein Termin mit Yvi *wegen dringlicher Vorkommnisse* früher stattfinden würde.

»Muss los«, sagte ich zu Dick. »Gib mir bitte die Zutaten, ich verspreche dir, dass ich den Schutz nicht selbst erschaffe.«

Die Zahnfee rollte mit den Augen und schwirrte dann leise fluchend zwischen Regalen umher. Nur zwei Minuten später reichte Dick mir alle Reagenzien gut verpackt in einer glitzernden Tüte. Als ich sie entgegennahm, hielt er sie aber weiterhin fest.

»Wenn du dich oder Aiden umbringst, dann finde ich einen Weg, dich nochmal zu töten. Hast du mich verstanden?«

»Ich mag dich auch, Dick.«

»Du bist die Pest meines Lebens, Nicolas. Ach, was sage ich, du bist die Pest und Cholera. Und Gelbfieber. Die spanische Grippe und -«

»Hab verstanden. Danke dir für deine Hilfe, das bedeutet mir viel.«

Dick rollte mit den Augen, nickte mir zu und flog davon. Lächelnd drehte ich mich um und öffnete die Tür.

»Durchfall! Du bist der Durchfall meines Lebens!«, rief er aus der Tiefe des Ladens, während ich den Heimweg zu unserer Wohnung antrat.

Paracog, der/die
Substantiv

1. magischer Studienberuf, meist im Dienst der MIA

2. beherrschen Zaubermuster, mit denen sie die physikalischen Gesetze beugen können

3. einzige Möglichkeit für Menschen Magie zu wirken

Aus dem Archiv von Alexis,
der Bibliothek von Alexandria

5

Nicolas

Nachdem ich die Reagenzien mit einem kurzen Abstecher in meine Wohnung gebracht hatte, stand das Treffen mit Yvi an. Auf dem Weg von unserem Apartment in den Tanzenden Türmen zur Elbphilharmonie ließ ich meinen Blick über den anbrechenden Tag oberhalb der Dächer Hamburgs schweifen.

Das Pink der nächtlichen Neonreklamen wurde ersetzt durch ein blasses Orange der aufgehenden Sonne. Einen flüchtigen Moment überlegte ich, den Weg zu Fuß zu bewältigen und die frische Luft meinen Kopf reinigen zu lassen. Immerhin war der Teil zwischen den Tanzenden Türmen und der Elbphilharmonie beinahe komplett ebenerdig und nicht in die Höhe gebaut. Hier sah man den Himmel und verlor nicht das Gefühl für Tag und Nacht.

Dann fiel mir ein, dass ich faul war und der Weg fünfundzwanzig Minuten dauern würde – also verwarf ich diesen Einfall und verbuchte ihn unter kurzer geistiger Verwirrung. Und wer war schuld daran, dass mein Kopf brummte? Richtig, die königliche *Hohlheit* – Bren Pissnelke O'Toole.

Brummend schüttelte ich den Kopf, bog links Richtung Sky-Tram-Station St.-Pauli ab und kramte nach meinem Pay-Per-Go-Ticket. Fahrten mit der Sky-Tram stellten einige der wenigen

Luxusartikel dar, die ich mir ohne schlechtes Gewissen gönnte. Zwar schlugen die Gebühren mit dem zehnfachen Preis im Vergleich zu dem veralteten, unterirdischen Model zu Buche, doch so schwitzte ich nicht in der Hitze des Untergrunds. Oder wartete mindestens vier Züge lang. Außerdem umging ich die überfüllten Waggons der U-Bahn, die seit der Abschaffung von fahrenden Autos zu jeder Tageszeit aus allen Nähten platzten. Kein Wunder, wenn man bedachte, dass sich nur ein Bruchteil der Bevölkerung ein eigenes Skycar zu leisten vermochte.

Das blaue Hologramm neben dem Aufzug, das magisch aus einem Leuchtkristall gespeist wurde, ließ mich zufrieden nicken. *Linie 3 – 3 Minuten bis zur Ankunft* strahlte mir entgegen. Perfektes Timing. Grinsend betrat ich den Aufzug, der an der Außenwand des Kiezblocks angebracht war und mich zwanzig Meter in die Höhe befördern würde, trat auf den Bahnsteig, nur um die Sky-Tram schon angeflogen kommen zu sehen.

Mit einem leisen Zischen hielt sie vor mir an, während die lilafarbene Magie, die sie umgab, zu pulsieren stoppte. Nur wenige Augenblicke später öffneten sich die Glastüren, ich ließ ein paar Fahrgäste aussteigen und begab mich im Inneren auf einen der Sitzplätze.

Da die gesamte Bahn aus magisch geschmiedetem Glas errichtet war, bot sie einen faszinierenden Blick über meine Heimat, an dem ich mich auch nach Jahren nicht sattsehen konnte. Zu recht hatte man Hamburg als Hauptstadt des neuen Europas gewählt. Keine andere Stadt vereinte Magie, Technologie und verschiedenste Spezies zu einem solchen Schmelztiegel der Kulturen, wie es die Perle des Nordens vermochte.

Eine halbe Stunde später schlenderte ich durch die Eingangshalle der Elbphilharmonie in Richtung der Aufzüge. Aus schwebenden Lautsprechern hallte seicht klassische Musik durch das von Licht durchflutete Foyer, während Wesen ihrer Arbeit nachgingen. Angestellte der Philharmonie mischten sich mit Kellnern, Ladenbesitzern, und einige vereinzelte MIA-Agenten besorgten sich ihren morgendlichen Kaffee.

Vor den Aufzügen erspähte ich Mick und Cordelia, die offensichtlich heute Dienst als Wachpersonal hatten.

»Guten Morgen, Nicolas«, grüßte mich der Gorillawandler, was ihm von der charismatischen Sirene einen finsteren Seitenblick einbrachte.

»Wir sind in der Öffentlichkeit, du Nuss. Keine Namen«, murmelte sie an ihn gewandt, drehte sich dann zu mir und schenkte mir ihr strahlendes Lächeln, dummerweise samt glühender Augen. »Guten Morgen, Nicolas.«

Eine Welle der Freude und des Begehrens durchflutete mich. Hitze schoss mir in die Wangen, meine Lenden reagierten und ich senkte den Blick.

»Oh, entschuldige«, fügte Cordelia hastig hinzu. In ihrer Stimme schwang Scham mit. Lächelnd schaute ich ihr wieder in die Augen, die nicht mehr leuchteten. »Wenn ich mich ärgere, wallt meine Aura manchmal auf.«

»Schon gut. Ist nur jedes Mal ungewohnt, dich anziehend zu finden, obwohl ich ansonsten nicht auf Frauen stehe.«

Die Aura von Sirenen war kein Witz. Nicht verwunderlich, dass es strenge Regularien in Bezug darauf gab. Das oberste Gebot war: Es durfte niemals Sex unter Einfluss der Aura stattfinden, damit gegenseitiges Einverständnis gewährleistet blieb. Allgemein war das Beeinflussen durch die Aura oder den Gesang der Sirenen im privaten Gebrauch nur minimal erlaubt. Im Einsatz durch MIA-Agenten hingegen gab es Sonderrechte. Lediglich wenige Wesen konnten einer Sirene widerstehen und plauderten nur allzu gern Geheimnisse aus – in der Hoffnung, mit ihr im Bett zu landen.

»Ihr Menschen und eure eingeschränkte Sexualität«, sagte Mick grinsend und rollte mit den Augen.

»Ich weiß«, antwortete ich seufzend. »Würde mich auch gerne wie die Schattenwesen in den Charakter eines Wesens verlieben können, unabhängig vom Geschlecht. Das wäre in meiner Jugend deutlich leichter gewesen, wenn es bei allen Menschen auch so wäre.« Ich schüttelte den Kopf und verzog den Mund zu einem Grinsen.

»Hey, keiner erwartet von euch Menschen, dass ihr zivilisiert seid«, sagte Mick und bekam einen Schlag von Cordelia an den Kopf.

Ohne Frage hätte ich mir viele Zweifel und Mobbing erspart, wenn die Menschen keine unterschiedlichen Sexualitäten besäßen und sich, wie die Schattenwesen, einfach verlieben würden. Um die Tatsache, dass Hautfarben, Sexualitäten, Geschlechter und Religionen für die Schattenwesen keinerlei Rolle spielten und somit in ihren Reihen keine Diskriminierung diesbezüglich existierte, beneidete ich sie ungemein.

Es brachte nichts, darüber nachzudenken. Menschen waren nun einmal die primitivste Form der zivilisierten Gesellschaft in der Neuen Weltordnung und hatten vielerorts kaum etwas zu sagen.

»Hab von deinem Fall gehört«, riss Mick mich aus meinen Gedanken.

»Von dem Fall oder von dem unerfreulichen Wiedersehen mit einem gewissen Fae Arsch?«

»Beides.« Das Grinsen des Gorillawandlers erstreckte sich über sein ganzes Gesicht. »Hast du den Fall deswegen bekommen? Ich dachte, du bist offiziell nicht mehr MIA-Agent?«

»Mein Status ist geheim. Lass es mich so sagen: Ich bin freier Agent und offensichtlich erneut Botschafter zu der Familie O'Toole. Yay, Beförderung!« Freudlos warf ich die Arme in die Luft, was mir ein Lachen der beiden Wachleute einbrachte. »Sind die drei Chaoten schon da?«

»Trottel Eins und Zwei sind vor zehn Minuten ins Büro hochgefahren«, antwortete Cordelia lachend. »Und Nummer Drei betritt soeben das Foyer.« Sie deutete mit einem Augenrollen zum Eingang.

Ich drehte mich um, nur um Garth in Hundeform hechelnd in meine Richtung stürmen zu sehen. Zu seiner Überraschung war der Boden frisch gebohnert und somit schlitterten seine Pfoten über die Fliesen. Wild japsend rammte Garth eine junge Frau, die daraufhin mit einem Schrei ihren Kaffee verschüttete. Unbeirrt rutschte Garth weiter, schmiss auf seinem Weg einen

Cafétisch um und polterte mitten durch ein knutschendes Pärchen, nur um schwanzwedelnd vor mir zum Stehen zu kommen.

»Wem hast du eigentlich ans Bein gepinkelt, dass die drei deine Partner sind?«, fragte Mick, wobei er belustigt zu Garth schielte. Micks Wangen färbten sich rot und er räusperte sich, als er meinen fragenden Blick bemerkte. Ich hingegen erstellte eine mentale Notiz, der verlegenen Röte seiner Wangen später auf den Grund zu gehen.

»Willst du dich nicht zurückwandeln?«, fragte ich den Dobermann zu meinen Füßen, der aufgeregt zwischen Mick und mir hin und her schaute. Als Antwort stemmte er sich auf seine Hinterbeine, legte die Vorderpfoten auf meine Schulter und leckte mir mit seiner feuchten Zunge übers Gesicht.

Zwischen Lachen und Ekel gefangen, schubste ich Garth von mir. So unangebracht sein Verhalten war, konnte ich ihm nur selten einen Vorwurf deswegen machen. Im Gegensatz zu allen anderen Wandlern, war das Tier bei Dobermannwandlern außerordentlich dominant, was in ihrer Wandelform dafür sorgte, dass ihr menschliches Denken beinahe gänzlich ausgeschaltet war.

Weiterhin grinsend betrat ich den Aufzug zu den Etagen, die der MIA in der Philharmonie gehörten.

Zwanzig Minuten später rief mich Yvi in ihr Büro. Sie hatte zuvor allein mit den Drillingen gesprochen, während ich vor dem Büro gewartet hatte, und nun trotteten die drei gerade in Menschenform an mir vorbei. Darauf bedacht, mir nicht in die Augen zu schauen.

»Wir sehen uns in der Wohnung«, murmelte Garth und trat mit seinen Brüdern die Flucht an. Merkwürdig.

»Nicolas, was bringt dich denn her?«, fragte mich meine Mittelsfrau, als ich ihr Büro betrat.

Ich zog eine Braue in die Höhe und zählte innerlich bis drei.

»Warte, du bist der Schäfer der Sünden?« Yvi weitete die Augen, ich hingegen grinste. »Lass mich raten, das frage ich jedes Mal?«

»Ja, stimmt. Manchmal verschluckst du dich sogar, wenn du etwas trinkst.«

»Er ist was? Ihr verarscht mich doch?«

Mein Blick schnellte zu dem Sofa das diagonal hinter mir im Raum stand. Bren. Der hatte mir gerade noch gefehlt.

»Wieso ist *der* hier, Yvi? Ich dachte, wir reden *über* ihn – nicht *mit* ihm?« Genervt schloss ich für einen Moment die Augen. »Jetzt muss ich seine Erinnerungen ebenso löschen.«

»Du? Was? O nein, hier wird gar nichts gelöscht!« Bren sprang auf die Beine und verschränkte die Arme.

»Das erklärt, weswegen ich die Dobermänner informieren sollte«, murmelte Yvi und ignorierte sowohl Bren als auch mich. »Setzt euch!«

Widerwillig gehorchte ich und selbst Bren tat, wie ihm geheißen. Direkt nebeneinander saßen wir da und die Nähe zu ihm drückte meinen Gemütszustand wie eine Schraubzwinge.

»Wir haben ein Problem«, setze Yvi an und untertrieb damit gänzlich. »Wer auch immer Bren sucht, scheint besser vernetzt zu sein, als ich befürchtet habe. Kein Undercoveragent hat Informationen zu ihnen. Auf keinen Abhörgeräten oder Kameras finden wir die winzigste Spur. Fast so, als würde es diese Leute gar nicht geben.«

»Es gibt sie!«, sagte ich energisch. »Ich hab vorhin erst über die gesicherte Leitung die Informationen zu meinem Traum ins System eingespeist.«

»Ganz ruhig, ich glaube dir.« Yvi lächelte mir milde zu. »Ich habe Bren und die Dobermänner schon über unsere Reaktion bezüglich deiner neuen Hinweise informiert. Die Lage ist, im besten Fall, kritisch. Wir haben keine Spur, eine der wichtigsten Personen Hamburgs ist in Gefahr und wir wissen rein gar nichts über die wirklichen Motive der möglichen Täter. Ist es Erpressung? Ein Exempel? Brauchen sie Bren für irgendetwas? Wir wissen es nicht genau.«

»Ist mir bewusst.« Trotzig verschränkte ich die Arme, wobei ich Bren einen genervten Blick zuwarf. »Aber wieso ist er hier?«

»Nicolas, wir haben keine andere Wahl«, sagte meine

Mittelsfrau und verzog dabei ihr Gesicht zu einer Entschuldigung. Das bedeutete Unheil. Nichts Gutes folgte, nachdem jemand so eine Miene aufgesetzt hatte. »Bren zieht solange bei euch ein, bis wir die Gefahr genauer bestimmen können.«

»Er tut was?«

»Ich tue was?«

Während ich Bren einen weiteren genervten Seitenblick zuwarf, zwinkerte er mir zu.

»Na toll, ein fünftes Kind in meiner Wohnung«, murmelte ich vor mich hin.

»Ich wüsste einen Schnuller, den –«.

»Nein, tut mir leid, wir lassen ihn sterben«, fiel ich Bren ins Wort. »Bei mir zieht er nicht ein.«

»Ach komm, Nikki. Das wird spaßig. Wir können Pyjamas anziehen, Filme schauen und über Jungs oder wahlweise Schnuller reden.«

»Tot, sein Schicksal ist besiegelt. Tut mir leid.«

Brens tiefes Lachen hallte durch den Raum. Zeitgleich verdammte ich meinen Bauch, den alten Verräter, der genau in diesem Moment zu kribbeln begann.

Nein! Auf keinen Fall! Er hat mich drei Jahre ignoriert und damit ebenso seinen Sohn. Vergiss sein Lachen!

Yvi sah mit fragendem Blick zu uns, vermutlich verwirrt über die Dynamik zwischen der *Hohlheit* und meiner Wenigkeit. Oder aufgrund der Tatsache, wie respektlos ich zu Bren sprach – immerhin gehörte er dem Königshaus an. Doch Yvi wusste nicht um unser gemeinsames Kind. Niemand außer der drei Dobermänner und Dick verfügte über dieses Wissen. Mal abgesehen von dem Skandal, der wie ein Buschfeuer durch die Medien wüten würde, war es zu gefährlich für Aiden, wenn es jemand erfuhr.

Brens und meine Verbindung hingegen war allgemein bekannt. Nach der Feenvertreibung hatte ich die ersten Monate als offizielle Kontaktperson, quasi Botschafter, zwischen der MIA und dem Königshaus gedient.

»Nicolas, wir haben keine Wahl«, unterbreitete Yvi mir mit

einem freundlichen Lächeln das berechnende Kompliment. »Am Hof könnten Mitverschwörer sein. Nichts ist so sicher wie deine Fähigkeiten.«

Leider entsprach das der Wahrheit. Sollte jemand nicht gefunden werden, dann war ich die beste Wahl. Wenn man so wollte, stellte ich einen wandelnden Störsender dar. Meine mentalen Fähigkeiten veränderten nicht nur, was Einwohner sahen, so sie mich oder wahlweise Bren betrachteten, sie waren ebenso in der Lage, zu verhindern, dass wir durch Zauber aufspürbar waren. In dem unwahrscheinlichen Fall, dass es doch jemandem gelingen würde, musste ich die Erinnerungen mit der Schäfergabe lediglich absaugen.

So sehr es mich schmerzte, Yvi hatte recht. An meiner Seite war Bren in Sicherheit. Doch diese Tatsache schmeckte mir gar nicht. Ob ich es guthieß oder nicht, unsere kleine Familie würde einen neuen Mitbewohner bekommen.

Darüber hinaus wollte ich meinem Sohn in einigen Jahren nicht erklären müssen, dass ich seinen Vater bereitwillig hatte sterben lassen.

Ich nickte Yvi zu, was sie knapp erwiderte. Erleichterung spielte über ihre Gesichtszüge.

Was folgte, gehörte zum Standardprotokoll. Mit einer gekonnten Bewegung streifte ich den Glimmer ab, legte die Hand an ihre Stirn und löschte die Erinnerung an meine wahre Identität. Einzig eine verschlüsselte Telefonnummer blieb ihr, mit der sie den Schäfer – mich – erreichen könnte. Damit war sichergestellt, dass sie, selbst unter Folter, nicht verraten würde, wer ich war. Meine Identität als Schäfer blieb weiterhin ein Phantom, einer Legende gleich, das so gut wie niemand kannte.

»Was zur Urmagie, Nikki? Du hast verdammte Hörner am Kopf!«, stellte Bren das offensichtlichste Detail meiner Schäferform fest. Eines, das ich selbst nur allzu gern verschwieg.

Ich sah ohne Glimmer nicht nur aus wie ein strahlendweißer Dämon mit drei Augen, umgeben von absoluter Finsternis – nein, ich hatte zudem ein verfluchtes Geweih an der Stirn. Warum ihn gerade dieses so verwirrte und nicht die Tatsache, dass ich jedem Dämon in Horrorfilmen die Show stahl, verstand ich hingegen nicht.

»Was hat mich verraten? Die ein Meter großen Auswüchse an meinem Kopf?« Genervt stöhnte ich. »Dabei halte ich sie persönlich für äußerst dezent.«

Bren öffnete den Mund, schloss ihn wieder, nur um ihn erneut zu öffnen. Seine Augen verengten sich zu Schlitzen, aber kein Wort fand den Weg über seine Lippen. Ich hatte es wahrhaftig geschafft, den großen Bréanainn O'Toole sprachlos zu machen. Ein breites Grinsen schlich sich auf meinen Mund.

»Du bist wunderschön«, platzte es aus ihm hervor.

»Bitte was?« Ich legte den Kopf schief. »Hast du Fieber?«

Wunderschön war vermutlich das letzte Wort, mit dem ich mein Schäferaussehen beschreiben würde. Grotesk, angsteinflößend, grauenvoll und monströs – ja. Aber wunderschön? Nein, definitiv nicht.

»Ich … Schon gut«, winkte Bren ab und drehte sich um.

Da ich keine Lust auf eine Diskussion oder allgemein ein Gespräch mit ihm verspürte, streifte ich den Glimmer über meinen Körper und trat zur Tür. Weil Bren von nun an bei mir wohnen würde, löschte ich seine Erinnerungen an den Schäfer nicht. Es würde die ganze Situation nur erschweren. Hoffentlich bereute ich die Entscheidung später nicht.

»Wir sollten gehen.«

Eine halbe Stunde später öffnete ich die Tür zu meinem Apartment. Die drei Dobermänner spielten in Hundeform mit Aiden auf dem großen Teppich vor der Fensterfront. Besser gesagt, Garth und Flynt saßen auf dem Boden, während mein Sohn auf Brooks im Kreis ritt. Alle vier sahen aus Kulleraugen zu uns.

»Papa! Athair!«, rief Aiden fröhlich und sprang von Brooks Rücken. Seine roten Locken fielen ihm ins Gesicht und die Augen strahlten gelb.

Ich zog eine Braue in die Höhe, während Bren neben mir laut hustete. Bevor ich etwas sagte, kam er meinen Worten zuvor.

»O Mann, habe ich einen Durst. Stört es dich, wenn ich was trinke? Nein? Cool!«

»Der Kühlschrank ist –«, setzte ich verwirrt an, aber Bren hatte ihn schon erreicht und geöffnet. »Woher weißt du, wo der Kühlschrank ist?«

»Was? Ha. Zufall. Man bin ich ein Genie im Pfadfinden.« Sein ansonsten überschwängliches Lachen klang gezwungen. Brens Wangen färbten sich rot und er weitete die Augen. Nichts von seiner üblichen Leichtigkeit oder Arroganz haftete in diesem Moment an ihm.

Aiden gluckste, lief zu Bren und rief erneut: »Athair!«

Wann hatte mein Sohn Altirisch, die offizielle Sprache der Fae, gelernt?

Ich verengte die Augen und beobachtete die beiden genau. Bren nahm den kleinen Mann auf den Arm und küsste seine Stirn, während sein Blick ängstlich zu mir herüber streifte, das Gesicht mittlerweile feuerrot. Unsicherheit lag in seinen Augen.

»Aber Papa ist zu Hause. Jetzt ist es gar nicht mehr unser Geheimnis«, plapperte Aiden fröhlich weiter, wobei sein Unterton schmollend klang. Krallen kratzten über den Boden, als drei Dobermänner winselnd an mir vorbei in Garths Zimmer flüchteten.

»Bren, hast du eine Minute? Wir sollten reden. Allein.« Es kostete mich ungeheuerliche Überwindung, freundlich und beiläufig zu klingen, während in mir ein Sturm der Wutstärke zehn tobte.

»Gerade nicht«, antwortete der Herr Kronprinz, den man zeitnah verscharrt an der Elbe finden würde, sollte er mich weiterhin übergehen. »Mach bitte einen Termin bei meinem Assistenten. Bin gerade mit meinem Sohn beschäftigt.«

Oh, das hat er nicht gesagt?!

»Jetzt!«, donnerte meine Stimme durch die Wohnung. Die Fenster klirrten, ein Schwall Dunkelheit durchbrach den Glimmer, der mich umgab, und Aiden erschreckte sich dermaßen, dass er zu weinen begann. Shit!

»Hey, ruhig, Kleiner. Papa ist nur etwas verwundert.« Bren

setzte Aiden behutsam auf den Boden und wischte ihm die Tränen weg. »Magst du kurz zu den drei Hundis laufen und spielen? Nachdem ich mit Papa geredet habe, können wir wieder eine Runde fliegen, okay?«

Wieder!?

Aiden schniefte einmal, dann grinste er über das ganze Gesicht. Auch bei Bren erkannte ich ehrlich Freude – und Liebe. Mein kühner Mordplan geriet ins Wanken.

Wie konnte ich übersehen haben, dass Bren offensichtlich Kontakt zu Aiden hatte?

Mit ehrlichem Erstaunen sah ich, wie er unseren Sohn kitzelte und dabei so liebevoll lächelte, dass ich es kaum glaubte. Laut quiekend sprang Aiden in die Luft und seine kleinen Flügelchen vibrierten. Es würde ein paar Jahre dauern, bis er damit fliegen konnte. So lange erinnerte er eher an einen abstürzenden Schmetterling. Hieß auch, wenn Bren von einem gemeinsamen Rundflug sprach, dass er Aiden mitgenommen haben musste.

Auf dem Weg zu den drei Dobermännern strahlte mein Sohn mit purer Freude zu mir hinauf, sodass ich es nur erwidern konnte. Bren hatte mich zwar gehörig verarscht, doch war das Band zwischen den beiden mehr als deutlich. Und ich musste mir eingestehen, dass ich mich für Aiden freute. Jedoch änderte das nichts an der Wut auf den Kronprinzen.

»Tá grá agam dhuit!«, rief Bren unserem Sohn hinterher.

Ohne zu stoppen, antwortete der kleine Mann: »Ich dich auch, Athair. Und dich auch, Papa!« Dabei lächelte er mir zu. Wärme durchflutete mein Inneres.

»Ich liebe dich auch, Kleiner.«

Unmittelbar bildete sich mir ein Kloß im Hals. Ich hatte zwar nie geplant, Vater zu werden, aber Aiden war mein Ein und Alles. Niemand würde ihn mir wegnehmen oder ihm wehtun. Eher würde ich die Tore zu allen Höllen öffnen und ewige Finsternis über diese verdammte Stadt bringen, als dass jemand auch nur einen Finger an ihn legte. Brens entschlossener Gesichtsausdruck, während er mich musterte, zeigte mir, dass wir zwar Probleme hatten, aber er ebenso alles und jeden aus dem Weg räumen würde, der sich unserem Sohn mit bösen Absichten näherte. Wenigstens da zogen wir an einem Strang – und diese Erkenntnis erleichterte mich mehr, als ich vor wenigen Minuten geglaubt hätte.

»Möchtest du es mir erklären?«, fragte ich ihn, nachdem Aiden in Garths Raum verschwunden war.

»Wenn du so fragst, eher nicht. Aber danke der Nachfrage.« Mit einem Lächeln legte Bren sich entspannt aufs Sofa.

»Das war keine … Meinst du das ernst?« Der Glimmer um mich waberte erneut auf und Dunkelheit umspielte den Kronprinzen.

»Whoa, ganz ruhig, Tiger!« Mit einem Satz erhob sich Bren vom Sofa.

»Dann sprich!«

»Was gibt es groß zu erklären?«

Für einen Moment schloss ich die Augen und hörte meinen donnernden Puls. Spürte, wie die Dunkelheit aus mir hinausströmte.

»Schon gut, Schattenmann. Hab verstanden.« Bren stellte sich mir gegenüber, die Arme vor der Brust verschränkt. »Offensichtlich bin ich nicht das erste Mal hier.«

Ach, wirklich?

Ich hob eine Braue, sagte aber nichts.

»Ehrlich gesagt, bin ich fast jeden Tag hier und besuche Aiden.«

»Wieso? Und wie kamst du hier rein?«

»Ähm, weil er mein Sohn ist und ich ihn liebe? Was ist denn das für eine komische Frage? Ich bin der Kronprinz, wenn ich Eintritt verlange, dann komme ich überall rein, glaub mir.«

Er spielte schon wieder mit seinem Leben.

»Das meinte ich nicht. Wieso die Heimlichtuerei? Wieso hast du mich drei Jahre ignoriert? Wieso hast du unseren Sohn in deine Lügenwelt gezogen? Soll ich weitermachen?«

»Nic, nun werd nicht gleich sauer, aber …«, setzte er an, stockte dann jedoch.

Wieso Leute dachten, dass ein solcher Einschub zu Beginn

einer Beichte, wie *›raste nicht aus, aber‹* ein kluger Einfall sein könnte, hatte ich nie verstanden. Denn natürlich war ich sauer und wusste nicht einmal, welche Worte von Bren folgen würden. Einfach aus Prinzip – und na ja, weil Bren mich hintergangen hatte.

»Ich kann dir die Informationen nur geben, wenn wir einen Feenhandel schließen. Mein Wissen gegen dein Schweigen.«

Ein bitteres Lachen braute sich in meinem Brustkorb zusammen. Mühsam kämpfte ich es hinunter und setzte ein neutrales Gesicht auf, bevor ich antwortete.

»Das heißt, *du* vertraust *mir* nicht.«

Unfassbar, dass er so was von mir verlangt! Immerhin hat er mich *sitzen gelassen!*

»Doch, tue ich.«

»Bullshit, Bren. Hör einfach auf, zu lügen.«

»Es ist kompliziert.«

»Das ist es mit dir immer.«

Er nickte nur, schaute mir aber weiterhin tief in die Augen. Einige Momente vergingen, in denen niemand von uns etwas sagte, dann nickte auch ich.

Geschmeidig malte Bren eine Rune auf unsere Handinnenflächen. Durch seine Magie verlängerte er seine Fingernägel, pikste vorsichtig in die Rune und wir pressten unsere Hände zusammen. Unser Blut vermischte sich, bevor er auf Feeisch, einer längst vergangenen Sprache, Worte murmelte. Wärme pulsierte von den Mustern, umschlang uns und der Feenhandel war geschlossen. Ein Bruch würde Höllenpein und Schmerzen im unerträglichen Maße bedeuten – weswegen ein leichtfertiger Abschluss eines solchen Handels eine äußerst unüberlegte Entscheidung darstellte.

»Je mehr Zeit ich mit dir verbringe, umso mehr werde ich mich in dich verlieben«, sagte Bren leise. Seine Augen huschten überall hin, nur nicht zu mir.

»Bitte was? Du kennst mich doch kaum noch. Ist ja nicht so, als hättest du die letzten drei Jahre mit mir geredet. Klar, vor Aidens Geburt haben wir uns gerade angenähert und es hätte sicherlich etwas werden können. Wenn du nicht abgetaucht wärst.«

»Spielt keine Rolle. Die Feenmagie hat dich, in dem Moment als Aiden geboren wurde, zu meinem Gatten erwählt.« Jetzt schaute er mir direkt in die Augen, vollkommen ehrlich und ernst.

»Deinen was? Spinnst du? Klar, durch Aiden haben wir eine Verbindung, die die Urmagie erkannt hat, meinetwegen auch Seelenpartner oder so was. Aber Ehemann?«

»Ich wünschte es wäre Spinnerei.« Bren fuhr sich durch das Haar und stöhnte. »Fae der Königsfamilie stehen in enger Verbindung mit der Urmagie – so wie du als Schäfer. Sie erwählt nicht nur den Schäfer und den Fae-König, sondern ebenso unsere Ehepartner aus.«

»Das ist doch Unsinn!« Und dennoch spürte ich, dass es stimmte. Die Urmagie pulsierte um mich und bestätigte mir Brens Worte. Wunderbar. Diese dämliche Macht mischte sich für mein Empfinden deutlich zu oft in unsere irdischen Belange ein. Doch anstatt wirklich in Sätzen zu uns zu sprechen, sendete sie ausschließlich Emotionen, Gefühle und Eingebungen, die wir, die sie spüren konnten, dann zu deuten hatten. »Und wenn ich dich nicht heiraten will?«

»Dann sterbe ich an einem gebrochenen Herzen.«

»Sehr lustig und überaus dramatisch. Kannst du wenigstens einmal ernst sein?«, fragte ich und kniff mir in die Nasenwurzel.

Zu meinem Erstaunen senkte Bren den Blick. Seine Körperhaltung veränderte sich schlagartig. Stand er normalerweise voller Stolz und aufrecht vor mir, hingen seine Schultern jetzt hinab und jegliche Kraft verließ seinen Körper.

»Das ist leider die Wahrheit. Je mehr Zeit ich mit dir verbringe, desto stärker werden die Gefühle. Unerwidert vergiften sie mein Herz, bis … ich in der Tat sterbe.«

»Nein!« Mehr fiel mir dazu nicht ein.

»Verstehst du jetzt, wieso ich mich von dir fern halte und nur Aiden besuche?« Bren lächelte müde.

»Wie lange?«

»Bis du mich vergiftest?« Er ließ ein leises Lachen erklingen, doch seine Augen wirkten traurig. »Zwei oder drei Jahre. Je nachdem, wie viel Zeit ich mit dir verbringe. Klingt nicht akut, aber bedenkt man, dass wir Fae ewig leben – falls wir nicht getötet werden oder freiwillig entscheiden, dass es lang genug war – dann sind zwei Jahre nur ein Wimpernschlag.«

»Und wenn wir einfach heiraten und getrennte Wege gehen? Dann bin ich halt dein Ehemann, die Urmagie ist zufrieden und wir gehen uns aus dem Weg.«

»Auf keinen Fall! Weder du noch Aiden werden Teil des Königshauses. Dann sterbe ich lieber!«, sagte Bren mit solcher Entschlossenheit, dass ich die Augen vor Erstaunen weitete. Wir schwiegen uns an, ohne den Blick von dem anderen abzuwenden.

»Kommt da noch eine Erklärung?«, fragte ich nach einer langen Pause.

»Nein. Und bevor du zickig wirst, ich kann es dir nicht sagen.«

»Lass mich raten, ein Feenhandel verhindert es?«

»Bei meiner Geburt mit meinem Blut geschlossen, ja. Das Königshaus schätzt und schützt seine Geheimnisse. Was auch der Grund ist, weswegen ich euch von ihnen fernhalten will.«

»Fantastisch! Und was machen wir jetzt?«

»Aiden beschützen und die Arschlöcher töten, die ihn jagen! Dann sehen wir weiter.«

Brens Augen brodelten vor Entschlossenheit, sein Kiefer war angespannt und die Fäuste geballt – also nickte ich und würde meine Fragen vorerst zurückstellen.

»Außerdem müssen wir nicht heiraten. Es reicht, wenn du dich in mich verliebst.« Die ernste Unterhaltung war zu Ende und Bren zwinkerte mir verspielt zu.

»Dann bist du verloren, dich zum Ehemann zu nehmen wäre einfacher, als mich in dich zu verlieben.«

»Wir werden sehen.«

Das klang nach einer Wette – und ich hoffte inständig, dass ich sie nicht verlor.

Traumebene, die
Substantiv

1. magische, temporäre Parallelwelt

2. Der Schäfer der Sünden kann sie aus den Sünden und Gedanken seiner Opfer erschaffen und während er schläft betreten

3. Fallen in sich zusammen, nachdem der Schäfer alle Informationen gesammelt hat und sie verlässt

Aus dem Archiv von Alexis,
der Bibliothek von Alexandria

6

Nicolas

Irgendwann zwischen dem Bestellen von Pizza, dem Fliegen von Bren und Aiden, sowie den unzähligen Fragen meiner besten Freunde, streckte der Schlaf begierig seine Fänge nach mir aus.

Wir saßen mittlerweile zu dritt im Wohnzimmer, die Drillinge waren vermutlich wieder in einem Club feiern. Schläfrig, mit halbgeschlossenen Augen, lag ich auf dem langen Sofa ausgestreckt. Bren hingegen saß mit Aiden auf dem Schoß in einem der gemütlichen Sessel.

»Alle Fae besitzen ein Gegenstück«, erklärte Bren unserem Sohn eine Frage, nachdem er ihm ein altes Feenmärchen vorgelesen hatte. »Während wir uns in jedes Wesen verlieben können, hat die Urmagie dennoch immer zwei königliche Fae-Seelen aus einer erschaffen und sie auf unterschiedliche Lebewesen aufgeteilt. Findest du das Wesen mit deiner zweiten Hälfte, wirst du das spüren und dich unsterblich verlieben.«

»Sind Papa und du zwei geteilte Seelen?«

Für einen Moment schwieg Bren, dann lachte er unsicher. Ich öffnete ein Auge ganz und schielte zu den beiden.

»Papa ist kein Fae, deswegen ist das etwas komplizierter. Aber ja, unsere Seelen waren vor vielen tausend Jahren einmal eine gemeinsame.«

Meine Augen wurden zunehmend schwerer, also schloss ich sie wieder. Dennoch versuchte ich, dem Gespräch weiterhin zu lauschen. Die Art, in der Bren mit unserem Sohn umging, öffnete mir das Herz und erschrak mich zugleich. Diese Version von ihm stellte tatsächlich eine Gefahr für meine Gefühle dar. Etwas, das ich zuvor niemals für möglich gehalten hätte. Gut nur, dass er sich diese liebevolle Persönlichkeit für Aiden aufsparte und mir stattdessen gehörig auf die Nerven ging.

Alleine die Tatsache, dass ich in Erwägung zog, mich in Bren zu verlieben, zeigte, wie ungemein die letzten achtundvierzig Stunden meinen Körper und Geist erschöpft hatten. Selten schlief ich umstandslos ein und zögerte es normalerweise so lange wie möglich hinaus.

Nicht so heute. Brens Stimme wiegte mich unverhofft in den Schlaf.

Ich erwachte in einem abgedunkelten Raum, der so finster war, dass ich nichts erkannte. Vielleicht war es nicht einmal ein Raum. Ich konnte weder Wände, noch meine Hände ausmachen.

Wo war die weiße, unendliche Ebene? Wo die Tür, die mich in den Albtraum führte?

Irgendetwas stimmte hier nicht. In all meinen Traumwanderungen, und es waren mittlerweile beinah zweitausend, war ich jedes Mal auf der weißen Ebene erwacht. Nur heute nicht.

Hasste ich das weiße, unendliche Licht eigentlich, so wünschte ich es mir in diesem Moment zurück. Ja, es nervte und ich fluchte ständig darüber, aber es bedeutete eine gewisse Portion Sicherheit. Eine monotone Gewohnheit.

Hier herrschte hingegen nur Finsternis. So pur, dass ich sie förmlich fühlte. Die Luft beherbergte wenig Sauerstoff und umschnürte meine Kehle wie eine Schraubzwinge. Sie drückte sich warm, feucht und schwer auf meine Haut, und ich sank zu Boden.

Was passierte hier? War das einer der Albträume? Würden die Monster mich hier jagen und finden? Wie sollte ich mich gegen sie verteidigen, wenn ich sie nicht sah?

Meine Atmung beschleunigte sich, während sich meine Kehle

weiter zuschnürte. Mir war, als stünde ich neben mir.

Beruhig dich! Panik ist der erste Schritt zum Tod hier drin!

All das gute Zureden half nicht. Meine Atemzüge wurden ruckartiger, kürzer. Kaum Sauerstoff erreichte meine nach Luft schreienden Lungen. Meine Sinne schwanden zunehmend. Ich würde in dieser Finsternis elendig sterben.

Das Blut in meinen Ohren rauschte so laut, dass ich das Klicken eines Schlosses nur gedämpft wahrnahm. Ich fuhr zu dem Geräusch herum und stechende Kopfschmerzen schossen durch mein Hirn, als der Raum in grelles Licht geflutet wurde. Ich erkannte kaum etwas. Einzig verschwommene Schatten. Geblendet von der plötzlichen Helligkeit, während sich meine Atmung hingegen beruhigte.

Es dauerte eine Weile, bis sich alle meine Sinne wieder normalisierten. Währenddessen hörte ich einen Mann und eine Frau sprechen, doch der Inhalt ihrer Worte erreichte mich nicht. Tränen in den Augen, sah ich zu den beiden.

Sie war eine Fae des Hofs des Sommers und er … Mein Atem stockte. Das konnte nicht wahr sein. Ich schaute genauer hin, aber es gab keinen Zweifel. Ein Vampir. Er hatte sein menschliches Äußere abgelegt, sodass sein blanker Schädel frei lag, als hätte jemand alle Haut und Fleisch präzise davon entfernt. Das Licht spielte über die weißen Knochen und die lange Zunge mit den zwei Dornen, die aus seinem Mund hing.

Seit Jahren hatte ich keinen Vampir mehr live gesehen, da sie aufgrund ihrer Straftaten in den Blutkriegen Einreiseverbot in Europa hatten. Jedenfalls galt dieses Verbot für die ehemals europäischen Vampire. Jene in Amerika unterschieden sich von ihnen. Es gab in den Staaten sogar Vampirfamilien, die für den Frieden kämpften, wohingegen unsere blutlüstern und skrupellos daherkamen.

»Versuch Nummer 15. Testobjekte Kolja und Natascha Sorokin«, sagte die Fae.

Mir gefror das Blut in den Adern, als ich die Namen hörte. Sechs Jahre war es her, dass jemand sie das letzte Mal laut ausgesprochen hatte. Ich rieb mir die Tränen aus den Augen, die heiß meine Wangen hinunterströmten. Mein Puls verdoppelte sich und das Herz schlug mir bis zum Hals. Adrenalin durchflutete meine Blutbahn. Der Raum drehte sich rasend schnell. Schwärze kroch aus allen Ecken zu mir herüber und ich spürte das Verlangen, mich in Embryonalstellung zusammenzurollen. Nur widerwillig ließ sich mein Körper überzeugen, es nicht zu tun. Verdammt, ich brauchte einen klaren Kopf, wenn ich das hier überleben wollte.

»Sorokin, aufwachen«, fauchte der Vampir in ein Mikrofon.

Weiterhin mit rasendem Puls sah ich zu zwei beleuchteten Glasröhren am anderen Ende des Raums. Was ich dort erblickte, war unmöglich. Das hatte nie stattgefunden. Was geschah hier?

In den zwei Gefängnissen aus Glas erkannte ich mich mit Anfang zwanzig, frisch zum Schäfer der Sünden erwählt, und meine Zwillingsschwester – lebendig.

»Test 15 – Übertragung der Schäferfähigkeit auf ein biologisch nahezu identisches Testobjekt«, dokumentierte die Fae in ein Aufnahmegerät. »Übertragung über Blut gilt als gescheitert. Wir beginnen die Testreihe mit Elektroschocks und Elektroden.«

Bevor ihre Worte gänzlich bei mir angekommen waren, schrie mein jüngeres Ich in der Glasröhre auf. Der Körper zitterte, die Augen verdrehten sich unnatürlich, Schaum quoll aus dem Mund. Jeder einzelne Muskel unter der weißen Haut schien zum Bersten verkrampft. Nur wenige Augenblicke später sackte es zusammen und mir, der ihn beobachtete, wurde schwarz vor Augen. Während die Ohnmacht über mich kroch, hörte ich den Vampir sagen: »Testobjekt Kolja Sorokin verstorben. Beginne Wiedergeburtsprotokoll.«

»Versuch Nummer 37. Testobjekt Kolja Sorokin«, drang die Stimme der Fae zu mir durch, bevor ich die Augen aufschlug und mich in der gleichen Szene befand.

Jedoch waren die Glasröhren leer und Natasha verschwunden. Der jüngere Kolja hingegen sah einzig wie ein Schatten meines alten Ichs aus. Festgebunden an einen Stuhl, an dem einige Kristalle und Kabel angebracht waren. Hatte er vor der

Ohnmacht seine menschliche Illusion aufrecht gehalten, war er etzt der Schäfer der Sünden, gefesselt und mit aufgerissenen Augen. Die normalerweise weiß strahlende Haut wirkte gräulich und eingefallen. Blaue Flecken und Wunden verteilten sich übe seinen nackten Körper.

»Wo ist meine Schwester?«, schrie Kolja. Vergebens kämpfte er gegen die Fesseln an.

»Tot, wir brauchen sie nicht mehr.«

»Nein, ihr Monster!« Die Stimme meines früheren Ichs überschlug sich.

»Erster Versuch zur systematischen Umprogrammierung und Konditionierung von Kolja Sorokin, auch bekannt als der Schäfer der Sünden«, sprach der Vampir in ein Aufnahmegerät und ignoriere Koljas Schreie. Danach drückte er ein paar Knöpfe au einer Konsole und unmittelbar erstrahlten die Kristalle an dem Stuhl, auf dem Kolja gefesselt saß. Ein metallischer Arm mit eine spitzen, dünnen Nadel setzte sich in Bewegung, näherte sich seinem Opfer und fuhr Kolja unter ohrenbetäubenden Schmerzensschreien in seine Pupille.

Mein Kopf schmerzte. Der Raum verschwamm zunehmend. Ich hörte Kolja und mich schreien. Grausame Bilder aus dem Blutkrieg jagten vor meinem geistigen Auge entlang. Verzerrten die Wahrheit. So hatte er nicht stattgefunden. Über all den Bildern flüsterte eine Stimme zu mir, dass die Menschen und die Regierung der Feind seien. Die Kopfschmerzen verstärkten sich. Ich sah Hunderte Wesen sterben. Die Stimme säuselte weiter, doch Kolja und ich kämpften dagegen an. Das war der Moment, in dem Kolja erneut Stromstöße durchfuhren, um seinen Willen zu brechen.

Fünf qualvolle Minuten später hörte ich ein weiteres Mal die Stimme des Vampirs, während alles schwarz wurde: »Testobjek Kolja Sorokin verstorben. Beginne Wiedergeburtsprotokoll.«

»Versuch 46. Testobjekt Kolja Sorokin.«

Ich sah Freunde sterben. Meine Eltern, wie sie mich jagten Natasha, wie sie von Menschen getötet wurde. Tausende star ben durch die Hand von Menschen und der MIA. Die Stimme flüsterte erneut, dass sie der Feind seien. Dass Apex die Erlösung bringen würde. Dass ich ein Teil davon werden solle, um Frieden zu schenken.

»Lügen!«, schrie Kolja. Der Strom setzte wieder ein, seine Augen rollten nach hinten und Schaum trat aus seinem Mund, während sein Körper unaufhörlich krampfte.

»Testobjekt Kolja Sorokin verstorben. Beginne Wiedergeburtsprotokoll.«

Meine Lichter gingen erneut aus.

»Versuch 57. Testobjekt Kolja Sorokin.«

Schmerz. Qual. Zerstörung. Tod. Einsamkeit und Verzweiflung.

Dann Erlösung.

»Testobjekt Kolja Sorokin verstorben. Beginne Wiedergeburtsprotokoll.«

»Versuch 69. Testobjekt Kolja Sorokin.«

Die Person auf dem Stuhl hatte rein gar nichts mehr mit meinem alten Ich gemeinsam. Die roten Tätowierungen pulsierten strahlend hell. Aus den apathisch dreinblickenden Augen wich unaufhörlich Finsternis und waberte über den Boden.

Erneut kamen die Bilder. Die Stimme. Die Schocks. Der Tod. Ich spürte, wie Kolja ihn willkommen hieß und hoffte, dass es dieses Mal endgültig wäre.

»Testobjekt Kolja Sorokin verstorben. Beginne Wiedergeburtsprotokoll.«

»Versuch 98. Testobjekt Kolja Sorokin«, sagte die Fae. Der Vampir lachte verächtlich.

»Wir sind über drei Monate hier und haben jeden Tag mit ihm experimentiert, aber nichts erreicht. Entweder ist er mental so mächtig oder die Urmagie schützt ihn. Es wird Zeit, dass wir das finale Protokoll einleiten«, merkte der Vampir an.

»Nein, wir machen Fortschritte.«

»So? Welche? Er widersteht der Umprogrammierung jedes

Mal! Welche Fortschritte machen wir?«

»Siehst du nicht den Hass in seinen Augen? Sein einstiger Geist ist beinahe verdrängt. Er spürt nur noch Rache und Hass. Jetzt müssen wir diese gegen die Menschen und Europa lenken.«

Ich schwenkte meinen Blick zu Kolja auf dem Stuhl. Die Fae hatte recht: In seinen Augen loderte das Feuer puren Hasses. Es kam mir vage bekannt vor, obwohl ich es in der Intensität selbst nie verspürt hatte. Jedenfalls hatte ich das bis zu diesem Traum geglaubt. Jetzt hingegen wusste ich nicht mehr, was der Wahrheit entsprach und was Illusion war. Hatte ich das einmal erlebt und bloß vergessen? Aber wie war das möglich?

Lichtblitze zuckten durch den Raum. Kolja krampfte und schrie, Schaum quoll wieder aus seinem Mund, Zähne brachen und seine Zunge blutete. Lügen spielten durch meinen Kopf, dann Stille.

»Wer bist du?«, fragte der Vampir genervt.

»Ich bin Kolja Sorokin und ich werde euch töten!«

Schmerz pulsierte durch meinen Körper. Kolja schrie wie ein Tier. Der Irrsinn hielt ihn brutal in seinen Klauen gefangen.

»Testobjekt Kolja Sorokin verstorben. Beginne Wiedergeburtsprotokoll.« Dann wurde es wieder dunkel.

»Versuch 115. Testobjekt Kolja Sorokin.« Der Vampir bemühte sich nicht einmal mehr, den Ärger in seiner Stimme zu verstecken.

Licht flackerte. Bilder, die nicht der Wahrheit entsprachen, tanzten vor meinen Augen und die Stimme säuselte mir erneut Lügen zu.

Über allem lag ein Gedanke: Spiel ihr Spiel und töte sie!

Als ich zu Kolja sah, trafen sich unsere Augen. Entschlossenheit lag in ihnen. Er schnaufte. Sein Atem verließ seinen Mund schnell und röchelnd. Das Licht verebbte, und der Raum versank in Stille.

»Wer bist du?«, fragte die Fae.

»Ich weiß es nicht«, antworte Kolja matt.

»Du bist der Schäfer der Sünden und arbeitest für Apex.«

»Ich bin der Schäfer der Sünden.«

»Und du bist Apex loyal gegenüber«, drängte der Vampir.

Stille.

»Sag es!«

»Ich … Ja. Apex gehört meine Loyalität.«

»Wir haben es geschafft«, flüsterte die Fae und näherte sich Kolja. Euphorie hatte sie übermannt und offenbar jegliche Vorsicht über Bord werfen lassen. Das war zu einfach, sah sie das denn nicht?

Der Vampir stand weiterhin hinter der Konsole der Foltermaschine. Seine Augen huschten skeptisch zwischen seiner Kollegin und dem gefesselten Kolja hin und her.

Euphorisch öffnete die Fae die Handfesseln, die ihn fixierten. Der Vampir und ich sahen es zeitgleich. Über Koljas Lippen tanzte ein diabolisches Lächeln, während sich seine Augen verfinsterten.

»Nein, befrei ihn nicht –«, setzte der Vampire an, doch es war zu spät.

Dunkelheit spülte mit einer solchen Gewalt durch die Zelle, dass die beiden Forscher gegen die Wand geschleudert wurden. Mitten im Raum schwebte der Schäfer der Sünden. Unablässig strömte Finsternis aus seinen Augen. Qual, Pein und Ängste, so allmächtig, wie ich sie nie zuvor verspürt hatte, schossen in Wellen von Kolja durch das Labor. Die düsteren Emotionen so gewaltig, dass sie selbst den Traumschleier durchstießen und mich beinahe überwältigten.

Das ist nicht echt! Komm schon, Nicolas!

Es dauerte weitere qualvolle Momente, bis mein Gehirn verstand. Dies war ein Traum, ich nur Gast. Die quälende Dunkelheit ließ von mir ab. Nicht aber von den beiden Forschern. Sie schrien, hielten sich die Ohren zu und bettelten um Gnade. Eine Vision nach der anderen sendete Kolja aus. Jede finsterer und grausamer als die vorherige. Er hatte all die Schrecken der vergangenen drei Monate, aus den versuchten Umprogrammierungen gespeichert und als Schäfer aufgesaugt. Nur um sie in diesem Moment, mit geballter Macht gegen seine Folterer einzusetzen. Herzlos – voller Hass.

Gnadenlos und strahlend hell stand er im Raum, während die beiden Forscher sich die Augen auskratzten. Blut lief aus den mittlerweile leeren Höhlen hinab, doch Kolja zeigte kein Mitgefühl. Dem Wesen vor mir schien Gnade unbekannt. Er veränderte die Bilder. Flüsterte den beiden ein, dass der jeweils andere dem Feind angehörte. Er ließ sie gegeneinander kämpfen – bis er ihnen endlich erlaubte, sich zu töten.

Dieser Kolja beherrschte die Schäfergabe, wie ich es nie gelernt hatte. Zwar konnte ich die Dunkelheit steuern und Gedanken rauben, ebenso war es mir möglich, andere Wesen diese Pein spüren zu lassen, aber ich vernahm sie jedes Mal zu gleichen Teilen. Nie hatte ich es bisher geschafft, so ruhig dazustehen und diese Macht so lange aufrechtzuerhalten. Und schon gar nicht war ich in der Lage, Wesen etwas einzuflüstern oder zu stehlen, ohne sie zu berühren. Der Kolja vor mir, war um ein Vielfaches mächtiger als ich. Und er jagte mir gehörig Angst ein.

Langsam drehte er sich zu mir, sah mir direkt in die Augen und kam auf mich zu. Er hockte sich auf den Boden und ein finsteres Grinsen zierte seinen Mund. Verzerrt von Hass und Rachedurst.

»Erinnere dich, Kolja! Du bist ich. Ich bin du. Wir sind mächtig. Keiner kann uns aufhalten. Die Rache ist unser. Wach endlich auf!«

Und genau das tat ich.

Mein Kopf dröhnte, während ich mich schmerzhaft in den Eimer neben mir übergab. Links von mir kauerte Brooks und winselte, seine feuchte Schnauze strich über meine Wange. Diese winzige Berührung explodierte zu Schmerzen hinter meiner Stirn. Eine Migräne großen Ausmaßes bahnte sich ihren Weg in meinen Kopf. Bevor ich vor Leiden ohnmächtig wurde, spürte ich, wie Bren meinen Kopf auf seinen Schoß legte und feeische Worte flüsterte.

Keine Ohnmacht. Ich hatte mich geirrt. Er nutzte Feenmagie der UnSeelie, um meinen ruhelosen Geist in einen traumlosen Schlaf zu senden.

»Danke.« Kaum hatte ich es geflüstert, wurde alles schwarz und herrlich still.

Fae, die
Substantiv

1. adeliges Königsgeschlecht des Feenvolks

2. humanoide Wesen mit (zu ihrem jeweiligen Hof passenden) Flügeln

3. nicht zu verwechseln mit den Feenwesen, die den Fae unterstellt sind

Aus dem Archiv von Alexis,
der Bibliothek von Alexandria

7

Nicolas

Sonnenstrahlen kitzelten mir über die Nase und ich schreckte hoch. Benommen sah ich mich in meinem Schlafzimmer um, doch es dauerte einen Moment, bis der Schleier vor meinen Augen verschwand. Die Bettdecke neben mir lag zerwühlt da, als hätte jemand mit mir im Bett geschlafen.

Wo waren die üblichen Kopfschmerzen, die mich nach diesen Albträumen plagten? Die Übelkeit und die Erschöpfung? Nichts von alledem begrüßte mich. Im Gegenteil, ich fühlte mich ausgeruht und fit. Ein Zustand, den ich das letzte Mal in einem solchen Ausmaß erlebt hatte, bevor die Schäfergabe Teil von mir geworden war.

Erinnerungen an den Traum im Labor überfielen mich aus dem Nichts. Gefolgt von dem Schrecken, den ich dadurch verspürt hatte. Dann erinnerte ich mich an Bren. Daran, wie er mich behutsam in einen Feenschlaf gelegt hatte.

War es wirklich passiert?

Mir fiel es zunehmend schwerer, Realität und Traum voneinander zu trennen. Über die Jahre waren die Grenzen zu einer grauen Masse verschwommen.

Die Tür öffnete sich vorsichtig und, als hätte ich ihn heraufbeschworen, betrat Bren das Schlafzimmer.

»Hey, du bist wach.« Er lächelte mir matt zu, bemüht, es ehrlich wirken zu lassen, jedoch war die Sorge dahinter deutlich zu erkennen. »Wie geht es dir?«

»Erstaunlich gut, wenn ich ehrlich bin. War schon ewig nicht mehr so ausgeruht. Wie lange habe ich geschlafen?«

»Drei Tage.«

»Was?« Ich setzte mich abrupt auf. Der Raum drehte sich für einen Moment, dann blickte ich wieder zu Bren.

»Feenmagie.«

»Verdammt«, entfuhr es mir anerkennend.

Er nickte und seine Mundwinkel zuckten.

»Und wie geht es dir mental?«, fragte er zögerlich.

Gute Frage. Langsam senkte ich den Blick auf meine Hände. »Ich … weiß es nicht.«

Wie ging es mir? Was war geschehen?

Der Traum – war es eine Vision? Eine Lüge? Konnte es sein, dass es allen Ernstes passiert war und ich die Experimente verdrängt hatte? Aber wie? Ich erinnerte mich an mein ganzes Leben. Auch daran, wie meine Eltern und Natasha bei einem Unfall verstorben waren – und nicht im Labor getötet wurden. Selbst der Tag, an dem die Urmagie plötzlich beschlossen hatte, dass ich der neue Schäfer der Sünden sein sollte, und somit mein Leben auf den Kopf gestellt hatte, spukte weiterhin in meinen Gedanken herum.

»Nikki, es tut mir leid. Ich wusste nicht, dass man dir das angetan hat.«

Verwirrt hob ich den Blick und starrte Bren an.

»Du hast bei deiner Traumwandlung geredet. Ich wusste nicht, dass dich jemand gequält und misshandelt hat.«

Ich lachte bitter. »Da sind wir ja schon zwei.« Wenigstens hatte er nicht den ganzen schrecklichen Traum verstanden, sondern nur die Tatsache, dass mir etwas angetan worden war.

»Wie bitte?«

»Ich kann mich nicht erinnern, dass mir das passiert wäre. Aber ich weiß, wer Antworten kennt.«

Mit einer Energie wie selten zuvor, schwang ich mich aus

dem Bett, zog die feinsäuberlich zusammengelegte Kleidung auf dem Nachttisch an und eilte an Bren vorbei.

»Kannst du bitte auf Aiden aufpassen?«

»Nikki, das ist –«

»Bitte, Bren.«

Er nickte. Seine Augen sagten zwar, dass er meinen Alleingang hasste, dennoch bestätigte mir ein erzwungenes Lächeln, dass er verstand, was in mir vorging.

»Und tu mir bitte einen Gefallen. Kannst du die Schutzzauber sprechen? Ich habe alle Zutaten besorgt. Sie liegen in der Küche.«

»Wird gemacht.« Grimmige Überzeugung stand in seinem Gesicht geschrieben.

Ich drehte mich um. Erleichtert, dass er die Wohnung sichern würde, eilte ich zur Tür.

»Nic? Pass auf dich auf!«

Dichte Wolken zogen vom Norden her auf und verdunkelten die Nachmittagssonne, die ich ansonsten hier im Park Planten un Blomen einwandfrei sehen konnte. Das war nicht überall in der Stadt der Fall – zumindest nicht, ohne sich den Nacken zu verrenken bei all den Wolkenkratzern.

Seitdem Hamburgs Einwohnerzahl und die Anzahl der Wolkenkratzer in den letzten 15 Jahre rapide angestiegen waren, regnete es öfter. Jedenfalls glaubte ich das. An vielen Tagen fühlte es sich nicht einmal wie Regen an, sondern wie Schweiß, Tränen und Pisse, die unzählige Einwohner Hamburgs in den Straßen, außerhalb der wohlhabenden Teile, in die Welt entließen.

Planten un Blomen bildete eine natürlich Grenze zwischen der reichen Altstadt und dem verarmten, von Menschen bewohnten, Stadtteil Rotherbaum, in dem die Paracognitive Universität lag.

Mein altes Viertel.

Die Erinnerungen an jene Kindheit und die kleinkriminelle Jugend sorgten dafür, dass ich seit dem Abschluss diesen Teil der Stadt mied – beinahe so wie Feenwesen das Silber.

Eine feuchte Schnauze stupste gegen meine geballte Faust. Mit einem schmalen Lächeln schaute ich hinab zu Brooks, der mich aus kugelrunden Augen ansah, was mich meine Hand entspannen ließ.

»Alles gut, Kumpel.« Ich atmete die kühle Luft ein und entließ sie in die Weiten des Parks. »Lass es uns schnell hinter uns bringen. Du musst wirklich nicht mitkommen.«

Er schnaubte lautstark und gab ein knappes Bellen von sich. Als könnte ich ihn abwimmeln. Ein Glück war nur einer meiner drei Freunde mitgekommen. Garth und Flynt waren bloß nicht an meiner Seite, weil sie in der MIA gebraucht wurden. Alle drei Dobermänner verfügten über einen außerordentlich hohen Beschützerinstinkt, wenn es um mich ging. Sie meinten es gut – na ja, und sie hatten schließlich allen Grund zur Sorge, dennoch stresste es mich zunehmend, dass jeder glaubte, mich beschützen zu müssen. Als wäre ich hilfsbedürftig oder würde kurz vor dem Durchdrehen stehen. Bedachte man jedoch die zwei vergangenen Träume, stellte sich letztere Vermutung als durchaus realistisch dar.

Weiterhin in Gedanken versunken, verließ ich den grünen Park am Ausgang zur Paracog Uni. Ein schlichtes Gebäude aus tristem Beton und Glas gähnte mir müde entgegen. Vereinzelte Graffitis aus magischer Farbe huschten über die Wände und verschwanden hinter einer Ecke. Wie zum Leben erwachte Gemälde. Selbst die Bäume um die Uni herum sahen trister aus als die im Planten un Blomen. Fast so, als wären sie ebenso des Lebens müde wie die meisten Einwohner von Rotherbaum. Tristesse und Armut sangen hier ihr einsames Duett – und die meisten Ansässigen stimmten ungewollt mit ein.

Zwei Menschenfrauen, Anfang zwanzig, verließen den Haupteingang, als ich mich ihm näherte. Die blonde blieb stehen, musterte mich knapp und lächelte daraufhin schüchtern. Unweigerlich stellten sich meine Nackenhaare auf. Aufmerksamkeit bildete den größten Feind meines gewollt anonymen Lebens.

»Herr Schäfer?« Sie brachte es nicht fertig, mir ins Gesicht zu blicken.

Ich kniff die Augen zusammen. Kannten wir uns? Möglich war es, doch hatte ich zu den meisten Menschen kaum noch Kontakt.

»Ja?«, antwortete ich langsam. Weiterhin klingelten keine Glocken bei mir.

»Ihr Besuch vor zwei Monaten war überaus inspirierend. Ich möchte seitdem beruflich in Ihre Fachrichtung gehen!«

Oh, das erklärte es. Beinahe hätte ich *›Mach das bloß nicht!‹* gebrüllt, konnte die Worte jedoch zurückhalten.

Immerhin hat sie noch Träume.

»Kriminal-Cognitive-Ermittlungen?« Vermutlich nicht, dennoch konnte ich es ja für sie hoffen.

»Nein.« Sie lächelte mich mit strahlenden Augen an, die ihren Glanz schnell verlieren würden, wenn sie ernsthaft den Weg beschritt, den sie völlig unterschätzte. »Trauminvasive-Paracognitive-Magie.«

»Haben Sie einen Alternativplan?«, fragte ich deutlich zu barsch. TPM war mit Abstand das letzte Fach, das ich empfehlen konnte. Schnell schob ich ein unechtes Lächeln hinterher. »Immerhin besteht kaum jemand die Prüfungen.«

Sie nickte unsicher. »Sollte es nicht klappen, dann möchte ich tatsächlich in die Richtung der Kriminal-Cognitiven-Ermittlungen oder der des Paragocnitiven-Gedankenlesen gehen. Sind die Prüfungen für TPM wirklich so schwer?«

»Seit meinem Abschluss vor sieben Jahren hat keiner mehr bestanden. Das sagt vermutlich alles.« Dieses Mal lächelte ich ihr ehrlicher zu. »Ist auch besser so. Glauben Sie mir.«

Ich nickte den beiden Frauen zu, während sie mich verwirrt anstarrten, und betrat die Universität. Neben mir blieb Brooks stehen und sah zu mir hinauf.

»Du musst dich wandeln oder warten.« Tierformen und echte Tiere waren im Inneren nicht erlaubt.

Er legte den Kopf schief und schnaubte leise. Ich sah ihm an, wie er mit sich rang. Behutsam lief ich zu ihm zurück, bückte mich zu ihm und streichelte über seinen Kopf.

»Alles gut. Geh zurück zur Wohnung oder zu den anderen beiden Chaoten.« Ich lächelte ihm aufmunternd zu und verstand, dass er sich nicht zurückwandeln wollte. In Hundeform hielten ihn die meisten für einen gebürtigen Dobermann, was Sicherheit bot. Als Wandler hingegen stellte Rotherbaum nicht den sichersten Ort dar. Schattenwesen genossen in diesem Teil Hamburgs kein besonders hohes Ansehen und die Gefahr, von einer Bande Jugendlicher überfallen zu werden, war extrem hoch. Natürlich nicht innerhalb der Uni, dennoch verstand ich Brooks Sorge, sich als Wandler erkennenzugeben.

Mit einem Seufzen drehte er um und verschwand durch die Eingangstür.

Die beiden Menschenfrauen standen weiterhin davor und musterten mich skeptisch. Schnell drängte ich mich durch die vollen Gänge in Richtung des Büros meines alten Professors, den Kopf bedacht nach unten gehalten. Auf ein weiteres Gespräch über meinen vergangenen, offenbar inspirierenden Vortrag konnte ich gerne verzichten – vor allem, weil ich niemanden animieren wollte, meine alte Fachrichtung zu studieren.

Ohne Frage war ich meinem alten Professor und Mentor dankbar, doch änderte es nichts daran, dass diese Studienrichtung selbst ohne die Gabe des Schäfers der Sünden äußerst verstörend war. Zwar würden die Absolventen nicht den Albträumen begegnen, die ich Verbrechern entzog, das machte es jedoch nicht weniger traumatisch. Sie würden in die Köpfe schlafender Menschen eindringen und sie in ihren Träumen belauschen, aushorchen und ihre Gedanken freilegen.

Oft endete dieser Job im Wahnsinn und Realitätsverlust. Selten konnten TMP-Absolventen nach zehn Jahren Traum und Wirklichkeit noch auseinanderhalten. Ironischerweise dachte ich damals, dass es mein Traumstudiengang wäre. Dann hatte mich die Urmagie zum Schäfer der Sünden erwählt und ich hatte meinen Irrtum erkannt.

Studierende dazu animieren, TMP zu belegen, stand weit unten auf meiner Liste an Dingen, die ich noch bewirken wollte.

Allgemein wollte ich nicht mehr Teil der Uni sein. Dies war eine Zeit, die der Vergangenheit angehörte. Einem Leben, das dank der Gabe und der damit dringlichen Anonymität nicht mehr meines war.

Ich wollte bloß kurz mit Professor Steinmann reden und dann Rotherbaum hinter mir lassen. Am besten für immer.

Vor der Tür mit seinem Namen angekommen, klopfte ich an und betrat, ohne auf eine Antwort zu warten, den Raum. Da Steinmann ebenso den Posten des Dekans der Fakultät für TMP und Cognitive-Ermittlungen bekleidete und somit äußerst gefragt war, stand ich direkt im Büro seiner Sekretärin.

»Kolja, ach du meine Güte. Da sehe ich dich Jahre nicht und dann gleich zwei Mal in so kurzer Zeit«, begrüßte mich Babsi – meine alte Nachbarin. Barbara Nowak, eine polnische Eulenwandlerin, die jenseits der vierhundert Jahre alt war, hatte in meinen Kinderjahren oft auf meine Schwester und mich aufgepasst. Babsi war die Einzige, die mich noch Kolja nannte. Oder besser gesagt, die letzte Person, der ich es erlaubte. Der Name Kolja war mit meiner Familie in dem Skycarunfall vor einigen Jahren gestorben. Zu schmerzlich waren die Erinnerungen an die Zeit, in der unsere Familie durch dick und dünn gegangen war.

»Nicht freiwillig«, entfuhr es mir ungewollt barsch. Ich senkte den Kopf, bereute die Worte unmittelbar. Babsi ließ sich davon nicht abschrecken. Sie kam um den Schreibtisch herum zu mir und zog mich in eine feste Umarmung.

»Ob freiwillig oder nicht. Ich freue mich, dich zu sehen, Kochanie«, nutzte sie den polnischen Kosenamen für *mein Schatz*.

Für einen Moment gab ich mich der Wärme ihrer Umarmung hin. Sie war der letzte Teil der Familie aus meinem alten Leben, der mir geblieben war. Wenige Augenblicke blendete ich aus, wie sehr es schmerzte, sie zu sehen, und genoss die bedingungslose Liebe, die in dieser Umarmung steckte – und das, obwohl ich den Kontakt abgebrochen hatte. Mein Atem kam unruhig und ich spürte Tränen hinter meinen Lidern aufsteigen.

Babsi löste sich von mir und legte ihre Hände auf meine

Wangen. Gefolgt von einem traurigen Lächeln. »Ich verstehe dich, mein Junge.« Sanft führte sie meinen Kopf nach unten und küsste meine Stirn. Dann straffte sie ihre Schultern, ging bestimmt hinter ihren Schreibtisch und lächelte mir professionell entgegen.

»Möchtest du zu Professor Steinmann?«

Ich nickte knapp. Der verdammte Kloß in meinem Hals wollte nicht weichen.

»Da bist du nicht der Erste heute.« Sie strich mit einer Hand ihre Bluse glatt. »Er ist sonst nie zu spät, er hätte vor einer Stunde hier sein müssen. Auf Anrufe reagiert er nicht. Kannst du mir einen Gefallen tun und bei seiner Wohnung vorbeischauen?«

»Natürlich«, stimmte ich schnell zu. Zum einen wollte ich Steinmann dringend sprechen, zum anderen konnte ich damit die Uni verlassen. Ich lächelte Babsi ein weiteres Mal zu und drehte mich zur Tür.

»Pass auf dich auf, Kochanie.«

»Immer. Weißt du doch. Ich bin schließlich ein Kind aus Rotherbaum. Uns haut so schnell nichts um.«

»Solange du das wirklich glaubst …«

Auch ohne mich umzudrehen, hörte ich die Zweifel in ihrer Stimme.

»Es war schön, dich zu sehen.« Die Worte meinte ich ehrlich. Dennoch würde ich so schnell nicht wieder herkommen.

Fünfzehn Minuten später stand ich auf City-Level 3 vor Steinmanns Wohnung und klopfte zögerlich an seine Tür. Zu meinem Erstaunen gab sie nach und öffnete sich langsam. Das Quietschen dröhnte mir in den Ohren wie eine unheilige Vorankündigung eines Kriegshorns. Die Nackenhaare stellten sich mir auf und ein Schaudern lief meinen Rücken hinab. Als Schäfer war ich im Laufe der Jahre gut darin geworden, zu verstehen, wann die Urmagie mich zu warnen versuchte. Das hier, genau jetzt, stellte einen solchen Moment dar. Glasklar, wie selten zuvor.

Die wild feuernden Synapsen in meinem Hirn aktivierten

das Schattenareal und alle meine Sinne liefen auf Hochtouren. Zerstörte Regale, Papiere und Kleidung lagen in dem Flur der Wohnung vor mir. Es roch nach Blut. Über diesem Geruch lag noch etwas, das ich ohne meine Feensinne nicht bemerkt hätte. Angst und Wut. Entgegen meinen Instinkten schloss ich die Augen, horchte in die Stille. Ich hörte flaches, röchelndes Atmen und einen schwächer werdenden Herzschlag. Professor Steinmann.

Die panische Stimme in meinem Kopf schrie mir zu, dass ich ins Innere der Wohnung stürzen und ihm helfen sollte. Doch die Vernunft appellierte an mich, bedacht zu handeln. Ich lauschte genauer. Weiterhin hörte ich ausschließlich Geräusche, die mein alter Professor von sich gab. Er lag im Sterben, daran bestand kein Zweifel.

Ich musste irgendetwas unternehmen. Mein Puls beschleunigte sich. Adrenalin verteilte sich rasend schnell in meinem Blut und es rauschte in meinen Ohren. Die Welt um mich herum drehte sich.

Warte! Beruhig dich und horch hin!

Und da hörte ich es. Eine weitere Person versteckte sich in der Wohnung. Mit ziemlicher Sicherheit das Wesen, das hier eingebrochen war, ansonsten wäre es nicht erpicht darauf gewesen, seinen Puls und seine Atmung zu verlangsamen. Das hieß, es hatte eine Agentenausbildung in irgendeiner Form genossen. Menschlich konnte es nicht sein, da es einzig und allein Feenwesen in dem Maße möglich war, ihren Eigengeruch zu verbergen. Aber welches Wesen im Speziellen? Was erwartete mich? Ein Faun? Eine Sirene?

Erneut atmete ich ein und aus – horchte ein letztes Mal hin. In genau dem Moment vollführte das Herz des Unbekannten einen Doppelschlag, wie es nur die der Fae alle dreißig Sekunden taten. Das war gar nicht gut. Niemand unter dem Banner des Königs O'Toole würde es wagen, einen Menschen anzugreifen. Es galt als Hochverrat und darauf stand die Todesstrafe durch den Königshof. Demnach gehörte die Person einem der anderen Höfe an. Jedoch war das unmöglich. Alle Fae-Sippen wurden vor ein paar Jahren verbannt oder eingesperrt. Und wer wusste das besser als ich, der sie gejagt hatte? Nur wenige lebten weiterhin im Untergrund Hamburgs und waren penibel darauf bedacht, nicht aufzufallen.

Es half nichts. Wollte ich Professor Steinmann helfen, musste ich handeln. In Kürze würde ich ohnehin erfahren, wer die unbekannte Person war. Ich streckte meinen Geist in das Schattenareal aus und aktivierte ein Muster zum Schutz. Eine schwach flimmernde Hülle aus Energie legte sich um mich und ich schlich vorsichtig in die Wohnung. Chaos herrschte, wohin ich auch sah. Es wirkte wie nach einem Kampf. Außerdem hatte jemand die Schränke durchwühlt und deren Inhalt achtlos zu Boden geworfen. Ich bahnte mir einen Weg zwischen den Trümmern hindurch, stieg über Papiere, Kleidung und verstreutes Holz der Möbel direkt ins Wohnzimmer.

Professor Steinmann lag auf dem Boden, eine große Wunde klaffte an seinem Bauch. Blut lief aus ihr hervor und tränkte den weißen Teppich in ein bizarres Gemälde, das mich an einen Rorschachtest erinnerte.

Ruckartig fanden Steinmanns Augen meine. Er riss sie auf, versuchte, etwas zu sagen, doch seine Stimme brach.

Gerade als ich zu ihm eilen wollte, löste sich zu meiner rechten Seiten ein Schatten von der Wand. Instinktiv sprang ich nach vorne, krachte gegen einen Tisch und rollte mich darüber hinweg, während das Holz hinter mir splitterte. Schnell drehte ich mich um und erblickte bunte Flügel aus Federn. Ein Fae des Hofs des Sommers. Sie galten als die größten Fanatiker in dem vergangenen Kampf um die Vorherrschaft Europas.

Bevor ich einen weiteren Gedanken fasste, raste er schon auf mich zu. Seine Augen glühten orange, in der Hand zwei Dolche und sein Mund zu einem Schrei geöffnet. Ich sprang zur Seite und wehrte einen der Dolche mit meinem Arm ab, während der andere in den Boden einschlug, auf dem ich vor wenigen Augenblicken gehockt hatte.

Schmerz pulsierte durch meinen Arm. Blinzelnd sah ich zu der Wunde. Wie war das möglich? Der Schild hätte den Angriff so weit mildern müssen, dass maximal ein blauer Fleck dort zu finden wäre. Normalerweise lenkte er sogar Munition aus Waffen ab und milderte den Aufprall, sodass es sich nur wie Faustschläge anfühlte. Und doch starrte ich auf eine offene Wunde. Blut pulsierte aus ihr hervor und tropfte auf den weißen Teppichboden.

Der Fae wandte mir den Kopf zu. Ein langsames, gedehntes Grinsen breitete sich auf seinen Lippen aus. Das eingefallene Gesicht wirkte unheimlich in dem Zwielicht der Wohnung. Das orange Glühen aus seinen Augen umspielte seine scharfkantigen Wangenknochen und verlieh ihm eine fanatische Entschlossenheit. Einem Raubtier gleich musterte er mich mit höhnischem Blick.

»Ein schäbiger Mensch denkt, er kann es mit einem Mitglied von Apex aufnehmen. Ich weiß nicht, ob ich Mitleid haben soll oder ob es mich belustigt, wie sehr du dich überschätzt.« Weiterhin grinsend hockte er mit dem Dolch im Boden steckend an der Stelle und musterte mich bösartig. Geschmeidig zog er ihn aus den Holzdielen und leckte mein Blut von der Schneide. »Ihr seid erbärmlich und habt keinen Platz in dieser Welt. Euretwegen lebten wir Jahrhunderte in den Schatten und wurden darüber hinaus aus unserer Heimat verbannt. Die Erde wäre besser dran ohne euch Menschen! Apex wird dafür sorgen, dass wir unser Land zurückbekommen.«

Apex?

Das war der Name jener Organisation aus meinem letzten Traum. Die Wesen, für die der Wechselbalg gearbeitet hatte.

Mein Arm schmerzte mittlerweile beachtlich. Blitzschnell aktivierte ich ein Muster, das sich unmittelbar um die Wunde legte und sie zusammenpresste, als wäre sie genäht worden. Dann wob ich ein Zeitgewebe darüber und ließ in dessen Vakuum zehn Tage vergehen. Als das Muster sich in funkelnde Partikel auflöste, war die Wunde vollständig verheilt und eine blasse Narbe zierte meinen Unterarm.

Der UnSeelie-Fae richtete sich auf und verengte die Augen, als wäre er das Raubtier und ich seine Beute. Entschlossenheit,

Hass und Wildheit pulsierten mir entgegen. Es bestand kein Zweifel, wie abgrundtief er mich verabscheute. Als hätte er meine Gedanken gelesen, spuckte er abfällig auf den Boden.

»Du bist mächtiger als Menschen es sein sollten«, sagte er voller Missachtung. »Ihr erbärmlichen Tiere solltet keine Magie nutzen. Es ist eine Schande, dass ihr sie entehrt!«

Für einen Moment starrten wir uns gegenseitig an. Dann blitzte etwas in seinen Augen auf und wir reagierten zeitgleich. Er sprang mit ausgebreiteten Flügeln auf mich zu, während ich ein Muster gewoben hatte. Ein quadratischer Bereich vor mir beugte Raum und Zeit. Tausendfach verlangsamt durch mein Energiefeld glitt der Fae weiterhin auf mich zu. Für maximal eine Minute, wenn überhaupt, würde es ihn aufhalten. Danach? Würde ich Gulasch sein. Flucht war keine Option, da mein alter Mentor schwer verwundet am Boden lag.

Ich bewegte mich auf die andere Seite des Raumes. Das Problem mit meinen Kräften: Während Attentäter wie er oder Agenten wie die Dobermänner dafür ausgebildet waren, über einen längeren Zeitraum mit gleichbleibender Stärke zu kämpfen, war ich … es nicht. Sie waren Marathonläufer, ich ein Alligator. Gefährlich. Tödlich sogar. Doch ich brauchte das Überraschungsmoment und die Ruhe. Die Initialzündung, sozusagen. Schon bald würde ich Kopfschmerzen bekommen und meine Zauber würden schwächer werden, während der Fae mich mit gleichbleibender Kraft angreifen könnte.

Bevor ich dazu kam, einen Plan zu fassen, zerbarst das Energiefeld in kleine Funken. Die verdammten Dolche hatten mein Muster durchschnitten. Lautstark krachte der Typ gegen einen Tisch, bei dem ich vor wenigen Augenblicken noch gestanden hatte. Ein aggressives Knurren hallte durch den Raum. Mit Feuer in den Augen schüttelte er sich.

Ich formte ein weiteres Muster, Kopfschmerzen setzten unmittelbar ein. Zunächst schwach, nichtsdestoweniger steigend in ihrer Intensität. Schimmernde Fesseln verwoben sich an den Armen meines Angreifers. Bevor sie sich in Gänze materialisierten, schnitt er mit seinen Dolchen durch sie hindurch und sie verpufften zu glühenden Teilchen. Wie sich herauskristallisierte, waren diese Waffen speziell gegen Paracog-Fähigkeiten entwickelt worden – was ebenso erklärte, wie er Steinmann problemlos tödlich hatte verletzten können.

Verdammt. Ich war geliefert, wenn ich nicht …

In diesem Moment hatte ich einzig und allein eine Wahl. Etwas, das ich, so oft es möglich war, vermied und mir nach dem gestrigen Traum zusätzlich Sorgen bereitete. Ich musste den Schäfer freilassen. Und in Anbetracht der Gefahr brauchte ich mehr Kraft denn je zuvor. So sehr es mich beängstigte, suchten meine Gedanken nach der Wut, die Kolja in dem Traum fest im Griff gehalten hatten. Einen Augenblick später spürte ich sie. Eisig, rein und verzehrend. Wie einen kalten Handschuh streifte ich sie über, während der Glimmer um meinen Körper verpuffte.

Schwärze pulsierte aus mir hervor. Dermaßen gewaltig, dass es den Fae gegen eine Wand und mich an die gegenüberliegende schleuderte. Erschrocken starrten wir uns in die Augen. Diese Macht konnte ich nicht zügeln – hatte sie gnadenlos unterschätzt. Zwar kam sie mir bekannt vor, wirkte aber ebenso fremd. Schnell streifte ich den Glimmer über und webte ein weiteres Mal den Zauber für magische Fesseln – immer noch erschrocken, wie mächtig die Schäfergabe gerade zutage getreten war. Benommen sackte ich zu Boden. Mein Kopf hämmerte, das Blut in meinen Ohren glich einem rauschenden Wasserfall.

Als ich den Blick langsam hob, sah ich den Fae an die Wand gefesselt. Die Dolche lagen zu seinen Füßen. Meine wahre Erscheinung hatte ihn genügend abgelenkt, um den Zauber wirken zu können. Doch entgegen jeder Erwartung strömte der verzehrende Hass weiterhin durch meine Adern. Der Schäfer schlummerte unter dem Glimmer, die Wut hingegen tobte durch mich, riss und zerrte an meinen Nervenenden, feuerte ihr Gift unablässig in meine Gedanken.

Während der UnSeelie-Fae an der Wand hing, arbeitete das Schattenareal in meinem Hirn auf Hochtouren. So sehr, dass mein Kopf kurz vor dem Platzen stand. Jedoch verdrängte der Hass, die brodelnden Wut und das Verlangen zu Töten die Sorge um meine Gesundheit. Ich formte weitere Gewebe, die sich um die Arme des Fae legten. Unmittelbar danach alterte seine Gliedmaßen im Zeitraffer und zerfielen zu Staub. Der Fae schrie, seine Augen vor Schmerz geweitet, der Blick glasig – kurz vor der Ohnmacht. Mit einer Handbewegung zog ich an einem der Energiefäden, änderte somit das Gewebe und kehrte die Zeit in diesem um. Schmerz explodierte hinter meiner Stirn, die Kopfschmerzen waren überwältigend. Der Staub löste sich vom Boden, flog hinauf an den Oberkörper des Fae und formte ihm erneut Arme und Beine, als hätte ich sie nicht zuvor vernichtet.

»Ich habe alle Zeit der Welt, und du wirst viele Tode sterben, bis ich dir einen endgültigen schenken werde.«

Die Stimme, die meinen Mund verließ, war mir so fremd, wie sie mir vertraut war. Etwas tief in mir erinnerte sich an diesen alles einnehmenden Hass. Wie ein alter Freund schmiegte er sich an mich und vergiftete meine Gedanken, während der Anhänger von Apex durch einen weiteren Zauber von mir starb und kurz darauf wieder lebte.

»Nic, nicht«, drang Professor Steinmanns röchelnde Stimme zu mir. »Gib dich dem Gefühl nicht hin. Es wird dich erneut verschlingen. Vergelte nicht Gleiches mit Gleichem.«

»Erneut?«

Den Moment der Unachtsamkeit versuchte der Fae zur Flucht zu nutzen. Erneut wallte diese fremde Wut durch meinen Körper und übernahm mein Handeln. Ich formte zwei weitere Muster, die sich um ihn legten. Eins um die Beine, das andere um den restlichen Körper. Mit einem Ruck riss ich den Kerl in der Mitte durch und stoppte danach seinen Blutfluss.

»Ich bin nicht fertig mir dir. Du wartest gefälligst«, flüsterte eine Stimme düster aus meinem Mund und ich wendete mich Steinmann zu.

Schwindel und Schmerzen rangen in meinem Kopf um die Vorherrschaft. Nie zuvor hatte ich das Schattenareal dermaßen beansprucht. Für gewöhnlich wäre ich längst in Ohnmacht gefallen. Jedoch nicht hier. Nicht jetzt. Nicht solange der Hass mich beherrschte und bestärkte.

»Also war mein Traum wahr?«

»Was hast du gesehen?«, fragte Steinmann und erst jetzt sah ich, dass er seinen Todeskampf durch ein Muster verlängert hatte, das kurz vor dem Zusammenbruch stand. Ein Erneuern meinerseits wäre sinnlos gewesen, denn mein alter Mentor hatte schon zu viel Blut verloren. Sein Schicksal war besiegelt.

»Mich, Natasha, einen Vampir und eine Fae.«

»Du hast Apex gesehen. Wie sie dich entführt und gefoltert haben.«

»Ich verstehe das nicht. Natasha ist mit meinen Eltern gestorben.«

»Nic, es tut mir unendlich leid.« Steinmanns Augen fielen zu. »Sprich mit Alexandria. Sie kann dir helfen. Frag sie nach den Gedankentresoren und bring etwas zum Handeln mit. Sie wird es nicht gerne preisgeben.«

»Was soll das schon wieder bedeuten?«

»Es waren alles Lügen. Die Wahrheit über dich und Europa liegen in den Tresoren. Du musst sie erreichen, sonst ist der Frieden und die Menschheit in Europa dem Untergang geweiht. Nach meinem Tod kennt ansonsten niemand mehr die Wahrheit, der nicht in die Machenschaften verwickelt ist.« Steinmann hustete Blut. »Du musst … die Tresore … erreichen.«

Das Muster um meinen alten Professor erlosch, seine Lider flatterten kurz und die Atmung näherte sich dem Stillstand. Ein letztes Mal öffnete er die Augen.

»Nicolas, eins noch.« Professor Steinmanns Stimme war schwach, sodass ich sie ohne mein Feengehör nicht gehört hätte. »Der UnSeelie-Fae muss sterben. Apex darf nicht erfahren, wer der Schäfer ist. Es tut mir leid, mein Junge.«

Dann schlossen sich seine Lider endgültig, sein Atem stoppte – für immer.

Die kochende Wut und der Hass verdoppelten sich, benebelten mir die Sinne. Das Einzige, was ich spürte, war Rachedurst. Langsam, wie in Zeitlupe, drehte ich mich zu dem Fae und Mitglied von Apex.

Mit einer Handbewegung setzte ich ihn erneut zusammen. Schwer atmend schaute er zu mir und quälte sich ein Grinsen auf die Lippen.

»Ihr könnt uns nicht aufhalten. Unsere Pläne sind zu weit fortgeschritten und sie werden euch zerstören.«

Ich schnaubte. »Wird das jetzt ein Bösewichtmonolog, in dem du mir euren überragenden Plan erklärst?« Meine Stimme klang düster und kratzig, kaum noch wie die meine. Belegt mit Verachtung und Hass.

»Niemand von uns wird reden und euer schwächliches MIA-Gefängnis wird mich nicht lange aufhalten. Ich werde Apex erzählen, wer der Schäfer ist und sobald wir dich haben, gehört Europa uns!«

»Da hast du recht. Das Gefängnis wird dich nicht ewig halten können.«

Der Gesichtsausdruck des Fae wechselte von Selbstgefälligkeit zu Verwunderung. Mit dem Zugeständnis hatte er offenbar nicht gerechnet.

»Du machst einen Denkfehler«, setzte ich an. Mein tiefes Lachen schallte durch den Raum. So fremd und finster, dass ich kurz zusammenschreckte. »Ich werde dich nicht der MIA übergeben.«

»Was? Du bist ein Agent. Es ist deine Pflicht!« Das erste Mal kroch Angst in die Stimme des Fae. Völlig zurecht. Der Nicolas, der in diesem Moment handelte, war nicht der Mensch, der ich üblich war. Irgendetwas Dunkles, Wütendes hatte die Kontrolle übernommen, und es verlangte nach Blut.

»Sie werden nie von dir erfahren.« Bedächtig trat ich auf ihn zu, löste den Glimmer von mir und der Schäfer der Sünden erschien erneut.

»Was hast du –«

Weiter kam der Fae nicht. Meine Hand lag an seiner Stirn und er schrie, als seine Seele wie blaue Tinte den Körper verließ. Während Sünden und schlechte Erinnerungen in Schwärze erschienen, strahlten die schönen in einem hellen Gold.

Die Seele eines Wesens hingegen pulsierte Blau und galt als unantastbar. Mal abgesehen davon, dass es für normale Wesen unmöglich war, sie zu greifen. Bis zu diesem Moment hatte ich nicht gewusst, dass ich so etwas beherrschte. Doch Koljas Stimme der Wut flüsterte leise in meinem Ohr und verriet mir für diesen einen Augenblick, wie es ging.

Ich nahm die blaue Tinte und somit die Seele des Fae in mir auf, dann legte ich im Schattenareal ein Gedankengefängnis an, in dem er auf ewig Qualen erleiden würde.

»Er hatte es nicht anders verdient«, sagte Koljas dunkle Stimme der Rache in meinem Kopf.

Nachdem ich die Seele in das Gedankengefängnis gesperrt hatte, löste ich das Muster, das den Fae an der Wand gefangen hielt. Sein lebloser Körper fiel zu Boden, nicht mehr als eine nutzlose Hülle, über die ich mich beugte. Wie ein neugieriges Kind legte ich den Kopf schief. Mein Verhalten völlig befremdlich. Das war nicht ich. Irgendwie hatte Koljas Wut mein Handeln übernommen. Zudem hatte ich soeben eine der größten Straftaten begangen, die gegen das europäische Gesetz verstieß, und trotzdem spürte ich keine Reue. Selbst die Urmagie widersprach mir nicht, im Gegenteil. Eine Welle der Zustimmung durchfuhr mich und bestätigte mir mein Verhalten. Was auch immer hier gerade passierte, die Urmagie sah es als den richtigen und einzigen Weg an.

Ohne länger zu zögern, wob ich ein Muster, zerriss die leblose Hülle des Fae in Hunderte Stücke, drehte mich um und verließ die Wohnung. Mit ihm verschwand auch die Erinnerung an die bösartigen Zauber und die Wut, die Kolja mir eingeflüstert hatte.

Neue Weltordnung, die
Substantiv

1. begann im Jahr 2000

2. Schattenwesen haben die Herrschaft über die Welt übernommen

3. Menschen sind nicht mehr die Spitze der Evolution und den Schattenwesen unterlegen

Aus dem Archiv von Alexis,
der Bibliothek von Alexandria

8

Nicolas

Obwohl ich gerade das Paracogmedikament Zyntax eingeschmissen hatte, war der Geruch von Fisch überwältigend. Normalerweise vermied ich die Tablette, da ihre Wirkung ungemein schnell zur Sucht führte. Magisch hergestellt, minderte sie die schlimmsten Kopfschmerzen auf ein Minimum – und meine waren dank der Magie von Kolja immens gewesen.

Schon bevor die Feenmagie mir verstärkte Sinneswahrnehmungen ermöglicht hatte, bekam ich bei jedem Besuch des Fischmarkts Kopfschmerzen. Seit jedoch der Geruchssinn um ein Vielfaches stärker in mir verankert war, ertrug ich es kaum. Unmengen an Speichel sammelten sich in meinem Mund, und mein Körper fühlte sich merkwürdig leicht an, beinahe als würde ich neben ihm stehen. Mühsam kämpfte ich das Gefühl der Übelkeit hinunter. Nur ein paar Minuten und meine Synapsen würden sich an den Gestank gewöhnen und ihn ausfiltern. Wie jedes Mal, wenn ich hier war. Änderte aber nichts an der Tatsache, dass diese kurze Zeit des Ekels nahezu unerträglich war.

Um mich abzulenken, wanderte mein Blick zum *Goldenen Hirschen*. Roter Klinker zierte das Gebäude, ein schiefes Schindeldach wirkte wie eine Krone und ein hölzernes Schild mit goldschimmernden Runen hing vor der Außenfassade. Das Neonlicht des Kiezblocks fand vereinzelt zwischen Häusern seinen Weg zum Fischmarkt. Hier herrschte ein anderes Gesetz – sowohl im wortwörtlichen, als auch im übertragenen Sinne.

Seichter Mondschein reflektierte vom Hafenwasser und tanzte über die unterschiedlichen Marktbuden. Der Goldene Hirsch hingegen war von magischen Fackeln beleuchtet, die an der Fassade angebracht und durch einen Zauber gegen den Regen geschützt waren.

Vor etwa zehn Jahren hatte der Besitzer das alte Gebäude in eine der angesagtesten Bars für das Feenvolk umfunktioniert und empfing jeden Gast mit einem Lächeln. Vor dem Umbau hatte das Haus als Büro gedient, denn es stand unmittelbar neben der alten Markthalle. Kaum jemand sprach über die Zeit vor der Enthüllung der Schattenwesen. Manchmal fühlte es sich an, als hätte es diese Ära nie gegeben. Eine ohne Magie, mystische Wesen und voller Wunder sowie Gefahren. Na ja, das stimmt so nicht ganz. Schattenwesen waren seit dem Anbeginn der Zeit Teil unserer Welt gewesen, vermutlich länger als wir Menschen – nur hatten sie bis zum Jahr 2000 in den Schatten gelebt.

Während hier draußen weiterhin Fisch und Speisen angeboten wurden, hatte sich das Innere der Markthalle seit der Neuen Weltordnung grundlegend verändert, und zwar zu einem Schwarzmarkt. *Dem* Schwarzmarkt überhaupt.

Aus aller Welt kamen Wesen her, um Waren zu kaufen oder unter die Bevölkerung zu bringen. Kein Wunder, dass verschiedene Syndikate versuchten, den *Markt der Wünsche,* wie ihn jeder nannte, unter ihre Kontrolle zu bringen. Vergeblich.

Der Schwarzmarkt hatte keinen Besitzer, ließ sich nicht kontrollieren und war eine eigene Entität. In der Neuen Weltordnung gab es ein paar Gebäude, die eine Seele besaßen, so auch der *Markt der Wünsche*. Er lebte, dachte und vor allem beschützte er seine Aussteller und Besucher – was ebenso der Grund war, weswegen keine Behörde ihn hatte schließen können. Das Wesen des Marktes verhielt sich wie ein Drache und bewachte die Güter im Inneren wie das Gold in seinem Hort.

Tatsächlich erinnerte ich mich an eine katastrophale Razzia und Beamte mit Brandwunden – deswegen hinkte mein Vergleich zu dem Feuervieh nicht einmal. Mal abgesehen davon, dass es keine Drachen gab. Natürlich nicht! Hallo? Wer glaubte bitteschön an Hirngespinste?

Eine Gruppe betrunkener Feen rempelte mich an und holte mich zurück in die Realität.

Kopfschüttelnd wuselte ich zwischen Ständen, Marktschreiern und den Besuchern des Fischmarktes hindurch. Weiterhin den stechenden Geruch von Fisch in der Nase, der mir die Tränen in die Augen trieb. Wenige Minuten später stand ich vor der alten Markthalle mit ihrem roten Ziegeldach. Das Äußere hatte sich zwar nicht verändert, das Innere hingegen schon. Unzählige Aussteller aus verschiedenen Welten tummelten sich dort. Zur Neuen Weltordnung hatte Wish das Gebäude beseelt und nutzte es seitdem als Schwarzmarkt. Ähnlich wie man es aus Filmen mit Menschen kannte, die von Dämonen besessen waren. Nur halt mit Gebäuden. Und nicht so bösartig.

Ich trat durch den Torbogen in einen kleinen Vorraum, der als Brücke zwischen unserer Welt und dem Inneren von Wish diente. Während das Gebäude zwar in unserer Realität auf der Erde stand, lag das Innere des Marktes zwischen Zeit und Raum. Weder hier, noch dort. Überall und nirgendwo. Ein Konzept, zu dem mein menschliches Hirn nicht in der Lage war, es zu verstehen. Egal wie oft Wish es mir zu erklären versucht hatte.

Ein Türsteher versperrte mir den Durchgang ins Innere. Er musterte mich grimmig, sagte aber nichts.

»*Gib mir Einlass in deine Gedanken*«, donnerte die tiefe, bedrohliche Stimme von Wish in meinem Kopf. »*Wenn du keine bösen Absichten gegen den Markt hegst, darfst du passieren. Anderenfalls …*«

»Bist du dir sicher, dass du in meinem Kopf herumwühlen willst?«, antwortete ich amüsiert.

Der Türsteher sah mich mit geweiteten Augen an. Vermutlich hatte er nie jemanden zuvor in der Art zu Wish sprechen hören.

Falls doch, lebte das Wesen mit ziemlicher Sicherheit nicht mehr.

»Oh, Nic. Ähm, nee. Lass mal gut sein«, antworte mir der Markt und seine Stimme klang deutlich heller und freundlicher.

»Och, komm schon, Wish. Das letzte Mal war doch lustig.«

»Lustig? Ich hatte wochenlang Albträume von den Gedanken und Erinnerungen, die in dir lagern. Du bräuchtest dringend eine Entgiftungskur.«

»Du kannst Albträume haben? Wusste nicht, dass du schläfst.«

»Tue ich auch nicht. Ich bin ein Gebäude, Nic. Das war sinnbildlich gesprochen.«

»Hab nie so ganz verstanden, wie Gegenstände reden und denken können«, murmelte ich vor mich hin.

»Weil du ein Mensch bist. Zugegeben ein besonderer und für eure Spezies durchaus schlau und freundlich, aber immer noch ein Mensch. Und wie wir alle wissen, ist eure Intelligenz … Wie drücke ich das freundlich aus? Ziemlich niedrig, unterentwickelt und eigentlich kümmerlich, wenn man das große Ganze betrachtet. Außerdem sterbt ihr erbärmlich schnell, wie sollt ihr da auch wirkliches Wissen ansammeln?«

»Wow! Das war dein Versuch, es freundlich zu sagen?« Kopfschüttelnd lachte ich. »Möchtest du mir vielleicht mitteilen, wie du wirklich über uns Menschen denkst?«

»Wieso bist du hier? Dienstlich oder privat? Du weißt, dass ich dich aufhalten muss, wenn du im Auftrag der MIA kommst. Ehrlich gesagt wäre das schade. Ich mag dich, Nic. Es wäre ein Jammer, dich töten und in den Hafen schmeißen zu lassen«, ignorierte Wish meine vorherige Frage.

So scherzhaft unser Umgang miteinander war, stellten seine Worte keine bloße Drohung dar. Wish würde mich ohne zu zögern töten, wenn er es für nötig erachtete. Seine oberste Priorität galt dem Schutze des Marktes der Wünsche. Freundschaft hin oder her. Weswegen ich es auch tunlichst vermied, es mir mit ihm zu verscherzen.

»Privat. Offiziell arbeite ich nicht einmal mehr für die MIA. Ich brauche etwas, um Alexandria zu bestechen, und wenn ich das nicht bei dir finde, wo dann?«

Wishs Ego zu streicheln, wirkte oft Wunder. Bevor er aber antwortete, bemerkte ich meinen Fehler. Verdammt. Er konnte Alexandria nicht ausstehen. Ich hätte mir eine Lüge ausdenken sollen, statt ihn mit der Wahrheit zu konfrontieren.

Wishs verächtliches Lachen dröhnte in meinem Kopf, bevor er ein genervtes Schnaufen von sich gab.

»Das alte Biest Alexis? Ist sie immer noch in Hamburg? Schenk ihr eine Feuerbestattung.«

Ja, ich hatte so was von recht gehabt. Zwischen den beiden herrschte weiterhin die alte Fehde. Wie zwei Gebäude über Jahrhunderte so nachtragend sein konnten, verwunderte mich jedes Mal aufs Neue. Außerdem war ich mir sicher, dass beide nicht einmal mehr wussten, weswegen sie sich stritten.

»Feuer ist ein heikles Thema mit Alexis«, antwortete ich grinsend.

»Die Menschen wollten mich ein einziges Mal abbrennen und nun jammere ich Jahrhunderte lang«, äffte Wish Alexis erstaunlich realitätsnah nach. *»Weiß die alte Bruchbude von Bibliothek eigentlich, wie oft man versucht hat, mich zu zerstören? Und hörst du mich ständig jammern? Nein!«*

Ehrlich gesagt, tat Wish genau das in diesem Moment, doch ich wäre nie auf die Idee gekommen, das anzumerken. Immerhin wollte ich etwas aus dem Inneren.

»Lässt du mich rein? Ich brauche Alexis' Hilfe wirklich dringend. Meine Familie ist in Gefahr.«

Ein Moment der Stille folgte. Dann hörte ich Gemurmel und Geflüster. Erneut Stille.

»Geh in Gang R11, Stand 75. Da sollte der Händler eine sumerische Schriftrolle im Angebot haben. Man munkelt, dass jemand sie von Alexis gestohlen hat. Natürlich nicht in meinem Auftrag.« Ein schallendes Lachen folgte. *»Familie ist wichtig. Die Händler im Markt sind meine und ich beschütze sie. Ich schätze Familiengefühl und Ehre, Nic. Deswegen kannst du der Bruchbude die Schriftrolle als Geschenk bringen.«*

Ich blinzelte mehrfach. Das kam überraschend – gerade weil ich damit gerechnet hatte, den halben Tag damit zu verbringen, etwas Passendes zum Bestechen zu finden. So hingegen würde ich Stunden sparen und könnte noch heute zu Alexis.

»Vielen Dank. Das bedeutet mir wirklich viel.«

»Freunde und Familie sind wichtig, Nic. Wenn du Tausende von Jahren lebst, dann sind es die Wesen und Seelen, die dich berührt haben, an die du dich immer erinnern wirst. Na ja, du nicht. Die stirbst erstaunlich früh. Bist halt ein Mensch. Aber du verstehst, was ich meine.«

Das entlockte mir ein ehrliches Lachen. Wish schaffte es immer wieder, ungewollt abfällig über Menschen zu reden, obwohl er es gut meinte. Vermutlich war das den viertausend Jahren auf seinem Buckel geschuldet – wurde man im Alter nicht angeblich zynisch? Dagegen wirkte ein Menschenleben wahrlich wie ein Wimpernschlag in der Zeit.

Bevor ich mich zum Gehen umdrehte, meldete sich Wish erneut: *»Gang R11, Stand 75 im Erdenteil versteht sich, oder?«*

»Natürlich, ich bin intelligenter als du mir zutraust«, antwortete ich und begab mich durch die Sicherheitskontrolle ins Innere.

Nachdem ich einen unsichtbaren Widerstand durchschritten hatte, stand ich im Eingangsbereich des Erdenteils. Wie viele beseelte Gebäude, existierte Wish in Hunderten von Welten, Galaxien und Universen. All jene hatten Zugang zu dieser unendlich wirkenden Halle. Nicht selten traf man hier Außerirdische von unbekannten Planeten, mystische Wesen aus parallelen Universen und Lebewesen anderer Welten. Zwar achteten viele der Besucher darauf, in dem Teil des Marktes zu bleiben, in dem die Aussteller ihrer eigenen Spezies die Stände hatten, doch gab es ebenso Wesen, die gerne bummelten. Einkaufen konnten sie hingegen nur bei den ihrer Welt zugehörigen Händlern. Wish achtete penibel darauf, dass sich weder Zeitlinien, noch Universen vermischten.

Mehrfach hatte ich mich gefragt, ob ich durch Zufall einem zukünftigen Ich von mir begegnen könnte oder sogar Aiden als Erwachsenem. Niemand wusste genau, was hier drin alles möglich war. Ich vermutete, dass auf dem Markt der Wünsche nichts *unmöglich* war.

Für einen Moment ließ ich meinen Blick schweifen. Hohe, mit bunten Fresken verzierte Decken bildeten gewölbte Kuppeln, die sich unendlich in die Tiefe des Raumes zogen. Einige Stände erinnerten an klassische Markttische, andere hingegen hatten Aufbauten, wie man sie ansonsten auf Messen fand. Der Geruch wechselte beinah sekündlich von süß, über herb, hinzu säuerlich. Speisen, Tränke, Tiere und Pflanzen aller Art, durchzogen mit alten Büchern, Artefakten und Fellen, vermengten ihren Geruch zu einem betörenden Gemisch. Unzählige Unterhaltungen, Streitgespräche, Marktschreier und das Lachen von Besuchern ergaben eine Geräuschkulisse, die einzelne Gespräche verschluckte und eine Symphonie des Lärms komponierte.

Da ich heute wenig Zeit zum Schlendern hatte, setzte ich mich in Bewegung und eilte den Hauptweg hinunter. Nach zweihundert Metern, bei Gang M, hörte ich ein lautes Fauchen. Zwei Gäste direkt neben mir sprangen kreischend in den Schutz eines Standes, der schwarzmagische Tränke verkaufte. Ich hörte weitere Schreie der Panik, als ich Pip hinter mir landen spürte. Der Boden erzitterte kurz und ein Schatten legte sich über mich. Gelassen drehte ich mich zu der Chimäre herum, während Besucher weiterhin in Deckung gingen.

Pip gehörte zu den Wächtern des Marktes und zog normalerweise unter der Decke seine Bahnen. In dem Fall, dass ein Mischwesen aus verschiedenen Tieren landete, bedeutete es in der Regel ein Blutbad. Nicht so jedoch bei Pip und mir. Vor vier Jahren hatte ich dem Wesen seine Albträume und Ängste genommen. Seit diesem Tag war er mein größter Fan.

Hechelnd streckte der Teil des Tiers mit dem Löwenkopf die Zunge heraus, während der Luchskopf aufgeregt nickte. Die Schwanenflügel schlugen dermaßen kräftig, dass die Bücher eines nahen Standes von den Tischen flogen. Euphorisch trommelte der Otterschwanz auf den Obsidianboden des Marktes, während der von Elchbeinen getragene Bärenkörper vor Freude vibrierte.

»Na, Kleiner«, begrüßte ich Pip und kraulte die beiden Köpfe hinter den Ohren. Wobei der Kosename bei einem Wesen mit einer Höhe von drei Metern eher ironisch anmutete.

Die Häupter gesenkt schnurrte der Löwe, während der Luchs quiekte, sich dabei verschluckte und einen Feuerball auf den Tisch mit den Büchern warf. Erneut schrien Gäste auf. Der Besitzer des Ladens weitete die Augen, griff zu seiner Schrotflinte und setzte an, etwas zu sagen. Doch Pip kam ihm zuvor. Beide Köpfe stellten ihren Echsenkragen auf und brüllten ohrenbetäubend.

Eine Chimäre bedrohen? Kein guter Plan. So süß Pip sich verhielt, wenn er mit mir schmuste, umso gefährlicher war er jedoch, sobald man ihn reizte.

Das Gesicht des Ladenbesitzers färbte sich leichenblass, er ließ die Waffe fallen und stürmte davon. Die brennenden Bücher schienen ihm plötzlich egal.

Pip drehte sich zufrieden zu mir um und hielt mir erneut die Köpfe hin, um weiter gekrault zu werden. So ein verwöhntes Vieh. Grinsend streichelte ich ihn eine weitere Minute und deutete daraufhin in Richtung von Gang R. Pip verstand und folgte mir, weiterhin seinen Löwenkopf gegen meine Hand reibend.

Am Ziel angekommen setzte sich Pip neben mich und starrte den Besitzer des Standes an. Dieser zitterte und hielt sich so energisch an dem Tisch fest, dass seine Knöchel sich weiß färbten.

»Wish sagte, ich finde hier eine Schriftro–«. Bevor ich meinen Satz beenden konnte, hielt mir der Händler die Ware entgegen. Musternd hob ich eine Braue.

»Der Markt hat mich informiert«, flüsterte der Mann, ohne den Blick von Pip zu nehmen.

Ich kramte in meiner Jacke nach dem Portmonee, woraufhin der Ladenbesitzer vehement den Kopf schüttelte.

»Nein. Schon gut. Keine Bezahlung. Ist ein Geschenk.«

»Bist du dir sicher?« Zögerlich ergriff ich die Schriftrolle und stecke sie in meine Tasche.

»Ja, ganz sicher. Kein Problem. Schönen Tag noch, Sir.«

Interessant. Ob es nun Pips Anwesenheit war oder der Befehl

von Wish selbst, dass ich die Rolle umsonst bekam, vermochte ich nicht zu sagen. Spielte im Endeffekt keine Rolle. Ich hatte bekommen, weswegen ich hergekommen war, und konnte jetzt weiter zu Alexis gehen.

Langsam drehte ich mich um. Die Chimäre schnurrte zufrieden, beide Köpfe schräg gelegt.

»Danke dir.« Ein weiteres Mal kraulte ich Pip und nickte ihm zu.

Mit einem letzten Maunzen breitete er die Flügel aus und schwang sich in die Luft. Nur wenige Augenblicke später zog er wieder seine Bahnen unter der Decke, mit all den anderen gefährlichen Wachen, die Wish hier aus unzähligen Welten versammelt hatte.

Ein Blick zur Uhr zeigte mir, dass es gerade einmal fünfzehn Uhr war. Zufrieden schlenderte ich bis Gang Z im Erdenteil des Marktes und bog rechts ab. Nach etwa dreihundert Metern erreichte ich einen großen Torbogen, der den Eingang zum alten Kanalsystem darstellte. Erbaut aus schwarzem, glattpoliertem Stein, mit Edelsteinen verziert, sollte man nicht meinen, dass er Hunderte von Jahren alt war.

»Mach's gut, Wish«, sagte ich und begab mich zu der spärlich beleuchteten Wendeltreppe, die in das für Menschen geheime Gangsystem unterhalb Hamburgs führte.

»*Tu mir einen Gefallen und brenne die alte Schreckschraube nieder – natürlich erst, nachdem sie dir geholfen hat*«, antwortete der Markt lachend.

Die beiden Gebäude gehörten zu den speziellsten Wesen, die sich in Hamburg tummelten. Ihr Gestreite, so nervig es auch manchmal daherkam, stellte einen unvergesslichen Unterhaltungswert dar. Mit einem Grinsen folgte ich den Stufen gut dreißig Meter in die Tiefe.

Hier unten fand man alle zwanzig Meter einige Leuchtkristalle, weswegen die Gänge in ein düsteres Zwielicht getaucht auf Besucher warteten. An den gemauerten Wänden wuchs Moos und vereinzelt Nachtschattengewächse. Auch Ratten begegnete ich hier öfter als mir lieb war. Vor dem Jahr 2000 hatte dieses System an Gängen eine Möglichkeit für Schattenwesen dargestellt, unbemerkt durch die Stadt zu reisen. Heutzutage nutzte es kaum jemand, was den heruntergekommenen Zustand erklärte. Ebenso den Geruch nach Gammel, Kot und verrottenden Speisen, die von den Ratten hierher geschleppt worden waren.

Zum Glück residierte Alexis unweit des Markts der Wünsche und ich erreichte mein Ziel nach fünf Minuten Fußweg. Wobei *residieren* nicht ganz stimmte, denn lediglich ein Teil von ihr offenbarte sich hier. Wie andere magisch-beseelte Gebäude befanden sich die Räumlichkeiten überall und nirgendwo – ihre Eingänge hingegen manifestierten sich in unserer Welt. So auch der zu Alexis, der abgebrannten Bibliothek von Alexandria, wie unwissende Menschen sie nannten. Nur war sie weder abgebrannt, noch hatte sie weiterhin einen Zugang in Alexandria, sondern ihr Haupttor in Hamburg errichtet.

Langsam klopfte ich gegen die Tür aus pechschwarzem Holz. Sie zierte ein voluminöser Löwenkopf als Türklopfer, während zwei ewig brennende Fackeln ihre Seite säumten.

Es vergingen ein paar Sekunden in Stille, dann hörte ich ein Gemurmel, jedoch keine verständlichen Sätze oder Worte. Ich atmete tief ein und ließ die Luft gleichmäßig entweichen. Vielleicht sorgte das dafür, dass ich die Schimpfworte, die sich auf meiner Zunge formten, im Mund behalten könnte, anstatt sie Alexandria entgegenzuspucken.

»Ich erbitte Einlass«, sagte ich ruhig, bemüht darum, freundlich und offen zu klingen. Nicht verzweifelt, genervt oder gar ungeduldig.

»Und ich erbitte mir Besucher, die meiner würdig sind und nicht nach Hund stinken. Heute bekommen wir wohl beide nicht, was wir uns wünschen«, antwortete die Bibliothek durch den Löwenkopf, der seinen Mund bewegte.

»Verstehe langsam, wieso man dich abbrennen wollte«, murmelte ich vor mich hin.

»Und du glaubst, dass du mit Beleidigungen Einlass erhältst?«

»Komm schon, Alexis. Müssen wir dieses Spiel jedes Mal spielen? Ich habe die offizielle Erlaubnis, jederzeit einzutreten, und doch muss ich bei jedem Besuch vor verschlossener Tür betteln.«

»Vielleicht würde ein Kurs in Manieren helfen?«

»Oder ein Flammenwerfer!«

»Die Sache mit dem Feuer wird mühselig, mein Bester.«

»Ach!« Ich lachte laut. »Aber die Sache mit dem Einlass nicht?«

Ein dumpfes Seufzen erklang im Inneren der Bibliothek, der Löwenkopf rollte theatralisch mit den leblosen Augen aus Gold und ein Klicken war zu hören. Gefolgt von Zahnrädern, die ineinandergriffen, bevor sich die Tür schwerfällig nach innen öffnete.

Kühle, trockene Luft wehte mir entgegen, der Geruch von alten Pergamenten, Sand und Holz kitzelte in meiner Nase. Das Innere war spärlich beleuchtet. Oranges Licht tanzte von einigen Leuchtkristallen über die unzähligen Bücher, die in haushohen Regalen angeordnet waren. Keiner wusste genau, wie groß Alexis wirklich war – immerhin lag ein Raumbeugungszauber über den Mauern, die eine Kopie jedes Buches, das jemals geschrieben wurde, beherbergten. Purpurne Federn schwebten an mir vorbei, auf dem Weg zu ihrem Arbeitsplatz, um eben jene Kopien anzufertigen, die dann von Drohnen zu den Regalen getragen und einsortiert wurden. Selbst Alexis schien mehr mit der Zeit zu gehen, wenn es zur Technik kam, als ich.

Links von mir ging es zur Literatur der Neuzeit, rechts von mir begannen die Regale der ägyptischen Epoche. Mein Fokus lag derweil auf einer Tür, die in der beleuchteten Mitte des Raumes stand. Eine Tür, die an keiner Wand angebracht war, sondern sich mitten im Raum befand. Dunkle Runen pulsierten behäbig an ihr, während sich schattenhafte Schlangen über das Holz schlängelten. Sie musste der Grund sein, weswegen Professor Steinmann mich zu Alexis gesandt hatte. Jegliches geheime Wissen wurde in der vergifteten Abteilung aufbewahrt und mein Bauchgefühl sagte mir, dass entweder diese ominösen Tresore oder wenigstens das Wissen über sie, dort drinnen lagerte.

Je näher ich ihr kam, desto mehr erfasste mich Kälte. Nicht auf der Haut wie an einem Wintermorgen, weil man wieder einmal aus dem gemütlichen Bett in die Dunkelheit des anbrechenden Tages musste, um Schnee zu schippen. Nein, eine harsche, schneidende Finsternis, die mir unter die Haut kroch und meine Knochen erzittern ließ. Dem Fehlen jeglicher Wärme gleich – als hätte sie nie existiert.

»Wo willst du hin, Nicolas Schäfer?«, dröhnte Alexis' Stimme.

Oje. Mein voller Name, sie ist angepisst.

Ich kramte in meiner Tasche nach der alten, sumerischen Schriftrolle und zog sie hervor. Mit einem gespielten Grinsen hielt ich sie hoch, um mit ihr zu wedeln.

»Hab ein Geschenk für dich!«

»Pah, du weißt, dass die Federn automatisch jedes geschriebene Werk kopieren, was soll der Bestechungsversuch?«

»Und doch sammelst du alte Originale.« Ich führte die Schriftrolle vor meine Nase und roch daran. »Mhm, sie riecht wirklich alt. Und besonders.«

Ein Moment der Stille legte sich über die Bibliothek, alle Federn hielten inne und schienen auf Alexis' Reaktion zu warten. Auch ich hielt die Luft an.

»Nein, das reicht nicht. Die vergiftete Abteilung ist zu gefährlich. Und ob du es glaubst oder nicht, ich mag dich ein wenig.«

»Danke … Glaube ich …» Verwirrt verbeugte ich mich.

»Nun werde mal nicht dramatisch. So sehr mag ich dich nun auch nicht.«

»Habe ich erwähnt, dass du von dieser Schriftrolle keine Kopie hast?«

Erneut hielten alle Federn inne und ein paar Drohnen surrten laut auf.

»Unmöglich!«, antworte Alexis, jedoch schwangen Zweifel in ihrer Stimme mit. »Nur Schriften von Salomo, dem alten Dämonenfürsten, fehlen mir. Und das auch nur, weil die gammelige Kaschemme eines Marktes sie mir hat klauen lassen!«

»Wie gut, dass ich genau davon eine bei mir habe, nicht wahr?«

»Woher? Was? Nic, hör mir jetzt ganz genau zu.« Alexis' Stimme wechselte von latent genervt, zu echter Sorge. »Diese Rolle ist gefährlich und die vergiftete Abteilung umso mehr. Du legst dich hier mit Kräften an, die nicht ohne Grund weggesperrt sind. Was willst du da drin?«

»Professor Steinmann hat mich hierher gesandt und es muss mit der vergifteten Abteilung zusammenhängen.«

»Du irrst dich. Das ist nicht der Grund.«

Schweigend wartete ich auf weitere Erklärungen. Fehlanzeige. Alexis blieb stumm.

»Sagst du mir noch, wieso ich mich irre?«

Genervtes Gemurmel hallte durch das Gemäuer.

»Weil er dich nicht wegen der Abteilung zu mir gesendet hat.«

Erneut folgte keinerlei zusätzliche Erläuterung. Meinte Alexis das ernst? Musste ich jede einzelne Antwort erbetteln?

»Komm schon. Ich habe keine Zeit für Spiele.«

»Gut, ich ebenfalls nicht, denn das hier ist keins. Doch wäre es eins, würdest du dir dabei die Finger verbrennen.«

»Jetzt sag mir endlich, wieso ich hier bin. Verdammte Scheiße, Alexis! Da sind Wesen unterwegs, die meinen Sohn für Experimente entführen wollen. Mir ist völlig egal, ob ich mir die Finger verbrenne oder nicht. Mich interessiert ausschließlich die Sicherheit von Aiden! Er sagte etwas von Tresoren. Sind sie dort drin?«

»*Gedanken*tresore«, korrigierte Alexis mich mit einem Seufzen.

Es war offiziell. Alexis ging mir ungemein auf den Sack. Wir würden Stunden hier verbringen und diskutieren, wenn sie nicht langsam klare Worte sprach.

»Es reicht. Kannst du aufhören, immer nur Andeutungen zu machen, und einfach sagen, was Sache ist?!«

»Diese Gedankentresore sind durch die Regierung magisch

erschaffene Konstrukte, die sie in den Gehirnen von auserwählten Wesen versteckt haben – nicht im Inneren der Abteilung oder eines Gebäudes.«

»Wozu?«

»Wirklich, Nic? Denk doch mal nach. Um ihre Geheimnisse und Machenschaften zu verschleiern. In den Gedankentresoren lagern die wichtigsten Geheimnisse Europas. Alle Fehltritte, Verbrechen und Intrigen. Namen von Spionen, Doppelagenten, streng verbotene Forschungsprojekte und vertuschte Kriegsverbrechen. All das Wissen, das Europa in die Knie zwingen würde.« Alexis seufzte. »Es wurden Gedankenwelten voller Gefahren in den Gehirnen von diesen Auserwählten erschaffen, um dort die Tresore zu sichern. Einer davon ist deiner. Steinmann war nicht nur dein Professor und Mentor.«

»Er … Was?«

»Steinmann gehörte zu den Erschaffern des Projekts und du warst eine wichtige Komponente. Nur du warst dazu in der Lage, diese Gedankenwelten und Tresore anzulegen und zu erschaffen.«

»Was redest du da? Ich habe nichts erschaffen.«

»Doch, das hast du.«

»Ich würde mich sehr wohl daran erinnern, oder?«

»Nicht wenn das Wissen darüber und über deine Vergangenheit in einem eigenen Tresor eingelagert wurde«, sagte Alexis milde. »Nic, du hast dieses Projekt erst ermöglicht.«

»Du willst mir sagen, die größten Geheimnisse der Politik und somit unseres Landes, liegen in diesen Gedankentresoren? Und diese lagern in dafür geschaffenen Welten, die wiederum in den Köpfen von auserwählten Leuten verankert sind? Und an all dem war ich beteiligt? Aber wieso bin ich die letzten Jahre nicht darüber gestolpert?«

»Projekt Enki, benannt nach dem alten sumerischen Gott, ist nur den höchsten Politikern und der Führung der MIA bekannt«, antwortete Alexis gelassen, als hätte sie mir nicht gerade eines der größten Geheimnisse unserer Welt verraten.

»Na ja, du weißt auch davon.«

»Natürlich, denn ich weiß alles. Schon vergessen? Ich bin die Bibliothek von Alexandria.» Könnte das Gebäude die Augen rollen, stellte ich mir in dem Moment vor, Alexis hätte es getan – jedenfalls ließ ihr Ton mich das vermuten. »Nic, ich verrate es dir nicht, um dir die Gedankentresore und somit auch deinen vorzuenthalten. Lass die Vergangenheit ruhen. Stirbst du in einer der Gedankenwelten, was sehr wahrscheinlich ist, stirbst du ebenso in unserer Welt.«

»Hä? Was?«

Nicht mein geistreichster Moment in der Geschichte.

»Jede Welt ist voller tödlicher Gefahren, und ohne Karte, die du nicht hast, wirst du zu 99,9 Prozent sterben. Und wer belästigt mich dann ständig mit Besuchen?«

»Ich soll ernsthaft so tun, als hätte man mich nicht für etwas missbraucht, an das ich mich nicht einmal mehr erinnere?«

»Nic …«

»Mein Traum …« Ich stockte. »Ist es wahr? Ich wurde gefoltert und mehrfach getötet. Das ist wirklich passiert, oder?«

»Ich …« Alexis seufzte erneut. »Oh, Nic. Es tut mir leid. Ja, das ist geschehen und war der Grund zur Entwicklung von Projekt Enki.«

»Wo finde ich meinen Gedankentresor? Ich will die Wahrheit wissen!«

»Nicolas …«

»Nein! Ich habe ein Recht, selbst zu entscheiden. Wo ist mein Gedankentresor?«

Nach einer langen Pause erzählte mir Alexis, was sie darüber wusste. Mit jedem Wort merkte ich, wie das Blut aus meinem Gesicht wich. Ohne Zweifel würde ich Hilfe brauchen, um meinen Tresor zu erreichen – und ich wusste, wo ich sie finden würde. Ohne ein Team würde ich die Aufgabe, die vor mir lag, niemals bewältigen können.

Schattenwesen, die
Substantiv (plural)

1. Oberbegriff für alle Wesen, die zuvor verborgen lebten

2. Umfasst Wandler, Feenwesen, Vampire, Hexen, Werwölfe und viele mehr

3. regieren die Welt

Aus dem Archiv von Alexis,
der Bibliothek von Alexandria

9

Salvatrice

»Hallo Gruppe, mein Name ist Salvatrice Pelloni und ich habe ein Problem. Ich bin Kunstdiebin sowie Trickbetrügerin und, Scheiße noch mal, ich liebe es!«

Die grauhaarige Harpyie, auch bekannt als Psychologin *Frau Doktor Doktor Stock-im-Arsch* der elitären Entzugsklinik von Blankenese, räusperte sich und warf mir einen mahnenden Blick über den Rand ihre Nickelbrille zu. Sie wurde von meiner Mutter dafür bezahlt, aus mir ein *wertvolles* und *ehrliches* Mitglied der Oberschicht zu formen, und da passten Schimpfworte oder Betrug nicht in das Bild.

»Was?« Mit zuckenden Schultern zwinkerte ich ihr zu. »In meinem Berufsfeld –«

»Betrug und Diebstahl sind keine Berufe, Salvatrice«, korrigierte sie mich.

Ähm, hallo? Doch, sind es! Vielleicht nicht legal, das mag stimmen. Aber mal ehrlich, ich verdiene an einem Abend mehr als du Schachtel im Monat.

Ich rollte mit den Augen. »Wie ich zuvor schon sagte, in meinem *Beschäftigungs*feld herrscht das oberste Gebot, nicht aufzufallen.«

»Deine Haare sind neonblau gefärbt. Wie läuft das Nichtauffallen für dich?«, fragte ein Adlerwandler grinsend.

Ich glaubte, er hieß John. Oder James. Vielleicht auch Paul? Keine Ahnung, der Sex mit ihm war eh nicht gut genug verlaufen, als dass ich seinen Namen gestöhnt hatte.

»Gnah, diese Diskussion führe ich mit meiner Mutter auch jedes Mal. Also über meine Haarfarbe, nicht über den Beruf – den sie übrigens ebenso wenig anerkennt wie Sie.« Ich nickte der Psychologin zu, während andere Patienten kicherten.

»Frederick, bestärk Salvatrice nicht auch noch in ihrem Aufstand gegen die Gesellschaft«, mischte sich die Psychologin ein.

Frederick? Interessant, das war also sein Name. Wobei er eher wie ein Paul aussah und nicht wie ein Frederick.

»Ihr müsst wissen, meine Mutter ist eine Harpyie –«.

»Genevra Pelloni, *die* Genevra Pelloni, ist deine Mutter?«, unterbrach mich ein junges, hippes Faunmädchen mit aufgerissenen Augen, das zum ersten Mal seit Beginn unserer Sitzung den Blick von ihrem *krass angesagten* Instagram-Feed löste.

Wunderbar. Here we go.

»Ja, das Supermodel ist meine Ma. Nein, ich verrate ihr echtes Alter nicht. Ja, sie tötet ihre Männer tatsächlich manchmal. Und nein, es ist überhaupt rein gar nicht *superspannend und megaabgefahren,* ihre Tochter zu sein, obwohl das alle vermuten.«

Willkommen im Leben der Familie Pelloni.

Von außen betrachtet waren wir keine Verbrecher. Wir hatten angeblich keine Alkohol- oder Drogenprobleme. Wir waren natürlich offiziell in keinerlei Skandale verwickelt. Allerdings waren wir wunderschön, die Leuchtfeuer der europäischen Gesellschaft und unverschämt reich.

So reich, dass wir die Presse glauben lassen konnten, unbescholtene Bürger zu sein.

Wir waren die perfekte Fassade, erkauft durch Geld und erbaut auf Lügen. Eine Illusion, die so gut funktionierte wie mein Sirenengesang.

Und ich? Ich hatte die Schnauze gestrichen voll davon.

Mein Blick streifte die terrakottafarbene Wand neben der Glastür, verziert mit einem Haufen Grünzeug auf edlen Marmorpodesten, die uns Patienten beruhigen und daran erinnern sollten, dass wir alle unglaublich reich waren. Und dass dieser Aufenthalt in der Klinik *Goldene Rosen,* zum Wohle unserer berühmten Eltern, in den Medien als Besinnungskur, statt als Entzug oder Erziehungsmaßnahme verramscht werden würde.

Prunk und Protz waren mir schon immer egal gewesen. Was mich jedoch lächeln ließ, war der blonde Besucher, dessen Gesicht an das eines Jugendlichen erinnerte, obwohl er steil auf die 30 zuging. Für eine Sirene wie mich bedeuteten 30 Jahre, in den Kinderschuhen zu stecken. Für Menschen hingegen? Ihr Verfall wurde zunehmend sichtbarer – na ja, nicht so bei Nicolas Schäfer. Gut für ihn. Außerdem stellte Nic einen meiner engsten Freunde dar und hatte mindestens so viele Päckchen zu tragen wie ich. Vermutlich sogar mehr.

Gehüllt in einen seiner Paracogzauber konnte nur ich ihn sehen, während alle anderen Anwesenden ihn nicht wahrnahmen. Ich lächelte ihm zu und verzog das Gesicht. Hoffentlich verstand er meine Gesichtsakrobatik und deutete sie nicht als Verstopfung.

Ein Stich durchfuhr mein Hirn und schon hörte ich seine Stimme in meinem Kopf, als seine mentalen Fähigkeiten eine Verbindung zwischen uns etablierten. Auch nach all den Jahren, die ich ihn kannte, empfand ich seine Paracogmagie als unheimlich.

»Hangover?«, fragte er und zeigte das strahlende Lächeln, das viele Wesen erfolgreich über die Dunkelheit, die in ihm tobte, hinwegtäuschte. Nicht jedoch mich. Dafür kannte ich ihn zu gut.

»Bitte sag mir, dass du meine Hilfe brauchst oder wir wenigstens auf dem Kiez feiern gehen!«, jammerte ich. »Es ist sooo langweilig hier drin. Immerhin ist das Essen gut.«

»Feiern wäre eine Option. Oder du hilfst mir, etwas zu stehlen?«

»Stehlen? Ja, okay. Definitiv stehlen! Können wir auch ein paar Schurken verprügeln?«

»Schurken? Wer bitte benutzt heutzutage dieses Wort? Und du weißt, dass wir für die MIA, für die ich übrigens immer noch irgend-

wie arbeite, die Schurken *sein werden, wenn wir etwas stehlen?«*

»Quatsch, dafür müssten sie uns erst einmal schnappen!«

»Sal, ich muss dich warnen. Um was ich dich bitten werde, könnte uns zu Staatsfeinden Nummer Eins machen und ist unfassbar gefährlich.«

»Du hast die besten Argumente, um eine Frau glücklich zu machen, Nic. Staatsfeind bedeutet Verfolgungsjagden, Geheimnisse und ein Haufen Intrigen. Hast mich überzeugt. Wann starten wir?«

»Sobald du kannst.« Nic lachte leise und schüttelte den Kopf.

Dennoch erkannte ich die Sorgen in seinen Augen. Was auch immer wir stehlen würden, bereitete ihm Angst. Und wenn irgendetwas den Schäfer der Sünden erschreckte, der jede Nacht Horror pur erlebte, dann konnte ich mich auf einen wilden Ritt vorbereiten. Erwähnte ich, dass ich vermutlich Hamburgs größter Adrenalinjunkie war?

»Moment!«, antwortete ich ihm.

Frau Doktor Doktor Hat-nie-Spaß blubberte über Atemübungen, als ich mich erhob. Alle Blicke schnellten zu mir. Die Psychologin richtete sich ihre hässliche Brille – mal ehrlich, zahlten sie ihr kein vernünftiges Gehalt oder hatte sie einfach nur den schlimmsten Geschmack ganz Hamburgs?

»Salvatrice, wir sind noch nicht fertig. Setz dich bitte!«

Geschmeidig streifte ich meine menschliche Haut ab und meine bläulichen Schuppen schimmerten in dem Licht der Deckenbeleuchtung. Wärme umspielte mich und mein Kehlkopf vibrierte. In meinem Kehlkopf stimmte ich einige Töne an und ließ sie über meine Stimmbänder tanzen.

»Ich bin hier fertig, deswegen ignoriert mich einfach. Solltet ihr mich suchen, ich bin auf meinem Zimmer und schlafe«, erklang meine Stimme melodiös, einem Lied gleich, mit dem ich die anderen hypnotisiert hatte.

Sie nickten mit einem verträumten Lächeln und sagten im Chor: »Sal schläft auf ihrem Zimmer.«

Sirene zu sein war definitiv die coolste Schattenwesenklassifizierung, wenn man mich fragte.

Zumindest die praktischste in diesem Moment.

Fünf Minuten später standen Nic und ich vor dem gläsernen Eingang zur Entzugsklinik. Der nervige Springbrunnen aus Marmor plätscherte derart laut, dass man die Vögel kaum zwitschern hörte. Eigentlich ironisch. Vögel fand man nur noch in den Stadtteilen Blankenese, Altstadt und in New Eden. Alle anderen Viertel waren dermaßen in die Höhe gebaut worden und voller Wesen, künstlichen Neonlichter sowie MagiTech, dass sich die Fauna in die Vororte zurückgezogen hatte. Wobei – Ratten gab es ebenso innerhalb der Megacity. Sowohl die Tiere, als auch die Drecksäcke in zweibeiniger Form.

Nur vereinzelte Tauben verirrten sich manchmal in den riesigen Häuserschluchten. Lediglich die beiden extrem reichen Viertel und die historische Altstadt erstreckten sich nicht in die Höhe. Platz war Luxus. Viel davon zu beanspruchen, galt als Statussymbol. Blankenese beherbergte wenige Gebäude, die über drei Stockwerke erbaut wurden, erinnerte an eine Zeit vor der magischen Revolution. Eine Zeit, als Menschen und Wesen mehr als zehn Quadratmeter ihr eigenen hatten nennen können, ohne reich zu sein. Heute galt es als Privileg der Reichen, den Himmel frei zu sehen und Platz zu haben. Und diese gut betuchten Bürger wohnten entweder hier in Blankenese, in den Penthäusern auf den obersten Stockwerken der Wolkenkratzer oder auf der fliegenden Insel New Eden.

Gerade Letzteres glich einer besonderen Stufe von unverschämter Dekadenz. Im Vergleich zu den Wesen auf New Eden, wirkten die Einwohner in Blankenese wie arme Schlucker – mit nur wenigen Millionen Euro auf dem Konto, statt Billionen über Billionen.

»Warum schnaubst du so?«, fragte Nicolas unvermittelt neben mir.

Wie lange hatte ich hier gestanden und schnaubend vor mich hingemurmelt?

Aus den Augenwinkeln sah ich, wie er meinem Blick folgte, der in Richtung New Eden gewandert war, während ich vor mich hingegrübelt hatte. Hoch über der Elbe erstreckte sich eine aus Marmor, Stahl und Glas erbaute Insel, deren Gebäude mit Gold und Prunk verziert waren. Grüne Natur sowie Bäume mit bunten Blättern säumten die großen Plätze – selbst ein künstlich angelegter Fluss rauschte träge durch die Insel und fiel in rauschenden Wasserfällen von zwei Seiten in die Elbe.

»Ist es nicht erstaunlich, dass es keine Rolle spielt, wer an der Macht ist?«, fragte ich. »Egal ob Menschen oder Schattenwesen. Die Reichen streben immer nach mehr Geld und Einfluss, während große Teile der Stadt in Armut versinken.«

»Man muss schon sagen, dass vielerlei Diskriminierungen kein Teil unserer Gesellschaft mehr sind, seit die Schattenwesen die Kontrolle übernommen haben«, erwiderte Nic nachdenklich.

»Und das von dir als Mensch.« Meine Braue wanderte in die Höhe. »Es gibt genug Wesen, die dich nicht auf einer Stufe mit sich sehen.«

»Weil sie nicht wissen, dass ich sie problemlos töten könnte.« Nic grinste verschwörerisch und wurde dann wieder ernst. »Aber du hast recht. Diskriminierungen in Bezug auf Geschlechter, Hautfarben und Sexualität spielen keine Rolle mehr, wurden aber durch neue Arten ersetzt. Vielleicht sind Lebewesen auf dieser Welt einfach nicht für Gleichheit geschaffen und finden immer wieder neue Wege, sich gegenseitig zu unterdrücken?«

»Ein trauriger Gedanke.« Müde legte ich den Kopf in den Nacken und schaute in den blauen Himmel.

»Und du kennst nicht mal die Hälfte«, flüsterte Nic.

Ich wendete ihm meinen Blick zu, legte meine Stirn fragend in Falten.

»Ich erkläre dir die Details später, Sal. Versprochen.« Ein lautes Seufzen entfuhr seiner Kehle. »Um was ich dich bitten werde, wird unser beider Leben für immer verändern. Ich möchte, dass du nein sagen kannst, ohne dass es unsere Freundschaft belastet.«

Unweigerlich lachte ich. Es gab nichts, was ich nicht für Nic tun würde. Für mich war er der Bruder, den ich nie gehabt hatte. Vermutlich sogar die wichtigste Person in meinem Leben – eine Familie, die ich ansonsten nicht einmal von zu Hause kannte.

»Mit dir würde ich ganz Hamburg niederbrennen, wenn du mich darum bittest«, scherzte ich, um die Stimmung aufzulockern.

»Gut, denn das ist, was wir machen werden«, antworte Nic und entlockte mir mit der Aussage ein lautes Lachen. Es blieb mir jedoch in der Kehle stecken, als ich seinen finsteren Blick wahrnahm. Das war sein voller Ernst.

»Das war kein Scherz, oder?«

»Na ja, wir brennen es nicht wortwörtlich nieder, aber sinnbildlich definitiv.«

»Mehr Antworten bekomme ich nicht?«

»Nicht hier jedenfalls. Zu viele Möglichkeiten, uns abzuhören.«

Ich nickte. Das ergab Sinn, wobei mich das Gefühl beschlich, Nic würde mir die Informationen selbst später nur widerwillig geben.

»Mein geliehenes Skycar steht da vorne«, sagte Nic und schritt entschlossen in Richtung des Parkplatzes.

»Das kannst du vergessen. Schick es per Autopilot zurück, wir nehmen meinen Gleiter. Den lasse ich sicher nicht hier stehen.«

»Dann sende ihn doch per Autopilot nach Hause«, nutzte er grinsend meine Worte gegen mich.

Mit wenigen Schritten erreichte ich Nic und nahm ihn in den Schwitzkasten. Während ich ihn mit dem einen Arm festhielt, wuschelte ich ihm mit der freien Hand durch sein blondes Haar.

»Wie lange kennst du mich schon? Ich fliege nicht Shotgun, ich bin die Fahrerin. Und hast du eine Ahnung, wie viel die Sonderanfertigung gekostet hat?«

Lachend befreite sich Nic aus meiner Umklammerung und schüttelte den Kopf.

»Na gut, ich hatte inständig gehofft, dass mir deine Flugkünste heute erspart blieben.« Er seufzte theatralisch. Ich hingegen streckte ihm die Zunge raus.

»Ach komm, wir leben beide noch.«

»Was in zwei Fällen mein Verdienst war, da ich uns mit einem Schutzschild vor dem Aufprall gerettet habe.«

»Ey, das war nicht meine Schuld. Das eine Mal wurden wir vom Himmel geschossen und das andere Mal haben die ganzen Schnarchnasen vor uns gepennt. Wieso musste auch genau da ein Transporter auf der Gegenfahrbahn kommen?«

»Weil … Willst du echt eine Begründung?« Er zog beide Brauen in die Höhe.

»Unnötige Details«, winkte ich ab. »Fakt ist, in ganz Hamburg fliegt kaum jemand besser als ich.«

»Stimmt, aber definitiv fliegt auch keiner so risikofreudig wie du.«

»Danke!« Ich warf ihm einen Luftkuss entgegen.

»Das war kein … Weißt du was, schon gut. Wir sollten los.«

Eine Minute später standen wie vor meinem Schatz. In Pink und Gold lackiertem Hexenstahl strahlten mich die 500 PS meiner *Ducati-Air Firebird* an. Ein Meisterwerk der Flugtechnik mit vielen Extras, die sich nur die reichsten Wesen leisten konnten. Zu etwas musste der Reichtum von uns Pellonis ja gut sein. Über Jahre hinweg hatte ich meinen Vogel anpassen und polieren lassen, sodass er sich mittlerweile anfühlte wie ein weiterer Körperteil.

Nic und ich schwangen uns auf die Sitze, ich startete den Motor und spürte das vertraute Vibrieren der magischen Antriebe. Leise wie eine Katze schnurrten sie und badeten uns in einem neonblauen Licht. Ich grinste Nic über meine Schulter hinweg an und drehte mich wieder nach vorne, dann betätigte ich den roten Knopf. Unmittelbar umspielte uns ein blasspinkes Kraftfeld.

»Spezialausrüstung«, flüsterte ich liebevoll.

»Was? Das ist ein Paracogschild. Wie bist du da rangekommen?« Ohne ihn zu sehen, hörte ich das ehrfurchtsvolle Erstaunen in seiner Stimme.

»Hab nicht gesagt, dass es legal installiert wurde.«

»Wie hast du einen Paracog überreden können? Das ist wirklich höchstillegal, selbst für dich.«

»Geld, mein Lieber. Der Schlüssel, der jede Tür in Hamburg öffnet.«

»Diese Stadt ist am Arsch«, murmelte Nic und ich konnte mir das Lachen nicht verkneifen.

Ja, das Hamburg der Neuen Weltordnung war ein Schmelztiegel zwischen Reich und Arm. Aber auch der unterschiedlichen Spezies, Kulturen und des Miteinanders. Verfeinert von Neonlichtern, Partys, Sex und Selbstbestimmung – durchzogen von Kriminalität, Korruption und Ungerechtigkeiten. Wie auch immer man es betrachtete, es blieb meine Wahlheimat, die ich zu lieben gelernt hatte.

»Bereit?«, fragte ich und Nic klopfte mir zustimmend auf die Schulter. »Dann los.«

Ich ließ den Antrieb aufheulen und gab Gas. Für den Bruchteil einer Sekunde spürte ich die Freiheit, die mein Ducati Skybike mir jedes Mal bescherte. Nur um abrupt wieder zu stoppen. Das Ausgangstor war verschlossen und oberhalb des Geländes lag ein Anti-Flugzauber. »Verdammt, es ist schon so spät?« Ich schnaufte lautstark. Das hatte mir gerade noch gefehlt.

Langsam wandte ich meinen Kopf zu meiner Linken. Dort schaute ich in ein Paar pechschwarzer Augen, die in einem steinernen Gesicht saßen. Den voller spitzer Zähne durchzogenen Mund geöffnet, starrte mich die Wachsphinx gehässig an. Misstrauen und Abneigung waren mehr als deutlich zu erkennen in den scharf gemeißelten Gesichtszügen.

»Die olle Steingeburt hat mir gerade noch gefehlt«, entfuhr es mir leise. Mühsam behielt ich die restlichen Flüche in mir, die mir durch den Kopf stoben. Keine davon jugendfrei.

Hinter mir spürte ich, wie Nic sich bewegte. Sein Kopf erschien in meinem seitlichen Sichtfeld. Für einen Moment blickte er die Sphinx an, dann mich. Die Augen fragend geweitet. Vielleicht sogar vorwurfsvoll. Als wäre ich schuld daran, dass wir hier feststeckten. Immerhin hätte er ja früher kommen können.

»Es ist offenbar schon nach sieben. Da schließen die Tore und nur Personal kann noch hinaus. Wir Insassen ... Patienten leider nicht. Und das nervige Mistvieh bewacht den Ausgang bis zum Morgen«, beantwortete ich seine stille Frage.

»Die Sphinx fragt sich, ob das freche Mädchen mit den schrecklichen Haaren überhaupt das Institut verlassen durfte?«, plapperte die ungemein nervige Sphinx.

Ich rollte mit den Augen, weil ich weder Zeit noch Lust hatte, mit ihr zu diskutieren. Unter all den Schattenwesen galten die Sphingen mit großem Abstand als die exzentrischsten Gestalten.

»Spricht sie gerade über sich, als wäre sie ein Charakter in einer Geschichte mit einem personellen Erzähler?«, fragte Nicolas mich leise. Beinahe so, als befürchte er, die Sphinx würde ihn fressen, falls sie ihn hörte. Was, ehrlich gesagt, nicht einmal ein abwegiger Gedanke war, denn die Viecher waren Allesfresser.

»Ja, wie alle von ihnen. Hoch dramatisch und aufgeblasen.«

»Die Sphinx rümpfte die Nase bei den unerhörten Worten.«

»Ach, wirklich? Gut, dass du das noch mal erwähnst, hätte den Zinken in deinem Gesicht fast übersehen. Sei froh, dass du überhaupt einen hast!«

»Heimlich überlegte die Sphinx, ob sie das freche Gör fressen könnte, ohne bestraft zu werden.«

»Soll ich dir vielleicht die Bedeutung von Heimlichtuerei erklären? Schritt Eins: Halt die Klappe!«

»Die Sphinx beschlich das Gefühl, dass es die Strafe wert wäre und ohnehin niemand das Balg vermissen würde.«

»Ja, ja, kannst du uns jetzt einfach das Tor öffnen?«

»Das Wort *Bitte* war dem frechen Wesen unbekannt, stellte die Sphinx pikiert fest.«

»Scheiß drauf«, brummte ich, während ich das Gaspedal durchtrat und durch das Tor fuhr. Immerhin hatte ich dem dummen Steinding mehrfach die Chance gegeben, das Tor zu öffnen, und uns schützte schließlich der illegale Paracogschild. Die Rechnung für den Schaden konnte meine Familie aus der Portokasse bezahlen, und ich würde die missmutigen Anrufe meiner Mutter einfach ignorieren. Wie ich es seit Monaten ohnehin schon tat.

Auf dem Weg zu Nics Wohnung in den Tanzenden Türmen floss der Verkehr zähflüssig dahin. Trotz meines Gleiters kamen wir nur behäbig voran, da ich mit einem Passagier nicht gewillt war, riskante Manöver auszuführen. Ein Tor zu durchbrechen war immer noch ein anderer Schnack, als ein Verkehrsunfall – gerade wenn man bedachte, dass Nic seine Eltern durch einen solchen verloren hatte.

Unter und über uns glitten unzählige Skycars in den anderen Flugebenen ähnlich langsam dahin, während sich die untergehende Sonne in den Fenstern der riesigen Wolkenkratzer spiegelte. Am Boden und den unteren City-Leveln hatte sich feiner Nebel gesammelt. Durchzogen von pinken und blauen Neonlichtern der Hologramme und Reklamen, erinnerte er an bunte Zuckerwatte.

»Verrätst du mir, was wir stehlen?«, versuchte ich die zwanzigminütige Flugzeit zu überbrücken.

»Nein. Zu riskant.«

Ich riss den Lenker herum und wir krachten nahezu gegen ein Skycar. Genervt brummte ich, während ich meinen Gleiter wieder auf Kurs brachte.

»Wie soll ich dir helfen, wenn du mir nicht vertraust?« Trotz größtem Bemühen klang meine Stimme enttäuscht und verletzt.

»Ich vertraue dir! Wirklich, Sal. Du bist Familie. Gerade deswegen sorge ich mich um dich.«

»Bullshit, Nic. Ich kann gut auf mich selbst aufpassen und brauche keinen Beschützer.«

»Weiß ich doch. Das meinte ich auch nicht. Ich kann dir sagen, wo wir einbrechen und wieso ich dazu bereit bin. Aber ich sage dir nicht, was ich klauen werde. Es reicht, wenn mein Leben durch das Wissen in Gefahr ist.«

Zwar befriedigte das meine Neugier nicht gänzlich, dennoch schätzte ich Nics aufrichtige Sorge. Was wir bereit waren, zu stehlen, würde er mir sicher noch verraten. Es gab keinen Grund, ihn unter Druck zu setzen. Oft sorgte das für noch trotzigeres Schweigen. Die Zeit würde das Problem regeln – und ich müsste Nic nur ab und an ein wenig anstupsen, damit er mit Infos rausrückte.

»Also? Was ist unser Ziel?«

»Die HSB.«

Wir sackten gut fünf Meter in die Tiefe, als ich sprachlos mit geweiteten Augen zu Nic herumfuhr und den Verkehr aus den Augen verlor.

Die Hochsicherheitsbank? Das bestgesicherte Gebäude Europas?

»Sal, der Verkehr!«

Weiterhin davon überzeugt, dass ich mich verhört hatte, lenkte ich uns wieder in die Spur.

»Witzig, Nic. Und was ist wirklich unser Ziel? Wenn du es mir nicht sagen willst, dann können wir den Coup nicht planen«, antwortete ich gereizt.

»Das war kein Scherz. Wir brechen in das Gebäude ein, das weltweit als uneinnehmbar gilt.« Er beugte sich an mir vorbei und sah mich an. Trotz seiner Sorge huschte ein schelmisches Grinsen über seine Lippen. Die Neonlichter des anbrechenden Abends tanzten über seine Gesichtszüge und verliehen Nic etwas Surreales.

»Fuck, ja!«, brüllte ich.

Verdammt, ich liebte dieses Vorhaben.

Der Vorteil von Nics Penthouse bestand darin, dass ich mein Skybike direkt auf dem Dach der Tanzenden Türme landen konnte, anstatt es umständlich anzudocken. Er besaß sogar zwei Landeplätze, ohne selbst ein Skycar oder einen Gleiter zu besitzen. Die riesige Wohnung, der Infinitypool, die zwei Landeplätze und die luxuriöse Einrichtung ließen vermuten, dass er nur so in Geld schwamm und damit protzte. Eines der beiden stimmte.

Nic besaß Geld – viel davon. Nicht in solchen Unmengen wie meine Familie, doch im Gegensatz zu den Pellonis, gehörte er zu den bescheidensten Einwohnern Hamburgs, die ich kannte. Mochte daran liegen, dass er bis zum Tod seiner Familie arm gewesen und nur an Geld gekommen war, weil damit sein Verlust aufgewogen werden sollte. Wenn man so wollte, war es Schweigegeld durch den Verursacher des Unfalls, der seinen Eltern und seiner Schwester das Leben gekostet hatte. Bis zu Aidens Geburt hatte Nic sich strikt geweigert, das Geld anzurühren, und es hatte sowohl die Dobermannwandler als auch mich einiges an Arbeit gekostet, ihn zu diesem Heim für unsere kleine, selbstgewählte Familie zu überreden.

Allein der Ausblick von hier oben war die horrende Kaufsumme jeden Cent wert gewesen. Zu einer Seite sah man die pinken Neonreklamen der Bars, Clubs und Etablissements sowie das Hologramm mit der Aufschrift *Kiezblock,* das über dem Komplex schwebte. Auf der anderen konnte man, über die Wolkenkratzer hinweg, die niedriger als die zweihundertstöckigen Tanzenden Türme waren, den Fischmarkt und das Wasser sehen. Nicht weniger eindrucksvoll strahlten die Gärten auf den Dächern einiger flacherer Wolkenkratzer im Licht der Abendsonne vor sich hin.

Da das neue Hamburg unerwartet in die Höhe geschossen und vor allem dicht besiedelt war, versuchten viele Einwohner, ein wenig Natur mit dem Boom in Einklang zu bringen. Daraus war der Trend von Dachgärten entstanden, der auf vielen Hochhäusern als Sammelpunkt der Bewohner diente. Blumen, Sträucher und selbst Bäume erstreckten sich in den Himmel und gaben der obersten Ebene Hamburgs eine Illusion von üppiger Natur. Manche dieser Dächer waren durch gläserne Brücken verbunden und verwandelten die Gärten auf diese Art zu prächtigen Parkanlagen.

Einen weiteren aufstrebenden und nötigen Trend stellten vertikale Gärten dar. Fand man auf den mittleren und unteren City-Levels kaum noch Natur, diente das Bepflanzen einer der vier Hauswände nicht nur dazu, die Luftqualität zu verbessern, sondern auch, die Schönheit der Natur nicht in Vergessenheit geraten zu lassen. Da der Trend recht jung war, fanden sich diese vertikalen Gärten jedoch nur vereinzelt an neuen oder gerade renovierten Wolkenkratzern.

»Tante Salatrice!«, rief Aiden und stürmte auf mich zu. Jedes Mal, wenn er meinen Namen falsch aussprach, ging mein Herz auf. Ungestüm sprang er mir in die Arme und ich drehte mich mit ihm um meine Achse. Dann küsste ich seine Stirn.

»Hey, Kleiner. Ich habe da etwas für dich.« Grinsend zog ich einen Daten-Stick aus meiner pinken Lederjacke und legte ihn in Aidens Händchen.

»Was ist das?« Mit vorgeschobener Unterlippe betrachtete er das Objekt.

»Ein feeisches Kinderhörbuch. Das kannst du in das Multimedia-System einstecken und ein Märchen hören.«

Seine Augen weiteten sich beinahe komisch, bevor er mich euphorisch umarmte und mit den Beinen strampelte.

»Darf ich das jetzt hören?«

Mein Blick wanderte zu Nic, der uns mit einem Lächeln beobachtete. Nur strahlte es nicht voller Freude, wie es sonst der Fall war. Es lag Unsicherheit und Traurigkeit darin. Fragend zog ich eine Braue in die Höhe.

»Ja, kleiner Mann. Zieh dir schon mal deinen Pyjama an und sag Brooks, er soll mit dir Zähne putzen. Ich muss noch kurz mit Tante Sal reden. Okay?«

Ich setzte Aiden auf den Boden und er lief zu seinem Vater. Nic strich ihm durch das rotgelockte Haar, hockte sich hin und küsste Aidens Stirn.

»Okay. Aber ich kann schon Zähneputzen«, antwortete Aiden und stemmte die zu kleinen Fäusten geballten Hände ich die Hüften. In diesem Moment erinnerte er mich ungemein an seinen Vater, wenn er die Dobermannwandler maßregelte. Es ließ sich in der Tat nicht abstreiten, wessen Sohn Aiden war. Um nicht laut zu lachen, biss ich mir auf die Unterlippe.

»Natürlich kannst du das. Aber bei Brooks bin ich mir da nicht so sicher.« Nics Blick wanderte zu dem Dobermannwandler, der in diesem Moment im Türrahmen zur Terrasse erschien und zwinkerte ihm zu. Als Antwort erhielt er ein breites Grinsen von seinem Freund. »Zeig ihm lieber noch mal, wie das geht.«

Im Gegensatz zu Menschenkindern waren die von Feen mit drei Jahren auf dem Stand eines Fünf- oder Sechsjährigen. Die schnelle Entwicklung verlangsamte sich um das zehnte Lebensjahr, wenn Fae die Entwicklung eines volljährigen Menschen erreicht hatten.

Bevor Aiden zu Brooks schauen konnte, verzog er den Mund zu einem unbeholfenen Lächeln und zuckte mit den Schultern – so als wüsste er in der Tat nicht, wie man Zähne putzte. Aiden sah skeptisch zwischen Nic und dem Wandler hin und her. Dann grinste er und nickte. Mit wenigen Schritten erreichte er Brooks, nahm dessen Hand und zog ihn in die Wohnung.

»Ich könnte nun so einen Bullshit sagen wie *Mann, ist er groß geworden*, obwohl ich ihn erst letzten Monat gesehen habe und höflichen Smalltalk machen. Oder du rückst endlich mit der Sprache raus, was hier eigentlich los ist! Ich habe dich noch nie so unkonzentriert und besorgt gesehen, Nic!«

Er schloss die Augen, legte den Kopf in den Nacken und fuhr sich durch die Haare. Als er mich wieder ansah, seufzte er gedehnt.

»Eine Gruppe perverser Arschlöcher will Aiden entführen und an ihm Experimente durchführen.« Wut und Verzweiflung zu gleichen Teilen schwangen in Nics Worten mit. Weder hatte ich damit gerechnet, dass er so direkt zum Punkt kommen würde, noch mit dem, was er gerade gesagt hatte.

»Auf keinen Fall!« Ungewollt ballten sich meine Hände zu Fäusten und ich hörte das Blut in meinen Ohren rauschen. »Du brauchst starke magische Schutzzauber. Und Fallen. Die der tödlichen Sorte. Illegale Fallen, die ihnen erst die Ärsche wegsprengen und dann den Kopf! Und ich kenne Söldner, die wir als Bodyguards anheuernd können«, platzte es aus mir heraus. »Ach was, scheiß auf die Söldner. Ich ziehe hier solange ein. Bonnie und Clyde regeln das.« Sanft streichelte ich über meine beiden Revolver aus Hexengold, die ich liebevoll nach dem Verbrecherpaar benannt hatte.

Trotz der Situation lachte Nic und schüttelte den Kopf.

»Wollte dich eh fragen, ob du solange hier wohnen möchtest. Aiden würde es sicher ebenso freuen, wenn Tante Sal ihm alles erlaubt, was ich verbiete.«

Er setzte einen punktierten Blick auf, der mir wohl ein schlechtes Gewissen machen sollte. Aber das Beste an Kindern von Freunden war doch, dass man sie hemmungslos verwöhnen konnte und sich nicht mit den Nachwehen beschäftigen musste.

»Und die Schutzzauber und Fallen hat Bren schon errichtet.« Kaum waren die Worte verklungen, weitete Nic die Augen. Dann legte er den Kopf erneut in den Nacken und stöhnte laut.

»Bren? Wie in Bréan–«, setzte ich an.

»Lange Geschichte. Nicht jetzt. Ich erkläre es dir, versprochen. Nur nicht hier und heute.«

Was zur Urmagie hatte Nic mit dem Kronprinzen zu schaffen? Und wieso erfuhr ich es erst jetzt?

MIA, die
Substantiv

1. Magical Intelligence Agency

2. Geheimdienst der Schattenwesen und zusätzlich in vielen Ländern die Gesetzeshüter

3. Angestellte werden Agenten genannt

Aus dem Archiv von Alexis,
der Bibliothek von Alexandria

10

Nicolas

Die drei Brüder, Sal und ich saßen alle an der Theke in der offenen Küche, während Aiden sich zufrieden mit dem Hörspiel beschäftigte und vor Freude jauchzte.

»Was ist der Plan? Und warum zur Urmagie brechen wir in die H–«, setzte Sal an, wurde aber durch eine Handgeste von mir unterbrochen.

Ich aktivierte mein Schattenareal, ein paar Energiefäden legten sich um uns und schimmerten für einen Bruchteil einer Sekunde auf. Dann erlosch das Licht. Dennoch spürte ich das Vibrieren des abhörsicheren Feldes. Wie ein Mückenschwarm surrte es und bewegte die Luft um uns herum.

»So, jetzt kann uns niemand belauschen«, sagte ich lächelnd und nickte Sal zu.

»Wieso willst du in die HSB einbrechen?«

»Die was?« Garth und Flynt schauten Sal erschrocken an, bevor deren Blick fragend zu mir wanderte. Ihre Münder standen offen und ihr Blick machte deutlich, dass sie befürchteten, dass ich in meiner Sorge nun völlig irrational handelte.

»Das ist kompliziert«, antwortete ich.

»Lustig, genau das sagte ich gestern auch zu dir und wurde dafür von dir angefahren.«

Natürlich musste Bren genau in diesem Augenblick auftauchen. Dabei mit völliger Absicht meine Bitte, sich Sal nicht zu zeigen, ignorierend. Eigentlich hätte ich damit rechnen müssen. Da er nun zur Familie gehörte, konnte er den abhörsicheren Bereich betreten, weil ich seine Signatur, wie die der anderen, mit eingewoben hatte. Doch der Bren, den ich hinter der Fassade des Lebemanns gesehen hatte, richtete in meinen Gedanken weiterhin Chaos an. Dieser Kronprinz war verletzlich, fürsorglich und nahbar gewesen. Beinahe liebevoll. Nicht wie die Person, die mir schon mit einem Satz unglaublich auf die Nerven ging und in diesem Moment grinsend das Wohnzimmer betrat. Ganz so, als würde es ihm gehören.

Wie oft hatte er genau das getan, um Aiden zu besuchen, ohne dass ich davon gewusst hatte?

Ich schob den Gedanken beiseite, bevor meine Stimmungsschwankungen erneut mit mir durchgingen und ich Bren vom Balkon schubste.

Mit geweiteten Augen und hängender Kinnlade starrte Sal zu dem Vater meines Sohnes. Dem Partyprinzen Hamburgs, den er in diesem Augenblick perfekt mimte. Welche der beiden Persönlichkeiten gehörte wirklich zu ihm? Ein Teil von jeder? Keine? Ich wusste es nicht. Viel mehr nervte mich jedoch, dass alles in mir danach aufbegehrte, es zu erfahren. Drei Jahre hatte er mich ignoriert, ich ihn verteufelt und jetzt fragte ich mich, ob er nicht vielleicht doch einen Platz in unserem Leben verdient hatte. Zu allem Überfluss genau dann, wenn meine Welt aus ihren Angeln gehoben wurde. Wie peinlich.

»Halt einfach die Klap–«

Plötzlich warf Brooks sich über Aiden. Mein Sohn quiekte erschrocken und rollte mit dem Dobermannwandler hinter das Sofa. Garth schnellte zu Bren, während seine Knochen brachen und er sich wandelte. Aus dem Augenwinkel sah ich, wie Brooks Aiden in mein Schlafzimmer und somit vermutlich in den Panikraum brachte. Ich atmete flach aus und ein Teil meiner ersten Sorge um Aiden ebbte ein wenig ab.

»Runter!«, brüllte Flynt und eilte an meine Seite.

Bevor ich wusste, was geschah, hatte Sal ihre Waffen, Bonnie und Clyde, gezogen. Das nahezu schwarze Hexengold ihrer zwei Revolver schimmerte im Licht der Deckenbeleuchtung. Pinke Runen tanzten über das Metall und verzauberten die Kugeln im Inneren. Diese Verzauberung bedeute Betäubung. Rot hingegen stand für tödlich.

»Was –«, brachte ich hervor, dann hörte ich eine Explosion.

Die Tür zu unserer Wohnung flog nach innen aus ihren Angeln und hinterließ ein klaffendes Loch. Drei Personen in MIA-Uniform, Gefechtsmontur und Helmen mit Infrarotvisieren standen auf dem Flur. Einer von ihnen warf einen Ball, nicht größer als ein Apfel, in die Wohnung. Unmittelbar füllten graue Rauchschwaden den Raum. Speziell verzauberte Granaten, die Schutzzauber ignorierten und nur im Arsenal von Sondereinheiten vorrätig waren.

Das Atmen fiel mir schwer. Meine Augen brannten wie Feuer, Tränen liefen mir die Wangen hinab. Meine Lungen verkrampften sich, weswegen ich hustete.

Reflexartig aktivierte ich mein Schattenareal, verknüpfte eine Vielzahl von Fäden und schleuderte sie zu meinen Freunden. Nur einen Augenblick später legten sich seicht schimmernde Schilde aus hellblauer Energie um uns. Einen Wimpernschlag später hatte ich zusätzliche Fäden verwoben und die Luft in unserem Schutz gereinigt. Sauerstoff flutete meine Lungen und ich atmete tief ein und aus.

Einer der Agenten bewegte sich durch das Loch, das einmal die Tür gewesen war. Großer Fehler! Dunkelrote Runen pulsierten für einen flüchtigen Moment um ihn. In seinen Augen sah ich, dass er verstand, was passieren würde. Bevor das Erstaunen seine Kehle zu einem Schrei erreichte, versteinerte sein Körper. Die Zeit schien still zu stehen, während ich die Statue, die er nun war, betrachtete. Nur damit sie dann ohrenbetäubend in Hunderte kleiner Steingeschosse zersplitterte. Entgegen meiner Befürchtung, sie würden uns treffen, drehten sie von uns ab und feuerten auf die anderen zwei Agenten.

Bren hatte den Schutzzauber, um den ich ihn gebeten hatte, nicht nur nach meinen Wünschen ausgeführt, sondern zusätzlich verschärft. Die kleinen Steingeschosse, die zuvor noch ihr Kollege gewesen waren, durchlöcherten die sichtlich verwirrten Agenten im Durchgang. Leblos sackten sie zu Boden.

Ich blinzelte mehrfach. Was ging hier vor? Das waren MIA Agenten. Unsere Kollegen. Wieso griffen sie uns an und stürmten meine Wohnung? Wenigstens war mein Sohn in Sicherheit.

»Sechs weitere Agenten nähern sich auf dem Flur. Vier klettern die Außenfassade empor«, knurrte Flynt. So gutgelaunt er sich ansonsten immer präsentierte, hatte der Profi in ihm übernommen.

Mit einem Bellen sprang Garth auf den Balkon und ging in Angriffsstellung. Brooks stürmte aus meinem Schlafzimmer, nickte mir kurz zu, dass Aiden in der Sicherheit des Panikraums war. Dann wandelte er sich im Sprung und nahm neben seinem Bruder am Pool Position ein.

»Das ist ein Missverständnis ... Sie ... sind auf unserer Seite«, stammelte ich verwirrt.

»Shit! Nic, das ist gar nicht gut«, antwortete Flynt. »Sie haben gerade über die Headsets den Befehl für scharfe Munition erhalten.«

»Nein! Wieso? Das muss ein Irrtum sein!«

Flynt weitete die Augen. Ein tiefes Knurren bildete sich in seiner Kehle.

»Und den Befehl, dich gefangen zu nehmen. Verletzungen werden in Kauf genommen.«

Das konnte nicht stimmen. Vier Leute in dieser Wohnung gehörten zur MIA. Die Wände des Raums drehten sich um mich, kamen rasant näher. Meine Lunge arbeitete in doppeltem Tempo, während mir die Sicht verschwamm. In meinem Kopf rasten die Gedanken, doch ich konnte keinen greifen.

Als ich eine Hand an meinem Arm spürte, zuckte ich zusammen. Schnell tastete ich nach meinem Schattenareal, bevor ich jedoch einen Zauber formen konnte, erkannte ich Sal neben mir. Sie schaute mich aus zusammengekniffenen Augen an, die Stirn in Falten gelegt. Einen Moment später weitete sie die Augen und Erkenntnis spielte über ihre Züge.

»Sie wissen von der HSB!«

Unmöglich!

»Nic, stehlen wir etwas, das sie verteidigen könnten?«

Benommen nickte ich. Vermutlich sogar etwas, für das die MIA oder wenigstens die Machtinhaber bereit waren, uns zu töten. Und ich hatte diese Gefahr unüberlegt, im Rausch der Wut, über die Menschen gebracht, die ich liebte. Es würde meine Schuld sein, wenn sie alle starben. Aiden! Meine Freunde, meine Familie. Wieder einmal würde ich die Menschen verlieren, die mir mehr bedeuteten als das eigenes Leben. Wieder würde ich einsam sein.

Alle Kraft verließ meinen Körper. Panik und Angst ersetzte sie, tanzten in meinen Gedanken einen letzten Tango. Meine Hände fühlten sich eingeschlafen an. Kalt und klamm. Mein Kopf schien leer.

»Nein!«, fuhr Sal mich an. »Jetzt ist keine Zeit für Selbsthass, Zweifel, Panik oder was auch immer du da gerade denkst. Wenn du meinst, dass wir in die HSB müssen, dann werden wir da einbrechen. Jetzt überleben wir erst einmal das hier und dafür konzentrierst du dich gefälligst!«

Sie hatte recht, dennoch klangen ihre Worte dumpf, wie durch Watte gesprochen. Wie in einem Film spielten Bilder von Leichen meiner Familie durch meinen Kopf. Ihr Blut würde an meinen Fingern kleben, weil ich für ihren Tod verantwortlich sein würde. Und warum? Weil ich unbedingt etwas erfahren wollte, vor dem Alexis mich vehement gewarnt hatte.

Wie aus dem Nichts spürte ich warme Luft an meinen Lippen. Sie tanzte, einer Feder gleich, über sie. Brens gelbe Augen starrten mich an und der Schleier der Panik lichtete sich. Verwirrung, dann Ärger, tobten durch mich und ich stieß den Kronprinzen von mir weg.

»Spinnst du jetzt völlig?«, fuhr ich ihn an.

»Nicht die Reaktion, die ich erhofft hatte«, murmelte er. »Wobei ich erst gefragt hätte, bevor ich dich geküsst hätte.«

»Nicht die Reaktion, die du … Was stimmt denn nicht mit dir?«

»In Filmen ist ein letzter Kuss immer romantisch und eine wichtige Szene, falls man gleich stirbt und so.«

Das konnte nicht sein Ernst sein!

»Aber hey, wenigstens schaust du nicht mehr apathisch in den Raum – und hättest vermutlich eh nein gesagt.«

»Ja, weil ich mich über dich ärgere! Und hier stirbt niemand!«

Bren zwinkerte mir zu, trat um mich herum und breitete die Flügel aus. Ganz so, als wäre ich eine hilflose Maid in Nöten und bräuchte seine Hilfe. Spätestens das riss mich gänzlich aus meiner Starre. Unter keinen Umständen würde ich Bren hier den Helden markieren lassen. Auf dass er es mir ewig vorhielt.

Ganz. Sicher. Nicht.

Energisch trat ich neben ihn und verstärkte unsere Schutzschilder. Grinsend nickte er mir zu, als wäre genau das sein Plan gewesen. Während die Panik in mir langsam schwand, musste ich zugeben, sein Plan war nicht schlecht durchdacht gewesen. Was mich zusätzlich wütend werden ließ.

»Willkommen zurück, Tiger«, flüsterte er mit diesem selbstgefälligen Grinsen. In exakt jenem Moment hasste ich ihn ein wenig mehr. Zum einen, weil sein dämlicher Plan funktioniert hatte und zum anderen, weil dieses Grinsen sogar in Lebensgefahr meinen Bauch kribbeln ließ.

»Von wegen Tiger, ich bin der verdammte König der Albträume«, murmelte ich und Dunkelheit durchstieß meinen Glimmer. Mühsam hielt ich den Schäfer zurück.

»Hey, Aiden ist sicher. Konzentrier dich, damit wir es auch sind«,sagte Bren mit einem Zittern in der Stimme.

»Ein Magiebrecher ist unterwegs«, rief Flynt schwer atmend.

Was ging hier vor? Die MIA setzte Brecher, die eine spezielle Ausbildung zum Zerbrechen von Schutzzaubern absolviert hatten, ausschließlich in Terrorsituationen ein. Was genau lag in den Gedankentresoren der HSB, dass wir das volle Einsatzkommando vor der Haustür stehen hatten? Sie konnten doch nur deswegen hier sein. Oder gab es noch einen anderen Grund?

»Wie lange halten deine Schutzzauber?«, fragte Sal an mich gerichtet. Mit erhobener Braue sah ich zu Bren.

»Ich habe sie nicht unbrechbar verzaubert, da ich nicht mit der MIA gerechnet habe. Eine halbe Stunde wird der Brecher schon brauchen, jedenfalls wenn er gut ist!«

»Das reicht, um sie auszuschalten«, stellte Sal sachlich fest. Ihre Augen funkelten im Licht der Wohnung. Emotionen waren keine in ihnen zu lesen.

»Nein, wir sind keine Mörder«, antwortete ich, obwohl ich vor nicht einmal einem Tag selbst einen Fae eiskalt getötet hatte. Der hatte allerdings den Terroristen angehört. Unsere jetzigen Gegner sollten meine Verbündeten sein.

»Meinst du das ernst?«, fragten Sal und Bren zeitgleich.

Langsam nickte ich. »Betäubt sie oder schlagt sie K.O. Wenn wir sie töten, werden wir wegen Mordes gesucht.«

»Ich will ja nicht den Spielverderber mimen, aber da ist gerade ein Agent explodiert und seine Reste haben seine Kollegen durchlöchert«, merkte Bren angespannt an, ein unechtes Lächeln auf den Lippen. »Die sehen aus wie ein Schweizer Käse. Das ist so ziemlich die Definition von jemanden töten. Ist ein bisschen spät, sie nur betäuben zu wollen. Wohlgemerkt wurden sie durch Zauber getötet, die ich gewirkt habe. Meine Signatur klebt an den Leichen. Wenn das öffentlich wird, ist das ein Skandal.«

Ich schloss die Augen und atmete tief durch. Scheiße! Das Ganze war ein absoluter Albtraum. Dennoch wollte ich keine weiteren MIA-Kollegen töten. Egal, ob sie mich plötzlich als Feind ansahen oder nicht.

»Wir haben sie nicht angegriffen. Sie sind an einem Schutzzauber gestorben. Kein Gericht lastet uns das an.«

»Du bist ja süß, Nic. Glaubst du, die Presse interessiert sich dafür, *wie* der Kronprinz des verdammten Königshauses MIA-Agenten getötet hat? Das ist für die wie Weihnachten und Ostern zusammen!« Brens Kiefer malmten aufeinander, während sein Blick auf den toten Agenten weilte. »Sie müssen verschwinden.«

»Keine weiteren Agenten töten. Betäuben. Und wir beseitigen die Spuren der Verstorbenen, einverstanden?«, presste ich hervor.

Einen Moment starrte mich Bren an. Seine gelben Augen funkelten im Licht der Deckenleuchtkristalle ungewohnt dunkel. Seine Flügel zuckten kaum merklich, vibrierten vor Anspannung. Dann nickte er knapp. Sal gab einen Laut der Zustimmung von sich, auch wenn dieser eher einem resignierten Seufzen glich.

»Wir müssen die Schutzzauber senken. Die Gefahr, dass sie beim Brechen ausgelöst werden, ist extrem hoch«, sagte Bren.

»Fuck!« Genervt raufte ich mir die Haare. Das Blut rauschte mir wie Wasserfälle in den Ohren. »Sind alle bereit, dass wir sie senken können?«

Einvernehmliches Gemurmel und Zustimmung machten die Runde.

»Dann macht euch bereit. Zähl von zehn runter, bevor du den Schutz senkst, Bren«, gab ich den Befehl. Neben mir stellte Sal sicher, dass ihre Waffen betäuben würden, während die drei Dobermannwandler sich auf der Terrasse positionierten.

In dem Moment, als Bren bei *vier* angekommen war, startete der Brecher seine Magie. Rote Fäden verbanden sich aus seiner Hand mit dem Schutzzauber, der meine Wohnung umhüllte. Runen, Schriftzeichen und Muster aus verschlungenen Linien pulsierten über die sichere Hülle. Brens Schutz bekämpfte den Brecher. So stark, dass ich mich für einen Moment fragte, ob wir diese Situation nicht doch hätten aussitzen können, statt gegen sie anzukämpfen.

Bevor ich mich aber der falschen Hoffnung hingeben konnte, durchzuckte ein Flimmern den Schutzzauber. Mit einem Zischen löste er sich dank Brens Befehl auf. Die Verbindung zum Brecher war derart abrupt unterbrochen, dass dieser mehrere Meter nach hinten geschleudert wurde. Auf seinem Weg riss er drei weitere Agenten mit sich zu Boden. In den Gesichtern der restlichen MIA-Angestellten stand Verwirrung. Fragendes Gemurmel und geweitete Augen ersetzten ihre fokussierten Gesichter.

Bei meinen Freunden hingegen sah ich Entschlossenheit, und diesen Vorteil nutzten sie direkt aus. Sal wirbelte an mir vorbei, ging in Deckung und betäubte den ersten Agenten, bevor ich mich überhaupt bewegen konnte. Auf der Terrasse hörte ich Schüsse, Gebell und lautes Knurren.

»Willst du nur zuschauen?«, fragte Bren, seine Stimme ein Gemisch aus Anspannung und aufgesetzter Heiterkeit.

Einen Augenblick später glühten seine Augen. Rauch bahnte sich spiralförmig den Weg um seinen Körper und dann verschwand er in den Schatten. Beinahe zeitgleich tauchte er mit ausgestreckten Flügeln über zwei Agenten auf, die meine Wohnung betreten hatten. Bevor sie ihre Waffen auf Bren richten konnten, stürzte er auf sie herab. Dabei schlug er einen der zwei Eindringlinge ohnmächtig und nahm den anderen in den Schwitzkasten. Es dauerte nur Sekunden, bis auch dieser zu Boden sackte.

Ein weiterer Agent löste sich aus einem blinden Winkel des schwach beleuchteten Flurs. Zielsicher legte er die Waffe auf Brens Kopf an. Mein Puls beschleunigte sich, während ich hastig mein Schattenareal aktivierte. Panik, dass ich es nicht rechtzeitig schaffen würde, breitete sich in meinem Körper aus. Eilig versuchte ich, die Fäden zu verknüpfen, um das Schild um Bren zu stärken.

Bevor ich den Zauber manifestieren konnte, erschien eine hagere, weißhaarige Fae aus den Schatten hinter dem Agenten, ihre ledrigen Flügel durchzogen von Löchern. In ihrem Gesicht prangten mehrere Narben, das linke Auge fehlte. Nur mit einem Schnitt ihres Dolches, öffnete sie die Kehle des Agenten und schubste den sterbenden Körper zu Boden. Der Blick der Fae weilte auf Bren.

»Eure Hoheit«, sagte sie mit einem Nicken. »Das ist eine törichte Idee. Euer Vater wird es nicht gutheißen.«

»Gut, dass du *meine* Leibwache und nicht seine bist. Nicht töten, Laoise. Nur betäuben.«

Die Leibwache verengte ihre Augen zu Schlitzen und knurrte abfällig.

»Das ist mein Ernst!«, setzte Bren nach.

Ihr Blick huschte zu dem sterbenden Agenten am Boden.

»Zu spät.«

»Ab jetzt«, beharrte Bren.

Laoise nickte mürrisch und rollte kaum merklich mit den Augen. Dann schwang sie sich wieder in die Schatten und verschwand in ihnen. Wenige Augenblicke später hörte ich erschrockene Schreie im Hausflur.

»Das waren vorerst alle hier draußen«, knurrte sie genervt. »Sie leben. Von nicht verletzen habt Ihr jedoch nichts gesagt, Eure Hoheit.«

»Laoise«, stöhne Bren genervt.

Mich wunderte nicht, dass wir die Agenten schon ausgeschaltet hatten. Die MIA hatte zehn von ihnen gesendet und nicht gewusst, dass sie neben den Drillingen und mir auf den Kronprinzen, seine Leibwache und eine waffenliebende Sirene treffen würden.

Ebenso überraschend mussten die starken Schutzzauber gewesen sein, die ich ohne Brens Hilfe nie so präzise hätte errichten können. Zu unserem Glück würde einige Zeit vergehen, bis die Kommandoleitung der MIA reagieren und weitere Agenten schicken würde.

Nachdem ich mir das Kommunikationsgerät eines toten Agenten geschnappt und mit verstellter Stimme der Zentrale mitgeteilt hatte, dass die Lage unter Kontrolle sei, eilte ich zu dem sterbenden Agenten.

Der Agent war zu schwer verletzt, als dass ich ihn hätte selbst heilen können. Dessen ungeachtet blieb mir jedoch eine Option, um ihn zu retten.

Eilig tastete ich nach meinem Schattenareal und verwob panisch mehrere Fäden miteinander. Ein greller, weißer Schlauch aus purer Energie legte sich über den Hals des röchelnden Agenten. Seine Augen flehend in meine gerichtet. In dem Moment erkannte ich ihn. Ich hatte mehrfach flüchtig mit ihm zu tun gehabt und ihn immer geschätzt.

Heiße Tränen sammelten sich in meinen Augen. Zur Urmagie, was ging hier vor? Wann waren aus Verbündeten Feinde geworden? Und vor allem warum?

»Ich habe deine Wunde in der Zeit eingefroren«, sagte ich mit belegter Stimme. Schweiß stand mir auf der Stirn.

»Danke«, presste er hervor und eine Träne lief auch seine Wange hinab.

»Er wird nichtsdestotrotz am Schock sterben«, hörte ich Sal hinter mir sagen.

Wird er nicht!

»Ich bin nicht der Feind«, sagte ich leise zu dem Agenten, bevor ich erneut Fäden verknüpfte. Mehr und mehr Muster bildeten sich vor meinem geistigen Auge. Der Raum um mich drehte sich, meine Sicht verschwamm. Kopfschmerzen pochten hinter meiner Stirn. Mächtiger als jedes Donnergrollen schlugen sie gegen meinen Verstand. »Hier geht etwas vor, das uns alle hinters Licht führt.«

Meine Augen schmerzten und pulsierten hell, als sich das Muster endgültig manifestierte. Feine Fäden legten sich über den Körper des Sterbenden, umspielten ihn, verwoben sich zu einem dichten Netz. Dann sackte es in sein Fleisch. Ein Lichtstrahl brach aus seinem Inneren. Ein weiterer folgte. Zunehmend durchstieß gleißend helles Licht seinen Körper.

»Nicolas, nicht …«, hörte ich den Agenten noch sagen, bevor er sich in feine Partikel auflöste und ich ohnmächtig wurde.

Ich schlug die Augen auf. Schmerz pulsierte durch meinen Körper. Bleierne Schwere drückte mich in das Sofa, auf dem ich lag, mein Mund war so trocken wie eine Wüste.

Gelbe Augen starrten mich besorgt an und Brooks kauerte winselnd in Hundeform neben mir. Mühevoll versuchte ich, etwas zu sagen, brachte aufgrund der Trockenheit nur ein Husten hervor.

»Trink!« Sal reichte mir ein Glas Wasser. Ich nahm es dankbar entgegen. In einem Zug leerte ich es und spürte meine Kraft zurückkehren.

»Wie lange … War ich …?« Die wenigen Worte kratzten wie Schmirgelpapier an meinen Stimmbändern.

»Nur zehn Minuten. Aber ausschließlich, weil der Kronprinz

dich mit Feenmagie geheilt hat«, donnerte Flynt.

»Ohne ihn wärst du auf jeden Fall tot!« Garth baute sich vor mir auf und Sal zog scharf die Luft ein.

»Was?« Sie musterte erst Garth, dann mich mit finsterem Gesichtsausdruck.

»Der Trottel hat einen Zauber gewirkt, der verboten ist! Und den bloß extrem wenige Paracogs beherrschen – aus gutem Grund. Denn er verbraucht auf einen Schlag alle magische Energie aus dem Körper des Anwenders. Selbst wenn Nic zuvor nicht gezaubert hätte, hätte es schief gehen können.« Garth sah weiterhin grimmig zu mir.

»Was hast du gemacht?« Augenblicklich baute sich Sal ebenso bedrohlich vor mir auf.

»Ich habe den Agenten in seine Moleküle zerlegt, seine Seele gespeichert, ihn im Krankenhaus materialisiert und die Seele zurück transferiert. Nur so kann er die Verletzung überleben.«

»Das … ist möglich?« Sal weitete die Augen.

»Ja«, schnappte Garth. »Aber es war dämlich, es zu versuchen, und ohne Brens Feenmagie wäre Nic auf jeden Fall gestorben.«

Bren hatte bisher geschwiegen. Seine gelben Augen pulsierten und feine silberne Funken verließen sie in Schüben. Ich spürte seine Hände an meinem Körper und sah, wie sein Mund still feeische Worte formte.

Nach weiteren Minuten in Stille, die sich wie Stunden anfühlten, schloss er die Augen und die Magie verebbte. Sein Brustkorb hob und senkte sich.

»Bren, ich –«

»Nicht, Nic. Wag es gerade nicht, mich anzusprechen!« Sein Körper vibrierte und zitterte. Tränen liefen seine auffallend blassen Wangen hinab. Langsam, nahezu in Zeitlupe, erhob er sich und ging auf den Balkon. Dort hörte ich einen lauten Schrei, der zwischen den Wolkenkratzern hin- und hergeworfen wurde.

Mit einem Kloß im Hals erhob ich mich vom Sofa und taumelte zum Esstisch. Mein Blick suchte den von Brooks und erleichtert sah ich, wie er Aiden auf dem Arm hielt. Mit Stöpseln in den Ohren lauschte der kleine Mann vermutlich ein Hörspiel und bekam von der ganzen Aufregung nur wenig mit. Immerhin war er es mittlerweile gewöhnt, dass in einem Haushalt voller Agenten oft diskutiert wurde. Weswegen wir ihm auch die kleinen Kopfhörer besorgt hatten. Ich bewegte mich zu den beiden und küsste Aidens Stirn. Er sah mich nur flüchtig an und zappelte kurz mit den Füßen, dann hörte er wieder gebannt der Geschichte in seinen Ohren zu. Wenigstens konnten wir ihn von alldem Chaos abschirmen.

Ein paar Augenblicke später versammelten sich alle anderen ebenso dort. Die Stimmung war zum Schneiden angespannt. Selten zuvor hatte eine solche Atmosphäre voller Wut, Verärgerung, aber zeitgleich der Verwirrung und Erleichterung zwischen uns vorgeherrscht.

Auf dem Boden sah ich weder Leichen noch Bewusstlose liegen. Offenbar hatten sich meine Freunde darum gekümmert, während ich ohnmächtig gewesen war. Mein Blick wanderte zu der Tür, die lose in ihren Angeln hing, und dann zu Bren. Grimmig nickte er mir knapp zu und bestätigte, dass der Schutz wieder aktiv sei. Wir hatten also etwas Zeit, dennoch sollten wir nicht allzu lange hierbleiben.

»Wieso haben sie uns angegriffen?«, ergriff Sal als Erste das Wort, während sie mich eindringlich anschaute.

»Ich … weiß es nicht.« Allerdings hegte ich einen starken Verdacht.

»Bullshit«, erklang es aus Brens und Sals Mündern gleichzeitig.

»Du sagst uns, dass Alexis dir erzählt hat, wir müssen in die HSB, und unmittelbar danach greift uns ein Team deiner eigenen Leute an? Zufall? Eher nicht!« Bren knallte beide Hände mit Nachdruck flach auf die Theke, die hinter dem Esstisch stand. »Was du uns aber nicht sagst, ist, was wir stehlen. Und das, mein Lieber, wird der Grund für diesen ganzen Mist sein.«

Wild fuchtelte Bren mit den Armen umher und deutete auf das Chaos am Eingang, das einmal mein Flur gewesen war.

Die Ader an seiner Stirn pulsierte frenetisch, und er hatte die ledrigen, bläulichen Flügel aufgestellt. Eine Geste, die Fae gewöhnlich zum Einschüchtern benutzten oder wenn sie in Rage waren. Ansonsten stellte es ein Leichtes für sie dar, die Flügel auf magische Weise zu falten, dass sie kaum störten. Verschwitzt fiel ihm eine Strähne seines schwarzen Haares vor die gelben Augen, durch die er mich wütend anstarrte.

»Wir stehlen meine Vergangenheit und Informationen«, gestand ich mit einem Seufzen.

Alle Augenpaare blickten mich fragend an. Verständlicherweise verstanden sie es nicht. Bei der Urmagie, ich erfasste es ja selbst nicht in voller Gänze. Aufgrund meines schlechten Gewissens verschwieg ich weiterhin den Teil mit den Staatsgeheimnissen und meiner Beteiligung am Errichten der Traumwelten.

»Mein echter Name ist Kolja Sorokin und –«

»Warte, Ivana und Sergeij waren deine Eltern?«, fragte Bren und holte mit geweiteten Augen und in Falten gelegter Stirn tief Luft.

»Ich. Ähm … Ja. Woher kennst du meine Eltern?«

»Du sagtest, sie seien bei einem Unfall verstorben!« Enttäuschung blitzte in Brens Augen auf.

»Das dachte ich – na ja, denke ich.«

»Hörst du dir eigentlich zu? Deine Worte ergeben keinen Sinn«, antworte er knurrend. So ernst hatte ich ihn zuvor nicht erlebt.

»Ich wurde mit Anfang zwanzig entführt und gefoltert. Alles, was ich seitdem glaubte, ist offenbar eine Lüge.« Meine Stimme klang aggressiver als beabsichtigt.

»Vor sechs Jahren«, flüsterte Bren.

»Ja, schätzungsweise. Ich weiß es nicht genau.«

»Nikki, das war keine Frage.« Schlagartig war jegliche Wut aus Brens Stimme verflogen. Jetzt klang sie sanft und beinahe traurig. »Es ist vor sechs Jahren passiert. Deine Eltern waren hochrangige Undercoveragenten der MIA und deine Mutter zusätzlich für meine Sicherheit abgestellt. Sie wurden beide vor sechs Jahren getötet. Und du offenbar von Apex entführt.«

»Was? Woher weißt du das? Wieso kennst du Apex?«

Die normale Reaktion wäre wohl gewesen, über neue Information bezüglich meiner Eltern erstaunt oder wenigstens dankbar zu sein. Vielleicht sogar wütend, enttäuscht, traurig. Irgendetwas. Doch ich spürte nichts dergleichen. Es spielte keine Rolle, weswegen sie verstorben waren. Ich hatte sie vor sechs Jahren verloren. Ob durch einen Autounfall, wie mir weisgemacht worden war, oder durch Apex, änderte nichts daran, dass ich um sie getrauert hatte. Es weiterhin tat.

Dennoch brachte die Wahrheit mir keine Erkenntnis darüber, warum mir alles passierte. Im Hier und Jetzt hingegen stand das Leben meiner neuen Familie auf dem Spiel. Ich konnte mich dementsprechend der alten Trauer hingeben oder mich auf die drohende Gefahr konzentrieren. Entgegen meiner Erwartung fiel mir die Entscheidung erstaunlich leicht. Alexis hatte recht gehabt – nichts Gutes entstand, wenn man an der Vergangenheit festhielt.

»Jungs, was geht hier vor? Apex ist bloß ein Straßenmythos.« Sal schaute uns fragend an und riss mich aus meinen Gedanken.

»Das ist der Schäfer der Sünden ebenfalls«, antwortete Bren. »Und dennoch ist er dein bester Freund.«

Sal blinzelte mehrfach. Nach einigen Sekunden nickte sie knapp und fuhr sich mir zittriger Hand durch ihr blaues Haar.

»Die vertriebenen Feen haben sich mit Wesen des europäischen Untergrunds zusammengetan«, sagte Bren unvermittelt. »Sie wollen Europa mit allen Mitteln unter ihre Kontrolle bringen. Deswegen führen sie Tests an Schattenwesen durch, um die perfekten Krieger zu züchten. Das ist es, was man sich auf der Straße und im Untergrund erzählt – und das Königshaus versucht diese Informationen geheim zu halten.« Brens Augen weiteten sich bei seinen eigenen Worten. »Dafür wollen sie Aiden und mich. Das Wechselbalg arbeitete tatsächlich für Apex. Es ging nie um Erpressung oder etwas anderes. Sie wollen unser königliches Blut.«

Damit bestätigte er mir etwas, das ich längst befürchtet und kaum laut ausgesprochen hatte. Plötzlich fiel es mir schwer, zu atmen.

»Schlimm genug, aber wieso greift uns die MIA an?«, fragte Sal.

»Weil in der HSB nicht nur meine Erinnerungen weggeschlossen sind, sondern auch alle Geheimnisse unserer Politik, der Machtinhaber und vermutlich ebenso einiger anderer mächtiger Wesen«, flüsterte ich mit zittriger Stimme. Wenigstens war diese Information ein Teil der Wahrheit.

»Außerdem wissen sie nicht, dass Nikki der Schäfer ist. Sonst hätten sie ihn schon längst getötet«, fügte Bren hinzu. Nervte mich sonst der ätzende Spitzname, gab er mir in diesem Moment unerwarteten Halt. Mein Blick fand seinen und ein flüchtiges Lächeln huschte über seine Lippen.

»Das ist doch Unsinn!« Sal warf Bren einen skeptischen Blick zu, drehte sich dann zu mir.

»Er hat recht. Nur ihr und Dick wisst, dass ich der Schäfer bin. Niemand bei der MIA oder der Regierung weiß es. Professor Steinmann hat mir jahrelang eingebläut, diese Erinnerungen bei allen Wesen direkt wieder zu löschen.«

»Genau deswegen gilt der Schäfer auch als Mythos. Nur seine Kontaktfrau weiß, dass es ihn gibt. Aber selbst sie weiß nicht, dass es Nic ist, da er sie dieses Wissen nach einem Treffen direkt vergessen lässt. Sein Professor wollte verhindern, dass Apex ihn je wieder in die Finger bekommt. Und offenbar traute er unserer Regierung ebenso wenig.« Mit einer Hand fuhr sich Bren über das Gesicht. »Zu Recht. Ich bekomme bloß Fetzen der königlichen Belange mit, aber was ich gehört habe, ist nicht rosig. Selbst mein Vater, der nicht für weltoffene politische Ansichten bekannt ist, ist kein Fan von vielen Plänen des Rats.«

Bisher hatte ich Bren ausschließlich als den Party-Prinzen wahrgenommen, wie ihn die Presse nannte. Wie ungemein ich mich getäuscht und vorschnell geurteilt hatte, wurde mir in diesem Moment glasklar. Bren wusste mehr über unser politisches Gefüge, als er es für gewöhnlich zeigte. Augenscheinlich hatte er hinter seiner Fassade der Arroganz und

Unbekümmertheit stetig Informationen gesammelt und sich daraus vielerlei Zusammenhänge erschlossen.

»Und deswegen müssen wir in die HSB«, erklärte ich. »Steinmann sagte, ich solle meine Erinnerungen und die Geheimnisse holen. Ich müsse die Wahrheit erfahren, denn ansonsten wird sie niemand mehr erfahren, der nicht in die Machenschaften verstrickt ist.«

»Echt?«, fragte Sal und schnaubte. »Er hat seine letzten Worte genutzt, dir eine absurde, kryptische Nachricht zu geben und dich auf ein Selbstmordkommando zu schicken, anstatt dir einfach die Wahrheit zu sagen?« Sie lachte so laut, dass sie am Ende leise grunzte. »Er hat den Tod mehr als verdient!«

»Klingt ziemlich herzlos, aber sie hat recht«, sagte Bren grinsend. »Ich glaube, ich mag sie. Wie kann ein Langweiler, wie du, solche coolen Freunde haben, Nikki-Boy?«, setzte er nach und zwinkerte mir voller Überheblichkeit zu.

Wunderbar. Der nervige Bren war zurück. Wieso ich ihn die letzten Minuten als einen beruhigenden Fels wahrgenommen und den Spitznamen gemocht hatte, verstand ich jetzt nicht mehr. Im Gegenteil. Ich wollte das Flattervieh am liebsten erwürgen. Und dennoch gab es diese Stimme in mir, die sagte, dass meine Gefühle in großer Gefahr waren. Dieser kleine Teil mochte Bren – sehr sogar.

»Wir brauchen einen Plan«, ignorierte ich den arroganten Gockel und meine Gefühlsduselei.

»Und ein Team«, fügte Sal hinzu. »Allen voran jemanden, der uns ein paar Level-3-Dive-Module besorgen kann. Ohne die wird es nichts. Wir müssen ein Sicherheitsnetz haben, dass wir jederzeit diven können.«

»Wozu brauchen wir einen Dive?«, fragte ich gequält.

Technologie und ich waren keine Freunde, aber die Dive-Technologie stellte die Spitze dessen dar. Sie vermochte es, die Seele eines Wesens vom Körper zu lösen und in das magische Internet Hive zu übertragen. Während Level-1- und Level-2-Dives noch sehr ähnlich zur virtuellen Realität der menschlichen Technologie waren, offenbarte sich ein Level-3-Dive als

Wunderwerk der Technologie. Man konnte mit ihm seine Seele in einen anderen Körper übertragen.

»Zur Sicherheit«, antwortete Sal. »Wir sollten nicht mit unseren echten Körper in die HSB, sondern per Dive in einen Ersatzkörper. Dann können wir in einer Notsituation einfach zurückspringen und lassen die leere Hülle in der HSB.«

Mürrisch nickte ich. Das ergab Sinn, dennoch schmeckte es mir gar nicht, meine Seele in eine andere Hülle zu übertragen, während mein echter Körper irgendwo anders in Ruhe schlummerte und auf meine Rückkehr wartete.

Darüber hinaus wunderte es mich nicht, dass Sal wusste, welche Sicherheitsmaßnahmen die HSB bereithielt. Einige davon waren Allgemeinwissen, viele jedoch MIA-Agenten vorbehalten und wieder einige streng gehütet. Dennoch war ich mir sicher, dass Sal sie besser kannte als ich. Vermutlich hatte sie die HSB im Geiste schon mehrfach ausgeraubt und sich alle Informationen dafür besorgt, die sie ergattern konnte.

»Wie gut, dass ich jemanden kenne, der uns das klarmacht.« Sal grinste mich an. »Mir nach!« Sie drehte sich um und bewegte sich zu ihrem Gleiter.

Bevor ich ihr folgte, wandte ich mich an Bren.

»Mir nach?«, flüsterte er und schmunzelte. »Ja, ich mag sie.«

»Sorgen du und die Brüder dafür, dass Aiden sicher ist?«

So sehr er mich manchmal zur Weißglut trieb, kannte ich die Antwort, ehe er sie aussprach.

»Wir suchen ein neues Versteck für uns alle, während ihr die Module besorgt. Ich habe, völlig überraschend, ich weiß, ein paar zwielichtige Kontakte. Da sucht uns niemand.« Zaghaft legte Bren seine Hände auf meine Schultern. »Ich passe auf den Kleinen auf, das weißt du. Wir sollten uns beeilen. Wer weiß, wann weitere Einheiten kommen.«

Ich nickte und schloss die Augen. Mehrfach atmete ich ein und aus. Versuchte, die steigende Angst um meine Familie durch Brens Berührung zu mildern. Erstaunlicherweise funktionierte es auch. Mein Puls verlangsamte sich, während mein Herz schrie, dass ich ein großes Problem hatte.

»Pass auf dich auf«, flüsterte er dicht an meinem Ohr. »Ich will wenigstens die Chance haben, dass du dich in mich verliebst und mich nicht wie ein Arsch vergiftest.« Ein leises Lachen folgte. Ich öffnete die Augen, ein Lächeln auf meinen Lippen. »Nun geh schon«, sagte er und drückte mich Richtung Balkon. »Ach Nic, Sal hat meine Anwesenheit in diesem Augenblick wieder vergessen. Ein Aurazauber, den ich in letzter Zeit beim Feiern nutze. Sobald die Leute meine Nähe verlassen, vergessen sie, dass ich da war. Wollte ich nur sagen, bevor ich später eine Predigt erhalte, dass ich mich nicht zeigen sollte.«

Ich lächelte ihm zu und schüttelte leicht den Kopf.

»Alles gut, beim nächsten Mal brauchst du den Zauber nicht. Sie gehört zu mir.« Ich atmete tief durch. »Und du neuerdings auch.«

Bevor Bren etwas erwidern konnte, drehte ich mich um, eilte zu Brooks, der Aiden auf dem Arm hielt, und gab meinem Sohn einen langen Kuss auf die Stirn. Dann verließ ich wortlos meine Wohnung.

Fleischmarkt, der
Substantiv

1. auch Ersatzteilmarkt genannt

2. Viertel, in dem illegale Geschäfte getätigt werden

3. liegt am Kiez auf dem Hamburger Berg

Aus dem Archiv von Alexis,
der Bibliothek von Alexandria

11

Salvatrice

Der Flug mit dem Gleiter dauerte nicht einmal eine Minute, denn immerhin war der Kiezblock genau gegenüber von Nics Wohnung. Doch die Aufzüge kamen nicht infrage – eventuell wären uns dort weitere Agenten begegnet.

Geschmeidig parkte ich an der Nordseite der Reeperbahn auf City-Level 2, stellte den Motor ab und stieg von meiner Ducati-Air. Behutsam streichelte ich über ihr Metall. Zum Glück hatte sie bei dem Kampf keinen Kratzer abbekommen. Ansonsten hätte Nic sich das *nur Betäuben* abschminken können.

»Wir sind die paar hundert Meter jetzt wirklich geflogen? Ist das dein Ernst, Sal?«

»Glaubst du, ich lasse meinen Schatz bei der Wohnung, die jeden Augenblick vor Agenten der Spurensicherung wimmeln wird? Kennst du mich denn gar nicht?«

Ein tiefes Seufzen entfuhr seiner Kehle und er zog eine Grimasse. »Entschuldige, du hast ja recht. Das alles …« Seine Stimme brach.

»Ist völlig surreal?«

Er nickte lediglich.

»Alles gut. Ich muss noch kurz zu meinem Skycar.«

»Du hast einen festen Ankerplatz? Am Kiezblock?«

»Klar. Bin eh die meiste Zeit mit dem Bike unterwegs und

… das Skycar dient mehr als mobiles Lager.«

»Ich ahne Böses.«

Das entlockte mir ein Lachen.

Bevor er mehr sagen konnte, zog ich ihn in Richtung der grellpinken Sport-Sonderedition, die an einer der Dockingstationen von City-Level 2 angeschlossen war.

Am Skycar angekommen, zwinkerte ich ihm über die Schulter hinweg zu und öffnete den Kofferraum.

»Heilige Scheiße!« Nic machte einen Satz rückwärts und schloss die Augen. »Ich darf das alles gar nicht sehen! Hast du vergessen, dass ich MIA-Agent bin?« Er verzog den Mund. »Oder einer war.«

»Ach komm schon, Nic. Das ist die kleine Ausstattung. Sind nur zwei Maschinenpistolen, ein Scharfschützengewehr, vier … Ne, warte, fünf magische Granaten, eine habe ich ja in der Tasche, und zwei Revolver. Es ist ja nicht so, dass ich den Flammenwerfer oder die Panzerfaust dabei hätte.«

Langsam öffnete er die Augen und schüttelte mit einem schiefen Lächeln den Kopf. »Aber wieso brauchst gerade du solche Waffen?«

»Weil ich eine Frau bin, darf ich keine Waffen lieben?« Ich streckte ihm die Zunge raus und fasste mir gespielt dramatisch ans Dekolleté.

»Quatsch, ich meinte, weil du ein Schattenwesen bist!«

»Weiß ich doch.« Das Grinsen auf meinen Lippen breitete sich aus. »Aber als Sirene habe ich, bis auf meinen betörenden Gesang, keine Kampfmagie. Ziemlich doof, wenn jemand Schutzzauber gegen das Betören auf die Haut tätowiert hat. Hilft ihm nur nicht bei einer Kugel im Kopf.« Mit diesen Worten streichelte ich über meine beiden Revolver Bonnie und Clyde aus magischem Schwarzgold.

»Ich … Lass uns einfach gehen«, stammelte Nic mit einem verwirrten Lachen.

Obwohl ich wusste, dass Nicolas kein Fan von dem Ersatzteilmarkt war, führte ich ihn durch die Menschenmenge der Reeperbahn zum *Hamburger Berg*. Neben vielerlei Bars, Takeaway-Läden mit Speisen aus aller Welt und unzähligen VR-Cafés traf man hier ebenfalls die begnadetsten Tüftler Hamburgs – und somit der Welt – da niemand es derart gut verstand, Technik mit Magie zu verbinden wie die Einwohner der Hansestadt.

Kaum hatten wir den Kiez hundert Meter hinter uns gelassen, wechselten die Gäste auf der Straße. Bunte Partyoutfits und ausgeflippte Junggesellenabschiede fand man hier keine. Hingegen offenbarte sich uns eine Welt der Mode aus Leder, Nieten, Metall und magisch-technologischen Körpermodifikationen.

Während solche sogenannten Mods in kleineren Formen von einem stylischen Katzenschwanz, Plüschohren oder glitzernder Haut gesetzlich durchaus erlaubt waren – immerhin war es rein kosmetischer Natur – sah es bei den *Bios* gänzlich anders aus. Jedoch wegen genau dieser hatte der Hamburger Berg allgemein und der Ersatzteilmarkt im Speziellen, Bekanntheit erlangt. Magische Herzen, übertaktete Lungen, aufgepumpte Muskelfasern, verbesserte Sinnesorgane, all das konnte man hier höchst illegal erwerben und in sich verbauen lassen.

Kein Wunder, dass gerade Menschen als schwächste Spezies hier zur Stammkundschaft gehörten, um das evolutionäre Loch zu den Schattenwesen zu schließen. Deswegen standen Razzien auf dem Berg an der Tagesordnung, und man konnte den Markt ausschließlich durch einen Arsch voll Schutzzauber betreten – wenn man denn die Erlaubnis besaß. So wie ich.

Die zehn Meter breite Straße verengte sich vor uns zu einem schmalen Durchgang. Werbesäulen pulsierten ihre Botschaften in Neonfarben in die Nacht hinein und Foodtrucks samt Stehtischen waren geschickt so platziert worden, dass man nur weiter auf den Hamburger Berg vordringen konnte, wenn man durch die enge Lücke zwischen ihnen hindurchging. Dieser enge Weg beherbergte eine Vielzahl von Schutzzaubern. Der Schrottkönig, wie Scruffy von vielen genannt wurde, hatte weder Kosten noch Mühen gescheut und so einen illustren Mix aus Feenmagie, Paracoggeweben und Hexenmagie zusammengestellt.

Ohne Erlaubnis den Schutz durchqueren? Keine gute Idee.

Jedenfalls nicht, wenn man an seinem Leben hing.

Der Geruch von japanischen Ramen stieg mir in die Nase. Mein Blick wanderte sehnsüchtig zu meinem liebsten Foodtruck *Tokio Ramen*, doch zum Essen fehlte uns die Zeit. Die Nudeln mussten warten. Aber vielleicht konnten wir uns auf dem Rückweg eine große Schüssel genehmigen.

»Magst du Ramen?«, fragte ich Nic, während ich dem Wachposten am Durchgang einen knappen Fingersalut gab.

Nicolas löste seinen nervösen Blick von dem Mann mit der magischen Maschinenpistole und schaute mich an, die Stirn in Falten gelegt. Sein Mund war zu einer feinen Linie gepresst, was bei seinen vollen Lippen einem Wunder gleich kam. Dann schien er zu begreifen.

»*Was ist?*«, hörte ich seine Stimme in meinem Kopf.

»Hör auf, zu schauen wie ein verkniffener MIA-Agent. So kommst du da nie rein!«

»Bin eher der Sushi-Liebhaber«, antwortete er dann mit gespielter Leichtigkeit, obwohl seine Vorliebe eine dreiste Lüge war.

Der Wachposten drückte seine riesige Pranke gegen Nics Brust. Na wunderbar.

»Nicht so schnell, Freundchen. Ich kenne dein Gesicht.«

»Hab ein Allerweltsgesicht.« Mühelos lächelte Nicolas den Kerl an. Dieser schüttelte jedoch grimmig den Kopf.

»Du hast den Bruder einer Freundin festgenommen. MIA-Agenten sind hier nicht erwünscht.«

»Komm schon. Wir sind privat hier«, sagte ich zuckersüß und legte eine Hand an die Wange des Typens. Ich spürte, wie die Magie durch meinen Körper strömte und sich in meinen Augen sammelte.

Mit einem finsteren Lachen entblößte die Wache eine Tätowierung an ihrem Schlüsselbein und schüttelte den Kopf.

»Deine Sirenenmagie wirkt hier nicht.« Er blickte zu Nicolas. »Und du kommst hier ohne Durchsuchungsbeschluss nicht rein. Das solltest du wissen. Mich würde interessieren, was deine Vorgesetzten dazu sagen?«

Mein Puls beschleunigte sich. Das war gar nicht gut. Wir waren gerade erst von der MIA angegriffen worden und kannten nicht einmal den genauen Grund. Feststand jedoch, dass der Geheimdienst sich gegen Nic gewandt zu haben schien. Da würde eine Kontaktaufnahme durch die Wache nur im Chaos enden. Verdammt.

Aus den Augenwinkeln sah ich Nicolas tief einatmen und hörte ihn seufzen. »Scheiß drauf«, gab er mit einem Brummen von sich. »Wir haben keine Zeit für Spielchen.«

Nicolas Augen leuchteten flüchtig auf und er veränderte mit einem Muster den Bereich um uns. Ein Zauber, den ich ihn schön öfter hatte wirken sehen. Für andere waren wir ab diesem Augenblick unsichtbar, obwohl wir noch anwesend waren. Niemand konnte uns belauschen oder wahrnehmen. Durchaus nützlich.

»Ganz genau, haben wir –«, begann die Wache und weitete plötzlich die Augen in purem Terror.

Ich drehte mich verwundert zu Nic. Es dauerte eine Sekunde, bis mein Gehirn den hellen Schein registrierte. Hinter meinen Augen explodierte stechender Schmerz. Tränen liefen mir die Wangen hinab und ich hatte das Gefühl, zu erblinden.

Schnell, ohne zu überlegen, setzte ich meine Sonnenbrille auf die Nase. Das Licht, in dem Nicolas erstrahlte, drohte mir beinahe, die Augen zu verbrennen. Blendend hell pulsierte es von seiner unendlich weißen Haut, während seine Augen aus purer Finsternis bestanden. Zähflüssig wie Öl lief sie aus ihnen sein Gesicht hinab und flutete den gekrümmten Bereich in Dunkelheit. Einem Gott gleich stand er in seiner Schäferform wie ein Leuchtfeuer des Grauens und der Hoffnung zugleich vor mir. Gäbe es echte Götter in der Neuen Weltordnung, wäre der Schäfer der Sünden vermutlich nicht weniger beeindruckend. Reine Magie, Seelie und UnSeelie zu gleichen Teilen, umspielte ihn und war selbst für mich spürbar. Tränen der Freude und des Entsetzens verließen meine Augen.

In all den Jahren hatte ich Nicolas nicht ohne den Glimmer, der seine menschliche Illusion aufrecht erhielt, gesehen. Und jetzt, wo ich wusste, wie sein wahres Ich aussah, kam ich aus dem ehrfürchtigen Staunen kaum heraus.

»Oh, entschuldige«, durchbrach er meine Gedanken. »Die letzten Tage habe ich meine Schäferform so oft enthüllt wie selten zuvor. Ich sollte die Aura dämpfen. Sie kann manchmal ein wenig überwältigend sein.«

»Untertreibung des Jahrhunderts.«

Mit einem kurzen Lachen befahl er der Dunkelheit, zu ihm zurückzukehren – und sie gehorchte unmittelbar. Dann legte er die Hand auf den Kopf der Wache, die ihn entsetzt anstarrte. An dessen Stirn durchbrachen kleine, schwarze Tropfen die Haut, bildeten Rinnsale und bewegten sich gemächlich zu Nics Hand.

»Er wird sich nicht mehr an unseren Besuch erinnern, sobald er wieder bei klaren Gedanken ist«, sagte Nic mit entschuldigendem Ton. »Normalerweise würde ich das nicht … Verdammt. Wir haben keine Zeit. Ich bin sonst nicht so … so … leichtfertig mit meinen Kräften.«

»Hey, Nic.« Ich legte ihm beruhigend eine Hand auf die Schulter. Sie war eiskalt. So kalt, dass es schmerzte. Erschrocken zog ich sie zurück. »Alles gut. Ich kenn dich viele Jahre und sehe deine Schäferform das erste Mal. Ich weiß, dass du sie nicht ausnutzt. Wir sollten gehen.«

Ein kurzes Lächeln huschte über seine Lippen. Dann streifte Nic seinen Glimmer erneut über, ließ den gekrümmten Bereich in sich zusammenfallen, und wir erschienen wieder auf der belebten Straße.

»Ja, sollten wir. In ein, zwei Minuten ist er erneut klar im Kopf und da sollten wir nicht mehr in seiner Nähe sein, sonst beginnt das ganze Spiel von vorn.« Er verzog den Mund.

Ich nickte ihm zu und bewegte mich eilig an das Ende der Straße, weiterhin in Ehrfurcht, den Schäfer gesehen zu haben. Ohne es zu wollen, wanderte mein Blick immer wieder zu Nicolas.

»Abstoßend und faszinierend zugleich, oder?«, schien er meine Gedanken zu lesen.

»Wunderschön und furchterregend trifft es wohl eher.«

Dunstschwaden der Restaurants und Straßenküchen mischten sich mit dem Farbspiel von Neonlichtern und der lauten Musik aus den Indie-Clubs, die man hier zu einer Vielzahl fand. Mit dem Kopf bedeutete ich Nic, dass wir in eine kleine Gasse abbiegen mussten. Scruffys Laden war nicht weit entfernt.

»Ich meine, ich habe ein verdammtes Geweih in der Schäferform.« Sein Ton schwang zwischen genervt und amüsiert hin und her.

»Ist mir aufgefallen.« Schmunzelnd überlegte ich, wie viel ich fragen konnte. Das Thema Schäfer der Sünden war eines, das wir seit Jahren umschifften. Zwar hatte er mir direkt erzählt, dass er von der Urmagie erwählt worden war, aber Nicolas hatte nie darüber reden wollen. Jedenfalls nicht ausführlich. »Darf ich dich etwas fragen?«

»Welches mein echtes Ich ist? Ob ich mich anders fühle in der Schäferform?«

Schuldbewusst nickte ich, denn genau das waren meine, zugegeben äußerst persönlichen, Fragen gewesen.

»Ich weiß es nicht, Sal.« Er stöhnte so laut, dass eine Ratte erschrocken zwischen zwei Müllcontainern davonstürmte. »Ich denke, mein menschliches Ich ist weiterhin, wer ich bin. Und die Schäferform nur eine Gabe. Ein Upgrade sozusagen.« Seine blauen Augen fixierten mich, während wir die Gasse auf einen neonblau beleuchteten Platz verließen. Das Licht ließ sie nur noch mehr strahlen, als sie es ohnehin taten. »Und ich fühle mich nicht wirklich anders. Meine Stimmungsschwankungen habe ich in beiden Formen. Vielleicht bin ich ein wenig wütender, wenn ich in den Schäfer wechsele. Meine Gedanken sind definitiv düsterer. Dessen ungeachtet fühlen sie sich nicht anders an. Es ist nicht, als würde ich die Identität wechseln. Das Problem ist, ich erinnere mich an einiges nicht mehr. Ich wusste ja nicht einmal, dass ich entführt wurde, bis ich es geträumt habe. Vielleicht war ich früher ganz anders. Ehrlich gesagt, weiß ich nicht mehr, wer ich bin oder einmal war. Genau deswegen muss ich in die HSB.«

»Ja. Verstehe ich. Klingt kompliziert.« Ich schenkte Nic einen aufmunternden Blick. Offensichtlich verstand er selbst nach Jahren seine eigene Gabe nicht. Was ebenso der Grund dafür sein musste, warum er nie darüber hatte reden wollen. Kombiniert mit all den neuen Enthüllungen, wurde mir plötzlich bewusst, weswegen er keine Antworten besaß.

»Kompliziert ist ein zu mildes Wort.« Seufzend fuhr er sich durch sein blondes Haar und verzog das Gesicht.

»Wir sind da.« Ich deutete auf die Werkstatt vor uns. Zittrig atmete Nicolas aus. Sichtlich erleichtert, dass die Unterhaltung mit der Ankunft an unserem Ziel, zu Ende war.

Ein bunt flackerndes Hologramm verkündete, dass es sich dabei um den Laden des Schrottkönigs Scruffy handelte. In kursiver Schrift blinkte ›*Ersatzteilmarkt*‹ auf, wechselte zu ›*Fleischmarkt*‹ und dann zu ›*Geöffnet*‹.

Große, abgedunkelte Fenster erstreckten sich vom Boden über zwei Etagen in die Höhe. Auf ihnen liefen allerlei Werbehologramme für all die Waren, die Scruffy anbot. Neue Augen, bessere Sinne, Waffenarme, Implantate jeglicher Art und kosmetische Anpassungen.

Der Ersatzteilmarkt war nichts für schwache Nerven. Für viele *Bios* brauchte man – Überraschung – biologisches Grundmaterial. Ein magisches Herz oder übertaktete Lungen bestanden zu gleichen Teilen aus Technik, Magie und echten Körperteilen. Was auch der Grund war, weswegen in Scruffys Werkstatt mehrere wohlbehaltene Leichen in neongrün beleuchteten, mit Flüssigkeit gefüllten Glasröhren aufbewahrt wurden, für jeden Besucher sichtbar. Beinahe wie ein Aquarium.

Nur ohne Fische. Sondern mit Toten.

Na gut, eigentlich gar nicht wie ein Aquarium.

»Was sehen meine alten Augen da, Salvatrice Pelloni?«, grüßte mich Scruffy und kam auf seinen Ziegenbeinen hinter der mit magisch-technologischen Teilen voll beladenen Werkbank hervor. Die zwei halbrunden Hörner an der Stirn des Fauns schimmerten in bunten Farben – dank der LEDs, die er sich hatte einbauen lassen.

Ich grinste ihm entgegen.

»Alte Augen? Wie ich dich kenne, sind sie das jüngste Teil an dir.«

Seine roten, von Schwärze umgebenen Pupillen weiteten sich. Erst musterte er mich flüchtig, dann schweifte sein Blick zu Nicolas hinüber. Dort verweilten seine magisch-technologischen Bio-Augen, durchliefen ein Farbenspiel, einem Regenbogen gleich, und ein Grinsen legte sich über seinen gepiercten Mund.

»Er weiß, wer du bist. Hat zu hundert Prozent dein Gesicht gescannt und es gerade durchs Hive gejagt«, übermittelte ich Nic durch die mentale Verbindung. Er nickte, starrte Scruffy aber weiterhin fest in die Augen.

»Das jüngste Teil an mir ist mein Schwengel, meine Beste. Danke der Nachfrage.« Sein kratziges Lachen hallte durch die Werkstatt. Ich schüttelte mit einem Augenrollen den Kopf, während Nic laut hustete. Weiterhin grinsend klopfte ich ihm auf den Rücken, bis das Husten abebbte. Scruffys Art war speziell. Äußerst direkt, ungefiltert und teils durchaus sexistisch. Eine Unart, die man leider oft auf dem Fleischmarkt fand.

»Was bringt einen MIA-Agenten zu mir? Und viel wichtiger: Wie bist du durch meine Schutzzauber gekommen?« Zwar klang jedes von Scruffys Worten freundlich und unbeschwert, aber ich wusste, wie gefährlich dieser Mann sein konnte, falls er entschied, dass du nicht Freund, sondern Feind warst.

»Wir brauchen jemanden, der Level-3-Dives organisieren kann«, kam ich direkt zur Sache. Es hatte keinen Sinn, um den heißen Brei herumzureden. Zeit in Hamburg war kostbar.

Dieses Mal hustete Scruffy, während sich seine Augen für einen Moment weiteten. Nachdem er sein Gesicht unter Kontrolle gebracht hatte, schüttelte er den Kopf.

»Gabe ist am Tor, nicht wahr?«

»Stimmt, aber wir brauchen –«.

»Meine Dienste, ja. Habe ich verstanden. Was ist aus höflichem Smalltalk geworden, Sal?«

»Habe ich in der Entzugsklinik gelassen.«

»Ich brauche besseres Personal. Gabe sollte mehr mit dem Hirn und weniger mit seinem Schwanz denken.«

»Na komm, ich bin eine Sirene, das kannst du ihm nicht vorhalten.«

Niemals würde ich Scruffy verraten, dass es Nicolas als Schäfer gewesen war, der uns an Gabe vorbeigebracht hatte, und nicht meine Fähigkeiten.

»Seine magischen Tätowierungen gegen Zauber haben mich einen Arsch voll Euro gekostet! Er hätte deinen Betörungen widerstehen müssen.«

»Habe ihn nicht betört, du Sack. Ich meinte meine angeborene Schönheit als Sirene und natürlich den umwerfenden Charme, den ich besitze.«

»Atemberaubend schön bist du in der Tat, aber charmant?« Er zwinkerte mir zu, woraufhin ich ihm gegen den Arm boxte. »Ich kann euch nicht helfen. Level-3-Dives können nur die Regierung, die MIA und die Perfect Land Corporation. Ansonsten sind sie illegal.«

»Bullshit! Als ob du nicht –«

Scruffy hob seinen magisch-technologischen Arm und zwinkerte mir zu. Hätte mich auch gewundert, wenn er sich plötzlich Gedanken um die Legalität seiner Geschäfte gemacht hätte.

»Ihr solltet mit meinem Ehemann sprechen.«

»Warte. Ehemann? Was ist aus Sophie geworden?«

»Geschieden. Ist mit 'nem Nixenmann und 'ner Viertelmillion Euro durchgebrannt. Lebt mittlerweile im Mittelmeer. Sei ihr gegönnt. Das Leben in der Megacity war nie etwas für sie.«

»Oh. Okay. Und dein Ehemann kann uns helfen?«

»Babe, du hast Kundschaft!«, brüllte Scruffy in Richtung des Verkaufs- und Ausstellungsraum.

»Babe? Das ist sogar für dich zu abgedroschen.«

»Hey, er ist mein sechster, nee warte, siebter Ehepartner. Babe ist einfacher, als ständig neue Namen zu lernen.«

»Nummer acht wird es nicht geben, so schnell wirst du mich nicht los«, antwortete eine tiefe, markante Stimme, die so voller Wärme daherkam, dass ich mich beinahe verschluckte.

»Jumoke?«, fragte Nicolas in Richtung des breitschultrigen Mannes mit der dunkelbraunen Haut. Seine schwarzen Haare waren stylisch nach hinten gesteckt und die neonblauen Bio-Augen erstrahlten, als er Nic erblickte.

»Nikki, was machst du denn hier?«

Beide Männer stürmten auf den anderen zu und prallten in einer harten Umarmung aufeinander – die, ehrlich gesagt, ewig zu dauern schien.

Scruffy zog eine Braue in die Höhe und grinste mich schief an. Die schmutzigen Gedanken in seinem bärtigen Gesicht mehr als deutlich.

»Entweder ich muss mir einen neuen Ehemann suchen oder ich habe heute noch 'nen Dreier«, flüsterte er. So leise, dass es vermutlich nicht an mich gerichtet war und er bloß laut gedacht hatte.

»Keins von beidem«, antwortete Nic. Scruffy öffnete erstaunt den Mund, sagte jedoch nichts. »Feengehör. Dein Scan war scheinbar löchrig.«

»Und ich habe dich ebenso gehört, Schatz. Bioimplantate mit Wandlergehör, schon vergessen? Wie gesagt, du wirst mich so schnell nicht los.« Jumoke schlenderte zu seinem Mann und gab ihm einen unerhört langen und intensiven Kuss. Auf dem Kiez hätten wir für eine solche Show einige Euro hinblättern müssen. »Nikki und ich waren WG-Partner. Haben beide an der Paracog-Uni studiert.«

Ein Mensch also.

Nicht zum ersten Mal ärgerte ich mich, dass ich als Sirene den Feengeruchssinn nicht beherrschte.

»Wo warst du die ganze Zeit? Acht Jahre, Jumoke. Nicht einmal eine Nachricht«, sagte Nic.

»MIA war nie mein Weg, aber sie zahlen das Studium.«

»Du hast schon während des Studiums für die MIA gearbeitet.«

»Weswegen ich wusste, dass es nichts für mich ist. Zu viele Regeln und Kompromisse mit allen Seiten. Auch mit denen, die unsere Stadt vergiften. Die MIA versucht, neutral zu sein und für ein Gleichgewicht zu sorgen. Sie bemüht sich um Gleichheit, muss sich aber an Gesetze halten – Himmel, sie *ist* das Gesetz.« Jumoke seufzte leise. »Und dennoch muss sie dem Frieden zur Liebe mit den Konzernen zusammenarbeiten und Teile der Syndikate dulden. Sie tut ihr bestes, den Frieden zu wahren, aber ihr ist die Hände gebunden. In den USA mag das Prinzip der MIA funktionieren, aber hier in Hamburg? Definitiv nicht!«

Ein finsteres Lachen entfuhr Nicolas und er schloss die Augen. Ich ließ meinen Blick zwischen ihm und Jumoke hin- und herwandern. In Nics Gesichtszügen zeichnete sich Verständnis, Müdigkeit und Resignation ab.

Interessant.

Jumoke nickte mit einem wissenden Ausdruck in seinen Augen, bevor er Nics Schulter drückte.

»Wohin bist du abgetaucht? Du kannst nicht die ganze Zeit in Hamburg gewesen sein, oder? Die MIA sucht dich immer noch«, fragte Nicolas, öffnete die Augen und atmete tief durch.

»Stimmt. Ich war eine Weile in Berlin, bis es zu gefährlich wurde. Danach Köln, Prag und seit zwei Jahren bin ich zurück in Hamburg.«

Die Städte ließen Glocken in meinem Gehirn schellen. Aber warum? Was hatten sie gemeinsam?

Berlin war kein sicheres Pflaster für Menschen. Es war in festen Händen der kriminellen Syndikate, und Menschen waren bestenfalls Ware. Köln hatte kaum magische Technologie, und die dort in der Überzahl befindlichen Menschen lebten im Stile der Jahrtausendwende – völlig rückschrittlich. Und Prag? Nach Hamburg die technologisch fortschrittlichste Stadt der Welt.

Was war der gemeinsame Nenner? Was übersah ich? War es Bio-Tech? Nein, die war in Köln verboten. Wie hatte er dort überhaupt unbemerkt leben können? Mit all den Bios, die Jumoke verbaut hatte, allerhöchstens im Geheimen.

O verdammt! Heimlich im Untergrund!

»Du gehörst zu Anubis?«, fragte ich, ohne nachzudenken.

Scruffy fuhr zu mir herum, warf mir einen finsteren Blick

zu und drehte sich zu einem Gerät, das er panisch checkte. Erleichtert seufzte er, dann wandte er sich erneut mir zu.

»Shit, Sal. Sei froh, dass mein Störsender funktioniert. Über Anubis zu reden, ist gefährlich.«

»Anubis ist ein Mythos. Es sind Hirngespinste. Geister, die es nicht gibt«, sagte Nicolas, doch seine Stimme klang nicht überzeugt. »Oder?« Sein Blick bohrte sich in seinen alten Freund.

»Booo, bitch«, antworte Jumoke lachend und machte eine Geste des Erschreckens.

Unglaublich. Damit hatte ich nicht gerechnet. Wir waren hierher gekommen, um einen Dive zu organisieren, und nun standen wir in der Werkstatt des Schrottkönigs, mitten auf dem Fleischmarkt, mit einem Mitglied der Elite-Hacker-Gruppierung, die nicht nur an Weltfrieden glaubte, sondern die Hive- und Dive-Technologien überhaupt erst erfunden hatte. Jedenfalls wenn die Gerüchte der Wahrheit entsprachen.

»Du bist also wirklich Mitglied von ihnen?« Nicolas verengte die Augen, sein Blick unlesbar.

Für seine Frage kassierte er ein amüsiertes Grunzen von Scruffy. Langsam drehte ich mich zum Schrottkönig. Als Antwort zwinkerte er mir zu. Arroganz und Stolz zu gleichen Teilen huschten über sein Gesicht. Mit hochgezogener Braue ließ ich meinen Blick zu Jumoke wandern, dem ein Schmunzeln auf den Lippen lag und ein Funkeln in den Augen. Auch bei ihm strömte Stolz förmlich aus jeder seiner Poren. Er hatte die Schultern gestrafft, stand absolut aufrecht da. So sah kein gewöhnliches Mitglied von Anubis aus. Es erinnerte mich daran, wie Nicolas sich als Vater von Aiden verhielt.

Unmöglich.

»Du bist nicht bloß ein Mitglied. Du hast Anubis gegründet.« Über all die Jahre hatte sich meine Intuition und die Gabe, Personen zu lesen, selten geirrt. Das strahlende Lächeln, das auf Jumokes Lippen erschien, bestätigte meine Vermutung. »Ist nicht wahr.«

Er nickte, ließ jedoch den Blick auf Nicolas. Zweifel schlichen sich in Jumokes Augen. Ganz offensichtlich war ihm die

Meinung seines alten Freundes weiterhin viel wert. Nach einer gefühlten Ewigkeit seufzte Nic und fuhr sich durch sein Haar. Einzelne Strähnen standen wild in alle Richtungen und fingen das grünliche Neonlicht der Leichentanks ein.

»Wunderbar. Du stehst also ganz oben auf der Liste gesuchter Person der MIA, der Syndikate, der Regierung und vermutlich von zig anderen Organisationen weltweit.« Kurz schwieg Nic, dann lachte er wie von Sinnen los. »Du hast noch nie halbe Sachen gemacht«, presste er hervor und zog Jumoke in eine erneute Umarmung.

»Ich sag dir, ich rieche einen Dreier«, brummte Scruffy neben mir.

»Dann brauchst du eine neue Nase – haben wir ohnehin im Sonderangebot«, antwortete Jumoke gedämpft, da sein Gesicht an Nicolas' Schulter gepresst war.

»Nikki-Boy hat keinen Sex mehr, nachdem das eine Mal mit mir seine Welt auf den Kopf gestellt hat«, erklang eine Stimme aus dem dunklen Teil der Werkstatt.

Ich fuhr herum, während meine Hände zu Bonnie und Clyde wanderten. Scruffy zog eine Schrotflinte, so schnell, dass ich mich fragte, wo er sie aufbewahrt hatte, und aus Jumokes Unterarm fuhr ein Raketenwerfer der neuesten Bio-Tech Generation.

»Hey, ganz sachte. Begrüßt man so seinen angehenden König?« Aus den Schatten des Raums trat Bren O'Toole, der Kronprinz von uns Feenwesen, in den ich als Jugendliche wie ein besessenes Groupie, verknallt gewesen war.

»Nein. Nö. Nope. Auf keinen Fall!« Nicolas Stimmlage erinnerte an ein lauerndes oder tollwütiges Tier. Ihm fehlte nur der Schaum vorm Mund. Wütend genug sah er jedenfalls aus. »Du hast mir gerade noch gefehlt. Verschwinde einfach, Bren.«

Mit offenem Mund starrte ich meinen besten Freund an. Hatte er gerade tatsächlich abfällig zu einem der einflussreichsten Feenwesen der Welt gesprochen?

Ich war zwar nicht bekannt dafür, Wesen zu respektieren oder immer die richtige Wortwahl zu finden, aber selbst ich hatte einen riesigen Respekt vor der Königsfamilie. Nic hingegen mehr als deutlich nicht. Irgendetwas an dieser Situation kam mir merkwürdig bekannt vor, dennoch konnte ich den Gedanken nicht greifen.

Sogar der oft mürrische Scruffy, der ausschließlich Respekt für sich und seinesgleichen hatte, senkte den Blick. Im Endeffekt nicht verwunderlich, da er als Faun ebenso zu den Feenwesen gehörte, und wir rein instinktiv alle die Autorität der Königsfamilie als gegeben ansahen.

»Ist heute Tag der offenen Tür? Wozu habe ich überhaupt Schutzzauber?«, murmelte Scruffy mürrisch.

»Du wirst nicht mein König«, sagte Jumoke zeitgleich.

»Auf den Kopf gestellt hast du mein Leben nicht wegen des großartigen Sex', sondern weil ich seit drei Jahren unseren Sohn alleine großziehe, du Pfeife.« Die Worte waren noch nicht verklungen, da verzog Nic sein Gesicht in Panik.

»Du hast unseren Sex soeben großartig genannt. Na bitte, war das wirklich so schwer?«, fragte Bren lachend.

Mein Gehirn versuchte alle Aussagen, die beinahe zeitgleich getroffen wurden, zu verarbeiten – während Nic aussah, als würde er sich jeden Moment auf den Kronprinzen stürzen wollen.

Ihren Sohn? Aiden ist Brens und Nics Sohn?

Ungewollt verschluckte ich mich an meinem Speichel und hustete. Nicolas drehte sich zu mir, verengte die Augen zu Schlitzen und zeigte mit seinem Finger auf mich.

»Kein Wort, Sal. Falls du mir Vorwürfe machen willst: Ich durfte es dir nicht sagen. Und wehe, du machst einen Witz. Ich erkläre es dir in Ruhe. Mit Gin. Viel Gin.« Dann drehte er sich zu Jumoke und Scruffy. »Und euch wird Bren mit einem Feenhandel belegen, damit ihr es niemandem erzählen könnt.«

Entgegen seiner Vermutung verstand ich, wieso er es mir nicht hatte sagen können. Ein Kind der Königsfamilie mit einem Menschen? Das war definitiv ein Skandal, der nicht bekannt werden durfte. Zudem schwebte Aiden dadurch in großer Gefahr von einer ganzen Wagenladung an Gruppierungen entführt zu werden. Ich beneidete Nic in diesem Moment kein bisschen.

Urmagie, die
Substantiv

1. Wesen, das die Fae und die Feenwesen, inklusive ihrer Magie, erschaffen hat

2. wird als göttliches Wesen angesehen

3. greift in viele Belange auf der Erde ein - so erwählt die Urmagie den Fae-König und auch den Schäfer der Sünden

Aus dem Archiv von Alexis,
der Bibliothek von Alexandria

12

Nicolas

Bren – die Geduldsprobe meines Lebens. Natürlich musste er genau in diesem Moment auftauchen. Die anfängliche Wut auf ihn, die ich im Empire och verspürt hatte, war zwar abgeebbt, dennoch schaffte er es, immer dann aufzutauchen, wenn ich ihn nicht gebrauchen konnte. Und darüber hinaus hatte ich in meiner Wut lautstark verkündet, dass Aiden der Enkel des Fae-Königs war. Vier Jahre hatten es einzig und allein die Dobermannwandler, Dick und ich gewusst. Na ja, und vermutlich das Königshaus. Wobei ich mir nicht sicher war, ob Bren sie eingeweiht hatte.

Gut gemacht, Nicolas. Schreib doch gleich einen Blogartikel darüber.

Genervt fuhr ich mir mit einer Hand über die Stirn, auf der sich Schweiß gebildet hatte. Das durfte alles nicht wahr sein.

Ich spürte eine Berührung an meiner Schulter und sah, wie Jumoke mir verständnisvoll zulächelte. Mühevoll kämpfte ich mir ebenso ein Lächeln als Antwort auf meine Lippen, selbst wenn mir nicht danach war.

Nicht oft schalteten sich meine Feensinne von alleine ein, doch in diesem Moment liefen sie auf Hochtouren. Ohne zu Sal zu schauen, roch ich die Veränderung in ihrem Gemüt. Die ansonsten gelassene Haltung hatte zu Verständnis und

Mitleid gewechselt. Gerade Letzteres hatte ironischerweise einen herben, stechenden Geruch. Wie passend.

Ich sah zu dem Schrottkönig, der meinem Blick für einige Sekunden ernst standhielt und dann mit einem Blinzeln nickte. Immerhin war das geklärt. Die drei würden mein Geheimnis wahren müssen – alleine durch den Feenhandel mit Bren.

Ich hatte mir abgewöhnt, zu planen und noch weniger etwas auf Versprechen und Lippenbekenntnisse zu geben. Wenigstens ein Feenhandel brachte Sicherheit, da ein Brechen dessen schier unmöglich war, ohne in Qualen zu vergehen.

Niemand wusste, was die Zukunft brachte und jeder, der das Gegenteil behauptete, log. Kein Versprechen war sicher. Keine noch so penibel geplante Sache unabdingbar. Nicht in einer Stadt wie Hamburg, in der Wesen für eine bessere Gegenwart ihre Seele verkauften. Die Zukunft war oft ein leeres Versprechen, kein Garant, ein Trugschluss, der selten vorhersehbar war. Entweder wir lebten im Hier und Jetzt oder starben im Morgen, ohne wahrhaftig gelebt zu haben.

»Können wir vor der Tür kurz reden?«, presste ich an Bren und Sal gewandt hervor.

»Jederzeit«, antwortete er eindeutig zu fröhlich, während Sal lediglich nickte.

Brummend trat ich hinaus in die schwach beleuchtete Gasse. Verschiedene Gerüche von Speisen der einzelnen Streetkitchen wehten mir, von dem lauwarmen Abendwind getragen, entgegen. Sal und Bren folgten mir gehüllt in Schweigen. Bevor jemand etwas sagen konnte, aktivierte ich mein Schattenareal, verknüpfte ein paar Fäden und verzerrte in einem Umkreis von zehn Metern die Realität. Sorgte dafür, dass sich das Licht so auf uns brach, dass es unmöglich sein würde, uns zu sehen. Ebenso veränderte ich den Schall, damit kein Wort den Bereich verließ. So konnten wir ungestört reden.

»Was machst du hier?«, wendete ich mich an Bren. »Du solltest bei Aiden und den Brüdern bleiben. Dort bist du sicherer als hier.«

Ein schallendes Lachen erklang als Antwort. »Ich habe die

vier sicher untergebracht. Meine Sorge gilt dir – und nicht mir.«

»Mir? Was willst du damit sagen?« Ich musterte ihn skeptisch. »Du bist in Gefahr, nicht ich.«

»Sehe ich anders. Ein Attentäter der Fae wollte dich töten und ich bezweifle, dass du einem weiteren gewachsen bist.«

»Sag das der Leiche, die ich in tausend Teile zerfetzt habe.« Wütend starrte ich ihn an. Meine Fäuste geballt.

Bren durchbohrte mich mit seinen hellgelben Augen. Ärger, Entschlossenheit und etwas, das ich nicht zu deuten vermochte, starrten mir entgegen. Rein gar nichts erinnerte an den Lebemann, wie er in den Medien dargestellt wurde. Oder den er gerade in Scruffys Laden gemimt hatte. Mittlerweile verstand ich, dass es nicht mehr als eine Fassade war. Dass seine dämlichen Sprüche, um mich zu reizen, seine verkappte Version von Schutz sein sollte.

»Nic, du bist verblendeter als ich dachte, wenn du denkst, dass du es mit ausgebildeten Attentätern der Fae aufnehmen kannst.« Mit einem Wink von Brens Hand erschien eine schlanke Fae aus den Schatten der Gasse. Die ledrigen Flügel an ihrem Rücken zierten eine Vielzahl von Löchern und Narben. Nach einem kurzen Blinzeln erkannte ich sie als seine Leibwache.

»Laoise, greif mich an! Zeigen wir dem törichten Menschlein, was ich meine.«

Törichtes Menschlein?

Ein Vakuum-Muster um seinen dämlichen, grinsenden Kopf gezaubert, mehr bräuchte es nicht und der Sack würde qualvoll ersticken. Na ja, und zugegeben, ich wäre wegen Mordes des Kronprinzen gehörig am Arsch. Also war diese Idee nicht gut durchdacht, wenn auch in diesem Moment verlockend.

»Sehr wohl, Eure königliche Hoheit!« Mit diesen Worten flog Laoise auf ihren Prinzen zu. Zwei scharfe Dolche in der Hand, die Flügel vor Magie pulsierend.

Bren drehte sich um seine Achse, schlug einen Flügel vor sich in den Boden und dieser verfestigte sich zu Stein. Obwohl Laoises Angriff abgeblockt worden war, entfaltete sie ihre Flügel umso mehr und donnerte gegen Brens Schutz. Ein lautes

Lachen erklang, als das, was ich für Bren gehalten hatte, in einem Staubhaufen aus silbernen Partikeln zusammenfiel, sich der echte Bren blitzschnell in den Schatten zwischen zwei Hauseingängen manifestierte und auf seine Leibwache zuschoss.

Laoise reagierte reflexartig. Hätte Bren jemanden wie mich völlig überrumpelt, sähe das Resultat anders aus. Im Gegensatz dazu schwang sie sich nämlich mit einem Rückwärtssalto in die Höhe. Die Flügel ausgebreitet, wirkte es für einen Moment so, als würde sie still in der Luft stehen. Unweigerlich erinnerten mich ihre Kampfbewegungen an Zirkusartisten. Jede Bewegung perfekt einstudiert und präzise ausgeführt. Trotz der Brutalität, die ein Kampf mit sich brachte, wirkte es anmutig und zog mich in seinen Bann.

Silberne Funken stoben aus Laoises Augen und umwirbelten ihren Körper. Ich spürte die UnSeelie-Magie, roch ihren markanten, herben Geruch. Dann wanderten ihre Arme hinab und legten sich um die Klingen, sodass sie ebenso silbrig glühten. Bevor Laoise die Dolche in Brens Rücken versenken konnte, zwinkerte er mir zu und deutete mit dem Blick zu seinen Händen. Auch dort sah ich silberne UnSeelie-Magie. Sie tanzte um seine schlanken Finger, schmiegte sich an den Kronprinzen, um eine Sekunde später seinen gesamten Körper einzuhüllen. Wie ein maßgeschneiderter Anzug vibrierte sie auf seiner Haut. Kalt, elegant und bedrohlich. Einen weiteren Augenblick später löste Bren sich auf, materialisierte sich neben mir und boxte mir verspielt gegen die Schulter.

Ich keuchte vor Schreck, dann grunzte ich genervt. Selbst in einer solchen Situation konnte Bren es sich nicht verkneifen, mich zu triezen. Vermutlich sollte das süß sein – oder es war einfach seiner Arroganz geschuldet. Wie auch immer, es sorgte lediglich dafür, dass sich mein Puls beschleunigte, und erneut die Stimme des geschundenen Koljas in meinen Gedanken hörte.

Er flüsterte zu mir. »*Du könntest alles haben, was du begehrst, Nicolas … Macht, Wissen, Respekt … Die Sicherheit deines Sohns. Niemand, nicht einmal der Kronprinz würde es wagen, je wieder so zu dir zu sprechen. Gib mir einfach die Kontrolle.«*

Schwer atmend kämpfte ich die Gedanken zurück. Sie waren nicht meine. Waren es vielleicht nie gewesen. Und selbst wenn ich einmal dieser Kolja gewesen war, so hatten wir nichts mehr gemein. Ein vergangenes, vergessenes Leben. Eines, das ich nicht zurückwollte. Oder belog ich mich selbst? War der eigentliche Grund für den Einbruch die unterschwellige Sehnsucht nach meiner Vergangenheit? Nach dem Mann, der ich früher gewesen war?

Ein Räuspern durchbrach meine Gedanken und holte mich in die Gasse zurück. Ein breites Grinsen im Gesicht musterte mich Bren, während Laoise mürrisch ihre Waffen wegsteckte. Mit einem Nicken verschwand die Leibwache wieder in den Schatten und würde dort unbemerkt weiter ihre Dienste leisten.

Die Demonstration hatte ihr Ende gefunden – und ja, ich verstand, dass ich gegen ausgebildete Attentäter der Fae kaum eine Chance haben würde. Dennoch sorgte dieser Vorführkampf nicht für Einsicht. Was der werte Kronprinz nämlich übersah, war die schlichte Tatsache, dass ich nicht ausdauernd kämpfen musste. Meine Macht funktionierte gänzlich anders als seine. Ich bräuchte bloß einen Moment der Unaufmerksamkeit des Gegners und würde mein volles Arsenal auf einmal nutzen. Selbst die besten Attentäter oder Wachen der Fae könnten nichts gegen veränderte physikalische Gesetze ausrichten, wenn sie davon überrascht wurden.

Und da auch Bren sich dessen bewusst sein musste, hatte der Kampf nur dazu gedient, mir Angst zu machen oder sein Ego zu streicheln.

»Na, verstehst du es jetzt?« Bren wirkte nicht einmal außer Atem. Sein Ton war dermaßen belehrend, dass sich meine Nackenhaare aufstellten.

Für wen hielt er mich? Viel mehr: Für wen hielt er *sich*? Dachte er allen Ernstes, er sei besser als ich und ich nur ein schwächlicher Mensch? Unterschätzte er, wozu meine Fähigkeiten im Stande waren – einzig und allein, weil ich nicht als Schattenwesen geboren worden war?

Das Blut in meinen Adern kochte, während sich meine Schultern verkrampften. Hitze umspülte mich, legte sich explosiv um all meine Sinne. Mein gesamtes Leben lang hatte man mich für einen schwächlichen Menschen gehalten – und ich war es über alle Maßen satt. War so müde, für etwas verurteilt zu werden, das ich mir nicht ausgesucht hatte. Diese Wut trug ich über zwanzig Jahre in mir. Sie nagte, kratzte und hämmerte gegen die Wände, die ich um sie errichtet hatte.

Eine leise Stimme flüsterte süffisant zu mir – verhöhnte mich. Kolja. *»Ich bin immer noch da und warte. Lass mich das regeln. Übergib dein Denken dem Hass und der Wut.«*

Und genau das tat ich in diesem Moment. Bevor ich realisierte, was meine Hände taten, webte ich ein Muster. Feine Gespinste legten sich um Bren und verfestigten sich zu einer undurchdringlichen Hülle, um den Kronprinzen vom Boden der Gasse zu heben. Eine weitere Geste meiner Hand löschte jeglichen Sauerstoff in der Hülle aus. Es dauerte nur wenige Sekunden, bis Brens Augen hervortraten und er zu ersticken begannen. Die Schatten der Gasse waberten auf, aber ohne es zu merken, hatte ich Laoise ausgesperrt. Sie würde Bren nicht retten können.

Tief in mir spürte ich, dass Brens Anblick und meine Wut mir Angst machen würden – doch da lag ein Schleier über dieser Emotion. Ich war bloß angetrieben von Hass und musterte das grausame Spiel vor mir mit Neugierde. Wie zuvor in der Wohnung von Professor Steinmann. Nicht ich kontrollierte mein Handeln.

»Hör auf! Das bist nicht du!«, hörte ich meine eigene Stimme mich anbrüllen. Sie kämpfte um meine Aufmerksamkeit, doch ich blendete sie aus. Sah mit einem Lächeln zu, wie Bren sich verzweifelt die Kehle hielte. Seine Augen vor Schreck und Flehen verzerrt. Nur noch ein paar Augenblicke und er würde in dem Bewusstsein sterben, dass ich kein schwaches Menschlein war.

»Nic!« Eine Hand schlug mir ins Gesicht. Mein Blick klärte sich. Ich sah Sal blass wie nie zuvor an meiner Seite stehen.

Bren vor mir hatte die Augen geschlossen, sein Gesicht war bläulich angelaufen.

»Oh shit!«, presste ich hervor. Panisch löste ich die Fäden des Musters und mein Zauber zerbarst in hundert kleiner Funken.

Bren fiel zu Boden, japste panisch nach Luft und hustete, als Sauerstoff seine Lungen erreichte. Was war geschehen? Wie konnte ich dermaßen die Kontrolle verlieren? Ich war kaum imstande, zu begreifen, dass ich das Bren angetan hatte. Und doch wusste ich, dass der Zauber aus meiner Hand gestammt hatte.

»Was sollte das?«, flüsterte Sal, die Stimme vor Sorge und Wut gleichermaßen getränkt. Ihr Blick versetzte mir einen Stich. Sie sah mich an, als würde sie den Menschen vor ihr nicht erkennen. Als wäre ich das Monster, das unter meinem Glimmer schlummerte. Unweigerlich fragte ich mich, ob sie recht hatte? Immerhin hatte ich beinahe den Kronprinzen getötet und dabei ein Lächeln auf den Lippen gehabt, das ich noch immer sanft darauf spürte. Wie eine ferne Erinnerung, zuckersüß und bitter zugleich.

»Keine Ahnung«, brachte ich hervor. »Ich war plötzlich so wütend. Mehr als gewöhnlich.« Langsam stieß ich die Luft durch meine Lippen. »Mein Leben lang wurde mir das Gefühl gegeben, dass Menschen unterlegen seien. Es stimmt ja auch. Wir sind schwächer als ihr. Sterben früher. Aber dann wurde ich an der Paracog Uni angenommen und dachte, alles würde besser werden. Eine Zeit war es das auch, doch wenig später bekam ich durch Aiden Feenkräfte und wurde gänzlich zum Ausgestoßenen. Menschen und Schattenwesen zu gleichen Teilen mieden mich.« Ich sah zu Boden und flüsterte: »Aber die Stimme in mir hat diese Ängste und Wut angestachelt. Ich fühlte mich wie ein Zuschauer.«

Geschmeidig stand Bren vom Boden auf und kam auf mich zu.

»Wann hast du dein Blut das letzte Mal gesehen?«

Das war vermutlich die unerwartetste Frage, mit der ich von ihm gerechnet hatte.

»Was?« Zittrig fuhr ich mir mit einer Hand über das Gesicht. Mein Bart war klamm vom Schweiß. Ebenso klebte mein T-Shirt feucht an meinem Rücken.

»Dein Blut. Welche Farbe hat es?«

»Rot? Bren, es tut –«

»Vergiss, was passiert ist. Bist du dir sicher, dass es rot ist?« Seine Brauen waren derart zusammengepresst, dass sie eine Linie bildeten. Die Stirn lag in Falten und seine gelben Augen funkelten im dämmerigen Licht der Gasse.

»Was? Klar. Blut von Menschen ist rot«, antwortete ich verwirrt.

»Ich weiß. Das von Menschen schon ... Ich würde bloß darauf tippen, dass deines nicht rot ist.«

Was redete Bren da? Natürlich war mein Blut rot. War es doch, oder? Ich hatte es zwar lange nicht mehr bewusst gesehen, da ich Wunden mit meiner Magie direkt verheilte, aber welche Farbe sollte es sonst haben?

»Schneid dich, Nic«, verlangte er und schritt auf mich zu, sodass wir dicht voreinander standen. Sein Atem kitzelte auf meinen Lippen.

»Spinnst du?«

»Sonst mach ich es!«

»Was ist denn los mit dir?« Ich wich einen Schritt zurück, denn der Ausdruck in seinen Augen verängstigte mich.

»Jungs, beruhigt euch.« Sal legte ihre Hände auf unsere Schultern.

»Ein Mitglied der Königsfamilie ungefragt zu berühren, wird mit dem Tod bestraft«, flüsterte Bren knurrend in Sals Richtung. Seine Stimme war eiskalt. Erschrocken senkte sie den Kopf und taumelte ein paar Schritte zurück.

»Entschuldigt, Eure königliche Hoheit«, presste sie hervor.

»Sprich noch einmal so mit meiner besten Freundin oder drohe ihr und ich löse den Zauber nicht rechtzeitig auf, bevor du erstickst«, entfuhr es mir. Wut wallte erneut in mir auf.

»Nic, nicht.« Sals Stimme war flehend. Eine Tonlage, die ich bei ihr nie zuvor gehört hatte. »Er hat recht. Du ... Du solltest auch nicht in dem Ton mit ihm reden.«

Ich lachte laut und finster. Meinte sie das ernst?

»Nikki –«, setzte Bren an.

»Nenn mich nicht so!« Dunkelheit schoss unter meinem Glimmer hervor und wehte durch die Gasse.

»Okay. Entschuldige. Ganz ruhig, Nic. Hast du diese Wutausbrüche öfter?« Brens Stimme wechselte von eisig zu fürsorglich.

»Nur, wenn du in der Nähe bist.« Das stimmte zwar nicht, musste er jedoch nicht wissen. Seit drei Jahren gehörten spontane Wutausbrüche und Stimmungsschwankungen zu meinem alltäglichen Leben.

»Das ist mein umwerfender Charme«, antwortete Bren mit einem Lächeln und völlig unerwartet verflog die Wut in mir. »Ernsthaft, Nic. Hast du sie seit Aidens Geburt?«

»Was? Nein!«

Doch. Ich atmete schwer ein und aus.

»Schon, ja. Aber so schlimm habe ich sie erst seit dem Traum von Kolja.«

Schweigend nickte Bren.

»Darf ich dein Blut sehen? Ich werde nur einen kleinen Kratzer machen. Bitte?«

Diesmal nickte ich wortlos. Denn trotz all meiner Gegenwehr wollte ich doch ebenso Antworten.

Seine Finger legten sich an meinen Arm. Behutsam streichelte er über meine Haut. Wie kleine elektrische Stöße spürte ich jeden seiner Finger. Ein schüchternes Lächeln, von dem ich nicht gedacht hätte, dass gerade er dazu fähig war, huschte über seine Lippen. Ich hingegen bekam eine Gänsehaut, verkrampfte mich und entließ ein tiefes Brummen.

Brens Lächeln wich Enttäuschung über meine Reaktion. Er schloss die Augen und ließ seine Fingernägel zu Krallen wachsen. Dann schnitt er eine feine Wunde in meine Haut, aus der langsam rotes Blut tropfte.

Enttäuschung breitete sich in mir aus. Hatte ich ernsthaft mit einem anderen Ergebnis gerechnet? Ich hatte zuvor vehement darauf bestanden, dass es genau diese Farbe haben würde und nun war ich enttäuscht?

»Siehst du. Es ist rot.«

»Schau genau hin«, antwortete Bren, die Augen geweitet. Jegliche Farbe wich aus seinem Gesicht, so schnell wie die Nacht sich über ein Tal erstreckte in der Abenddämmerung. Seine Finger lösten sich von mir, als wäre ich plötzlich giftig. Er wankte hastig atmend einige Schritte zurück, während sein Herzschlag so laut toste, dass er selbst mir in den Ohren dröhnte.

Abrupt stockte seine Atmung – dann roch ich seine Angst.

»Nutz deine Feensinne und schau durch den Glimmer, der das Blut umgibt.«

Ich blinzelte ihn fragend an, dann schloss ich die Augen, atmete tief durch und öffnete sie mit geschärften Sinnen.

»Zur Urmagie! Was?« Ich sprang einen Meter zurück. Natürlich folgte mir das Blut, da es weiterhin auf meinem Arm langsam … waberte und tanzte. Es war nach wie vor rot, doch hüpften goldene und silberne Partikel aus ihm hervor. Nahezu wie kleine Irrlichter. Einzelne Teilchen lösten sich, spielten durch die Luft und fanden ihren Weg zurück in die Tropfen meines Blutes.

Verwirrt blickte ich zu Sal, die ähnlich konfus zurücksah.

»Siehst du das?«, hauchte ich und betrachtete die goldenen und silbernen Partikel erneut.

»Dass es rot ist? Ja.«

»Sal … Es ist nicht bloß rot.«

»Wie bitte?«

»Du siehst es nicht«, flüsterte ich. Verunsichert hob ich den Kopf und suchte Brens Blick. Auf seinen Lippen lag ein mildes Lächeln.

»Sal? Es tut mir leid, ich wollte dich nicht bedrohen«, sagte er und wendete sich ihr zu.

»Schon gut, Eure königliche Hoh–«

»Nein, das war arschig von mir und bitte spar dir den Titel. Ich bin Bren.«

Sal nickte, Röte kroch auf ihre Wangen. Wäre ich nicht überaus verwirrt bei dem Anblick meines Bluts gewesen, hätte ich gewiss einen unangebrachten Witz gemacht. So jedoch starrte ich weiterhin auf die tanzenden Partikel.

»Darf ich Nic dein Blut zeigen? Es tut nicht weh.«

»Was stimmt denn nicht mit dir? Du verletzt Sal nicht.«

Das Blut in mir, ebenso auf meinem Arm, geriet erneut in Wallung. Die silbernen Partikel tobten wild durcheinander, während die goldenen weiterhin gemütlich hüpften. Meine Stimmungsschwankungen genossen gerade ein Allzeithoch. Sie schwangen um wie das Pendel einer Uhr, was mich zunehmend nervte.

»Hey, ganz ruhig. Nur ein Kratzer wie bei dir. Ich möchte dir etwas verdeutlichen.«

»Zwar verstehe ich nicht, was hier passiert, aber natürlich. Wenn es dein Wunsch ist, dann muss ich ihm ohnehin Folge leisten«, antwortete Sal mit fester Stimme und nickte mit Nachdruck.

Ich atmete tief durch. Versuchte, den bitteren Geschmack zu vertreiben, der sich jedes Mal auf meine Zunge legte, wenn ich sah, wie unterwürfig das Feenvolk dem Königshaus gegenüber handelte. Verstand ich dieses Verhalten ohnehin schon nicht, erschreckte es mich umso mehr, Sal so zu sehen. Sie gehörte zu den selbstbestimmtesten Wesen, die ich kannte. Und doch beugte sie, ohne zu zögern, ihr Haupt vor Bren.

Die Unterwürfigkeit aller Feenwesen zum regierenden Königshaus stellte etwas Uraltes dar. Dabei spielte es keine Rolle, ob es sich um Sirenen, Faune, Dryaden oder eines der anderen Feenvölker handelte. Alle waren sie durch die Seelie- und UnSeelie-Magie an die Wünsche und Befehle des Königs sowie seiner Familie gebunden. Ein Ablehnen unmöglich – egal, wie sehr es ihnen widerstreben mochte. Als Mensch erschien mir der Gedanke absurd, doch zeigte es einmal mehr, wie unterschiedlich unsere Spezies aufwuchsen.

»Das war eine Bitte. Kein Befehl«, sagte Bren. »Ich bin nicht wie meine Familie. Auf jeden Fall versuche ich, nicht so zu sein. Es ist nicht richtig, Feenwesen zu zwingen, unserem Willen zu folgen.« Seine Stimme war zwar belegt, doch der Schmerz und der Zorn darin waren deutlich zu hören. »Manchmal lässt es sich nicht vermeiden, aber ich tue mein Bestes.«

Sal streckte ihm den Arm entgegen. »Wenn es Nic hilft, zu verstehen, was hier gerade vorgeht, dann kannst du auch einen Liter Blut haben.« Ein Lächeln spielte über ihre Lippen und mein Inneres erwärmte sich. Heiße Tränen bildeten sich in meinen Augenwinkeln. Verstohlen fuhr ich mir mit dem Ärmel über das Gesicht.

»Ein paar Tropfen reichen«, antwortete Bren, seine Miene voller Wärme. Vorsichtig kratzte er über Sals Haut, bis sich einige Blutstropfen bildeten. Vereinzelte goldene Partikel sprangen aus der roten Flüssigkeit hervor. Merklich weniger als bei mir, jedoch deutlich erkennbar. Silberne Partikel sah ich hingegen keine.

»Laoise, könnten wir bitte dein Blut nutzen?«, fragte Bren in die Dunkelheit der Gasse.

Nichts passierte.

»Laoise?«, fragte er erneut.

Und da fiel mir ein, dass ich sie ausgesperrt hatte. Betreten räusperte ich mich und löste den Zauber.

Aus dem Schatten eines Einganges materialisierte sich seine Leibwache mit einem tiefen Knurren. Ihr Blick lag stechend auf mir. Wut spielte über ihre Züge, dennoch schwieg sie, obwohl ihre Blicke eine Botschaft von Tod und Verderben bargen.

»Was geht hier vor?«, fragte Bren und musterte uns.

»Ich hab vielleicht vergessen, dass ich sie … Ähm … Ausgesperrt hatte«, antwortete ich leise, bekam dafür von Laoise aber nur ein weiteres Knurren. Bren hingegen kämpfte gegen ein Lächeln. Dann räusperte er sich und deutete auf den Arm seiner Leibwächterin.

Ohne zu zögern, schnitt sie sich mit dem Dolch in die Hand und hielt sie mir entgegen. Wie kleine Glühwürmchen umspielten silberne Partikel ihr Blut.

Es dauerte ein paar Momente, dann verstand ich.

»Sal ist Seelie. Und Laoise ist UnSeelie.«

»Richtig«, stimmte Bren zu. Sein Blick lag schwer auf mir, seine Lider wie vor Ermüdung halb geschlossen.

»Aber ich bin ein Mensch.«

»Und doch kannst du Feenmagie nutzen, Nic.« Bren trat direkt vor mich und nahm mein Gesicht in seine Hände. »Ich glaube nicht, dass du ein Mensch bist.«

»Was?« Ich weitete die Augen. Horchte genau hin, ob ihn sein Puls verriet und er einen Scherz machte. Mich wie so oft auf den Arm nahm. Dann fügte ich hinzu: »Du kanntest meine Eltern. Sie waren Menschen. Und ich rieche ebenso wie einer. Glaub mir, das wurde mir mein Leben lang immer wieder vorgehalten.«

Bren schloss die Augen, trat er einen Schritt von mir zurück und fügte sich selbst am Arm eine Wunde zu. Aus seinem Blut stiegen silberne und goldene Partikel empor. Wie bei Sal und Laoise sah ich bei ihm deutlich weniger von ihnen als bei mir. Zudem leuchteten Brens silbernen Teilchen ungemein heller als die goldenen.

»Fae-Blut«, sagte er rau. »Nur die vier königlichen Fae-Familien haben beide Arten von Feenmagie in ihrem Blut. Je nach Hof überwiegen die silbernen oder goldenen. Da ich zum Hof des Winters gehöre und wir UnSeelie-Fae sind –«.

»Schimmert es bei dir silberner«, ergänzte ich tonlos. »Aber ich? Ich bin kein Fae. Und … siehst du es auch?«

Bren nickte. »Bei dir sind sie beide gleich hell. Und deutlich intensiver als bei uns dreien.«

Ein erschrockenes Keuchen ließ mich zu Laoise blicken. Sie hatte die Augen geweitet und ihr Mund stand offen, ihr mürrischer Blick und die Erhabenheit waren verflogen. Wie auch Sal hatte sie die Partikel in meinem Blut vermutlich nicht gesehen und jetzt erst davon erfahren.

»Unmöglich. Das … Das verändert … alles«, stotterte sie.

Langsam drehte sich Bren zu ihr um, die Stirn in Falten gelegt. Sorgen und Bedauern spiegelten sich in seinen Augen.

»Es tut mir leid, alte Freundin«, murmelte er. »Muss ich dir befehlen, einen Feenhandel mit mir zu schließen, damit du niemandem von Nics Blut erzählen kannst? Oder gehst du ihn von dir aus ein?«

»Freiwillig. Das Wissen darüber ist zu gefährlich.«

Mit geschickten Bewegungen führte Bren das Ritual aus, beide murmelten alte feeische Worte und der Handel war geschlossen.

Ich hingegen stand verloren auf der Stelle, verstand nicht, was hier um mich herum passierte. Mein Hals zog sich zusammen, die Wände der Häuser kamen näher, das Atmen fiel mir sekündlich schwerer. Aus dem Nichts spürte ich eine Hand an meiner Wange. Sal.

»Atme ruhig, Nic. Ich habe keine Ahnung, was hier passiert, aber alles wird gut.«

»Dann sind wir schon zwei. Ich verstehe das nicht.« Flehend sah ich sie an und hoffte, sie hätte eine Antwort für mich. Einen Rat. Irgendetwas.

Ein besorgter Schatten huschte über ihr Gesicht, bevor sie mich in eine feste Umarmung zog. Mein Kopf lag auf ihrer Schulter, ihr blaues Haar kitzelte meine Lippen. Der mir wohlbekannte Duft nach Meer, Flieder und Salz stieg mir in die Nase und beruhigte meine Nerven unmittelbar. Sal roch wie immer – nach Familie. Sie würde mich nicht alleine lassen.

»Ich bin müde, Sal. So unendlich müde. Was muss ich denn noch ertragen? Wieso kann ich nicht einfach ein normaler Mensch mit Paracogfähigkeiten sein?«

»Ach komm, normal wäre langweilig. Außerdem würdest du dann nicht mit drei Dobermannwandlern zusammenwohnen oder mit mir befreundet sein. Normal ist scheiße.«

Das entlockte mir ein ersticktes Lachen, während mein Gesicht weiterhin in ihren blauen Haaren vergraben auf ihrer Schulter lag.

»Sal?«, erklang Brens Stimme zaghaft.

»Gib uns eine Minute«, antwortete sie.

»Natürlich. Alle Zeit, die ihr braucht.«

»Was ist los? Was willst du von Sal?« Ich versuchte, mich von ihr zu lösen, um Bren anzusehen, doch Sal ließ nicht los.

»Nicht jetzt, Nic. Wir kuscheln gerade und haben einen schönen Moment. Also halt die Klappe und atme ruhig weiter.«

»Du bist so einfühlsam, unglaublich.«

»Weißt du jetzt, wieso ich trotz Sirenenaussehens Single bin? Irgendwoher muss es ja kommen.«

Wir lachten beide. Lauter und lauter, bis sich der Kloß in meinem Hals löste und der Druck auf meiner Brust schwächer wurde. Diese Umarmung hatte ich in diesem Moment gebraucht – und Sal hatte es direkt gespürt. Das Band unserer Freundschaft pochte durch mein Inneres, erwärmte mich und schenkte mir Hoffnung. Als wir uns lösten, hatte sich mein Körper beruhigt. Die drohende Panikattacke war verflogen.

Sal wandte sich zu Bren und nickte. Bevor ich begriff, was passierte, murmelten beide feeische Worte und das Glühen um ihren Körper schloss den Feenhandel ab.

»Du kannst sie nicht einfach dazu zwingen! War all das Ich-bin-nicht-wie-meine-Familie-Gerede nur Bullshit?« Wieder einmal wütend ballte ich die Fäuste. Silberne Partikel stoben aus dem Blut meiner Wunde.

»Er hat mich nicht gezwungen«, antwortete Sal. »Das habe ich freiwillig gemacht. Wenn er Laoise zum Schweigen bringen muss, dann ist es ernst und es ist besser, wenn auch ich nicht darüber sprechen kann.«

»Über was soll sie denn reden?«, fuhr ich Bren an. »Was zur Urmagie stimmt nicht mit mir?«

»In deinen Adern fließt Faeblut. Doch nicht das einer der vier königlichen Familien.«

Sollte mir diese Information irgendetwas sagen?

»Aha, kommt da noch eine Erklärung oder tanzen wir wieder um den heißen Brei wie mit dieser Zwangsheirat und deinem Giftherztod?«

Neben mir musterte mich Sal verwirrt, ich schüttelte nur flüchtig den Kopf. Das würde ich ihr später erklären. Wobei, nein. Ich konnte es ja nicht erklären, dank meines eigenen Feenhandels mit dem nervigen Kronprinzen. Also würde ich Bren zwingen, es ihr zu sagen, während ich zuschaute. Mit einem Gin. Oder zwei. Wahlweise einer ganzen Flasche.

»In deinen Adern fließt das Blut aller vier Königlichen Blutlinien – das des alten Nachthofs. Dem des Ursprungs der Fae, als es ausschließlich den einen gab und wir Seelie- und UnSeelie-Magie zu gleichen Teilen beherrschten. Aus einer Zeit vor der Spaltung in die vier Höfe der Jahreszeiten.« Bren atmete tief ein und ließ die Luft durch die Nase entweichen. »Nic, du bist das einzige mir bekannte Wesen, das das Blut des ausgelöschten Nachthofs in sich trägt.«

Vermutlich hätte ich ebenso erschrocken und dramatisch keuchen müssen, wie Sal es in diesem Moment neben mir tat. Dumm nur, dass ich keinerlei Ahnung hatte, wovon Bren redete, weswegen ich einen genervten Schrei von mir gab, der so spitz war, als stünden alle meine Synapsen in Flammen.

»Das ist unmöglich«, sagte Sal außer Atem. »Der Nachthof ist eine Legende. Etwas, das sich alle Feenwesen als Gutenachtgeschichte erzählen. Oder ein Glaube, wie Religionen bei Menschen.«

»Die Geschichten sind wahr. In der Bibliothek des Königshauses findet man viele Aufzeichnungen dazu, die einzig und allein uns Fae zur Verfügung stehen. Wie ich schon erwähnte – das Königshaus liebt und lebt seine Geheimnisse.« Bren seufzte laut. »Der Nachthof ist der Ursprung aller Fae und Feen. Wir waren einst eine Einheit, die in Frieden und Harmonie lebte, bevor sich vier Strömungen mit unterschiedlichen Zielen in der Gemeinschaft bildeten. Im Kampf um die Macht hat uns die Urmagie bestraft und in vier königliche Blutlinien geteilt. Zwei Seelie, zwei UnSeelie – auf dass wir zur Strafe um die Krone kämpfen sollten.«

»Nein! Ah-Ah! Stop! Moment!« Genervt schnaubte ich und stemmte die Hände in die Hüften. Ich hatte dermaßen genug, dass ich nicht einmal mehr verwirrt oder ängstlich war. Keine Panik. Kein Selbstmitleid. Keine ernst gemeinten Fragen, sondern nur rhetorische. »Du willst mir sagen, ich bin nicht nur der Schäfer, der schon als Legende gilt? War nicht nur drei Jahre der einzige Mensch, der Feensinne besaß? Nein, jetzt bin ich ebenso noch das einzige Wesen, welches das Blut eines Fae-Hofes in sich trägt, der angeblich ausgelöscht wurde und darüber hinaus als Märchen gilt? Ist es das, was du mir sagen willst, *Bréanainn O'Toole,* Kronprinz der ach so mächtigen Fae?« Meine Stimme hatte ungeahnte Höhen erreicht.

»So überaus dramatisch ausgedrückt klingt das echt ziemlich unglaubwürdig, muss ich gestehen«, murmelte Bren und kratzte sich am Hinterkopf, während er unschuldig grinste.

»Dramatisch?«, flüsterte ich so leise, dass Sal in Deckung ging. Schlaue Entscheidung. Ganz, ganz schlaue Entscheidung! »Dramatisch?«, fragte ich lauter. »Ich gebe dir gleich dramatisch!«, brüllte ich.

»Tust du doch gerade, oder?« Bei der Frage legte Bren den Kopf schief. »Ich meine-«.

Okay, das reichte. Alle Nervenbahnen in mir veranstalteten ein Feuerwerk. Die goldenen wie auch die silbernen Partikel meines Bluts wirbelten aufgeregt durch die Luft. Mit einem wütenden Schrei stürzte ich mich auf Bren, bevor er seinen Satz beenden konnte. Ein lautes Scheppern hallte durch die enge Gasse, während wir ringend auf den Boden fielen.

Seelie / UnSeelie
Adjektiv, Substantiv

1. gegensätzliche Feenmagie

2. Seelie steht für Einklang, Freunde und Reinheit

3. UnSeelie für Chaos, Schmerz und Verderbnis

Aus dem Archiv von Alexis,
der Bibliothek von Alexandria

13

Salvatrice

Langsam führte ich eine Hand an meinen Arm und kniff mich. Wie befürchtet – ich spürte Schmerz, demnach war ich definitiv wach. Und doch starrte ich fassungslos auf zwei erwachsene Männer, einer davon der Thronfolger des Königshauses, die über den Boden kugelten und miteinander kämpften. Dabei warfen sie sich Beleidigungen an den Kopf, die selbst die Hafenarbeiter von Hamburg erröten lassen würden. Eins musste ich ihnen zugestehen, an Kreativität mangelte es ihnen nicht. Manche ihrer Flüche würde ich dreist kopieren und selbst von nun an nutzen.

Neben mir stand Laoise und murmelte genervt vor sich hin. »Ich bin weg. Hier droht keine ernste Gefahr. Nur zwei Kerle, deren Ego kaum Platz in dieser Gasse hat. Außerdem würde Bren mich lynchen, wenn ich nur einen Finger an den ach so heiligen Nicolas legen würde.« Und damit verschwand sie in den Schatten.

Schmunzelnd legte ich den Kopf schief und beobachtet das Treiben für ein paar Minuten. Wie die beiden Kindsköpfe dort fauchten und um die Oberhand kämpften, erinnerten sie mich unweigerlich an zwei läufige Katzen. Vielleicht sollten sie in der Tat einfach mal wieder miteinander Sex haben und diese aufgeladene Spannung abbauen?

Nach einer weiteren Minute langweilte es mich jedoch, außerdem hatten wir durchaus Besseres zu tun. Ich führte zwei Finger an meinen Mund und ließ einen lauten Pfiff erklingen. Beide hielten kurz inne – nur um dann erneut zu kämpfen.

»Scheiß drauf«, gab ich knurrend von mir, zückte meine Schrotflinte aus Hexenstahl und pustete eine Lampe von der Hauswand. Der Besitzer könnte die Rechnung an meine Mutter senden – immerhin besaß sie mehr als genug Geld.

»Spinnst du?« Nic saß keuchend auf Bren. Das Gesicht feuerrot, Schweiß auf der Stirn und die Augen ungläubig auf mich gerichtet. Ganz so, als wäre ich gerade völlig irrational und nicht er. Durch seine schwere Atmung bewegte er sich langsam vor und zurück. Für einen Moment überlegte ich, mein Kommunikationsimplantat zu aktivieren und es zu filmen, verwarf den Gedanken aber, da Nics Geduldsfaden verständlicherweise äußerst dünn daherkam.

»Nic, wenn du nicht versuchen willst, ein weiteres Kind mit mir zu zeugen, solltest du aufhören, mich zu reiten. Oder wenigstens die Kleidung ausziehen. Was dir lieber ist.« Bren hingegen hatte das Memo mit Titel *Nic unter keinen Umständen reizen* allem Anschein nach nicht erhalten.

Ein Moment der Stille folgte. Dann rappelte sich Nic auf und kam zu mir herüber.

»Fühlst du dich besser?« Grinsend zwinkerte ich ihm zu, da ich nicht wusste, ob die Situation jetzt ernst oder lustig war. Die letzte halbe Stunde hatte einem Fiebertraum der Offenbarungen geglichen.

»Ehrlich gesagt, ja«, murmelte er.

»Wie kannst du die ganzen Informationen so gelassen aufnehmen?« Skeptisch legte ich die Stirn in Falten. Spielte er mir die plötzliche Ruhe bloß vor? Vor einer Minute hat er sich noch über den Boden gekugelt und in diesem Augenblick stand er entspannt neben mir, als wäre nichts passiert. Und er nicht durchdrungen mit dem Blut des Nachthofs.

»Na ja, gelassen ist wohl das falsche Wort, wenn man bedenkt, dass er sich wie eine Furie auf mich gestürzt hat«, sagte Bren und stand ebenso vom Boden auf, blieb jedoch schlauerweise auf Abstand zu uns. »Lass mich raten, Nic. Die Wut ist verflogen und du bist nicht einmal wirklich besorgt?«

Neugierig auf seine Reaktion musterte ich Nic aufmerksam. Zu meinem Erstaunen nickte er zögerlich.

»Das ist dein Blut.« Bren stellte sich zu uns. »Jede Fae der königlichen Familien lernt von kleinauf, mit der Feenmagie in unserem Blut umzugehen. Damit solche Stimmungsschwankungen, wie du sie hast, auf ein Minimum reduziert werden. Während die UnSeelie-Magie unsere Wut und Emotionen allgemein verstärkt, badet die Seelie-Magie uns in Ruhe, Freude und Gelassenheit. Zwei Seiten einer Medaille.«

»Und da Nic kein Fae ist, hat es ihm nie jemand beigebracht?«, fragte ich. Selbst für mich stellte all das neue Informationen dar.

»Bin mir nicht so sicher, ob er kein Fae ist. Ehrlich gesagt weiß ich nicht, was er ist. Aber ja. Im Grunde hat er diese emotionale Achterbahnfahrt erst drei Jahre lang. Dazu ohne Anleitung. Man könnte sagen, er ist ein Baby. Jedenfalls emotional.«

Wenn Bren nicht bald aufhörte, ihn zu triezen, stand uns ein erneuter Hahnenkampf bevor. Aus Sorge davor legte ich eine Hand auf Nics Schulter und erhielt als Reaktion ein dankbares Lächeln.

»Stimmt das alles?«, fragte Nic dann laut in die Gasse hinein. Skeptisch musterte ich ihn. Mit wem redete er? »Hey Arschloch, ich habe dich etwas gefragt«, rief er lauter als zuvor.

»Mit wem redest du?« Langsam sorgte ich mich um sein geistiges Wohl.

»Mit der Urmagie.«

Ja, meine Sorge war berechtigt. Definitiv.

»Bitte was?« Doch er antwortete mir nicht, sondern starrte grimmig in die Luft. Wartend, wie ein lauerndes Raubtier. Seine Kiefer mahlten, während er mit den Fingern auf seinen Oberschenkeln trommelte.

»Der Fae-König und der Schäfer kommunizieren mit der Urmagie«, erklärte Bren mir leise.

»Du verarschst mich?«

»Nein, ausnahmsweise sagt Bren tatsächlich etwas Schlaues«, warf Nic ein und kassierte einen amüsierten Seitenblick vom Kronprinzen.

»Du willst mir ernsthaft sagen, die Urmagie spricht zu dir?«

»Nicht mit Worten, nein. Sie sendet mir Gefühle und Emotionen. Eingebungen und solchen unnötigen Scheiß! Magische Scharade, wenn du so willst. Ich spüre, was sie mir mitteilen will. Sprache wäre ja zu einfach – oder sogar eindeutig.« Genervt rollte Nic mit den Augen.

Damit war es offiziell. Ich hatte absolut keine Ahnung, was in unserer Welt hinter dem Schleier vorging. Nie hätte ich gedacht, dass es Wesen gab, die mit der Magie, die uns alle erschaffen haben soll, in Kontakt standen. Und einer davon war mein bester Freund.

»Antworte endlich!« Das Echo von Nics Stimme hallte durch die Gasse, merklich verstärkt durch die Schwärze, die seinen Glimmer durchbrach.

Für einen Moment geschah nichts.

Dann erschien ein leuchtend oranger Schmetterling aus purem Licht, flatterte um Nics Kopf herum und hinterließ dabei eine Spur aus Glitzer. Mit offenem Mund starrte ich das Tier an. Der Duft von Rosen wehte durch die Gasse.

Dieser Tag wurde zunehmend verwirrender.

Als hätte ich es durch meine Gedanken heraufbeschworen, erschienen weitere Schmetterlinge. Erst einer. Dann zwei. Nur einen Wimpernschlag später flatterten zehn Tiere um uns herum und erhellten die Gasse mit Wärme und Geborgenheit.

»Was zur Urmagie?«, flüsterte ich atemlos. Mein Blick wanderte von den Faltern zu Nic. Sein verdutztes Gesicht zeigte klar, dass auch er nicht begriff, was in diesem Moment geschah.

»Schmetterlinge?«, gab Nic brummend von sich.

Die Tiere versammelten sich vor ihm, bildeten eine Traube. Flatterten ohne erkennbares Muster wild durcheinander, nur um plötzlich still zu stehen. Der Duft nach Rosen war so stark, dass ich Kopfschmerzen bekam und mir die Augen tränten.

»Falter galten schon seit je her als Schutzgeister der Feenwesen – es erschien uns passend«, antworteten die Tiere. Ihre Stimmen waren laut und leise zugleich. Hoch und tief. Freundlich und bösartig. Ein Mix aus Gegensätzen, die mein Gehirn bloß schwer zu erfassen vermochte.

»Du –«

»*Ihr* nicht du, wir sind kein einzelnes Wesen. Wir sind viele, eine Einheit. Alles und Nichts. Überall und nirgendwo. Schon immer da und ewig während. Wir haben weder Anfang noch Ende.«

»Toller Monolog.« Nic schnaubte verächtlich. »Juckt mich aber herzlich wenig.«

Mehrfach blinzelte ich. Dass Nic mit dem Kronprinzen in dem Ton sprach, daran hatte ich mich mittlerweile gewöhnt. Jedoch mit der Urmagie? Der Kraft, die alles Magische erschaffen hatte? Das war mutig. Wahlweise töricht.

»Achte auf deinen Ton!« Die Hauswände erzitterten.

»Oder was? Ihr nehmt mir die Schäfergabe? Die Feensinne? Den Flohzirkus an goldenen und silbernen Partikeln? Nur zu, dann bin ich den ganzen Mist endlich los!« Nic verschränkte mit eisigem Blick die Arme vor der Brust. Schmunzelnd stellte ich fest, wie sehr ich sein Verhalten und seinen Mut in diesem Moment bewunderte. Während sich alle Feenwesen dem Königshaus und der Urmagie unterwarfen, bot Nic ihnen mit erhobenem Haupt die Stirn. »Ich habe die Schnauze gestrichen voll.«

»Er meint es nicht so«, mischte sich Bren besorgt ein. »Das ist die Magie in ihm. Er hat nicht gelernt, die Stimmungsschwankungen einzudämmen wie wir anderen königlichen Fae.«

Hing der Kronprinz nicht an seinem Leben?

Wie erwartet, fuhr Nic zu Bren herum und fixierte ihn mit einem finsteren Blick. Dunkle Schlieren durchbrachen seinen Glimmer und kämpften mit dem Licht der Urmagie um die Kontrolle.

»Herzlichen Dank, dass du mir meine Gefühle erklärst. Was würde ich nur ohne dich machen?«

Selbst Bren realisierte in diesem Moment, dass er eine Grenze überschritten hatte. Leise murmelte er eine Entschuldigung. Dann passierte etwas, was sich für mich als Sirene völlig surreal anfühlte: Er beugte sein Haupt. Vor Nic, einem Menschen. Der Kronprinz, eine der einflussreichsten Personen Europas, zeigte Demut vor meinem besten Freund. Zum zweiten Mal am heutigen Tag kniff ich mich, spürte den kurzen Schmerz und wusste, dass all das hier real war.

»Stimmt das alles?«, fragte Nic, wieder an die Urmagie gewandt.

»Ja, wir korrigieren einen Fehler.«

»Okay. Und jetzt noch mal in verständlich. Wieso spricht eigentlich jeder in Rätseln? Erst Professor Steinmann und nun ihr! Was stimmt denn nicht mit euch?« Die Unterlippe von Nic färbte sich weiß, so sehr biss er sich darauf. Seine Ader an der Stirn arbeitete auf Hochtouren.

»Du wirst alles verstehen. Wenn die Zeit gekommen ist.«

Nic setzte an, zu protestieren, doch ein Schmetterling landete auf seinem Mund und verschluckte alle Worte. Der Rest des Schwarms wirbelte zu mir. Umflog mich in konzentrischen Kreisen.

»Es war euer Schicksal, dass ihr euch findet. Beschütze ihn.« Und mit diesen Worten an mich verschwanden die Schmetterlinge und mit ihnen das orangefarbene Licht und der einnehmende Rosenduft.

Ich hörte zwei Schreie – laut, wütend und verwirrt. Einer davon stammte von Nic. Erstaunt stellte ich fest, dass der andere von mir kam.

Zwei Stunden später parkte ich mein Skycar am Kiezblock. Nachdem die Urmagie verschwunden war, hatten wir beschlossen, unseren Plan – den Einbruch in die HSB – weiterzuverfolgen. Und dazu brauchten wir erst einmal ein paar weitere Verbündete mit besonderen Skillsets – wie Jumoke und mit ihm Zugang zu der Dive-Technologie. Weswegen wir uns nun auch zum Versteck von Anubis begaben. Zugegeben, wir hatten uns nicht direkt darauf besonnen, sondern eine weitere halbe Stunde getobt und gewütet, doch die Urmagie hatte uns konsequent geghostet.

»Der Unterschlupf von Anubis ist allen Ernstes auf der Reeperbahn?«, fragte ich Jumoke amüsiert, während ich ausstieg.

Panisch schaute er sich um. »Nicht so laut!«

Bren unterdrückte ein Lachen, das einem Husten gleichkam.

»Keine Sorge, uns hört keiner. Hab den Schall um uns herum verzerrt«, beruhigte Nic seinen alten Freund. Danach warf er Bren einen finsteren Blick zu. Das Stimmungsbarometer zwischen den beiden stand erneut auf frostig. Was daran lag, dass der Kronprinz die Fahrt dazu genutzt hatte, Nic zur Weißglut zu treiben.

»Ein bewegliches Verzerrungsfeld? Wie gut du deine Paracogfähigkeiten beherrschst, ist echt unheimlich«, antworte Jumoke mit einem anerkennenden Lächeln.

»Du hast ja keine Ahnung«, murmelte Nic kopfschüttelnd. Jumoke war schlau genug, keine weiteren Fragen zu stellen. Vermutlich war er durch das Hackerkollektiv gewohnt, dass manche Sachen besser geheim oder ungesagt blieben.

»Folgt mir. Ist nicht weit.« Mit diesen Worten marschierte Jumoke in Richtung einer der Aufzüge des Kiezblocks, der uns auf ein anderes City-Level bringen würde. Wir folgten ihm brav durch die dichter werdenden Menschenmassen. Offensichtlich hatte es gerade erst geregnet, wenn man die vereinzelnden Pfützen betrachtete. Die ewige Hitze, die wie ein Raubtier im Kiezblock herrschte, sorgte dafür, dass der feuchte Boden dampfte. Über die gläsernen Fassaden von Clubs, Boutiquen und Bars tanzten eine Vielzahl von Neonlichtern und Hologrammen, während sie den leichten Dunst in ein Meer von Farben verwandelten. Gemächlich suchte dieser feine Nebel sich seinen Weg zwischen den Feierlustigen hindurch.

Ein dumpfer Schmerz fuhr in meine Schulter und ich taumelte leicht zur Seite.

»Oh, sorry«, sagte eine Frau mit Bio-Ohren in Katzenform,

während sie erschrocken von ihrem implantierten Handy im Arm aufschaute, ihren künstlichen Schwanz eingezogen und die übergroßen Bio-Augen geweitet. »Hab nicht aufgepasst.«

»Kein Problem«, antwortete ich und nickte ihr zu. Wer auf dem Kiez mit Rempeleien und Gedränge nicht klar kam, war hier definitiv falsch aufgehoben. Je später die Nacht, desto voller die Straßen. Na ja, ebenso die Besucher.

»Wisst ihr, wo das Empire ist?«

Nun erkannte ich erst, dass sie vermutlich nicht aus Hamburg stammte. Ihren tschechischen Akzent hörte ich durch ihr gutes Deutsch dennoch heraus. Nur wenige Wesen in Europa beherrschten weiterhin die alten Sprachen, seit Deutsch und Englisch als die offiziellen Amtssprachen ernannt worden waren. Lediglich die Elite der jeweiligen alten Länder unterrichtete ihre Kinder in den vergangenen Sprachen. Nur deswegen beherrschte ich Italienisch, hatte es jedoch abgelegt, um Distanz zu meiner Familie zu erschaffen.

Die junge Frau vor mir musste demnach einer der reicheren Familien aus dem Bundesstaat Tschechien angehören. Das erklärte zudem ihre ausgesprochen speziellen Bios. Seit fast einem Jahr waren jegliche Katzenmodifikationen der große Hit in Prag. Und die Implanteure dort stellten die besten der Welt dar, wenn es um Schönheitsmods ging. Die halbe Partyszene Prags erinnerte an das Musical Cats, das vor dem Boom auf der Reeperbahn aufgeführt worden war. Nur hätte damals niemand gedacht, dass Wesen für solche Schönheitsoperationen mehrere tausend Euros bezahlen würden. Vermutlich würde der Trend bald zu einem anderen Tier umschwingen. Mein Tipp: Hundemodifikationen, da Wandler jeglicher Art in Prag nahezu vergöttert wurden.

»Einfach gut zweihundert Meter in diese Richtung, dann den Aufzug nehmen und du siehst es auf deiner linken Seite«, antwortete ich und zeigte in den nördlichen Teil.

»Danke.« Ihre Stimme schnurrte leise. »Wenn du kuscheln willst, komm doch mit mir.«

Neben mir kicherte Nicolas. Bren pfiff leise durch die Zähne und stupste mich mit dem Ellenbogen an. Wann die beiden erneut zu Kleinkindern mutiert waren, verstand ich in diesem Moment nicht.

Ich setzte ein breites Lächeln auf und schaute der Touristin in die Augen. Etwas Magie bahnte sich ihren Weg durch mich hindurch und färbte meine Iris, während einzelne Hautschuppen sich aus meinem Gesicht lösten und die blauen Schuppen entblößten. Unmittelbar veränderte sich die Haltung der Katzenfrau. Ihr Blick wurde verträumt und glasig, ihre Pose entspannt, wankte leicht von Seite zu Seite.

»Heute nicht, Süße.« Ich wischte mit der Hand über meinen Kommunikator und direkt erhielt die Touristin eine Mitteilung auf ihren eigenen Kommunikator, dass sie einen neuen Kontakt hatte. »Sei vorsichtig auf dem Kiez. Und melde dich, falls etwas passiert.«

Sie nickte, grinste weiterhin apathisch und eilte dann in Richtung des Empires. Zwar hatte ich heute keine Lust auf ein Abenteuer, weder mit einer Katze noch mit einem Kater, doch wollte ich sichergehen, dass sie nicht an die Falschen geriet. Was auf dem Kiez leider viel zu schnell passierte, wenn man vertrauensselig daherkam wie die Gute. Zu oft verschwanden Reisende hier spurlos und waren nie wieder gesehen. Alternativ tanzten sie drogenabhängig und versklavt in einer Kaschemme auf City-Level 0 der Reeperbahn.

»Hört auf, so dämlich zu kichern und bewegt euch«, sagte ich zu den Kleinkindern Bren und Nic neben mir und ging weiter zum Aufzug.

Fünf Minuten später erreichten wir City-Level 2 und somit den Freudendistrikt der Reeperbahn. Zwischen einem mittelklassigen Bordell und einer heruntergekommenen Bar, befand sich ein geschlossener Club. Vereinzelte Plakate kündigten eine Neueröffnung in vier Tagen an. Die Scheibe bestanden aus schwarzem Glas, welches den Blick ins Innere verschleierte.

Meine Haut kribbelte, was ein zuverlässiges Indiz für eine Vielzahl von Schutzzaubern darstellte, die absichtlich so angelegt waren, dass man sie bemerkte. Viele Läden auf dem Kiez bedienten sich spürbarer Schutzzauber, um so die Gäste im Vorfeld zu warnen, dass keinerlei böse Absichten geduldet wurden.

Ein Neonschild in Pink und Blau flackerte über dem Eingang. Ich musterte es argwöhnisch und konnte nicht glauben, was dort stand.

»Bits'n'Tits«, las ich langsam vor und dehnte jedes Wort in die Länge. Mein Blick wanderte zu Jumoke, der verlegen zu Boden starrte. »Wirklich jetzt?«

»Haben es als Unterschlupf von einem Zuhälter gekauft und bisher hat keiner das Schild abgenommen«, antwortete er leise.

»Euer Scheinclub eröffnet in vier Tagen. Jemand sollte es wechseln.« Ohne groß zu überlegen, zog ich meine Hexenstahl-Schrotflinte und ballerte das dämliche Schild ins Nirwana. »Gern geschehen«, flötete ich, klopfte Jumoke auf die Schulter und schlenderte pfeifend in den nun namenlosen Club.

»Ist sie immer so … intensiv?«, hörte ich Jumoke von draußen fragen. Nic lachte laut als Antwort, sagte aber nichts.

Das war noch gar nichts. Intensiv geht anders.

Durch ein großes Fenster fiel pinkes Neonlicht in das Innere des Clubs, dennoch konnte ich in dem spärlichen Zwielicht kaum etwas sehen. Also stand ich hier und wartete auf die drei Männer, die weiterhin draußen vor sich hin murmelten. Kurz überlegte ich, weiter in den Club zu gehen, da ich jedoch kaum etwas erkennen konnte, beschloss ich, zu warten.

Das Problem mit den Feensinnen war für uns Sirenen durchaus kompliziert. Wir brauchten dafür spezielle Nahrung. Im Gegensatz zu allen anderen Feenwesen, die sie von der Urmagie in den Arsch gesteckt bekommen hatten und zum Teil nicht einmal zu schätzen wussten.

Was die *Unannehmlichkeit* mit der speziellen Nahrung war? Menschen. Sie waren vor der Neuen Weltordnung unser Essen gewesen. Und das stellte nun ein ziemliches Problem dar – mit den Friedensverträgen und all dem Kram, der in Europa herrschte. Wer hätte vor zwanzig Jahren schon geglaubt, dass Menschen einmal unter Naturschutz stehen würden? Ich jedenfalls nicht.

Warum wir nicht einfach tote Menschen fraßen? Weil das nichts gebracht hätte. Sie mussten leben – und Angst dabei haben. Ja, meine Spezies war ziemlich abgefuckt, keine Frage. Und weil wir europäischen Sirenen zivilisiert und am Frieden interessiert waren, verzichteten wir in der Neuen Weltordnung auf die Feensinne und aßen gewöhnliche Nahrung.

Na ja, nicht alle. Manche von uns nahmen die Dienste auf dem Kiez wahr, bei denen ein paar verzweifelte, verarmte menschliche Seelen Sirenen an sich knabbern ließen – gegen einige Euros natürlich. Höchstillegal darüber hinaus. Und das Risiko, für einen, maximal zwei Tage Feensinne zu haben, war eindeutig zu hoch und moralisch verwerflich. Selbst für mich, die nichts von allzu großer Moral hielt.

Hamburg war neben all dem Geld, den bunten Lichtern, der kulturellen Vielfalt und dem schwindelerregenden Fortschritt nun mal ebenfalls ein Drecksloch. Ich liebte Hamburg, aber wie in jeder Megacity gab es auch hier Seiten, die einfach ekelhaft daherkamen. Konzerne und die selbsternannte Elite standen ganz oben auf der Liste.

Aus dem Nichts erklang plötzlich laute Elektro-Musik und grelles Licht blendete mich. Mit einem unterdrückten Schrei sprang ich hinter die nächstbeste Deckung.

»Verdammt!«, brüllte Jumoke und stürmte an mir vorbei zu einer Bühne aus Glas im hinteren Teil, während ich den großen Raum mit verengten Augen scannte. Meine Hexenstahl-Schrotflinte auf Anschlag. Entwarnung. Niemand da, außer Nic, Jumoke und mir.

Moment. Wo war Bren? Mein Blick eilte umher, nur um ihn lässig sitzend auf einer weißen Ledercouch zu finden. Gelangweilt wischte er durch ein magisches Werbehologramm und schaute sich die Seiten mit den angebotenen Getränken an. Die Arroganz und Lässigkeit, die eine Person von seinem Status ihr eigen nannte, für alle deutlich zu erkennen.

So schnell die Musik gekommen war, verstummte sie wieder. Das Licht wechselte von bunter Clubbeleuchtung zu einem warmen Schein und badete den Raum darin. Zwei Bars, schwarzer Boden aus Marmor, edle Tische aus dunklem Holz und weiße Ledersofas zierten den Platz um eine etwa zwei Meter tief in den Boden eingelassene Tanzfläche. Sie erinnerte mich an einen Swimmingpool ohne Wasser. Wobei das Gezappel von potentiellen Gästen vermutlich wie Fische an Land wirken würde. Große Balkone verliefen an der Innenwand und erschufen auf diese Art eine offene zweite Etage.

»Entschuldigt, ich habe unserem DJ gesagt, dass er nicht einfach den Strom ausschalten soll, sondern erst seine Musikanlage und dann das Licht«, sagte Jumoke gedämpft.

Mir klingelten weiterhin die Ohren von dem dröhnenden Bass. Wenigstens in diesem Moment schätzte ich die Tatsache, kein Feengehör zu haben – besonders wenn ich Nicolas' gequälten Gesichtsausdruck sah. Bren hingegen wirkte weiterhin desinteressiert. Jedenfalls versuchte er, den Eindruck zu erwecken, denn obwohl er sich bemühte, unbekümmert zu wirken, schweifte sein Blick unablässig besorgt zu Nic.

Bevor jemand das Wort ergreifen konnte, flog die Tür zum Club scheppernd auf. Ein Schatten kullerte hinein. Meine Hand stoppte auf dem Weg zu der Schrotflinte. Aus zusammengekniffenen Augen musterte ich den Haufen dunkelbraunen, beinahe schwarzen Fells auf dem Boden.

Einer der Dobermänner. Im Gegensatz zu Nic konnte ich sie in Hundeform nicht auseinanderhalten. Schüttelnd sprang der Wandler auf seine Beine, stellte die orangebraunen Ohren auf, die ihm zuvor ins Gesicht gefallen waren, und schnüffelte in den Raum. Sein Blick verweilte kurz auf Nic und ein leises Winseln entfuhr ihm, er klemmte sich den Schwanz zwischen die Beine. Dann erblickte der Dobermann Jumoke und sprang aufgeregt auf ihn zu. Sein Schwanz jetzt wild wedelnd und die Zunge hing lechzend aus dem Maul.

»Brooks?«, fragte Nic, legte die Stirn in Falten, während seine Braue in die Höhe schoss. »Was soll dieser Auftritt?«

Der Stille also.

Durchaus verwunderlich. Dieses Verhalten passte absolut

nicht zu dem Brooks, den ich kennengelernt hatte. Oder besser gesagt nicht kennengelernt und meist aus der Entfernung beobachtet hatte. Da er nicht sprach, und Fremden kaum vertraute, gestaltete sich das Anfreunden schwieriger als mit seinen durchgeknallten Brüdern. Dennoch mochte ich die Drei ungemein gern und fand Brooks' Art, durch Gestiken und Mimiken zu kommunizieren, charmant.

In diesem Moment jedoch wirkte er völlig überdreht – euphorisch sogar. Und es fiel mir schwer, das mit seinem sonstigen Verhalten in Einklang zu bringen.

»Brooks?«, fragte Jumoke langsam. Er blinzelte mehrfach, legte die Stirn in Falten und murmelte etwas vor sich hin. Neugierig musterte er den Dobermann vor sich. »Wie in dem Namen Krobos?«

Ein lautes Bellen kam als Antwort.

Mit geweiteten Augen sah ich zu Nic, der jedoch lediglich zurückstarrte und mit den Schultern zuckte.

»Ähm, Brooks und Krobos klingen nicht sonderlich ähnlich«, sagte Bren sichtlich verwirrt.

Bevor jemand antworten konnte, hörte ich Knochen brechen, ein Knurren, gefolgt von einem Jaulen und dann stand Brooks nackt inmitten des Clubs. Ein breites Grinsen auf den Lippen, ein freudiges Funkeln in den Augen, betrachtete er Jumoke. Und das, obwohl er vor einem Fremden stand. Einen Moment fragte ich mich, wie sauer ich sein sollte. Immerhin kannte ich ihn Jahre und war niemals Empfängerin solcher Freude seinerseits geworden.

»Krobos, bist du es?«, fragte Jumoke ebenso mit einem strahlenden Grinsen. Dafür, dass er zu den intelligentesten Menschen seiner Spezies gehörte – immerhin hatte er Anubis erfunden – redete er gerade ziemlich wirr. Hatte er uns angelogen und Anubis gar nicht gegründet? War er überhaupt Teil des Hacker-Kollektivs? Niemand von uns hatte es in Frage gestellt und ihm blind geglaubt. Was, wenn es ein Hinterhalt war und er für Apex oder ein Syndikat arbeitete?

Ich machte zwei schnelle Schritte auf Nic zu, zog ihn hinter mich und griff nach Bonnie und Clyde.

»Bist das wirklich du?« Jumoke schüttelte lachend den Kopf, während er und Brooks sich weiterhin anstarrten. »Unglaublich.«

Eigentlich erwartete ich, dass der Dobermannwandler endlich auf Abstand ging oder wenigstens seine Hände vor den Schritt nahm, doch er nickte nur und … lachte, und zwar aus vollem Halse.

Da beiß mich doch n Aal. Was geht hier vor?

Nic trat grummelnd hinter mir hervor. Bevor er zu Jumoke und Brooks sah, warf er mir einen finsteren Blick zu, der klar ›Sal, *ich bin kein Kind, kann mich selbst verteidigen*‹ sagte. Ich beantwortete es mit einer Grimasse und einem angewinkelten Arm im Stil von ›W*as? Ich kann nichts dafür, dass ich so bad ass bin, dass ich dich retten wollte.*‹ Er rollte mit den Augen, atmete tief ein und aus und wandte sich seinen Freunden zu. Nur um dann abrupt innezuhalten.

»Was bei den Wassern der Elbe?«, entfuhr es mir.

Brooks hatte die Arme um Jumoke geschlungen. Gerade Brooks, der mir im besten Fall einmal, ein einziges Mal, zaghaft auf die Schulter geklopft und über diesen Körperkontakt danach geschockt dreingeblickt hatte.

In diesem Augenblick war ich definitiv zickig, dass ich ihn Jahre kannte und er sich manchmal immer noch hinter seinen Brüdern vor mir versteckte, aber einen völlig Fremden splitterfasernackt umarmte.

»Ähm, Kumpel?« Jumoke löste sich aus der Umarmung und drückte Brooks sanft von sich. »Du … Na ja, du bist nackt.«

Als wäre das eine überraschende Neuigkeit, schnellte Brooks Blick zu seinem Schritt, kurz darauf zu Nic, zurück zu Jumoke, ich wurde natürlich weiterhin ignoriert – ja, das machte mich nun definitiv zickig – und dann schnellten seine Hände vor seine Genitalien. Es dauerte bloß Sekunden, da lief sein Gesicht feuerrot an und einen weiteren Augenblick bis Schluckauf einsetzte. Gefolgt von einem leisen Winseln. Dieses versuchte Brooks mit einer Hand vor dem Mund zu verbergen, was seinen halben Schritt erneut entblößte und die Röte in seinem Gesicht intensivierte. Unbeholfen wusste er nichts mit seinen Händen anzufangen, kniff die Augen zusammen und warf beide Arme in die Luft, um genervt zu stöhnen.

Ich, die weiterhin missmutig darüber war, dass er einen Fremden mir vorzog, fand sein unbeholfenes Verhalten gar nicht süß oder drollig. Kein Bisschen. Ohne es zu wollen, entfuhr mir ein »Awww« und ein leises Kichern.

Irgendetwas stimmte mit der Luft in diesem Club nicht. Das letzte Mal gekichert hatte ich … Na ja, nie. Gelacht? Gegackert? Gelachgrunzt? Klar. Aber gekichert? Nein. Meine Mutter? Sicherlich. Andauernd sogar. Aber nicht ich.

»Kann mir einer erklären, was ich hier in diesem Augenblick bezeugt habe und nie wieder ungesehen machen kann?«, durchbrach Nic die irrwitzige Situation und stemmte die Hände in die Hüften. Der volle Vater-Modus, samt vorwurfsvollem Blick und anklagendem Tonfall – was nie gut war. Ich hatte das Vergnügen gehabt, zwei Mal Empfängerin dieses Verhaltens gewesen zu sein. Und mit Vergnügen meine ich: Arschkarte hoch zehn.

Wesen jagen und töten? Kein Ding.

Eine wilde Verfolgungsjagd? Dabei kam ich nicht mal ins Schwitzen.

Aber Nic im Vater-Modus? Hosen direkt voll. Und nicht mit Pipi.

»Und um das klar zu machen«, setzte er fort. »Mit *jemand* meine ich dich, Jumoke, und mit *bezeugt:* wieso dich einer meiner besten Freunde nackt bespringt, obwohl du einen Ehemann hast?«

»Das ist eine witzige Geschichte«, antwortete Jumoke und deutete mit dem Kinn auf Brooks MagiTech Armband. Der Dobermannwandler folgte der Geste mit den Augen, dann schlug er eine Hand vor seine Stirn, betätigte das Armband und stand unmittelbar darauf bekleidet im Raum. »Krobos … Brooks und ich sind … Freunde.«

»War unschwer zu erkennen«, merkte ich an. »So gute Freunde, dass du nicht einmal seinen echten Namen kennst.«

Ich hatte ab und an Anwandlungen von freundschaftlicher Eifersucht und der Angst, etwas zu verpassen, da durfte ich schnippisch werden.

Die Tür zum Club flog erneut auf, was langsam lästig wurde. Reflexartig zückte ich Bonnie und Clyde. Die Luft vor uns waberte flüchtig auf und einen Augenblick später verfestigte sich ein Schutzschild. Neben mir stand Nic mit leuchtenden Augen, während Brooks sich in Zeitlupe umdrehte und das Gesicht schuldbewusst verzog.

»Du!«, donnerte Flynts Stimme vom Eingang her.

»Wenn du noch einmal einfach verschwindest, während wir nach Nic suchen, dann erwürge ich dich eigenhändig«, fügte Garth hinzu und zeigte auf Brooks. Vor seine Brust hatte er Aiden in einer Tragevorrichtung geschnallt. Drollig wedelte der Kleine mit den Beinen und freute sich über die Aufregung.

Herrje, die Chaostruppe war vollständig. Erleichtert lachte ich auf und spürte alle Blicke auf mir.

»Was denn? Ihr müsst zugeben, dass die ganze Situation völlig verdreht ist. Außerdem habe ich noch nie einen zwei Meter großen Kerl mit einem Kleinkind vor der Brust gesehen. Steht dir, Garth.«

Jumoke und Brooks grinsten. Mit einem Schmunzeln stimmte Nicolas zu. Die beiden Dobermänner hingegen schnüffelten in die Luft, dann weiteten sich ihre Augen, bevor sie glasig wurden. Ich kannte diesen Ausdruck und er bedeutete Chaos. Der Hundetrieb hatte die Kontrolle ergriffen. Aber wieso?

»Katze!« Garth zeigte mit ausgestrecktem Arm auf … Jumoke. Was zur Urmagie?

Garth schnallte Aiden los und setzte ihn auf den Boden. Mit den Armen in die Höhe geworfen rannte der Stöpsel zu Bren und setzt sich auf dessen Schoß. Wie fürsorglich der Kronprinz seinem Sohn den Kopf streichelte, verschlug mir den Atem. Bedingungslose Liebe strahlte aus Brens Augen, jegliche Partyprinz-Maske abgestreift. Keine Arroganz, Erhabenheit oder gespieltes Draufgängertum. Fürsorge in ihrer reinsten Form.

»Oh! Katze!«, stimmte Flynt ein. Sein Körper vibrierte vor Aufregung.

Bevor ich mich versah, hörte ich Knochen brechen und zwei Dobermänner standen im Eingang. Verwirrt sah ich zu Nic, der ebenso hilflos dreinblickte. Aus den Augenwinkeln erkannte ich eine weitere Wandlung. Dachte ich im ersten Moment, es wäre Brooks, musste ich erstaunt feststellen, dass Jumokes Körper sich veränderte. Einen Moment später saß ein prächtiger Gepard auf seinen Hinterläufen und … zwitscherte. Völlig untypisch für mich, entließ ich das zweite entzückte »Aaaaawww« des Tages. Das Geräusch des Gepards, das nach Vogelgezwitscher klang, war einfach zu süß.

Nic riss sich kopfschüttelnd aus seiner Verwunderung und starrte Brooks bittend an. Dieser hingegen legte den Kopf schief und setzte ein entschuldigendes Lächeln auf. Dann brachen seine Knochen und die drei Dobermänner setzten hechelnd zur Jagd an. Jumoke, der allem Anschein nach ein Wandler war, sprang als Gepard zwischen den Tischen hin und her. Für einige Augenblick betrachte ich das Spiel. Die drei Dobermänner wirkten im Vergleich zu dem leichtfüßigen, grazilen Gepard, tollpatschig. Sie rammten gegen Tische und Stühle, während Jumoke anmutig immer wieder Abstand zwischen sich und seine Verfolger brachte, nur um dann stehenzubleiben und sie mit seinem Gezwitscher zu verhöhnen.

»Jumoke ist ein Wandler?«, fragte ich, ohne meinen Blick von den vier Männern zu nehmen.

»Scheint so«, antwortete Nic gedehnt.

»Du wusstest es nicht? Er muss doch nach Wandler riechen. Außerdem kennt ihr euch seit Jahren.«

»Für mich riecht er nach Mensch. Dessen ungeachtet hatte ich damals noch keine Feensinne, die kamen erst mit der Geburt von Aiden. Ich dachte bis gerade er sei ein Mensch wie ich.« Genervt entließ er ein Grunzen. »Na ja, ich bin ja offensichtlich selbst keiner.«

»Interessant«, murmelte ich. »Vermutlich also ein Halbwandler.« Es gab nur wenige von ihnen, da die Wandlergene in neun von zehn Fällen dominant hervortraten. Bei Halbwandlern hingegen waren beide Genpools strikt getrennt. In Menschenform besaßen sie keinerlei Wandlerinstinkte und stellten gänzlich Menschen dar – auch vom Geruch. Was rückblickend betrachtet erklärte, wieso Jumoke ein Bio mit Instinktverstärkung besaß. In der Tierform hingegen waren Halbwesen vollwertige Wandler. Einer der Gründe, wieso sie ungemein begehrt für die Geheimdienste dieser Welt waren. Sie gingen problemlos als Menschen durch und wurden deswegen oft ignoriert und unterschätzt.

Ein lautes Scheppern ließ mich zu der gläsernen Bühne mit dem DJ-Pult schauen. Dort lagen die drei Dobermänner ineinander verschlungen, überhäuft mit Platten, zerstörter Technik und Holzteilen des Pults. Jumoke saß neben ihnen, legte den Kopf schräg und schnurrte zufrieden.

»Okay, es reicht. Sofort zurückwandern. Alle, auch du, Schmusekater!« Nicolas zeigte auf Jumoke.

Der elegante Gepard zuckte zusammen und maunzte leise. Unschuldig leckte er sich die Pfote und blinzelte uns zu. Die markante Zeichnung seines Gesichts trat in dem Licht der Leuchtkristalle hervor und verlieh ihm etwas Erhabenes. Dann streckte er die Zunge leicht aus dem Maul und zwitscherte. Mit aller Kraft unterdrückte ich ein weiteres »Awwww« und fragte mich langsam, was nicht mit mir stimmte. Vermutlich stellte es nur einen weiteren Punkt der Verfehlungen meiner Mutter dar. Eine lange Liste, der ich im Geiste nun auch *Hat mir nie Haustiere erlaubt, weswegen Tierformen mich nun »Awww« sagen lassen,* hinzufügte.

»Vergiss es! Ich wohne seit Jahren mit drei Hundewandlern zusammen. Süße Tiergesten funktionieren längst nicht mehr bei mir. Dagegen bin ich immun. Ihr seid keine niedlichen Tiere, sondern Wandler. Die am meisten anerkannte Spezies auf Erden. Also kneif dir den *Ich bin ein süßes Kätzchen* Akt und benimm dich wie ein mündiger Erwachsener!«

Die Hände erneut in die Hüften gestemmt, wechselte Nic

zum zweiten Mal in Folge in den Vater-Modus. Die vier Wandler hatten ein großes Problem – und ich beneidete sie kein bisschen darum.

Wandler_in, der/die
Substantiv

1. eine Spezies der Schattenwesen

2. können zwischen ihrer menschlichen und tierischen Form wechseln

3. hoch angesehen bei den Schattenwesen und Menschen

Aus dem Archiv von Alexis,
der Bibliothek von Alexandria

14

Nicolas

Mit zu Schlitzen verengten Augen fixierte ich Jumoke, genervt und fasziniert zugleich. Nichts an ihm verriet, dass er ein Schattenwesen war. Weder sein Geruch, noch die Wesensarten, die Wandler in der Menschenform mit ihren Wandeltieren teilten.

»Wieso hast du nie etwas gesagt?« So sehr ich versuchte, meinen Ton neutral zu halten, schwang eine Portion verletzter Gefühle mit.

»Ich habe es selbst erst spät realisiert«, antwortete Jumoke, der nun zurückverwandelt war. »Wie viel weißt du über Wandler?«

»Das, was allgemeingültig ist. Ihr gehört zu den am meisten respektierten Wesen – sowohl bei den Menschen, als auch den Schattenwesen. Euer Wandeltier ist oft in eurer Familienlinie, aber kann ebenso ein anderes sein.«

»Und da fehlt einigen das richtige Wissen. Jedes Wesen auf der Erde hat ein Seelentier. Wir Wandler bilden mit ihm aber eine Einheit, während alle anderen oft nie erfahren, was ihr Seelentier ist.«

»Oh, das wusste ich nicht.«

»Sage ich ja.« Jumoke zwinkerte mir zu.

»Kannst du sehen, was mein Tier ist?«

»Nein, das ist leider nicht möglich«, antwortete Jumoke kopfschüttelnd.

»Auftritt Kronprinz der Fae, Hüter geheimer Magie, Enthüller der verborgenen Seelentiere«, hörte ich Bren sagen, während er sich zu uns gesellte. Trotz größter Mühe konnte ich mir ein genervtes Stöhnen nicht verkneifen. Direkt suchte mein Blick Aiden. Erleichtert stellte ich fest, dass Garth ein holografisches Brettspiel mit ihm spielte und ihn somit beschäftigte. Ein Glück besaßen wir ein ganzes Arsenal an Hörspielen, Malbüchern und Brettspielen, um den kleinen Mann von dem Irrsinn unseres Agentenlebens abzulenken.

Erneut wandte ich mich zu Bren und gab ihm einen Was-willst-du-Blick. Amüsiert musterte er mich. »Möchtest du wissen, welches Tier in dir schlummert, oder nicht?«

Am liebsten hätte ich verneint, nur um ihm den Spaß zu verderben, doch meine Neugier siegte. Außerdem fiel es mir allgemein zunehmend schwerer, nein zu ihm zu sagen.

»Na los, du großer Meisterenthüller«, gab ich zähneknirschend von mir.

Bren formte ein paar Runen mit der Hand und murmelte feeische Worte. Silberne Partikel bildeten sich an seinen Augen, flogen zu mir herüber und legten sich auf meine Brust. Für einen Augenblick geschah nichts, dann spürte ich einen kurzen Stich und die Partikel formten sich zu einem Polarfuchs. Ruhig saß er auf seinen Hinterläufen und sah mich an, legte den Kopf schief, ehe er leise bellte. Sein weißes Fell leuchtete im Licht des Clubs. Die Augen des Fuchses zogen mich in ihren Bann. Eisblau wie meine eigenen, hatte ich das Gefühl, durch sie in meine eigene Seele zu sehen. Mit einem weiteren Bellen löste er sich auf, die silbernen Partikel zerstoben.

»Wow, ich wusste nicht, dass das möglich ich«, flüsterte Jumoke beeindruckt.

»Bin immer für eine Überraschung gut«, prahlte Bren, wie nicht anders zu erwarten.

Ich sah den Partikeln hinterher. Selbst wenn Bren mich regelmäßig zur Weißglut trieb, war ich ihm dankbar für diesen persönlichen Moment mit meinem Seelentier, von dem ich nicht einmal gewusst hatte, dass ich es besaß.

»Erklärt auf jeden Fall, wieso ihr euch so gut versteht. Füchse sind doch Hunde.« Sal deutete zu den drei Brüdern, die mich breit angrinsten und sich abklatschten.

»Natürlich ist Nic ein Fuchs. Wir hundeartigen Wandler sind die coolsten«, rief Garth und bekam Applaus von seinen Brüdern.

»Darüber kann man streiten. Jedenfalls stinkt ihr mehr als wir anderen.« Jumoke verzog das Gesicht und zuckte mit den Schultern, aber in seinen Augen blitzte es schelmisch auf. Unmittelbar geriet er mit den drei Dobermännern in einen verspielten Streit über die besten Wandeltiere.

»Soll ich dir meinen zeigen?«, flüsterte Bren in mein Ohr und stand so dicht an mir, dass ich seine Körperwärme spürte.

Langsam drehte ich meinen Kopf zu ihm. Unsere Lippen berührten sich fast. Sein Atem beschleunigte sich, ebenso sein Puls. Mein verräterisches Herz nahm es als Aufforderung es ihm gleichzutun. Mühsam versuchte ich, meine Atmung zu beruhigen, doch Brens markanter Duft riss mich aus der Konzentration. Die Leidenschaft und das Verlangen mehr als deutlich in jeder Note zu riechen. Dennoch war dies hier der völlig falsche Zeitpunkt weiter darüber nachzudenken und auch nur nachzugeben. Ich musste die Situation zu meinen Gunsten ändern, also tat ich, was ich in letzter Zeit viel zu oft tat und griff Brens Ego an.

»*Deinen* kenne ich schon. Ich war nicht beeindruckt«, antwortete ich zuckersüß, bemüht, dabei ernst zu bleiben und nicht zu grinsen.

Mehrfach blinzelte Bren, den Mund zu einem stillen O geöffnet, während Sal sich verschluckte und hustete.

»Autsch, Nicolas! Mein Ego!« Dramatisch griff er sich an die Brust, lachte dabei aber herzlich.

»O nein, das wollen wir natürlich nicht. Stell dir mal vor, dein Ego und du passten zeitgleich in einen Raum. Das gilt es zu verhindern.«

»Na gut, er hätte dir gefallen.« Gelassen zuckte er mit den Schultern. Genau diese Geste, als wäre es ihm egal, spornte meine Neugier zusätzlich an. Verdammter Bren O'Toole. Nun begehrte alles in mir auf, zu erfahren, was sein Wandeltier war.

»Sag schon. Ist es ein Lurch? Ein Stinktier? Nein, ich weiß es. Eine Nacktschnecke!«

Mit einem selbstgefälligen Grinsen, weil er seinen Willen bekam und ich dummerweise nachgegeben hatte, murmelte er erneut den Zauber. Ein paar Sekunden später flatterte ein wunderschöner Monarchfalter durch den Raum. Von dem Tier floss Liebe und Fürsorge in regelrechten Wellen durch die Luft. Ich spürte sie auf der Haut, in den Knochen und in meinem Innersten. Ebenso schwangen Verletzlichkeit und Zweifel mit. Zwei Eigenschaften, die sich nicht mit dem Bren in Einklang bringen ließen, den er viel zu oft der Welt zeigte.

Das Tier schwebte elegant durch den Raum, umkreiste die Nervensäge einen Moment und setzte sich dann auf meinen Arm.

Wärme breitete sich von der Stelle aus, durchflutete meinen ganzen Körper. Ein wohliges Schaudern hüllte mich in Geborgenheit. Ich spürte die Verbindung, die zwischen Bren und mir existierte, die Zuneigung für mich. Seine Gefühle mir gegenüber. Rau und ungefiltert. Ehrlich und pur. So stark, dass ich nahezu in die Knie ging und für einen Augenblick das Atmen vergaß.

»Ich … Wow!« Mehr brachte ich nicht hervor. Überwältig von diesem intimen Moment zwischen Brens Seele und der meinen.

»Danke«, flüsterte Bren, seinen Blick weiterhin auf das Seelentier gerichtet. Dann vollführte er eine Handbewegung und der Monarchfalter löste sich in tausend kleinen Silberfunken auf. Unmittelbar vermisste ich die Anwesenheit des Tieres schmerzlich. Die Erkenntnis, was das bedeuten könnte, schmeckte mir gar nicht. Der Zeitpunkt, sich damit auseinanderzusetzen, war mehr als unpassend.

Bestimmt räusperte ich mich, wandte meine Aufmerksamkeit zu Jumoke und lächelte ihn an. »Obwohl ich viele Fragen habe, müssen die warten.« Ich warf Bren einen Seitenblick zu und vernahm seine knappe Zustimmung. Jumoke hingegen schmunzelte. »Wir sollten uns auf die Mission konzentrieren. Kannst du uns bei dem Level-3-Dive helfen?«, fragte ich, meine Stimme weiterhin heiser.

Unterwegs hatten wir ihn in unseren tollkühnen Plan eingeweiht und Jumoke hatte lediglich alles stillschweigend abgenickt.

»Ich kann euch nicht nur dabei helfen. Ihr werdet jemanden brauchen, der die gesamte digitale Sicherheit umgeht und die Kommunikation hackt.«

»Stimmt.« Nachdenklich fuhr ich mir über den kurzen Bart.

»Außerdem müssen wir Körper für den Dive synthetisieren«, fügte er hinzu.

Mit erhobener Braue musterte ich meinen Studienfreund.

»Zu kompliziert zu erklären, aber vertrau mir. Es ist ein Backupplan, durch den ihr jederzeit die Mission abbrechen könnt.«

»Verstehe. Wie lange dauert das?«

»Eine oder zwei Wochen. Mit Krobos' Hilfe geht es definitiv schneller.« Jumoke zwinkerte Brooks zu, der daraufhin knallrot anlief.

»Okay, dann suchen wir einen sicheren Unterschlupf und kommen später zurück. Solange können wir den Rest planen.« Ich sah zu Aiden und Garth, die weiterhin friedlich spielten. Mein Sohn schien mal wieder auf der Siegerstraße zu sein. Die Zeiten, in denen wir ihn gewinnen lassen hatten, waren seit einigen Wochen vorbei. Kindliche Fae-Gehirne entwickelte sich eindeutig zu schnell und somit zog der Kleine uns bei allen Spielen mittlerweile gnadenlos ab.

»Ihr solltet hier einziehen; Nicolas. Eure Wohnung ist keine Option mehr. Und Bren sagte im Skycar schon, dass seine Kontakte euch nur kurz beherbergen könnten.« Jumoke nickte zur Treppe, die in das Kellergeschoss führte. »Über dem Zugang und der Decke der Wohnung liegen eine Vielzahl an Schutzzaubern. Ebenso einige physische Fallen und ein paar paracognitive Illusionen. Ich schwöre dir, es gibt in ganz Hamburg keinen besser gesicherten Ort als diesen Club«, sagte Jumoke.

»Außer die HSB«, murmelte Sal.

War das ein guter Plan? Würden wir Jumoke und Anubis nicht zusätzlicher Gefahr aussetzen?

»Ich weiß nicht.« Alles in mir sträubte sich, weitere Freunde der Bedrohung auszusetzen.

»Ihr findet nichts Sichereres als unser Kellerquartier, glaub mir«, beharrte Jumoke eisern.

»Nic, er hat recht. Ich verstärke den Schutz zusätzlich mit Feenmagie, wenn du dich dadurch wohler fühlst«, stimmte Bren zu.

»Na gut.« Langsam atmete ich tief durch. »Dann ist das abgemacht.«

Die letzten drei Tage waren überraschend ereignislos verstrichen. In mehreren Sitzungen hatten wir all unser Wissen über die HSB gesammelt. Selbst nachdem wir viele Informationen gesammelt hatten, reichte das nicht aus, den Einbruch durchzuführen. Zu viele Sachen blieben ungeklärt. Die Gefahr, in eine Falle zu tappen, war deutlich zu hoch. Wir brauchten mehr Klarheit. Genau deswegen durchforsteten Jumoke und Brooks das magische Internet, Hive, während Sal ihre Kontaktpersonen in Hamburg abklapperte.

Bren, Aiden und ich hingegen richteten uns in unserem neuen Heim ein, das zeitgleich als die Zentrale unseres Coups diente. Hatte ich erwartet, dass der Keller trostlos und steril sein könnte, stellte ich fest, wie falsch ich gelegen hatte.

Polierter Ahornboden erstreckte sich durch den langen, breiten Flur, die offene Küche samt angeschlossenem Wohnzimmer und ebenso durch die sieben Zimmer. Unter den Decken verliefen alte, dunkelbraune Holzbalken, was der Wohnung einen rustikalen Touch verlieh. Unterstützt wurde dieser Eindruck durch einen großen Kamin, vor dem flauschige Teppiche lagen. Die Wände waren in einem warmen Terrakottaton gestrichen und mit teuer wirkenden Bildern behangen. Auch die Einrichtung passte perfekt in das Gesamtbild. Holzmöbel, gemütliche Kissen und Regale mit unzähligen Büchern dekorierten die Wohnung. Ein ideales Zuhause, unterhalb eines Nachtclubs, der in wenigen Stunden Feierlustige aus ganz Europa zur Eröffnung empfangen würde.

Zum Glück gab es eine magische Lärmdämpfung. Somit musste ich mich nicht darum sorgen, dass mein Sohn keinen Schlaf bekam. Wobei es die letzten Tage dennoch der Fall war. Zu aufregend war das ganze Durcheinander für Aiden. Für ihn gestaltete sich der Umzug wie ein großes Abenteuer. Er konnte mit Bren Zeit verbringen und mit den anderen Teammitgliedern spielen. Sogar Pizza gab es öfter, als ich es für sinnvoll erachtete.

Dennoch musste ich mir eingestehen, dass es meine Nerven erheblich beruhigte, zu wissen, dass jeder in unserem Unterschlupf meinen Sohn beschützen würde. Gesetzt den Fall, irgendjemand schaffte es durch die Fallen und Schutzzauber, wofür die Chancen schwindend gering standen. Für den kleinen Mann gab es in der Tat in ganz Hamburg keinen sichereren Ort als diesen hier.

Und das wiederum verschaffte uns einen Puffer, alles in Ruhe zu planen. Solange niemand an Aiden oder Bren herankam, hatten wir alle Zeit der Welt. Das einzige Problem? Die familiäre Stimmung und die Sicherheit spielten ein gefährliches Spiel mit meinem Hirn. Es war zu leicht, alle Geheimnisse und Bedrohungen zu vergessen und einfach zufrieden hier unten zu leben. Doch wäre das niemandem von uns gegenüber gerecht gewesen.

Solange wir hier wohnen und alles planen konnten, genoss ich jedoch die geschenkte Zeit. Selbst meine nächtlichen Albträume warfen mich weniger aus der Bahn als gewöhnlich. Meine Kopfschmerzen hielten sich in Grenzen und die Übelkeit glich einer alten Erinnerung. Was zum einen daran lag, dass Bren glaubte, ich merkte nicht, wie er jede Nacht neben mir lag und mir durch Feenmagie ein paar ruhige, traumlose Stunden verschaffte, und zum anderen daran, dass die Traumwandlungen keine neuen Erkenntnisse erbracht hatten.

Abgesehen von ein paar wenigen Namen entführter Wesen. Diese leitete Jumoke anonym über das Hive an die MIA weiter. Immerhin konnte ich schlecht dort hineinspazieren, um diese zu melden. Nicht nachdem sie mich gefangen nehmen oder töten wollten. Meine Zeiten beim magischen Geheimdienst waren somit offiziell Geschichte.

Trotz der frühen Abendstunde begab ich mich mit einem Kaffee in der Hand in das Wohnzimmer. Hier hatten Jumoke und Brooks vier Monitore errichtet. Auf zwei liefen wilde Zahlenreihen entlang, einer zeigte verschiedene Überwachungskameras aus Hamburg und der vierte Aufzeichnungen aus der HSB. Sie nannten es Nachforschung und Hacking, versuchten Muster und Routinen zu erkennen, um somit weitere Informationen für unseren Plan zu erlangen. Für mich hingegen stellte es eine völlig fremde Welt dar. Technik war mir suspekt und ich verstand sie kaum.

Selten hatte ich Brooks derart viel lachen gehört wie in den letzten drei Tagen. Auch jetzt hockte er mit Jumoke vor einem der Monitore und zeigte auf Zahlenreihen, die für mich absolut keinerlei Sinn ergaben. Während Jumoke dabei fließend nerdisch sprach, was Brooks grinsen ließ.

Natürlich freute ich mich für Brooks, gerade er hatte es verdient, fröhlich zu sein. Doch besorgten mich die Seitenblicke. Jedes Mal wenn sich der Dobermannwandler unbeobachtet fühlte, musterte er Jumoke mit Herzchen in den Augen. Als wäre das nicht schlimm genug, erwiderte mein alter Freund diese Gesten, sobald Brooks wieder auf den Monitor sah.

Diese ganze Situation schrie förmlich nach Chaos und Herzschmerz. Nicht, weil Jumoke einen Ehemann hatte – wobei das definitiv einen Grund darstellte – sondern wegen der Tatsache, dass ich mir nicht sicher war, ob Brooks den Typ Mann darstellte, der einen One-Night-Stand haben könnte. Und mehr erschien, bedachte man Scruffy, nicht für meinen besten Freund drin zu sein.

»Nutz deine Feensinne, Nic«, flötete Bren im Vorbeigehen.

Verwirrt sah ich ihm nach, während er Aiden zum Zähneputzen begleitete. War ich so leicht zu durchschauen? Stand mir die Sorge um Brooks ins Gesicht geschrieben?

Offensichtlich schon. Es hatte nicht speziell mit Bren zu tun und der Verbindung, die immer stärker zwischen uns wurde. Jeder hätte es gesehen. Zumindest weigerte ich mich, mir einzugestehen, dass Bren mich unter Umständen besser verstand als mir lieb war.

Genervt legte ich den Kopf in den Nacken und atmete tief durch. Ich konzentrierte mich auf die Feensinne. Ein Ziehen hinter meiner Nasenwurzel ließ mich wissen, dass sie auf Hochtouren arbeiten. Langsam drehte ich den Kopf zu den zwei Techniknerds. Erschrocken weitete ich die Augen.

»Nein!«, entfuhr es mir viel zu laut, was dazu führte, dass sich die beiden zu mir herumdrehten. Brooks musterte mich aus wachsamen Augen, bevor sich sein Blick entspannt, als er merkte, dass keine Gefahr drohte. Sein Gesichtsausdruck wechselte zu verwirrt.

Jumoke hatte die Augen zusammengekniffen und die Stirn in Falten gelegt. »Was ist los?«, fragte er gelassen.

Diese Ausgeglichenheit hätte ich ihm glatt geglaubt, wären meine Feensinne nicht gerade aktiv gewesen. So jedoch hörte ich die Skepsis aus seiner Stimme. Ebenso seinen Herzschlag und die veränderte Atmung.

Er wusste Bescheid. Und wenn Jumoke es als Halbwandler realisiert hatte, dann war sich Brooks ebenso bewusst darüber. Das Chaos stellte sich deutlich größer dar, als ich es vor wenigen Augenblicken befürchtet hatte.

Eine hellgrüne Aura lag um meine beiden Freunde und kleine Funken flogen zwischen ihnen hin und her. Wie ein Band aus Licht knüpfte es eine Verbindung. Selbst ohne es zuvor je gesehen und nur davon gehört zu haben, wusste ich, was es bedeutete. Ihre Wandeltiere hatten sich markiert. Den jeweils anderen als ihren Seelenpartner gewählt. Und das stellte mit großer Sicherheit ein verdammt großes Problem für die Gefühlswelt von Brooks dar. Shit!

»Nichts. Hab gerade laut über etwas nachgedacht, was Bren

gesagt hat. Und meine normale Reaktion darauf ist logischerweise: Nein!«

Die wohl dümmste Ausrede in der Geschichte der Ausreden.

Brooks legte den Kopf schief und grinste. Dann nickte er und wandte sich wieder dem Monitor zu. Nach einem vielsagenden Blick tat Jumoke es ihm gleich.

Unvermittelt ließ ein Stich hinter meiner Stirn mich zusammenschrecken. Bevor ich reagieren konnte, hörte ich Jumokes Stimme in meinem Kopf.

»Du siehst die Markierung, oder?«

Ein paar Sekunden brauchte ich, um mich daran zu erinnern, dass er ebenso an der Paracog-Uni gewesen war und telepathische Verbindungen als Basiswissen gelernt hatte.

»Leider ja. Wie konntest du nur? Du hast einen Ehemann, verdammt!«

»Du glaubst, ich habe ihn freiwillig markiert?«

Wie sollte es denn sonst gewesen sein? Passierte es etwa einfach so? Ich wusste eindeutig zu wenig über Paarungsrituale der Wandler.

»Ist es nicht so? Brooks ist kein Spielzeug!«

Mein Puls rauschte mir in den Ohren. Wie konnte Jumoke so etwas machen? Gerade mit Brooks. Hätte er Garth oder Flynt markiert, hätten sie ein paar wilde Nächte gehabt und damit wäre die Sache erledigt gewesen. Wobei ich mir nicht sicher war, ob man überhaupt so leicht über eine Markierung hinwegkam. Und Brooks? Auf keinen Fall, dafür war er zu einfühlsam und sensibel.

»Nic, ich habe es nicht gemacht. So funktioniert die Markierung nicht. Wir Wandler sind zwar humanoid und haben die volle Kontrolle über alles – aber eine Sache können wir nicht beeinflussen. Unser Wandeltier wählt den Seelenpartner, nicht wir selbst.«

»Weiß Brooks es?«

»Ich gehe davon aus. Sein Tier hat mich ebenso markiert. Die Markierung ist gegenseitig und einvernehmlich. Wir sind bloß gut darin, es zu ignorieren.«

»Gut darin, es zu ignorieren, würde ich es nicht nennen, wenn

man sich andauernd heimlich mit Blicken verschlingt.« Bevor ich es unterdrücken konnte, entfuhr mir ein genervtes Lachen.

Brooks musterte mich verwirrt, sah dann zu Jumoke und kniff die Augen zusammen. In einer fragenden Geste und finsterem Blick breitete er die Arme aus. Abstreiten brachte demnach nichts, er hatte uns erwischt.

»Brooks«, setzte ich beschwichtigend an, doch er zeigte uns den Mittelfinger und verließ mit polternden Schritten den Raum.

»Shit«, sagten Jumoke und ich zeitgleich.

»Ich gehe mit ihm reden«, fügte ich kleinlaut hinzu. »Was gedenkst du, wegen der Markierung zu machen?«

»Nichts. Weiter tun, als wäre sie nicht da. Ich bin verheiratet und ich mag Scruffy.«

Mögen? Das war nicht das Wort, das ich für meinen Ehemann genutzt hätte. Interessant.

»Du meinst, du liebst Scruffy?«

»Genau das sagte ich.« Jumoke verschränkte die Arme vor der Brust und sein Blick forderte mich auf, ihm nicht zu widersprechen. Also nickte ich und drehte mich um.

An den Türrahmen gelehnt stand Bren da und sah mitleidig zu mir. Der hatte mir in diesem Moment gerade noch gefehlt. Nach wenigen Schritten erreichte ich ihn und streckte ihm mein Kinn entgegen.

»Was?«

»Wie konntest du eigentlich Agent werden?« Sein Ton war neckend, traf dennoch mitten ins Schwarze. »Das war nicht sonderlich unauffällig von dir. Mal davon abgesehen, dass ihre Markierung mir schon seit zwei Tagen in den Augen schmerzt. So hell habe ich selten eine strahlen sehen.«

»Und du bist nicht auf die Idee gekommen, es mir zu sagen?«

»Ich dachte bis vorhin, du ignorierst es wie die beiden Pfeifen.« Er zuckte verlegen mit den Schultern. »Du weißt, dass sie das nicht ewig durchziehen können, oder?«

»Wovon redest du?«

»Die Markierung und ihre Gefühle werden immer stärker im

Laufe der Zeit. Sie werden einen enormen Beschützerinstinkt für den jeweils anderen entwickeln. Das könnte unser ganzes Vorhaben gefährden.«

»Kann man eine Markierung aufheben?«

»Nicht, wenn du willst, dass beide weiterleben. Sie erlischt erst, wenn einer von ihnen stirbt. Was eher keine Option ist, nehme ich an?«, fragte Bren und kräuselte die Nase.

»Sag mal, bist du besoffen? Natürlich ist das *keine* Option!«

»Dachte ich mir. Dann nein, es gibt keinen Weg, die Markierung aufzuheben.«

»Verdammt, und jetzt?«

»Ich kann die Markierung mit Feenmagie dämpfen. Das würde ihr Fortschreiten verlangsamen. Aber … das ist äußerst unangenehm, da es wirklich dunkle UnSeelie-Magie ist. Und darüber hinaus höchst illegal.« Behutsam legte Bren mir eine Hand auf die Schulter. Sein Kopf näherte sich mir, bis seine Stirn meine berührte. Er atmete langsam ein und aus, dann seufzte er. »Rede erst einmal mit Brooks. Es wird für ihn auch nicht leicht sein, zu wissen, dass er einen Seelenpartner hat, mit dem er nicht zusammen sein kann.«

Mein Magen verkrampfte sich bei Brens Worten. Zwischen den Zeilen schrie es förmlich, dass er das gleiche mit mir durchlebte. Obwohl ich versuchte, die richtigen Worte zu finden, schwieg ich. Was sollte ich auch sagen?

Ohne Frage, ich realisierte zunehmend, dass Bren weit mehr als der Kronprinz war, den ich immer verteufelt hatte. Mehr auch als der Mann mit der Maske von Arroganz und Gleichgültigkeit, die er gekonnt für die Gesellschaft überstreifte. Auch merkte ich, dass ich ihn immer mehr in mein Herz schloss.

Dennoch konnte ich die Verzweiflung der letzten drei Jahre nicht ausnahmslos verdrängen. Die Wut alleine für unseren Sohn zu sorgen. Selbst jetzt, nachdem ich den Grund dafür kannte, mehr noch verstand. Ich brauchte Zeit. Und vor allem einen klaren Kopf für unsere Mission. Erst danach würde ich mich damit auseinandersetzen können, wohin das ganze Chaos zwischen Bren und mir laufen würde. Wie er Teil unserer kleinen Familie werden könnte. Denn ohne jeden Zweifel wollte ich, dass er Teil von Aidens Leben blieb. Die Verbindung zwischen den beiden würde ich niemals kappen wollen. Egal, was meine Gefühle mir nach der Mission sagen würden.

»Ich weiß, Nic. Alles gut. Geh zu Brooks.« Bren löste sich von mir und mühte sich ein Lächeln auf die Lippen. In diesem Moment hasste ich seine Feensinne und die Tatsache, dass er dadurch zielsicher deutete, was in mir vorging.

Als ich Brooks' Zimmer erreichte, kamen mir Flynt und Garth mit eingezogenen Köpfen entgegen.

»Keine Ahnung was du gemacht hast, aber du hast richtig Scheiße gebaut«, flüsterte Garth.

»Brooks hat dein Gesicht auf die Gegner in seinem Shooter programmiert. Ich glaube, er hat mittlerweile dreißig Nics abgeballert. Viel Glück.« Mit diesen Worten und einem Grinsen eilten die zwei Brüder davon.

Seufzend klopfte ich an den Türrahmen.

»Darf ich reinkommen?«

Brooks blickte über seine Schulter. Er verengte die Augen, drehte sich wieder zu seinem Spiel und betätigte den Abzug.

»Gegner eliminiert. Nur noch ein Nicolas übrig«, sagte die Computerstimme. Ein paar Sekunden später erklang sie erneut: »Alle Nicolas' ausgeschaltet.«

Trotz der Situation musste ich grinsen.

»Geht's dir jetzt besser?«

Er nickte, gefolgt von einem Seufzen. Langsam betrat ich sein Zimmer und setzte mich auf die gemütliche Couch. Anstatt wieder aufzustehen, zerrte ich umständlich ein großes Kopfkissen unter dem Hintern hervor und legte es auf meinen Schoß.

»Können wir reden?«, fragte ich sanft. »Bitte?«

Zögerlich drehte sich Brooks zu mir. Seine Augen auf den Boden gerichtet.

»Es tut mir leid. Es war arschig, in deinem Beisein über dich … euch … zu reden.« Ich seufzte resigniert. Brooks starrte weiterhin auf den Holzboden. »Du kannst dich auch wandeln, wenn es dir unangenehm ist in humanoider Form. Das weißt du, oder?«

Langsam hob er den Blick. Eine Träne glitzerte in seinen Augenwinkeln. Er verzog das Gesicht und fuhr sich durch sein Haar. Nicht zum ersten Mal sah ich die Verzweiflung in seinen Augen, dass er sich schämte, nicht zu reden. Ich kannte dieses Gefühl gut, hatte es selbst durchlebt. Nicht so lange oder so intensiv wie Brooks es tat, dennoch wusste ich, wie es war, wenn alles in einem schrie, etwas zu sagen, aber kein Wort die Lippen verließ.

Laut brachen seine Knochen, als er seufzend die Dobermannform annahm. Ein weiteres Seufzen, dann schüttelte er sich. Ich richtete mich auf dem Sofa auf und Brooks schlenderte zu mir herüber. Mit Leichtigkeit sprang er hinauf und legte seinen Kopf in meinen Schoß.

»Jumoke und du, was?«, sagte ich leise und streichelte ihn hinter den hängenden Schlappohren.

Ein herzzerreißendes Winseln erklang als Antwort, gefolgt von einem schweren Schnaufen.

»Und ich dachte, meine Bindung zu Bren sei kompliziert«, flüsterte ich vor mich hin.

Das erregte Brooks' Aufmerksamkeit. Mit wachsamen Augen erhob er den Kopf und musterte mich. Das Fell an seiner Stirn in Falten, den Kopf schief gelegt.

»Schon gut.« Ich schüttelte den Kopf und Brooks senkte seinen wieder auf meine Beine. »Das erkläre ich dir irgendwann anders. Im Gegensatz zu euch ist die Bindung bei der Nervensäge und mir einseitig – und nicht an unsere Natur gebunden wie bei euch Wandlern.«

Das Schnauben, das aus Brooks' Schnauze erklang, kannte ich nur allzu gut. Es war entweder sein *Klar, rede dir das mal ein* oder sein *Bullshit*-Schnauben. Vermutlich eine Kombination. In beiden Fällen hatte er recht. Egal, wie sehr ich mir einredete, dass die Gefühle zwischen Bren und mir einseitig waren, tief in meinem Inneren wusste ich, dass es gelogen war. Aber jetzt gerade ging es um Brooks und nicht um mich.

Doch was sollte ich ihm schon groß sagen? Es gab keine Worte, die seine Situation verbessern könnten. Ihre Seelentiere hatten sich markiert. Die Magie hatte gesprochen. Jumoke und Brooks gehörten zusammen – und trotzdem war Jumoke vergeben. Verheiratet sogar. Das Einzige, das ich tun konnte, war für Brooks da zu sein und ihm zu zeigen, dass ich ihn liebte.

Vielleicht ein wenig aufmuntern und ablenken?

»Sieh es so«, sagte ich einfühlsam und fuhr Brooks über das Fell, »immerhin bist du keine Giraffe.«

Langsam hob mein bester Freund den Kopf aus meinem Schoß und legte ihn schief. Seine Ohren hingen schlaff an den Seiten hinab, sein Blick war verwirrt.

Vielleicht wäre es das Beste, jetzt aufzuhören zu reden – doch die Worte sprudelten einfach aus meinem Mund.

»Na ja, die Männchen trinken den Urin, um festzustellen, ob die andere Giraffe der perfekte Partner ist. Ihr Wandler markiert euch nur. Ganz ohne Urin.«

Ganz. Ohne. Urin.

Was mich in diesem Moment dazu bewogen hatte, Brooks genau damit trösten zu wollen – keine Ahnung. Intelligenz hatte mich jedenfalls nicht dazu gebracht. Wobei ich mir zugestehen musste, dass es wenigstens für außerordentlich gute Allgemeinbildung sprach – wenn auch ziemlich nutzlose.

Der Dobermann hingegen weitete die Augen und öffnete leicht die Schnauze. Für einen flüchtigen Moment blickte er mich fassungslos an. Dann entfuhr seinem Maul ein Winseln, das mehr als deutlich *Ist das dein verdammter Ernst, Nicolas* fragte. Ich bemühte mich, ein aufsteigendes Lachen zu unterdrücken, scheiterte aber kläglich. Brooks legte eine Pfote über sein Gesicht und schnaubte.

Für weitere dreißig Minuten saßen wir auf dem Sofa. Ich kraulte ihm die Ohren, versicherte ihm, dass sich alles regeln würde, und er schnaubte beizeiten ungläubig. Den Vorschlag zur Dämpfung der Markierung durch Bren hatte er energisch abgelehnt, somit bohrte ich dahingehend nicht nach.

Gerade als ich ihn scherzhaft fragen wollte, ob ich mich in

seinem Computerspiel selbst auch einmal abballern dürfte, polterten seine beiden Brüder aufgeregt in den Raum.

»Yo, habt ihr den Liebeskram erledigt?«, fragte Flynt. Er hatte seine Jogginghose gegen verboten enge, schwarze Jeans und ein Tank-Top mit deutlich zu wenig Stoff eingetauscht. Auch Garth trug eine enge, wenn auch weiße Hose und dazu ein neonblaues Hemd.

Brooks löste sich bei den Worten aus meinem Schoß und knurrte Flynt an. Dieser hob beschwichtigend die Arme.

»Oh, entschuldige.« Verlegen fuhr Flynt sich mit einer Hand über den Nacken. »Ich meinte, geht es dir besser?«

»Natürlich geht es ihm besser! Die Eröffnungsparty steht oben an!« Garth schaute Flynt ungläubig an, fast so, als wäre die Party das Allheilmittel für … Nun ja, alles.

Verdammt, die Party hatte ich komplett vergessen. Mit geweiteten Augen starrte ich zu den Brüdern. Zu allem Überfluss trat Bren hinter ihnen hervor und grinste mich unsäglich an. Na wunderbar, auch das noch.

»Och, Nicolas hat scheinbar vergessen, dass wir es heute krachen lassen. Muss Opa Nic schon ins Bett? Ist ja auch bald zehn Uhr.«

Während sich mein Puls beschleunigte und ich überlegte, wie ich Bren wehtun könnte, ohne ihn vollständig zu töten, ging Brooks hinter mir in Deckung. Auch Flynt und Garth schauten mit aufgerissenen Augen von mir zu Bren, dann stürmten sie panisch aus dem Zimmer. Schnell wie ein Wiesel folgte Brooks seinen Brüdern und rutschte dabei fast aus.

Langsam und bedächtig erhob ich mich von dem Sofa. Mein Blick weiterhin auf Bren gerichtet.

»Ich bin der Vater deines Sohnes, du solltest mich nicht töten«, sagte er grinsend und biss sich dann allen Ernstes auf die Unterlippe. Welcher erwachsene Mensch machte das bitte noch?

»Bekomme mit jedem Tag mehr das Gefühl, dass er mit einem einzigen Vater besser dran sein könnte«, murmelte ich, während ich eine Braue in die Höhe wandern ließ.

»Dann bringst du ihm bei, zu fliegen? Oder altirisch zu

sprechen? Wie ist es mit den Regeln des Königshofs?«

»Dick kann fliegen. Altirisch kann er im Internet lernen und an den Königshof lasse ich ihn nicht, bevor er … achtzig Jahre alt ist.«

»Du meinst achtzehn, oder?« Bren legte den Kopf schief und musterte mich amüsiert. Meine Mundwinkel kämpften sich trotz Gegenwehr in die Höhe. Irgendetwas hatte sich in den letzten Tagen verändert. Konnte ich sonst Stunden sauer auf Bren sein, schaffte ich es mittlerweile nicht einmal mehr Minuten.

»Nein, achtzig. Das Alter, in dem er auch frühestens Sex haben wird, das erste Mal Alkohol bekommt und ich aufhöre, ihm die Kleidung auszusuchen.«

Für den Bruchteil einer Sekunde starrte mich Bren mit offenem Mund an, dann lachte er schallend los. Auch ich stieg ein und schlenderte um das Sofa. Drei Köpfe erschienen übereinander im Türrahmen. Die Drillinge musterten uns skeptisch.

»Sie lachen«, murmelte Flynt.

»Zusammen«, fügte Garth hinzu.

Brooks verengte nur die Augen und schürzte die Lippen.

»Vermutlich will Nic ihn in Sicherheit wiegen, bevor er ihn zerfetzt«, stellte Flynt stolz fest.

»Guter Plan«, sagte Garth. Brooks nickte eifrig.

»Jungs, ihr wisst, dass wir anwesend sind und euch hören, richtig?« Bren drehte sich in Zeitlupe zu ihnen herum.

Ein Kopf nach dem anderen verschwand aus dem Türrahmen – als hätten wir sie nicht längst erblickt. Grinsend schüttelte ich den Kopf und trat neben Bren. Lässig, jedenfalls hoffte ich das, legte ich meinen Arm um seine Schulter und flüsterte zuckersüß: »Überleg es dir gut, du hast vier Kinder, wenn du bei uns bleibst.«

Er weitete die Augen und seine Gesichtsfarbe nahm einen deutlich helleren Ton an. Innerlich feiernd klopfte ich ihm auf die Schulter und verließ den Raum. Leise ein Lied des Triumphes pfeifend, schlenderte ich zu meinem Zimmer, um mich für die Cluberöffnung bereitzumachen.

»Nic!«, hörte ich Bren rufen, ignorierte es jedoch gekonnt. »Nic, das ist nicht lustig.«

Bevor ich meine Zimmertür schloss, rief ich ihm zu: »Wandler haben ein extrem gutes Gehör. Na ja, und Aiden ebenso. Ich befürchte, Sex ist raus, solange sie dann bei uns wohnen. Und wie ich sagte, Aiden wohnt mindestens bis achtzig bei mir.«

Während Bren einen erschreckten Schrei von sich gab, schloss ich mit einem breiten Grinsen die Tür zu meinem Zimmer.

Sirenengesang, der
Substantiv

1. angeborene Magie der Sirenen

2. versetzt Wesen, die ihn hören, in Euphorie und Erregung

3. kann auch zur Einflüsterung von Gedanken genutzt werden

Aus dem Archiv von Alexis,
der Bibliothek von Alexandria

15

Salvatrice

Der Club war nicht voll, nein, er war zum Bersten überfüllt. Ein Glück lungerte unsere kleine Truppe auf dem VIP-Balkon herum. Mehr als tausend Gäste tanzten, lachten und feierten sich, sechs Meter unter uns, ihre Seelen aus dem Leib. Die Körper von Menschen, Wandlern und Feenwesen vermischten sich zu einem bunten Reigen, getragen vom lauten Bass der Musikanlage. Selbst ein paar amerikanische Hexen und lateinamerikanische Beschwörer hatten den Weg nach Hamburg auf sich genommen, um die Eröffnung des *Nameless Pit* zu erleben.

Bei dem Namen schmunzelte ich selbstgefällig in mich hinein. Jumoke hatte es äußerst witzig gefunden, den namenlosen Club genau so zu benennen, nachdem ich das Bits'n'Tits-Schild in die ewigen Jagdgründe befördert hatte.

»Sal, tanz mit uns«, grölte Garth. In einer Hand einen Gin Tonic in der anderen … einen Partyhut, den er mir entgegenhielt. Was zur Urmagie?

»Was ist das?« Mit gerunzelter Stirn betrachtete ich das regenbogenfarbene Teil aus Pappe, als würde es mich jeden Augenblick beißen.

»Ein Partyhut.« Das Grinsen auf Garths Lippen war strahlend und ansteckend.

»Okay. Ich korrigiere meine Frage zu: *Warum* ist das da?«

»Zum Feiern! Es ist Eröffnung!« Nun musterte mich der Dobermannwandler, als wäre ich eine gedimmte Kerze auf einer Torte oder aus Spaß mehrfach gegen eine Wand gerannt.

»Vergiss es, gib schon her!« Kopfschüttelnd und mit einem Schnauben streifte ich das Hütchen über und befestigte den Gummizug unter meinem Kinn. Wenn ich eines in den Jahren, die ich mit den Wandlern verbracht hatte, gelernt hatte, dann war es, ihnen nicht zu widersprechen, sobald es ums Feiern ging.

Schwungvoll erhob und gesellte ich mich zu den drei Jungs. Flynt schnappte sich meine Hand, wirbelte mich herum und ließ plötzlich los. Ich vollführte eine ungewollte Drehung und landete in Brooks Umarmung, der meinen Körper zwinkernd in eine Art Tangopose beförderte. So hing ich also kopfüber in den muskulösen Armen eines Dobermannwandlers, als Bren und Nic den VIP-Bereich betraten. Das dämliche Hütchen behielt ich weiterhin unbeirrt auf meinem Kopf, während Flynt und Garth laut pfiffen und klatschten. Irgendwie war das in den letzten fünf Tagen mein neues Leben geworden.

»O nein, wir haben sie an die dunkle Seite der Macht verloren!« Nic sah mich mit geweiteten Augen an und formte dann still mit den Lippen die Frage ›*Wirklich, Sal?*‹ Als Antwort verzog ich den Mund, hob die Schultern leicht und hoffte, er las daraus ›*Ich bin absolut unschuldig und der Hut war nicht meine Idee!*‹

»Möchte ja nicht klugscheißen –«, setzte Bren an.

»Doch, möchtest du! Definitiv möchtest du das!«, antwortete Nic augenrollend. Mein Lachen brach grunzend aus mir hervor.

»… aber«, fuhr Bren unbeirrt fort, »mit deiner UnSeelie-Magie, dem Schäfer und deinem genervten Blick siehst du eher aus wie die dunkle Macht – die Jungs hingegen sind eher ein regenbogenfarbener, glitzernder Drogentrip der Macht. Fast so, als hättest du an einem giftigen Frosch geleckt, der dir Halluzinationen beschert und du dann fröhlich, ohne Kleidung am Leib, in ein Staatsmeeting taumelst, während dich alle Machtinhaber der Welt entgeistert anstarren.«

»Das war ein erschreckend detailreiches Beispiel.« Jumoke musterte Bren mit erhobenen Mundwinkeln.

»Woher weißt du, was passiert, wenn man an einem giftigen Frosch … Ach, weißt du was? Schon gut.« Nic hielt eine Hand an seine Stirn, schüttelte den Kopf und sah hilfesuchend zu mir.

Ich klopfte Brooks auf den Arm und er richtete mich auf. Ungewöhnlich unbekümmert zwinkerte er mir zu und drehte sich dann zu seinen Brüdern, um wild mit ihnen zu tanzen. Eins musste ich den Jungs ja lassen, Swag hatten sie.

»Wir sind wegen der arbeite hier, nicht zum Feiern.« Nic verschränkte die Arme vor der Brust, schaffte es aber nicht, sein Grinsen zu verstecken. Ebenso nicht die Tatsache, dass sein Fuß im Takt der Musik wippte. Bren folgte meinem Blick und lächelte mir dann verschwörerisch zu.

Bevor Nic sich versah, wirbelte ihn Bren herum und tanzte neben den Drillingen, eng umschlungen mit ihm, zu den just eingesetzten Bachata-Rhythmen. Erwartete ich, dass Nic den Kopf des Kronprinzen mit seinen Paracogfähigkeiten platzen lassen würde, und mein bester Freund und ich für immer auf der Flucht sein würden, überraschte er mich erneut.

Mit offenem Mund sah ich, wie Nic laut lachte und sich dann im Takt bewegte. Ohne sich von Bren zu lösen, führten beide geschmeidig Bewegungen aus, die mehr als deutlich zeigten, dass sie wussten, welche nächsten Schritte sie vollführen mussten. Wann bitte hatte Nic Bachata gelernt? Und wieso sahen die beiden zusammen aus, als wären ihre Körper füreinander geschaffen worden? Höchst interessant.

Aus den Augenwinkeln vernahm ich eine Bewegung, die mich innehalten ließ. Unmittelbar verflog das Lächeln von meinen Lippen. Ich hätte diese Frisur und den hochnäsigen Ausdruck überall erkannt. Egal wie sehr ich versuchte, es zu vergessen.

Die Luft im Club gefror scheinbar, obwohl mir der Schweiß von der Hitze den Nacken hinablief. Nic bemerkte mein Unbehagen und drängte Bren während des Tanzens zu mir hinüber. Bevor aber er oder ich etwas sagen konnten, stand der Albtraum eines Mannes vor mir.

Groß, blond, blaue Haut und vor Arroganz stinkend wie eine Fischgräte. Étienne Jean-Baptiste, der Sohn des französischen Senators. Wunderkind, Schleimer und Schwiegersohn der Herzen. Besonders für meine Mutter – weswegen ich ihm auch als Ehefrau *versprochen* wurde.

Versprochen. In welchem Jahr lebten wir bitte, dass Ehen arrangiert wurden? Offenbar nicht im Jahr 2022.

»Salvatrice, mein Liebling, dies ist kein Ort für meine Frau«, begrüßte er mich. Neben mir zog Nicolas scharf die Luft ein.

Hatte das Fischhirn von Senatorensohn gerade ernsthaft gesagt, dass die Reeperbahn kein Ort für mich war? Und viel schlimmer – hatte er von mir als seine Frau gesprochen? *Seine* Frau wie in: sein Eigentum?

»Sag mal, hast du heute Morgen schlecht geschissen? Anders kann ich mir nicht erklären, wieso die Scheiße gerade aus deinem Mund kommt«, war das Erste, das mir dazu einfiel. Ich hörte Nicolas kichern, gefolgt von einem Husten, um es zu verbergen. Bren hingegen bemühte sich nicht einmal, das donnernde Lachen zu verstecken.

Étiennes Blick flog verwundert zum Kronprinzen. Seine Augen weiteten sich komisch und die blaue Haut färbte sich lila. Im Gegensatz zu den meisten von uns trug der Sohn des Senators sein Sirenenaussehen nie unter dem Glimmer versteckt.

»Eure königliche Hoheit, wie schön, Euch hier zu sehen!« Étienne sah zwischen Bren und mir hin und her. Offensichtlich erstaunt darüber, dass jemand wie *ich* hier mit unserem Kronprinzen feierte und nicht *er*, die Ausgeburt der Männlichkeit und des Adels. Zum Kotzen.

»Kennen wir uns?«, fragte Bren. In nur einer Sekunde hatte er eine arrogante Maske übergestreift, die rein gar nicht zu dem Fae passte, als den ich ihn die letzten Tage kennengelernt hatte. Er musterte Étienne von oben herab und schüttelte danach bedächtig den Kopf. »Nicht, dass ich wüsste. Bist du unser persönlicher Kellner? Wir hätten gern eine Runde Gin und etwas Ruhe. Danke, du darfst gehen!«

Es kostete mich unfassbar viel Selbstbeherrschung, nicht laut loszugröhlen. Natürlich kannten die beiden sich. Bren war erst letztes Jahr zu einer offiziellen Feier bei der Familie Jean-Baptiste in Paris gewesen. Jede Zeitung Europas hatte darüber berichtet.

»Étienne Jean-Baptiste, Sohn des französischen Senators«, antworte Étienne mit mittlerweile dunkellila Wangen.

»Ha. Den Namen kenne ich natürlich. Tut mir leid, muss an deinem Allerweltsgesicht liegen. Können wir dir behilflich sein?«

»Ich … Eure Hoheit … Salvatrice und ich müssen uns unterhalten.«

Bren drehte sich zu mir, ein Lächeln auf den Lippen. »Kennst du den Vogel?«

Sowohl Nic, als auch Étienne husteten laut, während ich weiterhin versuchte, nicht zu lachen.

»Meine Mutter möchte, dass wir heiraten«, antwortete ich trocken, verzog dabei mein Gesicht und ließ alle wissen, was ich davon hielt.

»Hmmm.« Bren mimte den Denker, indem er zwei Finger an sein Kinn führte. »Nee, sehe ich nicht«, sagte er dann kopfschüttelnd. »Du bist zu schlau und zu selbstständig für den Kerl.«

Plötzlich überschlugen sich die Ereignisse. Bren trat vor mich, was Étienne dazu nutzte, ihm auf die Schulter zu greifen, um dadurch an mich heranzukommen. Großer Fehler. Äußerst kurzsichtig – selbst für die Fischgräte.

Aus einer dunklen Wolke formte sich Laoise, und die scharfe Klinge eines Dolches blitzte an Étiennes Kehle auf.

»Die Königsfamilie ungefragt zu berühren, ist unter Todesstrafe verboten.« Laoises Worte glichen einem finsteren Knurren, das selbst mir Angst bereitete. Gut, dass ich sie in der Gasse, als ich Bren fast getötet hätte, ausgesperrt hatte. Ihre Augen wanderten zu ihrem Schützling und ich hielt den

Atem an. Die Zeit schien sich ins Unendliche zu dehnen. Dann schüttelte der Kronprinz flüchtig den Kopf und seine Leibwächterin eskortierte einen stotternden Étienne davon. Hätte Bren genickt, statt den Kopf zu schütteln, so hätte Laoise dem Sohn des Senators vor unseren Augen die Kehle durchgeschnitten, und zwar ohne mit der Wimper zu zucken. Dessen war ich mir sicher.

»Das war mal ein Stimmungskiller«, scherzte Bren, worauf wir in Schweigen fielen. Alle schauten den Kronprinzen an. Selbst die Dobermannwandler hatten aufgehört, zu tanzen, und die Augen geweitet.

»Sal, ich weiß, du wärst allein mit ihm fertig geworden«, sagte Bren, »aber der Typ schläft mit meiner Schwester und behandelt sie wie Dreck. Wir hatten diese Rechnung offen.«

»Er … Was?«, fragte ich mit unbändiger Wut im Bauch. Nicht, dass ich je vorgehabt hätte, ihn zu heiraten, dennoch tobte es in mir. Er behandelte mich wie sein Eigentum, aber schlief mit der Prinzessin? In diesem Moment fragte ich mich, wieso Bren nicht hätte nicken können.

»Ha, ich kenne den Blick«, sagte Bren mit einem finsteren Lachen. »Aber sein Tod hätte nur Stress bedeutet. Vater sind die Verbindungen nach Frankreich aus unerfindlichen Gründen wichtig und ein toter Senatorensohn bei der Cluberöffnung? Das wäre ziemlich auffällig gewesen und wir hätten die MIA tagelang hier gehabt, um den Tatort zu sichern. Was, wenn man bedenkt, dass sie uns vor ein paar Tagen angegriffen haben, eher fragwürdig gewesen wäre.«

»Was ist, wenn er uns verpfeift?«, fragte ich plötzlich besorgt. Schweigsamkeit war keiner von Étiennes besonders ausgeprägten Charakterzügen.

»UnSeelie-Magie gepaart mit Paracogfähigkeiten stellt sicher, dass er das nicht tut. Jumoke hat Bren und mich gestern einen Zauber über den Eingang weben lassen. Alle Gäste vergessen beim Verlassen des Clubs, dass wir hier waren«, antworte Nic gedehnt. Seine Augen weilten auf Bren, sein Blick unergründlich.

War das Stolz? Lust? Anerkennung? Jedenfalls war er nicht genervt; wie so oft.

Genau in diesem Moment lachten alle drei Dobermannwandler los und Garth klopfte Nic auf die Schulter.

»Nehmt euch ein Zimmer!«, presste er hervor.

Okay, Lust also. Interessant. Das wurde ja immer besser.

Bevor wir dieses Thema vertiefen konnten, erspähte Brooks den Wachmann, der bei der HSB arbeitete – unsere Zielperson – und deutete unauffällig auf ihn. Das Lachen verstummte.

»Wir brauchen eine Ablenkung«, murmelte Nic neben mir.

»Pfft, ich sagte doch, ich habe das im Griff«, antwortete ich grinsend. Langsam strich ich über mein Lederoutfit und zwinkerte ihm zu. »Du solltest jetzt die Zauber gegen Sirenengesang für euch aktivieren.«

»Und verstärk sie zusätzlich«, fügte Jumoke hinzu. »Die Lautsprecher im Club werden Salvatrices Gesang um ein Vielfaches erhöhen.«

Nicolas' Augen leuchteten auf, während er nickte und seine Magie um unsere kleine Familie wirkte.

Ich hingegen schwang mich über die Balustrade des VIP-Balkons und landete wie eine Superheldin in der Hocke auf der Bühne.

Showtime!

Das Licht im Club verdunkelte sich und ein Spot erleuchtete mich inmitten der Bühne. Dröhnend setzte der Bass ein und ich streifte geschmeidig die menschliche Haut ab. Das Blau meiner Schuppen funkelte und glitzerte wie von Diamanten überzogen in der grellen Beleuchtung. Das Intro erreichte die Stelle, in der es in die Strophe überging und ich startete die Show.

Meine Stimme tanzte über die Gäste. Verzauberte sie. Zog sie in den Bann. Niemand konnte seine Augen von meinen Bewegungen nehmen. Gefesselt an die Choreografie sahen sie mir dabei zu, wie ich die Haare durch die Gegend warf, in einen Spagat sprang und dann lasziv zum Bühnenanfang krabbelte. Währenddessen wirkte meine Stimme weiterhin für alle Anwesenden wie der Befehl einer Bienenkönigin – alle waren sie mir hörig. Egal, was ich ihnen befehlen würde, sie täten es mit voller Hingabe.

Wie immer stellte sich diese Macht als berauschend und zeitgleich gefährlich dar. Absolute Kontrolle pochte durch meine Adern und flüsterte mir zu. Mächtiger als jede Droge sang die Euphorie in meinen Ohren. Einer Puppenspielerin gleich könnte ich sie alle lenken und zu Sachen überzeugen, die sie ansonsten niemals bereit wären, zu leisten. Und genau das stellte die Gefahr meiner Magie dar, weswegen sie gesetzlich streng reglementiert daherkam.

Wesen abzulenken, ein wenig zu blenden – solche Veränderungen bargen keine Bedrohung. Sie jedoch gegen ihren Willen Straftaten begehen zu lassen oder Handlungen, die sie später bereuten – das stellte sich als völlig unmoralisch dar. Egal wie sehr mein Gesang mir selbst versuchte einzuflößen, dass es okay wäre, mich der Versuchung hinzugeben: Es gab Grenzen, die ich bisher nicht bereit gewesen war, zu überschreiten. Zum Glück musste ich das selbst heute nicht.

Es reichte, dass die Gäste ekstatisch tanzten und feierten. Allen voran der Betreuer reicher Kunden aus der HSB, dem sich Bren und Nic in diesem Moment näherten.

Während ich weiterhin meinen Song sang, die Haare wild choreografiert um mich wirbelte und eine Show bot, die selbst den Cirque du Soleil in die Knie zwingen würde, behielt ich meine Freunde im Blick. Der Betreuer hingegen hatte seine Augen verträumt auf mich gerichtet. Unser Plan funktionierte.

Gerade als ich Nic zuzwinkern wollte, verschwanden er, Bren und der Betreuer. Fast hätte ich mich vor Schreck versungen, fing mich jedoch zum Glück rechtzeitig. Natürlich konnte ich sie nicht mehr sehen. Nicolas musste den Raum gekrümmt haben, um seine Schäfergabe unauffällig zu nutzen.

Erleichtert atmete ich aus und gab mich der Show hin. So ungemein ich das Leben als Meisterdiebin genoss, gestand ich mir in dem Moment ein, dass mir die große Bühne fehlte. Dennoch würde ich nicht tauschen wollen. Welttourneen, Fans und Verpflichtungen brachten zu viel Stress mit sich. Mein

Körper war physisch und psychisch am Ende gewesen, als ich den Gesang an den Nagel gehängt hatte. Und das Verhältnis zwischen Mutter und mir endgültig entzweit.

Genau deswegen genoss ich diese eine Ausnahme doppelt und sang drei weitere Songs. Ich badete im Applaus und den Freudenschreien. Heute war ich einmal mehr ein Star.

Die alte Sal. Vor ihrem Nervenzusammenbruch. Vor den Stalkern. Bevor ich dem Erwartungsdruck einer ganzen Welt hatte standhalten müssen.

Die Sal, die immer bloß funktioniert hatte.

Heute war ich einmal mehr der aufstrebende Star, der es liebte, zu singen und jede Sekunde dabei genoss. Der Star, der daran glaubte, mit seiner Musik die Welt zu verändern und allen Wesen etwas Freude zu bringen.

Die Sal, die nicht wusste, dass diese Welt ein Haufen verlogener Scheiße war – in der alle, die logen und betrogen, die Oberhand behielten. In der Egoismus und Macht regierten, anstatt Nächstenliebe und Freude.

Morgen jedoch würde ich wieder in den Schatten der Unauffälligkeit schlüpfen und mein neues Leben leben. Eines, das die Welt wahrhaftig veränderte und die korrupten Säcke aus Hamburg entfernen würde.

Müde blinzelte ich zu dem Kaffee. Die gestrige Nacht lag nur drei Stunden Schlaf entfernt, und mein Kopf versuchte seit meinem Aufwachen, mit stechenden Kopfschmerzen den Alkohol zu besiegen. Zum Glück war ich eine Sirene und kein Wandler. Gewöhnliches Hochprozentiges und Schattenwesen stellten eine schwierige Verbindung dar. Simpel gesagt, wirkte es bei uns stärker. Und vor allem bei Wandlern merkte man es deutlich.

Wie also Garth und Flynt in diesem Moment freudestrahlend durch die Küche tanzen konnten, blieb mir ein Rätsel. Wenigstens Brooks saß mit zusammengekniffenen Augen und leidendem Gesicht neben mir.

»Deine Brüder sind komisch«, murmelte ich und nahm einen

großen Schluck Kaffee. Wie zur Bestätigung riefen die beiden Dobermannwandler »Aaaayyy Macarena« und beendeten ihren Tanz.

Brooks gab ein Schnauben von sich und blickte mich an, als wolle er sagen ›*Das merkst du jetzt erst?*‹ Danach nahm er einen Apfel vom Tisch und warf ihn in Richtung von Garths Kopf. Dieser fing ihn lachend mit den Zähnen.

Verdammte Hundewandler und ihre Reflexe.

»Wie könnt ihr trotz wenig Schlaf und viel zu viel Alkohol so gut gelaunt sein?«, gab ich brummend von mir.

»Wieso Schlaf? Wir kommen gerade aus dem Club.« Flynt grinste mich an, als wäre nicht er derjenige, der sich komisch verhielt, sondern ich. »Außerdem ist das Geheimnis Gin mit Gurke. Keine Ahnung wieso, aber die Gurke ist magisch und durch sie hat ein Kater keine Chance.«

»Die Gurke ist magisch«, äffte ich ihn leise nach.

»Apropos Wundergurke und Kater, wo ist –«, setzte Garth an, doch bevor er zu Ende sprach, trafen ihn zwei Äpfel an die Stirn und Brooks funkelte ihn böse an.

»Oh, immer noch heikles Thema, verstehe!«, antworte Garth.

Ein weiterer Apfel in Brooks Hand zerplatzte, so fest schloss er seine Faust um ihn.

»Lasst ihn in Ruhe, Jungs. Das ist uncool. Ihr seht doch, dass es ihm damit mies ergeht.«

Wunderbar, Nic hatte auf mich abgefärbt. Nun spielte ich selbst Mama, obwohl ich sonst die Erste mit einem blöden Spruch gewesen wäre. Dennoch tat Brooks mir unheimlich leid. Ich wollte mir gar nicht ausmalen, wie es sein musste, hoffnungslos verliebt oder markiert zu sein. Zum Glück hatten wir Sirenen diese Arschkarte nicht auch noch aufgedrückt bekommen.

Garth und Flynt kamen zu uns herüber, wuschelten Brooks durch die Haare und murmelten eine Entschuldigung. Danach setzten sie sich mit voll beladenen Tellern an den Tisch und mampften lautstark das deutlich zu üppige Frühstück. Mein Magen rebellierte allein bei dem Anblick.

Von der Seite spürte ich Brooks Blick auf mir. Mit einem schwachen Lächeln drehte ich mich zu ihm. Die Frage, ob ich Bescheid wusste, stand ihm mehr als deutlich ins Gesicht geschrieben. Ebenso die Hoffnung, dass er sich irrte.

»Sorry, Kumpel«, sagte ich sanft. »Befürchte, mittlerweile hat es jeder im Haus verstanden.«

Resignierend seufzte er laut und vergrub sein gerötetes Gesicht in den Händen. Selbst seine Ohren hatten die Farbe der Tomate angenommen, die Garth in diesem Moment zur Hälfte im Mund verschwinden ließ.

»Guten Morgen«, erklang es von der Tür, als Jumoke das Wohnzimmer betrat. Neben mir gab Brooks ein leises, erschrockenes Quietschen von sich. Aus Mitleid und zur Stärkung tätschelte ich seine Hand, während wir Jumoke ebenso einen guten Morgen wünschten.

Ein lautes Poltern, gefolgt von Gefluche hallte aus dem Flur zu uns herüber.

»Das fehlte uns echt noch«, hörte ich Nicolas fluchen. »Sich verändernde Räume in der HSB als ein Labyrinth installiert. Als wären wir in einem Zauberfilm – ich fasse es nicht. Und dann hatte der Typ nicht einmal genügend Informationen. Nun haben wir nur eine Wahl. Verdammt!«

Weiterhin vor sich hin murmelnd polterte Nicolas ins Wohnzimmer. Alle Anwesenden hoben die Köpfe und starrten ihn an. Aus geweiteten Augen sah er zu uns zurück, so als hätte er vergessen, dass wir ebenfalls hier wohnten.

»Ist doch so«, fügte er hinzu, drehte sich um die eigene Achse und stampfte zu einem kleinen Schrank. »Ach, was soll's. Zickiger kann sie eh nicht werden.«

Sie? Von wem redete er?

Nicolas nahm eine Phiole mit roter Tinte von einem der Regale und bewegte sich zu dem schweren Eichentisch mit unserem Frühstück. Hier griff er ein paar Kräuter, betrachtete sie kurz und wendete sich der Wand neben dem Kamin zu.

Jeder am Tisch tauschte vielsagende Blicke aus. Von »*Was zur Urmagie macht er da?*« bis »*Geht es ihm gut?*« war alles dabei.

Selbst Bren, der ins Wohnzimmer schlich, hatte einen Ausdruck von *»Ich rufe lieber mal den Notdienst«* quer über das Gesicht geschrieben.

»Was hast du vor?« Neugierig neigte ich den Kopf und stützte meine Arme neben dem Müsli auf die Tischplatte. Zwar hatte ich eine Vermutung, doch war diese zu abwegig. Er musste etwas weniger Absurdes geplant haben.

»Ich versuche, die Bibliothek von Alexandria zu überzeugen, dass sie eine Tür hierher einrichtet. Anders kommen wir nicht an die Antworten. Könnte etwas dauern, wie ich sie kenne. Von euch hat niemand zufällig eine alte sumerische Schriftrolle oder ein längst vergessenes Buch?« Nic schaute uns flüchtig an. »Nein? Keiner? Dachte ich mir«, fügte er hinzu, zuckte mit den Schultern und malte konzentriert Runen an die Wand.

Okay, der Reihe nach.

Zum einen hatte ich richtig vermutet. Er wollte allen Ernstes eines der ältesten noch lebenden Gebäude überzeugen, eine Tür durch Raum und Zeit zu uns zu errichten. Ganz so, als wäre es etwas Alltägliches – wie Zähneputzen. Und nicht etwas, das sich nicht einmal ranghohe Beamte der Regierung trauten. Alexandria galt als überaus launisch – und das war die freundliche Beschreibung.

Zum anderen stand damit fest, dass Nicolas drauf und dran war, den Verstand zu verlieren. Oder schon verloren hatte, wenn man sein Gemurmel bedachte.

»Nic, bist du dir sicher? Das klingt ein wenig … Na ja …«

»Durchgedreht?«, fügte Flynt wenig hilfreich hinzu.

»Verstörend?«, fragte Jumoke.

»Voll von der Rolle?«, ergänze Garth.

»Nach einer Menge Spaß? Wer hätte gedacht, dass Herr Schäfer so ein Regelbrecher ist?« Bren grinste über das ganze Gesicht und zwinkerte mir zu.

»Gefährlich wollte ich sagen«, beendete ich meinen Satz und warf den Jungs kopfschüttelnd ein Lächeln entgegen. Wie wir mit dieser Truppen den Einbruch des Jahrhunderts bewältigen sollten, erschien mir langsam fraglich. Wobei ich ihnen zugutehielt, dass sie durchaus in der Lage waren, professionell zu handeln. Wenn sie denn wollten.

»Ja, klar. Was auch immer ihr sagt«, winkte Nic ab, ohne uns wirklich wahrzunehmen, denn sein glasiger Blick fixierte einen toten Punkt an der Wand »Könnte wie gesagt nur ein wenig dauern. Alexis liebt Drama.«

Behutsam verteilte er Pulver und Kräuter auf der Tinte und murmelte Kauderwelsch vor sich hin. Dabei nickte er und legte den Kopf schief. Unweigerlich erinnerte er mich an einen alten Professor, der Selbstgespräche führte, während er über einer mathematischen Formel brütete. Selbst seine blonde, zerwühlte Morgenfrisur unterstrich dieses Bild. »Ach, komm schon, Alexis!«

»Weiß Alexis eigentlich, dass du sie so nennst? Sie hat schon mal jemanden im Nichts verschwinden lassen, weil er nicht ihren vollen Titel genannt hat.« Jedenfalls lauteten so die Gerüchte. Meine rechte Braue wanderte in die Höhe. Nun sorgte ich mich ernsthaft um ihn.

»Nicht viele dürfen sie so nennen. Sie tut zwar immer so, als könnte sie mich nicht leiden, aber im Grunde mag sie mich.«

»Mögen ist vielleicht nicht das richtige Wort«, brummte ein goldener Löwenkopf, der sich aus dem Nichts materialisiert hatte. Die terrakottafarbene Wand zierte eine schwarze Holztür, samt sprechendem Türklopfer. »Ich dulde dich – wohingegen ich alle anderen Wesen abstoßend finde.«

Sehr sympathisch.

Ohne Erfolg versuchte ich, mein Husten in der Faust zu verbergen. Blitzschnell fokussierten mich die Löwenaugen und verengten sich.

»Zu deiner Information, Tochter der Harpyie Pelloni, ich habe *bisher noch* niemanden ins Nichts geschickt. Das, meine Liebe, war diese lästige Bruchbude Wish, nicht ich. Du bist offensichtlich ungebildet und interessiert an belanglosem Tratsch.« Alexandria ließ ein genervtes Schnauben erklingen. »Aber was erwarte ich? Deine Mutter besitzt schließlich genauso wenig Manieren. Das letzte Mal hat sie mich angeschrien und mit ihren stinkenden Flügelschlägen Unordnung hinterlassen. Überall lagen Bücher verstreut. Und mich nennt Nicolas sonst immer Dramaqueen? Ha, da kennt er offensichtlich nicht das, ich zitiere, *erfolgreichste, bestgebuchteste, unfassbar berühmteste Supermodel der Welt, Pelloni, mit Verbindungen in die höchsten Kreise der Gesellschaft, die erst verschwindet, wenn sie ihre Information endlich erhalten hat*.«

Ich musste Alexandria recht geben: Das klang definitiv nach meiner Mutter. Hätte mich nicht gewundert, wenn sie Alexandria zusätzlich mit Anwälten oder wahlweise Feuer gedroht hätte. Genevra Pelloni bekam immer, was sie begehrte.

Ausnahmslos.

»Möchte erwähnen, dass sie mit leeren Händen davonstürmte, die alte Elster«, fügte Alexandria triumphierend hinzu.

Und direkt verliebte ich mich in die Bibliothek. Sehr sogar. Wer meiner Mutter die Stirn bot, sie alte Elster nannte und danach tatsächlich weiterhin lebte, verdiente grenzenlosen Respekt. Dennoch interessierte mich, was Genevra in der Bibliothek gesucht hatte. Normalerweise hätte sie einen ihrer Angestellten dorthin gesendet. Immerhin bot ein Besuch in einer alten Bibliothek keine Möglichkeit für pressewirksame Fotos – und wenn es eines gab, was die Matriarchin unserer Familie schätzte, dann waren es Schlagzeilen.

»Dürfte ich etwas fragen?« Es war nicht meine übliche Art, so herumzudrucksen, aber die letzten Tage fühlte ich mich zunehmen außerhalb meines Elements. Während ich es gewohnt war, mich gegen meine Familie aufzulehnen, spielte ich hier plötzlich in einer völlig anderen Liga. Erst Bren, und somit das Königshaus, dann die Urmagie, und nun hatte sich auch noch Alexandria in mein Leben geschlichen. Drei Entitäten, die gewöhnliche Lebewesen jeweils nur aus der Entfernung betrachteten – so auch mich bisher. Lustigerweise realisierte mein bester Freund es nicht einmal als das Privileg, welches es war. Im Gegenteil, ihn nervte der Umgang mit den Wesen, so normal war er schon für ihn. Und wenn mich diese Tatsache nicht unweigerlich beeindruckte, dann konnte mich wohl nichts mehr umhauen. Nic und ich hatten es jedoch gemeinsam, uns gegen Autoritäten aufzulehnen – er tat es nur deutlich selbstverständlicher, als ich es mich je getraut hätte.

»Die Frage, ob du etwas fragen darfst, war schon per Definition eine solche, Kind der unangenehmen Harpyie«, antwortete der Löwenkopf von Alexandria genervt. Mein erstaunter Blick schnellte zu Nic, der mit den Augen rollte.

»Komm schon, Alexis. Sei nicht gemein.«

»Nic, ich bin nicht *gemein*. Ich bin ehrlich und direkt.«

»Unangebracht ist vielleicht das bessere Adjektiv«, murmelte Nic als Antwort, was ihm einen finsteren Blick des Löwenkopfs einbrachte – während ich sprachlos dasaß.

Einen Moment später hatte ich die Fassung erneut gesammelt und Trotz sowie Wut übernahmen die Zügel. Meine Muskeln und Sehnen im Körper waren mit einem Mal so straff gespannt wie Klaviersaiten.

»Ich bin mehr als die Tochter von Genevra! Selbst wenn die ganze Welt mich nur als das ansieht.«

Es gelang mir trotz größter Bemühungen nicht, die Verbitterung aus meiner Stimme zu entfernen. Meine Mutter hatte, ohne Frage, ein Chaos der Emotionen in mir hinterlassen, das ich über Jahre hinweg unterdrückt hatte und das zunehmend drohte, mich einzuholen. Schon sehr bald würde ich mich dem Ganzen stellen müssen, jedenfalls sagte mir das mein Gefühl.

Basilisk, der
Substantiv

1. echsenartiges Monster, das mit seinem Blick andere Wesen versteinern kann

2. gehorcht nur seinen Vertrauten, ist ansonsten wildlebend

3. sucht sich seine Vertrauten selbst aus, kann nicht dazu gezwungen werden

Aus dem Archiv von Alexis,
der Bibliothek von Alexandria

16

Nicolas

Der Streit von Alexis und Sal hatte jetzt zu warten. Normalerweise hätte ich sofort Sals Partei ergriffen, sie mit Sprüchen und Handlungen unterstützt. Das Problem in diesem Moment war: Wir brauchten etwas aus Alexis' Innerem. Und zwar dringend.

In der verhältnismäßig ereignislosen Traumwandlung der letzten Nacht hatte ich erfahren, dass uns einige elementare Erkenntnisse fehlten und wir diese nur in den Unterlagen der Bibliothek finden würden. Außerdem verfügte der Wachmann der HSB, in dessen Gedanken ich gewesen war, über keinerlei Informationen zu den Zahlencodes, da in dieser Woche sein Kollege an der Reihe war. Der wöchentliche Wechsel der zuständigen Person war uns ebenso unbekannt gewesen und somit auch die Tatsache, dass immer nur der diensthabende Mitarbeiter die aktuellen Codes kannte.

Was dazu führen würde, dass wir dem anderen Wachmann später einen Besuch abstatten mussten. Jedoch erst, nachdem wir in der Bibliothek nach Hinweisen zu den Fallen im Inneren der HSB gesucht hatten. Ein einziger Traum warf einen großen Teil unserer Planung über den Haufen. Wenigstens war ich darin nur auf das *netteste* Schattenbiest getroffen, das in den meisten Fällen, wie in der letzten Nacht, zu faul war, mich zu jagen.

Diese Tatsache änderte jedoch nichts daran, dass wir auf Alexis angewiesen waren. Und deswegen kam der Streit zwischen meiner besten Freundin und der Bibliothek ungemein ungelegen.

»Könnt ihr beiden euch auf einen Waffenstillstand einigen?« Ich drehte mich zu Sal und versuchte, mein Gesicht flehend dreinblicken zu lassen. »Deine Mutter ist schon verdammt … Na ja, speziell.«

»Das ist eine Untertreibung«, murmelte Sal. Genervt glitt ihr Blick zu dem Löwenkopf, dann wieder zu mir. »Vielleicht hatten Alexis und ich bloß einen schlechten Start?« Jegliche Überzeugung fehlte in ihrer Frage, dennoch rechnete ich Sal diesen Versuch, Alexis zu besänftigen, hoch an.

Bevor die Bibliothek eine Chance zum Antworten bekam, drehte ich mich zum Löwenkopf und schaute ihn vielsagend an.

»Ist es nicht so, Alexis?«

Ein unkontrolliertes Brummen verließ den goldenen Mund, gefolgt von unverständlichen Flüchen und letztlich einem Seufzen.

»Zugegeben, schlimmer als ihre Mutter wird sie nicht sein, und das alte Biest durfte mich betreten.« Erneut seufzte sie theatralisch. Das arme Ding. Ich verkniff mir ein Augenrollen. »Was willst du von mir, Nic?«

»Exklusive Informationen.«

Ein wenig Schmeicheln half bei Alexis Wunder.

»Natürlich sind sie bei mir exklusiv. Dafür bin ich berühmt«, flötete die Bibliothek voller Arroganz. Jetzt rollte ich doch mit den Augen. »Das habe ich gesehen, Nic! Aber tretet erst einmal ein. Den nicht stabilen Durchgang aufrecht zu erhalten, verschwendet nur unnötig Energie.«

Langsam schwang die Tür mit dem Löwenkopf auf. Weiches Licht strömte aus dem Inneren in unsere vorübergehende Wohnung, ein Gemisch aus Orange und Blau, abgesondert von Leuchtkristallen und festinstallierten Lampen mit altmodischen Schirmen.

Ich bedeutete den anderen, einzutreten, und wartete,

bis jeder von ihnen durch die Tür geschritten war. Dann folgte ich ihnen und nickte dem Löwenkopf im Inneren der Tür dankbar zu.

Kleine Drohnen schwebten wie immer durch die Gänge aus meterhohen Holzregalen, während Federn unablässig Bücher schrieben. Zu meiner Linken hörte ich Bren scharf die Luft einziehen. Sal gab ein hohes, erstauntes Geräusch von sich, das verdächtig nach einem Quietschen klang. Mit geweiteten Augen schlug sie ihre Hand vor den Mund und warf mir einen Blick zu, der klar machte, dass sie offiziell niemals gequietscht hatte.

Mittlerweile hatte ich Alexis schon so oft besucht, dass ich vergaß, wie beeindruckt ich die ersten Male gewesen war. Das Innere wirkte unendlich weit. Die Decken befanden sich in unerreichbarer Entfernung, sodass sie sich nach oben hin in der Dunkelheit verloren. Egal, wohin man sah, Bücher türmten sich auf unzähligen Regalen in die Höhe. Das leise Schaben der Federn hallte omnipräsent durch die Korridore, begleitet von dem stetigen Surren der Drohnen. Gemütlich flackerte das Licht in den Gängen, in denen man in gewissen Abständen Tische und Ohrensessel zum Lesen fand. Der Geruch nach Leder, Holz und altem Papier legte sich beruhigend über das gesamte Ambiente und ließ mich jedes Mal vergessen, dass wir in einer modernen und nicht längst vergangenen Zeit lebten.

Mein Blick fiel auf die Drillinge. Sehr zu Alexis' Missfallen hatten sie sich in die Dobermannform gewandelt. Die Luft um uns herum vibrierte förmlich, dermaßen angespannt wirkte die Bibliothek darüber. Ich kannte sie lang genug, um zu wissen, wie Alexis in diesem Moment vor sich hin brodelte und sich zu beherrschen versuchte. Jede ihrer Gefühlsregungen spürte man unmittelbar in der Luft. Meine Stimmungsschwankungen offenbarten sich schon schlimm, doch übertrumpfte Alexis sie bei weitem.

Grinsend zählte ich im Kopf gemütlich von drei runter.

Drei … Zwei … Eins …

»Wieso müssen deine drei *Mitbewohner* in ihrer stinkenden,

flohverseuchten Hundeform mein Inneres betreten?«, fragte die Bibliothek mit spitzer Stimme.

Alle drei Dobermänner knurrten laut und fletschten die Zähne. Schnell legte ich eine Hand auf Brooks Kopf und kniete mich auf den Boden, um ihm beruhigend zuzuflüstern. Unmittelbar verstummte ihr Knurren, und sie blinzelten schmollend in die Weite der Bibliothek. Zähne jedoch weiterhin gefletscht.

»Die drei haben keine Flöhe, sie sind Wandler. Und sie stinken nicht. Tatsächlich haben sie gerade erst geduscht, da sie vom Feiern kommen. Garth hat es sogar mal wieder mit dem Deo übertrieben«, erwiderte ich gelassen.

Als Antwort bekam ich von Alexis nur ein herablassendes Schnauben.

»Und zu dem Warum: Das ist ihr normales Verhalten, wenn wir in einer neuen Umgebung sind. Beschützerinstinkt kombiniert mit dem Verlangen, den Ort auszukundschaften. Ist Teil der Agentenausbildung bei Hunde- und Katzenwandlern im Dienst der MIA. Solltest du doch wissen. Du wiederholst ständig, es gäbe nichts, das du nicht wüsstest.« Gespielt unschuldig weitete ich die Augen und legte den Kopf schief, der Dinge harrend, die als Antwort kämen.

Die Luft vibrierte kaum spürbar.

»Das ist mir sehr wohl bewusst, und ich verstehe es durchaus, wenn ihr euch in einem x-beliebigen Gebäude aufhalten würdet. Oder in der Bruchbude von dem ranzigen Flohmarkt.«

»Schwarzmarkt«, merkte ich leise an. Nicht nur die Schreibfedern, sondern auch die Drohnen hielten plötzlich inne. Ein paar Sekunden vergingen, in der die Luft schwer auf den Regalen hing. Dann nahmen sie ihre Arbeit erneut auf, und ein genervtes Stöhnen hallte durch die Gänge.

»Flohmarkt. Schwarzmarkt. Fischmarkt. Was auch immer. Aber ich bin kein Allerweltsgebäude, sondern die berühmte Bibliothek von Alexandria und ich weiß genau, was in meinen Wänden vor sich geht. Lass dir vergewissert sein, Nic, hier im Inneren bist du sicher.«

»Berühmt? Ich dachte, sie sei abgebrannt«, flüsterte Bren

nicht so leise, wie er vermutlich gehofft hatte. Sein Timing war, wie üblich, völlig daneben.

»Und diese Frechheit, Kronprinz O'Toole, ist der Grund, weswegen die Fae normalerweise keinen Zugang zu mir bekommen. Weil euersgleichen unhöflich ist.«

»Feuer ist ein heikles Thema für Alexis«, antwortete ich mit einem Lachen.

»Spar dir den Sarkasmus, Nicolas! Du drohst mir bei jeder Gelegenheit mit Feuer. Immer dann, wenn du zickig bist.«

»Wenn *ich* zickig bin?« Ich schnappte nach Luft. Wirklich jetzt? Gerade Alexis musste das sagen. »Wer von uns beiden –«

»Nic, wir sind nicht hier, um zu diskutieren«, unterbrach mich Sal sanft. »Wir haben etwas zu erledigen.«

»Vielleicht habe ich mich in dir getäuscht, Tochter der Harpyie. Danke, dass du meine Seite ergreifst und wie ich der Meinung bist, Nicolas verhalte sich ungebührlich und wie eine Diva!«

Nicht zum ersten Mal fragte ich mich, womit ich dieses Leben mit all seinen Merkwürdigkeiten verdient hatte. Sal sah mit geweiteten Augen zu mir. Ihr Erstaunen zeigte mir deutlich, dass sie mich nicht als Diva betrachtete. Deshalb verkniff ich mir einen weiteren Spruch und zwinkerte ihr zu.

»Du hast recht.« Ich nickte knapp. »Alexis, wir brauchen Zugang zu den Blaupausen der HSB.«

Abruptes Schweigen senkte sich über den Innenraum. Es war so ruhig, dass die Stille lautstark in meinen Ohren dröhnte. Wenige Augenblicke später tanzten die Federn auf und ab, während der Boden leicht bebte, als Alexis' schallendes Lachen durch die Gänge hallte.

»Sehr witzig, Nic. Fast hätte ich es dir geglaubt.« Erneut ertönte ihr donnerndes Lachen. »Die Blaupausen der HSB. Tsss, Scherzkeks.«

Als nach einer halben Minute niemand etwas darauf erwidert hatte, fragte Alexis erneut: »Das war doch ein Scherz, oder?«

Ihr Ton ließ mich zweifeln, ob sie das tatsächlich fragte oder feststellte.

»Ich habe dir beim letzten Mal schon gesagt, dass ich dort hinein will und zurück haben möchte, was mir gehört.« Energisch verschränkte ich die Arme vor der Brust.

»Und ich habe dir gesagt, wie unüberlegt und naiv dein Plan ist! Das ist Selbstmord, nichts anderes.«

Die Dobermänner gaben ein Knurren von sich, das für meinen Geschmack viel zu sehr nach Zustimmung klang. Ihre Sorge um meine Sicherheit war mehr als deutlich. Ein strenger Blick von mir ließ sie allerdings verstummen. Mit funkelnden Augen sah ich jede Person in der Runde an. Bren vollführte mit der Hand eine Geste, mit der er einen Reißverschluss über seinem Mund zuzog und Sal nickte entschlossen.

Wäre das also geklärt.

»Hilfst du uns oder nicht?«, fragte ich Alexis. »Wir ziehen es in beiden Fällen durch.«

»Ohne meine Beteiligung sterbt ihr zu einhundert Prozent«, antwortete die Bibliothek seufzend. »Da du eines der wenigen sterblichen Wesen bist, das ich in gewisser Form leiden kann, werde ich dir scheinbar helfen müssen.« Alexis stöhnte theatralisch. »Aber ich möchte nochmal betonen, wie töricht der Plan ist. Ihr werdet mit ziemlicher Sicherheit und trotz meiner Hilfe sterben. Falls – und das ist ein großes Falls – ihr es entgegen meiner Erwartung doch überlebt, ist euer Leben dennoch zu Ende. Ihr werdet für immer als Staatsfeinde markiert werden. Euer Vorhaben kommt Hochverrat gleich.«

»Alexis, ich bin nicht zur Rechtsbelehrung hier. Das ist mir alles bewusst.«

»Dann bist du närrischer als ich bislang für möglich hielt. Selbst für einen Hitzkopf wie dich ist das überaus unvernünftig.«

»Wir werden ohnehin schon gejagt und sind Verräter«, fügte ich ungeduldig hinzu. Meine Finger tippten unruhig gegen ein Regal. Das dauerte alles zu lange. Zwar war Jumoke bei Aiden geblieben, doch mein Magen rebellierte, als wüsste er bereits, dass hier etwas gewaltig schief lief.

»Um genau zu sein, werden nur du und die Drillinge gesucht«, sagte Alexis. »Ihr geltet als Verräter. Und, Nic, seit einer Stunde ist deine Eliminierung offiziell … Die Anordnung wurde unterschrieben. Die Dobermänner sollen lebend gefangen werden.«

Ich blinzelte überrascht. Es gab einen Abschussbefehl gegen mich? Diese waren überaus selten. Was zur Urmagie passierte hier?

»Was? Wieso nur wir vier?« Ich sah entschuldigend zu Sal und Bren. »Versteht mich nicht falsch, ich bin froh, dass ihr aus dem Schneider seid, aber ich verstehe es einfach nicht.«

Bren lachte ein humorloses Lachen. Seine gelben Augen blitzten gefährlich auf. »Weil ich der Kronprinz bin. Die MIA und die Regierung würden es nicht wagen, mich festzunehmen. Ich habe Immunität. Außerdem würde ein Krieg zwischen den Feenwesen und Europa ausbrechen.« Er schnaubte abfällig.

»Ähnliches gilt für mich. Meine Mutter ist auch Diplomatin, wie du weißt. Ich genieße ebenso Immunität vor der Rechtsprechung – was in meinem normalen Job durchaus vorteilhaft ist.« Sal zog eine Grimasse. »Außerdem hat Mutter die Hochzeit mit Étienne schon medienwirksam angekündigt. Unsere Familien sind zu einflussreich und wohlhabend, als dass es jemand wagen würde, uns zu attackieren.«

»Verstehe.« Ich senkte den Blick. Meine Augen brannten und füllten sich mit Tränen, Hitze kroch mir in die Wangen und ich spürte einen Kloß im Hals. »Ich bin ein Niemand. Austauschbar. Mich kann man entführen, foltern und mir Erinnerungen nehmen.« Ich schluckte, was sich anfühlte wie ein Liter Speichel, hinunter. Nur langsam presste er sich durch meine Kehle, doch der Kloß darin nahm mir mehr und mehr die Luft. »Und dann lasst ihn uns einfach töten, wenn er sein Leben zurück fordert – er ist ohnehin nur ein nutzloser Mensch.« Wieder einmal erwischten meine Stimmungsschwankungen mich eiskalt und ich fühlte mich schlagartig einsam, obwohl ich es nicht war.

»Nicolas Schäfer.« Bren packte meine Schultern. Es war das erste Mal, dass er mich beim vollen Namen nannte. Seine

Augen sprühten vor Sorge und Zuneigung, während der Rest seines Gesichts vor Entschlossenheit glühte. »Niemand von uns denkt das über dich!«

»Ist mir bewusst«, gab ich leise und mit einem Seufzen zum Besten. »Ihr nicht, aber die halbe Stadt. Pfff, was sage ich? Die halbe Welt. Schattenwesen, egal wie sehr wir von Frieden reden, halten Menschen für unterlegen. Tausende von Jahren glaubte die Menschheit, die Spitze der Evolution zu bilden, nur um jetzt wie Vieh behandelt zu werden.«

»Bullshit!« Vorsichtig schüttelte mich Bren. »Erstens: Du bist kein Mensch, wie wir vor Kurzem erfahren haben. Und selbst wenn, spielt das keine Rolle. Zweitens: Viele Schattenwesen glauben an diesen Frieden und arbeiten jeden Tag daran, ihn zu erhalten und zu festigen! Und drittens: Scheiß darauf, was andere denken! Es zählt nur, was du denkst und deine selbstgewählte Familie fühlt. Wir alle glauben an dich. Würden wir dir sonst bei dem lebensmüden Plan helfen?«

Mit größter Mühe unterdrückte ich die Tränen, die sich in meinen Augen sammelten. Nicht weil ich mich schämte oder zu stolz war, vor Bren zu weinen. Nein. Hätte ich in diesem Moment meinen Gefühlen freien Lauf gelassen oder die Ängste und Sorgen laut ausgesprochen, wäre ich zusammengebrochen. Vermutlich hätte mein Nachthof-Blut mich erneut auf eine Achterbahnfahrt mitgenommen – und das konnte ich in diesem Moment nicht gebrauchen.

»Danke«, flüsterte ich und legte die Stirn gegen Brens. An meinem Hinterkopf spürte ich eine Hand und wusste, es konnte nur Sals sein.

»Der Kronprinz ist weiser, als ich die letzten Tage vermutet hätte«, sagte sie.

Bren löste sich von mir und grinste Sal gefährlich an.

»Vor vier Tagen hast du dir nahezu in die Hosen gepinkelt, wenn ich nur mit dir gesprochen habe, und jetzt wirst du unhöflich?« Seine Stimme klang so ernst, dass ich trotz des Grinsens nicht wusste, ob er sauer war oder Sal nur auf den Arm nahm. Auch Sal blickte sichtlich verwirrt drein. Ein Moment der Stille legte sich über uns, in dem Sal zunehmend unruhiger von einem Bein auf das andere wechselte. Dann lachte Bren lauthals los und schüttelte den Kopf. »Entspann dich! Ich mag diese Version deutlich lieber als die ehrfürchtige Sal.«

»Tick, tack, ihr Nervensägen. Wir haben nicht ewig Zeit«, fuhr Alexis gelangweilt dazwischen. »Seid ihr jetzt fertig mit euren Liebesbekundungen? Ich habe Liebesromane in meinem Inneren, die nicht so schnulzig sind wie ihr.«

»Ja, sind wir.« Ich richtete mich zur vollen Größe auf, streckte meine Glieder und schüttelte die Zweifel, so gut es ging, von mir ab. Alexis hatte recht. Jetzt war nicht die Zeit, um emotional zu werden. Wir hatten ein Ziel vor Augen – und das benötigte unseren vollen Fokus.

»Die Blaupausen sind im vergifteten Teil, das weißt du vermutlich?«, fragte die Bibliothek mit eindringlicher Stimme. Der Ernst der Situation schwang in jedem ihrer Worte mit.

Ich hatte es geahnt, befürchtet sogar. Aber Alexis es sagen zu hören, ließ mir dennoch ein Schaudern über den Rücken wandern. Die Härchen an meinen Armen stellten sich auf und ich atmete scharf aus.

»Vermutet, ja.«

»Hier ist, was passieren wird«, setzte Alexis an, ohne auf mein Gemurmel einzugehen. »Am Eingang stehen Phiolen mit Gegengift, oder besser gesagt, einem Schutz vor dem Gift. Jeder von euch wird eine trinken. Die Dobermänner müssen sich zurückwandeln oder können nicht mit euch kommen.«

Wie auf Kommando brachen Knochen und wenige Augenblicke später standen die drei in Menschenform neben mir. Schnell hüllten sie sich mit Hilfe des Armbandes in Kleidung ein.

»Sehr gut«, setzte Alexis fort. »Ihr trinkt alle den Trank. Dann habt ihr genau fünfzehn Minuten Zeit, in dem vergifteten Teil zu verweilen, bevor der Schutz nachlässt. Weitere zehn Minuten, ehe ihr gänzlich verloren seid.« Alexis legte eine ihrer dramatischen Pausen ein. »Der Fluch, der über dem Teil liegt, saugt euch die Magie und das Leben aus. Er vergiftet euch zunehmend, bis ihr bloß eine leere Hülle aus Stein seid. Solltet ihr nach fünfundzwanzig Minuten weiterhin da drin sein, ist eure Seele verloren. Ihr seid dann für immer in einem klinisch toten Körper gefangen, ohne zu sterben. Kein schönes Schicksal.«

»Wie bitte?«, fragte Sal mit geweiteten Augen.

»Im Inneren lagern uralte Schriftrollen und Bücher«, sagte Alexis. »Sogar Steintafeln. Wissen, so alt wie die Zeit. Teilweise gefährlicher als alles, was ihr euch vorstellen könnt. Glaubt ihr, solch ein Wissen wäre ungeschützt? Dieser Fluch existiert, damit niemand sämtliche Unterlagen studieren kann – bedenkt man, dass der Schutz nur einmal alle zwölf Monate funktioniert, ist das ein überaus geniales System, das ich mir ausgedacht habe. Quasie eine Abklingzeit für den Trank.«

»Das heißt, wir haben nur einen Versuch«, sprach Bren aus, was wir vermutlich alle dachten.

»So ist es!« Die Federn hielten bei Alexis' Kommentar inne. »Und nein, ich kann euch danach keine weiteren Informationen geben. Der Fluch unterbindet, dass ich außerhalb der Abteilung über alles im Inneren Auskunft erteilen kann.«

»Verstanden. Lass mich raten, wir können nichts mit herausnehmen?«, fragte ich, obwohl mir die Antwort klar war.

»Korrekt. Der Basilisk würde euch in dem Fall töten und das Buch an seinen Platz zurückbringen.«

»Der was?«, fragten wir alle im Chor.

»Ich sagte doch eben erst, ihr würdet versteinert werden. Was glaubt ihr, wieso da Schlangen auf dem Tor sind und woher der Fluch kommt?«

»Da drin ist ein Basilisk?«

»Um genau zu sein, sind es fünf. Nur einer steht direkt an der Tür, die anderen sitzen in den vier Ecken des Raums und vergiften die Aura. Schaut ihnen am besten nicht zu lang in die Augen, manchmal verkürzt das die Zeit des Schutzes.« Alexis' gelangweilter Ton passte rein gar nicht zu dem Terror, den sie uns in diesem Augenblick eindeutig zu sachlich mitteilte.

»Okay. Trank trinken, gefährlichen Monstern nicht in die Augen schauen, Wissen merken, schnell raus. Verstanden«, gab ich von mir und versuchte, selbstbewusst zu wirken. Scheiterte aber, wie meine zittrige Stimme verriet.

»Eins noch«, hielt Alexis mich auf, als ich zur Tür schreiten wollte. »Sobald ihr die Akten der HSB öffnet, aktiviert ihr einen stillen Alarm. Die MIA, die Regierung und alle anderen militärischen Streitkräfte werden damit alarmiert. Und zu allem Überfluss muss ich sie daraufhin, laut eines alten Vertrages, hereinlassen. Vermutlich habt ihr nicht mal fünfzehn Minuten – was irgendwie gut ist. Immerhin werdet ihr dann nicht versteinert.«

»Nur erschossen«, gab ich mit einem Knurren von mir.

»Das wäre in der Tat unerfreulich«, antwortete Alexis völlig gelassen.

»Unerfreulich? Nicht gerade das Wort, das ich dafür gewählt hätte …«, murmelte ich. Dann wandte ich mich zu der Tür aus Schatten und Gold, auf der sich magische Schlangen aus Stein unablässig bewegten.

Zittrig nahm ich eine der Phiolen von dem alten Steinsockel vor mir in die Hand. Direkt erschien ein neuer Trank mit einem leisen Plopp. Die Flüssigkeit im Inneren leuchtete grünlich, während sie zäh hin und her schwappte. Ich entfernte den Korken und ein stechender Geruch raubte mir die Sinne.

»Was zur Urmagie ist das?«

»Willst du das wirklich wissen, Nic?«, flötete die Bibliothek deutlich zu fröhlich.

»Nein«, kam es von meinen Freunden, während ich dummerweise »Ja«, antwortete. Natürlich wusste ich, dass es besser war, es nicht zu erfahren, aber die Schadenfreude in Alexis' Stimme schürte meine Neugier. Großer Fehler.

»Urin der Basilisken. Das einzige Mittel gegen ihre Magie. Daher der Gestank.«

Entschuldigend blickte ich zu Bren, der mich nur mit einem Ausdruck von ›*Du musstest ja fragen*‹ ansah und dessen Gesicht beinahe so grün wirkte wie die Flüssigkeit.

Ich weitete die Augen, atmete tief ein und trank das Zeug in einem Zug. Jeder einzelne Tropfen brannte wie Feuer in meiner Kehle. Quälend langsam flossen sie mir die Speiseröhre hinab. Die Flüssigkeit loderte, drohte mich zu zerfressen und Übelkeit stieg in mir auf.

»Wenn du es ausspuckst, darfst du ein Jahr warten«, warnte mich Alexis – weiterhin mit Freude in der Stimme.

Mit Tränen in den Augen rang ich nach Luft und versuchte mühsam, durch die Übelkeit zu atmen. Neben mir würgten meine Freunde. Eine Vielzahl von Emotionen tanzte über ihre Gesichter. Keine davon fröhlich. Im starken Kontrast zu unserem Ekel hallte ein leises Kichern durch alle Gänge der Bibliothek, während die Federn auf und ab hüpften.

Alexis konnte echt ein Biest sein.

»Das wirst du –«, setzte ich an.

»Nicolas, mein Bester. Leg die Hand auf die Tür«, unterbrach mich Alexis. Ihren freundlichen Ton und das »mein Bester« konnte sie sich in ihren uralten Hintern stecken. »Nicht diskutieren, eure Zeit läuft. Tick, tack.«

Ich warf einen letzten finsteren Blick in einen der Gänge, hoffte inständig, sie sah ihn, und legte meine Hand auf die Tür vor mir. Unmittelbar bewegten sich die Schlangen zunehmend schneller. Schlängelten sie zuvor lethargisch über die Oberfläche des kühlen Holzes, rasten sie jetzt im Kreis. Dann schossen sie plötzlich auf mich zu und bissen mir alle zeitgleich in die Hand.

»Verdammt!«, brüllte ich vor Schmerzen. Stechend und brennend zugleich steckten die scharfen Zähne in meiner Hand. Die Schlangenaugen leuchteten giftgrün auf und die Pein intensivierte sich um ein Vielfaches.

»Nic«, entfuhr es Sal panisch.

Der Raum um mich drehte sich schneller und schneller. Meine Wunden brannten wie Feuer, meine Sicht verschwamm, und meine Beine wurden weich.

»Was hast du mit ihm gemacht?«, brüllte Bren Alexis an, doch ich registrierte die Worte kaum neben dem ohrenbetäubenden Rauschen in den Ohren. Dachte ich zuerst, es sei mein Blut, irrte ich mich – es musste meine Magie sein, die durch mich hindurchfegte.

»Die vergiftete Abteilung fordert einen magischen Blutzoll. Er muss mit reiner Urmagie bezahlt werden.«

»Und das hättest du nicht früher sagen können?« Bren tobte neben mir, als ich merkte, wie ein Teil meiner Magie sich durch meinen Körper bahnte. Sie näherte sich der Wunde, floss durch sie hinaus und wurde von den Schlangen aufgesaugt. Das Leuchten ihrer Augen stoppte abrupt. Sie gaben ein leises Zischen von sich, und dann öffnete sich die Tür quietschend nach innen.

»Hätte ich es früher gesagt, hättest du versucht, die Tür zu öffnen und den Helden gespielt, Kronprinz O'Toole. Um Nicolas zu schützen, denn du liebst ihn. Ob ihr beiden es euch eingestehen wollte oder nicht.« Alexis seufzte. »Haltet mich für ein Monster, meinetwegen. Das kümmert mich nicht. Aber du wärst gestorben, hättest du es versucht. Von euch besitzt nur Nicolas genügend Magie, die stark genug ist, um die Tür zu entriegeln und es zu überleben.«

»Bren, lass gut sein«, sagte ich schwer atmend. Der Schmerz, so jäh er gekommen war, hatte sich verflüchtigt, als wäre er nie da gewesen. »Sie hat recht.«

»Das habe ich immer. Auch das sagte ich dir bereits mehrfach.« Alexis schnaubte laut. »Jetzt geht in die Abteilung, eure Zeit läuft. Ihr könnt mich danach beschimpfen.«

Damit hatte die Bibliothek recht, jede Minute zählte. Ich wandte mich an Brooks.

»Merk dir so viel wie du schaffst.«

Entschlossen nickte er.

»Alles, was auch nur ansatzweise interessant zu sein scheint, zeigt ihr Brooks, verstanden?«

»Fotografisches Gedächtnis«, fügte Garth für Bren hinzu, der es vermutlich nicht wusste.

Ohne noch länger zu warten, trat ich durch die Tür.

Und erstarrte.

Der Raum war kleiner, als ich gedacht hatte. Gut sieben Meter in jede Richtung. Dafür jedoch in die Höhe gebaut. Alte Holzleitern thronten an den Regalen und in der Mitte stand ein

Tisch aus schwarzem Holz. Alles wurde erhellt durch herumschwirrende Leuchtkristalle, die den Raum in schummriges, orangefarbenes Licht tauchten.

Neben mir hörte ich ein Zischen. Erschrocken fuhr ich zu dem Geräusch herum, nur um direkt einen Sprung rückwärts zu tätigen.

Giftgrüne Augen starrten mich bösartig an. Lauernd saß ein zwei Meter großes Tier am Eingang. Es besaß den Körper einer Echse, mit dunkelgrünen, stacheligen Schuppen bedeckt. Getragen von vier muskulösen Beinen und messerscharfen Krallen sowie einem schlangenartigen Hals, der locker einen Meter lang war und sich in geschmeidigen Bewegungen schlängelte. An dessen Ende thronte ein Schlangenkopf mit einem Kragen, den ich sonst bloß von Kragenechsen kannte. Silberne, spiegelnde Schuppen verzierten das Innere des Kranzes.

Als die Augen des Tiers erstrahlten, wusste ich, wieso die Schuppen nicht ebenso grünlich waren. Sie spiegelten das versteinernde Licht des Basilisken und verstärkten es immens. Panisch schloss ich die Lider und wandte den Kopf ab.

»Schaut es nicht an!«, rief ich den anderen zu.

Blind tastete ich mich vorwärts. Jedenfalls hoffte ich, dass es vorne war. Ein paar Sekunden vergingen, und ich befürchtete schon, falsch gelaufen zu sein, da stieß ich gegen den Tisch und öffnete behutsam die Augen. Langsam sah ich in die Ecken, bereit, direkt wieder die Lider zu schließen. Zu meiner Erleichterung hatten die Basilisken jedoch die Köpfe gesenkt und schlummerten. Aus ihren Poren entwich ein kaum wahrnehmbares, grünliches Gas, das sich mit der Luft vermischte.

»Verdammt, sind die hässlich«, flüsterte Sal plötzlich neben mir. Auch Bren verzog sein Gesicht zu einer angewiderten Grimasse.

Einer der Basilisken hob träge den Kopf und zischte Sal an, woraufhin sie panisch die Arme in die Luft warf und die Augen weitete.

»Habe nichts gesagt. Entschuldigung!«

»Sie lassen uns offenbar in Ruhe. Fangen wir an«, sagte Bren ungewohnt leise.

»Definitiv. Keine Ahnung, ob es hier ein System gibt. Teilt euch auf«, sagte ich, folgte aber Bren zu der hintersten Wand, während die anderen sich aufteilten.

»Ich meine, ihr könntet auch einfach fragen, wo die Bücher und Unterlagen liegen«, sagte Alexis aus dem Nichts. »Oder ihr verschwendet eure Zeit mit suchen.«

»Das ist nicht ihr Ernst, oder? Verstehe, wieso man sie abzufackeln versucht hat«, brummte Bren leise in mein Ohr und schüttelte den Kopf.

»Ich denke, du bist nicht in der Lage, Infos über das Innere zu geben?«, fragte ich Alexis und rollte mit den Augen.

»Das habe ich so nicht gesagt. Außerhalb der Abteilung stimmt das, solange ihr hier drin seid, jedoch schon. Du musst dir angewöhnen, besser zuzuhören.«

»Was auch immer, Alexis. Über unser Kommunikationsproblem reden wir, wenn ich nicht zu Stein werde. Wo sind die Unterlagen?«

Stille.

Das war doch ein Scherz. Alexis trieb mich zur Weißglut. Mehr als sie es für üblich schaffte.

»Bitte?«, fügte ich zähneknirschend hinzu.

»Geht doch. Du als Vater solltest dir Manieren aneignen. Ist wichtig bei der Erziehung.«

»Alexis, wo?«

»Direkt vor dir.«

Es kostete mich unfassbar viel Mühe, die Bibliothek nicht lautstark zu verfluchen, oder Bren um einen Feuerzauber zu bitten. Neben mir schnaubte er durch die Nase, legte dann aber eine Hand beruhigend auf meine Schulter. Sein Blick verriet, dass wir die gleichen Gedanken hegten.

Ich sah zu den anderen und setzte gerade an, etwas sagen, als mir ein graues Gebilde auffiel. Im Inneren der Abteilung standen etliche Steinstatuen verteilt. Am Boden lagen zerbrochene Teile, die ehemals eine Statue gewesen sein mussten.

Ich verengte die Augen und betrachtete sie näher. Unzählige Details verzierten sie.

Erschrocken trat ich einen Schritt zurück und stolperte dabei gegen Bren. Er folgte meinem Blick und atmete scharf aus. Sein Atem kitzelte mir über den Nacken.

»Oh, Shit. Das waren mal Lebewesen«, entfuhr es ihm.

»Wenn ihr euch nicht beeilt, dann teilt ihr das Schicksal«, verkündete Alexis, die bisher eher damit beschäftigt gewesen war, unsere Zeit zu verschwenden, anstatt zu helfen. Dennoch hatte sie recht.

Wir versammelten uns alle vor dem Regal mit den Unterlagen zur HSB. Ein Buch nach dem anderen legten wir auf den schwarzen Tisch. Ebenso riesige Blaupausen, die wir ausrollten. Während Brooks alles studierte, suchten wir nach weiteren nützliche Informationen.

Für einen Moment wünschte ich mir, dass wir mehr Zeit hätten. Wie viel geheimes Wissen hier lagerte, schien mir schier unbegreiflich. Geheimnisse, so alt wie die Zeit selbst und gefährlicher als ich es je vermutet hatte.

Ich schüttelte den Gedanken ab und sah auf meine Uhr. Sechs Minuten noch. Erleichtert atmete ich aus. Wir hatten schon viele Informationen gesammelt und könnten in den nächsten Minuten problemlos alles abschließen. Jegliche Sorge war umsonst gewesen.

»Wir haben ein Problem!« Ich schreckte zusammen. Nie zuvor hatte ich Alexis so angespannt gehört. »Zehn Agenten haben soeben mit scharfer Munition meine Hallen betreten. Weitere stehen vor dem offiziellen Ausgang im Untergrund. In drei Minuten sind sie bei euch.«

»Was? Wie konnten sie so schnell hier sein?« Mein Puls donnerte durch meine die Ohren. Das war unmöglich. Konnte denn nicht eine Sache einmal funktionieren?

»Keine Ahnung, Nicolas. Ist auch egal. Ihr müsst fliehen. Noch wissen sie nicht, dass ich euch gewarnt habe. Lauft! Jetzt! Bevor sie die Abteilung erreichen!«

Hive, das
Substantiv

1. magische Version des Internets

2. hat das World Wide Web mit Beginn der Neuen Weltordnung ersetzt

3. überall empfangbar und deutlich schneller als Glasfasern

Aus dem Archiv von Alexis,
der Bibliothek von Alexandria

17

Nicolas

Mit geweiteten Augen starrte ich zu Brooks. Sein Körper zitterte vor Anspannung, dennoch flog sein Blick weiterhin über die Unterlagen vor ihm. Jedes einzelne Wort schien er förmlich aufzusaugen. Allzu oft vergaß ich, dass er mit seinen Brüdern eine knallharte Agentenausbildung in Amerika genossen hatte. Ihr freudiges und verspieltes Gemüt war für mich alltäglich, kam es jedoch zu Gefahrensituationen, war ihr Verhalten absolut professionell und pflichtbewusst. Manchmal sogar angsteinflößend.

»Haben wir alles?«, fragte ich hektisch, während Bren mich Richtung Ausgang zerrte.

Brooks schüttelte langsam den Kopf, dann hob er den Blick und sah mich an. Seine Mimik gab mir eindringlich zu verstehen, dass ich flüchten sollte. Und direkt wusste ich, dass er erst später folgen würde.

»Auf keinen Fall!« Ich löste mich aus Brens Griff und eilte zu Brooks. »Wie lange noch?«

Er kräuselte die Lippen. Ein tiefes Seufzen entfuhr seiner Kehle, dann hielt er abwechselnd einen und zwei Finger hoch.

»Alexis, haben wir noch zwei Minuten?« Meine Stimme zitterte.

»Nein, ihr müsst *jetzt* fliehen!«

Brooks lächelte mir traurig zu, schubste mich Richtung Bren, der wieder meinen Arm umschlang und entschlossen nickte. Garth und Flynt bauten sich vor ihrem Bruder auf, versperrten mir so den Weg und funkelten mich bestimmend an.

»Geh!«, befahl Garth.

»Lass mich los! Verdammt, Bren, ich schwöre dir bei der Urmagie –«

»Ey!«, durchschnitt Sals Stimme unsere Diskussion. »Hört auf, zu streiten. Da kommen Agenten, die uns töten oder gefangennehmen werden. Hier wird niemand zurückgelassen!« Sie verschränkte die Arme vor der Brust und sah zu Brooks. »Beeil dich gefälligst mit dem Lesen!«

Nickend tat er, wie ihm geheißen, und ich wandte mich an Alexis.

»Wissen sie von dem Durchgang zu unserem Versteck?«

»Klar, Nic. Ich öffne ein illegales Tor zu eurer Wohnung und das Erste, was ich getan habe, ist, es der MIA zu melden. Natürlich wissen sie nichts von dem Durchgang!«

»Gut, dann denken sie hoffentlich, wir flüchten zum offiziellen Ausgang und der liegt in der anderen Richtung.«

»Das spielt nur keine Rolle, wenn sie euch den Weg aus der vergiften Abteilung versperren. Denn entweder sterbt ihr in der Kammer oder beim Herauskommen. Dein Plan ist Mist, Nicolas Schäfer. Wann bist du allgemein so töricht geworden?«

»Als ich realisiert habe, dass ihr mich alle belogen habt?«, fuhr ich Alexis an und hörte sie scharf einatmen. »Ihr mir meine Erinnerungen geklaut habt, und du ein Teil der Wesen bist, die mich verarscht haben? An diesem Zeitpunkt bin ich so töricht geworden, mein Leben zurückhaben zu wollen!«

Stille. Absolute, drückende Stille.

»Ich … Du hast recht.« Das erste Mal, seit ich Alexis kannte, hörte ich so etwas wie Reue in ihrer Stimme. »Das war nicht fair von uns.«

»Nicht fair? Sag mal, spinnst du?«

»Aber es war nötig. Solltest du deine Erinnerungen und das andere Wissen aus der HSB erlangen, wirst du es verstehen.

Dennoch: Es tut mir leid, Nic. Ich mag dich tatsächlich.« Alexis seufzte und räusperte sich danach. Als sie erneut sprach, klang ihre Stimme wieder so überheblich wie sonst. »Ich helfe euch. Stiller Wandler, wie lange noch?«

Brooks sah auf und verzog das Gesicht. Mit der Hand deutete erst auf das Buch vor sich, dann gab er mit seinem erhobenen Zeigefinger zu verstehen, dass es das letzte Blatt war, das er studierte.

Nur eine halbe Minute später eilte Brooks zu seinen Brüdern. Sehr gut, vielleicht schafften wir es ja doch zum Ausgang, bevor die Agenten uns erreichten?

Meine Illusion wurde zerstört, als ich schwere Schritte außerhalb der vergifteten Abteilung hörte. Zwar dumpf und fern, jedoch zerbarst die Hoffnung, unauffällig zu fliehen.

Alexis' Stimme flüsterte Worte in einer mir unbekannten Sprache, unheimlich und uralt klingend zugleich. Alle fünf Basilisken erhoben die Köpfe und lauschten. Als Alexis geendet hatte, zischten die Kreaturen laut und sammelten sich am Eingang.

»Nic, nach eurer Flucht wirst du eine Weile nicht zurückkommen können. Ich habe den Basilisken soeben befohlen, meine Haupthallen zu betreten. Es wird mich Tage, wenn nicht Wochen kosten, sie zu entgiften.«

»Du … Was?«

»Was du sagen wolltest, ist: Danke, Alexis!«

»Das hättest du nicht –«

»Doch! Du hast recht, wir haben dir Unrecht getan. Sobald die Basilisken draußen sind, lauft ihnen ein Stück nach, wendet euch dann rechts, drei Regale geradeaus, nehmt dann den linken Gang, anschließend haltet euch wieder rechts und danach verschwindet ihr durch den Ausgang. Verstanden?«

»Danke, Alexis.«

»Gern. Eins noch, wenn ich *jetzt* sage, schließt ihr die Augen. Und nun lauft!«

Die Basilisken wuselten durch die Tür, ihre Bewegungen eine Mischung aus Schlängeln und flinken Schritten. Die langen, mit Dornen besetzten Schwänze peitschten auf den Boden und das Echo hallte durch die Bibliothek. Vor der Tür verstummten die Schritte. Dank meines Feengehörs vernahm ich einen leisen Befehl, der den Agenten mitteilte, in Deckung zu gehen.

Wir verließen die vergiftete Abteilung und wandten uns, wie Alexis erklärt hatte, nach rechts. Ich konnte jedoch keinerlei Agenten sehen, dennoch hörte ich sie atmen. Gut fünfzehn Meter von uns entfernt. Vermutlich einen oder zwei Gänge weiter hinten.

»*Sie bewegen sich*«, hörte ich eine Agentin in ihren Kommunikator sagen. Vermutlich eine Wandlerin, die unsere Witterung aufgenommen hatte.

Leise, aber so rasch wie möglich, schlichen wir den Gang entlang und hielten uns genausten an Alexis Wegbeschreibungen.

Zwei Reihen von uns entfernt hörte ich plötzlich einen Aufschrei, gefolgt von einem Moment der panischen Stille. Der Geruch von Angst wehte förmlich zu mir herüber. Erneut brachen Schreie aus.

»*Zur Urmagie, was sind das?*«

»*Deckung!*«

»*Schießt!*«

»*Hilfe!*«

Die Stimmen der Agenten überschlugen sich und ich wusste, die Basilisken hatten sie erreicht. Ein Schaudern lief mir den Rücken hinab. Vor nicht einmal fünfzehn Minuten hatte ich die Tiere selbst zum ersten Mal in meinem Leben gesehen, verstand das Entsetzten der Agenten also nur allzu gut.

Ich bog um die nächste Ecke – und erstarrte.

Verdammt.

Vor mir hockte lauernd ein Agent. Uns den Rücken gekehrt, die Waffe zitternd in den Gang gerichtet. Mit einem leisen »Ompf« stolperte Bren gegen mich. Ich hielt den Atem an. Hoffte, der Agent hatte uns nicht gehört und ich suchte nach meinem Schattenareal, um ihn im Zweifel ausschalten zu können. Hier ging es mittlerweile um Leben und Tod. Die Zeit für Spiele war längst vorbei.

Gerade als ich nach dem ersten Energiefaden griff, drehte sich der Agent um und Alexis rief: »Jetzt!«.

Ich schloss instinktiv die Augen. Keine Sekunde zu früh. Selbst durch meine geschlossenen Lider nahm ich die rötlich schimmernde Helligkeit wahr. Nach ein paar Sekunden verebbte sie, und ich riss die Augen auf.

Vor mir stand der Agent, und zwar mit aufgerissenen, angsterfüllten Augen. Sein Körper bestand aus grauem Stein, den Mund hatte er zu einem stummen Schrei geöffnet.

Bevor mein Gehirn die Bilder registrierte, schlug ein Basilisk mit seinem Schwanz gegen die Statue. Sie zersplitterte in Hunderte Stücke. Staub und Steinchen flogen den Gang entlang.

Leise zischend näherte sich mir das Tier. Es betrachtete mich aus Augen, die nicht mehr glühten, sondern einen friedlichen Ausdruck zeigten. Dann, zu meiner großen Überraschung, quiekte er und senkte den Kopf direkt neben meiner Hand. Eine Geste, die ich von den Dobermännern nur allzu gut kannte. Er wollte gelobt und gekrault werden.

»Zur Urmagie«, entfuhr es Sal. »Will der Basilisk …«

»Glaube ja«, antwortete ich verwirrt, führte meine Hand auf seinen schuppigen Kopf und tätschelte ihn unbeholfen. Der Basilisk zischte, hob träge das Haupt und … lächelte mich an. Jedenfalls glaubte ich das. Dann fuhr er mir mit seiner gespaltenen, langen Zunge über das Gesicht und eilte blitzschnell den Gang in Richtung der Agenten davon.

»Sie mag dich«, sagte Alexis. »Lauft weiter.«

Wir gehorchten, und dieses Mal schlichen wir nicht mehr, sondern rannten. Der Ausgang lag direkt vor uns. Ich bildete das Schlusslicht. Unmittelbar vor mir Bren.

»Das war bizarr«, rief er über seine Schulter.

»Ja, selbst für alles, was uns die letzten Tage passiert ist, war das … einmalig. Ich hoffe zumindest, es war einmalig«, murmelte ich im Laufen.

Scharfer Schmerz schoss plötzlich durch meine Schulter.

Instinktiv formte ich ein Muster, fuhr herum und schleuderte eine Energiewelle nach dem Angreifer. Für den Bruchteil einer Sekunde sahen der Agent und ich uns in die Augen. Dann erfasste ihn die Wucht meines Zaubers, und wie von einer unsichtbaren Hand gezogen, flog er rückwärts den Gang davon. Gestoppt wurde sein Flug lautstark durch ein Regal. Einige Bücher fielen auf ihn herab, und bevor sie ihn verdecken konnten, erblickte ich etwas, das mich statt zu fliehen, innehalten ließ. Scharfe Zähne und eine lange Zunge ragten aus dem Echsenmaul des Agenten, bevor es erneut menschlich aussah. Er war ein Wechselbalg? Apex hatte tatsächlich die MIA infiltriert. Verdammt.

Alexis flüsterte einmal mehr die fremden Worte von vorhin. Nur einen Moment später erschien einer der Basilisken und biss dem Wechselbalg den Kopf ab.

»Nic, raus!«, fluchte die Bibliothek.

Ich drehte mich um meine eigene Achse und sprang den Anderen hinterher durch die Tür. Mit einem dumpfen Donnern fiel sie hinter mir ins Schloss.

»Du hast Agenten getötet, Alexis!«, entfuhr es mir erschrocken. »Das wird die MIA dir nicht verzeihen.«

Sie lachte nur tonlos.

»Nicolas, es war Zeit, sich zu entscheiden. Der Krieg ist unabwendbar. Ich habe meine Seite schon vor vielen Jahren gewählt. Und zwar deine.«

Mit diesen Worten verschwand der Durchgang und ich stand zitternd vor einer leeren Wand.

»Es reicht! Ich habe die Schnauze voll!« Mit Nachdruck schlug ich die Hände auf den Tisch. Besorgt musterten Sal und Bren mich, während Brooks sich in Hundeform an mein Bein presste. »Wir haben die ganze Zeit fair gespielt und uns ans Gesetz gehalten –«

»Einen Einbruch in die Hochsicherheitsbank zu planen nennst du gesetzestreu?«, fragte Bren mit diesem Grinsen auf den Lippen, das dazu einlud, ihn als Boxsack zu benutzen. Sal lachte laut, während Flynt und Garth nur mit den Schultern zuckten.

»Schnauze, Bren. Ich habe genug. Ein und für alle Mal. Wenn sie nach Krieg schreien, dann bekommen sie ihn. Es wird Zeit, Feuer mit Feuer zu bekämpfen. Und ich will sehen, wie sie gegen unsere Crew gewinnen wollen. Wir werden nicht mehr bloß betäuben. Wer sich ab jetzt in unseren Weg stellt, wird es bereuen. Die MIA arbeitet entweder mit Apex zusammen oder ist unterwandert.«

»Ähm, wo kommt denn auf einmal die Finsternis in deinen Gedanken her?« Bren sah mich skeptisch an.

Aus meinem tiefsten Herzen. Aus der geschundenen Seele in mir. Aus einem Teil meines Gehirns, den ich bis heute versucht hatte, einzudämmen.

»Bist du dir sicher, dass es sich bei den Leuten um Apex-Mitglieder handelte?«, fragte Sal. Die Arme vor der Brust verschränkt.

»Ziemlich sicher. Einer der Agenten konnte seine Tarnung nicht aufrechterhalten und ich habe ihn als Echse gesehen.«

»Dann brauchen wir Hilfe. Apex sind nicht nur die vertriebenen Fae und Wechselbälger, sondern auch Vampire und so einiges anderes.« Aufmerksam musterte mich Sal mit verengten Augen. »Das wusstest du schon, oder? Aber woher? Apex ist absolute Verschlusssache bei der MIA und das Wissen reicht weit über deine Freigabe hinaus. Bei dem Überfall in eurer Wohnung schien es noch so, als wüsstest du kaum etwas darüber!«

»Du weißt es doch auch«, verteidigte ich mich störrisch, was Sal humorlos auflachen ließ. Immerhin hatte sie es vor einigen Tagen selbst abgestritten, zu wissen.

»Ich lebe und arbeite seit Jahren in der Unterwelt Europas. Du wirst nicht eine der berüchtigtsten Diebinen, wenn du nicht ab und an mit äußerst zwielichtigen Gestalten in Kontakt kommst. Nic, das ist ernst!« Ihr Blick durchbohrte mich und ich spürte mal wieder die unkontrollierbare Wut in mir aufsteigen. »Woher weißt du so genau, wie Leute von Apex aussehen? Sie agieren ausschließlich in den Schatten.«

»Sie haben mich vor ein paar Jahren entführt, gefoltert und Natasha vor meinen Augen getötet. Sie haben mich über hundertmal getötet und wiederbelebt. Und ich erinnere mich an alles. Bist du jetzt zufrieden?«, brach es aus mir hervor.

Wieder einmal übernahm mein Temperament die Kontrolle, ohne dass ich es kontrollieren konnte. Die Tatsache mit Natasha hatte ich das letzte Mal verschwiegen. Ebenso, dass Apex mich mehrfach umgebracht hatte. Doch nun kannten sie alle die Wahrheit.

Stille legte sich über den Raum. Ich spürte alle Augenpaare auf mir, hörte Brooks scharf die Luft einziehen und selbst Bren sah mich schockiert an.

»Sie haben dich immer wieder getötet?«, flüsterte er dann. Den Blick von Bren abwendend, nickte ich. »Verdammt!«

»Nic.« Sal trat auf mich zu und nahm mich in den Arm. Ich spürte feuchte Hitze auf meinen Wangen. »Es tut mir so leid. Wirklich! Aber Apex ist ein Gegner, der uns überrollen wird. Bisher hoffte ich noch, sie wären uns nicht so dicht auf den Fersen. Wir reden hier von einer weit verzweigten Terrororganisation, die nur auf ihre Chance lauert. Die MIA hat eine ganze Spezialeinheit dafür eingerichtet – streng geheim versteht sich.«

»Sie haben versucht, mich umzuprogrammieren, und als ihr Werkzeug zu nutzen«, antwortete ich mit einem Kloß im Hals. »Außerdem wollten sie die Schäfergabe kopieren.«

Langsam löste sich Sal von mir und musterte mich traurig.

»Haben sie es geschafft, deine Gabe nachzubilden? Falls ja, dann schweben wir alle in größerer Gefahr als ich dachte.«

»Nein. Ich bin über hundert Mal gestorben und wiederbelebt worden. Jedes Mal ist das Experiment gescheitert. Deswegen wollen sie jetzt vermutlich Bren und Aiden für das königliche Blut – wie wir das letzte Mal schon vermutet haben.«

Erneut legte sich Stille über den Raum.

Während Flynt und Garth vor Wut verzerrte Gesichter zeigten und Brooks kehlig knurrte, sah Bren mich mitleidig an.

Selbst Sal hatte Tränen in den Augen.

»Okay, shit. Dann ist jetzt Zeit, ehrlich zu sein. Ich habe gelogen. Oder besser gesagt vorgetäuscht, als wüsste ich kaum etwas über Apex.« Sal pustete eine blaue Strähne aus der Stirn. »Ich dachte das letzte Mal ehrlich noch, die MIA sei unser Hauptproblem – und Apex nur ein Nebenspieler in dieser Situation.«

»Was sagst du da? Gelogen?«, fragte ich.

Sal seufzte, erhob sich und schritt zu einem Spiegel. Dort stach sie sich in die Hand. Geschmeidig fuhren ihre Finger über das Glas und verteilten das Blut in Form einer Rune.

Unmittelbar erschienen zwei Personen im Spiegel. Zum einen ein elegant gekleideter, schwarzer Mann mit silbernen Augen. Vor Schreck wich ich einen Schritt zurück. Ein Vampir! Was zur Urmagie hatte Sal mit Vampiren zu schaffen?

Zum anderen blickte neben ihm eine sportliche, rothaarige Frau mit weißer Haut mürrisch zu uns durch den Spiegel. Ihre Mundwinkel waren so tief gezogen, dass es schon unnatürlich wirkte.

»Benoît, Adalain«, begrüßte Sal die beiden Fremden. »Wir haben ein Problem.«

Benoît? Das musste Benoît Moreau sein, einer der einflussreichsten Vampire in Amerika, Teil der MIA und zusammen mit seiner Mutter Herrscher über New Orleans. Jedes Wesen hatte schon mal von ihnen gehört. Die Familie Moreau zählte zu den bekanntesten Verfechtenden von Frieden zwischen den Spezies.

»Das hoffe ich«, antwortete der Vampir barsch. »Ansonsten hast du ein Problem, chère!« Der frankokanadische Louisiana-Akzent und das Wort Cher statt ma chère, bestätigte meine Vermutung, dass es sich um die New-Orleans-Blutlinie handelte. »Wieso kontaktierst du uns mit Zivilisten im Raum? Erklärung, jetzt! Und ich hoffe für dich, es ist eine gute.«

Obwohl der Vampir lächelte und seine Menschenhaut übergestreift hatte, wirkte er nicht freundlich. Im Gegenteil. Und das stachelte erneut meine Wut an. Wie ein Raubtier fiel sie über mich her und verdrängte jegliches logische Denken. Friedenskämpfer hin oder her.

»Wag es nicht, ihr zu drohen, du Monster, oder ich zerfetze dich!«

Meine Abscheu gegen Vampire ließ sich nicht im Zaum halten, zu viel Leid hatten sie über Europa gebracht.

Adalain lachte laut und kehlig, nahm ihre finsteren Augen aber nicht von mir.

»Mutig ist der Mensch ja«, sagte sie, weiterhin grinsend.

Der Spiegel flammte auf und nur einen Augenblick später stand Benoît vor mir. Mit Leichtigkeit war er hindurch gereist und hielt meinen Hals mit einer Hand fest umschlossen. In Fetzen flog seine menschliche Haut von seinem Gesicht davon und entblößte den Totenschädel darunter. Seine lange Zunge, mit zwei Stacheln am Ende, hing aus seinem Maul, das keinen Unterkiefer besaß.

»Er ist töricht, nicht mutig«, fuhr er mich an. Dann spürte ich ein Ziehen hinter der Stirn.

Ein törichter Fehler. Genau dafür war ich ausgebildet worden. Benoît versuchte, meine Gedanken zu lesen und öffnete damit seinen Verstand. Solange Vampire diesen geschlossen hielten, war es mir unmöglich, die Schäfergabe zu nutzen. Doch so? Bingo.

Mühelos streifte ich den Glimmer ab. Schwärze durchflutete den Raum und ich kämpfte Benoîts Angriff zurück. Ich spürte, wie meine Schäfermagie die Vampirmagie von ihm umspielte, einhüllte und im Nichts verpuffen ließ. Dann holte ich zum Gegenschlag aus und ließ meine Schäfergabe seinen Kopf infiltrieren.

Nur eine Sekunde später sah ich alle seine Erinnerungen, Sehnsüchte und Gedanken wie leuchtende Autobahnen vor mir verlaufen. Ebenso erkannte ich, dass seine Absichten tatsächlich gut waren und seine Familie ihren tadellosen Ruf mehr als verdient hatte.

»Finger weg«, knurrte ich.

Mit geweiteten Augen, aber dennoch ohne Angst in ihnen,

ließ er mich los und trat einen Schritt zurück. Gelassen streifte er seinen Anzug glatt und lachte dann herzhaft.

»Quelle surprise! Der Schäfer der Sünden.« Er vollführte eine übertriebene Verbeugung, und es war dieser Moment, in dem ich endgültig beschloss, dass er mir auf die Nerven ging. Nicht so wie Bren, der mich zwar von Zeit zu Zeit auch zur Weißglut trieb, aber bei dem wenigstens mein Magen ständig dabei kribbelte und ich wusste, dass er es primär aus Gründen des Neckens tat.

Als hätte er mich gehört, stürzte sich Bren auf den Vampir. Bevor er ihn aber erreichte, hatte er einen Dolch am Hals. Adalain grinste ihn süffisant an und schnalzte mit der Zunge.

»Nicht so eilig, Flattervieh.«

Bevor ihre Worte verklungen waren, hatte Adalain selbst einen Dolch an der Kehle.

»Das gilt ebenso für dich, *Sweetheart*«, zischte Laoise, die aus den Schatten aufgetaucht war.

»Ach, schau an. Lange nicht gesehen«, antwortete Adalain gelassen. »Ich nehme an, dieser Narr ist demnach der Kronprinz?«

»Richtig. Und wenn dein Dolch seinen Hals nicht unmittelbar verlässt, dann werde ich dich töten. Egal, ob wir gemeinsam ausgebildet wurden und uns währenddessen sehr intensiv ein Bett teilten.« Laoises Stimme klang definitiv zu amüsiert für meinen Geschmack.

»Mon amie, wir sollten uns alle beruhigen. So viel Emotionen und sexuelle Spannungen hier im Raum. Mon dieu.« Benoît schlenderte gelassen zum Esstisch und nahm daran Platz. »Einen guten Wein und etwas Essen könnten wir gebrauchen während wir reden.« Sein Blick lag fordernd auf mir.

Meinte er das ernst?

»Dort hinten ist die Küche. Wenn du Hunger hast, koch dir selbst was. Ich versorge nur Gäste, und bisher habe ich eher das Gefühl, ihr seid unerwünschte Eindringlinge.«

»Ich vermisse Europa. Ihr seid alle so *ehrlich*.« Benoît streckte sich und zwinkerte mir zu. »Dann halt ohne Essen. Setzt euch, wir reden.«

Entgegen meiner Vermutung, setzten sich alle brav, beäugten einander aber durchaus skeptisch.

»Wieso gefährdest du deine Deckung, Agentin Fantasma?«, fragte Benoît in Sals Richtung.

»Agentin?« Mein Blick schnellte zu ihr.

»Schau nicht so vorwurfsvoll, Nic. Du hast selbst genügend Geheimnisse vor mir«, entgegnete sie sanft. »Sonst hätte ich gewusst, was Apex dir alles angetan hat, oder? Du hättest mir längst die volle Wahrheit sagen können, statt mir nur die nötigsten Fetzen hinzuwerfen.«

Damit hatte sie leider recht. Obwohl es von Doppelmoral zeugte, schmerzte es dennoch, dass sie mir nicht alles anvertraut hatte. Nach diesem Mist, in den wir geraten waren, mussten die ganzen Lügen aufhören.

»Keine Geheimnisse mehr.« Ich legte so viel ehrliche Zuversicht in ein Lächeln, wie es mir nur möglich war.

»Keine Geheimnisse mehr«, wiederholte Sal und erwiderte das Lächeln.

»Der Reihe nach.« Benoît stand auf und legte seine Hände auf den Tisch. Sein Gesicht war wieder das eines Mannes, der problemlos Covermodel der GQ hätte sein können. »Salvatrice gehört zu einem Special-OPs-Team, das offiziell nicht existiert und von uns, der Familie Moreau, geleitet wird.«

Er war also tatsächlich ein Moreau, dessen Familie dafür bekannt war, sich für den Frieden in der Welt einzusetzen. Sie hatten New Orleans sogar zur Friedenszone erklärt und herrschten dort mit Güte und Verständnis.

»Das Special-OPs-Team wurde gegründet, um Apex zu bekämpfen. Die MIA kann jegliche Verbindungen zu uns abstreiten, obwohl wir inoffiziell von Amerika und Europa beauftragt wurden. Deswegen hatte Salvatrice keine Erlaubnis, dir etwas zu verraten.«

Benoît hielt eine Hand hoch, als ich ansetzte, zu antworten. »Und jetzt verstehe ich auch, wieso sie uns kontaktiert hat. Du wurdest entführt? Von Apex? Lass mich raten, sie gedachten, deine Fähigkeiten zu nutzen?«

Benommen nickte ich.

»Das passt ins Bild. Sie haben schon Vampir-Fae erschaffen. Ihre Forscher sind leider brillant. Mischwesen zu erschaffen, sollte nicht möglich sein und dennoch ziehen wir zunehmend Vampir-Fae aus dem Verkehr. Deine Gabe hätte ihnen einen unüberwindbaren Vorteil erbracht, wenn sie sie replizieren und ihren Mischwesen hätten injizieren können.«

»Was wollen sie?«, fragte Bren. Mit zusammengekniffenen Augen musterte er Benoît weiterhin skeptisch.

»Die Kontrolle. Erst über Europa, dann vermutlich über die Welt. Sie wollen alle Menschen versklaven und die Fae sowie die Vampire zu den herrschenden Geschlechtern erheben. Eure Regierung weiß deutlich mehr darüber als sie zugeben mag. Dennoch kommen wir an diese Informationen nicht heran.«

»Mein Vater, der König, steht den Fae vor!«

»Stimmt, deswegen werden sie ihn vermutlich eliminieren oder auf ihre Seite ziehen.«

»Er würde niemals mit denen zusammenarbeiten!«

»Dann werden sie ihn töten. Es war lange still um Apex, fast, als hätten sie aufgegeben. Aber in letzter Zeit mehren sich beunruhigende Ereignisse und Informationen. Unsere Insider vermuten, dass sie bald zum Schlag ausholen – und wir wissen immer noch nichts über ihren genauen Plan.«

»Ihr Plan involviert Bren und Aiden«, antwortete ich mit belegter Stimme. Die Verwirrung in Benoîts silbernen Augen ließ mich hinzufügen: »Aiden ist unser gemeinsamer Sohn.«

»Mon dieu, das ist nicht wahr?«

»Europa ist ereignisloser als die USA, hat er gesagt. Europa ist nicht voller Überraschungen der verstörenden Art, hat er gesagt. Schließ dich dem Special-OPs-Team an – das wird spaßig und fast ein Urlaub, hat er gesagt«, murmelte Adalain vor sich hin, während sie Benoît finster anfunkelte. »Und doch haben wir hier eine Terroristenorganisation, eine offensichtlich korrupte Regierung, einen strahlend weißen Menschen mit Geweih und schwarzen Augen – ach, und dieser hat noch ein Kind mit dem Kronprinzen der Fae. Richtig, viel ereignisloser und keine Überraschungen, fast wie Urlaub.« Genervt grunzte sie und rollte mit den Augen.

»Das entspricht haargenau deiner Definition von Spaß mit Potenzial für einige Tötungen, mon amie.«

»Adalain war eine Auftragskillerin, bevor sie bei der MIA anheuerte«, flüsterte Sal mir zu. Ehrlich gesagt, überraschte mich diese Information nicht sonderlich. Viel mehr passte es ungemein gut zu der rothaarigen Agentin, wenn man ihr Verhalten genauer betrachtete.

»Zurück zum Thema«, setzte Benoît an. »Euer Plan ist es also, euch hier zu verschanzen, bis das Problem gelöst ist?«

Gemurmel breitete sich aus. Durchzogen von einzelnen, freudlosen Lachern.

»Nicht direkt, nein.« Mühsam versuchte ich, eine unschuldige Miene aufzusetzen.

»Sondern? Statusupdate, jetzt!«, befahl der Vampir.

Neben mir spürte ich, wie Brens Atmung sich beschleunigte. Auch meine drei Wandlerfreunde zogen scharf die Luft ein und gingen in Deckung. Sal hingegen seufzte, da sie mich gut genug kannte, um zu wissen, was unweigerlich folgte.

Mein Puls beschleunigte sich, rauschte in den Ohren. Ein Kribbeln spielte mir über den Nacken und durchflutete meinen Körper. Die altbekannte Wut übermannte mich erneut.

»Schieb dir dein Update dahin, wo keine Sonne scheint«, presste ich durch gebleckte Zähne hervor.

Stille legte sich über unsere Gruppe. Adalain und Laoise warfen sich amüsierte Blicke zu, während sich Benoîts Wangen lila färbten. Widerworte schien er nicht gewöhnt zu sein. Leider war er da bei mir an der falschen Adresse – gerade wenn mein Feenblut die Kontrolle übernahm.

»Spricht man so mit –«

»Lass mich dich direkt unterbrechen«, stoppte ich Benoît. »Du bist weder mein Vorgesetzter, noch arbeite ich für dein supergeheimes, ach so wichtiges Special-OPs-Team, und vor allem scheiße ich auf die MIA, nachdem sie uns mehrfach töten wollte.«

»Sie wollte was?«, fragten der Vampir und Adalain gemeinsam.

»War ja klar.« Ein genervtes Lachen bahnte sich seinen Weg über meine Lippen. »Das haben sie euch natürlich verschwiegen. Ich bin offensichtlich Staatsfeind Nummer 1.«

»Aber wieso? Der Schäfer ist seit Jahrzehnten, wenn nicht Jahrhunderten, eines der mächtigsten Werkzeuge in Europa. Selbst in der Neuen Weltordnung.« Sichtlich verwirrt schweifte Benoîts Blick zu Sal, die bloß mit den Schultern zuckte.

»Ganz genau. Werkzeug trifft es exakt. Sowohl die europäische Regierung, als auch die MIA haben den Schäfer der Sünden zu einem Spielball in ihrer korrupten Schachpartie degradiert.« Energisch ballte ich meine Hände zu Fäusten. »Offensichtlich hat es bei früheren Schäfern funktioniert, aber nicht mit mir. Nicht mehr. Ich habe die Schnauze voll.«

»Das heißt? Was ist euer Plan?«, fragte Adalain.

Benoît starrte mich hingegen konzentriert an. Bevor ich das Ziehen hinter meiner Stirn spürte, wusste ich, was er versuchen würde.

Arrogant wie er war, ging er davon aus, sich doch noch Zugang zu meinen Gedanken verschaffen zu können. Gerade die Blutlinie der Moreau-Vampire war dafür bekannt, diese Gabe perfektioniert zu haben. Jedoch war ich ein Paracog und der Schäfer, gepaart mit Feensinnen und offensichtlich Liebling der Urmagie – und das war ein Problem für ihn.

Meine Arbeit mit Professor Steinmann hatte mich viele nützliche Muster gelehrt, die selbst hochrangigen Paracogs unbekannt waren. Unter anderem, Sicherungen in meinem Gehirn zu hinterlegen. Eine Firewall für meine Gedanken.

Und durch genau diese versuchte Benoît sich in jenem Moment hindurchzuarbeiten. Es hätte ihn Stunden gekostet, und er wäre dennoch erfolglos geblieben, wenn ich die Sicherung nicht bewusst gesenkt hätte.

Wieso? Ganz einfach: Seine Arroganz würde ihm gleich um die Ohren fliegen. Ein zweites Mal einen mentalen Link zu einem Paracog eingehen, und diesmal freiwillig, bei mir, der die Schäfergabe besaß? Das grenzte schon an Dummheit und Selbstüberschätzung.

Ich wartete ein paar Sekunden, um ihm daraufhin einen starken mentalen Schlag zu versetzen. Überrumpelt und schockiert fiel der Vampir rückwärts vom Stuhl. Auf dem Boden liegend hielt er sich den Kopf und musterte mich.

»Wie unhöflich«, murmelte er.

»Unhöflich ist es, in fremde Gedanken einzudringen, statt mich antworten zu lassen«, antwortete ich gelassen. »Wir holen meine weggesperrten Erinnerungen aus der HSB. Sie lagern in derselben Gedankenwelt wie die Geheimnisse der Regierung.«

Jedes Wesen im Raum atmete hörbar ein. Alle, außer Benoît, der laut zu lachen begann. Seine silbernen Augen fixierten mich. Waren sie zuvor berechnend und kalt gewesen, lag nun Freude und Respekt in ihnen. Er setzte sich wieder an den Tisch.

»Sie brechen in die HSB ein und dann klauen sie die geheimsten Gedankenwelten auf der Erde. Mon dieu, ich liebe diesen Plan. Total irre, aber absolut köstlich!«

Weiterhin lachend schlug Benoît mit den Händen auf den Tisch. Langsam erhob er sich wieder, während die anderen leise murmelten, dass ich nun völlig durchgedreht sei.

»Tu mir einen Gefallen, cher. Klau die Geheimnisse Europas gleich mit, wenn du schon da bist.« Wieder lachte er herzhaft. »Die MIA und die Regierung denken ohnehin, dass das euer Ziel ist, wenn sie Einsatztrupps auf dich hetzen.«

Damit durfte Benoîts recht haben. Anders wäre nicht zu erklären gewesen, weswegen wir mehrfach angegriffen wurden. Ich war zum Verräter Europas geworden.

»Wir« – Benoît deutete auf Adalain, dann auf sich – »können euch dabei leider nicht helfen. Niemand weiß offiziell, dass wir gegen Apex vorgehen, und rein rechtlich ist das, was ihr vorhabt, Hochverrat an Europa – und dem Frieden.« Nur schwerfällig unterdrückte der Vampir ein weiteres Lachen. »Aber das ist die perfekte Chance, die Machenschaften der Regierung aufzudecken. An diese Informationen würden wir ansonsten nie herankommen. Die amerikanische MIA erhält alle Aufklärungen erst, *nachdem* die MIA Europa und die hiesige Regierung sie freigegeben haben. Und wir vermuten schon lange, dass die Fakten geschönt oder komplett verfälscht sind.«

»Das heißt, wir erledigen die Drecksarbeit, während ihr zwei Urlaub in Hamburg macht?«, fragte ich. Als Antwort knurrte Adalain und spielte mit ihrem Dolch. Sympathische Gesellin.

Benoît legte der rothaarigen Agentin eine Hand auf die Schulter und nickte ihr beruhigend zu.

»Mitnichten, obwohl ich gern mal wieder etwas in Hamburg feiern würde. Wenn wir schon vor Ort sind, können wir uns direkt um ein Rekrutierungszentrum kümmern.«

»Ein was?« Mit zusammengezogenen Brauen starrte ich die beiden US-Agenten an.

»Ein Schattenwesen-Jugendheim am Rande der Stadt«, antwortete Benoît. »Ein Mitglied von Apex leitet es, jedenfalls vermuten wir das.«

»Aber wieso?«

»Cher, Apex besteht nicht nur aus Fae und Vampiren. Sie sind bis ins kleinste Detail organisiert und besitzen unzählige terroristische Zellen über ganz Europa verteilt. Sie radikalisieren primär junge Schattenwesen, die kaum etwas zu verlieren haben. Apex bereitet sich seit Jahren auf den Krieg vor.«

»Sie radikalisieren Schattenwesen?« Unglauben und Zorn schwang in Brens Stimme mit. »Wieso sollte ihnen jemand zuhören? Das ist Unsinn.«

»Ist es nicht«, antwortete Sal leise.

Ihr Blick suchte meinen, eine stille Entschuldigung lag darin. Doch welches Recht besaß ich, böse auf sie zu sein, wenn man bedachte, dass ich selbst genügend Geheimnisse gehabt hatte? Mit einem müden Lächeln nickte ich ihr zu.

»Wenn du nichts mehr zu verlieren hast, dann klammerst du dich an jede Hoffnung, die dir gegeben wird.« Sie seufzte traurig. »Selbst wenn sie von Apex kommt. Die jungen Schattenwesen wissen nicht, dass es sich um Terroristen handelt. Und sie sind äußerst überzeugend, das muss man ihnen lassen.«

»O ja, das sind sie definitiv. Sie reden von Macht, Respekt

und Reichtum. Die Jugendlichen haben kein Zuhause. Keinen Ort, an den sie gehen könnten – außer den Heimen. Und wir alle wissen, dass es den Heimen an Geld fehlt. Apex hingegen gibt ihnen Hoffnung und erschafft ein Feindbild: Die Menschen sowie die Regierung, die im Frieden leben. Die neu rekrutierten Schattenwesen von Apex glauben, dass sie etwas Patriotisches vollbringen. Europa verbessern«, fügte Benoît hinzu und schüttelte traurig den Kopf.

»Aber doch nicht mit Gewalt und Terror!« Bren fuhr sich durch das dunkle Haar. So wild wie meine Gedanken umherschwirrten, so wild war seine Frisur. Mit glänzenden Augen schaute er zu mir. Sein Adamsapfel hüpfte, als er schwerfällig schluckte. Der Anblick raubte mir kurzzeitig den Atem. So wenig schlau ich aus ihm wurde – weil er mal nervig, mal liebevoll war – in diesem Moment sah ich einen wahren, zukünftigen König vor mir. Er sorgte sich um die Feenwesen und im gleichen Maße um die Schattenwesen als solche. In seinen Augen brannte das Verlangen, sie vor Apex zu beschützen und Europas Frieden zu wahren.

»Diese Jugendlichen wissen es nicht besser«, sagte Sal. »Apex hört ihnen zu, flüstert ihnen Ideen in die Ohren, und sie glauben danach, dass sie etwas Gutes vollbringen.«

So unvorstellbar es klang, ergab es leider Sinn. Apex musste die Wut der Jugendlichen nur lenken und schon hatten sie Verstärkung in ihren eigenen Reihen. Diese ganze Scharade hatte innerhalb kürzester Zeit ein völlig neues Ausmaß angenommen.

Wut pulsiert erneut durch mich, aber auch Angst um meine Familie, außerdem Zorn über alles, was Apex mir angetan hatte. Ebenso Mitleid und Raserei für die jungen Wesen, die Apex für ihre Ziele ausnutzte.

»Nachdem wir meine Erinnerungen zurückhaben, schließe ich mich euch gegen Apex an«, brachte ich heiser vor Wut hervor. Ich sah den anwesenden Teil meiner kleinen Familie an. Ein jeder von ihnen nickte, die Gesichter blass und die Augen gerötet.

»Wir uns auch«, stimmten sie zu.

Adalain schnaubte und hob ihren Blick von den Dolchen, die sie polierte.

»Willkommen im Team«, sagte sie und verwunderte mich gänzlich. Ich hatte mit Ablehnung gerechnet, nicht aber mit Zustimmung. Mein Erstaunen musste mir ins Gesicht geschrieben stehen, denn sie grinste amüsiert. »Denkst du ernsthaft, ich lehne die Hilfe vom Schäfer der Sünden und seinem treuen Gefolge ab?« Sie schüttelte den Kopf.

»Wie gut, dass ich das entscheide«, mischte sich Benoît ein. Adalain rollte mit den Augen und steckte die Dolche weg.

»Heul leise, Moreau. Du wolltest gerade dasselbe sagen.«

»Wie ihr seht, passt ihr perfekt ins Team«, setzte der Vampir unbeeindruckt fort. »Respekt und Anstand sind nämlich nicht nötig, um ein Teil der Special-OPs zu sein. Nach eurem Himmelfahrtskommando heiße ich euch gern willkommen. Falls ihr es überlebt.« Er warf einen resignierten Blick zu der rothaarigen Agentin und putzte etwas imaginären Dreck von der Schulter seines makellosen Anzugs.

»Einverstanden.« Ich nickte Benoît zu. »Aber jetzt sollten wir endlich den Einbruch planen. Irgendwie geht das in Filmen immer deutlich schneller.«

Das entlockte dem Vampir ein herzliches Lachen.

»Dann überlassen wir euch dem Verbrechen des Jahrhunderts und besuchen das Jugendheim.« Er nickte Adalain zu und beide begaben sich zum Ausgang. »Au revoir. Und viel Glück!«, rief er über die Schulter, bevor die zwei uns allein ließen.

»Das war … interessant.« Bren kratzte sich am Hinterkopf. »Ich habe Fragen, und zwar viele.«

»Ich auch.« Zustimmend nickte ich. »Aber die müssen warten. Brooks?«

Meine Frage war noch nicht verklungen, da schob er mir einen riesigen Stapel Papiere herüber.

»Du hast schon alles aufgeschrieben und gezeichnet?« Erstaunt weitete ich die Augen.

»Während ihr mit Benoît *geredet* habt, habe ich Brooks'

Gedanken virtuell runtergeladen und dann ausgedruckt«, antwortete Jumoke.

»Das geht?«

»Nic, du lebst echt hinterm Mond, oder? Wir können eine Seele per Dive in einen anderen Körper transferieren und du glaubst, Gedanken auszudrucken sei etwas Besonderes?«

Sal und Jumoke lachten laut, Brooks hingegen schaute mich mitleidig an, als wäre ich ein Höhlenmensch. Leider hatte er, was modernste Technik anging, damit recht.

»Wie auch immer. Tolle Leistung, ihr zwei.«

Wir teilten die Unterlagen auf, damit sie schneller gesichtet werden konnten, und stürzten uns in die Arbeit.

Zwei Stunden später wehte der Geruch von Kaffee und Muffins durch den Raum und um unsere brummenden Köpfe. Immer wieder hatten wir Kleinigkeiten diskutiert, sie verworfen, um dann alles umplanen zu müssen. Das Ganze gestaltete sich deutlich schwieriger als erhofft. Selbst mit Insiderwissen.

»Haben wir alles berücksichtigt?«, fragte ich mit einem Gähnen in die Runde.

»Das Labyrinth übernimmt Brooks mit seinem fotografischen Gedächtnis, wobei das ebenfalls unser größtes Risiko darstellt. Vermute ich«, antwortete Sal. »Er muss sich nur einmal vertun und wir sind tot.«

Brooks rümpfte die Nase und seufzte dann.

»Aber wir haben ein anderes Problem«, sagte Sal grimmig. »Für jeden Raum haben wir mittlerweile einen Plan. DNA-Pfeile für diese sogenannten *Experimente,* was auch immer das für Viecher sind, Brooks für das Labyrinth aus Schatten, das sich ständig verändert, Jumoke schaltet die Überwachung in eine Dauerschleife. Und den Raum mit den Lichtschranken übernehme ich.«

»Und was war das Problem?«, fragte ich.

»Wir brauchen den Code, um überhaupt in den Sicherheitsbereich zu kommen.« Mit einem humorlosen Lachen schüttelte Sal den Kopf. »Bei all der Planerei, haben wir das Elementarste vergessen.«

»Schon erledigt. Na ja, halb jedenfalls«, meldete sich Jumoke zu Wort und ließ seinen Blick in meine Richtung wandern. »Der Schäfer darf nochmal ran. Es gibt jede Woche einen neuen Sicherheitsbeamten, der den Code kennt. Morgen ist Reset und ich habe gerade den Typen gehackt. Ratet, wer nach seiner Schicht ein Date im JBox hat?«

»Perfekt!«, antwortete ich. Das Jbox war ohnehin mein liebster Club im Hive. »So können wir heute den Rest durchgehen, vernünftig schlafen und morgen holen wir uns den Code. Und dann steht dem Plan nichts mehr im Weg.«

Mit einem Lächeln und freudiger Zustimmung klatschten wir uns ab. Obwohl ich mir sicher war, dass niemand der anderen entspannt war. Trotz unserer Planung konnte so viel schief gehen, und das meiste davon endete im Gefängnis.

Oder mit unserem Tod.

Schattenareal, das
Substantiv

1. ein magischer Bereich im Gehirn eines Wesens, das zum Weben von Paracog-Mustern genutzt wird

2. nicht alle Lebewesen besitzen es

3. braucht Ruhephasen, ansonsten sind Kopfschmerzen vorprogrammiert

Aus dem Archiv von Alexis,
der Bibliothek von Alexandria

18

Nicolas

Ich schlug die Augen auf und erstarrte. Kälte lief mir den Rücken hinab, meine Nackenhärchen stellten sich auf. Die Stille um mich herum war ohrenbetäubend.

»Nicht schon wieder«, flüsterte ich in die Dunkelheit, die mich von allen Seiten umgab.

Seit dem Traum von Kolja war ich bei jeder Traumwandlung eigentlich in der weißen Ebene aufgewacht. So sehr ich sie zuvor gehasst hatte, hatte ich mich nach der Foltervision immer über sie gefreut. Hatte sie mir doch verdeutlicht, dass ich mich bloß mit Erinnerungen von Fremden herumschlagen musste, nicht mit meinen eigenen. Keine Qualen. Kein Hass. Nur Monster, die mich jagten, während ich Informationen sammelte. Die Folterszene war ein einziger Ausbrecher gewesen. So dachte ich jedenfalls bis zu diesem Moment.

Heute war es nicht die weiße Ebene, auf der ich erwacht war.

Mit erhöhtem Puls sog ich die Luft ein, da mein Atmen unregelmäßig kam. Im Gegensatz zu dem Traum mit Koljas Gefangenschaft roch die Umgebung nicht abgestanden nach Blut und Schweiß. Erstaunt weitete ich die Augen. Der Duft von Rosen umspielte mir die Sinne. Stark. Süß. Alles einnehmend. Ein Windhauch tanzte über meinen Nacken, bevor sich der erste Schmetterling manifestierte. Sein Leuchten blendete mich für einen Moment. Dann erschienen nacheinander die anderen Tiere. Alle flatterten sie um mich herum, ließen ihr Licht über meinen Körper tanzen, um sich ein paar Augenblicke später auf mir niederzulassen.

Ich spürte ihre Beine auf der nackten Brust. Erschrocken tastete ich meinen Körper ab. Keine Kleidung. Ich war nackt.

Die Schmetterlinge bewegten sich vom Oberkörper über den Hals zu meinem Gesicht, wo sie innehielten. Dort, wo sie über mich gekrabbelt waren, bezeugte eine Gänsehaut ihren Weg.

»Was wollt ihr?« Mir bebte die Stimme. Zorn, Müdigkeit und Neugier rangen um Aufmerksamkeit und tanzten einen euphorischen Reigen in meinem Kopf.

»Du musst lernen, deine Emotionen zu kontrollieren«, antworteten hundert Stimmen gleichzeitig und waren dennoch nur ein einziges Wesen. Sie schmerzten mir in den Ohren und doch streichelten sie meine Sinne. Laut und leise zugleich. Beruhigend und bedrohlich. Alles und nichts. Zeitgleich und nacheinander.

So sehr ich versuchte, die Gefühle und Empfindungen zu greifen, sie entglitten mir. Dieses Wesen – diese Macht – stellte etwas dar, dass mit sterblichen Sinnen unmöglich zu begreifen war. Meine Gedanken wanderten zu Wish und ich hätte nahezu gelacht. In diesem Moment begriff ich, was der Schwarzmarkt gemeint hatte, als er den menschlichen Verstand kümmerlich genannt hatte.

»Toller Tipp«, sagte ich zähneknirschend. »Das fällt euch jetzt ein? Nachdem ich offensichtlich viele Jahre Seelie- und UnSeelie-Magie in mir getragen habe, ohne es zu wissen?«

»Du warst früher nicht bereit.«

»Und jetzt bin ich es?«

»Nein.«

Ich blinzelte. Mehrfach.

Nein?

Definitiv nicht die Antwort, die ich erwartet hatte.

»Wollt ihr mich verarschen?«

»Mitnichten. Lügen liegt nicht in unserer Natur.«

»Ironie und Sarkasmus offensichtlich auch nicht«, murmelte ich vor mich hin.

»Du bist ein verwirrendes Wesen, Nicolas.« Die Schmetterlinge krabbelten langsam über mein Gesicht. Ihre Flügel kitzelten an meinem Mund.

»Ich … bin …?« Behäbig atmete ich ein und ließ die Luft durch die Nase entweichen. »Meint ihr das ernst? *Ich* bin das verwirrende Wesen?« Ungewollt lachte ich los. »Ihr habt diese Welt erschaffen … Jedenfalls glaube ich das. Mischt euch andauernd in unsere Angelegenheiten ein, gebt mir kryptische Anweisungen noch und nöcher – und *ich* bin das verwirrende Wesen?«

»Wir haben diese und einige andere Welten erschaffen, da hast du recht. Womit du aber unrecht hast, wir mischen uns nicht *andauernd* ein. Ehrlich gesagt, haben wir uns nur äußerst selten aktiv eingemischt – und selbst das … stellte sich als Fehler heraus.« Die Schmetterlinge schlugen wild mit den Flügeln.

»Klar. Ist ja nicht wieder kryptischer Mist, von dem ihr denkt, ich würde ihn verstehen. Ist es nicht eure Aufgabe als göttliche Macht, uns zu leiten?«

Das Lachen der Falter hallte durch den endlosen Raum. Erklang von allen Seiten, während der Duft nach Rosen zunehmend penetranter wurde.

»Da ist schon der erste Denkfehler, mein Lieber. Wir sind keine Götter. Das Konstrukt einer göttlichen, alles lenkenden Hand ist eines der Lebewesen der Erde. Es dient dazu, eure Taten vor euch zu rechtfertigen und um Vergebung zu bitten. Ihr plädiert darauf, es im Namen einer Macht getan zu haben, ihre Wünsche erfüllt zu haben, anstatt für eure Handlungen geradezustehen. Ihr sucht Hoffnung und Absolution.« Das Licht der Schmetterlinge erstrahlte heller als zuvor. »Wir sind nicht allwissend, nicht einmal unsterblich oder allmächtig. In den zahllosen Universen gibt es Wesen, die mächtiger sind als wir. Aus eurer Sicht mögen wir wie Götter wirken, aber das sind wir nicht. Wir sind viel mehr Eltern oder Erschaffer. Und wir machen Fehler.«

»Das heißt, wir sind im Endeffekt eure Laborratten in einem großen Käfig namens Erde? Und wenn bei uns Land unter ist, habt ihr ja noch andere Welten, mit denen ihr spielen könnt.«

»Das ist eine düstere und ignorante Sicht der Dinge.«

»Ist es das? Ihr habt alles hier erschaffen, euch offensichtlich eingemischt und uns dann den Rest regeln und zerstören lassen.«

»Lassen Eltern nicht ebenso irgendwann ihre Kinder eigene Entscheidungen treffen? Wirst du Aiden bis ins hohe Alter bevormunden und ihn entmündigen, nur weil du weißt, dass seine Entscheidungen nicht deinem Verständnis von richtig entsprechen?«

»Lass meinen Sohn da raus.« Schmollend verschränkte ich die Arme vor der Brust, da ich wusste, dass die Urmagie die Wahrheit sprach. Und diese Tatsache nervte mich ungemein. »Schön, nehmen wir einmal an, ich verstehe, wieso ihr euch lange Zeit rausgehalten habt. Wieso mischt ihr euch jetzt wieder ein?«

»Weil wir einen Fehler gemacht haben. In Amerika gibt es einen Mann, sie nennen ihn Grayson. Sein altes Ich hat einen mächtigen Zauber gesprochen, der es so gut wie allen Wesen unmöglich macht, über die Erste Weltordnung zu reden. Eine Ordnung, die völlig anders war als alles, was ihr euch heute vorstellen könnt. Wir haben zu jenem Zeitpunkt die Feenmagie geteilt, neue Blutlinien erschaffen und wir waren es, die die Schattenwesen in die Schatten gezwungen haben. Nicht nur Grayson hat eingegriffen, sondern ebenso wir. Beide Entscheidungen wurden getroffen, weil er und wir dachten, das Richtige zu tun – doch wir lagen falsch. Und somit muss es korrigiert werden.«

»Was hat das mit mir zu tun?«

»Du bist das ideale Wesen für die Korrektur. Halb Mensch, halb Fae. Liebe und Hass sind dir beide in ihren reinen Ausprägungen bekannt. Du bist das Sinnbild von Seelie und UnSeelie. Ordnung und Chaos. Hell und Dunkel. Zwei Seiten einer Medaille und doch ein Ganzes. Das eine kann nicht ohne das andere.«

»Ich bin tatsächlich Halbfae?«

»So ist es.«

»Aber wie?«

»Spielt das wirklich eine Rolle? Dein Traum ist bald vorbei, wir sollten die Zeit sinnvoller nutzen.«

Zähneknirschend malmte ich mit den Kiefern. Wieder einmal hatte die Urmagie recht. Spielte es eine Rolle, woher meine Magie kam? Nicht wirklich. Wäre es nämlich relevant, würden die nervigen Schmetterlinge in meinem Gesicht es mir schon sagen.

»Ich trage Seelie- und UnSeelie-Magie in mir«, murmelte ich. »Ihr wollt mir sagen, ich bin gut und böse zugleich?«

»Nein. Du trägst hell und dunkel in dir. Ordnung und Chaos. Nicht aber Gut und Böse. Deine Taten und eure gesellschaftlichen Konventionen entscheiden darüber, ob etwas gut oder böse ist.«

»Ich … verstehe nicht.«

»Schau dir Bren an. Er ist ein UnSeelie-Fae und dennoch nutzt er seine Macht nur aus Liebe. Aus Liebe zu eurem Sohn, zu dir – zu eurer Familie. Er beschützt euch und würde dafür alles geben. Ist das nun gut? Ist es böse? Für das eine Wesen ist Licht so hell, dass es Schmerz bereitet und die Dunkelheit hingegen Frieden. Hell und Dunkel, Ordnung und Chaos sind existierende Elemente. Gut und Böse hingegen nicht. Für jeden stellen sie sich anders dar. Du musst dich von dem Konstrukt Gut und Böse lösen – gerade wenn man bedenkt, was dir bevorsteht.«

»Und das wäre?« Mein Kopf brummte. Ob wegen der neuen Informationen, oder weil ich schon länger in dieser Traumwandlung war, konnte ich nicht deuten.

»Du bist der Erste der – von uns – wiedererweckten Alten Blutlinie. Deine Familie stellt den Neubeginn dar. Eure Nachfahren werden wieder das sein, was die Fae immer sein sollten, bevor wir sie gespalten haben. Seelie und UnSeelie im Einklang. Ihr werdet über beide Arten der Magie verfügen und sie nutzen – und das, mein lieber Nicolas, werdet ihr brauchen.

Die Welt wird sich bald erneut verändern.«

»Ich beherrsche also richtige Feenmagie – nicht nur die Zauber, die ich mir mit Dick erarbeitet habe?«

»So ist es. Mit Übung wirst du beide Magien nutzen können.«

»Wieso habt ihr mir dann zusätzlich die Schäfergabe aufgedrückt? Und das Schattenareal?«

»Zugegeben, es mag ein wenig zu gut gemeint gewesen sein. Sobald du all deine möglichen Kräfte perfektionierst, bist du eines der mächtigsten Wesen der Erde.«

»Ein *wenig* gut gemeint … Eines der mächtigsten Wesen der Erde … Ich fasse es nicht!« Mit offenem Mund schüttelte ich den Kopf. »Das erklärt eindrucksvoll, dass ihr nicht allwissend seid. Ehrlich gesagt, seid ihr ziemliche Trottel!«

»Wir mussten sichergehen, dass du um jeden Preis überlebst, und haben es ganz vielleicht etwas übertrieben.«

»Ja, sicher. *Ganz vielleicht etwas* übertrieben. Minimal. Verstehe. Ihr habt unabsichtlich einen Supersoldaten gezüchtet. Klar, passiert schon mal. Upsi. Was soll's?«

Das konnte doch einfach nicht wahr sein.

»Wie du siehst, es läuft nie wie geplant. Der Lauf der Dinge ist selbst für ein Wesen wie uns zu komplex. Und genau deswegen mischen wir uns kaum ein. Dennoch haben wir diesen neuen Weg beschritten und werden ihn gemeinsam mit dir bis zum Ende gehen.«

»Und meine Meinung zählt nicht?« Meine Nasenflügel pulsierten wie die Nüstern eines wütenden Stiers.

»Doch, natürlich. Aber du wirst uns zustimmen.«

»Und wieso seid ihr euch so sicher?«

Die anhaltenden Flügelschläge der Schmetterlinge verstummten schlagartig. Schweigen umschlang mich. Die Zeit schien für einen Moment stillzustehen. Anschließend bewegten sich die Schmetterlinge erneut, krabbelten zu meiner Nase und durch sie in meinen Kopf.

Ich würgte, versuchte Luft zu holen. Ein greller Schmerz explodierte hinter der Stirn. Hitze kroch durch meinen Körper und mein Blick verschwamm.

Dann, ganz plötzlich, veränderte sich der Raum um mich. Ich schwebte über einer Ebene voller Zerstörung. Gebäude brannten, Tote stapelten sich am Straßenrand. Der Geruch von Feuer und Blut dominierte die Luft. Kampfgeschrei hallte durch die Stadt. Zu meinen Füßen lag Hamburg in Schutt und Asche. Riesige Gestalten zogen ihre Bahnen am Himmel.

Mein Blick wanderte zu Boden und für einen Moment stoppte mir das Herz. Dort, leblos und zerfetzt, lag meine Familie. Jeder von ihnen. Sal, Garth und Flynt aufgespießt auf Pfählen. Brooks' abgetrennter Kopf lag auf einem Haufen Körperteile. Bren mit durchgeschnittener Kehle hielt meine leblose Hand. Ein junger Mann mit rotem lockigem Haar kniete röchelnd neben uns, Tränen in den Augen. Er hob den Blick zum Himmel und schrie. Es war der erwachsene Aiden, der uns alle verloren hatte.

Mein Herz brach in tausend Stücke. Hass kochte in mir – unbändig wie nie zuvor. Und ein Schrei, unmenschlich und gewaltig, verließ meine Lungen.

»Deswegen wirst du uns zustimmen. Du musst den Weg gehen, um das zu verhindern«, sprach die Urmagie zu mir. »Grayson wird sich erinnern und mit dieser Erinnerung wird die Welt wie du sie kennst untergehen. Neue Gefahren werden sich erheben, schlimmer als alles, was du dir ausmalen kannst. Die Erste Weltordnung wird erneut die Erde umwälzen und du musst bereit sein, dich gemeinsam mit Verbündeten den neuen Gefahren zu stellen. Das, was du siehst, ist die Zukunft in zwanzig Jahren, wenn du nicht deinen bestimmten Platz einnimmst, auf den wir dich vorbereiten. Graysons Erwachen ist unaufhaltbar – aber wie ihr die Welt danach beschützt, das ist offen. Solange du den Weg mit uns gehst.«

Kein Wort fand seinen Weg aus meinem Mund, weil meine Kehle zugeschnürt war, während mir heiße Tränen die Wangen hinabliefen.

»Wir werden dich eine Weile wieder nur mit Eingebungen statt Besuchen leiten können. In eurer Welt eine physikalische Form anzunehmen, kostet uns viel Kraft, außerdem ist es gefährlich, da wir auf diese Weise sterblich sind. Wir glauben an dich. Hör auf die Liebe, den Hass – all deine Emotionen. Dein Herz wird dich lenken. Lass es nur zu.«

»Wow! *Hör auf dein Herz*? Was seid ihr? Ein Glückskeks?« Genervt rollte ich mit den Augen. Meine Nase kribbelte. »*Dein Herz wird dich lenken* … Mal ehrlich, geht es noch abgedroschener?«, murmelte ich vor mich hin, während das Kribbeln durch ein Ziehen ersetzt wurde. Ein Stich hinter meiner Stirn durchfuhr mich und nur Augenblicke später krabbelten die Schmetterlinge aus meiner Nase hervor. Fast hätte ich gelacht. Diese ganze Situation mutete aberwitzig an und auch ziemlich ekelhaft. Immerhin hatte ich vor wenigen Sekunden ein quasi göttliches Wesen aus meiner Nase herauskrabbeln sehen. Das würde mir niemand glauben.

»Und Nicolas?«, fragten die Falter in ihrem infernalen Chor.

»Hm?«

»Bei eurer Mission würde ein Orakel ungemein helfen, meinst du nicht?« Mit diesen Worten verschwanden die Flatterviecher und ich wachte auf. Wenigstens stellte die letzte Aussage keine kryptische Botschaft dar und ich wusste genau, was ich zu tun hatte. Jedenfalls nachdem ich mir die Seele aus dem Leib gewürgt hatte.

(Hive) Dive, der
Substantiv

1. das magische Eintauchen in den virtuellen Raum des Hives

2. Level-1-Dives sind vergleichbar mit der menschlichen Technologie von Virtual Reality

3. Level-2 und Level-3-Dives lösen das Bewusstsein (auch Seele genannt) komplett von dem Wesen und übertragen es in das Hive oder einen anderen Körper

Aus dem Archiv von Alexis,
der Bibliothek von Alexandria

19

Salvatrice

Gelassen lehnte ich an einer der fünf Dive-Kapseln im Keller unseres Unterschlupfs. Der gebürstete Stahl kühlte meine Haut, die bei der hier vorherrschenden Hitze zu schwitzen begann. Über vierzig Grad lagen schwer in der Luft im Inneren der Dive-Kammer. Was an der Magie lag, die glühend heiß durch die Technik pochte und zischend in die Umgebung abgegeben wurde.

»Bist du schon mal gedivet?«, fragte ich Nic. Meine Vermutung sagte nein, wenn ich bedachte, dass er immer noch ein altes Smartphone besaß.

»Allgemein oder ein Level-2-Dive?« Skeptisch beäugte er die länglichen Kapseln, die horizontal am Boden befestigt dalagen und auf ihre Nutzer warteten.

»Natürlich ein Zweier. Level 1 zählen nicht. Die sind nicht einmal echte Dives.« Entrüstet schnaubte ich. »Kaum mehr als die VR-Brillen vor der Neuen Weltordnung.«

»Dann nein.« Nic führte eine Hand über das Glas, das die Kapsel wie ein gläserner Sargdeckel oben verriegelte.

»Was ist eigentlich dein Problem mit Technik? Habe ich noch nie verstanden.« Amüsiert beobachtete ich, wie er die Schultern verkrampfte und unruhig von einem Bein auf das andere wippte.

»Technik ist unheimlich.«

»Was?« Meine Mundwinkel wanderten in die Höhe. »Du bist der Schäfer der Sünden, hast Jahre als Agent gearbeitet, beschimpfst andauernd sowohl den Kronprinzen als auch die Urmagie, und neuerdings bekämpfst du Terroristen - und willst mir ernsthaft sagen, ein paar Drähte und Zahlen verängstigen dich?« Ungläubig schüttelte ich den Kopf. Dieser Typ - unfassbar.

»Keine Ahnung. Es hieß damals, die Technik hätte versagt, als der Skycarunfall mir meine Eltern und Natasha nahm«, antwortete er leise und senkte die Augen.

Gut gemacht!

Mit drei Schritten stand ich neben ihm und zog ihn in eine innige Umarmung.

»Shit, tut mir leid.« Ich atmete schwer aus und ärgerte mich über die unsensible Frage, denn natürlich hätte ich mir sowas denken können.

»Alles gut.« Er drückte mich fester und seufzte leise. »War ja ohnehin nur eine Lüge. Also der Unfall.« Sein Körper verkrampfte sich. Ich hörte, wie er geräuschvoll einatmete. »Wusstest du, dass der Unfall eine Lüge war?«

Abrupt löste ich mich von ihm und sah ihn erschrocken an.

»Was? Nein! Wie kommst du darauf?«

»Ich dachte ... Schon gut, war eine dumme Vermutung.«

»Sag schon!«

»Du bist Teil einer geheimen Special-OPs, die genau die Wesen bekämpft, die meine Eltern getötet haben.«

Ich sah flüchtig zu Boden. Das ergab Sinn. Auch das hätte ich mir denken können. Zunehmend merkte ich, dass ich mit der ganzen Situation weitaus mehr überfordert war, als ich mir eingestand. In den letzten Tagen hatte eine Überraschung die nächste gejagt, und ehrlich gesagt, schwirrte mir noch immer der Kopf.

»Erst seit drei Jahren. Habe keine hohe Sicherheitsfreigabe. Sie haben mich bei einem Einbruch geschnappt. Lass es mich so sagen, ich habe unfreiwillig begonnen, für sie zu arbeiten, aber mittlerweile stehe ich hinter ihnen.«

»Du, die große Meisterdiebin, wurdest erwischt und sie haben dich erpresst?« Lachfalten bildeten sich an Nics Augen und Mund. Wenigstens lächelte er jetzt wieder.

»Schnauze, Schäfer.« Freundschaftlich boxte ich ihm gegen die Schulter. »Aber ja. Stellte sich heraus, Kronjuwelen in Moskau zu stehlen, während eine alte Monarchin sie trug, war kein allzu schlauer Plan«, fügte ich schmollend hinzu. Mein Ego hatte einen ziemlichen Knacks davongetragen, denn der Raub war mir so gut wie geglückt. Darüber hätte die ganze Welt geredet.

»Bereit für deinen ersten Dive, Nicolas?«, schreckte mich Jumoke auf. Wie aus dem Nichts stand er hinter uns, sein Gesicht in ein Datenpad vertieft.

»Nein.«

»Gut, gut, sehr schön«, antwortete Jumoke abwesend und tippte auf dem Display herum.

»Er hat keine Ahnung, was ich gesagt habe, oder?« Nic zog die Nase kraus und musterte seinen alten Freund.

»Absolut keine Ahnung«, stimmte ich zu.

»Ihr braucht auch keinen Plan von der Technik haben, ich mache das schon«, murmelte Jumoke.

Nic und ich sahen uns grinsend an und kicherten leise.

»Okay, alles bereit. Ihr steigt in die Tanks und eure Seele, besser gesagt euer Bewusstsein, wird ins Hive übertragen. In Hivecity, der digitalen Hauptstadt im virtuellen Raum, findet ihr das JBox ganz einfach. Sal, du warst schon mal da, oder?«

Ich nickte freudig. Das JBox gehörte zu meinen liebsten Clubs.

»Es gibt eine ganze Stadt im magischen Internet? Ihr verarscht mich doch?«

»Wie kann man so hinterm Mond leben, Nic?« Amüsiert musterte ich meinen besten Freund. »Dutzende Städte. Aber Hivecity ist die erste und größte.«

»Yay, kann es kaum erwarten.«

Nicolas' Gesicht verlor jegliche Farbe. Ich folgte seinem abwesenden Blick zu den anderen Tanks, die an der langen Wand aufgereiht standen. In ihnen waren exakte Kopien von Bren, Brooks, Nic und mir. Unsere Ersatzkörper für den Einbruch.

»Das ist unheimlich«, flüsterte Nic und näherte sich seinem Körper. »Als würde man seine eigene Leiche betrachten.«

»Level-3-Dives sind ein echtes Wunder«, sagte Jumoke. Seine Augen strahlten wie die eines stolzen Vaters. »Alle dachten, Level 2 wäre das Maximum. Das Bewusstsein, oder wie manche sagen die Seele, in das Hive zu übertragen galt als Revolution. Aber ich wusste, es geht mehr! Es hat mich Jahre gekostet, damit das Bewusstsein unbeschadet von einem Körper in einen anderen wandern kann. Ursprünglich sollten Level-3-Dives mit den Körperwechseln Reisezeiten verkürzen und Leben verlängern …« Seine Stimme verlor sich nachdenklich im Summen der Maschinerie.

»Bis die Konzerne und Regierung kamen und daraus ein Billionengeschäft entwickelten«, fügte ich hinzu.

»Ganz genau. Sie haben meine Technologie gestohlen und massentauglich vermarktet. Dabei sammeln sie Daten und spionieren alle Wesen aus. Theoretisch sind sie in der Lage, jedes Wesen, das jemals einen Dive gemacht hat, exakt zu kopieren und zu ersetzen.«

»Lass mich raten. Sie können dabei die Gedanken ebenso manipulieren?« Ich hatte diese Verschwörungstheorie schon oft gehört, aber Jumokes Gesicht sprach Bände.

»So war es allerdings nie gedacht!«, sagte er wütend.

Ich legte ihm eine Hand auf die Schulter und lächelte aufmunternd.

»Dann stoppen wir sie.«

»Ganz genau«, erklang Brens Stimme, als er den Raum betrat. »Aber dafür müssen wir erst einmal ins JBox.«

Jumoke blinzelte den Kronprinzen an. Dann huschte etwas über sein Gesicht und er mühte sich ein Lächeln auf die Lippen.

»Stimmt, es bringt nichts, mich wieder zu ärgern. Seid ihr bereit?«

»Sowas von!« Ich warf die Arme in die Luft.

»Bin immer bereit!« Bren vollführte mit den Händen eine Fingerpistole.

»Absolut und gar nicht. Nope, nee. Nein!« Nicolas wirkte wie ein Gespenst.

Durch den Glimmer als Leibwachen getarnt, betraten Nic und ich gemeinsam mit Bren das *Jazz Box*, was alle nur JBox nannten. Magie funktionierte im Hive-Dive ebenso wie in der realen Welt, weswegen wir auch auf diese Art der Tarnung zurückgriffen. Ausgebildete Agenten und teure Überwachungstechnik würde diese Täuschung nicht überlisten, doch Agenten waren so oder so höchst selten im Club anzutreffen. Unter all den Clubs von Hivecity gehörte das JBox zu meinen Favoriten. Geld, Namen sowie Status spielten hier keinerlei Rolle. Nicht wie im Leben meiner Familie, in dem es als oberste Pflicht galt, den schönen Schein zu wahren.

Hier im JBox zählte nur die Liebe für guten europäischen Pop-Jazz, Gin und den legendären South Side Cocktail. Nirgends in Hamburg bekam man ihn besser gemixt. Und bedachte man, dass wir gerade dabei waren, zu den berühmtesten Verbrechern der Neuen Weltordnung zu werden, empfand ich süße Ironie, dass der South Side Al Capones Lieblingsdrink gewesen war.

Von der runden Bühne in der Mitte des Ladens schmetterte eine umwerfende Sängerin einen Song. Ihr Körper füllte die Bühne aus, ihre Stimme den Club. Das Leuchten in ihren Augen zeigte mir, wie sehr sie ihren Job liebte - und ich verstand wieso. Sie lebte die Musik förmlich, ihr Lächeln war betörend und das Publikum feierte sie wie eine Göttin. Mein altes Leben strahlte mir ins Gesicht.

»Sie ist gut!«, brüllte Nic in mein Ohr.

»Nein, sie ist grandios!«, antwortete ich ihm.

Über Brens Lippen huschte ein schelmisches Lächeln, während er den Kopf schief legte. Dann lachte er kurz auf, drehte sich um und schwang sich auf die Bühne zu der kurvigen Schönheit.

»Was zur Urmagie?«, entfuhr es Nic. »Sagten wir nicht, dass wir möglichst unauffällig sein wollten?«

Die Ader an seiner Stirn pochte besorgniserregend. Unweigerlich fragte ich mich, ob nun der Zeitpunkt gekommen war, in dem er seine Paracog-Fähigkeiten gegen den Kronprinzen einsetzen würde. Irgendwann, in äußerst naher Zukunft, würde es unaufhaltsam passieren. Wenn man sich Nics hochrotes Gesicht und die zusammengekniffenen Augen anschaute, stand der Showdown kurz bevor.

»Na ja«, murmelte ich. »Er macht es schon richtig.«

Ehe Nic seine Fähigkeiten an mir auslassen konnte, hob ich meine Hand. Er funkelte mich lediglich finster an.

»Es würde eher Verdacht erregen, wenn der Partyprinz von Hamburg nicht genau das machen würde, was Bren gera-« Ich stockte. Was zur Urmagie passierte jetzt?

Auf der Bühne zauberte die Sängerin ein weiteres Mikrofon hervor und dann sangen die beiden den Song als Duett. Voller Stolz konnte ich von mir behaupten, dass mir wenig die Sprache verschlug, doch dieser Moment gehörte definitiv dazu. Nicht weil Bren auf der Bühne stand und sang, denn das taten viele Wesen, wenn sie nur genug Alkohol getrunken hatten. Nein, der Kronprinz konnte der Sängerin das Wasser reichen und ihre Stimmen harmonierten nahezu perfekt.

Ich löste den Blick von der Bühne und sah zu Nic neben mir. Mit offenem Mund starrte er Bren an. Dieser zwinkerte meinem besten Freund in diesem Moment zu und schenkte ihm ein strahlendes Lächeln.

Entweder schmilzt Nic jetzt neben mir vor Entzücken oder Brens Kopf explodiert gleich.

Gespannt ließ ich meinen Blick zwischen den beiden wandern. Ein magisches Band schien sie zu verbinden. Die Luft knisterte, vibrierte förmlich. Ob wegen des Erstaunens, der Wut oder des Verlangens vermochte ich nicht zu sagen. Vermutlich ein Gemisch aus allen drei Emotionen - jedenfalls was Nic betraf.

»Hör auf, mich so selbstgefällig anzugrinsen.« Nics Stimme

klang wie ein Knurren. Die Dobermänner wären stolz auf ihn.

»Bitte?« Unschuldig klimperte ich mit den Wimpern. »Sag mal, sabberst du etwa?« Ich wischte ihm über das Kinn.

Entrüstet, aber lachend, schüttelte er den Kopf und schlug meine Hand weg. Dann streckte er mir die Zunge raus.

»Ich hasse dich, Sal. Aus. Tiefstem. Herzen.« Seine Worte kamen abgehackt, da er weiterhin lachte.

»Hab dich auch lieb, Süßer!«, antwortete ich mit einem Luftkuss.

Zwei Songs später informierte die Sängerin das Publikum, dass sie nun Pause hätte und mit ihrem besten Freund, dem Kronprinzen, einen South Side trinken würde.

Über das ganze Gesicht strahlend gesellten sich die beiden Arm in Arm zu uns.

»Das ist Cadence Finegan, meine beste Freundin«, stellte Bren sie vor und gab ihr einen Schmatzer auf die Wange.

»Hey, schön euch zu treffen.« Sie lächelte freundlich.

»Deine Eltern haben dich nach der Harmonie in der Musik benannt? Wie passend«, stellte ich schmunzelnd fest.

»Schuldig.« Sie zuckte mit den Schultern. »Halbsirene.«

»Erklärt deine fantastische Stimme.«

»Danke.«

»Ich bin übrigens Salvatrice P-«

»Pelloni. Jede Sirene kennt dich doch.«

»Wohl eher meine Mutter.«

»Die natürlich ebenso, aber du warst für viele von uns der Kindheitsstar und ein Vorbild.«

»Und der Feuermelder hier, ist Nicolas«, sagte Bren und deute auf Nic, der weiterhin hochrot vor Wut im Gesicht war. Oder brachte ihn die Situation in Verlegenheit? Sobald er in Brens Nähe stand, konnte ich meinen besten Freund nicht mehr deuten, denn die Signale, die er sandte, waren viel zu verwirrend.

»Warte, du bist …« Abrupt drehte Cadence sich zu Bren.

»Cady!«, presste er warnend hervor. Sie hingegen ignorierte es geschickt.

»Er ist … Nicolas, wie in Nikki? Der *leider viel zu sexy Höhlentroll, der zum Lachen in den Keller geht, mit dem du gern noch eine ganze Fußballmannschaft an Kindern zeugen würdest, wenn er nicht so verkniffen wäre, dass ein Stück Kohle in seinem Arsch zum Diamanten würde?*«

Cadence lächelte Nic breit zu und ich versuchte, mein Lachen zu unterdrücken, was in einem Husten endete. Dieser Abend wurde ja immer besser.

»Seine Worte, nicht meine, Honey«, fügte sie mit einem aufreizenden Augenschlag und zuckersüßer Stimme hinzu.

Nic sah sie mit offenem Mund an, während Bren sein Gesicht in den Händen vergrub und tonlos murmelte: »Echt, Cady? Du vergisst andauernd alles, aber das hast du dir Wort für Wort gemerkt? Und dann wiederholst du es auch noch laut? Jedes einzelne verdammte Wort?« Brens Nacken machte Nics Gesicht Konkurrenz, so rot war er.

Das Lachen brach aus mir hervor und ich warf den Kopf zurück.

»Was? Ah … Richtig … Verstanden, Jumoke«, stammelte Bren plötzlich. »Nic und ich sind unterwegs!«

Wir anderen drei sahen ihn verwirrt an. Gerade als ich ihn fragen wollte, was er da redete, hörte ich Jumoke über unsere sichere Leitung.

»Ich habe gar nichts gesagt. Geht es dir gut, Bren?«

»Spiel doch einfach mit, Mann«, gab Bren mit einem Winseln zurück. »Wie auch immer. Nic und ich suchen jetzt den Kerl. Müssen wir ihn berühren?«

»Nein, aber bis auf einen Meter ran müsst ihr schon und es sollten nicht zu viele Leute in der Nähe sein. Das macht es nur komplizierter, sich in seinen Kopf zu hacken. Nic sollte zur Sicherheit auch seine Schäferfähigkeit nutzen, dann bekommen wir die Infos auf jeden Fall.«

»Verstanden!« Ohne ein weiteres Wort packte Bren Nicolas' Arm und zerrte ihn fort.

»Was bitte war das?« Cadence zeigte auf ihren davoneilenden besten Freund und sah mich fragend an.

»Das ist meine neue Realität.«

»Bitte?«

»Die beiden …« Ich lehnte mich gegen die Bar. »Sie eiern seit Tagen umeinander herum und wissen nicht, wie sie ihre Gefühle aussortieren sollen. Ist von außen echt tragisch anzuschauen.«

Cadence nickte. Für einen Moment knabberte sie an ihrer Unterlippe, dann seufzte sie.

»Er mag ihn wirklich. Schon länger, weißt du? Eigentlich vom ersten Tag an, als Nicolas zur Kontaktperson zwischen den Fae und dem Königshaus wurde.«

Das ließ mich aufhorchen.

»Ich darf dir das vermutlich gar nicht erzählen, aber Nic ist Brens andere Seelenhälfte und seit Aidens Geburt sind sie endgültig verbunden.«

Mein Arm rutschte von der Bar ab und ich verlor nahezu das Gleichgewicht. Jedes Feenwesen kannte die Sagen über die königlichen Seelen, aber offensichtlich waren das keine Märchen, sondern die Realität. Langsam kam es mir zunehmend vor, als hätte ich die letzten Jahre völlig blauäugig vor mich hingelebt, während eine andere Welt mir verborgen geblieben war.

»O Shit!« Entgeistert suchte ich Nic und Bren, fand sie aber nicht. »Das erklärt so einiges.«

»Versprich mir, dass du Bren davon abhältst, es zu verkacken.«

Ich presste die Lippen aufeinander. Zwar verstanden der Kronprinz und ich uns mittlerweile gut, dennoch bezweifelte ich, dass er sich von mir etwas sagen lassen würde.

»Wieso machst du das nicht lieber selbst?«

»Würde ich sofort, aber momentan lebe ich in Sydney und wir sehen uns derzeit nur im Hive.« Ein weiterer Beweis, dass die Dive-Technologie eine sinnvolle Erfindung war.

»Außerdem habe ich das Gefühl, dass ihr aktuell etwas ausheckt, von dem ich besser nichts wissen sollte.« Cadence legte mir eine Hand auf die Schulter. »Ich texte ihm morgen meine Meinung und sage ihm, dass ich dich beauftragt habe, ihm in den Hintern zu treten, falls er es vermasselt.« Ihre warmen Augen strahlten freudig, dann erhob sie sich. »Muss jetzt wieder arbeiten. War schön, dich kennenzulernen. Sollten wir wiederholen.«

»Das machen wir. Hat mich ebenfalls gefreut.«

Ich mochte die Frau auf Anhieb. Sobald unser Auftrag erledigt war, würde ich mit ihr definitiv virtuell um die Häuser ziehen. Oder mal wieder Australien besuchen. Ich hatte da ohnehin noch ein Gemälde im Auge, das in den falschen Händen verweilte und den Besitzer wechseln sollte.

Nachdem wir Hivecity verlassen hatten und in den Kapseln aufgewacht waren, eilten wir direkt in die Küche und tranken erst einmal Kaffee. Viel davon. Unsere Körper zitterten. Meiner vor Adrenalin, da ich Hive-Dives liebte – Nics hingegen vermutlich wegen der Nachwirkungen für das Nervensystem, das sich in diesem Moment wieder an seinen realen Körper gewöhnte.

»Wir haben noch eine Aufgabe, Sal.« Nics schelmisches Grinsen über der Kaffeetasse hätte alle meine Alarmglocken läuten lassen sollen. Dennoch vertraute ich ihm und nickte. Er erhob sich und bewegte sich zur Docking-Station. Ich schlenderte meinem besten Freund zu dem Skycar hinterher, weiterhin verwirrt, was wir vorhatten.

Eine halbe Stunde später landeten wir in einem gut gepflegten Hamburger Außenbezirk. Zwar erstreckten sich selbst hier eine Vielzahl an Häusern in die Höhe, doch versperrten sie nicht den gesamten Himmel. Aber selbst das war nur eine Frage der Zeit, bedachte man die Zuwanderungsrate, die Hamburg besaß.

»Bist du dir sicher, dass wir hier richtig sind? Das ist ein verdammtes Altersheim!« Mit gerunzelter Stirn kratzte ich mir den Nacken. Neben mir lachte Nic sein *Warte-ab*-Lachen. Das bedeutete entweder pures Chaos oder etwas ungemein Skurriles.

Vermutlich sogar beides, realisierte ich, als ich unsere Zielperson entdeckte.

»Nicht dein Ernst«, entfuhr es mir.

Nic lachte nur lauter, während sich Delphi zu uns drehte. Oder besser gesagt: die rüstige Rentnerin, in deren Körper sich Delphi eingenistet hatte. Seit sie sich Wilma als Gastkörper geliehen hatte, hatte ich mehrere Aufenthalte mit ihr in der Entzugsklinik verbracht. Wilma behielt die Kontrolle, besaß aber die Gabe des Hellsehens.

Während ich meine Aufenthalte hauptsächlich meiner Mutter zu verdanken hatte, waren bei der Rentnerin die Kinder schuld. Diese verstanden nämlich nicht, dass ein besessener Körper resistent gegen den Verfall war. Wilma ging als Halbhexe schon auf die hundertachtzig Jahre zu, obwohl sie soff und rauchte wie ein Schornstein, ohne dass sie Gefahr lief, daran zu sterben. Da Halbhexen nicht die Lebensdauer vollblütiger Hexen besaßen, hätte Wilma schon vor gut hundert Jahren sterben müssen.

»Habe früher mit euch gerechnet«, antwortete das Orakel, warf ihre Kippe in den Aschenbecher und zündete sich eine weitere an. »Habe mir extra etwas Feines angezogen.« Sie deutete auf die lilafarbene Lederjacke, schwarze Leggings in Leopardenoptik und die grelle Sonnenbrille in ihrer grauen Dauerwelle. »Wir rauben also die Arschlöcher vom Patriarchat aus? Bin dabei!«

»In der Neuen Weltordnung gibt es kein Patriarchat mehr«, sagte Nic leise.

»Arschlöcher sind die Staatschefs und -chefinnen dennoch«, murmelte Wilma und kippte ihren Whiskey runter.

»Ich nehme an, du weißt, weswegen wir dich brauchen, Delphi?« Nic legte den Kopf schief.

»Ich heiße Wilma. Delphi ist nur mein Gast und ich darf ihre Gabe nutzen. Der genaue Deal geht dich Jungspund nichts an.« Sie nahm einen tiefen Zug von der Zigarette. Die Spitze glimmte hell in der ruhigen Nacht. »Und natürlich weiß ich, weswegen ihr mich braucht. Willst du mich beleidigen? In zig möglichen Zukunftssträngen wirst du es mir erklären.«

Delphis Gabe gehörte, wie die des Schäfers oder die Wahl des Fae Königs, zu etwas, das sich in seiner Gänze meinem Verständnis entzog. Wilma konnte bedingt in die Zukunft sehen. Jedoch nicht, wie man es sich klassischerweise vorstellte, denn nur äußerst wenig in unserer Welt war vorbestimmt. So gab es tausende möglicher Zukunftsstränge, die sie zeitgleich sah. Diese verglich sie und addierte ähnliche Ausgänge. Im Kopf berechnete sie danach, was am wahrscheinlichsten zutreffen würde, und das schneller als jeder Supercomputer. In neun von zehn Fällen geschahen die Dinge, wie von ihr angekündigt.

Der Haken an der Sache mit der Zukunft? Ihre Gabe funktionierte nur zuverlässig, wenn sie nicht weiter als fünf Minuten in die Zukunft schaute. Je weiter der Zeitpunkt entfernt war, umso mehr glich es einem Glücksspiel.

»Heißt das, ich soll es dir jetzt erklären?« Neben mir zog Nic eine Braue in die Höhe. Wilma schnaufte genervt und warf die Zigarette in den Aschenbecher.

»Nein, kürzen wir es ab. Ich habe deine Erklärungen im Kopf gerade vierundachtzigmal gehört und jedes Mal stotterst du nervig herum, als wärst du ein beschädigter Kopierer.« Die alte Dame rollte theatralisch mit den Augen und pustete sich eine Locke ihrer Dauerwelle aus der Stirn. Nur damit sie wieder dorthin hüpfte. »Also ja, ich bin mir der Gefahr bewusst. Ebenso bin ich mir relativ sicher, dass ich uns durch das Traumlabyrinth bringen kann. Außerdem haben wir ja noch den Stillen, der im Kopf mitrechnet, wie sich die Räume verschieben. Und mach dir keine Sorgen, ich will dein Geld nicht. Meine Beteiligung wird damit vergolten, dass ich eine alte Rechnung begleiche. Kurz: Wann bewerkstelligen wir das Unmögliche?«

»Lust auf einen Ausflug in unseren Club?«, fragte ich sie grinsend.

»Endlich, ich dachte schon, ihr fragt nie. Mit Whiskey lässt es sich ohnehin besser planen. Und ich kann euch versichern, der aktuelle Plan ist scheiße. Er endet momentan in neunzig Prozent der Fälle in unserem Tod. Wir sollten noch mal überdenken, die Zukunftsstränge etwas in Wallung bringen und sie soweit justieren, dass es wenigstens fünfzig-fünfzig steht.« Entschlossen marschierte die Rentnerin in Richtung meines Skycars. »Die beiden Koffer dürft ihr schleppen, ich bin eine alte

Lady!«, rief sie mit ihrer kratzigen Stimme über ihre Schulter und spuckte auf die Grasfläche neben sich. »Ach, eins noch. Shotgun, ich fahr vorne, ihr Amateure.« Damit stampfte sie weiter und ließ uns verwundert zurück.

»Hast du dir das gut überlegt?« Lachend warf ich Nic einen fragenden Blick zu. Als Antwort schüttelte er grinsend den Kopf, während er sich auf die Unterlippe biss.

»Eine bessere Wahl haben wir nicht. Das Labyrinth stellt ohne ihre Hilfe ein zu großes Risiko dar. Selbst wenn Brooks es schafft, sich alles zu merken, müsste er nur einen kleinen Fehler machen und wir stecken darin fest. Na ja, bis uns das Gift tötet.«

»Immer wieder schön, dass du so motivierende Worte findest.« Ich klopfte ihm auf die Schulter, schnappte mir einen Koffer und folgte dem Orakel.

In der Bar angekommen, wollten wir Wilma ihr Zimmer zeigen, doch sie lachte uns schallend aus.

»Erst trinken wir ein Gläschen. Das Zimmer ist später auch noch da.«

»Der Alkohol ebenfalls«, murmelte Nic.

»Stimmt nicht, ein Angestellter schmeißt meinen Lieblingswhiskey in fünfzehn Minuten um, wenn er vor der Öffnung das Inventar checkt. Davor werde ich ein Glas genießen.«

Hinter Wilmas Rücken warf Nic mir einen Blick zu, den ich als fassungslos bezeichnen würde. Danach bedeutete er ihr, Platz zu nehmen und brachte nach Anweisung ein Glas und die edele Flasche.

Unbeirrt schenkte Wilma sich einen ein, kippte ihn in einem Zug hinunter und füllte sich nach.

Mir stand der Mund offen. Ich wusste, dass Wilma speziell war, doch amüsierte mich ihr Verhalten in diesem Moment ungemein.

»Wir brauchen eh einen Plan, um die Wachen im Eingangsbereich abzulenken. Darüber haben wir noch nicht geredet. Können wir dann jetzt machen. Irgendwelche Ideen?«, fragte

Nic, während er mit den Ellenbogen auf der Bar abgestützt und das Kinn in den Handflächen platziert dastand.

»Ich könnte einen Schwächeanfall im Foyer vortäuschen«, warf ich ein.

»Das reicht nicht, denk größer.«

»Soll ich das Foyer mit der Panzerfaust hochjagen?«

Nicolas Kopf schnellte hoch, die Augen geweitet.

»Nicht so viel größer. Herrgott, Sal.«

»Was denn? Sie wären mit Löschen beschäftigt, während wir –«.

»Nein!«

»Ihr Menschen, wobei … Was auch immer du nun bist … Seid auch empfindlich.«

»Mensch passt schon, dachte ich ohnehin mein Leben lang. Und ich bin mir sicher, dass mir die meisten Schattenwesen zustimmen würden, dass eine Panzerfaust dezent zu drastisch ist.«

Nur die Langweiligen unter ihnen – was, ehrlich gesagt, erstaunlich viele waren.

»Wie du meinst.« Ich zuckte mit den Schultern. »Hast du eine bessere Idee auf Lager?«

»Ihr wisst schon, dass ich Halbhexe bin, oder?«, fragte Wilma, nahm einen tiefen Schluck Whiskey und musterte uns belustigt.

»Klar, aber was hat das … Oh, richtig.«, antwortete ich.

»Amateure«, murmelte sie vor sich hin. »Wir schnappen uns den Sicherheitsbeamten während einer Pause, ich besorge mir eines seiner Haare sowie sein Blut und schwupp nehme ich sein Aussehen an. Hexenmagie für Anfänger.«

Genervt schlug ich mir an die Stirn. Dass ich daran nicht früher gedacht hatte. Viel zu schnell vergaß ich, was internationale Schattenwesen beherrschten, weil ich kaum etwas mit ihnen zu tun hatte. Der Großteil der Hexenbevölkerung lebte in den USA, Australien und Russland. Nur vereinzelt fand man sie in Europa. Weshalb dem so war, wusste ich nicht. Spielte auch keine Rolle, da wir nur eine einzige Hexe brauchten – und diese saß vor uns und schenkte sich ihren dritten Whiskey ein.

»Das ist genial«, stimmte Nic zu. »So schöpft niemand Verdacht und wir können seelenruhig mit dir hinein marschieren und so tun, als seien wir Kunden.«

»Was machen wir mit dem Sicherheitsbeamten?«, fragte ich.

»Betäuben und im Kofferraum von deinem Skycars einsperren wäre der einfachste Plan.«

»Wenn der Typ mir da reinkotzt, werde ich sauer. Das ganze Auto ist mit speziellem Leder ausgestattet, selbst der Kofferraum.« Kopfschüttelnd schnaubte ich.

»Ich halte die Zeit um ihn an, dann bleibt er betäubt, bis wir wieder draußen sind.«

Wilma räusperte sich.

»Dann solltest du das Muster so anlegen, dass es nach ein paar Stunden von allein erlischt.«

Mit in Falten gelegter Stirn sah Nic zu ihr.

»Ich will ja keine Spielverderberin sein, aber die Möglichkeit, dass wir alle draufgehen, ist recht hoch. Dann wäre der Beamte für immer eingefroren in der Zeit.«

»Oh.« Er schluckte zögerlich. »Guter Einwand, wird erledigt.«

»Das war mal ein Stimmungskiller«, sagte Wilma und lachte heiser. »Darauf eine Runde Kurze!«

Nic stimmte in das Lachen ein, schlenderte hinter die Bar und schenkte uns dreien ein Glas Wodka ein.

»Na dann, auf das Überleben«, warf Wilma in die Runde und danach unmittelbar ihren Kopf in den Nacken. Wir beide taten es ihr gleich und ich hoffte inständig, dass wir wirklich überlebten.

Schattenmonster, das
Substantiv

1. entsteht aus den zu den in sich zusammenfallenden Traumwelten, sobald der Schäfer eine verlässt

2. Lebt in den Traumwelten und attackiert den Schäfer der Sünden beim Traumwandeln

3. besteht aus flüssiger Dunkelheit und variieren in der Stärke

Aus dem Archiv von Alexis,
der Bibliothek von Alexandria

20

Nicolas

Anders als sonst schreckte ich nicht aus dem Schlaf hoch, sondern glitt langsam aus ihm in die Traumebene. Ich spürte, wie mein Geist erwachte und meine Atmung zunahm. Die Herzrate erhöhte sich von Ruhepuls zum Wachzustand. Weißes, grelles Licht stach mir in den Augen, als ich die Lider vorsichtig öffnete. Ein Feuerwerk explodierte hinter meiner Stirn und ließ mich für einen Augenblick taumeln. Trotz des Schmerzes musste ich grinsen. Beinahe hätte ich sogar erheitert gelacht, schluckte es aber hinunter.

Nicht weit von mir stand die Tür in die Erinnerung des Wächters. Nie hätte ich gedacht, dass ich das dämliche Ding vermissen würde, und dennoch freute ich mich jetzt darüber.

Die Tür bedeutete keine unverhofften Besuche meiner Vergangenheit oder der Urmagie, sondern schlicht und einfach Erinnerungen, die ich belauschen und auskundschaften konnte. Ich atmete einige Male flach ein und aus und wartete, dass sich meine Augen vollständig an die Helligkeit gewöhnten. Anschließend fuhr ich mir mit einer Hand über das Gesicht, nickte knapp und schritt entschlossen auf die Tür zu. Vorsichtig legte ich eine Hand auf das schwarze Holz. Kälte spielte über meine Finger und fraß sich bis zu meinen Knochen. Dennoch fühlte sich die Berührung wie ein alter Freund an. Beinahe wie eine

Umarmung zur Begrüßung. Viele Jahre trieb ich das Spiel jetzt schon. Hatte es gehasst und verflucht. Aber in diesem Augenblick war ich dankbar. Ich würde keine weitere unverhoffte Erinnerung ertragen können – nicht so kurz vor dem Einbruch. Für diesen brauchte ich volle Konzentration.

Ich atmete noch einmal tief ein und aus. Mein Brustkorb hob und senkte sich. Ein leises Knacken im Schlüsselbein erinnerte mich daran, dass ich wieder Yoga betreiben sollte, um den Verspannungen entgegenzuwirken. Ein wacher Geist war in den Traumwelten ebenso wichtig wie ein leistungsfähiger Körper – jedenfalls wenn ich nicht von den Schattenmonstern getötet werden wollte. Für einen Moment konzentrierte ich mich auf mein Inneres, lauschte meinem Puls. Wie ein Uhrwerk pochte er mir durch die Ohren und beruhigte meine Nerven. Mental bereitete ich mich darauf vor, dass hinter der Tür nicht nur die Erinnerungen warteten, sondern ebenfalls Monster lauerten.

Schnell rein, Informationen sammeln, wieder raus.

Ganz einfach …

»Was kann schon schief gehen?«

Kaum hatte ich den Gedanken laut ausgesprochen, verfluchte ich mich selbst. Schließlich sagte das jedes Mal ein dummer Teenager in einem Horrorfilm, bevor er etwas unfassbar Dämliches tat und von dem Killer aufgeschlitzt wurde.

Genervt ließ ich die Hand zum Knauf gleiten, spürte die stechende Kälte zunehmen und sie unter meiner Haut durch meinen Körper wandern. Dann öffnete ich die Augen, drückte die Tür nach innen auf und betrat die Erinnerung.

Riesige Balkone verliefen an den Seiten im Inneren der Haupthalle auf den fünf Etagen über mir. Zwei monströse Kronleuchter hingen mittig von dem Deckengewölbe in zwanzig Metern Höhe. Unter ihnen kreisten zum Leben erweckte Steinfiguren, die vage an Sphingen erinnerten. Sie hatten einen Löwenkopf, Bärenkörper und gewaltige Flügel. Aus ihren Augen pulsierte grünes Licht, mit dem sie die Besucher scannten, während sie die Zähne fletschten. Ein jedes Geschöpf war sicherlich drei Meter groß – und durchaus in der Lage, mich zu zerfetzen. Jedoch nicht hier im Traum. Anders sah es hingegen bei dem Einbruch aus.

In keiner unserer Recherchen waren diese Golems, Gargoyles, oder was auch immer sie waren, erwähnt gewesen. Eine Vielzahl von Wesen wuselte um mich herum. Angestellte, Wachen und Kunden. Keiner von ihnen schien die Viecher unterhalb der Decke zu bemerken.

Ich schaute genauer hin und entließ ein genervtes Seufzen. Starke Paracog-Muster waren mit Feenmagie kombiniert worden, weshalb die Luft um die fliegenden Wächter flimmerte und waberte. Kaum merklich, aber dennoch beständig. Ein überragend ausgeführtes Lichtbrechungsmuster versteckte sie vor allen Anwesenden. Vermutlich konnte ich sie nur wegen meines Überflusses an gut gemeinten Kräften sehen. Wenigstens in diesem Moment stellten sie sich als überaus nützlich heraus. Ansonsten wäre unser Einbruch zu Ende gewesen, bevor er überhaupt angefangen hatte. Ohne Zweifel scannten sie mit dem grünen Licht die Anwesenden und glichen sie mit polizeilich gesuchten Personen ab. Dumm war nur, dass wir auf dieser Liste ganz weit oben standen.

Am nördlichen Ende des großen Raums sah ich den Mann stehen, in dessen Erinnerung ich verweilte. Er unterhielt sich mit einer älteren Dame und nickte höflich. Schnellen Schrittes eilte ich zu ihm, bevor ich verpasste, wie er den Zahlencode eingab.

Gerade rechtzeitig erreichte ich die beiden. Mit einem leisen Piepen sah ich den Wachmann die Ziffern auf ein magisches Holopad tippen.

82951309.

Mehrfach wiederholte ich die Zahlen murmelnd. In diesem Moment wünschte ich mir, dass ich Brooks' fotografisches Gedächtnis besäße. Würde ich den Code vergessen, wäre diese Traumreise umsonst gewesen. Ich hielt blinzelnd inne. Dann lachte ich los.

Verdammt. Jumoke hatte doch das Bewusstsein der Wache gehackt. Somit musste mir gar nichts merken und war nur hier, weil ich diese Erinnerungen als Backup-Plan in mich aufgenommen hatte. Das hieß, ich würde die Sequenz aussitzen und hoffen, dass ich die Tür erreichte, bevor mich ein Schattenmonster ortete.

Der Wachmann nickte der Frau zu und sie betraten daraufhin den Bereich hinter der Sicherheitstür. Gelassen folgte ich ihnen.

Die Eingangshalle war schon pompös und eindrucksvoll gewesen, dennoch verblasste sie gegen den Wartebereich der Elitekunden. Marmorboden durchzogen mit Gold erstreckte sich durch die kleine Halle. Die Wände zierten schlichte Tapeten aus Samt. Auch in ihnen war Gold verarbeitet worden. Von der Decke hingen purpurfarbene Banner aus edlen, schwer aussehenden Stoffen hinab, auf denen das HSB-Logo aufgestickt erstrahlte. Beleuchtet wurde die Halle von einem Kronleuchter aus Kristallen, wobei jeder einzelne vermutlich mein Jahresgehalt überstieg.

Zwei Gäste saßen auf den Stühlen aus dunklem Holz mit purpurfarbenen Polstern samt goldenen Knöpfen. Am Ende der Halle sah ich eine Tür. Einen Augenblick später öffnete sie sich und eine adrett gekleidete Wandlerin kam herein. Sie lächelte einer der beiden wartenden Personen zu und eilte mit einer Schließkassette zu ihr. Ganz offensichtlich handelte es sich bei der Kundin um eine reiche Dame, jedoch nicht reich genug, um die exklusiven Tresorräume zu betreten. Nur wenige Einwohner Hamburgs hielten diese Ehre inne – mit den O'Tooles und den Pellonis kannte ich sogar zwei dieser Auserwählten.

Ich sah mich flüchtig nach der Tür zum Traumende um. Sie müsste längst erschienen sein. Den Code hatte ich gesehen und demnach den Sinn der Traumwandlung erfüllt – selbst wenn wir diesen schon besaßen.

Ich kratzte nachdenklich mein Kinn, dann verschwomm mit einem Mal der Raum um mich herum. Er graute zunehmend aus, wurde durch Schwärze ersetzt und formte sich zu einem Gang. Verwirrt sah ich mich um. Vor mir stand der Angestellte der HSB mit der älteren Kundin. Hinter mir erspähte ich einen dunklen Durchgang. Die Wände schienen aus flüssiger Dunkelheit zu bestehen und diese lief in Wellen Richtung Boden. Ich schärfte meinen Blick, sah genauer hin. In dem Moment verschob sich der Eingang zur linken Seite und wurde durch eine Mauer ersetzt. Es dauerte einen Moment, bis ich realisierte, was da gerade passierte.

Das Schattenlabyrinth.

Ich drehte mich zurück zu dem Angestellten und der Kundin, die vor einer weiteren verschlossenen Tür angekommen waren.

Moment. Ein weiterer Zahlencode? Shit.

Ich rannte zur Tür. Stolperte nahezu über meine eigenen Füße. Darüber stand nichts in unseren Notizen. Adrenalin verteilte sich in meinem Blut, ließ meinen Puls ansteigen. Und da hörte ich es. Ein lautes Heulen – oder besser gesagt drei davon.

Der dreiköpfige Höllenhund. Auch das noch. Von all den Schattenbestien war er die nervigste. Verstecken und abwarten war damit raus, sein Geruchssinn dafür zu ausgeprägt.

Shit. Shit, Shit, Shit.

93731156.

Merk dir die verdammte Zahl!

Die Wand zum Schattenlabyrinth hinter mir zerbarst in Steingeschosse, begleitet von einem tiefen Knurren und weiterem Geheul. Ohne mich umzudrehen, stürzte ich durch die offene Tür vor mir.

Ich hoffte, dass ich alles Nötige gesehen hatte. Mein Ausgang müsste jederzeit erscheinen. Während ich weiterlief, griff ich nach den Energiefäden, verknüpfte sie und verschloss den Durchgang. Das würde den Höllenhund nicht lange hinhalten, aber mir einen Moment zum Nachdenken geben.

Der Betreuer schlenderte mit seiner Kundin in Richtung der Tresore. Sie unterhielten sich oberflächlich und lachten über die belanglosen Witzeleien der anderen Person. Wenn ich nicht die Vermutung gehabt hätte, dass der Ausgang dort erscheinen würde, hätte ich mir das keine Sekunde länger angetan. Nur deswegen folgte ich ihnen. Wir passierten ein paar Räume, die durch Glas vom Hauptgang abgetrennt waren. Schließfächer, Tresore und Regale befanden sich in den abgesperrten Abteilungen. Unser Ziel des Einbruchs hingegen, die von mir erschaffenen Gedankenwelten, lag fünfzehn Räume in die andere Richtung.

Heulend und schneller als erwartet durchbrach der Höllenhund mein Energiefeld. Zum Glück erschien genau in dem Augenblick am Ende des Ganges die weiße Tür. Ohne lange zu überlegen, rannte ich los und überholte den Betreuer, der gerade zu der Kundin sagte: »Oh, das dürfen sie nicht sehen. Das ist eine Kammer der Regierung.« Danach ließ er mit einer Handbewegung das Glas milchig werden.

Ich fuhr herum und stolperte. Schmerzhaft schlug ich auf den Boden. Mein Knie brannte. Auf meiner Hose bildete sich ein Blutfleck, der sie rötlich tränkte. Hinter mir heulte der Höllenhund aus seinen drei Mäulern. Und dennoch fixierten meine Augen die milchige Scheibe. Einen kurzen Blick hatte ich erhascht, bevor sie matt geworden war. Was ich da aber gesehen und gefühlt hatte, musste eine Täuschung gewesen sein.

Dunkelheit hatte in dem Raum vorgeherrscht. So dunkel, wie die Schatten des Schäfers. Auch die Aura des Wesens, das ich kurz erblickt hatte, hatte dem Gefühl meiner Gabe entsprochen. Die Person in der Düsternis jedoch nicht identifizierbar. Einzig die Augen hatte ich erkannt.

Meine Augen.

Was zur Urmagie passierte jetzt schon wieder?

Wie konnte ich hier unten in der HSB gefangen sein – in einer Erinnerung, die nur wenige Tage alt war? Im Gegensatz zu Wilma konnte ich nicht in die Zukunft sehen. Es war also keine Vision. Und der Angestellte sah genauso aus wie gestern im JBox. Demnach war es auch kein Erlebnis von Kolja. Das alles ergab mal wieder keinerlei Sinn.

Leider ließ mir der Höllenhund keine Zeit für Verwunderung. Mit voller Wucht rammte er gegen meinen Körper und schleuderte mich etliche Meter durch den Gang. Mit einem knirschenden Geräusch schlug ich an eine Wand. Luft verließ gepresst meine Lungen, ersetzt durch einen stechenden Schmerz. Zweifelsohne hatte ich mir ein paar Rippen gebrochen.

Ich konzentrierte mich auf meine Hände und die Lichtpistolen erschienen. Unbeeindruckt setzte der Höllenhund zum Sprung an. Mittlerweile war das vermutlich unser hundertster Kampf.

Er war eine der ersten Schattenbestien, die zu Beginn entstanden waren. So gefestigt, dass selbst die Lichtkugeln ihn nicht mehr töten, sondern nur noch verletzen konnten. Geifer tropfte schwarz aus den drei Mäulern. Bevor er mich erreichte, schoss ich ein volles Magazin auf ihn ab. Er winselte, veränderte durch die Wucht der Kugeln seine Flugbahn und krachte unmittelbar vor mir auf den Boden. Ich sprang auf die Beine. Meine Brust schmerzte bestialisch, mein Atem verließ nur röchelnd meinen Mund. Dennoch humpelte ich zum Ausgang, während heißer Schmerz durch meinen Rücken fuhr. Ich stolperte unbeholfen vorwärts. Der Höllenhund hatte eine Tatze auf mich gedonnert, weswegen mir Blut warm die Wirbelsäule hinablief. Die Pein raubte mir zunehmend die Sinne.

Drei Schritte noch.

Ich spürte den brennend heißen Atem der Bestie im Nacken.

Zwei.

Siedend wie Lava verbrannte sie mir einen Teil der Haare.

Einer.

Tränen liefen mir die Wangen hinab. Mein Arm wurde taub und der Raum verengte sich um mich.

Mit letzter Kraft warf ich mich gegen die Tür – und sie gab nach und ich verlor mich in Schwärze.

Ich schaffte es nicht, die Augen zu öffnen. Alles schmerzte. Es roch nach Rosen, Licht schimmerte durch meine Lider. Ich spürte winzige Füße auf meiner Haut, die mir Frieden schenkten. Die Schmerzen verebbten zunehmend, während der Geruch nach Rosen zunahm.

Leise seufzte ich, atmete dann tief ein und aus.

»Danke.« Ich bekam keine Antwort, dennoch wusste ich, dass die Urmagie meine Wunden geheilt hatte. Ansonsten hätte ich tagelang den Schmerz gespürt.

Ein weiteres Seufzen entfuhr mir – diesmal jedoch ein schmerzbefreites.

Feenhandel, der
Substantiv

1. gewöhnliche Feenmagie

2. Zauber, der einen Pakt zwischen einem Feenwesen und einer Person schließt, der nur unter Höllenqualen gebrochen werden kann

3. wird oft für Geheimnisse oder Tauschhandel genutzt

Aus dem Archiv von Alexis, der Bibliothek von Alexandria

21

Nicolas

Noch bevor ich die Augen aufschlug, spürte ich die Wärme von Brens Armen um mich herum. Über die letzten Tage war es zur Gewohnheit übergegangen, dass er mich nach den Alpträumen in einen erholsamen Feenschlaf legte. Zu meiner Verwunderung blieb er jedes Mal bei mir, während ich schlummerte, und hielt mich im Arm. Das erste Mal hatte ich mich schlecht deswegen gefühlt, war sogar wütend gewesen. Dachte ich noch, dass er mich weiterhin als gebrechlichen Menschen betrachtete. Doch je mehr ich darüber nachdachte und jeden Morgen seinen Blick auf mir wahrnahm, verstand ich, dass er sich sorgte. Nicht weil er mich als schwach ansah, sondern weil ich ihm etwas bedeutete.

»Guten Morgen, Schnarchnase«, durchbrach er meine Gedanken und ich öffnete die Augen.

»Ich schnarche nicht!«

»Woher willst du das wissen? Du schläfst doch dabei.«

»Weiß ich einfach.«

»Verstehe.« Bren zog grinsend beide Brauen in die Höhe. »Ich werde mich nicht vor deinem ersten Kaffee mit dir streiten. So viel habe ich schon gelernt.«

»Gut«, antwortete ich. Obwohl ich gestehen musste, dass meine morgendliche schlechte Laune dank Feenschlaf gänzlich verschwunden war. Aber das würde ich bei Lebzeiten nicht zugegeben, oder Brens Ego würde durch keine Tür mehr hindurchpassen. Also schmunzelte ich lediglich in mich hinein.

»Du riechst schon wieder nach Rosen.« Bren musterte mich.

»Hatte erneut Besuch von der Urmagie«, gab ich mit einem Brummen zurück.

»Verstehe eh nicht, wieso sich die Urmagie als Schmetterlinge, die nach Rosen riechen, zeigt.«

Unweigerlich fragte ich mich, ob Bren wahrlich nicht wusste, was der Grund dafür war. Konnte es sein, dass ihm als Kronprinz der Ewige Thron nicht bekannt war und dass dieser sich unaufhörlich aus lebendigen Rosenranken formte?

»Du weißt, dass ich dich bewundere, oder?«, fragte Bren sanft.

»Bitte was?« Ich setzte mich auf, drehte ihm meinen Körper zu und musterte sein Gesicht. Keine Spur von Ironie war darauf zu finden.

»Der Kronprinz zu sein ist schon ein beschissenes Los, aber was du aushältst?« Bren schüttelte den Kopf. »Ich meine, du bist der Schäfer, ein Paracog, Halb-Fae, der Gründer einer neuen Blutlinie und zudem Vater. Würde nicht tauschen wollen. Und während ich mich andauernd auflehne, und am Hof beschwere, wie ungerecht alles ist, nimmst du deine Aufgaben und Bürden gelassen hin.«

Ich tat was? Gelassen wäre vermutlich das letzte Wort, das ich dafür gewählt hätte.

»Ich beschwere mich andauernd«, murmelte ich.

»Eben nicht.« Bren nahm mein Gesicht in die Hände und schmunzelte. »Du hasst deine Gaben, du bist genervt von all dem Mist, klar. Aber dennoch jammerst du nicht rum, sondern akzeptierst zähneknirschend, dass es so sein muss und versuchst, mit dieser Macht deine Familie zu retten. Vielleicht sogar ganz Europa. Ich hingegen …« Er schnaubte. »Ich weigere mich, meine Pflichten am Hofe einzunehmen, und nutze jede Gelegenheit zum Auflehnen. Du weißt gar nicht, wie stark du bist.«

Moment, das war neu. Verwirrt legte ich meine Stirn in Falten, was dazu führte, dass Bren lachte.

»Manchmal bist du echt blind vor Wut, Nic. Ich habe dich nie für schwach gehalten.«

»Woher? Was? Das hatte ich gerade gar nicht gedacht«, verteidigte ich mich ziemlich kläglich. Bren rollte nur mit den Augen.

»Ja, sicher. Ich hielt dich schon immer für stark. Nur weil ich mir Sorgen mache oder sage, dass menschliche Körper schwach sind – was sie faktisch sind« – er hob eine Hand, bevor ich protestieren konnte – »heißt das nicht, dass ich *dich* als schwächlich ansehe. Du bist eines der mutigsten und stärksten Wesen, das ich kenne. Kein Wunder, dass die Urmagie mich an dich gebunden und dir die Schäfergabe verliehen hat.«

Dazu wollte ich erstaunlich viel sagen. Meine Kehle jedoch hatte einen anderen Plan und verengte sich. Kein Wort fand den Weg hinaus, während mir Hitze in die Wangen und die Augen stieg.

»Ich wünschte, du würdest nur endlich verstehen, dass du nicht alles allein schultern musst.«

Mühsam blinzelte ich eine Träne weg.

»Nic, du hast drei Dobermannwandler als beste Freunde, die alle außerordentliche Agenten sind und dich abgöttisch lieben. Dann ist da Sal, die es alleine mit einer Armee für dich aufnehmen würde – und Jumoke würde sich für dich ebenfalls in die Schussbahn werfen.« Bren seufzte. »Und meine Fähigkeiten sind auch nicht gerade zu verachten. Gesteh dir mal zu, verletzlich zu sein – das ist keine Schande. Und wir sind alle da, um dich aufzufangen.«

Leise schniefte ich und nickte. Bren hatte recht. Nur fiel es mir schwer, diesen Teil von mir zu akzeptieren. Seit Jahren war ich absolut kontrolliert, hatte all den Schmerz, die Verletzlichkeit, die vielen Gefühle verdrängt und unterdrückt, nur um jetzt nicht einmal mehr zu wissen, wie man Hilfe annahm.

Vorsichtig strich Bren eine Strähne aus meinem Gesicht. Seine gelben Augen blitzten auf. Fürsorge und Verlangen lagen in den Tiefen seiner Iris. Mir stockte der Atem und Hitze wanderte in meine südlichen Regionen.

»Diese Version von Bren gefällt mir übrigens sehr gut«, sagte ich mit belegter Stimme.

»Heißt das, ich darf meine unreife Party-Prinz-Maske nicht mehr tragen, wenn ich will, dass du dich in mich verliebst?« Er zwinkerte mir grinsend zu.

»Wäre ein Anfang.« Mit meiner Nase stupste ich gegen seine, worauf Bren geräuschvoll die Luft entweichen ließ.

»Hmmm, kein Deal. Bis du mein Herz vergiftest und ich sterbe, habe ich noch ein paar Jahre Ignoranz vor mir. Sorry.« Lässig zuckte er mit den Schultern.

»Du bist unmöglich, weißt du das?«

Grinsend nickte er. Sein Blick blieb an meinem Mund hängen und ich biss mir wie ein Teenager in einer Dramaserie auf die Unterlippe.

»Ich werde dich jetzt küssen, solltest du nicht nein sagen«, gab Bren mit rauer Stimme von sich.

»Als ob dich ein Nein aufhalten würde«, brachte ich heiser hervor. Unerwartet änderte sich die Stimmung zwischen uns. Hatte es gerade noch geknistert, während ich Brens Erregung hatte riechen und in seiner Atmung hören können, lehnte er sich nun energisch zurück.

»Wirklich?« Das Gelb in seinen Augen verfinsterte sich. »So denkst du über mich?« Der raue, sexy Unterton war plötzlich ersetzt durch verletzte Gefühle.

»Ich … Was? Nein? Bren.«

Er lachte ein humorloses Lachen und schüttelte langsam den Kopf.

»Na, vielen Dank. Ich bin ein Arsch – ja. Sarkastisch, frech, oft unangebracht und nehme vieles nicht ernst. Aber ich würde niemals, hörst du, *niemals* ohne Zustimmung ein anderes Wesen küssen oder zu etwas Sexuellem drängen!« Er rückte ein weiteres Stück von mir fort.

»Hey, ich … Es tut mir leid. Das meinte ich nicht so. In Filmen ist das doch immer sexy«, fügte ich völlig lahm hinzu.

»Das ist nicht sexy, sondern scheiße und ganz ehrlich? Respektlos.«

Ironischerweise machte mich diese ehrliche Vehemenz und diese erwachsene Art von ihm nur noch zusätzlich scharf.

»Dann küsse ich dich halt … Wenn ich darf?«, murmelte ich und näherte mich seinem Gesicht. Statt einer Antwort zog er mich dichter an sich heran und küsste mich. Zuerst noch wütend, aber innerhalb kürzester Zeit schlug es in Leidenschaft um. Hitze kroch meinen Nacken hinab und meine Haut kribbelte. Der Raum füllte sich mit dem Geruch nach Lust. So klar zu riechen, dass ich mir von den Wandlern später etwas anhören werden müsste.

»Moooment«, durchbrach ich den hitzigen Augenblick. Bren sah verwirrt zu mir. »Wir sollten aufhören.«

»Okay … Wieso?« Die Stirn in Falten gelegt, musterte er mich. »Ich rieche deine Lust. Das ist es nicht.«

»Oh, das ist es definitiv nicht, glaub mir«, gab ich heiser von mir. Bedächtig versuchte ich, meinen Puls unter Kontrolle zu bringen.

»Was dann?«

»Das letzte Mal haben wir Aiden gezeugt. Na ja, beziehungsweise hast du das Ei zur Welt gebracht.«

»Zur Urmagie, erinnere mich nicht daran. Also, ich liebe Aiden – versteh mich nicht falsch, aber das Ei, mein Hals und das Würgen? Uncool. Wortwörtlich zum Kotzen der Vorgang.«

»Du bist ein Meister der Worte, Dichter und Kronprinz O'Toole.« Lachend schnaubte ich.

»Das ist eine Gabe. Bitte kein Neid.«

»Warum wollte ich gerade noch mal mit dir schlafen?«

»Das könnte an meinem riesi–«

»Nicht, Bren.« Schnell legte ich die Hand auf seinen Mund. Kindskopf, wie er es war, leckte er mir über die Innenseite.

»Aber wir Fae bekommen nur ein Kind«, setzte er an. »Und da ich Aiden schon zur Welt gebracht habe, gibt es keine bessere Verhütung.« Verspielt wackelte er mit den Brauen.

»Abgesehen von …« Ich legte eine Pause ein und sah ihn

erwartungsvoll an. Einen Moment schaute er verwirrt, dann weiteten sich seine Augen, als er verstand und danach aus dem Bett sprang.

»Shit, richtig. Da war ja was. Du bist ja unerwartet auch ein Feenwesen. Und somit besteht eine gute Chance, dass du auch ein Kind … Ähm, ja. Nein … Lassen wir den Sex lieber vorerst. Ein Säugling wäre … im Moment äußerst … unpraktisch.« Stotternd sammelte er sein T-Shirt vom Boden und bewegte sich zur Tür. Dort drehte er sich zu mir und zeigte mir ein breites Grinsen. »Ich kann bleiben … Also falls du alleine … Und ich schau zu …«

Ich griff nach meinem Kissen und warf es in seine Richtung. Lachend fügte ich hinzu: »Verschwinde und mach Kaffee.«

Eine halbe Stunde später, nachdem ich zuvor ein Update über meinen Traum ins Planungssystem eingetragen hatte, saß ich oben an der Bar des Clubs und spielte an meiner Kaffeetasse herum. Gleich würden wir gemeinsam die letzten fehlenden Schritte unseres großen Plans besprechen. Was auch der Grund war, weswegen ich zu früh und alleine hier saß: Ich war ungeduldig, sorgte mich und spürte dennoch einen Funken Vorfreude. Eine gefährliche Kombination.

Ich spürte, dass jemand meinen Schutzzauber durchschritt. Wilma – ihre Signatur war wie das aller Wesen unverkennbar. Langsam drehte ich mich zu ihr, um sie zu begrüßen.

Vor Erstaunen hustete ich und fiel nahezu von dem Hocker, auf dem ich an der Bar wartete. Wilma hatte ihre lila Lederjacke und Leggings in Leopardenoptik gegen ein Businesskostüm getauscht. Jedes einzelne Kleidungsstück kostete vermutlich fünfstellige Summen. Alleine die Handtasche von einer berühmten Designerin schlug mit locker fünfstelligen Euros zu Buche. Auf ihrem Kopf thronte ein pompöser Hut, wie man ihn zu elitären Pferderennen im Bundesstaat England trug. Goldener Schmuck glitzerte an ihren Handgelenken, um den Hals und an den Ohren. Vor mir stand eine High-Society-Lady, die nur so vor dekadentem Reichtum strahlte.

»Was schaust du so, Schäfersjunge?« Skeptisch zog Wilma eine Braue in die Höhe. »Glaubst du echt, ich bin besessen von dem Orakel Delphi, das in die Zukunft sehen kann und habe nicht mehrfach im Lotto beschissen?«

»Ich … Ja. Verstehe …«

»Wieso ich dann sonst mit Leggings und Lederjacke herumrenne, fragst du dich?«

Ich stöhnte genervt. Sie hatte mich auf frischer Tat ertappt. Es war leicht, zu vergessen, dass Wilma immer wusste, was ich fragen würde. Und zudem äußerst beunruhigend.

»Kennst du die Suffragetten?«

Langsam nickte ich. Frauenrechtlerinnen am Anfang des 20. Jahrhunderts.

»Ich war eine von ihnen. Damals saßen weiße, alte Säcke in allen Führungsebenen. Habe mir weder da noch heute vorschreiben lassen, was eine Frau tragen soll. Ich ziehe an, wonach mir die Laune steht. Probleme damit?«

Jetzt wo sie es so darlegte, ergab ihr rüstiges Verhalten Sinn. Fasziniert von den vielen Facetten ihrer Persönlichkeit grinste ich vor mich hin. Dann schüttelte ich leicht den Kopf. Natürlich konnte sie anziehen, was sie wollte.

»Vorsicht«, flötete sie zuckersüß, aber die Warnung kam zu spät. Ich drehte mich zur Bar, stieß die Kaffeetasse um und die braune Flüssigkeit schwappte über mein blaues Hemd. Shit. »Du solltest auf mich hören, Schäfersjunge«, fügte sie schmunzelnd hinzu.

»Gib es zu, du hättest mich früher warnen können«, gab ich brummend von mir und versuchte, den Fleck mit einem Tuch wegzureiben.

»Natürlich hätte ich das, aber wo bleibt dann der Spaß?«

»Wir haben sehr unterschiedliche Definitionen von Spaß.«

»Oh, in der Tat. Ich bin zum Beispiel nicht so langweilig wie du.« Mittlerweile stand sie ebenfalls an der Bar und zwinkerte mir zu.

»Moment«, hörte ich Bren sagen. »Wieso darf sie dich, ohne Konsequenzen, langweilig nennen und ich bekomme den vollen

Erwachsenenmonolog wie echauffiert und hohlprinzig ich bin?«

Grinsend schlenderte Bren zu uns an die Bar. Dann küsste er flüchtig meinen Nacken, nahm die leere Tasse und ging zur Kaffeemaschine. Hitze stieg mir in die Wangen. War das nun unsere unausgesprochene Realität? Hatten wir von Anfeindungen zu einem Waffenstillstand über eine Freundschaft nun die intimere zwischenmenschliche Ebene betreten, in der er selbstverständlich meinen Nacken küsste? Und ich es auch noch mochte?

»Hohlprinzig ist kein Wort«, sagte ich und stöhnte innerlich. Wirklich? Das war es, was ich zu sagen hatte? Während ich mein Gesicht in meinen Händen vergrub, hörte ich Bren leise, aber voller Wärme lachen.

»Faszinierend«, murmelte Wilma.

Ich hob den Blick und musterte sie. Ihre Augen huschten zwischen Bren und mir hin und her.

»Was ist faszinierend?« Meine Wangen glühten mittlerweile förmlich vor Hitze.

»Du und der Prinzenjunge.« Mehr Erklärung folgte nicht. Wie ich es hasste, wenn Wesen dachten, dass solch kryptische Aussagen alles erklärten.

»Sehr aufschlussreich.«

»In der Tat. Ich kann euer beider gemeinsamer Zukunft nicht genau sehen. Die Zeitlinien sind komplett unscharf und verschwommen.«

»Aber du hast das mit dem Kaffee doch gesehen?«

»Du verstehst nicht, Schäfersjunge. Ich kann sehen, was dir oder dem Prinzen in naher Zukunft passiert, wie bei jeder anderen Person. Aber sobald es euch beide involviert und eure Beziehung sowie die gemeinsame Zukunft? Alles verschwommen.«

»Das ist, ehrlich gesagt, äußerst beruhigend«, sagte ich leise.

»Ist es nicht. Im Gegenteil. Zeitlinien verschwimmen im Grunde nur, wenn mich die Sicht traumatisieren könnte. Das bedeutet nichts Gutes. Vermutlich stirbt einer von euch beiden. Oder vielleicht sogar ihr beiden. Oder euer Sohn. Irgendwas Schreckliches halt«, raunten eine finstere Stimme und die von

Wilma im Einklang. Das musste Delphi gewesen sein, die sich für einen Moment Gehör verschafft hatte.

Bren, der mir gerade den Kaffee reichen wollte, hielt mitten in der Bewegung inne. Sein Blick lag erschrocken auf Wilma. »Ist das dein Ernst?«

»Natürlich.«

»Und das sagst du so beiläufig?«, fragte ich fassungslos.

»Natürlich.«

»Wie kannst du das so gelassen sehen? Es muss doch einen Weg geben, zu erfahren, was uns bevorsteht?!«

»Gibt es nicht. Was auch der Grund ist, wieso ich es so *gelassen* sehe. Ich sehe andauernd schreckliche Dinge, mein Geist hat über die Jahre immens gelitten. Wenn nun Zeitlinien verschwommen sind, dann bleibt mir nichts anderes übrig, als zu akzeptieren, dass etwas bevorsteht. Außerdem schweige ich ebenfalls, sobald ich mir sicher bin, dass mit meinem Eingreifen die Zukunft verschlimmert wird.«

»Leicht zu sagen, wenn es einen nicht selbst betrifft.« Bren donnerte den Kaffee auf die Theke und ich sprang einen Schritt zurück, bevor auch dieser auf meinem Hemd endete.

»Mitnichten. Meine Zeitlinie beim Einbruch in die HSB ist ebenfalls über weite Strecken verschwommen. Vermutlich überlebe ich das Vorhaben oder was unmittelbar danach geschieht nicht.«

»Bitte was?«, fragten Bren und ich zeitgleich. Wilmas Gelassenheit erschreckte mich mehr als ihre eigentlichen Worte.

»Jungs, ich bin viel älter, als jeder Mensch werden sollte. Ich hatte ein aufregendes Leben und seit Delphi mich als Wirtin gewählt hat, habe ich mehr Leid gesehen, als eine gesunde Seele erträgt. Wenn ich bei dem Einbruch euer Schicksal abwenden kann und somit bei einem guten Vorhaben sterbe, dann bin ich damit im Einklang.« Sie legte ihre faltige Hand an mein Gesicht. »Du bist ein guter Junge, Nicolas. So viel Leid pulsiert von dir und doch gibst du nicht auf. Deine Zukunft ist strahlend und düster zugleich. Aber du hast es verdient, glücklich zu werden.«

»Was? Also überlebe ich?«

»Mein Lieber, es gibt schlimmere Schicksale in der Neuen Weltordnung als den Tod. Ich habe schon zu viel gesagt. Wir sollten uns der Arbeit widmen.«

»Nein, auf keinen Fall. Du kannst doch nicht einfach Sachen andeuten und sie nicht ausführen.« Mit hochrotem Kopf fixierte Bren das Orakel.

»Doch, das kann ich. Spreche ich alles aus, ändern sich die Zeitlinien – und könnten sich verschlimmern. Jedes Einmischen in den Lauf der Zeit hat seinen Preis. Und glaubt mir, Eure Hoheit, diesen Preis seid Ihr nicht bereit, zu zahlen.«

Jumoke betrat mit einer Tasse und einem Bagel in der Hand die Bar, unmittelbar gefolgt von den Drillingen. Während Flynt und Garth grinsend alberten, prangten dunkle Ringe unter Brooks' und Jumokes Augen.

»Lange Nacht gehabt?«, fragte ich über meine neue Tasse Kaffee hinweg. Zur Sicherheit hielt ich sie doppelt so fest. Wo meine chaotischen Mitbewohner sich aufhielten, schepperte schnell mal das Geschirr. Und einen weiteren verschütteten Kaffee hätte ich an diesem Tag ohne Wutanfall nicht ertragen.

»Quatsch, wir haben nur bis fünf gefeiert«, antworteten Garth und Flynt unisono. Ihre Gesichter stolz und voller Erwartung.

Wirklich? Hofften sie ernsthaft auf Lob von mir, weil sie einen Abend vor dem Einbruch nicht durchgefeiert hatten?

»Ich meinte unsere Technikgenies«, beschloss ich, die beiden Feierwütigen zu ignorieren.

»Wir haben einen Weg gefunden, wie wir Zugang zu den Sicherheitskameras der HSB bekommen.« Jumoke nickte zu Brooks. »Krobos hat die finale Zeile des Programmiercodes geschrieben und ihr müsst Sender mit euch nehmen. Damit kann ich mich dann einklinken, während ihr im Gebäude seid.«

Mit einem Lächeln auf den Lippen zwinkerte ich Brooks zu. Schüchtern, die Wangen feuerrot, senkte er den Blick. Dann kratzte er sich schmunzelnd am Hinterkopf.

»Wenn Kribos –«, setzte Bren an.

»Krobos«, korrigierte Jumoke ihn unmittelbar.

»Was auch immer, das ist nicht einmal sein Name. Was ich fragen wollte: Wieso hast *du* nicht geschlafen, Jumoke, wenn unser Wunderkind all die Arbeit erledigt hat?«

Meinte Bren das ernst? Mein Blick flog förmlich zu ihm und ich versuchte, ihn damit zum Schweigen zu bringen. Jeder von uns wusste, weswegen Jumoke nicht geschlafen hatte. Die rosaroten Herzfunken flogen nur so zwischen den beiden Wandlern. Sprichwörtlich und – leider – dank der Bindung, sogar wortwörtlich.

Natürlich lag auf Brens Lippen wieder dieses schelmische Grinsen, welches mehr als deutlich sagte, dass er genau wusste, was er tat.

»Ich … Bitte? Ich habe …« Unbeholfen sah Jumoke zu Bren, dann zu Brooks und schlussendlich hilfesuchend zu mir.

Sorry Kumpel, aber da halte ich mich raus!

»Du hast was?«

Selbst ich wollte Bren für den zuckersüßen, vorgetäuscht unschuldigen Ton in diesem Moment erwürgen. Brooks offensichtlich ebenso, denn seine Augen verengten sich zu Schlitzen und ein kehliges Knurren erklang. Seine Brüder hingegen feixten und klopften ihm auf die Schulter.

Jumoke räusperte sich, schüttelte den Kopf und sah Bren tief in die Augen.

»Ich habe eure Ersatzkörper fertig synthetisiert und synchronisiert. Nun kann Nicolas dich sogar doppelt abblitzen lassen.«

Einen Moment herrschte völlige Stille in dem Club, doch dann lachte Bren so laut, dass ich mich erschrak und versehentlich einen Teil meines Kaffees über die Bar schüttete. Hin und her gerissen zwischen Wut und Schadenfreude über Jumokes Spruch, grunzte ich.

Bren fuhr zu mir herum, aber bevor er etwas sagen konnte, hob ich die Hand.

»Ich habe gestöhnt und gelacht – gleichzeitig, deswegen das Grunzen. Behaupte etwas anderes und dir treten später zwei Nicolase in den Hintern.«

»Zum einen, ich mag dich, Jumoke.« Bren zwinkerte ihm

zu. »Die meisten Wesen haben zu großen Respekt vor mir, um sich auf meinem Niveau mit Sprüchen zu duellieren.«

Oder sie sind einfach geistig keine fünf Jahre alt.

Ich stöhnte und vergrub mein Gesicht in den Händen.

»Zum anderen habe ich eine Verständnisfrage.«

Diese Tatsache ließ mich wieder aufblicken, denn damit hatte ich nicht gerechnet. Normalerweise würde Bren nun das besagte Sprücheduell beginnen, aber eine ernstgemeinte Frage? Wie ein erwachsener Mann? Er schaffte es immer wieder, mich zu überraschen.

»Zu den Klonkörpern?« Jumoke schlenderte zur Bar und stellte seinen Kaffee ab. Unaufgefordert füllte Bren die Tasse auf und nickte.

»Könnte Nic tatsächlich zeitgleich in beiden Körpern sein?«

»Wenn du das jetzt fragst, weil du dir einen Dreier erhoffst, dann ist Aiden Halbwaise!« So viel zu erwachsener Mann. Erneut stöhnte ich. Dieses Mal laut.

Mit schiefgelegtem Kopf musterte mich Bren. Langsam hoben sich seine Mundwinkel und enthüllten seine weißen Zähne.

»*Das* wollte ich nicht fragen, aber ich mag, wie du denkst, Herr Schäfer.«

Ich setzte zu einer Antwort an, wurde aber von Wilma unterbrochen.

»Wollte er wirklich nicht. In keiner Zeitlinie. Auf die Idee mit dem Dreier hast du ihn jetzt gebracht. Gut gemacht, damit wird er dich von nun an öfter nerven.«

Fantastisch! Ich hätte ahnen müssen, dass dieser Tag solch eine Wendung nehmen würde, nachdem ich meinen ersten Kaffee verschüttet hatte. Das konnte nur ein dunkles Omen gewesen sein.

Langsam öffnete sich die Tür und herein kam Aiden. Eingepackt in einen Schlafanzug auf dem Schmetterlinge und Bren als Comicfigur abgebildet waren. Ein Geschenk, das meine Chaoten von besten Freunden dem kleinen Mann vor Kurzem gemacht hatten. Und was bis heute noch dafür sorgte, dass die drei feixten, sobald sie den Pyjama sahen. Bren im Gegenzug reckte jedes Mal stolz die Brust, wenn er Aiden darin sah. Auch wenn ich es nie für möglich gehalten hatte, alles an ihm strahlte Vaterstolz aus. Eine Tatsache, die meine Gegenwehr gegen den Thronfolger nur zunehmend erweichen ließ.

Aiden schlurfte mit halb geöffneten Augen zu uns herüber. In der linken Hand hielt er seine Kuscheldecke, die wie eine große Schleppe hinter ihm über den Boden schleifte, und in der rechten Hand ein Plüscheinhorn. Nach ein paar Schritten hielt er inne. Langsam schaute er sich um. Das Einhorn nun an seine Wange gelegt, öffnete er die Augen vollständig. Ein Lächeln huschte auf seine Lippen, nachdem er uns alle gemustert hatte.

Jede Alarmglocke in mir läutete. Genau dieses Lächeln kannte ich. Die gleichen Grübchen, der Schalk im Nacken, die blitzenden gelben Augen. Das verhieß nichts Gutes. Weder bei Bren noch bei Aiden.

»Tretet ihr den Motherfuckern jetzt in den Arsch?«, fragte er dann, für meinen Geschmack, viel zu laut.

Stille legte sich über die anderen Anwesenden. Sal verschluckte sich an ihrem Kaffee, selbst Wilma hustete überrascht. Brooks' Augen weiteten sich, seine Wangen verfärbten sich feuerrot. Jumoke sprang sogar mit einem Satz über die Bar und duckte sich, während Flynt und Garth laut grölten. In ihren Gesichtern lag die pure Erleichterung und Schadenfreude. Sie waren demnach nicht die Übeltäter, die meinem Sohn das Fluchen beigebracht hatten, sonst wären sie schon an das andere Ende von Hamburg geflüchtet.

Ich stöhnte und fuhr mir durch das Haar. Fehlte nur noch Bren, der lautstark bekunden würden, dass das sein Junge war.

»Wer von euch Arschlöchern hat meinem Sohn den Scheiß beigebracht?«, donnerte er hingegen und überraschte mich erneut. Krampfhaft biss ich mir auf die Lippe, um nicht loszulachen.

Zur Urmagie, ich war der schlechteste Vater der Welt, aber ein erzürnter Bren, der Aiden nun unbeabsichtigt zwei weitere Schimpfworte beigebracht hatte, war einfach zu lustig. Vermutlich konnte ich eine kindgerechte Erziehung ohnehin vergessen, bedachte man die Morde, Verfolgungsjagden, das Gefluche und all den anderen Mist, der unser aller Leben komplett durchzog.

Bren fuhr zu mir herum und verengte die Augen.

»Was ist so lustig, Nic? Aiden ist drei Jahre alt, er sollte solche Worte noch nicht kennen.«

»Papa?« Aiden zupfte an meiner Hose. »Was sind Ah-Schlöcher?«

So sehr ich versuchte, das Lachen zu unterdrücken, ich scheiterte kläglich.

Ich komme in die Hölle! Unweigerlich!

Bren hielt einen Moment inne. Dann weitete er die Augen, legte eine Hand über sein Gesicht und stimmte in das Lachen ein.

»Wunderbar, ich habe ihm gerade selbst Schimpfworte beigebracht, oder?«, presste er hervor.

Ich nickte bloß, da mir die Luft für Worte fehlte.

»Das Kind ist verloren«, merkte Wilma an und schnappte sich ein Glas mit Whiskey. Nachdem sie es hastig geleert hatte, fügte sie hinzu: »Dafür muss ich nicht mal hellsehen bei den Vätern.«

Ich bückte mich zu meinem Sohn und nahm ihn auf den Arm. Liebevoll strich ich ihm eine Strähne aus dem Gesicht und küsste seine Stirn.

»Du solltest diese bösen Worte noch gar nicht kennen.«

»Wieso?«

»Weil man sie nicht sagt. Motherfucker und Arsch sind keine netten Worte. Und die von Bren …« Ich unterdrückte ein Kichern und versuchte, weiterhin ernst zu bleiben. »Die sind es auch nicht. Das sagen nur böse Leute.«

Neben mir hörte ich meine Freunde amüsiert schnauben. Zu Recht, wenn man bedachte, dass ich andauernd fluchte. Nur eben nicht im Beisein meines Sohnes. Doppelmoral gehörte zum Elternsein dazu – das hatte ich früh als Vater feststellen dürfen.

»Aber Jumoke hat das zu Brooks gesagt. Sind sie böse Wandler?«

Mein Blick flog zu Ersterem. Oder besser gesagt zur Bar, unter der er plötzlich unheimlich beschäftigt etwas zu suchen schien.

»Nein. Sind sie nicht. Im Gegensatz zu dir sind sie aber erwachsen.« Standardausrede eines Vaters. »Und sie sind Wandler, die dürfen fluchen.« Dieses Argument war völlig unsinnig, aber ich hoffte, Aiden so davon abzubringen. Und dass er nicht fragte, wieso Bren als Fae geflucht hatte. Keiner hatte behauptet, dass ich wusste, was ich tat.

»Dann möchte ich auch erwachsen und ein Wandler sein.«

Ich blinzelte meinen Sohn an. Leider hatte ich unterschätzt, wie sehr er in Brooks vernarrt war und alles nachäffte, was dieser anstellte.

»Ich sag es gern noch mal: Das Kind ist verloren«, wiederholte Wilma, beäugte den Kleinen jedoch liebevoll und lächelte großmütterlich.

»Hast du schon gegessen?«, ignorierte ich das Orakel und streichelte Aiden über die Wange.

Mit geschürzten Lippen dachte er kurz nach und schüttelte anschließend den Kopf.

»Möchtest du mit Brooks Müsli und Obst essen gehen?«

Voller Freude nickte der Kleine, sprang von meinem Schoß und rannte zu Brooks. Dort schnappte er sich die riesige Hand des Dobermannwandlers und zerrte ihn Richtung Wohnung. Seine Kuscheldecke und das Einhorn lagen, plötzlich vergessen, zu meinen Füßen.

Wenigstens gab es in Bezug auf gesundes Essen keinerlei Diskussionen. Der kleine Mann liebte Müsli, Obst und Gemüse, was mir eine Menge Streit ersparte, wenn ich Elternratgebern glaubte. Von denen ich in den letzten drei Jahren mehr gelesen hatte, als mir lieb gewesen war.

»Wenn unsere Körper fertig sind und Brooks das Sicherheitssystem geknackt hat, heißt das, wir sind bereit?«, lenkte ich das Gespräch zurück auf das omnipräsente Thema: den bevorstehenden Einbruch.

»Kann man für solch ein Unterfangen je wirklich bereit sein?«, fragte Wilma, während sie genüsslich an ihrer Zigarette zog.

»Lass es mich umformulieren: Ziehen wir es morgen durch?«

Für einige Sekunden legte sich eine drückende Stille über den Raum. Keiner schien so recht zu wissen, was die richtige Antwort darstellte. Wir hatten mittlerweile eine äußerst turbulente Woche hinter uns, die sich anfühlte wie Monate. Kaum ein Moment der Ruhe war uns vergönnt gewesen – und jetzt hatten wir faktisch alle Schritte geplant. Das Unausweichliche stand uns bevor.

»Lasst uns das Unmögliche möglich machen«, durchbrach Bren die Stille.

»Aber sowas von möglich! Zeigen wir den Säcken, wer der Boss ist!«, stimmte Sal ein, gefolgt von weiteren Bekundungen der Truppe.

Morgen würde sich endlich entscheiden, ob unser Plan genial oder tödlich war.

Wilmas Worte über ein Ende schlimmer als der Tod hallten durch meinen Kopf. Mühsam drängte ich sie zurück. Jetzt war keine Zeit für Zweifel oder Sorge. Wir hatten alles geplant, waren gut vorbereitet und würden unser Bestes geben. Ich glaubte felsenfest an diese Chaotenbande. Meine kleine Familie – für die ich alles tun würde. Sogar mein Leben opfern.

Ich nickte Jumoke, Garth und Flynt zu und bedeutete ihnen, mir kurz zu folgen. In einer ruhigen Ecke des Clubs atmete ich tief durch und sah sie mit Entschlossenheit an.

»Falls Bren und ich sterben–«.

»Werdet ihr nicht«, sagten die beiden Dobermannwandler gleichzeitig. Ihre Nackenmuskeln spannten sich an und sie wechselten instinktiv in den Beschützermodus.

»Bitte.« Ich hob beruhigend eine Hand. »Falls wir sterben, kümmert euch bitte um Aiden. Schafft ihn fort aus Hamburg. Am besten nach Australien oder nach New Orleans. Dort wird euch Apex kaum finden.« Ich spürte, wie sich Tränen in meinen Augen sammelten.

»Nicolas«, erwiderte Jumoke. »Das wird nicht nötig sein.«

»Bitte, versprecht es mir«, drängte ich.

Alle drei nickten stumm und ich konnte die Freundschaft in ihren Blicken glasklar erkennen.

Sterben war zwar keine Option, dennoch musste alles geregelt sein. Morgen würde sich unser Schicksal entscheiden.

HSB, die
Substantiv

1. Hochsicherheitsbank

2. gilt als uneinnehmbar

3. bewahrt neben Geld und Wertgegenständen auch Geheimnisse und vertrauliche Akten auf

Aus dem Archiv von Alexis,
der Bibliothek von Alexandria

22

Brooks

Aufgeregt – das war die beste Umschreibung für meine emotionale Lage. In jeglicher Hinsicht. Die letzten Tage hatte ich mit Jumoke im Hive verbracht. Endlich konnte ich mit jemandem das betreiben, was definitiv meine Stärken waren.

Technik. Hacken. Logisches Denken.

Jumoke erwartete nicht von mir, dass ich Sätze aussprach und Worte benutzte. Er verstand die Schönheit von Zahlen, von Codes, von programmierten Symphonien, die etwas wunderschönes Neues ergaben.

Wir beide brauchten keine Sprache, die man missverstehen konnte. Keine Worte, die mir seit fast fünfzehn Jahren nicht über die Lippen gekommen waren. Worte, an deren Erzeugen ich mich nicht mal mehr erinnerte, oder daran, wie man sie in die Welt entließ.

Jedes Mal, wenn ich zu Garth flüsterte, spürte ich die Panik, die mich drohte aufzufressen. Hätte ich lauter gesprochen, hätte ich geschrien. Und vermutlich niemals damit aufgehört. Worte waren gefährlich. Sie hatten meine Eltern getötet. Mir das Leben für Jahre unerträglich gemacht.

Jeder begehrte zu wissen, was passiert war.

Polizei. MIA. Psychologen.

Der verkohlte Geruch unseres Hauses und der des verbrannten Fleisches meiner Eltern hing mir noch in der Nase – meine Tränen auch heute noch Wasserfällen gleich – als sie alle versucht hatten, mich zum Sprechen zu drängen. Damals fand kein Wort seinen Weg über meine Lippen. Schock, Trauer und Angst darüber, ob mich meine Worte ebenfalls töten würden, wurden im Lauf der Jahre durch etwas ersetzt, das ich nicht einmal mehr zu greifen vermochte. Alles in mir sträubte sich, zu reden, also ließ ich es. Als ich Nic traf, verstand ich das erste Mal, dass es okay war. Dass ich richtig war, wie ich eben war.

Er hörte mich, ohne dass ich etwas sagen musste. War für mich da, teilte meine Last und liebte mich wie einen Teil seiner Familie. Bedingungslos. Meinetwillen. Und ich lernte, was es hieß, erneut zu vertrauen.

Der gesamte Plan, in die HSB einzubrechen, beruhte darauf, dass wir uns alle vertrauten.

»Hey Großer«, flüsterte Nic und legte seinen Arm um meine Schultern. »Bereit?«

Ich atmete tief ein und nickte ihm lächelnd zu. Sowas von bereit. Das hier, genau das konnte ich. Planen, mitdenken, meine Logik walten lassen.

Wilma kam zu uns herüber. Vor zehn Minuten hatte sie den Betreuer der Elitekunden auf der Toilette überrascht, sein Aussehen angenommen und den bewusstlosen Kerl mit Hilfe meiner Brüder in Sals Skycar versteckt.

»Guten Tag, wie schön, Sie zu sehen«, begrüßte sie uns. Selbst ihre Stimme klang wie die des Angestellten. Hexenmagie hatte mich seit jeher fasziniert. Damals schon, als wir noch in Chicago gelebt hatten. Nach dem Einbruch würde ich mich mal wieder damit befassen.

»Die Freude ist meinerseits«, antwortete Bren. Seine Tonlage war ein winziges bisschen höher und nasaler als üblich. Die Worte einen Hauch gedehnter. Der Bass dennoch brummig. So sprach er immer, wenn er den arroganten Prinzen mimte. Kurz fragte ich mich, ob es noch jemand hörte? Ob Bren es selbst überhaupt wusste?

Alle Wesen veränderten ihre Stimme passend zum Inhalt, den sie kommunizierten. Den meisten war es nicht bewusst. Oft brauchte ich nicht einmal die Wandlerinstinkte, um zu wissen, was die Intention meines Gegenübers war. Die Worte und die Art, wie sie diese aussprachen, verriet sie. Worte waren gefährlich – genau deswegen schwieg ich.

»Kommen Sie bitte mit mir.« Wilma drehte sich um und führte uns durch die riesige Eingangshalle des öffentlichen Bereichs der HSB. Der Tag war gekommen. Wir würden wirklich in die streng gesicherte Abteilung einbrechen.

Neben mir spürte ich Nicolas' Unruhe. Seine Augen wanderten andauernd zur Decke, bis er realisierte, dass er nicht auffallen durfte. Für einen Augenblick streifte ich meine Finger gegen seine Hand. Er schenkte mir ein dankbares Lächeln und nickte kaum merkbar, doch seine Unruhe war weiterhin für mich deutlich sichtbar. Seine Muskeln waren angespannt wie die Saiten einer Gitarre, die Adern an seiner Stirn traten hervor und seine rechte Hand tippte unaufhörlich an sein Bein.

In diesem Augenblick war ich froh, dass ich die Wesen unter der Decke nicht sah. So detailreich, wie Nic sie beschrieben hatte, verstand ich seine Sorge. Aber Vertrauen stellte den Schlüssel zu unserem Erfolg dar. Bren hatte versichert, dass sein Glimmer, der zu den stärksten Europas gehörte, unsere Absichten vor den Wesen verbergen würde. Sie nur gewöhnliche Kunden in uns sahen. Hielt ich noch nie etwas vom Königshaus, hatte ich meine Meinung über den Kronprinzen jedoch grundlegend geändert.

Zum einen tat er Nic gut – selbst wenn dieser sich etwas sträubte – und zum anderen respektierte Bren mich. Er hakte nicht nach, wieso ich nicht sprach, zweifelte nicht meine Kompetenzen an, doch am wichtigsten: Er gab mir nicht das Gefühl, *kaputt* zu sein. Außer Nic und Jumoke war Bren das einzige Wesen, das mich sofort so akzeptiert hatte, wie ich war. Und das rechnete ich ihm hoch an. Ich liebte meine Brüder und Sal, doch die drei hatten einige Zeit gebraucht, bis sie gelernt hatten, mit meinem schweigenden Ich umzugehen. Nicht so

Bren. Er behandelte mich wie jede andere Person – ohne Samthandschuhe oder unnötige Rücksicht, und dieser Gedanke ließ mich lächeln.

Nic zog fragend eine Braue in die Höhe. Ich schüttelte den Kopf, aber er stupste meine Schulter an. Schnaubend deutete ich mit einem Nicken zu Bren und führte eine Faust an mein Herz. Für einen Moment stockte meinem besten Freund der Atem, dann senkte er flüchtig den Blick und atmete tief durch.

»Ja, ich mag ihn auch.«

Klar. Mögen.

Um ein Haar hätte ich laut gelacht, doch versteckte es in einem Husten.

»Schnauze«, murmelte Nic, während seine Wangen sich knallrot färbten.

Sal drehte sich zu uns und warf einen mahnenden Blick in unsere Richtung. Verdammt, sie hatte recht. Wir steckten mitten in einem Einbruch. Dennoch zwinkerte ich Nicolas einmal zu und kassierte ein Augenrollen dafür. Wenigstens hatte ich ihn mit Bren so lange abgelenkt, bis wir vor der Tür zu dem Hochsicherheitsbereich standen.

Wilma tippte selbstbewusst den Code ein und mit einem leisen Piepsen akzeptierte das System die Eingabe. Die schwere Tür aus schwarzem Hexenstahl fuhr nach innen auf, begleitet von zischenden Geräuschen der Hydraulik.

Nachdem wir den Wartebereich betreten hatten, schnappte die Tür hinter uns wieder ins Schloss und verriegelte sich erneut. Ab jetzt wurde es brenzlig.

»Kameras Wartebereich überbrückt«, erklang Jumokes Stimme dank des Kommunikationszaubers in unseren Köpfen. Mein Magen vollführte einen kleinen Salto bei dem tiefen Bass in meinem Ohr und ich stöhnte genervt. Neben mir lachte Bren, der offensichtlich direkt verstanden hatte, dass ich – mal wieder – schwärmte. Ich warf ihm meinen besten *Halt-die-Klappe-oder-ich-boxe-dir-in-die-Eier*-Blick zu und er hob entschuldigend die Arme. Seine Mundwinkel zuckten dennoch. Arschgesicht. Aber ich wusste, dieses Verhalten würde er auch bei all den anderen

an den Tag legen, und er hielt sich bei mir nicht zurück. Also eher ein nettes Arschgesicht. Oder so. Keine Ahnung. Jumokes Stimme verwirrte mich. Erneut. Wie immer. So ein elender Mist. Das war nicht die richtige Zeit, durch ihn abgelenkt zu werden.

Ich schloss die Augen und atmete mehrfach durch. Eine Hand legte sich auf meine Schulter. Als ich die Augen öffnete, sah ich Bren ins Gesicht.

»Du schaffst das, Großer«, sagte er aufmunternd und klopfte mir auf die Schulter. Ob er nun den Überfall, die ausweglosen Gefühle zu Jumoke oder beides meinte, wusste ich nicht. Dankbar nickte ich ihm zu und lauschte weiter dem Gespräch über den Kommunikationszauber.

»Die Wachzentrale hat euch den Raum nicht betreten sehen. Offiziell seid ihr nicht da. Macht euch bereit, den Bereich zu wechseln!«

Eines unserer größten Probleme, neben den Fallen und Sicherungen, stellte das Überwachungssystem dar. Dieses war in sich geschlossen und somit nicht an das Hive-Netzwerk angeschlossen. Jumoke konnte deswegen bloß über einen kleinen Sender, den wir bei uns trugen, auf das System zugreifen. Die Leistungskraft dieses Senders bildete nur einen Bruchteil dessen ab, was Jumoke gebraucht hätte, um das komplette Sicherheitssystem über einen längeren Zeitraum zu überschreiben. Um Energie zu sparen, störte er jeweils die Kameras, in dessen Nähe wir uns aufhielten.

»Macht euch bereit. Raumwechseln in drei –«

Wir sammelten uns an der Tür.

»Zwei –«

Bren drückte die Klinke herunter, während Nicolas' Augen weiß glühten.

»Eins.«

Ich spürte die Energie des Feldes, das Nic um uns und in den nächsten Raum ausweitete, um damit die Realität nach seinem Willen zu beugen. Wieder einmal erzitterte ich dabei und konnte selbst kaum glauben, wie geschickt er die physikalischen Gesetze mit seiner Magie nach seinem Willen veränderte.

»Jetzt!«

Bren öffnete die Tür, wir eilten hindurch und liefen zum linken Ende der kleinen Halle hinter dem Wartebereich, direkt unter eine Treppe, die von zwei Seiten mit Wänden umgeben war. Die Tür fiel ins Schloss, während wir weiterhin unsichtbar in unserem Versteck kauerten.

»Was war das?«, fragte einer der zwei anwesenden Sicherheitsbeamten und tippte seinem Kollegen auf die Schulter. »Hast du die Tür nicht auch gehört?«

»Was?« Der andere Typ entfernte In-Ear-Stöpsel aus seinen Ohren.

»Die Tür. Hast du die gehört?«

Ich hielt den Atem an. Zum Energiesparen hatte Nicolas nur die Sicht geändert, nicht den Ton im Raum. Jede Verschwendung von Magie könnte uns das Genick brechen. Dies war jedoch der erste Stolperstein, der nach hinten losgehen konnte.

»Habe nichts gehört. Musik«, sagte der Kerl mit den Kopfhörern und deutete mit verzogenem Mund darauf. »Sorry.«

»Zentrale?«, fragte der Wachmann, der das Geräusch vernommen hatte. »Wurde die Tür geöffnet?«

»Negativ, Jim. Auf der Kamera ist nichts zu sehen.«

»Verstanden. Dann war es vermutlich im Warteraum. Danke.«

Langsam atmete ich aus. Es hatte funktioniert.

Verdammt.

Freudig boxte ich in die Luft und Sal musterte mich amüsiert mit einem leisen Grunzen.

»Hat Krobos gerade in die Luft geboxt?«, fragte Jumoke. *»Ich fühle mich beleidigt, dass du auch nur in Erwägung gezogen hast, dass ich die Kamera nicht rechtzeitig auf einen kurzen Loop gestellt hätte.«*

»Wieso habe ich das Gefühl, dass ihr gerade flirtet?«, fragte Bren über die mentale Kommunikation.

»Klappe!«, antworteten Jumoke, Nicolas und Sal gleichzeitig, während ich auf Nic zeigte und nickte. Wilma rollte nur mir den Augen und murmelte etwas, das verdächtig nach *»Kinder«* klang.

»Nun heißt es warten. Die HSB schließt in einer Stunde. Die

Wachen verlassen das Gebäude in neunzig Minuten und die Drucksensoren werden aktiv. Hoffe, ihr habt euch was zu lesen eingesteckt.«

Nach Jumokes Dad-Joke hallte genervtes Gemurmel durch die Kommunikation. Flynt und Garth, die mit Jumoke in unserem Versteck geblieben waren, lachten hingegen schadenfroh.

Nach exakt fünfundachtzig Minuten der Langeweile – die HSB hatte mittlerweile geschlossen und die Wachen schlenderten zum Ausgang – meldete sich Jumoke erneut.

»Verlasst euer Versteck, und Nic, mach dich bereit.«

Jetzt stand uns der Teil bevor, aufgrund dessen Nicolas seine Kraft sparen musste. Wir hatten zwei Countdowns bei unserem Einbruch zu schlagen.

Der auf dem Hinweg war an Nics Kopfschmerzen gekoppelt. Der auf dem Rückweg an die Tatsache, dass ein Alarm ausgelöst wurde, sobald der Raum mit den Gedankentresoren betreten wurde. Je nachdem, in welcher Form wir die Gedankenwelten vorfanden, könnten wir entweder simpel einen Level-3-Dive vollführen und uns somit den Rückweg ersparen, oder andernfalls den ganzen Weg zurückrennen.

Das Problem auf dem Hinweg war simpel gelöst. Der gesamte Boden wurde zur Nacht druckempfindlich. Jede Berührung würde den Alarm auslösen – weswegen die Wachen den Hochsicherheitsbereich verließen. Alle, bis auf eine, die bei den Lichtschranken vor dem Aufzug Nachtschicht schob.

»Achtung, Nic, webe dein Muster … Moment … Jetzt!«

Unsichtbare Energie erfasste und hob mich vom Boden ein paar Zentimeter in die Höhe. Ebenso schwebten Sal, Nic und Wilma. Bren hingegen breitete seine Fae-Flügel aus und vollführte eine Luftrolle.

Alter Angeber.

Dennoch ziemlich eindrucksvoll.

Und ein bisschen heiß, wenn ich ehrlich war.

Was in diesem Moment völlig unangebracht zu denken war. Mein Hirn stellte andauernd solche merkwürdigen Sachen an – wenigstens sagte ich sie nie laut. Immerhin etwas.

Nur durch das Schweben konnten wir das Auslösen des Alarms umgehen. Zwar stellte es kein kompliziertes Muster dar, dennoch musste Nic es für vier Wesen über die gesamte Dauer aufrecht erhalten. Und das, so einfach der Zauber auch war, erforderte stetig Energie. Die sich wiederum in Form von Kopfschmerzen bemerkbar machen würde. Je schneller wir die Kammer erreichten, desto besser. Einzig das Schattenlabyrinth besaß keine Drucksensoren, da es ständig seine Form veränderte.

»*Auf geht's!*«, befahl Nic und die anderen setzten sich in Bewegung.

Ich hingegen ruderte unbeholfen mit den Armen, bewegte mich aber nicht von der Stelle. Genervt gab ich ein Schnauben von mir. Magie war einfach scheiße!

»Ähm, Kumpel«, sagte Bren neben mir und flatterte mit seinen ach, so coolen Flügeln – mit denen er sich, im Gegensatz zu mir, fortbewegen konnte. »Machst du Wasserballett? Oder was soll das darstellen?«

Ich hörte auf zu rudern, kniff die Augen zusammen und zeigte ihm den Mittelfinger. Zur Sicherheit auch noch den zweiten. Nur damit kein Missverständnis aufkam.

»Du musst einfach denken, dass du normal gehen würdest«, ergänzte Nic mit einem aufmunternden Lächeln. Selbst wenn seine Mundwinkel verräterisch zuckten und sich zu einem Lachen entwickeln wollten. »Das Muster wird per Gedanken gesteuert. Ganz simpel.«

Ich kniff die Augen erneut zusammen, legte die Stirn in Falten und dachte angestrengt daran, zum Ende des Raumes zu gelangen. Plötzlich schoss ich blitzschnell an meinen Freunden vorbei, natürlich erneut mit rudernden Armen. Nur dieses Mal vor Panik.

Bevor ich gegen die Wand krachte, fing Bren mich ein und hielt mich in den Armen.

Am Arsch, ganz simpel. Das war Teufelsmagie. Magie war scheiße und ich hasste sie. Sehr!

»Wohin des Weges, Speedy?«, scherzte er und ich überdachte meine Theorie, dass ich ihn gut leiden konnte.

Die anderen durchquerten die schummrige Halle, die in ein furchteinflößendes grünes Licht der Notbeleuchtung getaucht war, und grinsten dabei. Wir schwebten gemeinsam weiter in den Flur, in dem verschiedene Türen zu Räumen mit Schließfächern führten. Hier wurden Schmuck, Wertpapiere und allerlei Kleinkram aufbewahrt, der mein Jahresgehalt bei weitem überschritt. Dennoch stellten diese Gegenstände die billigsten Sachen im Hochsicherheitsbereich dar.

Eine Minute später standen wir vor einer Tür am Ende des Flurs. Mittlerweile hatte ich die schwebende Fortbewegung gemeistert. Wobei gemeistert eher meinte, dass die anderen wie elegante Schwäne anmuteten, während ich die tollpatschige Ente mimte. Egal, ich bewegte mich dennoch fort.

Scheiß Magie.

»Alle wissen, was sie zu tun haben?«, flüsterte Nic. Sal nickte ihm als einzige zu, denn sie hatte die wichtigste Aufgabe. Nicolas und Bren würden die Vorarbeit erledigen. Wilma und ich hingegen waren bei dieser Etappe bloß schmückendes Beiwerk.

»Bren, dein Einsatz«, raunte Nic ihm zu.

Silberne Funken stoben aus den Augen des Kronprinzen und er murmelte feeische Worte, die für mich wie Kauderwelsch klangen. Dann legte er eine Hand an die Tür und wir sahen den Raum dahinter. Sein Zauber glich einer Art magischer Infrarotsicht von Sondereinsatzkommandos, nur eben in der Fae-Version.

Zugegeben, Magie war vielleicht doch praktisch. Nur nicht zur Fortbewegung.

Eine Vielzahl von Lichtschranken tanzten durch den Raum. Erstaunt weitete ich die Augen und biss mir auf die Unterlippe, denn ich hatte mit etwa zehn gerechnet. Nicht aber mit fünfzig oder mehr. Zur Urmagie, das sah gar nicht gut aus.

Am Ende des länglichen Raums, direkt vor den Aufzugtüren, saß eine Wache auf einem Stuhl. Vertieft in ein Buch ahnte er nichts von uns.

»Jumoke, wir sind so weit. Kamerawechsel zum Aufzugraum.«

»Verstanden. In drei, zwei, eins – jetzt!«

Nicolas' Augen glühten, er warf die Tür auf und bevor die Wache überhaupt eine Chance zum Reagieren bekam, legte sich eine Energieblase um seinen Kopf. Verstärkt durch einen Zeitzauber raubte die Blase ihm innerhalb von zwei Sekunden die Luft, bis er ohnmächtig zur Seite kippte. Ehe er auf dem Boden aufschlug, legte Nicolas einen weiteren Zeitkrümmungszauber um den armen Kerl, der ihn gut zwei Stunden schlummern lassen würde. All das passierte in unter fünf Sekunden.

Heilige Scheiße, ich vergaß viel zu oft, wie talentiert Nic mit seinen Paracog-Fähigkeiten war. Nicht ohne Grund hatte er mit Auszeichnung die Uni beendet. Seit er jedoch zum Schäfer geworden war und damit den aktiven Dienst als Agent verlassen hatte, setzte er sie nicht mehr so oft ein wie zu seinen aktiven Zeiten.

Notiz an mich: Nicolas nicht wirklich sauer auf mich machen.

»Das ging flott«, sagte Sal anerkennend.

»War schon mal schneller«, antwortete Nic und zuckte mit den Schultern.

»Angeber! Eigentlich ist das mein Job.« Trotz seiner lässigen Worte erkannte ich grenzenlose Bewunderung in Brens Augen. Die beiden hatten gut reden, wenn es um Jumoke und mich ging – immerhin waren sie keinen Deut besser. Im Gegensatz zu meiner bescheuerten Markierung hatte niemand von ihnen einen Ehemann. Nicht so wie Jumoke.

Nicht darüber nachdenken, Trottel!

Ich stupste Nicolas an und zeigte fragend auf seinen Kopf.

»Geht noch. Habe dank Bren letzte Nacht viel Schlaf der geruhsamen Art bekommen und vorsorglich Schmerztabletten genommen.«

»Wir sollten uns dennoch beeilen. Haben noch einiges vor uns«, sagte Sal und streckte sich erst zur einen Seite, dann zur anderen. Geschmeidig beugte sie sich vornüber, bis ihre Hände flach den Boden berührten, nur um sich danach langsam erneut aufzurichten. »Showtime!«

Gespannt sah ich sie an. Bisher wusste ich nur, dass sie dieses Hindernis regeln würde. Bei der Besprechung hatte sie laut lachend »Keine Sorge, ich mache das!« verkündet. Ohne jegliche Erklärung. Wie ihr jedoch Sirenenmagie bei den Dutzenden Laserschranken helfen sollten, erschloss sich mir nicht. Sie würden wohl kaum weniger tödlich sein, wenn sie ihnen ein Schlaflied vorsang, oder? Nachdenklich legte ich die Stirn in Falten.

»Du bist sicher, dass du sie nicht hacken kannst?«, fragte Nic an Jumoke gerichtet, da er offensichtlich meine Sorge teilte.

»Nope, keine Chance. Die sind magisch – keine Technik.«

»Aua!« Nic rieb sich schmollend den Arm, den Sal soeben geboxt hatte.

»Ich sagte, ich mache das. Vertrau mir einfach! Bin nicht umsonst gesuchte Meisterdiebin. Diese Schranken?« Sie lachte abfällig. »Hatte mit mehr gerechnet, wenn man bedenkt, dass immer alle tönen, wie einbruchsicher die HSB sei.«

Selbstbewusst näherte sich Sal dem Areal, in dem die Laserschranken einen wilden Tanz aufführten. Es kostete mich nur wenige Sekunden, um zu berechnen, dass ihre Flugbahnen wahllos waren und keinem Muster folgten. Wie bitte wollte Sal das überleben?

Gerade als Sal ansetzte, sich zu bewegen, hielt Wilma sie an der Schulter.

»Moment. Zehn Sekunden noch. Und wenn du an einen Salto denkst, wirf dich stattdessen auf den Boden.« Alle hielten inne. »Jetzt!«, befahl Wilma dann.

Ohne zu Zögern nickte die Sirene und sprang mit einem Satz über eine Lichtschranke, die auf Brusthöhe dahin sauste. Was ich dann sah, würde ich vermutlich nie vergessen.

Als würde Musik spielen, die nur Salvatrice hörte, turnte und tanzte sie zwischen tödlichen Lasern hindurch. Vollführte Drehungen, Sprünge und Verrenkungen. Selbst einen Standspagat baute sie mit einem Zwinkern in unsere Richtung ein. Einer Profiturnerin oder Artistin gleich führte sie eine anmutige Choreografie aus, die sie Schritt für Schritt näher an das Raumende brachte.

Gerade als sie in die Hocke ging, um vermutlich einen Rückwärtssalto durchzuführen, weiteten sich ihre Augen und sie warf sich flach auf den Boden. Keinen Augenblick zu früh, denn drei Laser sausten über Sal hinweg und hätten sie in drei Teile zerschnitten, wenn sie den Salto ausgeführt hätte.

Sal richtete sich erneut auf, sprang grazil über einen Laser, duckte sich unter einem weiteren hinweg und vollführte einen Salto, um das Ende der tödlichen Zone zu erreichen.

»Weiß gerade nicht, ob ich klatschen oder fassungslos sein soll«, murmelte Nicolas neben mir.

»Habe doch gesagt, das wird ein Kinderspiel«, antwortete Sal, während sie zu der ohnmächtigen Wache schlenderte. Dort schnappte sie sich dessen Arm und legte seine Hand auf einen Sensor. Einen Augenblick später hörte ich ein Piepen und die Laserschranken erloschen.

Wir eilten zu ihr herüber und Bren klopfte ihr anerkennend auf die Schulter. »Das war beeindruckend.«

»Danke dir, bin aber ein wenig aus dem Training und normalerweise mache ich Musik dazu an.« Sal strahlte ihn stolz an. Lob vom Königshaus stellte etwas Besonderes für Feenwesen dar. Natürlich hatten Sal und Bren sich die letzten Tage angefreundet, aber dennoch blieb sie eine Sirene – und das Lob vom Kronprinzen ließ ihre Augen erstrahlen.

Ich schüttelte leicht den Kopf. Diese Faszination und Bindung zu den königlichen Fae würde ich nie nachvollziehen können. Sie stanken nach Parfüm, Arroganz und Blumen. Ebenso wirkte ihr ganzes Verhalten stets elitär und von oben herab. Was daran so toll sein sollte, begriff ich nicht. Na gut, ich war auch kein Feenwesen und musste zugeben, dass ich wenigstens Bren mittlerweile sehr wohl mochte.

»Okay, nun bist du dran, Nic. Was sagt der Kopf?«, fragte Jumoke.

»Geht noch. Habe gerade eine Zyntax eingeschmissen. Die sollte in etwa dann wirken, wenn meine Kopfschmerzen zu stark werden.«

Nic war kein Fan von dem Paracogmedikament Zyntax, was ich gut verstand. Es milderte zwar extrem die Kopfschmerzen, machte im Gegenzug aber schnell abhängig. Deswegen vermied er es für gewöhnlich, die Pillen zu schlucken.

»Helft mal mit«, sagte Sal. Ihre Finger am Spalt der Aufzugtür.

Wir anderen gesellten uns dazu und zusammen schafften wir es, die deaktivierten Türen zu öffnen. Die Notbeleuchtung des Lifts tauchte den Innenraum in ein rötliches Licht, begleitet von einem leisen Surren. Wir hatten zuvor überlegt, ob wir den Aufzug überbrücken und somit einfach in die tiefere Etage hätten fahren können. Entschlossen uns aber dagegen, da wir nicht sicher sein konnten, dass Jumoke es mit der instabilen Leitung durch die mobilen Sender verschleiern könnte. Und das wiederum hätte unseren Einbruch beendet, bevor wir die Hochsicherheitsetage unter uns überhaupt erreicht hätten.

Deswegen wirkte Bren erneut Feenmagie. Silberne Funken stoben aus seinen Augen und seine Finger formten sich zu scharfen Klauen. Wie durch Butter schnitten sie ein großes Loch in den Boden, durch das jeder von uns problemlos hindurch passte.

Skeptisch spähte ich in die Tiefe. Höhen und ich hegten keine große Freundschaft. Ebenso war ich kein Fan von engen Räumen. Und wenn ich bedachte, dass wir dank Nics Magie jeden Augenblick zwischen den Laserschranken durch eine enge Metallröhre etwa fünfzig Meter hinabschweben mussten, drehte sich mir der Magen um.

Wenn die Urmagie gewollt hätte, dass ich fliegen könnte, wäre ich ein verdammter Adler geworden oder eine Ente – und kein Dobermann.

Experimente, die
Substantiv

1. Kreaturen, die bei einer bestialischen Versuchsreihe entstanden sind

2. sie haben keinen Namen, sondern lediglich Kennzahlen wie zum Beispiel: Experiment X15

3. hochaggressiv und tödlich

Aus dem Archiv von Alexis,
der Bibliothek von Alexandria

23

Salvatrice

Neben mir verlagerte Brooks unbehaglich das Gewicht von einem Fuß auf den anderen. Seine geweiteten Augen starrten den Schacht hinab, der von roten Lichtschranken durchzogen war. Immerhin standen diese still und führten keine Strobopopbeleuchtung durch, wie jene, durch die ich gerade erst geturnt war.

»Nervös?« Ich schenkte ihm ein aufmunterndes Lächeln.

Brooks verzog langsam die Lippen und legte die Stirn in Falten. Zögerlich nickte er, wobei er sich im Nacken kratzte.

»Nic lässt dich schon nicht fallen.«

Nicht die schlaueste Wortwahl, wenn ich mir die plötzliche Panik in Brooks' Gesicht anschaute.

»Hey, Großer, alles gut.« Nicolas hockte sich zu uns. »Ich schicke erst die anderen runter und wir schweben zusammen, okay?«

Erleichterung machte sich auf Brooks Gesicht breit, er atmete lang aus und stimmte nickend zu. Liebevoll zog Nicolas seinen Freund in eine Umarmung und küsste dessen Kopf. Über die Schulter des Wandlers hinweg, formte er stille Worte zu mir: »Höhen- und Platzangst.«

Shit. Das erklärte natürlich, wieso die Situation die Hölle für Brooks sein musste.

»Willst du als Erste?«, fragte Nic.

»Klar. Bereit, wenn du es bist.«

Seine Augen erstrahlten hell und ich spürte ein weiteres Muster, das sich um mich legte. Hauteng schmiegte es sich um meinen Körper und würde die Laserstrahlen zurückwerfen, während Nic mich hinabgleiten ließ. Im Gegensatz zu den Lasern, die sich willkürlich bewegt hatten, waren die im Schacht stationär und konnten reflektiert werden, ohne einen Alarm auszulösen.

»Eins noch«, fügte er hinzu und sah entschuldigend zu Brooks. »Ich habe die Wahrheit vielleicht etwas verdreht.«

»Dein Gesicht sagt, dass du mit *etwas* eher *komplett* meinst«, antwortete ich und versuchte, mir ein Schmunzeln zu verkneifen.

Nicolas führte den Daumen und Zeigefinger eng zusammen und symbolisiert mir das ironische Bisschen. »Ihr müsst springen. Es kostet zu viel Kraft, uns alle langsam runter gleiten zu lassen. Ich fange euch dann magisch kurz vor dem Boden auf.«

Brooks löste sich aus Nics Umarmung und funkelte ihn an. Der Blick sagte mehr als deutlich *›Willst du mich verarschen?‹*

»Sorry, Kumpel. Immerhin springen wir zusammen.«

Brooks verengte die Augen und zeigte Nic einen Mittelfinger, was mir ein Lachen entlockte. Der Wandler fuhr herum und ich bekam zwei Mittelfinger geschenkt.

»Kann dich auch huckepack nehmen«, sagte Bren. »Dann musst du nicht springen und fliegst mit mir.«

Brooks sah nachdenklich zwischen Bren und Nicolas hin und her. Schließlich seufzte er und schüttelte den Kopf. Er reckte sein Kinn vor und boxte Nic gegen die Schulter.

»Autsch, das hatte ich wohl verdient.« Mit einem schiefen Grinsen rieb Nic sich die Stelle. »Bereit?« Er sah zu mir.

»Klar«, antwortete ich mit geringerer Überzeugung als zuvor. Mein Blick wanderte zu Wilma, die erstaunlich still war, seit wir die Bank betreten hatten. Vermutlich suchte sie unablässig alle Zeitlinien ab, verglich sie und gab uns Tipps, falls nötig.

»Was schaust du mich so an?«, fragte sie. »Die Antwort ist: Beim Sprung stirbt niemand von uns.«

»Klingt verdächtig nach: da zwar nicht, aber später«, murmelte Bren. Wilma hingegen zuckte nur mit den Schultern.

Na, dann würde ich halt als Erste springen. Ich atmete einmal tief ein, kniff die Augen zusammen und hüpfte in den Schacht, als ich Wilma sagen hörte: »Du hättest dir einen Dutt machen sollen.«

Die Wände flogen an mir vorbei, der Magen kribbelte und es fühlte sich wie eine Achterbahnfahrt an. Mein Blick glitt nach oben und ich sah gerade noch, wie eine Lichtschranke gut zwanzig Zentimeter meines Haares abschnitt, das außerhalb von Nics Schutz flatterte.

Abrupt kam der Fall zum Stehen und ich schwebte wieder ein paar Zentimeter über dem Boden. Der Teil meiner Frisur, der abgesäbelt worden war, fiel mir in die offenen Hände.

»Dein Ernst, Wilma?«, rief ich hinauf, gefolgt von einem Stöhnen.

»Steht dir«, antwortete sie zuckersüß. Sie genoss ihre Fähigkeiten ein wenig zu sehr.

Drei Minuten später hatte der Rest der Crew den Weg hinab gefunden. Brooks schwebte mit zitternden Händen neben mir und brummte vor sich hin. Bren hingegen schnitt erneut mit den magischen Klauen durch die Stahltür und öffnete sie dieses Mal mit purer Gewalt, anstatt darauf zu warten, dass wir sie gemeinsam aufdrückten.

Vor uns lag ein kleiner Raum, hell erleuchtet und steril. Die Deckenbeleuchtung surrte leise und frische Luft wurde aus einer Klimaanlage gepumpt. Ein Schaudern lief über meine Haut. Die Temperatur betrug bestenfalls zehn Grad. Vermutlich hing das mit diesen ominösen Wesen zusammen, die in den Unterlagen aus der vergifteten Abteilung nur *Experimente* genannt wurden. Leider blieb der Rest ein großes Fragezeichen. Keinerlei Aufzeichnungen darüber, was genau sie darstellten. Veränderte Menschen? Modifizierte Schattenwesen? Hybride? Eine neue Spezies? Wir wussten es nicht.

Bloß die Information, dass diese *Experimente* alle Wesen töten würden, deren DNA nicht in sie injiziert worden war. Weswegen Jumoke Munition angefertigt hatte, die in einer Kapsel einen winzigen Teil der DNA eines jeden von uns enthielt.

Bisher hatte niemand von uns den Aufzugschacht verlassen, obwohl mehr als deutlich war, dass alles in Brooks danach schrie. Ich sah mich genauer um. Wo waren diese *Experimente*? Würden sie erst erscheinen, wenn wir den Raum betraten?

»Was tun wir jetzt?«, fragte ich leise.

»Ich tippe darauf, dass das der Bereich ist, in dem sie die DNA entnehmen oder so«, antwortete Nicolas und deutete zu der hinteren Wand mit einer weiteren Tür. Direkt neben dieser hing eine Apparatur mit einer Nadel. »Wir haben keine andere Wahl, als weiterzugehen.«

Ohne länger zu warten, glitt er in den Raum. Ich hielt den Atem an. Meine Nerven waren zum Zerreißen gespannt, doch nichts geschah. Langsam schwebten wir anderen ebenso in die helle Kammer.

»Habt ihr eure Munition in den Waffen?«, fragte Nic und musterte seine Pistole mit den DNA-Patronen.

Bren, Brooks und ich nickten. Wilma hingegen hatte eine Waffe abgelehnt, was völlig in Ordnung gewesen war. Immerhin sollten vier bewaffnete Leute reichen. Jedenfalls hoffte ich es.

Mit gelassenen Flügelschlägen, deren Wind mir durchs nun kurze Haar glitt, flog Bren zu der Tür. Nic folgte ihm und sah dann zu uns.

»Bereit?«

»Immer«, antwortete ich ihm und schwebte ebenso herüber. Gefolgt von Brooks, der weiterhin nicht begeistert zu sein schien, dass er nicht laufen durfte. Wilma bildete das Schlusslicht, da sie laut eigener Aussage keine Kämpferin war.

»Dann los!« Nicolas griff die Klinke, öffnete die Tür und … vor uns tauchte das Unerwartete auf: eine Öffnung aus purer Schwärze. Selbst das gleißend helle Licht des Raumes, in dem wir uns befanden, schien den Schritt über die Türschwelle nicht zu wagen. Langsam bewegten sich Nic, Brooks, Wilma und Bren in den nächsten Raum. Ich hingegen zögerte und versuchte, meinen steigenden Puls zu beruhigen, indem ich flach in den Bauch atmete. Hoffentlich würde Nic gleich ein Lichtmuster weben, um die Dunkelheit zu vertreiben. Mein Magen rebellierte und ich spürte Schweiß auf der Stirn.

»Komm schon, stell dich nicht so an«, flüsterte ich mir zu. Wieder einmal wusste ich nicht genau, ob ich lachen oder weinen wollte bei der Ironie, dass die weltweit berühmteste Diebin, sich vor Finsternis fürchtete. Sollte nicht genau das mein Element sein bei nächtlichen Einbrüchen? Doch gab es einen Unterschied, ob ein Raum bloß dunkel war, was mir nicht viel ausmachte, oder in totaler Schwärze lag. Und vor mir verhöhnte mich genau das: ein unendliches Nichts.

Ich atmete ein weiteres Mal tief ein und aus und schwebte zögerlich in den nächsten Raum. Hinein in die Finsternis. Immerhin hatten wir ein Ziel vor Augen – und Nic würde jeden Augenblick ein Lichtmuster weben.

»O Shit«, flüsterte er, die Stimme zum Zerreißen gespannt. Was wiederum mein Paniklevel in die Höhe schnellen ließ.

»Was?«, brachte ich gereizt hervor.

Jemand atmete scharf ein, vermutlich Brooks, da ich seine Präsenz links von mir spürte.

»Das bringt nichts«, sagte Wilma leise.

Bevor ich fragen konnte, was sie meinte, erhellte sich ein winziger Teil um uns herum für den Bruchteil einer Sekunde. Das Licht verebbte jedoch unmittelbar. Es wurde von der Dunkelheit förmlich aufgesogen und verzehrt.

»Fuck.« Nicolas Stimme zitterte vage.

»Habe dir doch gesagt, das bringt nichts. Wann fängst du an, auf mich zu hören?« Genervt entließ Wilma ein Schnauben.

»Wir sind am Arsch.« Im Vergleich zu den anderen klang Brens Stimme zu laut. Und genau als seine Worte verklungen waren, fiel die Tür hinter uns ins Schloss. »Ich hätte es nicht heraufbeschwören sollen«, murmelte er dieses Mal leise.

Zwar hatte sich vorher das Licht keinen Weg durch den Türrahmen in diesen Raum gebahnt, dennoch hielt das erhellte

Rechteck meine Panik im Griff. Nun jedoch standen wir in alles einnehmender Dunkelheit.

Mein Puls beschleunigte sich, Schweiß lief mir den Nacken hinab. Eisige Wände bauten sich um meine Lungen auf und hielten sie in einem erbarmungslosen Griff gefangen. Langsam, doch stetig, schoben sie sich enger zusammen, pressten dabei jegliche Luft aus meinen Lungen. Mit aufsteigender Panik versuchte ich zu atmen, aber kein Sauerstoff fand seinen Weg hinein.

»Sal, hey Sal!« Ich spürte kräftige Hände an meinen Schultern. »Du bist nicht allein. Ruhig atmen.« Brens Stimme klang ungewöhnlich sanft und dennoch ernst. Kein Hohn oder der übliche Witz schwang mit, sondern Sorge und Mitgefühl.

»Es ist zu dunkel«, presste ich hervor.

»Nic, zur Urmagie, web endlich ein richtiges Lichtmuster«, flüsterte Bren eindringlich.

Neben der Panik kämpfte sich Verwirrung in mir hoch. Wieso flüsterten alle? Konnten sie die Experimente sehen? Natürlich. Im Gegensatz zu Wilma und mir besaß jeder von ihnen Nachtsicht. Und das Orakel brauchte keine, um zu sehen, was passieren würde.

Neben mir murmelte Nicolas etwas Unverständliches vor sich hin, dann flackerte erneut ein Funke auf. Für den Bruchteil einer Sekunde verfestigte sich das Muster aus Licht, nur um direkt von der Finsternis verschlungen zu werden.

»Nicht, Schäfersjunge«, sagte Wilma zeitgleich mit Nics Zauber. Ihre Stimme klang zittrig.

Schwang dort Furcht mit? Diese Emotion ließ sich nicht mit der alten Frau in Einklang bringen, die sich ansonsten vor nichts fürchtete und das Leben mit einer gehörigen Portion Sarkasmus nahm. »Die Wände dieses Raums sind mit einer magischen Tinte gestrichen. Sie verschluckt jegliches Licht. Und deine Zauber wecken nur–«.

Bevor Wilma ihren Satz beendete, hallte ein Knurren gefolgt von einem klackernden Geräusch durch die Finsternis.

Adrenalin strömte in mein Blut. Die Luft entwich erneut meinen Lungen. In meinem Nacken spannten sich die Muskeln, verhärteten sich und streckten ihre eisigen Klauen nach meinem Herzen aus.

Das war alles zu viel.

Zu dunkel.

Zu ungewiss.

Zu beängstigend.

»– die Experimente auf!«, beendet Wilma ihren Satz, doch ihre Worte drangen kaum zu mir vor. Meine Lungen versuchten vergeblich, Sauerstoff aufzunehmen, während sich ein stechender Schmerz in der Brust ausbreitete. Wie ein hungriges Tier fraß es sich durch alle meine Zellen, verschlang sie. Roh, ungezähmt und rücksichtslos.

»Sal, konzentrier dich auf meine Stimme.« Bren nahm mein Gesicht in seine Hände. Sein Atem strich mir über die Wangen. »Ich kann dir die Angst verbieten.«

»Was?«, brachte ich hervor. Seine Worte ergaben keinen Sinn. Mein Gehirn war zu sehr damit beschäftigt, mich nicht in den Irrsinn abschweifen zu lassen. Nicht der Panik die Tür zu öffnen, die mich zweifelsohne verschlingen würde.

»Ich bin der Kronprinz, Sal. Atme!«

Zittrig versuchte ich, einen Atemzug zu nehmen, scheiterte aber kläglich daran. Alles, was meinen Mund verließ, war ein lautes Husten.

»Shit«, knurrte Nic. »Bren, diese *Experimente* sind wach! Beeil dich!«

»Ach wirklich, Nic?« In den Worten des Kronprinzen schwang pure Kälte mit. »Sal, du und somit dein Körper müssen auf mich hören, wenn ich es befehle.«

Und da begriff ich, wovon er sprach. Mit nur einem Satz könnte er die Panik in den Hintergrund drängen. Müsste dafür aber meinen Willen brechen und mich zu einer Marionette werden lassen. Instinktiv sträubte sich alles in mir dagegen. Seit ich denken konnte, kämpfte ich dafür, mein Leben selbst zu bestimmen. Zeitgleich sagte mein Geist aber, er wolle auf den Kronprinzen hören. Das Königshaus glücklich stellen.

Wenn du ihm nicht vertraust, hast du gleich kein Leben mehr zum Selbstbestimmen!

»Ich würde es nicht vorschlagen, wenn die Lage nicht–«

»Tu es«, unterbrach ich ihn mit der wenigen Überzeugung, die ich aufzubringen schaffte.

»Salvatrice Pelloni, hör meine Worte«, murmelte er in altirisch. Obwohl ich die Sprache nicht sprach, verstand ich jedes Wort glasklar.

Unmittelbar kribbelte meine Haut. Eine Armee aus tausend winzigen Ameisen marschierte über meinen Körper, während Bren sprach. Wie unzählige heiße Skalpelle schnitten sie in meine Haut. Schmerz explodierte hinter meiner Stirn und verebbte direkt wieder. Ich spürte, wie Brens Präsenz jede Zelle meines Seins durchspülte und meinen Willen verdrängte. Innerhalb eines Wimpernschlags reduzierte mich der Zauber des Königshauses zu einer Zuschauerin in meinem eigenen Körper. Nahm mir jede Sorge, jeden Wunsch – all meine Entscheidungen. Verstörend und befreiend zugleich.

»Deine Angst beherrscht dich nicht weiterhin. Du ignorierst diese Gefühle, bis wir im nächsten Raum angekommen sind. Alles andere bleibt dein freier Wille«, hallten seine Worte durch meinen Kopf und mit ihnen verließ die Panik meine Körper. »Es tut mir leid, Sal. Wirklich.«

Eine Welle seiner Schuldgefühle riss mir nahezu den Boden unter den Füßen weg. Die Verbindung ließ mich seine Emotionen spüren, und zwar ungefiltert und gewaltig. Er hasste es, diesen Zauber zu wirken.

»Schon gut, wir haben andere Sorgen.« Erleichtert nahm ich einen tiefen Atemzug. Fast hätte ich vor Freude aufgeheult, als Sauerstoff meine Lungen durchflutete und mein Wille zu kämpfen erneut erwachte.

Bren nahm seine Hände von meinem Gesicht und das Gefühl von Verlust durchstieß meinen Körper, einem Phantomschmerz gleich, als hätte jemand einen Teil von mir entfernt. In diesem Moment begriff ich das erste Mal, wie mächtig der königliche Zauber war und somit auch Bren. Sein lustiges Verhalten war ebenso eine Maske wie der Partyprinz. Vor mir stand eines der mächtigsten Wesen der Feengemeinde – nur übertroffen durch seinen Vater. Mit ihrem Willen könnten sie halb Europa unterwerfen und es befehligen.

»Was seht ihr?«, fragte ich leise. Das klackernde Geräusch wurde lauter, aufgeregter und nun von einem Zischen begleitet.

»Nichts Gutes. Sei froh, dass du diese Viecher nicht siehst«, antwortete Nic ängstlich. »Legt eure Waffen an.«

Ich schnaufte genervt. Schießen war für mich raus – es sei denn, ich nahm in Kauf, meine Freunde abzuballern, da ich rein gar nichts erkannte.

Für einen Moment verstummte das Klackern, das ich mittlerweile als Hintergrundgeräusch kaum mehr wahrgenommen hatte.

»Wieso ist es so still? Was tun die Dinger?«

»Fuck«, hauchte Bren. »Sie haben uns gemustert und jetzt … Sie kommen von den Wänden und der Decke runter.«

»Schießt!«, brüllte Nicolas und im selben Moment kreischten die Experimente ohrenbetäubend laut auf.

Nur einen Wimpernschlag später riss mich jemand zur Seite und scharfer Schmerz durchschoss meine Schulter. Ich spürte Nicolas' Magie sich wie ein Schutzschild um mich legen. Dann fühlte ich einen weiteren Zauber, der meine Wunde heilen ließ.

Ich hörte Schüsse, Bren fluchte, Brooks knurrte und Nicolas' Magie flirrte durch den Raum.

»Was war das?«, flüsterte ich. Meine Stimme nicht so gefestigt wie ich hoffte.

»Die Viecher können Knochenstacheln verschießen«, antwortete Wilma neben mir und ergriff meine Hand. Sie zitterte, und ich drückte beruhigend zu, obwohl ich mich selbst völlig hilflos fühlte. Gerade in Anbetracht der Tatsache, dass ich mich unweigerlich fragte, was das für Viecher waren. Was zur Urmagie konnte Knochenstacheln verschießen?

Ich wollte etwas sagen, Wilma Mut machen, ihr versichern, dass Nic und Brooks ausgebildete Agenten waren und demnach zielsicher schießen konnten. Doch hörte ich in genau dem Moment eine Waffe zu Boden fallen und Brens schmerzerfüllten Schrei.

»Bren!« Nics Stimme hallte durch den Raum. Energie drückte mich gegen die Wand und ich spürte, wie etwas von uns davon geschleudert wurde. Mit einem lauten Krachen donnerte es hinten im Raum gegen eine Wand. Ein zorniges Brüllen erklang als Antwort.

Weitere Schüsse hallten durch die Gegend. Brooks knurrte laut.

»Drei am Boden, noch zwei weitere.«

Nics Stimme war kaum verklungen, da rief Bren: »Einer noch.«

»Runter!« Wilma riss mich mit sich zu Boden. Ich spürte einen Luftzug über mir, dreimal in Folge, danach ein metallisches Kreischen, als sich die Knochenstacheln hinter uns in die Wand bohrten.

Das alles bestätigte mir nur erneut, wieso ich mich vor der Finsternis fürchtete. Wie sollte ich etwas bekämpfen, das nicht zu sehen war?

Ein Ruck ging durch den Schutzzauber, der mich umgab. Ich spürte ihn vibrieren, während etwas Schweres meinen Körper zu Boden drückte. Das Klackern und Zischen war so laut, dass mir klar war, dass eins der *Experimente* auf mir gelandet war.

Wie lange würde Nics Schild halten?

Weitere Schläge prallten gegen den Zauber. Jeder einzelne fuhr wie Donner durch meinen Körper. Ich spürte die Magie stetig weichen, denn der letzte Schlag schmerzte deutlich mehr. Die Wucht, die es brauchte, um mir trotz des Zaubers Schmerzen zu bereiten, besorgte mich. Wenn ich davon ohne Schild getroffen werden würde, war es vermutlich aus mit mir.

»Nicolas, der Schild!«, rief ich.

Ein weiterer Aufprall auf mir. Mehr Gewicht.

»Bren, hilf mir«, hörte ich Nicolas rufen. Offensichtlich hatte er sich auf ein Vieh gestürzt. »Brooks, pack an einem der Beine!«

Wie viele Beine hatte es denn? Mittlerweile wich meine Angst der Neugier, zu erfahren, wie diese Viecher aussahen.

»Meine Munition ist leer«, antwortete Bren schwer atmend.

»Meine ebenso. Brooks?«

Ein genervtes Schnaufen kam als Antwort. Seine offenbar auch. Fuck. Hieß das, die Waffe in meiner Hand war die einzige, die übrig blieb?

»Sal!«, erklang es über mir. »Wir reißen seine Köpfe zurück, dann liegt sein Hals frei. Ziel einfach genau vor deinem Schlüsselbein nach oben!« Nic klang komplett panisch.

»Köpfe? Plural?« Mir stockte der Atem.

»Mach schon, Sal. Auf drei senke ich deinen Schild.«

Ich hob meine Waffe. Atmete tief ein und aus. Mehr als einen Versuch hatte ich vermutlich nicht, wenn das Vieh direkt über mir kauerte. Das Klackern war mittlerweile extrem laut und die Schläge gegen den Schild schmerzten ungemein.

»Eins, zwei –«

Ich zielte in die Finsternis.

»Drei!«

Während ich spürte, wie der Zauber sich auflöste, drückte ich ab. Ein Schrei durchschnitt den Raum. Dann schlug links und rechts von mir etwas polternd auf dem Boden auf. Sechs Mal. Waren das die Beine? Hatte es sechs davon?

Stille legte sich über den Raum.

Nach ein paar Sekunden klackerte das Vieh erneut und stieg über mich zu der Wand hinter mir. Ich fühlte den Luftzug und hörte die Beine, die sich bewegten. Dann entfernte das Geräusch sich nach … oben.

»Ist es die Wand hoch?«, fragte ich atemlos.

»Ja, sie hängen jetzt seelenruhig von der Decke«, antwortete Bren japsend.

»Will ich wissen, wie sie aussehen?«

»Nein«, sagten Nic und Bren gleichzeitig mit Nachdruck.

»Wirst du noch früh genug«, antwortete Wilma. Wie immer führte sie nicht aus, was sie damit genau meinte. Wir hatten mittlerweile aufgegeben, Rückfragen zu stellen, da sie ohnehin nur sagte, sie könne darauf nicht antworten. Der Lauf der Dinge und so ein Scheiß halt. »Nun schmollt nicht.

Für heute sind wir durch mit den Viechern. Aber in ein paar Wochen … Ihr werdet schon sehen. Wir sollten uns beeilen. Nicolas hat mehr Energie verbraucht als geplant«, setzte sie nach.

»Stimmt«, sagte Nic knapp und ich spürte seine Hand, die mir half, mich aufzurichten, da ich horizontal zum Boden schwebte.

Eine halbe Minute später öffnete sich ein Rechteck aus Licht vor uns. Hinter mir, im oberen Teil des Raums, hörte ich leises Schnarchen und Röcheln. Ich drehte mich noch einmal um, konnte aber trotz der offenen Tür nur Dunkelheit erkennen.

Ohne zu zögern, folgte ich den anderen in den nächsten Raum. Zu der nächsten Gefahr, der wir uns stellen mussten.

Das Schattenlabyrinth.

Der Bereich um uns herum war in ein helles Licht getaucht, das durch einen Scheinwerfer in der Mitte der Decke auf ein Podest schien. Auf diesem standen kleine Phiolen. In jeder sah ich bläuliche Flüssigkeit und wusste, dass es ein Antitoxin gegen den Irrsinn war, den das Schattenlabyrinth seinen Gästen einflüsterte.

Im Gegensatz zu der vergifteten Abteilung in Alexis, konnte man dieses hier nicht vorsorglich nehmen. Es reinigte nur bestehendes Gift, jedoch nicht vorbeugend. Deswegen gab es an beiden Seiten des Irrgartens ein Podest mit den kleinen Phiolen.

Ich sah über das Teil hinweg zum Labyrinth. Ein Raumkrümmungszauber lag über diesem Bereich der HSB. Etwas abgesenkt unter uns verschoben sich im Zwanzig-Sekunden-Takt die schwarzen Wände aus lebendigen Schatten. Locker fünf Fußballstadien in alle Richtungen wartete das Labyrinth dort, um sein Gift an uns auszulassen und dafür zu sorgen, dass wir es niemals verließen.

Zehn Minuten hatten wir Zeit, danach würden die Wahnvorstellungen und der Irrsinn uns derart in den Fängen halten, dass jede Hoffnung verloren war.

»Euer Einsatz«, sagte Nicolas und wandte sich an Wilma und Brooks. Beide nickten ihm zu.

»Du sagst, wann es losgeht.« Wilma lächelte flüchtig. »Ich korrigiere bloß, falls du dich verrechnest. Es sind so viele Zeitfäden und Möglichkeiten, die ich im Moment sehe, da möchte ich nur im Notfall sprechen, sobald es losgeht.«

Brooks nickte ihr ernst und mit kraus gezogener Nase zu. Seine Augen lagen konzentriert auf dem Eingang, der sich in diesem Moment verschob. Es gab mehrere Startpunkte, aber nur einer würde faktisch durch das gesamte Labyrinth führen. Die anderen galten direkt als Todesurteil. Brooks, der sich jedes Segment eingeprägt hatte, trat vor den Eingang und hob die Hand.

Wir anderen warteten geduldig. Sechs Eingänge später deutete Brooks in das Labyrinth und wir betraten es schweigend. Keiner von uns traute sich zu sprechen, da wir Angst hatten, die Konzentration unserer Lotsen zu stören. Ich atmete nicht einmal laut.

Immerhin war es hier drin nur schummrig, nicht komplett düster. Die Wände schienen zu mir zu sprechen, flüsterten meinen Namen. Kälte ging von ihnen aus, während vereinzelte Schwaden aus Schatten von einer Seite des Ganges zur anderen waberten.

Nach sechs Minuten, laut Stoppuhr, hatten wir den größten Teil der Segmente hinter uns gelassen und warteten gerade darauf, dass sich die Wand vor uns verschob. Nur noch zwei Abschnitte. Da hörte ich jemanden rufen.

»Salvatrice, Hilfe!«

Mutter?

»Habt ihr das gehört?«, fragte ich und sah mich um. Woher kam die Stimme?

»Da war nichts. Das ist nur das Labyrinth«, antwortete Bren eisig. Als ich zu ihm sah, erblickte ich eine verzerrte Fratze. Erschrocken sprang ich ein Stück zurück.

»Sal!« Nic riss mich zurück zu ihnen, da ich das Segment verlassen hatte. Bren sah verwirrt zu mir, sein Gesicht wieder freundlich.

»Wir sollten uns beeilen«, flüsterte ich.

»Sonst was?«, fragte Nicolas eisig, zog seine Waffe und füllte sie mit regulärer Munition. »Willst du uns drängen, damit wir uns verirren? Wer hat dich bezahlt, uns zu hintergehen?«

»Nic, durchatmen und konzentrieren«, sagte Bren und legte ihm eine Hand auf die Schulter.

Nic fuhr herum und richtete die Pistole auf ihn.

»Steckt ihr unter einer Decke? Seid ihr überhaupt meine Freunde? Wer sagt mir, dass ihr keine Wechselbälger seid?«

Brooks räusperte sich laut und deutete mit einem Arm energisch auf den Durchgang, der gerade entstanden war. Entschlossen schritt er hindurch, gefolgt von Wilma, die weiterhin konzentriert in die Leere starrte. Sie hatte Brooks nur einmal kurz korrigieren müssen, ansonsten lief alles nach Plan. Nur die Zeit wurde langsam knapp.

»Ich vertraue euch nicht!«

Nic stürmte plötzlich an uns vorbei. Brooks versuchte, ihn noch festzuhalten, aber Nicolas duckte sich und rannte um eine Ecke.

Verdammt!

Schattenlabyrinth, das
Substantiv

1. Sicherungsmaßnahme in der HSB

2. verändert regelmäßig seine Form

3. vergiftet Anwesende zunehmen und ruft Halluzinationen hervor

Aus dem Archiv von Alexis,
der Bibliothek von Alexandria

24

Nicolas

Als ich um die Ecke bog, umgab mich plötzlich Licht – der Ausgang, direkt und unmittelbar vor mir. Lediglich ein kleiner, quadratischer Raum trennte mich von ihm. Freude, Euphorie und Erleichterung tanzten durch meinen Magen. Doch eine leise Stimme, nicht einmal ein Flüstern, versuchte mich zu warnen.

Eine letzte Hürde! Nicht so schnell!

So sehr ich versuchte, den Gedanken zu greifen, er entglitt mir wie Wasser, das mir durch die Finger rann. Mit gerunzelter Stirn, aber weiterhin grinsend, betrachtete ich meine Gefährten. Auch ihre Gesichter strahlten – beinahe manisch. Etwas stimmte hier ganz gewaltig nicht. War ich nicht gerade vor ihnen geflüchtet? Für den Bruchteil einer Sekunde erfasste mich Sorge, nur um dann erneut der Euphorie zu weichen.

Wir hatten es durch das Schattenlabyrinth geschafft. Ein bislang unterdrückter Freudenschrei verließ meine Kehle. Meine Freunde stimmten ein. Für einen Moment standen wir da, jubelten, fielen uns in die Arme und weinten vor Freude. Ich fühlte mich glücklich. So euphorisch wie nie zuvor. Als könnte ich jedes Hindernis meistern, und niemand würde mich aufhalten.

Wie nach einem Startschuss rannten wir alle auf den kleinen

Raum vor uns zu, weiterhin vor Freude und Erleichterung jubelnd. Hinter dem Quadrat lag der Ausgang und mit ihm würden wir unserem Ziel zum Greifen nahe sein.

Kaum betrat ich den dunklen Boden aus lebendigen Schatten, veränderte sich alles. Der Raum, meine Stimmung, die Realität. Ich stand allein inmitten eines runden Zimmers, das mit deckenhohen Spiegeln ausgekleidet war. Kein Eingang, kein Ausgang. Nur eine Vielzahl von Spiegelbildern von mir. Ein jedes sah anders aus – kein genaues Abbild von der Person, die ich in diesem Moment war. Ein Spiegel zeigte den Schäfer, ein anderer den gequälten Kolja während seiner Folter und wieder ein anderer einen Nicolas mit Flügeln. Aus einem betrachtete mich sogar Kolja als kleiner Junge. Schnell zählte ich durch. Neun. Neun Spiegel. Neun verschiedene Versionen von mir. Keine davon gänzlich ich und doch waren alle ein Teil von mir.

Was ging hier vor?

Bis auf die Spiegel hüllte sich der Raum in Dunkelheit. Schatten spielten um mich herum, schlangen sich meinen Körper empor und hinterließen Kälte. So schneidend, dass ich zu zittern begann. Meine Zähne klapperten, die Muskeln schmerzten, und winzige Dunstwolken verließen meinen Mund.

Lichtkegel fielen aus einer unendlich schwarzen Decke von oben auf die Spiegel. Jede meiner Erscheinungen beobachtete mich. Egal, wohin ich mich drehte, ich sah mir selbst in die Seele. Ich drehte mich schneller und versuchte, eine Lücke zwischen den Spiegeln zu finden, aber dort wartete nur Finsternis. Ich war gefangen. Der Raum verengte sich, drehte sich aber weiter. Das Atmen fiel mir zunehmend schwerer.

»Reiß dich gefälligst zusammen, du erbärmliches Wesen«, fauchten alle neun Spiegelbilder zeitgleich. Einem unheiligen Chor gleich, dessen Gesang mir wie Grippe in alle Glieder kroch und mich erzittern ließ. Trotz des Schrecks klärten sich meine Gedanken. Die drohende Panikattacke wich, und ich war erneut Herr meines Denkens. Sinn ergab das um mich herum jedoch noch immer nicht.

Wo waren meine Freunde?

Wo befand ich mich?

Was passierte mir?

»Du bist allein«, spotteten meine Spiegelbilder. »Niemand liebt dich! Schau dich doch an. Du bist ein Monster!«

Alle Spiegel zeigten den Schäfer der Sünden.

»Wie soll dich jemand lieben?«

»Das ist nicht wahr! Ich bin mehr als der Schäfer«, presste ich hervor.

»Du bist verdorben und bringst den Tod!« Die neun Abbilder lachten höhnisch.

»Wären deine Eltern gestorben, wenn du nicht zum Schäfer geworden wärst?« Neun Koljas grinsten mich bösartig an.

»Schnauze!« Ich hielt mir die Ohren zu.

Die Bilder änderten sich erneut. Dieses Mal sah ich in allen Spiegeln mein neues Ich: Nicolas.

»Du bist schuld, dass Aiden und Bren von Apex gesucht werden. Du wirst sie auf dem Gewissen haben!«

»Nein!«, schrie ich so laut, dass mir die Lungen schmerzten.

In den Spiegeln sah ich Bren und Aiden in Käfige gesperrt. Ihre Körper geschunden. Mein Atem stockte, Tränen liefen meine Wangen hinab. Ich spürte, wie sich meine Kehle zuschnürte und Panik die Kontrolle übernahm.

»Papa, wieso hast du mich nicht gerettet?«, fragte Aiden.

»Wieso sind wir dir egal?«, stimmte Bren ein.

Ich sank auf die Knie und legte die Hände über meine Augen.

»Das ist nicht real. Nur eine Einbildung. Nicht echt!«

Plötzlich zerbarsten alle Spiegel und Hände griffen nach mir. Verzweifelt schlug ich um mich. Schrie mir die Seele aus dem Leib.

»Nicolas, ganz ruhig.«

Bren.

»Bist du echt?« Ich nahm die Hände vom Gesicht und sah ihn an.

»Ja.« Er küsste mich und Wärme durchspülte meinen Körper. »Wir mussten dich aus dem Labyrinth zerren. Das war knapp.« Liebevoll lächelte er.

Das war alles nur eine Halluzination gewesen. Bloß finstere Worte, die mir die Schatten hatten einreden wollen.

Wie ein Stück Papier faltete ich die schrecklichen Gedanken zusammen, bis sie kleiner und kleiner wurden. Leider hatte Papier die Eigenschaft, fester zu werden, je öfter man es faltete. Und so war es auch mit den toxischen Gedanken. Sie schlummerten, fast winzig, in meinem Kopf. Doch sie waren da, konzentrierter und unnachgiebiger als zuvor.

Mit zittrigen Beinen folgte ich den anderen zu der Tür vor uns. Mein Blick schweifte zum Holopad, und ich erinnerte mich daran, dass es einen zweiten Code gab. Es dauerte einen Moment, bis ich die Zahlen vor meinem geistigen Auge hatte, dann tippte ich sie ein.

Die Tür fuhr mit einem Zischen auf. Licht flutetet zu uns in den Raum und bevor ich mich versah, schwebten Brooks und Bren in den Trakt mit den Tresoren und Kammern. Ich lächelte ihnen hinterher. Wir hatten es tatsächlich geschafft.

»Wir müssen nach–«

Meine Worte erstarben, als ich ein klickendes Geräusch hörte. Für eine Sekunde stand alles still, dann schossen Lichtschranken von einer Seite des Ganges zur anderen. Brooks und Bren weiteten die Augen. Panik, Erkenntnis und Schock standen in ihnen geschrieben.

»Nein!« Ich sackte im gleichen Moment zu Boden, in dem ihre Körper sauber durch die Mitte zerschnitten, tot in sich zusammenfielen. Der Raum drehte sich. Dunkelheit kam, um mich in Empfang zu nehmen.

Ich schreckte hoch und schrie erneut. Tränen liefen meine Wangen hinab und ich zitterte am ganzen Leib. Eine Leere klaffte einem Loch gleich in meinem Inneren. Alles wirkte plötzlich so sinnlos. Verloren.

»Hey, ganz ruhig, Nic.«

Brens warme Hände umschlossen mein Gesicht und wischten meine Tränen fort.

»Wie? Du warst tot.« Ich sah mich um und fand Brooks, der

mich besorgt musterte. Eine leere Phiole in der Hand.

»Ist das hier echt?« Die Frage kam mir wie ein Déjà-vu vor. »Ich bin schon mal aufgewacht und dann seid ihr gestorben.« Mein Körper zitterte weiterhin.

»Wir sind echt, ja.« Er küsste mich vorsichtig.

Es fühlte sich echt an, doch das hatte es sich zuvor ebenso. Ich hatte keine Chance, sicherzustellen, was Realität und was Illusion war. Deswegen tat ich das Einzige, was mir blieb: Ich richtete mich schweigend auf und betrat den Bereich mit den Tresoren. Zu gern hätte ich den Kuss erwidert, befürchtete aber, dass es nur eine weitere Illusion war und Bren etwas Schreckliches in dem Moment passieren könnte.

Der lange Gang, den ich schon in der Traumwandlung besucht hatte, erstreckte sich nach links und rechts. Unzählige Kammern und Tresore gingen davon ab. Einzelne Erinnerungen an den Traum kehrten zurück. Hier hatte mich der Höllenhund gejagt. Nur knapp war ich durch die Tür gesprungen. Ebenso hatte ich in einer Glaskammer jemanden erblickt, dessen Augen mich an meine eigenen erinnert hatten. So neugierig ich war, musste das vorerst warten. Der Raum mit den Gedankentresoren hatte Priorität, immerhin waren wir genau deswegen hier.

Eilig schritten wir den dunklen Marmorboden des Ganges entlang. Eine Kammer nach der anderen flog förmlich an uns vorbei. Nach fünfzehn Tresoren erreichten wir den Raum, der unser Ziel darstellte.

Langsam betrat ich die Kammer mit den Inhabern der Gedankenwelten, doch bereits nach wenigen Schritten stockte ich. Mitten im Raum stand eine Maschine, an der drei Schattenwesen an Kabeln hingen. Ihre Körper waren blass und ausgemergelt – vermutlich waren sie längst tot. Alle Schädeldecken waren geöffnet worden, so dass das Gehirn frei lag. Darin steckten Kabel und Schläuche, die wiederum an Monitore und Pumpen angeschlossen waren. Das Gerät in der Mitte piepte regelmäßig und bildete den Herzschlag der Wesen ab.

»Zur Urmagie«, hörte ich Sal stöhnen. »Die halten sie nur für deren Gehirne am Leben.«

»Das ist widerlich«, fluchte Bren.

Fassungslos näherte ich mich der Abscheulichkeit. Ich hatte mit Gefangenen gerechnet, vielleicht mit Freiwilligen, die hier wohnten, aber damit? Ganz sicher nicht.

Ich streckte die Hand aus.

»Nicolas, denk dran: Sobald du es berührst und die Gedankenwelten in dich aufnimmst, aktivierst du den Alarm«, hörte ich Jumoke. »Und ich starte das Sicherheitssystem in der Wachzentrale neu. Dann habt ihr elf Minuten zur Flucht, bevor sie realisieren, dass der Alarm ausgelöst wurde.«

Er hatte recht. Langsam zog ich meine Hand zurück. Bevor ich die Gedankenwelt aufnahm, musste ich wissen, was in der Kammer steckte, die ich im Traum erblickt hatte.

Ich drehte um und eilte aus dem Raum. Meine Freunde folgten mir und nach einer Minute standen wir vor der Glaskammer, in der ich während meiner letzten Traumwandlung meine Augen gesehen hatte. Dieses Mal war sie abgedunkelt und ich erkannte nichts. Weder links noch rechts fand ich ein Holopad zum Öffnen der Kammer.

»Jumoke, kannst du sie öffnen?«

»Nicht, ohne Gefahr zu laufen, dass sie mich im System entdecken.«

»Verdammt!«

»Bren?« Ich drehte mich zu ihm. Er nickte mir zu und verwandelte seine Hand wieder zu einer Klaue.

Ein schrilles Schaben erklang, als seine Finger über das Glas schnitten. Einen Moment später hatte er einen Durchgang in das Glas geritzt. Ich aktivierte ein Muster, um den Teil schwebend zu entfernen, und befestigte ihn an der Decke.

Zögerlich betrat ich die Kammer. Kühle Luft umspielte meinen Körper und es roch steril. Stück für Stück schwebte ich ans Ende des Raums. Was ich dann sah, ließ mich daran zweifeln, ob ich dem Schattenlabyrinth entkommen war.

Aus aufgerissenen Augen starrte meine Zwillingsschwester Natasha mich an.

Meine *tote* Zwillingsschwester.

Wie war das möglich?

Das konnte nicht die Realität sein, ich musste mich weiterhin im Labyrinth befinden.

Natasha lag in einem Bett auf ihre rechte Seite gedreht und starrte leblos in den Raum. Das Muster, das nur für Paracogs sichtbar über ihre Haut tanzte, war das eines magischen Komas, in das Schwerverbrecher oft versetzt wurden. Neben dem Tod stellte das die Höchststrafe in Europa dar.

Es gab keinen Weg, ohne Hilfe aus diesem Koma zu erwachen, keine Möglichkeit zu sprechen, kein Altern. Dennoch waren die Personen bei vollem Bewusstsein, jedoch absolut in ihren Gedanken gefangen. Oft verloren Gefangene im Laufe der Jahre ihren Verstand, bevor sie Begnadigung erhielten oder getötet wurden.

»Das ist meine Schwester«, flüsterte ich meinen Freunden zu, die zu mir getreten waren.

»Wie ist das möglich? Ist sie nicht mit deinen Eltern …« Bren verstummte. »Entschuldige.«

»Nein, sie war mit mir, mit Kolja, bei Apex. Scheinbar haben sie sie nicht getötet, sondern ins magische Koma gelegt.«

Mehrere Emotionen wechselten sich in mir ab: Freude, Entsetzen, Verwirrung.

»Ich weiß, ich bin ein Arsch, wenn ich das jetzt sage: Aber ihr habt keine Zeit, lange zu überlegen!«, drang Jumokes Stimme zu mir durch.

»Wir nehmen sie mit«, raunte ich und wob ein Muster. Unmittelbar erhob sich ihr Körper und folgte mir. Trotz der Pille, die ich geschluckt hatte, wurde die Zeit langsam knapp. Jumoke hatte recht, wir mussten uns beeilen. Dennoch konnte ich keinen klaren Gedanken fassen. Immer wieder fragte ich mich, wie das möglich war. Freute mich. War schockiert. Glaubte das alles nicht.

»Nic, wenn ihr sie mitnehmt, müsst ihr den kompletten Weg zurück und könnt nicht den Level-3-Dive nutzen.«

»Ich lasse sie nicht zurück!«, antwortete ich zornig.

»Verstehe ich! Aber du musst dich konzentrieren, sonst werden sie euch schnappen!«

Verdammt!

Ich zögerte kurz, sah dann zu Bren.

»Ich bin halb Fae und gehöre somit zum Feenvolk, richtig?«

Er nickte langsam. Verwirrung stand ihm ins Gesicht geschrieben. Dann Erkenntnis. »Auf keinen Fall, nein!«

»Bitte, Bren. Befehle mir, dass ich mir bis wir zu Hause sind, keine Gedanken um meine Schwester mache. Sonst kommen wir hier nicht raus und ich lasse sie nicht zurück!«

Bren seufzte, nahm mein Gesicht in seine Hände und küsste mich sanft. Danach hörte ich seine Stimme in meinem Kopf, sie flüsterte zu mir. Versuchte meinen Geist zu unterwerfen. Während es bei Sal jedes Mal schnell funktionierte, schien sich in mir etwas dagegen aufzulehnen. Mein Fae-Blut kämpfte gegen Bren. Mühsam drängte ich den Widerwillen zurück und ließ Bren in meine Gedanken. Und ganz plötzlich war jegliche Sorge um Natasha vergessen.

»Okay, mir nach. Wir schnappen uns die Gedankenwelten und dann fliehen wir.« Ich schwebte aus dem Raum, gefolgt von meiner Schwester, deren Schwebezauber an mich gebunden war.

Kurze Zeit später stand ich erneut vor den drei Wesen mit den geöffneten Schädeln. Eine Welle des Mitleids durchflutete mich. Sie wurden als Datenspeicher missbraucht. Spürten sie Schmerz? Nahmen sie noch etwas wahr?

»Jumoke startet das Sicherheitssystem neu, ich hole mir jetzt die Gedankenwelten als Schäfer.«

»Verstanden. Verwandle dich. Sobald du die Hand an die Gehirne anlegst, starte ich das System neu. Dann habt ihr etwa elf Minuten zur Flucht.«

Ohne länger zu diskutieren, streifte ich den Glimmer ab und ließ den Schäfer frei. Dunkelheit umspielte mich und tanzte über die Gehirne. Ich streckte die Hand aus, legte sie auf die Maschine und befahl meiner Gabe zeitgleich, in alle drei zu gleiten. Unmittelbar fand ich, was ich suchte. Drei Anomalien in den Autobahnen von Gedanken und Erinnerungen, leuchtenden Perle gleich. Ich zupfte an ihnen und sie lösten sich. Nur einen Wimpernschlag später erschienen sie über den Gehirnen und wanderten zu meiner Hand, über meinen Arm und durch meine Nase in meinen Kopf. Mit einem kurzen Ziepen verankerten sie sich in mir und meine Nervenbahnen verknüpften sich mit ihnen.

»Sal, gib mir deine Waffe«, sagte ich tonlos.

»Was willst–«

»Bitte!« Ohne sie anzusehen hielt ich ihr die Hand entgegen. Ich schloss für einen winzigen Moment die Augen, dann legte sich eine der kalten Waffen in meine Hand: »Ihr seid frei.«

Kurz darauf drückte ich drei Mal ab und erlöste die Wesen von ihrem Leid. Die Maschine piepte nicht mehr, sondern hielt einen gleichbleibenden Ton. Ich drehte mich um und wir verließen schnell den Trakt mit den wertvollen Gütern.

Kaum hatte ich die Kammer vor dem Schattenlabyrinth erreicht, durchschnitt ein schriller Alarmton die Stille.

»Was geht hier vor?«, rief Sal über das laute Heulen.

»Keine Ahnung!«, schrie Bren.

»Jumoke!?«

»Ich weiß es nicht. Scheinbar irgendeine Sicherung, falls die Gedankenwelten den sicheren Bereich verlassen.«

»Shit, wissen die Wachleute Bescheid?«, fragte ich.

»Negativ. Erst wenn das System wieder läuft – in … zehn Minuten.«

Ich setzte an, etwas zu antworten, da fuhr das Schattenlabyrinth in die Tiefe und der Boden schnappte darüber zu. Die Wand zu den Experimenten verschwand ebenfalls mitsamt der Finsternis im Inneren. Jetzt standen wir vor einem Gang, der etwa fünfhundert Meter lang war und an dessen Ende der Aufzug mit dem Loch wartete.

»Was zur Urmagie?« Sal kniff die Augen zusammen und musterte die Umgebung.

Der Alarm verebbte und ich hörte Dutzende zischende Geräusche, als würde sich etwas öffnen.

»Salvatrice, leg deine menschliche Haut ab«, sagte Wilma ruhig. »Schäfersjunge, wir brauchen Sauerstoffblasen um uns alle. Schaffst du das noch?«

»Ich weiß es nicht. Wieso? Was ist los?«

»Lös den Schwebezauber auf. Der ist jetzt unnötig«, redete das Orakel weiter und drehte sich zu Bren. »Feenbubi, lindere Nicolas' Schmerzen. Verstehe eh nicht, wieso da niemand von euch drauf gekommen ist.«

Bren und ich starrten Wilma fassungslos an.

»Ist das dein Ernst? Ich kann seine magischen Paracog-Kopfschmerzen lindern?«

»Ihr seid echt gedimmter als jede Weihnachtsbeleuchtung bei Nacht. Was glaubt ihr, ist in den dämlichen Tabletten? Feenmagie, deswegen machen sie auch so schnell abhängig. Und jetzt gib Gas!«

Wie, um Wilmas Worte zu unterstreichen, fiel die Tür zu den Tresoren ins Schloss und verriegelte sich. Eine Stahlwand fuhr aus der Decke davor und schirmte den Bereich zusätzlich ab. Plötzlich schoss aus allen Seiten Wasser in den Gang. Während Bren meine Kopfschmerzen linderte, webte ich Sauerstoffblasen und Schutzschilde um uns. Zeitgleich füllte sich der Durchgang mit Wasser. Es dauerte nicht einmal eine Minute, dann war der Tunnel komplett gefüllt.

Trotz Sauerstoff blieb mir kurz der Atem weg, als Salvatrice geschmeidig vor mir erschien. Ihre Haut schimmerte in einem blauen Farbverlauf und ihr aus roten Algen bestehendes Haar glitzerte im Wasser. An ihrem Hals entlang verliefen Kiemen und ihre Unterarme besaßen kurze Finnen. Ich sah zu ihren Beinen, doch da war keine große Flosse, wie ich erwartet hatte. Jedes ihrer Beine war zu einer geworden und somit zierten zwei blau schillernde Flossen ihren Unterleib.

Sie grinste mich an und ich verkniff mir einen Schrei. In ihrem Mund saßen unzählige, messerscharfe Zähne und ihre Zunge schillerte grün.

»Nun sind wir quitt«, sagte sie mit einem Lachen. »Nicht nur deine Schäferform ist beeindruckend.«

»Stimmt.«

»Ich störe euren Plausch ja ungern, aber die Zeit drängt.« Wilma seufzte und bewegte sich zielsicher zum Aufzug.

Ich blickte mich nach Brooks um, um sicherzustellen, dass er nicht erneut Probleme hatte, wie zuvor mit dem Gleiten. Allerdings erntete ich nur einen finsteren Blick, der mir sagte, er würde mich in seinem Computerspiel abschießen, sobald wir zurück waren.

Als wir die halbe Strecke geschafft hatten, hörte ich ein lautes Wiehern dumpf durch das Wasser. Sal erstarrte vor mir. Als sie sich herumdrehte, verließ jegliche Farbe ihr Gesicht.

»Schneller! Nicht umdrehen! Einfach weiterschwimmen. Fuck!«

»Was ist?«, fragte ich.

»Kelpies! Nicht umdrehen!«

Ich brauchte mich auch nicht umzudrehen, denn ein Wesen – halb Pferd, halb Fisch – schoss an mir vorbei und ließ mich straucheln. Die Mähne des Pferdekopfs leuchtete feuerrot im Wasser, während seine Schwanzflosse an einen Hai erinnerte. Ebenso die scharfen Zähne, die das Tier in diesem Moment versuchte, in Bren zu rammen. Silberne Partikel wirbelten um den Kronprinzen, und er verschwand in Dunkelheit, um kurz danach hinter dem Kelpie aufzutauchen. Wieder pulsierte Silber durch das Wasser und bildete ein Seil. Geschmeidig schmiss Bren es dem Tier über und schwang sich auf dessen Rücken. Mit einem »*Yeeehaa*« manövrierte er das Wesen zu mir.

»Was stimmt denn nicht mit dir?«, fragten Sal und ich gleichzeitig.

»Wenn du ein Kelpie aufzäumst, muss es dir dienen. Habt ihr nie alte Sagen gelesen?«

Ehe Bren seinen Moment der Überlegenheit genießen konnte, krachte ein weiteres Wasserpferd gegen ihn. Trotzig hielt Bren an den Zügeln fest und warf sein Kelpie herum.

»Haltet euch fest!«, rief er Brooks und mir zu, woraufhin wir gehorchten.

Salvatrice wirbelte um ihre Achse, schnappte sich Wilma und sauste durch das Wasser. Ein Kelpie stellte den beiden nach, doch Sal vollführte mit Leichtigkeit Schrauben, Drehungen und weitere Ausweichmanöver. Mir wurde allein beim Zusehen schwummrig. Bren hingegen schoss in gerader Linie auf den Aufzug zu, während er mit einer Hand Magie nach den restlichen Kelpies warf. Die meisten konnte er abwehren, bevor sie uns erreichten. Nur zwei Mal spürte ich, wie sich Zähne in meinen Schutzschild bohrten. Der Schmerz glich feinen Nadeln, und ich hegte keinerlei Interesse daran, zu erfahren, wie es sich ungeschützt anfühlte.

Eine Minute später erreichten wir den Durchgang. Der Aufzugsschacht hatte sich glücklicherweise bis zur Kabine, die weiterhin oben beim Lichtschrankenraum wartete, gefüllt, und somit sprang Sal als erste in die Kabine. Unmittelbar legte sich ihr menschliches Aussehen über die Sirenenhaut, und sie half Wilma aus dem Wasser. Als Nächstes folgte Brooks, dann war ich an der Reihe. Bren sprang von dem Kelpie, gab ihm einen Klaps und verwirrt stürmte das Tier auf seine Artgenossen zu. Während Bren durch das Loch in den Aufzug krabbelte, sah ich, wie drei Kelpies Brens Reittier innerhalb von Sekunden in Stücke rissen. Danach wandten sie ihre glühenden Augen in meine Richtung und wieherten.

»Shit, raus hier!«

In dem Moment, in dem die Kabine erzitterte, sprangen wir in den Raum mit den Lichtschranken. Der Wachmann lag weiterhin bewusstlos am Boden und ich hörte, wie das Gehäuse des Aufzugs zerbarst. Etwas Wasser schwappte zu uns in den Raum, doch zu unserem Glück stand es nicht hoch genug, um die obere Etage zu fluten.

»Drei Minuten noch!«

»Ja, wir sind auch froh, dass wir am Leben sind. Danke«, murmelte ich als Antwort.

»Noch seid ihr nicht draußen!«

»Guter Pep-Talk und jetzt halt die Klappe«, brummte ich Jumoke zu und rannte los, Natasha weiterhin hinter mir schwebend. Brens Zauber hatte erstaunlich gut gewirkt, denn ich hätte sie beinahe vergessen.

Nach wenigen Schritten erreichten wir den Flur, der zum Wartebereich führte, und sprinteten diesen entlang. Brooks warf die Tür auf und wir anderen liefen hindurch. Gerade als er die Tür zur Eingangshalle öffnen wollte, legte ich meine Hand darauf.

»Nicht! Erst muss ich den Raum beugen und Bren seinen Glimmer wirken. Habe keine Lust, auch noch gegen die Viecher unter der Decke zu kämpfen. Mir reicht es langsam.«

»Komm, das lief gut«, sagte Sal lächelnd.

»Richtig, aber nur, weil wir genau diese Kombination an Leuten hatten«, stimmte Wilma zu. »Andere wären verreckt. Eigentlich erstaunlich, dass wir noch alle leben.« Sie sah kurz nachdenklich ins Leere, zuckte dann aber mit den Schultern.

Bren schüttelte grinsend den Kopf und wirkte seinen Zauber, während ich das Muster um uns legte. Danach öffnete Brooks die Tür und wir bewegten uns vorsichtig zum Ausgang.

Auf halber Strecke hörte ich Jumoke fluchen.

»Ups! So ein Scheiß!«

Ich musste nicht einmal fragen, denn der Alarm schallte ohrenbetäubend laut durch die Eingangshalle. Metalltore fuhren ächzend langsam vor den Fenstern und der Tür hinab. Ohne nachzudenken, schleuderte ich eine Energiewelle gegen den Eingang, worauf er lautstark zersplitterte. Die Wesen unter der Decke brüllten auf, konnten uns aber nicht sehen. Nur einen Meter neben mir landete ein Feuerball. Deutlich zu knapp für mein Empfinden.

»Lauft!«

Wir rannten, so schnell es uns möglich war. Die Metalltore ächzten weiter ihres Weges nach unten und hinter uns flog eine Tür auf. Wachmänner schrien Befehle und die Halle erleuchtete hell. Dennoch konnte uns aufgrund des Zaubers niemand ausmachen.

Nur noch wenige Meter. Sal und Wilma duckten sich unter dem Metall durch, gefolgt von Bren. Ich war mir nicht sicher, ob ich es schaffen würde. Aus dem Nichts schubste mich jemand, sodass ich unter dem sich schließenden Metalltor hindurchschlitterte. Ich drehte mich um und mein Blick traf den von Brooks, dann rastete das Tor ein.

»Nein«, keuchte ich und starrte auf das Metall vor mir. Bren versuchte, mir hochzuhelfen, doch ich trommelte gegen das Tor.

»Nicolas!« Kraftvoll hob er mich vom Boden. »Brooks kann einfach in seinen Körper zurückspringen.«

Ich blinzelte verwirrte. Dann erinnerte ich mich an das kleine Gerät für den Level-3-Dive an meinem Arm und verstand.

»Deswegen hat er dich geschubst. Wärst du als Letzter zurückgeblieben, wärst du nicht gedivet, weil du es vergessen hättest.«

»Bist du sicher, dass es ihm gut geht?«

»Natürlich, aber jetzt sollten wir weiterlaufen.«

Eine halbe Stunde später kamen wir im Unterschlupf an. Mein Körper schmerzte und mein Kopf dröhnte. Selbst Brens Feenmagie konnte kaum noch etwas ausrichten. Es war zwar alles glatt gelaufen, dennoch hatte es mich ausgelaugt. Benommen torkelte ich ins Wohnzimmer, wo ich von Brooks in Hundeform begrüßt wurde.

Erleichtert sank ich zu Boden und nahm seinen Kopf in meine Hände. »Danke, Großer!« Ich legte meine Stirn an seine und genoss die Nähe für einen Augenblick.

Langsam erhob ich mich wieder. Neben mir stand Bren und musterte mich besorgt. Mein Blick fiel auf Natasha, die auf dem Sofa lag, ihre Augen weiterhin geöffnet und ihr Körper in der Zeit gefroren. Zaghaft kehrten meine Gedanken und Sorgen zurück, die Bren mit seiner Magie verdrängt hätte.

Für einen Moment zögerte ich, fragte mich, was der nächste Schritt war. Ich wollte bloß schlafen, doch auch das würde mir natürlich keine Erleichterung bringen.

»Ich sollte die Gedankenwelt besuchen, bevor ich mich um Natasha kümmere oder zur Ruhe komme.«

»Solltest du«, antwortete Bren und zog mich in eine Umarmung. »Sobald deine Sorgen vollständig zurück sind, wird es dir schwerfallen, sie allein zu lassen.«

Ich nickte und legte meinen Kopf an seine Schläfe.

»Bleibst du bei mir, während ich in die Gedankenwelten eintauche?«

»Immer!« Sanft küsste er meine Stirn und begleitete mich in mein Zimmer.

Gedankentresor, der
Substantiv

1. ist ein gläsernes Konstrukt, das Gedanken, Erinnerungen und Geheimnisse speichern kann

2. wird meistens in speziellen Gedankenwelten gelagert und gut gesichert

3. der Rest der Akte, zu diesem Thema, ist gesperrt

Aus dem Archiv von Alexis,
der Bibliothek von Alexandria

25

Nicolas

Ich öffnete die Augen und wusste direkt, dass diese Gedankenwelten etwas völlig anderes darstellten als meine Traumwelten. Mächtiger, durchtränkt von purer Magie und uralt, obwohl ich sie laut Alexis erst vor Jahren erschaffen hatte.

»Hallo Nicolas«, grüßte mich eine Stimme, mit der ich hier niemals gerechnet hätte. Geschockt sah ich das Wesen vor mir an. Es bestand aus goldener und silberner Energie, besaß die Silhouette eines Menschen und doch blieb es formlos. Ein weiteres Wesen erschien vor mir.

»Willkommen zurück«, sagte es seufzend. »Ich habe dich gewarnt.«

»Wish? Alexis? Was zur Urmagie geht hier vor?«

»Wir sind die Wächter der Gedankenwelten«, antwortete mir Wish mit seiner tiefen Stimme.

»Ihr … Was? Ihr seid Gebäude!«

»Wir erscheinen als Gebäude in euren Welten, aber wir sind viel mehr uralte Seelen. Wesen aus Energie«, sagte Alexis und ihre Stimme besaß zum ersten Mal einen liebevollen Klang.

»Wie die Urmagie?«

Beide verstummten und warfen sich einen flüchtigen Blick zu. Dann seufzte Wish.

»Die Urmagie sind unsere Eltern.«

»Die Urmagie sind eure Eltern«, wiederholte ich ungläubig wie ein Papagei und vermutlich ebenso krächzend. Es dauerte einen Moment, bis diese Information sich in meinem Hirn festsetzte. Energisch drehte ich meinen Kopf zu Alexis.

»Du wusstest von Anfang an, dass ich hierher wollte. Du hast mich belogen. Hast du nicht gesagt, ich würde die Fallen hier nicht überleben?« Wut pulsierte durch meine Adern.

»Du würdest die Fallen auch nicht überleben!«, antwortete sie trotzig. »Das war keine Lüge. Ich habe nur verschwiegen, dass wir dich an den Fallen vorbeibringen werden.«

»Nicolas, wir haben dich nicht belogen«, fügte Wish hinzu.

»Mich nur manipuliert, wie eure Eltern auch!« Mühsam kämpfte ich den Kloß in meiner Kehle hinunter.

»Eher im besten Wissen gelenkt, dir geholfen und dich so gut wie möglich beschützt.« Ein wenig von Alexis' schnippischer Art kehrte zurück.

Ich lachte laut auf. Es hallte über die weiten Ebenen der Gedankenwelt.

»Nein!«, sagte Wish bestimmt. »Unsere Eltern haben dich als Waffe gezüchtet, aber ihren Plan nicht zu Ende gedacht. Und deswegen mischen sie sich jetzt ein und wir uns ebenso.«

»Nic.« Alexis erstrahlte heller. »Sie haben dir eine Bürde auferlegt, die niemand tragen sollte. Du bist ein Fae, ein Paracog, der Schäfer der Sünden und bald auch …« Sie schüttelte den Kopf.

»Bald auch was?«, fragte ich mit knirschenden Zähnen.

»Glaub mir, das alles ist jetzt schon verwirrend genug. Das willst du noch nicht wissen. Du erfährst es nach dem Aufwachen ziemlich direkt. Eine weitere mächtige Aufgabe und Macht wird dein sein – eine mit einer Bürde, größer als alles Bisherige.«

»Aha.« Ich hatte genug. Langsam war mir egal, was ich noch alles sein sollte.

»Jede einzelne deiner Gabe macht ein Wesen mächtig«, setzte Alexis fort. »Durch deine schiere Überzahl an Kräften hast du aber das Potenzial, eines der mächtigsten Wesen der Erdenwelt zu werden. So mächtig wie die Ersten. Die schlafenden Titanen des Anbeginns. Nicht ganz so mächtig wie die Urmagie, aber auch nicht sonderlich weit davon entfernt.«

Ich verstand rein gar nichts.

»Es ist alles schief gelaufen, nachdem Apex dich entführt hatte. Deine Macht sollte sich langsam über Jahrzehnte entwickeln. Du mit ihr nach und nach wachsen. Du solltest sie kontrollieren lernen und für den Tag bereit sein, an dem die Titanen erneut erwachen werden. Etwas, das durch einen Menschen namens Grayson in fünf Jahren eingeleitet wird – an dem Tag, an dem er das erste Mal sterben wird. Doch dann …« Alexis Stimme verstummte.

»Dann haben die Arschlöcher dich, oder besser gesagt Kolja, gebrochen. Du spürtest nur noch Hass und Wut. Dein Geist vergiftet von Rache, Zorn und dem Wunsch, zu zerstören. Dein Blut wallte derart stark in den Adern, dass sich dein volles Potenzial auf einen Schlag entfesselte. Plötzlich warst du dieses mächtige Wesen, das es eigentlich nicht geben sollte, obwohl du nicht einmal im Ansatz dafür bereit warst.«

»Ich verstehe kein Wort. Was sind Titanen? Was habe ich damit zu tun?«

»Das spielt noch keine Rolle«, sagte Wish.

»Für mich schon!« Ich verschränkte die Arme vor der Brust.

»Du musstest ihm ja unbedingt von den Titanen erzählen«, schnauzte er Alexis an.

»Ach, halt die Klappe. Er hätte es eh erfahren.« Energie pulsierte aus ihr hervor.

»Aber wieso jetzt? Die Informationen sind aktuell unnötig und Nicolas ist schon eine Woche hier drin. Die Zeit drängt!«

Selbst in den Gedankenwelten zankten sich die beiden. Absolut unglaublich. Plötzlich stutzte ich über Wishs Zeitangabe.

»Eine Woche? Ich bin maximal fünf Minuten hier.«

»Sieben, um genau zu sein. Eine Minute hier entspricht einem Tag auf der Erde.« Wish legte mir eine Hand auf die Schulter. Wärme und Geborgenheit durchfluteten mich. »Nic, es tut mir leid, aber die Zeit drängt. Die Titanen schlafen mindestens fünf weitere Jahre. Sie sind Sorgen für eine andere Geschichte, die erst noch deine werden wird. Aktuell hast du akutere Probleme.«

»Was?« Ich legte meine Stirn in Falten.

»Du wirst gejagt, weil du unbedingt das Wissen aus den Tresoren wolltest«, antwortete Wish. »Also solltest du es jetzt holen.«

»Ich halte das immer noch für einen schlechten Plan«, fuhr Alexis dazwischen.

»Ach, wirklich? Trotz der Ereignisse auf der Erde gestern? Wir haben keine andere Wahl, Schwester!«

Alexis seufzte lautstark bei Wishs Worten, nickte dann aber.

»Welche Ereignisse?«, fragte ich. »Was ist auf der Erde passiert?«

»Das wirst du bei deiner Rückkehr erfahren. Je länger wir hier Zeit verschwenden, umso schlimmer wird es. Glaub mir!« Wishs Ton und die Dringlichkeit, die darin mitschwang, ließen mich meinen Protest hinunterschlucken.

»Wir bringen dich zu den Tresoren.« Alexis deutete auf einen Berg, der mehrere tausend Meter entfernt zu sein schien. Erst jetzt betrachtete ich die Welt um mich. Karger Stein, wohin ich nur sah. Spitz stachen sie aus dem Boden hervor und leuchteten in einem bedrohlichen Lila. Auch in der Luft schwebten unzählige dieser Steine und glitten langsam ihres Weges. Der Himmel war in einem Blutrot getränkt. Keine Sonne. Kein Mond. Nur tiefrote Leere über mir.

»Das wird uns Stunden kosten«, sagte ich erschrocken. »Das sind Jahrzehnte auf der Erde!« Panik griff nach meinem Herzen.

»Stimmt nur bedingt. Es ist eine der Absicherungen. Jedes Wesen ohne Erlaubnis muss den Weg wandern. Sollte es die Fallen überleben, was äußerst unwahrscheinlich ist, und die Tresore erreichen, dann würde es sterben, sobald es wieder aufwacht. Sein Körper wäre so alt, dass es beim Erwachen direkt zu Staub zerfallen würde.«

»Das ist … bestialisch«, flüsterte ich.

»Es war deine Ideen, mein Lieber. Alles hier hast du mit uns und Professor Steinmann erschaffen.«

Bevor ich antworten konnte, fuhr Wish dazwischen.

»Alexis, es reicht! Verwirr ihn nicht noch mehr. Wir müssen los! Jetzt!«

Alexis sah ihren Bruder für einen Moment genervt an, dann nickte sie. Unvermittelt fasste sie mich an der Schulter und einen Wimpernschlag später standen wir in einem Raum aus schwarzem Obsidian. Licht floss in Silber und Gold von den Wänden. Es roch nach Rosen und Verwesung.

Direkt vor mir schwebten hunderte rautenartige Kisten aus Glas. In ihrem Inneren wirbelten Schatten wie in einer Schneekugel umher.

Wish streckte den Arm aus und nur einen Augenblick später lösten sich zwei dieser Gebilde aus der Masse und flogen zu uns herüber.

»Der linke ist dein Gedankentresor mit allen Erinnerungen, die dir fehlen. Der rechte ist jener mit den Geheimnissen Europas. Mit Informationen, die du auf der Erde unmittelbar brauchen wirst. Es gibt, wie du siehst, noch mehr Tresore – viel mehr. Aber nicht heute«, sagte Wish so ernst und resolut, dass ich wusste, Widerrede wäre umsonst gewesen. Und ehrlich gesagt, war ich dermaßen überfordert mit allem, dass ich nicht einmal diskutieren wollte. Oder konnte, denn ich wusste nicht einmal, was ich hätte fragen oder sagen sollen. All das ergab absolut keinen Sinn und doch erschien es mir glasklar. Ich stellte den Spielball mächtiger Wesen dar, die man problemlos Götter nennen könnte – und ich war nur ihre Marionette.

»Nimm zuerst den rechten Tresor mit den Geheimnissen der Regierung«, flüsterte Alexis. »Denn deiner wird dich zerstören.« Ihre Stimme klang über alle Maßen traurig.

Zögerlich führte ich die Hand an das Glas. Die Oberfläche offenbarte sich als erstaunlich warm – einem lebendigen Körper gleich. Sie pochte leicht unter meinen Fingerkuppen. Im Inneren hielten die wirbelnden Schatten einen Moment inne. Ich spürte, wie sie mich musterten, beäugten und abwogen, was ich von ihnen wollte. Dann schossen sie durch das Glas hinaus, umwickelten meinen Arm, flossen über meine Schultern, den Hals hinauf und fuhren in meine Nase. Mein Kopf flog in den Nacken und Schmerz explodierte hinter meiner Stirn.

Unzählige Bilder durchfluteten meinen Verstand. Wie eine Diashow auf Turbo wechselten sie sich ab. Mir fiel es schwer, sie zu greifen, so viele waren es. Lediglich Fetzen nahm ich wahr, doch diese reichten, um mich in meinen Grundfesten zu erschüttern.

Meine Knie gaben nach und ich stürzte unsanft zu Boden. Das war unmöglich. So etwas hätte die Regierung nie getan. Von all den Geheimnissen und Gräueltaten brannte sich eine in mein geistiges Auge ein. Mein Atem kam schnell und flach aus mir hervor. Kraftlos versuchte ich, mich in den glattpolierten Boden zu krallen. Erfolglos.

»Das kann nicht wahr sein«, flüsterte ich mit heiserer Stimme.

»Alles in den Tresoren ist zutreffend«, antwortete Wish sanft, während Alexis mir die schweißnassen Haare aus der Stirn strich. Gerade rechtzeitig, bevor ich mich übergab.

»Die Regierung …« Meine Stimme brach, meine Augen brannten. Die Übelkeit bahnte sich erneut einen Weg von meinem Magen in die Kehle. »Sie haben etliche Kraftwerke. Unterhalb der Stadt?«

»Ja, haben sie. Hast du …?« Wishs Worten klangen tonlos. Ich versuchte zu nicken und kämpfte das Würgen zurück, indem ich schluckte.

»Ja. Sie halten dort hunderte …«

»Eher hunderttausende«, ergänzte Alexis und Wish brummte sie böse an.

»Menschen und Schattenwesen«, sagte ich. »Sie nutzen sie als Kraftquelle. Rauben ihnen die Magie und Lebenskraft, um Hamburgs Fortschritt zu ermöglichen. Verdammt, sie nennen sie sogar abfällig Energiezellen. Ohne Namen, alle haben nur noch Kennnummern. Ist das wirklich wahr?«

»So leid es mir tut, ja.«

»Fuck!« Mühsam versuchte ich, mich aufzurichten, doch meine Knie gaben erneut nach. Immer wieder sah ich Kinder, alte Menschen und Säuglinge vor meinem geistigen Auge. Wesen jeder Altersstufe, aus denen Kabel ragten und die an Spulen angeschlossen waren. Hunderttausende Entführte, Verkaufte und Verschleppte – aus der ganzen Welt. Alle wurden sie langsam getötet, um Hamburg mit Energie zu versorgen. Lebendige Batterien, die elendig unterhalb der Stadt dahin vegetierten, bis sie nutzlos für die Regierung wurden. Nur um dann entsorgt zu werden.

»Nicolas«, sagte Wish und kniete sich zu mir. »Es klingt herzlos, aber wenn du deine Gedanken immer noch zurückwillst, dann jetzt. Es sind schon über zwei Wochen auf der Erde vergangen.«

Wollte ich das? War ich wirklich bereit, mehr zu erfahren? Die Kraftwerke stellten nur die Spitze der Abscheulichkeit dar. Verrat, Korruption, Erpressung und Auftragsmorde. Ich hatte alles gesehen. Es spukte mir durch den Kopf wie ein bestialischer Film.

»Ich muss«, flüsterte ich, während ich am ganzen Körper zitterte. Heiß liefen mir Tränen die Wangen hinab, brannten sich einen Weg bis auf meine Seele. Steinmann hatte gesagt, ich solle mich nicht wieder den Grausamkeiten hingeben. Ich musste einfach wissen, ob ich eine Mitschuld trug. Hatte ich zuvor zu den dunklen Machenschaften gehört?

»So sei es«, antwortete Alexis, nahm meine Hand und legte sie auf den gläsernen Tresor, der meine Vergangenheit beinhaltete.

Es dauerte nur eine einzige Sekunde, da verstand ich, dass es ein riesiger Fehler gewesen war. Erneut übergab ich mich. Ich schrie, so laut ich konnte. Versuchte, meinen Kopf auf den Steinboden zu schlagen, nur damit ich das, was sich mir geboten hatte, ungesehen machen konnte. Meine Seele spaltete sich in zwei Teile und dann starrte ich in die hasserfüllten Augen, die zu Kolja gehörten. In meinem Kopf sprach er zu mir, während er mich finster angrinste.

»Willkommen zurück. Es ist schön, wieder zusammen zu sein«, grüßte er mich.

»Nein! Geh weg!«

»Zu spät. Dieses Mal werde ich bleiben!«

»Wieso?«, schrie ich. »Wieso hat sie das getan?«

»Weil sie ein machtgieriges Monster ist. Neidisch auf unsere Gabe!«

»Aber es waren auch ihre Eltern! Wie konnte Natasha sie töten und mich an Apex ausliefern? Das sind Lügen!«

»Sind es nicht. Sie wurde Jahre zuvor von Apex rekrutiert und hat uns alle verraten. Sie hat tausende Leben auf dem Gewissen und uns bei unseren hundert Toden lächelnd zugesehen. Nur um selbst zur Schäferin zu werden – damit sie Europa mit Apex *reinigen* kann.«

Kolja spuckte die Worte voller Abscheu aus. *Reinigen*, genau dieses Wort hatte sie laut meinen neuen Erinnerungen in ihren ekelhaften Parolen benutzt, während sie zu einer der größten Rekrutiererinnen von Apex emporgeschossen war.

Meine Schwester war in der Tat ein Monster. Eines der gefährlichsten Art. Radikal, fanatisch und kaltblütig. Sie wollte Europa von den Menschen befreien. Die verbannten Fae über alle erheben – sie zu den wahren Herrschern erklären.

Diese Gedanken widerten mich an. Erneut übergab ich mich. Was meine eigene Schwester getan hatte, war falsch. So unendlich falsch.

Jeder meiner schweren Atemzüge schmerzte in meiner Lunge. Mein Herz zersplitterte in tausend Stücke.

Natasha hatte unsere Eltern langsam und qualvoll getötet. Sie hatte mich an Apex übergeben und dann meine Gabe kopiert. Im Gegensatz zu der Lüge des Vampirs hatte es doch funktioniert. Natasha war eine Schäferin. Jedoch eine Deformation dieser Macht, ohne die Erlaubnis der Urmagie. Während ich Gedanken und Sünden klaute, verleibte sie sich Seelen ein und tötete die Wesen anschließend. Und ich hatte sie aus der HSB in unser Zuhause gebracht. Panik durchtränkte meinen Körper.

Die Bilder flackerten erneut vor dem geistigen Auge auf. Der böse Teil meiner Seele, der mir nun als Kolja erschien, hatte damals die Kontrolle übernommen. Ich war als Zuschauer in meinem eigenen Körper gefangen gewesen. Er und ich verfolgten Apex und Natasha durch Europa. Hinterließen eine Spur der Zerstörung, kannten weder Feind noch Freund. Nur den Rachedurst. Wer sich uns in den Weg stellte, den töteten Kolja und ich. Nach Monaten fanden wir Natasha in München.

Eine Stadt, die meinetwegen heute nicht mehr existierte.

Nicht nur Natasha war ein Monster, ich war es ebenfalls.

In München angekommen zerstörte Kolja hunderte von Gebäuden, radierte die Stadt gänzlich aus. Zwar gehörten die meisten Opfer Apex an, doch tötete er auch viele unschuldige Wesen, die die Terrororganisation bloß als Schutzschilder genutzt hatte.

Koljas damalige Macht war unfassbar. Genährt durch seinen Hass hatte er unser volles Potenzial entfaltet. Mit pechschwarzen Flügeln aus Schatten, den Schwingen des Nachthofs, schwebte er über den Trümmern und forderte Natasha heraus. Beide wirbelten durch die Lüfte, warfen Zauber und prallten immer wieder gegeneinander. Dann entließ Kolja die Schattenmonster aus den Traumebenen. Beschwor sie herauf in unsere Welt und befahl ihnen, Natasha anzugreifen. Riesige Bestien aus Finsternis – die Spinne, der Höllenhund und all die anderen – fegten über die Trümmer Münchens und hinterließen eine Schneise der Vernichtung.

Auch Natasha entließ ihre Kreaturen. Abartige Konstrukte aus geschundenen Seelen. Monster mit Dutzenden Armen, Köpfen und Gliedmaßen. Unmenschlich und angsteinflößend. Wie ein Flickenteppich aus unterschiedlichen Wesen. Ihre Seelen in Pein vereint, bildeten sie geschundene Schattenmonster.

Als Kolja nach einer Ewigkeit des Kampfes zum finalen Schlag ausholen wollte – Natasha am Boden – erlangte ich die Oberhand, drang durch den Schleier aus Wut und Hass. Übernahm erneut die Kontrolle über den Körper. Kolja tobte, schrie und wütete in mir. Dennoch nahm ich alle Kraft, die mir blieb, und versetzte meine Schwester in ein magisches Koma. Brachte es nicht übers Herz, sie zu töten, weil ich hoffte, ich könnte sie irgendwann erwecken und sie bekehren.

Danach versiegelte ich meine Kräfte, auf dass sie sich wie geplant langsam entfalten könnten. Anschließend verbannte ich alle Erinnerungen bis zum Tag der Entführung aus meinem Kopf, füllte sie in den Gedankentresor und ließ Steinmann die Wache sein. Den Hüter meiner Geheimnisse.

Die Regierung vertuschte alles, was auf der Jagd passiert war und hängte die Zerstörung Münchens ausländischen Terroristen und verfeindeten Gangs an. Es war so, als hätte Apex nie existiert. Und Kolja ebenso wenig. Dennoch war meine Seele gespalten, würde für immer geteilt in Nicolas und Kolja sein. Eine Lüge, die alles veränderte.

»Gib mir die Kontrolle«, befahl mir Kolja wütend.

»Nein! Dieses Mal darfst du zuschauen, ich bestimme, wo es langgeht!«, erwiderte ich und wusste doch nicht, ob es stimmte. Es wäre so leicht ihn und die Wut übernehmen zu lassen, mich in die Stille zurückzuziehen und Kolja mit den schrecklichen Erkenntnissen umgehen zu lassen. Aber das konnte ich nicht. Ich hatte etwas, das mir damals gefehlt hatte: eine kleine Familie aus Freunden. Und vor allem eine Zukunft – mit Bren und meinem Sohn. Allein dieser Gedanke hielt mich davon ab, Kolja die Kontrolle zu überlassen.

»Du musst gehen«, flüsterte Wish. »Es tut mir so leid, Nic.«

Ich wachte auf.

Für einen kurzen Moment verstand ich nicht, was in diesem Augenblick passierte. Dann kam die Erinnerung an die Gedankentresore zurück. An alles, was ich erfahren hatte. Mühsam drängte ich sie zurück. Zwang mich, nicht darüber nachzudenken. Nicht jetzt. Erst musste ich zu den anderen, um ihnen von den Kraftwerken und Natasha zu berichten. Wir mussten etwas unternehmen!

Langsam stand ich auf und wankte aus meinem Bett in den Aufenthaltsraum. Nur war dieser ein anderer als zuvor. Oder erinnerte ich mich falsch?

Spielte keine Rolle.

Ich taumelte auf Sal zu, die mich aus großen Augen anstarrte. Hinter ihr standen weitere meiner Freunde.

»Wie lange war ich in der Gedankenwelt?« Meine Stimme klang schwach, mein biologischer Körper fühlte sich an, als würde er meinen Geist in eine Form pressen. So intensiv hatte ich keine vorherige Wanderung gespürt.

»Nicolas, setz dich«, sagte Sal und in ihren Augen erkannte ich Sorge. Behutsam fasste sie mich an der Schulter.

»Ich habe gefragt, wie lange ich weg war!«, fauchte ich und schüttelte ihren Arm ab. In mir tobte eine Wut, die ich so nur selten erlebt hatte.

»Das bin ich«, flüsterte Kolja gehässig in mein Ohr. *»Du bist nicht stark genug, dich langfristig gegen mich zu wehren!«*

»Sechs Wochen«, antworte Jumoke. Sein Gesicht war ungewöhnlich blass. »Wir hatten große Sorge, du würdest nie wieder zurückkommen.«

»Die Regierung ...«, setzte ich an und versuchte, die richtigen Worte zu finden. Pure und reine Wut wallte erneut in mir auf. »Sie nutzen Menschen und Schattenwesen als Batterien für unsere Energie in Hamburg.«

Erwartete ich schockierte Gesichter, Verwirrung, Zweifel oder Wut, so hatte ich mich geirrt. Meine Freunde sahen bloß ausdruckslos zu mir. Nein, resigniert.

»All das wissen wir«, sagte Wilma leise ohne ihren üblichen Sarkasmus.

»Woher?« Mein Blick wanderte zu Sal, die nur den Kopf senkte.

»Setz dich, Nic, du musst etwas sehen«, raunte Jumoke.

»Was? Nein! Habt ihr nicht zugehört? Die Regierung benutzt und verarscht uns!«

»Nic, wir wissen es! Jetzt setz dich hin und schau dir etwas an«, antwortete Sal eindringlich.

»Was geht hier vor? Wo ist Bren?«

Keine Antwort.

Mit den Augen suchte ich den Raum nach ihm ab, konnte ihn aber nicht finden. Wieso war er nicht hier? Bisher hatte er nach jedem Traum auf mich gewartet. »Wo ist Bren?«, wiederholte ich eindringlicher.

»Nic, ich …« Sals Stimme brach. »Schau dir die Aufzeichnung an, dann wirst du verstehen. Es ist etwas passiert.«

Panisch schaute ich mich weiterhin um. Aiden! Wo war Aiden? Und meine Schwester?

Erst jetzt fiel mir die Trauer in Jumokes Augen auf, die neuen Narben auf seiner Haut. Ebenso den drei Brüdern, auch sie zierten mehrere Narben. Was war geschehen? Wieso stand Scruffy nicht an Jumokes Seite?

Widerwillig nahm ich vor dem großen Monitor Platz. Brooks drückte in Hundeform winselnd seine Nase gegen meine Hand und ich fuhr ihm geistesabwesend mit der anderen über den Kopf. Jumoke tippte etwas auf dem Holopad ein und wenige Augenblicke später erschien eine Pressekonferenz. Aufgezeichnet vor drei Wochen.

Das Foyer der MIA nahm Form an. Nur stimmte da etwas nicht. Das Logo strahlte nicht mehr über dem Eingang. War ersetzt worden durch den Schriftzug *Apex*.

Unmöglich!

Zwei Gestalten mit Neonmasken traten an ein Podest auf der erbauten Bühne. Unzählige Reporter warteten in der Menge davor.

»Geschätzte Freunde, die Erlösung ist da. Wir haben unsere Spezies der Schattenwesen von der Geißel der MIA, der Regierung und der Plage Menschheit befreit.«

Einige Leute im Publikum jubelten, manche klatschten Beifall, viele schwiegen. Niemand jedoch erhob das Wort, um zu widersprechen. Nicht eine einzige Person widersetzte sich.

»Vor wenigen Tagen haben wir das Energieprogramm der alten, korrupten Regierung enthüllt – nachdem wir sie … Na ja, abgesetzt haben.« Der Mann am Mikrofon lachte ein finsteres Lachen. Ein paar Wesen im Publikum stiegen mit ein.

»Ab morgen werden alle Menschen Hamburgs zu den neuen Energiezellen. Im Laufe der nächsten Monate ebenso Menschen aus ganz Europa. Nie wieder soll ein Schattenwesen für die

Bedürfnisse von Menschen missbraucht werden. Das Zeitalter der Menschheit ist endgültig vorbei. Hamburg und Europa gehören uns!«

»Wir müssen sie aufhalten!«, sagte ich und wollte mich erheben, doch Jumoke drückte mich zurück in den Stuhl.

»Nic, das war vor drei Wochen. Kein Mensch im Bundesstaat Deutschland oder Nordeuropa ist mehr frei. Sie sind alle in den Energieeinrichtungen. Bitte, schau weiter.«

Es gab so viel, was ich dazu sagen wollte, doch fanden keine Worte ihren Weg. Also schaute ich zurück auf das Holopad.

»Es wird Zeit, dass ihr eure neuen Anführer kennenlernt«, sagte die Gestalt neben dem Mann, der als Erstes gesprochen hatte. Beide enthüllten ihre Gesichter und meine Kehle schnürte sich zu. »Ich bin Natasha Sorokin, die Schäferin der Seelen. Mein Bruder ist der Verräter Kolja Sorokin, auch bekannt als Nicolas Schäfer, der als Schäfer der Sünden die korrupten Machenschaften der Regierung unterstützt hat. Er war es, der mich entführt, eingesperrt und gequält hat.« Ihre Stimme klang unmenschlich. Nicht mehr so, wie ich mich an sie erinnerte. Verzerrt. Monströs. Geschunden.

»Und er hat die Vertreibung der Fae geleitet«, ergänzte der Mann neben ihr. Ich erkannte sein Gesicht, bevor er seine Flügel ausbreitete. Ich hatte ihn selbst aus Europa vertrieben. Das Oberhaupt des Hofs des Sommers. Er griff nach Natashas Hand, führte sie zu seinem Mund und küsste sie. »Aber dank meiner Frau und ihrer Treue zu den Schattenwesen, sind wir nun an der Macht. Europa gehört endlich den Schattenwesen.«

»Wie kann das sein? Natasha liegt im magischen Koma«, flüsterte ich.

»Nein, sie hat ihre Augen geöffnet, nachdem du ein Woche fort warst«, sagte Sal mit belegter Stimme. »Als sie erwachte, kam auch ihre Macht zurück. Aber ihre Gabe ist mutiert.«

Sal wusste nicht, dass ich alle Details kannte. Mehr sogar als sie wissen konnte. Dennoch lauschte ich.

»Während deine im Grunde Seelie und UnSeelie in einen neutralen Einklang bringt und du sie für unser Gesetz einsetzt, ist die Gabe der Schäferin der Seelen durchtränkt von UnSeelie-Magie. Chaos und Verderben. Im Gegensatz zu dir kann sie nur Seelen entziehen und erlangt damit all das Wissen der getöteten Person. Und das« – Sal atmete tief ein und aus –»tut Natasha gnadenlos. Sie hat tausende getötet und sich ihre Seelen einverleibt. Natasha kennt so gut wie alle Geheimnisse, die streng geheim waren. Waffenlager, Forschungsprojekte, alles, was die getöteten Regierungsbeamten wussten.«

Sal kniete sich vor mich hin und schüttelte langsam den Kopf. Sie missverstand mein Schweigen, dachte vermutlich, ich würde nicht glauben wollen, dass die eigene Schwester ein Monster war. Aber ich wusste es besser. Natasha war das personifizierte Böse.

»Nic, es tut mir so leid. Aber Natasha hat dich und deine Familie verraten, das alles ist ihr Plan gewesen. Von Anfang an. Sie wurde eingesperrt, um Apex aufzuhalten – und wir haben sie befreit.«

»Ich weiß«, antwortete ich tonlos. »Ich habe meine Erinnerungen zurück. Glaub mir Sal, da ist noch so viel mehr.«

Sal antwortete etwas, doch ich hörte sie nicht mehr. Auf dem Bildschirm mit der laufenden Aufzeichnung sah ich etwas, dass mir wie ein heißer Dolch durch die Brust schnitt. Meine Atmung beschleunigte sich und dennoch bekam ich keine Luft.

König O'Toole trat zu den beiden Anführern. Grimmig nickte er ihnen zu, dann sprach er in das Mikrofon: »Mein liebes Feenvolk. Die Anführer von Apex und ich haben ein Abkommen geschlossen. Da die Urmagie den König wählt, bleibe ich euer Herrscher. Um eure Sicherheit zu gewährleisten und Frieden in Europa zu etablieren, schließen wir uns Apex an.«

Er atmete schwer ein und aus. Seine Augen wirkten glanzlos.

»Ihr habt drei Tage Zeit, euch zu registrieren und euren Eid zum neuen Europa abzulegen. Danach werde ich meine Feenbefehle nutzen und euch zwingen müssen.«

Ein Raunen ging durch die Menge.

»Jedes Feenwesen, das auf diese erzwungene Art ein Teil von Apex wird und zuvor nicht registriert ist, hat nur beschränkte

Rechte im neuen Europa. Überlegt es euch gut. Drei Tage habt ihr Zeit. Die Registrierungszentren öffnen in diesem Augenblick.«

Er schaute zum Vorhang und nickte knapp. Hervor trat Bren mit Aiden an der Hand.

Tränen füllten meine Augen und alles verschwamm. Hitze wechselte sich mit eisiger Kälte ab. Wirbelte durch meinen Körper und ließ mich unkontrolliert zittern. Der Raum um mich drehte sich, schrumpfte zusammen und drohte, mich in der Dunkelheit zu zerfressen. Aus den Schatten spürte ich Koljas Zorn – wie sie sich mit meiner vereinte. Ein Konstrukt aus Rachedurst und alles verschlingender Wut bildete.

»Für all diejenigen, die Bio-Blocker gegen meinen Feenbefehl implantiert haben und hoffen, so nicht gezwungen werden zu können – es wurde eine Sondereinheit gegründet. Diese wird von meinem Sohn Bréanainn O'Toole geleitet. Er wird euch finden und euch eurer gerechten Strafe zuführen.«

Mit einem Lächeln auf den Lippen nickte Bren, während er Aiden durch die Haare wuschelte. Meine Hand zitterte unkontrolliert, während der Rest meines Körpers taub wurde.

»Ich bin Apex unendlich dankbar, dass sie meinen Sohn und mich aus den Fängen des Verräters und seiner Gruppe von Terroristen befreit haben. Nun kann Aiden unter den richtigen Einflüssen aufwachsen und ein zufriedenes Leben führen.« Bren lächelte Aiden zu. Dann schaute er direkt in die Kamera. »Und Nicolas, falls du das hier siehst. Ich werde dich finden und töten! Für Apex«, sagte er dröhnend und fasste sich mit zwei Fingern an die Stirn.

»Für Apex!«, antworteten alle Anwesenden und wiederholten die Geste mit den Fingern.

Ein helles Licht explodierte auf der Bühne. Schreie hallten durch das Publikum. Kameras wurden verwirrt umher geschwenkt und dann verebbte die Helligkeit. König O'Toole hockte plötzlich am Boden, kraftlos und schwer atmend. Die Krone aus Dornen und Silber flimmerte wie eine Glühbirne kurz vor dem Durchbrennen. Die Urmagie. Sie hatte eingegriffen und wollte diesen Wahnsinn offensichtlich aufhalten.

»Oh, was für ein Tag!«, jubelte Natasha. »Eine neue Krönung wurde ausgerufen. Die Prüfungen werden bald beginnen.«

Sie griff nach Brens Arm und riss ihn in die Höhe. Dann weiteten sich ihre Augen.

»Was? Wo ist das Mal?«

Auch Bren sah sichtlich verwirrt zu seinem Handgelenk und Furcht verschleierte seine Augen. Panisch nahm er Aidens Arme in seine Hände und untersuchte sie. Ein merkwürdiger Blick huschte über seine Züge, als er nichts fand. Dann versteinerten sich seine Gesichtszüge und er schien durch die Kamera direkt zu mir zu schauen.

Ich spürte Sals Hand an meinem Arm. Ihre Finger fuhren sanft über mein Handgelenk.

»Eure Königliche Hoheit«, sagte sie und beugte das Haupt. »Wir werden alles in unserer Macht stehende tun, damit du die Prüfung überlebst und als König des Feenvolks hervorgehst. Es ist unsere letzte Chance.«

Sal redete weiter, doch das Einzige, was ich noch hörte, war mein Schrei voller Verzweiflung, Wut und Rachedurst. Schwärze schoss aus mir hervor und badete den Raum in absoluter, alles einnehmender Finsternis. Das Dunkle in mir erwachte und forderte Gehör. Spöttisch grinsend reckte Kolja seine Finger nach mir und ich war versucht, ihn die Kontrolle übernehmen zu lassen.

Die Schattengestalt in dem Traum mit dem Ewigen Thron war nie Bren gewesen, sondern ich. Die Urmagie hatte mir eine weitere Bürde auferlegt. Ich sollte der neue König des Feenvolks werden. Rückblickend betrachtet ergab es Sinn. Die Urmagie hatte damals gesagt, dass ich der Anfang der neuen Blutlinie sein sollte, um das Volk zu einen. Auch Alexis und Wish hatten von einer weiteren mächtigen Aufgabe gesprochen. Dennoch hatte ich damit nicht gerechnet. Wollte diese *Ehre* nicht einmal. Im Gegenteil, für mich war es eine weitere Last, die ich schultern musste. Aber das war eine Sorge für einen anderen Tag. Mein Kopf dröhnte, mein Herz schmerzte und der Königsstuhl war in diesem Moment das kleinstes Problem.

»Ich muss hier raus! Ist der Kiez sicher für uns?«, presste ich angestrengt hervor.

»Nein, ist er nicht. Apex kontrolliert ihn. Der Club ist zwar geschützt, doch trotzdem ist es dort zu riskant, sich nach draußen zu wagen«, antwortete Sal und lächelte mitleidig. »Aber wir sind nicht mehr im Kiezblock. Während du geschlafen hast, haben wir New Eden eingenommen. Das Anubiskollektiv hatte schon lange Spione hier platziert und wir haben es abgesichert. Du kannst also vor die Tür. Das ist nun unser Reich. Dein Königreich.«

Mehr brauchte ich nicht zu hören. Ich erhob mich und wankte, so schnell es mir möglich war, zur Tür. Eine Minute später stand ich an der frischen Luft.

Helle Gebäude aus Glas, Hexenstahl und Gold bauten sich um mich herum auf. Grüne und blaue Bäume wuchsen in Alleen, Blumen zierten die Häuser und die Sonne schien voller Wärme auf uns hinab. Wie ein wunderschönes Gemälde offenbarte sich mir New Eden, unser neues Zuhause. Doch in mir blieb alles eisig. Zerfressen von Schmerz und Hass.

Die Wut strömte durch jede meiner Zellen, suchte sich einen Weg in meine Gedanken und tränkte sie mit Finsternis. Koljas Griff um mein Herz wurde zunehmend stärker.

Hinter mir roch ich Sal, Jumoke und Brooks das Haus verlassen. Aber selbst meine Freunde und ihre bedingungslose Liebe konnten den Abstieg in die Dunkelheit nicht mehr verhindern. Zuckersüß säuselte Kolja meinen Namen, verspottete und verhöhnte mich. Bot mir an, den Schmerz zu verdrängen, indem er die Kontrolle übernahm, und hoffnungslos folgte ich den Klängen.

Mein Glimmer zerbarst. Absolute Schwärze brach, einer Schockwelle gleich, aus dem Schäfer der Sünden hervor. Gefolgt von einem Schrei voller Angst, Hass und Schmerz.

Mein Verstand kämpfte gegen den Zorn. Rang um die Herrschaft des Handelns. Im Klammergriff der Verzweiflung konzentrierte ich mich auf das Seelie-Blut in meinen Adern und sendete stille Botschaften an die Ruhe, den Einklang und die

Vernunft aus, die ihnen innewohnten. Dies war der schlechteste Moment für meine Stimmungsschwankungen, die sich gerade erst gebessert hatten. Dank … Bren.

Erneut bäumte sich die Wut in mir auf, versuchte, mein Denken zu vernebeln und mich in die Tiefen der Rachsucht zu zerren. Doch das Seelie-Blut durchflutete mich mit einer Welle der Vernunft.

Ich wollte Aiden retten. Und dafür mussten wir bei klarem Verstand bleiben. Es gab nur ein Ziel. Meinen Sohn zurückzuholen und dabei all unsere Feinde auslöschen.

Nachdem dieser Gedanke meinen Kopf durchflutet hatte, spürte ich beide Arten der Magie in mir schlagen. Vereint, im Einklang. Kein Kampf mehr. Kein Ringen um den Verstand. Wir hatten nun ein gemeinsames Ziel.

Mit Leichtigkeit forderte ich die ausgesandte Schwärze auf, zu mir zurückzukommen. Nur, um mit geweiteten Augen zu sehen, dass einige Bäume in meiner unmittelbaren Nähe verwelkt waren. Das vorherige Grün war nun durch morsche, fahle Äste ersetzt. In einem Umkreis von fünfzehn Meter war alles vergangen.

Tot. Gestorben. Ausgelöscht.

Durch meine Macht und den Schmerz. Die Schäfergabe hatte sich an der Trauer genährt und eine neue Form der Gefährlichkeit erreicht.

Hatte ich meine Freunde getötet?

Panisch drehte ich mich um.

Nein. Umgeben von einem Schutzfeld aus Finsternis hockten die drei am Boden und atmeten schwer. Schwarze Schlieren umspielten sie und lichteten sich auf einen Fingerzeig von mir.

Offensichtlich hatte meine vorherige Wut noch zwischen Freund und Feind unterscheiden können. Gut. Denn nun hatte ich das Blut in Einklang gebracht. Es war deutlich zu spüren – und doch gefährlicher, als die Stimmungsschwankungen je gewesen waren.

Meine Gedanken offenbarten sich mir glasklar. Der Durst nach Rache ging Hand in Hand mit Kalkül und Berechnung.

Ausgeglichen forderten beide dasselbe Ziel – meine neue Mentalität konnte man nur als kaltblütig beschreiben.

Unsere Feinde würden sterben. Alle von ihnen. Die letzten beiden würden Natasha und Bren sein. Sie würde ich langsam töten, damit sie sahen, was sie heraufbeschworen hatten.

Mit einem Lächeln schaute ich zu meinen Freunden.

»Die Rache wird mein sein. Sie werden sich wünschen, dass sie es nie gewagt hätten, meine Familie anzugreifen. Und Bren wird leiden für seinen Verrat. Ihr Blut wird Hamburg für Jahre tränken und sein Kopf wird als Mahnmal am Palast hängen.«

Weder Hass, noch Freude schwang in meiner Stimme mit, lediglich eiskalte Berechnung. Das hatte nicht Kolja gesagt, das war ich – und das entsetzte mich ungemein.

»Du machst mir Angst, Nic«, flüsterte Sal, während sie mich flehend aus großen Augen ansah.

»Gut! Ich mir selbst auch!«

Und deswegen musste ich etwas unternehmen. Im Geist wandte ich mich an Kolja.

»Ich habe einen Deal für dich!«

»Ich höre, Nikki!«, antwortete er spöttelnd.

»Wag es nicht, mich so zu nennen!«

»Oder was? Willst du mich wieder in einen Glaskäfig sperren? Und allein mit deiner neuen Macht umgehen? Das nächste Mal tötest du vielleicht deine Freunde, Nikki.«

»Wir arbeiten zusammen oder du wirst für ewig zuschauen. Wir sind zwei Facetten derselben Seelen«, sagte ich mit zittriger Stimme. *»Ich übergebe dir die Kontrolle, wenn du sie mir zurückgibst, sobald ich es befehle. Außerdem behandelst du meine Familie nicht wie Feinde. Sei so … nett«* – Kolja schnaubte dreckig bei dem Wort – *»zu ihnen, wie es dir möglich ist!«*

»Ich soll die Drecksarbeit machen, damit dein Teil der Seele unbefleckt bleibt?« Kolja kicherte. *»Du spürst den Hass, nicht wahr? Hast Angst vor dem, was du bereit bist zu tun? Abgemacht! Ich übernehme, wenn du zu schwach bist und du kannst den ganzen Scheiß mit den Gefühlen regeln. Die sind mir eh zuwider. Und ich werde deine … Familie … dulden.«*

Ich atmete tief durch.

Wollte ich das wirklich? War ich bereit, einen Deal mit dem Teufel zu schließen? Hatte ich wirklich eine Wahl? Wenn ich mich der Wut hingab, würde ich zu einem zweiten Kolja werden. Dann würde sich meine gesamte Seele verdunkeln und es gäbe kein Zurück mehr. Was würde es bringen, Aiden zu retten, wenn sein Vater verloren wäre? Nur noch ein leeres Monster darstellte? Außerdem schmerzte der Verrat in meinem Herzen ungemein. Zunehmend drohte er mich zu zerfressen. Ich spürte ihn in jeder Faser. Ebenso hämmerte die Angst um Aiden durch meinen Verstand und vernebelte mir die Sinne. Ich würde bald durchdrehen und an all dem zerbrechen.

Doch meine Entscheidung war gefallen. Ich würde mich zurückziehen und sammeln.

»Deal! Übernimm die Kontrolle!«

Ich hörte das finstere Lachen aus meinem Mund, als Kolja erwachte und ich nur noch aus den Tiefen des Unterbewusstseins gedämpft etwas fühlte. Der Schmerz drang kaum zu mir durch, meine Angst ebenso wenig. Hier war alles gut zu ertragen. Friedlich. Ich legte mich zur Ruhe und ließ Kolja walten.

Widerstand, der
Substantiv

1. gut organiserte Gruppierung, die über Jahre im Stillen agiert hat

2. Gesinnung: unbekannt

3. Mitglieder: unbekannt

Aus dem Archiv von Alexis,
der Bibliothek von Alexandria

Salvatrice

Wilma und ich betraten in Schweigen gehüllt den Park, der sich hinter dem neuen Hauptquartier befand. Unmittelbar nach der Flucht hatten wir hier auf New Eden unser Lager aufgeschlagen. Über Jahre hinweg hatte Anubis die Gesellschaft oberhalb Hamburgs unterwandert. Ebenso hatte es offensichtlich dieser ominöse Widerstand getan und somit lebte hier niemand, der zu der neuen Terrorregierung gehörte. Die Schutzschilde, Fallen und Absicherungen stellten die neueste Technologie und mächtige Magie dar. Apex hatte mehrfach versucht, hier einzudringen. Ohne Erfolg. Wenigstens schienen wir hier vorerst sicher zu sein.

Eine Woche nach der Übernahme Hamburgs hatte uns der Widerstand kontaktiert. Ein kurzer Austausch folgte, dann Stille. Nachdem Nicolas erwacht war, kam eine neue Botschaft. Sie wollten uns treffen. Heute noch.

Genervt ließ ich meinen Blick durch den Park streifen. Grüne und blaue Bäume standen hier in Hülle und Fülle, umringt von Blumenbeeten mit Pflanzen aus der ganzen Welt. Einem botanischen Garten gleich. Verschiedene Vögel hüpften über die saftige Rasenfläche, und weiter hinten, in der Nähe des künstlichen Sees, tollten ein weißer und ein schwarzer Schwan miteinander. Das Bild erinnerte mich unweigerlich an Nicolas.

Zwei unterschiedliche Wesen, die miteinander tanzten. Beide mit unterschiedlichen Emotionen. Beide im Recht und zeitgleich im Unrecht. Gut und Böse hatte ich noch nie als schwarz-weiß verstanden, aber jetzt begriff ich erst, wie viele moralische Facetten Gut und Böse wirklich besaßen. In der Situation, in der wir steckten, was war da richtig? Was falsch? Was würde uns gut handeln lassen? Und was machte uns böse?

Und vor allem: Wer entschied, was die richtige Entscheidung für ganz Europa sein würde?

»Ich kann deine Gedanken förmlich hören, Kindchen«, sagte Wilma und griff meine Hand. Wir stoppten vor einer Holzbank, die mit filigranen Schnitzereien übersät war. Die Sonne schien warm auf uns hinab, im Gegensatz zu der eisigen Kälte, die mich durchspülte. »Niemand ist von sich aus gut oder böse. Unsere Handlungen entscheiden. Nicolas' Kräfte können zerstören und retten zugleich. Seine Entscheidungen sagen alles aus – nicht die Natur seiner Kräfte.«

Wilma setzte sich auf die Bank und klopfte neben sich auf das Holz. Ich nahm an ihrer Seite Platz.

»Er macht mir Angst. Ich weiß nicht, ob er sich richtig entscheiden wird.« Meine Stimme erklang kaum lauter als das Gezwitscher der Vögel.

»Er leidet. Sein Geist ist gebrochen«, antwortete das Orakel mit einem Seufzen. »Es wird Zeit brauchen, bis er wieder der Alte ist.«

»Was ist, wenn er in der Zeit etwas Schreckliches anrichtet?«

»Dann wird er mit den Konsequenzen leben müssen. Und wir ebenfalls.«

»Du könntest ihn davon abhalten.« Ich drehte mein Gesicht zu Wilma.

»Nein, könnte ich nicht. Er würde nicht auf mich hören. Außerdem würde ich es nicht versuchen.«

»Wieso nicht?«

»Aus demselben Grund, wieso ich ihm nicht sagte, dass er Bren und Aiden verlieren würde.«

»Du … wusstest es?« Mir wurde schwindelig.

»Natürlich. Ich sehe die Zukunft, Kindchen. In all ihren Versionen. Jede Zeitlinie. Einige glasklar, viele verschwommen.«

»Wieso hast du uns nicht gewarnt?«

Wilma seufzte, dann lachte sie humorlos. »Weil jede andere Zukunft nur noch schlimmer gewesen wäre. Diese jetzige ist die harmloseste Zeitlinie von allen, ob du es glaubst oder nicht.«

Ich senkte den Kopf und versuchte, das Gehörte zu verarbeiten. Wie schlimm waren bitte die anderen Linien?

»Wird Nicolas je wieder glücklich?«

»Wieder? Ich bezweifle, dass er es jemals war.« Ein kurzer Moment der Stille folgte. »Er wird irgendwann nicht mehr leiden, sogar sein Glück finden. Aber bis dahin wird er mehrfach zerbrechen. Und dann wird er uns alle brauchen, damit er nicht vergisst, wer er ist.«

»Verstehe.« Ich sah zum See. Die beiden Schwäne schwammen mittlerweile ruhig auf ihm dahin und turtelten miteinander. »Lass mich raten, du kannst mir nicht sagen, ob wir dem Widerstand vertrauen können?«

»Das stimmt. Kann ich nicht. Was ich dir aber verraten werde: Wenn wir ihnen nicht vertrauen, verlieren wir den Krieg um Europa definitiv. Wir haben keine andere Wahl, als mitzuspielen und abzuwarten.« Sie drückte meine Hand und in ihren Augen erkannte ich Ehrlichkeit. »Glaub mir, alles, was ich tue, entscheide ich im Gewissen, dass es der beste Ablauf der Zeit ist. Manchmal sind nun mal leider alle Versionen düster, und das bedeutet, die harmloseste zu wählen.«

»Schwacher Trost. Will heißen, der Widerstand könnte uns dennoch hintergehen.«

»So ist es.«

»Werden sie uns denn hintergehen?«

Ohne ein Wort erhob sich Wilma und sah zu mir hinab. Ein Lächeln legte sich auf ihre Lippen.

»Wir sollten reingehen, es wird Zeit«, sagte sie sanft und hielt mir ihre Hand hin.

Keine Antwort auf meine Frage – welch eine Überraschung.

»Erzähl mir in kurzen Worten, was passiert ist.« Nicolas' Ton klang eisig, distanziert und emotionslos. Aus seinen Augen tropfte Dunkelheit durch den Glimmer. Etwas lauerte dahinter und beobachtete mich. »Bitte«, fügte er eine Spur sanfter hinzu, dennoch fehlte jegliche Liebe in seiner Stimme. Sie wirkte eher berechnend, als ehrlich. Die Sorgen und Zuneigungen, die sonst ein Teil seiner Persönlichkeit gewesen waren, schienen ausgelöscht. Ersetzt durch Hass, Kälte und Kaltblütigkeit. Das war nicht mehr Nicolas, es war jemand anderes.

Ich atmete tief durch. Der Nicolas vor mir war nicht mein bester Freund. Jedenfalls nicht in Gänze. Ein Teil schimmerte für kurze Momente hindurch – einem Huschen gleich, aber etwas anderes schien ihn in den Fängen zu halten. Diese Version wollte ich ungern mit zu vielen Details langweilen, oder sogar noch wütender machen, als er ohnehin schon war. Ich fürchte mich vor ihm wie vor nichts anderem in meinem Leben zuvor.

»Etwa zwei Wochen, nachdem du in den Traumwelten warst, erwachte deine Schwester.«

»Wo war Bren? Hat er sie geweckt?«

»Nein. Er war nach einer Woche plötzlich verschwunden. Wir haben ihn gesucht, aber keinerlei Spuren gefunden. Ebenso keine von Aiden.«

Nicolas nickte grimmig. Es fiel ihm zunehmend schwerer, den Glimmer aufrecht zu erhalten, und Teile seiner weißen Haut strahlten hervor.

»Dann erwachte deine Schwester und das Chaos brach aus.« Zittrig fuhr ich mir mit einer Hand über das Gesicht. »Ihre Gabe ist anders.«

»Erläutere«, hallte seine tiefe Stimme durch den Raum. Dunkelheit schoss daraus hervor und ließ die Fenster vibrieren. Er beobachte mich genauestens. Er wusste doch, was Natasha war – hatte es mir schon nach seinem Erwachen bestätigt. Diese Unterhaltung stellte einen Test oder eher ein Verhör dar, dessen war ich mir nun sicher. Wollte er meine Ehrlichkeit auf die Probe stellen? Vermutete er, ich sei auch eine Verräterin?

»Eine groteske Version von dir. Beinahe wie verzerrt. Ihre

Form wechselt immer wieder, als wäre sie körperlos. Wie bei Störungen einer Fernsehübertragung.«

»Apex hat es also geschafft, meine Gabe zu kopieren.« Gelangweilt bedeutete er mir, fortzufahren. Er kannte die Wahrheit. Wieso wollte er sie erneut hören?

»Ja, aber es ist nicht vollständig geglückt. Sie ist etwas anderes. Ein Monster. Regiert von Hass und hungrig nach Seelen. Sie … Sie … Fuck!« Meine Atmung beschleunigte sich. »Sie hat mich fast getötet. Meine Seele verließ schon den Körper. Hätte sich Brooks nicht dazwischen geschmissen, dann …«

Ich zitterte am ganzen Leib, da mich die Erinnerungen viel zu deutlich überrollten. Vor meinem inneren Auge erlebte ich die Momente erneut: Wie meine Seele sich sammelte, sich wehrte und dennoch unnachgiebig aus dem Körper entwich. Ihn leblos zurückließ und ich mir bewusst war, dass ich verloren sein würde. Ohne Brooks' Mut wäre ich gestorben.

Nicolas schloss die Lider. Die dunklen Schlieren im Raum hielten inne. Sie pulsierten kurz, dann schossen sie auf ihn zu und verschwanden. Als Nic die Augen öffnete, erstrahlten sie in dem altbekannten Blau. Tränen bildeten sich in ihnen und liefen seine Wangen hinab.

»Sal«, flüsterte er mit gebrochener Stimme. »Es tut mir so unendlich leid.« Er nahm meine Hand in seine und ich spürte ihre Wärme.

»Mir auch.«

»Ich ertrage den Schmerz nicht.« Nic schloss erneut die Augen. »Verzeih mir, dass ich dich alleine lasse.«

Als er sie wieder öffnete, quoll Schwärze aus ihnen hervor. Sie füllte den Raum und lief in flüssigen Bahnen seine Wangen hinab.

»Nic?«

»Nein«, antwortete die Person und musterte mich aus finsteren Augen. »Nenn mich einfach Kolja.« Ein fieses Lächeln legte sich auf seine Lippen.

»Ich verstehe nicht«, gab ich verwirrt von mir.

»Erzähl einfach weiter«, befahl er mit der eisigen Stimme, der jegliche Liebe fehlte. Spätestens jetzt wusste ich, dass Nicolas nicht mehr allein in seinem Körper war.

»Scruffy hatte unser Versteck für den Feind geöffnet. Anhänger von Apex kamen, um deine Schwester zu holen und uns zu töten. Ohne Benoîts Spiegelzauber hätten wir es nicht geschafft, zu flüchten. Den Rest kennst du aus der Fernsehübertragung. Wenn du willst, kann Jumoke dir sicher auch die Aufnahme der Kameras zeigen.«

»Sag ihm, dass ich sie sehen will. Aber erst begebe ich mich erneut in die Gedankenwelten. Vielleicht finde ich in den Tresoren mehr Wissen, das uns nützlich ist.«

»Nic, das ist gefährlich.«

Er lachte laut und bösartig. Etwas, das nicht zu dem liebevollen Menschen passte, der wie ein Bruder für mich war.

»Nein, Salvatrice Pelloni. *Ich* bin gefährlich! Außerdem sagte ich dir, du sollst mich Kolja nennen.«

Mit diesen Worten stand er auf und verließ den Raum.

»Wieso haben wir früher nie von diesem Widerstand gehört?«, fragte ich und spielte mit meiner Kaffeetasse. »Das stinkt doch zum Himmel.«

»Er ist wirklich extrem organisiert und gut darin, in den Schatten zu agieren«, antwortete Jumoke. Mit Mühe versuchte er, zu lächeln. Scruffys Verrat war mehr als offensichtlich in sein Gesicht geschrieben. »Anubis hat immer wieder Schnipsel von ihnen gefunden. Kleine Hinweise, die mittlerweile Sinn ergeben.«

»Das heißt, du vertraust ihnen?« Skeptisch sah ich ihn an. Sein freudloses Lachen erfüllte den Raum.

»Ich vertraue aktuell niemandem. Bin wohl die letzte Person, die du fragen solltest. Mein Arschloch von Ehemann hat uns gerade erst verraten!«

Autsch. Meine Frage kam mir nun sehr unsensibel vor. Verdammt.

»Tut mir –«, setzte ich an.

»Nein!« Jumoke hob energisch eine Hand. »Hört auf, euch

andauernd für etwas zu entschuldigen, an dem ihr nicht schuld seid. Das war allein Scruffy – und dafür wird er büßen.«

Zustimmend nickte ich. Das würde er.

»Nicht nur er, wenn es nach Nic geht.« Weiterhin sah ich den Hass vor meinem geistigen Auge, der aus Nic geströmt war. Seine Worte hallten mir weiter durch den Kopf. Diese Version von ihm jagte mir gehörig Angst ein.

»Ich weiß.« Jumoke seufzte und sah zu Brooks, der still mit uns am Tisch saß. Dieser hob nur resigniert die Schultern. Selbst er hatte nicht zu Nic durchdringen können. »Glaubt ihr wirklich, dass Bren uns … Und Nic … Einfach so fallen gelassen hat?«

Genervt fuhr ich mir durch das Haar. »Keine Ahnung. Wir alle wissen, wie gut er das Maskenspiel beherrscht. Allein in den zwei Wochen vor dem Verrat hat er uns zig Versionen von sich gezeigt.«

»Ehrlich gesagt, hatte ich zuerst Zweifel. Ich dachte, dass er nur unterwürfig tut«, sagte Jumoke leise und ich wusste, worauf er hinaus wollte.

»Ich auch.« Langsam atmete ich aus. »Aber dann hat er vor laufender Kamera die Chefin der MIA Hamburg getötet.«

Jumoke nickte betroffen.

»Da wusste ich, dass Bren uns verraten hat. Er würde nie jemanden öffentlich hinrichten, wenn die nette, liebevolle Person seine echte Persönlichkeit gewesen wäre. Das war bestialisch und unvorstellbar. Zur Urmagie, es wurde live in ganz Europa übertragen!«

Ich stimmte Jumoke zu. Die schreckliche Machtdemonstration hatte ihr Ziel erreicht. Der Schrecken und Horror hatte selbst die letzten Bewohner zum Schweigen gebracht. Apex' Terrorherrschaft hatte mit Brens Live-Übertragung ihren Anfang genommen.

»Deswegen vertraue ich diesem Widerstand nicht«, sagte ich und erhob mich langsam. »Wer sagt uns, dass sie nicht einfach die Macht an sich reißen wollen?«

Wilma, die die ganze Zeit still gewesen war, schenkte ein

Glas Whiskey ein und schob es zu mir herüber.

»Das ist keine gute Idee.« Alkohol war in dieser Situation unangebracht, da jeden Augenblick die Kontaktperson dieses ominösen Widerstandes kommen würde.

»Glaub mir, Kindchen. Das ist eine hervorragende Idee!« Wilma tätschelte mir die Hand und nickte liebevoll.

Was soll's?

Ich griff nach dem Glas und führte es an meinen Mund.

»Salvatrice Pelloni«, hörte ich eine vertraute Stimme hinter mir, worauf ich innehielt. Der italienische Akzent so präsent wie schon immer.

Ich schloss die Augen und kippte den Whiskey meine Kehle hinab. Beinahe in Zeitlupe drehte ich mich um.

»Mutter.« Ich nickte der hochgewachsenen Schönheit mit den imposanten Flügeln zu.

»Wir sollten reden. Der Widerstand hat ein Angebot für euch«, sagte sie eisig. Ihr Lächeln wirkte so gefährlich wie ein Becken voller Haie. Leider war ich das blutige Stück Fleisch, das darin schwamm.

Und damit war nicht nur Nicolas von seiner Vergangenheit eingeholt worden, sondern ich ebenso. Eine Vergangenheit, der ich die letzten Jahre vehement entflohen war. Ich hätte es ahnen müssen, die Familie Pelloni ließ niemanden entkommen, bevor sie nicht mit der Person fertig war. Meine Schonfrist war nun um. Offensichtlich würde ich nun wieder in das Familiengeschäft einsteigen müssen.

Eigentlich hätte ich mir denken können, dass meine Mutter mit dem Widerstand zusammenarbeitete. Immerhin war ihr Modeldasein und das Leben als Philanthropin eine einzige Fassade.

Die Frau vor mir war *Donna* Genevra Pelloni, die Matriarchin der Angeli della Vendetta, der berüchtigtsten Mafiaorganisation der Neuen Weltordnung, und ich war die geflohene Tochter, die nun ihre Lehrjahre antreten würde.

Danksagung

Erst einmal ein herzliches Danke, dass du mein Buch gelesen hast, und ich hoffe, dass es dir gefallen hat. Ich freue mich unheimlich, dass du meiner kleinen Truppe von Chaoten eine Chance gegeben hast.

Und Sorry für das Ende ... Wobei ... Nicht wirklich. Wir haben nun einiges vor uns in Band 2:

Nicolas muss in die Königsprüfung.

Salvatrice wird sich ihrer Mutter stellen und endlich Teil der Angeli della Vendetta werden, obwohl sie genau davor immer weggerannt ist.

Jumoke leckt seine Wunden, während Brooks Nicolas zur Prüfung begleitet.

Und Bren? Dem wird Nicolas früher gegenüberstehen als ihm lieb ist.

Wenigstens Aiden macht am Königshof einen neuen Freund – in Form eines Feenfuchs. Flausch-Alarm!

Aber erst einmal sind wir am Ende von Band 1. All das wäre natürlich nicht möglich gewesen, ohne die Unterstützung einiger Leute:

Danke an meine Testleserinnen Annika, Mira, Rika, Tini, Kia, Moni, Michelle und Jill. Nicht nur habt ihr mit mir über mein Buch geschaut, sondern auch allen anderen Unsinn von mir geduldig ertragen. Selbst wenn ihr mir andauernd verbietet, dass ich Charaktere töte. Ich hab euch versprochen, dass ich mir dennoch etwas einfallen lasse, um euch zu quälen. Das Ende von Band 1 ist für euch :-*

Ebenso ein Dankeschön an meine Lektorin Sarah Nierwitzki und meinen Korrektor Stephan Schicke. Ihr habt mir geholfen, das Beste aus meinem Buch zu holen.

Vergessen wir nicht, dass ohne meine StartNext-Kampagne ein so großes Projekt wie dieses kaum möglich gewesen wäre. Immerhin haben wir 10.000 Euro gesammelt und somit auch ein Hörbuch realisiert. Ich danke euch allen für jegliche Unterstützung der Kampagne, und auch nochmal ein riesiges Dankeschön an die XL-, Super-Fan- und Ultra-Fan-Unterstützer_innen:

Maximilian P., Sabrina F., Alexandra K., Sarah M., Maria F., Loredana E., Lena J., Katrin L., Silke R., Flavia Eva Z., Noemi L., Jill-Patrice L. und Kathrin B.

Darüber hinaus bin ich unfassbar dankbar, wie ihr mich alle auf Instagram bei meinem ganzen Unsinn supportet, begeistert kommentiert, liket und teilt. Es ist mir immer wieder eine Freude, mit euch in Kontakt zu stehen. Ihr gebt mir den nötigen Mut und die Kraft, weitere Bücher mit Diversity zu schreiben.

Und ohne meine Familie (Mama, Papa, Hendrik und Stevie) wäre es ebenso ein Ding der Unmöglichkeit gewesen. Ihr unterstützt mich in allen Lebenslagen, ertragt meine Stimmungsschwankungen, die manchmal sehr an Nicolas erinnern und liebt mich bedingungslos. So wie ich euch auch liebe. Danke, dass ihr für mich da seid.

COLD-BLOODED
BAND 1
DER GESCHMACK VON BLUT UND SCHATTEN
MARTIN GANCARCZYK

Kontakt und mehr Stoff

Ich habe zuvor schon ein Buch in der Neuen Weltordnung veröffentlicht. Jedoch hat es andere Charaktere, eine eigene Storyline und spielt in Amerika. Nämlich die Geschichte von Grayson, der von der Urmagie sogar in Shepard erwähnt wurde.

Mit Anlauf in den größten Haufen Mist – nichts könnte Grayson Huffs Leben besser beschreiben.

In einer Welt, in der Menschen wie Nutztiere gehalten werden, versucht der 28-jährige, als eben dieser zu überleben. Was allerdings nur bedingt klappt bei seinem Pech, denn er stirbt und erwacht gleich darauf wieder aus dem Reich der Toten. Etwas, das als Mensch jedoch unmöglich ist – richtig?

Doch Grayson ist kein Mensch, zumindest wenn er dem Gestaltwandler Wayland glauben darf, der für den Geheimdienst MIA arbeitet und ihn in Mysterien einweiht, von denen Grayson nicht mal zu träumen gewagt hat. Bald schon verstrickt er sich immer tiefer in Machenschaften, die bis zum Anbeginn der Zeit zurückreichen. Und dann wären da noch die aufkommenden Gefühle zu Wayland, die das Chaos perfekt machen.

Solltest du Interesse an Neuigkeiten, Updates und allgemein an meinem täglichen Unsinn haben, dann folg mir einfach auf Instagram.

Da teile ich täglich Sachen aus meinem Autorenleben, spreche über Bücher, zeige Ausschnitte aus meinen Projekten und unterhalte mich gerne mit den Leuten.

Mein Name dort ist: **@martin.gancarczyk**